Lewis Carroll

Das literarische Gesamtwerk

I

Lewis Carroll

Das literarische Gesamtwerk

Buch I

SYLVIE & BRUNO

Die Geschichte einer Liebe

Vollkommen neu übersetzt von Dieter H. Stündel
herausgegeben von Jürgen Häusser

PARKLAND VERLAG

2003 Lizenzausgabe für Parkland Verlag, Köln

Umschlagentwurf: Klaus Dempel
Druck und Bindung: GGP Media, Pößneck

ISBN 3-89340-037-0

Printed in Germany

Ausführliches Inhaltsverzeichnis

TEIL II

Hinweise für den Leser

Im Original erschien Sylvie & Bruno, Teil I, 1889 und Teil II 1893 im Verlag Macmillan & Co., London/New York.

Dieter H. Stündel hat erstmals beide Teile vollständig in die deutsche Sprache übertragen und legt, versehen mit sämtlichen Illustrationen der Originalausgabe von Harry Furniss, Sylvie & Bruno in einem Band vor.

In strahlender Aurora Schein
So sehe ich das Leben mein,
als ob der Traum bestimmt das Sein.

Beugt oftmals Weh den geraden Gang,
oft stimmt schon froh der Glockenklang,
wir pendeln unter einem Zwang.

Man achtet niemals seine Frist,
auch wenn das Ende nahe ist,
noch scheint es besser, man vergißt.

Vorwort

Lewis Carroll hieß in Wahrheit Charles Lutwidge Dodgson und wurde am 27. Januar 1832 in der englischen Grafschaft Daresbury geboren. Er lehrte am Christ Church College in Oxford als Professor der Mathematik und starb am 14. Januar 1898 – kurz vor seinem 66. Geburtstag. Mehr wäre von seinem Leben in den Annalen kaum übriggeblieben, hätte er nicht unter dem Pseudonym Lewis Carroll eines der berühmtesten und bekanntesten Kinderbücher der Weltliteratur geschrieben. Mit »Alice im Wunderland« gelang dem honorigen Professor aus Oxford, der, obwohl zum Diakon geweiht, für eine Laufbahn als Prediger wegen seines Stotterns ungeeignet war, ein phantastisches Werk – ein Kuriositätenkabinett, was Sprache, Handlung und Personen betrifft.

Aufgewachsen war der kleine Charles in einem einsam gelegenen Haus, gemeinsam mit seinen drei Brüdern und sieben Schwestern. Ihnen spielte er selbstverfaßte Theaterstücke vor. Bald schon kam er auf die Idee, eigene literarische Hefte herauszugeben. Sein Plan, daß die ganze Familie sich mit Texten daran beteiligte, stieß auf wenig Gegenliebe. Zuerst noch werkelten fast alle mit, doch bald schon mußte er seine verschiedenen Hefte wie »Der Pfarrhausschirm«, »Mischmasch« oder die »Phantasmagorie« alleine verfassen.

Später in Oxford zählte die Familie Liddell zu seinem kleinen Freundeskreis. Dr. Henry Liddell war Dekan von Christ Church. Vorbild für die Alice aus dem Wunderland war dessen gleichnamige Tochter, der Carroll sogar einen Heiratsantrag gemacht haben soll.

Kein anderes Buch von Carroll war so erfolgreich wie »Alice im Wunderland«. Schon gar nicht sein Spätwerk »Sylvie & Bruno«, das sein einziger Roman bleiben sollte und das ebenfalls im Wunderland der Phantasie spielt , aber auch noch auf anderen Ebenen. Neben allerhand Kuriosem versuchte Carroll hier den Kindern auch »ernste Gedanken« wie er es for-

mulierte, zu vermitteln. Es waren diese ernsten Gedanken, die den Durchbruch von »Sylvie & Bruno« verhinderten. Zwar treten sie nur vereinzelt auf, doch wurden sie von dem damaligen Leser nicht geschätzt. Denn besonders die Kinder erwarteten zweifellos eine Fortsetzung und Ausweitung der Alice-Erlebnisse auf Romanumfang. So wurde der zweibändige Roman zum Ladenhüter, und Carroll sah sich bereits ein Jahr nach Erscheinen des zweiten Bandes gezwungen, den Plänen seines Verlegers zuzustimmen: der Preis für »Sylvie & Bruno« wurde gesenkt. Aber selbst das half nichts. Es gab keine zweite Auflage.
1904, sechs Jahre nach Carrolls Tod, erschien die »Geschichte von »Sylvie & Bruno« als Kurzfassung bearbeitet von Carrolls Bruder Edwin H. Dodgson. Der 800-Seiten Roman wurde auf 329 Seiten gekürzt. Übrig blieb nur die Feengeschichte. Als die »Geschichte von Sylvie & Bruno« 1913 vorerst zum letzten Mal erschien, war es als Band einer Kinderbuchreihe mit einem Umfang von 80 Seiten.
Bei der hier vorliegenden ungekürzten Originalfassung von »Sylvie & Bruno« handelt es sich um ein ausgeklügeltes Erzählkunstwerk, das auf mehreren Ebenen spielt. Es erinnert in gewisser Weise an »Finnegans Wake« von James Joyce oder »Zettels Traum« von Arno Schmidt. Joyce hat noch die verschiedenen Ebenen durcheinander gewirbelt, bei Arno Schmidt werden die verschiedenen Ebenen des Gespräches durch die Position der Textkolumnen offenbar.
In einem Text zu »Sylvie & Bruno«, geschrieben von Carroll, weißt er auf etwas ganz Ähnliches hin:
»Mein Ausgangspunkt war, daß ein Mensch in verschiedenen psychischen Zuständen mit wechselnden Bewußtseinsgraden fähig sei zu,
a) dem Normalzustand, in dem er sich der Anwesenheit von Elben und Feen nicht bewußt ist;
b) dem »grißeligen« Zustand, in dem er sich neben seiner realen Umgebung *auch* der Anwesenheit von Feen bewußt ist;
c) einer Art Trance, bei der er (d.h. sein immatrielles Wesen) sich seiner realen Umgebung nicht bewußt und offenkundig

eingeschlafen ist, während er sich in einer anderen Umgebung der Wirklichkeit oder im Feenland befindet und sich der Anwesenheit von Feen bewußt ist.
Zusätzlich habe ich angenommen, daß eine Elbe in der Lage sei, von Feenland in die wirkliche Welt zu gehen, wobei sie nach belieben menschliche Gestalt annehmen und in unterschiedliche psychische Zustände geraten kann.«
Was Carroll hier als verschiedene Bewußtseinszustände seiner Figuren beschreibt, nennt sich bei Arno Schmidt das »Längere Gedankenspiel«. Beide gehen von der Realität aus und finden sich dann in einer differenzierten Traumlandschaft wieder.
Ein weiteres Kuriosum in diesem Roman ist die Namenlosigkeit vieler Figuren. Der allwissende und allpräsente Ich-Erzähler wird, obgleich er sich rege an den Gesprächen beteiligt und sogar Briefe erhält, an keiner Stelle mit seinem Namen angesprochen. Der fiktive Charakter dieser Figur wird noch durch die Tatsache verstärkt, daß er auf keiner der 92 Zeichnungen von Harry Furniss angebildet ist, obschon er nicht nur anwesend, sondern bei einigen Episoden sogar direkt Agierender ist.
Von den anderen 15 Hauptpersonen werden lediglich 7 durchgehend mit ihrem Namen genannt. Neben Sylvie und Bruno, den beiden Elbenkindern auf der Märchenebene, sind es deren Parallelgestalten in der Realität: Lady Muriel und Arthur Forester; das ungezogene Kind Uggug, der Cousin von Lady Muriel, Eric Lindon und Nero, ein Neufundländer, der König von Hundeland.
Die Namen des Sub-Gouverneurs und seiner Frau, Sibirnet und Tabikat,und der des Earls von Ainslie werden nur an ein zwei Stellen erwähnt, sonst werden die Figuren lediglich mit ihren jeweiligen Titeln angesprochen.
Als wichtige Hauptpersonen tauchen drei Professoren auf, die allesamt keinen richtigen Namen besitzen. Der »Professor«, der »Andere Professor« und »Mein Herr« bilden ein komisches Triumvirat und sind parodistische Spiegelungen des Mathematikprofessors und Hobbyerfinders Charles Lutwidge Dodgson alias Lewis Carroll.

Die genannten Personen besitzen zueinander eine Wesensverwandtschaft, die ihre reale Romanexistenz in Frage stellt. Denn hier werden Kinder in Erwachsene (und umgekehrt) verwandelt. So wird Sylvie gleich zu Beginn zu Lady Muriel und diese dann in der Folge zu Milady, der Frau des Sub-Gouverneurs.
Das Verhältnis zwischen Milady und dem Sub-Gouverneur als Ehepaar entspricht dem zwischen Lady Muriel und Arthur, die erst Liebespaar sind und später Ehepaar werden. Der Gouverneur ist der Vater von Sylvie und Bruno, der Earl ist der Vater von Lady Muriel, und Uggug ist der Sohn von Milady und dem Sub-Gouverneur. In der letzten Person wird das Verhältnis zwar umgekehrt, aber die Parallelen sind offensichtlich, da hier kein Vater existiert.
Schließlich sind Nero, Eric Lindon und der Lordkanzler die drei »Nothelfer« der Geschichte. Nero hilft Sylvie und Bruno im Hundeland und später beim fassen eines Diebes. Eric Lindon rettet Arthur und ebenfalls Bruno vor dem Tode, und der Lordkanzler unterstützt den Sub-Gouverneur bei seiner Konspiration. Daraus ergeben sich drei Figurengruppen:

1	2	3
Sylvie	Lady Muriel	Milady
Bruno	Arthur	Sub-Gouverneur
Gouverneur	Earl	Uggug
Professor	Mein Herr	Andere Professor
Nero	Eric Lindon	Lordkanzler

Viel spricht dafür, daß Carroll diese drei Gruppen bewußt konstruiert hat. Wie schon angedeutet, es gibt in dem Roman zwei Ebenen, die der Realität und die des Märchens oder Traums. Die Personen der ersten Gruppe besitzen die Fähigkeit, sowohl im Märchen als auch in der Realität aufzutreten. Sie können praktisch dem Märchen entsteigen. Die zweite Gruppe lebt nur in der Realität, wohingegen die dritte Gruppe

nur im Märchen existieren kann. Sieht man einmal von den Professoren ab, deren Charakter auf allen drei Ebenen gleich ist, so stellen sich bei den anderen Personen Unterschiede heraus. Sie werden in der ersten Gruppe idealisiert und in der dritten Gruppe dämonisiert, beziehungsweise kommen auf den Hund, wenn man die Rolle von Eric Lindon betrachtet.
Der phantastische Trick der Personenkonstellation besteht darin, daß jeweils eine Person in drei Instanzen aufgespalten ist. Augenfällig ist hier die Verwandtschaft zu Freuds Erkenntnissen über die Persönlichkeit des Menschen. Danach vertritt nämlich Gruppe eins das Über-Ich, Gruppe zwei das Ich und Gruppe drei das Unbewußte.
In keinem der vorausgegangenen Werke hat Carroll soviel von seiner eigenen Persönlichkeit, seinen Wünschen und Vorstellungen offenbart, wie in seinem Roman »Sylvie & Bruno«, der ihn von den ersten Anfängen bis zum Abschluß mit 26 Jahren über die Hälfte seines Schriftstellerlebens beschäftigt hat. Carroll hielt seinen Roman für sein bedeutendstes Werk und zweifellos hätte es auch weit größere Beachtung gefunden, wären da nicht die beiden Alice-Bücher gewesen – deren erstes eigentlich nur aus einer Laune heraus entstand – die durch ihren riesigen Erfolg den Blick auf diesen Roman verstellten.
Unsinn mit Hintersinn, das war immer Carrolls Ziel. Seine Welt bekommt, betrachtet man sie näher, eine Eigenlogik, deren Sinn sich auf vielfältige Weise erschließen läßt. Sie läßt sich als eine Darstellung durch Gegensatz auffassen und ist in der Aussage »sinnfrei«, was aber nicht heißen soll, daß sie »frei von Sinn« ist, sondern sie ist im Gegenteil im höchsten Maße frei für Sinn. Anders lassen sich die vielen unterschiedlichen Interpretationen oder Anwendungsmöglichkeiten seiner Texte nicht erklären. Alles ist von Text gestützt und findet dort seine Berechtigung, selbst wenn es weit über das hinausgeht, was der Autor Carroll, den Arno Schmidt »Vater der modernen Literatur« nannte, sich vorgestellt hat.

Dieter H. Stündel

Buch I

SYLVIE & BRUNO

Die Geschichte einer Liebe

Teil I

I. KAPITEL

Weniger Brot! Mehr Steuern!

– und dann jubelte die Menschenmasse abermals, und ein Mann, der die übrigen an Erregung noch übertraf, schleuderte seinen Hut hoch in die Luft und schrie (soweit ich verstehen konnte): »Wie, wat für'n Sub-Gouverneur?« *Alle* riefen, ob aber nach dem Sub-Gouverneur oder nicht, war nicht klar herauszuhören: einige schrien »Brot!« und andere »Steuern!«, aber keiner schien zu wissen, worum es wirklich ging.

All dies beobachtete ich vom Gouverneurspalast aus durch das offene Fenster des Frühstück-Salons, indem ich über die Schulter des Lordkanzlers blickte, der, als habe er nur darauf gewartet, gleich zu Beginn des Trubels aufgesprungen und an das Fenster gestürzt war, das den besten Ausblick auf den Marktplatz verhieß.

»Was *mag* das alles nur bedeuten?« sagte er immer wieder zu sich, während er mit auf den Rücken gefalteten Händen und wehender Robe rasch im Zimmer auf und ab schritt. »Ich habe noch nie zuvor ein derartiges Gejauchze gehört – und dann zu dieser frühen Stunde! Und mit solcher Einmütigkeit! Finden *Sie* das nicht auch sehr beachtlich?«

Ich bemerkte bescheiden, daß es *meinen* Ohren so klinge, als forderten sie Verschiedenes, doch der Kanzler wollte meine Andeutungen keinen Augenblick gelten lassen. »Sie rufen alle nach demselben, ich sag's Ihnen doch!« erwiderte er; dann tuschelte er, weit aus dem Fenster gebeugt, mit einem Mann, der sich dicht dadrunter befand: »Alle zusammenhalten, verstanden? Der Gouverneur wird gleich hier sein. Gebt'n das Zeichen zum Aufmarsch!« All das war augenscheinlich nicht für *meine* Ohren bestimmt, aber ich konnte mich des Zuhörens kaum erwehren,

wenn man bedenkt, daß mein Kinn nahezu auf den Schultern des Kanzlers ruhte.

Der ›Aufmarsch‹ bot ein äußerst kurioses Bild: eine weitläufige Prozession von Menschen, die paarweise marschierten, trat von der gegenüberliegenden Seite des Marktplatzes an und rückte in einem ungleichmäßigen Zickzackkurs auf den Palast zu, während sie gleich einem Segelschiff, das widrigen Winden ausgesetzt ist, hin und her lavierte – so daß die Spitze der Prozession oftmals am Ende einer Wende weiter von uns entfernt war als am Ende der vorausgegangenen.

Dennoch war ganz klar, daß alles auf Befehl geschah, denn wie ich bemerkte, waren aller Augen fest auf den Mann gerichtet, der genau unter dem Fenster stand und dem Kanzler fortwährend zutuschelte. Dieser Mann nun hielt seinen Hut in der einen, eine kleine grüne Fahne in der anderen Hand: wann immer er die Fahne schwenkte, kam die Prozession ein wenig näher, wenn er sie hob und senkte, entfernte sie sich ein wenig, und wenn er seinen Hut schwenkte, brachen alle in einen heiseren Jubel aus. »Wie, wat!« schrien sie und hielten augengenau mit den Auf- und Abbewegungen des Hutes Takt. »Wie, wat!« Noi-Jäh! Fair! Faß! Sunk! Weh! Nigger! Brooot! Mäh! Heer! Stoi! Jährn!«

»Genug, genug!« flüsterte der Kanzler. »Soll'n was rasten, bis ich Euch's Stichwort geb. Er ist noch nicht hier!« Aber in diesem Augenblick wurden die großen Flügeltüren des Salons aufgerissen, und schuldbewußt zusammenzuckend fuhr er herum, um Seine Erhabene Exzellenz zu empfangen. Es war jedoch nur Bruno, und der Kanzler atmete erleichtert auf.

»Morjen!« sagte der kleine Bursche und richtete den Gruß ganz allgemein an den Kanzler und die Bedienten. »Weiß'de, wo Sylvie iss? Ich such' die!«

»Ich glaube, sie ist beim Gouverneur, Eueit!« antwortete der Kanzler mit einer tiefen Verbeugung. Ohne Zweifel wirkte es schon etwas absurd, mit diesem Titel (bei dem es sich, wie du auch ohne meine Erklärung erkennen wirst, um nichts anderen als um ›Eure Königliche Hoheit‹ zu einer Silbe zusammengezogen handelt) ein schmächtiges Wesen anzureden, nur weil dessen Vater der Gouverneur von Anderland war; dennoch muß man einem Menschen großmütig verzeihen, der etliche Jahre am Hofe von Feenland verbracht und dort die geradezu unwahrscheinliche Kunstfertigkeit erworben hat, sieben Silben als eine einzige auszusprechen.

Die Verbeugung allerdings war bei Bruno reine Zeitverschwendung, der bereits aus dem Zimmer gewieselt war, während das große Kunststück in Gestalt Des Unaussprechlichen Einsilbers noch triumphierend vorgeführt wurde.

Just da vernahm man aus der Ferne eine einzelne Stimme, die

schrie: »Der Kanzler soll 'ne Rede halten!« »Aber gewiß doch, meine Freunde!« antwortete der Kanzler mit außerordentlicher Bereitwilligkeit. »Ihr sollt eure Rede bekommen!« Hier präsentierte ihm einer der Bediensteten, der sich etliche Minuten mit einem wunderlich aussehenden Gemisch aus Ei und Sherry beschäftigt hatte, das Ergebnis seiner Bemühungen respektvoll auf einem großen silbernen Präsentierteller. Der Kanzler ergriff es hochnäsig, trank es bedächtig, lächelte dem glücklichen Lakaien wohlwollend zu, als er das geleerte Glas absetzte, und begann. Soweit ich mich entsinnen kann, sagte er folgendes:

»Ähem! Ähem! Ähem! Leute im Leid, oder besser: leidende Leute –« (»Keine Beschimpfungen!« murrte der Mann unter dem Fenster. »Ich hab nicht *Meute* gesagt!« erklärte der Kanzler) »Ihr könnt ganz sicher sein, daß ich immer glau'« (»Hört, hört!« schrie das Volk, aber mit einer derartigen Lautstärke, daß die dünne, quäkende Stimme des Redners fast unterging) »– daß ich immer glau –« wiederholte er. (»Redet nicht soviel vom Klauen!« sagte der Mann unter dem Fenster. »Ihr seid schon Diebs genug!« Und die ganze Zeit über grummelte das »Hört, hört!« weiterhin wie Donnergrollen über den Marktplatz.) »Daß ich immer *glaubwürdig* bin!« schrie der Kanzler im ersten Augenblick des Schweigens. »Aber euer *ehrlicher* Freund ist der *Sub-Gouverneur*! Tag und Nacht grübelt er über euer Unrecht nach – ich wollte sagen: euer *Recht* – das heißt vielmehr euer *Unrecht* – nein, ich meine eigentlich euer *Recht* –« (»Schweigt, um Gottes Willen!« meckerte der Mann unter dem Fenster. »Ihr verpfuscht ja alles!«) In diesem Augenblick betrat der Sub-Gouverneur den Salon. Er war ein dürrer Mann mit gemeinem, verschlagenem Gesicht von gelbgrünem Teint, der mißtrauisch um sich blickte, als erwarte er, irgendwo könne ein tollwütiger Hund versteckt sein. »Bravo!« rief er und tätschelte dem Kanzler den Rücken. »Das war wahrhaftig eine ausgezeichnete Rede! Ihr scheint mir der geborene Redner, Mann!«

»Oh, das ist gar nichts!« erwiderte der Kanzler und schlug bescheiden die Augen nieder. »Die meisten Redner sind nämlich *geboren*.«

Der Sub-Gouverneur rieb sich nachdenklich das Kinn. »Wahrhaftig, das stimmt ja!« gab er zu. »Ich habe es noch nie so betrachtet. Trotzdem, Ihr habt das sehr gut gemacht. Ein Wort im Vertrauen!«

Die weitere Unterredung fand nur noch im Flüsterton statt, und weil ich sowieso nichts mehr verstehen konnte, kam mir in den Sinn, mich auf die Suche nach Bruno zu machen.

Ich fand den kleinen Burschen im Korridor, wo ihn einer der Livrierten gerade anredete, der vor höchster Ehrerbietung nahezu bis zum Boden gekrümmt war, wobei seine Hände wie Fischflossen an ihm herabhingen. »Seine Erhabene Majestät,« sagte dieser respektvolle Mensch gerade, »belieben sich in Ihro Arbeitszimmer aufzuhalten, Euheit!« (Er beherrschte die Aussprache nicht ganz so perfekt wie der Kanzler.) Dorthin trottete Bruno nun, und ich hielt es für das beste, ihm zu folgen.

Der Gouverneur, ein großer würdevoller Mann mit ernsten, aber liebenswürdigen Gesichtszügen, saß gerade an einem mit Papieren bedeckten Schreibtisch und hielt auf seinem Knie eines der süßesten und lieblichsten kleinen Mädchen, das mir jemals zu sehen vergönnt war. Sie mochte vier oder fünf Jahre älter als Bruno sein, doch sie hatte die gleichen rosigen Wangen und sprühenden Augen und die gleiche Fülle braungelockten Haares. Ihr lebhaft lächelndes Gesicht sah in das ihres Vaters, und es war ein hübsches Bild, wie liebevoll die beiden Gesichter – das eine im Frühjahr des Lebens, das andere im Spätherbst – einander anblickten.

»Nein, du hast ihn noch nie gesehen«, sagte der alte Mann soeben, »das war nämlich gar nicht möglich, denn er war ganz lange fort – er ist von Land zu Land gereist auf der Suche nach Heilung – schon länger als du lebst, kleine Sylvie!«

Hier kletterte Bruno auf das andere Knie, und das hatte viele Küsse auf eine recht komplizierte Weise zur Folge.

»Er ist erst gestern Nacht zurückgekommen«, sagte der Gouverneur, als die Schmuserei vorüber war. »Er hat die letzten tausend Meilen Hals über Kopf zurückgelegt, um rechtzeitig zu Sylvies Geburtstag hier zu sein. Aber er ist ein unerbittlicher Frühaufsteher, und ich wage zu behaupten, daß er bereits in der Bibliothek ist. Kommt mit, wir besuchen ihn! Zu Kindern ist er immer sehr freundlich. Ihr werdet ihn bestimmt mögen.«

»Iss der Andre Profeffer auch da?« fragte Bruno mit ehrfürchtiger Stimme.

»Ja, sie sind zusammen angekommen. Der Andere Professor ist – nun, ihr werdet ihn vielleicht nicht ganz so sehr mögen. Er ist ein wenig *verträumter*, versteht ihr?«

»Ich wünsch mir *Sylvie* nur was verträumter«, sagte Bruno.

»Was *meinst* du damit, Bruno?« fragte Sylvie.

Bruno redete weiterhin auf seinen Vater ein: »Sie sagt, sie *kann nich*, nich? Aber ich glaub, es iss nich *kannich*, es iss *willnich*.«

»Sagt, sie *kann nicht* träumen!« wiederholte der Gouverneur verwirrt.

»Sagt sie *bestimmt*«, beharrte Bruno. »Sag ich zu ihr: ›Schluß mit dem Unterricht!‹, sagt sie: ›Oh, nich mal *im Traum* würd mich Schlußmachen einfallen!‹«

»Er will immer schon fünf Minuten, nachdem wir begonnen haben, mit dem Unterricht aufhören!« erklärte Sylvie.

»Fünf Minuten Unterricht pro Tag!« staunte der Gouverneur. »Bei *dem* Verhältnis kannst du nicht viel lernen, kleiner Mann!«

»Sagt Sylvie auch«, erwiderte Bruno. »Sie sagt, ich *will nich* Aufgaben machen. Und ich sag ihr immer wieder und wieder, ich *kann* se nich machen. Und was glaubs'de, sagt sie dann? Sie sagt: ›Es iss nich *kannich*, es iss *willnich*!‹«

»Wir wollen den Professor aufsuchen«, sagte der Gouverneur und vermied so klugerweise eine weitere Diskussion. Die Kinder kletterten von seinen Knien, ein jedes versicherte sich einer Hand, und das glückliche Trio machte sich auf den Weg zur Bibliothek – gefolgt von mir. Ich war unterdessen zu der Gewißheit gelangt, daß keiner von der Gesellschaft (ausgenommen für einige Augenblicke der Lordkanzler) auch nur im mindesten imstande war, mich zu sehen.

»Was hat er denn?« fragte Sylvie, die mit betonter Gesetztheit dahinschritt, um Bruno ein Vorbild zu geben, der auf der anderen Seite unaufhörlich hin und her hopste.

»Was er *hatte* – aber ich hoffe, er ist inzwischen wieder wohlauf – war Lumbago und Rheumatismus und ähnliches. Er hat sich nämlich *selbst* kuriert; er ist ein hochgelehrter Arzt. Er hat sogar drei neue Krankheiten erfunden und außerdem eine neue Art, wie man sich das Schlüsselbein bricht!«

»Iss es 'ne feine Art?« fragte Bruno.

»Nunja, hm, nicht *besonders*«, antwortete der Gouverneur, während wir die Bibliothek betraten. »Und da ist ja der Professor. Guten Morgen, Professor! Ich hoffe, Sie haben sich von der Reise wieder völlig erholt!«

Ein lustig aussehender, fetter kleiner Mann in einem geblümten Morgenrock, der unter jedem Arm ein großes Buch trug, kam von der anderen Seite des Raumes angetrottet und ging stracks vorüber, ohne den Kindern auch nur die mindeste Beachtung zu schenken. »Ich suche Band drei«, sagte er. »Haben Sie ihn zufällig gesehen?«

»Sie haben meine *Kinder* nicht gesehen, Professor!« rief der Gouverneur, griff ihn bei den Schultern und drehte ihn herum, so daß er ihnen das Gesicht zuwandte.

Der Professor lachte heftig: dann starrte er sie ein, zwei Minuten durch seine großen Brillengläser schweigend an.

Schließlich wandte er sich an Bruno. »Du hast hoffentlich eine gute Nacht gehabt, mein Kind?«

Bruno schaute verblüfft drein. »Ich hab dieselbe Nacht gehabt wie du«, antwortete er. »Seit gestern hat es nur *eine* Nacht gegeben!«

Nun war der Professor verblüfft. Er setzte die Brille ab und rieb sie mit seinem Taschentuch. Dann starrte er die Kinder abermals an. Darauf wandte er sich dem Gouverneur zu.»Sind sie angeleimt?« erkundigte er sich.

»Nein, sinn wir nich«, sagte Bruno, der sich durchaus für qualifiziert hielt, *diese* Frage zu beantworten.

Der Professor schüttelte traurig den Kopf. »Nicht mal in Halbleinen?«

»Warum solln wir halb in Leinen gehn?« sagte Bruno. »Wir iss doch kein Bettler!«

Aber der Professor hatte sie inzwischen ganz vergessen und sprach weiter mit dem Gouverneur. »Das wird Sie freuen zu hören«, sagte er, »die Barometersäule ist dabei, sich zu bewegen –«

»Schön, und in welche Richtung?« fragte der Gouverneur – und er fügte, zu den Kindern gewandt, hinzu, »Nicht, daß es *mich* sonderlich interessiert. Nur *er* glaubt nunmal, das beeinflusse das Wetter. Er ist nämlich ein enorm gescheiter Mann. Manchmal sagt er Sachen, die nur der Andere Professor versteht. Dann wieder sagt er etwas, das *keiner* verstehen kann. Wohin bewegt es sich, Professor? Auf oder ab?«

»Weder noch!« sagte der Professor und klatschte die Hände sacht zusammen. »Es geht seitwärts, wenn ich mich so ausdrükken darf.«

»Und welches Wetter hat *das* zur Folge?« fragte der Gouverneur. »Hört zu, Kinder! Nun könnt ihr etwas Wissenswertes erfahren!«

»Horizontales Wetter«, sagte der Professor, stürzte stracks auf die Türe zu und stolperte beinahe über Bruno, der gerade noch aus dem Weg hasten konnte.

»*Ist* er nicht gelehrt?« sagte der Gouverneur und sah ihm mit bewundernden Blicken nach. »Er läuft vor Gelehrtheit tatsächlich über!«

»Aber er brauch nich über *mir* zu laufen!« protestierte Bruno.

Der Professor war gleich wieder zurück: er hatte seinen Morgenmantel gegen einen Gehrock getauscht und ein paar seltsam anmutende Stiefel angezogen, deren Stulpen aus aufgespannten Regenschirmen bestanden. »Ich habe mir gedacht, das würde Sie interessieren«, sagte er. »*Das* sind die Stiefel für horizontales Wetter!«

»Aber was haben die Schirme an den Knien für einen Sinn?«

»Bei *normalem* Regen wären sie *nicht* besonders sinnvoll«, ge-

stand der Professor ein. »Aber wenn es jemals *horizontal* regnen sollte, verstehen Sie, dann wären sie unbezahlbar – einfach unbezahlbar!«

»Führt den Professor in den Frühstückssalon, Kinder«, sagte der Gouverneur, »und richtet ihnen aus, sie sollen nicht auf mich warten. Ich habe schon gefrühstückt, weil ich noch einige Arbeiten erledigen muß.« Die Kinder ergriffen die Hände des Professors so zutraulich, als wäre er seit Jahren ein guter Bekannter, und eilten mit ihm davon. Ich folgte respektvoll nach.

II. KAPITEL

Die unbekannte Freundin

Als wir den Frühstückssalon betraten, sagte der Professor gerade: »– und er hat bereits allein gefrühstückt: deshalb läßt er Sie bitten, nicht auf ihn zu warten, Mylady. Hierher, Mylady«, fügte er hinzu, »Hierher!« Und dann schleuderte er mit (wie mir schien) reichlich übertriebener Höflichkeit meine Abteiltüre auf und geleitete »– eine junge und allerliebste Dame!« herein, wie ich mit einiger Bitterkeit vor mich hinmurmelte. »Und das ist offensichtlich die Anfangsszene von Band I. *Sie* ist die Heroine. Und *ich* bin einer jener Komparsen, die nur auftreten, wenn es für die Entwicklung ihres Geschicks notwendig ist, und deren letzter Auftritt sich außerhalb der Kirche vollzieht, wo sie darauf warten, dem glücklichen Paar zu gratulieren!«

»Ja, Mylady, in Feenwalde umsteigen«, lauteten die nächsten Worte, die ich vernahm (oh, dieser äußerst devote Schaffner!). »Übernächste Station.« Und die Türe schloß sich, und die Dame machte es sich in ihrer Ecke bequem, und das monotone Stampfen der Maschine (es vermittelte einem das Gefühl, als sei der Zug ein gigantisches Monster, dessen gesamten Blutkreislauf wir spüren konnten) verkündete, daß wir erneut auf unserem Wege dahinrasten. Ich ertappte mich dabei, wie ich zu mir sagte: »Die Lady besaß eine vollendet geformte Nase, nußbraune Augen und Lippen –« und hier kam mir der Gedanke, daß es weit befriedigender wäre, »die Lady« selbst zu betrachten, als sich in zahlreichen Spekulationen zu ergehen.

Ich blickte mich vorsichtig um und – sah mich um meine Hoffnung betrogen. Der Schleier, der ihr ganzes Gesicht verhüllte, war zu dicht, als daß ich mehr als das Glitzern leuchtender Augen und die vage Kontur eines möglicherweise reizvollen, ovalen

Gesichtes zu erkennen vermochte, aber unglücklicherweise konnte es ebenso ein reiz*loses* sein. Ich schloß abermals die Augen und sagte mir: »– könntest keine günstigere Gelegenheit für ein telepathisches Experiment haben! Ich werde mir ihr Gesicht *vorstellen* und das Portrait nachher mit dem Original vergleichen.«

Zuerst krönte meine Anstrengungen überhaupt kein Ergebnis, obschon ich »schied den flinken Sinn«* mal hier-, mal dorthin auf eine Weise, die Aeneas, da war ich mir sicher, grün vor Neid hätte werden lassen: doch das matt erkannte Oval blieb ebenso provozierend leer wie zuvor – eine makellose Ellipse wie in einem mathematischen Schaubild sogar ohne Brennpunkte, die hier wohl die Funktion einer Nase oder eines Mundes erfüllen mochten. Allmählich gewann ich jedoch den Eindruck, daß ich mit einer gewissen Gedankenkonzentration *den Schleier wegdenken* und so eine flüchtige Impression von dem mysteriösen Gesicht bekommen konnte – bezüglich dessen die beiden Fragen »ist es hübsch?« und »ist es häßlich?« noch im schönen Gleichgewicht in meinem Denken schwebten.

Der Erfolg war partiell – und unbeständig – dennoch *war* da ein Ergebnis: dann und wann schien der Schleier in einem jähen Lichtblitz zu schwinden: bevor ich das Gesicht jedoch voll erfassen konnte, war alles wieder verborgen. Bei jeder dieser Blitzvisionen schien sich das Antlitz kindlicher und unschuldiger zu formen: und als ich den Schleier schließlich vollständig *weggedacht* hatte, war es unverkennbar das liebliche Gesicht der kleinen Sylvie!

»Also, entweder habe ich soeben von Sylvie geträumt«, sagte ich mir, »und dies ist die Wirklichkeit. Oder ich bin wirklich mit Sylvie zusammengewesen, und dies ist ein Traum. Ist das Leben vielleicht selbst nur ein Traum?«

Um mir die Zeit zu vertreiben, nahm ich den Brief heraus, der mich zu dieser plötzlichen Eisenbahnreise von meinem Londoner Heim zu einem unbekannten Fischerdorf an der Nordküste veranlaßt hatte, und las ihn abermals durch:

* AdÜ: Tennyson, Idylls of the King, The Passing of Arthur, Z. 227.

»Lieber alter Freund,

Ich bin sicher, es wird mir ein ebenso großes Vergnügen bereiten wie Dir, daß wir uns nach so vielen Jahren wieder sehen: und natürlich lasse ich Dir mein ganzes medizinisches Können, soweit ich es besitze, gern zuteil werden: doch Du weißt, man darf nicht gegen die berufliche Etikette verstoßen! Und Du bist bereits in den Händen eines erstklassigen Londoner Arztes, mit dem konkurrieren zu wollen für mich der Gipfel an Überheblichkeit wäre. (Ich habe keinen Zweifel, daß er mit der Diagnose, Dein Herz sei angegriffen, recht hat: alle Symptome bei Dir deuten darauf hin.) Jedenfalls habe ich eine Vorsorge als ärztliche Kapazität bereits getroffen – ich habe Dir einen Schlafraum im Erdgeschoß reserviert, so daß Du überhaupt keine Stufen zu steigen brauchst.

Deinem Brief entsprechend, erwarte ich Dich am Freitag mit dem letzten Zug: und bis dahin laß mich mit den Worten einer alten Weise sagen ›Oh for Friday nicht! Friday's lang a-coming!‹*

Immer Dein

ARTHUR FORESTER

P.S. Glaubst Du an Fügung?«

Dieses Postskriptum verwirrte mich beträchtlich. »Er ist ein zu vernünftiger Mann«, dachte ich, »um Fatalist geworden zu sein. Und dennoch, was kann er sonst damit meinen?« Und als ich den Brief faltete und wegsteckte, wiederholte ich unabsichtlich laut die Worte: »Glaubst du an Fügung?« Die feenhafte »Inkognita« wandte ob der unerwarteten Frage schnell den Kopf. »Nein, ich nicht!« sagte sie mit einem Lächeln. »Tun Sie's?«

»Ich – ich wollte diese Frage eigentlich gar nicht stellen!« stammelte ich ziemlich verlegen, da ich eine Konversation auf so unkonventionelle Art eingeleitet hatte.

Der Lady Lächeln wurde zu einem Lachen – kein mokierendes Lachen, sondern das Lachen eines glücklichen Kindes, das sich ganz behaglich fühlt. »So, wollten Sie das nicht?« sagte sie. »Dann ist das wohl ein Fall, den Ihr Ärzte als ›unbewußte Gehirntätigkeit‹ bezeichnet.«

* AdÜ: Schottisch für night.

»Ich bin kein Arzt«, antwortete ich. »Sehe ich etwa so aus? Oder wie kommen Sie auf die Idee?«

Sie wies auf das zuvor von mir gelesene Buch, welches nun so lag, daß sein Titel ›Herzkrankheiten‹ deutlich lesbar war.

»Man braucht kein *Arzt* zu sein«, sagte ich, »um Interesse an medizinischen Büchern zu zeigen. Es gibt eine andere Lesergruppe, die noch stärker interessiert ist –«

»Sie denken dabei an die *Patienten?*« unterbrach sie, wobei ein Blick liebevollen Bedauerns ihrem Antlitz neue Anmut verlieh. »Aber man braucht zu keiner von beiden zu gehören, um Interesse an wissenschaftlichen Büchern zu haben«, setzte sie in der offensichtlichen Absicht fort, ein möglicherweise schmerzliches Thema zu meiden. »Was enthält Ihrer Meinung nach mehr Wissen, das Buch oder der Verstand?«

»Eine ziemlich tiefschürfende Frage für eine Lady!« dachte ich bei mir, da ich mit dem dem Manne eigenen Dünkel den Intellekt der Frau für reichlich oberflächlich hielt. Und ich überlegte einen Augenblick, bevor ich antwortete. »Wenn Sie jeden *lebenden* Verstand meinen, so glaube ich nicht, daß da eine Entscheidung möglich ist. Es gibt so viel *niedergeschriebenes* Wissen, das keine lebende Seele jemals *gelesen* hat: und es gibt so viel *gedachtes* Wissen, das noch nicht *niedergeschrieben* worden ist. Aber wenn sie die gesamte menschliche Rasse meinen, dann denke ich, der *Verstand* enthält mehr: alles was in Büchern aufgezeichnet worden ist, muß schließlich einmal in irgendeinem *Verstand* gewesen sein.«

»Ist das nicht wie eine der Regeln aus der Algebra?« erkundigte sich Mylady. (»*Algebra* auch noch!« dachte ich mit wachsender Verwunderung.) »Ich meine damit, wenn wir die Gedanken als *Faktoren* betrachten, können wir dann nicht sagen, daß im kleinsten gemeinsamen Vielfachen aller *Verstandeskräfte* das aller *Bücher* enthalten ist; aber nicht umgekehrt?«

»Sicher können wir das!« antwortete ich ganz entzückt von diesem Gedanken. »Und was für eine großartige Sache das wäre«, fuhr ich verträumt fort, wobei ich eher laut dachte als sprach, »wenn wir diese Regel wirklich auf Bücher *anwenden* könnten! Sie wissen ja, um das kleinste gemeinsame Vielfache zu ermitteln,

multiplizieren wir nach der Zerlegung jeweils die verschiedenen höchsten Primfaktoren, alles andere fällt weg. Ebenso müßten wir jeden niedergeschriebenen Gedanken tilgen, ausgenommen den Satz, der ihn in höchster Intensität ausdrückt.«

Mylady lachte vergnügt. »Ich fürchte, *einige* Bücher würden bis auf das blanke Papier reduziert werden!« sagte sie.

»Ganz bestimmt. Die meisten Bibliotheken würden furchtbar an *Quantität* verlieren. Aber bedenken Sie einmal, was sie an *Qualität* gewönnen!«

»Wann wird es soweit sein?« fragte sie eifrig. »Wenn eine Wahrscheinlichkeit dafür zu *meinen* Lebzeiten besteht, werde ich lieber das Lesen aufgeben und darauf warten!«

»Nun, vielleicht in einigen tausend Jahren oder so –«

»Dann hat es keinen Zweck zu warten!« sagte Mylady. »Nehmen wir Platz. Uggug, mein Schatz, komm und setze dich zu mir!«

»Egal wohin, nur nicht zu *mir!*« grollte der Sub-Gouverneur »Der kleine Wicht bringt es immer wieder fertig, seinen Kaffee zu verschütten!«

Ich erriet sofort (was vielleicht auch der Leser erraten haben wird, falls er ein *ebenso* großes Geschick wie ich darin besitzt, Schlußfolgerungen zu ziehen), daß Mylady des Sub-Gouverneurs Frau und Uggug (ein widerlich fetter Bursche, ungefähr in Sylvies Alter, mit dem Gesichtsausdruck eines prämierten Schweines) beider Sohn war. Sylvie und Bruno ergänzten mit dem Lordkanzler die sieben Personen umfassende Gesellschaft.

»Und Sie haben wahrhaftig jeden Morgen ein Vollbad genommen?« fragte der Sub-Gouverneur, scheinbar in Fortsetzung eines Gesprächs mit dem Professor. »Auch in den ländlichen Gasthäusern?«

»O gewiß, gewiß!« antwortete der Professor, und ein Lächeln huschte über sein lustiges Gesicht. »Erlauben Sie mir, es zu erläutern. Es ist faktisch ein sehr simples Problem aus der Hydrodynamik. (Darunter versteht man eine Kombination von Wasser und Kraft). Nehmen wir ein Tauchbecken und einen Mann von großer Kraft (wie ich einer bin), der hineintaucht, so haben wir ein perfektes exemplum für diese Wissenschaft. Ich muß allerdings ausdrücklich darauf hinweisen«, setzte der Professor mit gesenkter Stimme und niedergeschlagenen Augen fort, »daß wir einen Mann von *außerordentlicher* Kraft benötigen. Er muß in der Lage sein, doppelt so hoch wie seine eigene Körpergröße vom Boden aus zu springen, und sich nach dem Absprung allmählich drehen, um mit dem Kopf zuerst aufzutreffen.«

»Ohje, dazu brauchen Sie doch einen *Floh*, keinen *Mann!*« rief der Sub-Gouverneur.

»Verzeihen Sie«, sagte der Professor. »Aber diese besondere Art Becken ist *nicht* für einen Floh geschaffen. Nehmen wir einmal an«, fuhr er fort und formte dabei seine Serviette zu einer zierlichen Girlande, »daß dies etwas darstellt, was vielleicht *das* Lebensbedürfnis unserer Epoche ist – des Aktiven Touristen Portables Becken. Sie können es auch abkürzen, wenn sie wollen«, hier schaute er zum Kanzler hinüber, »mit den Buchstaben A.T.P.B.«

Der Kanzler, der verwirrt registrierte, daß alle ihn fixierten, konnte nur in verlegenem Flüsterton murmeln: »Genau so!«

»Ein großer Vorteil dieses Vollbades besteht darin«, setzte der Professor fort, »daß es nur eine halbe Gallone Wasser braucht –«

»Dann würde ich es aber kein *Voll*bad nennen«, bemerkte Seine Sub-Exzellenz, »wenn Ihr Aktiver Tourist nicht *völlig* darin eintaucht!«

»Aber er taucht *wirklich* ein«, erwiderte der alte Mann sanft. »Der A.T. hängt das P.B. an einen Nagel – *so*. Dann leert er die Wasserkanne hinein – stellt die leere Kanne unter den Beutel – springt in die Luft – landet kopfüber im Beutel – das Wasser schießt um ihn zum Rande des Beutels hoch – und das wär's!« schloß er triumphierend. »Der A.T. ist ebenso gut unter Wasser, als wenn er ein, zwei Meilen in den Atlantik hinausgeschwommen wäre!«

»Und ist wahrscheinlich innerhalb von vier Minuten ertrunken –«

»Aber keineswegs!« antwortete der Professor mit einem stolzen Lächeln. »Nach etwa einer Minute dreht er in aller Ruhe einen

Stopfen am unteren Ende des P.B. heraus – das ganze Wasser rinnt in die Kanne zurück – und das wär es abermals!«

»Aber wie, in aller Welt, kann er wieder *aus* dem Beutel kommen?«

»*Das* ist meiner Meinung nach der schönste Teil der ganzen Erfindung«, sagte der Professor. »Überall an der Innenseite des P.B. nach oben hin befinden sich Schlingen für die Daumen; das ist etwa so, als ginge man eine Treppe hinauf, vielleicht nur ein wenig unbequemer; und sobald der A.T. alles außer seinem Kopf aus dem Beutel heraus hat, wird er sicher auf die eine oder andere Weise umstürzen – das garantiert das Gesetz der Schwerkraft. Und schon ist er wieder auf dem Boden!«

»Doch wohl etwas lädiert?«

»Nun ja, ein wenig angeschlagen schon; aber *er hat sein Vollbad gehabt:* das ist es wert.«

»Wundervoll! Man sollte es kaum glauben!« murmelte der Sub-Gouverneur. Der Professor nahm das als Kompliment und verbeugte sich mit einem befriedigten Lächeln.

»Wirklich *völlig* unglaubhaft!« fügte Mylady hinzu – zweifellos in der Absicht, ein noch größeres Kompliment zu erweisen. Der Professor verbeugte sich abermals, lächelte jedoch *diesmal* nicht.

»Ich kann Ihnen versichern«, sagte er ernst, »daß ich, *wenn das Becken fertig wäre*, es jeden Morgen benutzen würde. Den Auftrag dazu habe ich bestimmt *vergeben – dessen* bin ich ganz gewiß – als einziger Zweifel plagt mich die Frage, ob der Mann jemals mit der Herstellung fertig geworden ist. Es fällt mir schwer, mich nach so vielen Jahren daran zu erinnern –«

In diesem Augenblick öffnete sich langsam und knarrend die Türe, und Sylvie und Bruno sprangen auf und rannten den wohlvertrauten Schritten entgegen.

III. KAPITEL

Geburtstagsgeschenke

»Das ist mein Bruder!« stieß der Sub-Gouverneur in warnendem Flüsterton hervor. »Sprecht frei heraus und zwar schnell!«

Dieser Appell war offensichtlich an den Lordkanzler gerichtet, der sofort wie ein kleiner Junge, der das Alphabet aufsagt, mit schriller Monotonie einsetzte: »Wie ich schon bemerkte, Eure Sub-Exzellenz, diese ominöse Bewegung –«

»Ihr habt zu früh begonnen!« unterbrach der andere, kaum noch imstande, sich zu einem Flüstern zu zwingen, so groß war seine Erregung. »Er hat Euch noch nicht hören können. Fangt noch mal an!«

»Wie ich schon bemerkte«, psalmodierte gehorsam der Lordkanzler, »diese ominöse Bewegung hat bereits die Dimensionen einer Revolution angenommen!«

»Und wie *sind* die Dimensionen einer Revolution?« Die Stimme war liebenswürdig und sanft, und das Gesicht des großen, würdigen alten Mannes, der gerade das Zimmer betreten hatte und Sylvie an der Hand führte, wohingegen Bruno triumphierend auf seinen Schultern ritt, war viel zu großmütig und freundlich, um einen weniger schuldigen Mann zu erschrecken: doch der Lordkanzler erbleichte sofort und konnte die folgenden Worte nur mühsam artikulieren. »Die Dimensionen – Eure – Eure Erhabene Exzellenz? Ich – ich – verstehe nicht!«

»Nun, die Länge, Breite und Tiefe, wenn Ihnen das lieber ist!« Und der alte Mann lächelte leicht geringschätzig.

Der Lordkanzler erholte sich mit großer Mühe und wies zum offenen Fenster. »Wenn Eure Erhabene Exzellenz für einen Augenblick die Schreie der verbitterten Bevölkerung anzuhören belieben würden –« (»der verbitterten Bevölkerung!« unterstrich der Sub-Gouverneur noch einmal deutlich, da der Lordkanzler in einem Stadium größter Angst beinahe in ein Flüstern verfallen war) »– werdet Ihr erfahren, was sie wollen.«

Und in diesem Augenblick wogte ein heiserer, konfuser Schrei durch den Raum, dessen klar verstehbare Worte nur waren: »Weniger – Brot – Mehr – Steuern!« Der alte Mann lachte herzlich. »Was, in aller Welt –« hob er gerade an: aber der Kanzler hörte ihn nicht. »Ein Versehen!« murmelte er, eilte ans Fenster, von wo er alsbald mit einem Seufzer der Erleichterung zurückkehrte. »Hört *jetzt* zu!« rief er und hob nachdrücklich die Hand. Und nun bildeten sich die Worte sehr deutlich und mit der Regelmäßigkeit eines Uhrwerks, »Mehr – Brot – Weniger – Steuern!«

»Mehr Brot?« wiederholte der Gouverneur erstaunt. »Nanu, die neue Regierungs-Bäckerei wurde erst letzte Woche eröffnet, und ich gab Weisung, das Brot während der gegenwärtigen Notlage zum Selbstkostenpreis zu verkaufen! Was wollen sie denn *noch?*«

»Die Bäckerei ist geschlossen, Eueit!« sagte der Kanzler lauter und deutlicher, als er bisher gesprochen hatte. Er fühlte sich durch das Bewußtsein ermutigt, daß er wenigstens *diese Tatsache* belegen konnte: und er übergab dem Gouverneur einige gedruckte Bekanntmachungen, die mit einigen aufgeschlagenen Geschäftsbüchern auf dem Abstelltisch bereitlagen.

»Ja, ja, *ich* begreife!« murmelte der Gouverneur, indem er sie gleichgültig überflog. »Die Anordnung ist von meinem Bruder widerrufen und wird für *meine* Tat gehalten. Ziemlich raffinierte Intrige! Das ist in Ordnung!« fügte er laut hinzu. »Es ist mit meinem Namen unterzeichnet: deshalb nehme ich es auch auf mich. Aber was soll das mit den ›Weniger Steuern‹? Wie *kann* man sie überhaupt noch vermindern? Ich habe die letzte vor einem Monat abgeschafft!«

»Sie werden wieder eingezogen, Eueit, und zwar auf Eueits eigene Weisung!« und weitere Bekanntmachungen wurden zur Durchsicht übergeben.

Während der Gouverneur sie prüfte, streifte sein Blick ein-, zweimal den Sub-Gouverneur, der sich vor eines der aufgeschlagenen Geschäftsbücher gesetzt hatte und ganz in Addieren vertieft war; doch er wiederholte bloß. »Ist in Ordnung. Ich akzeptiere es als meine Entscheidung.«

»Und sie meinen außerdem«, fuhr der Kanzler verzagt fort – er ähnelte weit eher einem überführten Dieb als einem Staatsmann, »ein Regierungswechsel durch die Abschaffung des Sub-Gouverneurs – ich meine«, fügte er hastig hinzu, als er des Gouverneurs Verwunderung bemerkte, »die Abschaffung des Sub-Gouverneur-*Amtes* und für den derzeitigen Inhaber das Recht, in Abwesenheit des Gouverneurs als Vize-Gouverneur tätig zu sein – würde diese ganze witzige Unzufriedenheit besänftigen. Ich meine«, verbesserte er sich, wobei er auf ein Blatt Papier in seiner Hand blickte, »diese ganze *hitzige* Unzufriedenheit!«

»Seit fünfzehn Jahren«, warf eine tiefe, aber sehr durchdringende Stimme ein, »hat mein Mann das Amt des Sub-Gouverneurs inne. Das ist zu lang! Das ist viel zu lange!« Mylady war von jeher ein umfangreiches Geschöpf: doch wenn sie die Stirn runzelte und ihre Arme wie jetzt verschränkte, dann sah sie noch gigantischer als sonst aus, und man war versucht, sich vorzustellen, wie ein Heuschober aussähe, wenn er wütend wäre.

»Er würde sich wahrhaft als Fiese erweisen!« setzte Mylady fort, war jedoch zu dumm, den Doppelsinn ihrer Worte zu verstehen. »So sehr Fiese ist in Anderland schon seit Jahren niemand mehr gewesen.«

»Wie würdest du urteilen, Schwägerin?« erkundigte sich der Gouverneur sanft.

Mylady stampfte auf, was unwürdig war: und grunzte, was unschön war. »Mit Uhrteilen hat das nichts zu tun«, donnerte sie.

»Ich will meinen Bruder konsultieren«, sagte der Gouverneur. »Bruder!«

»– und sieben sind einhundertvierundneunzig, das sind sechzehn und zwei Pennies«, antwortete der Sub-Gouverneur. »Zwei hin, sechzehn im Sinn.«

Ganz in Bewunderung vertieft, hob der Kanzler Hände und Augenbrauen. »*Was* für ein Geschäftsmann!« murmelte er.

»Bruder, darf ich dich zu einer kurzen Unterredung in mein

Arbeitszimmer bitten?« sagte der Gouverneur nun etwas nachdrücklicher. Der Sub-Gouverneur erhob sich bereitwillig, und die beiden verließen gemeinsam das Zimmer.

Mylady wandte sich dem Professor zu, der die Kaffeemaschine geöffnet hatte und ihre Temperatur mit einem Taschenthermometer maß. »Professor!« hob sie so laut und überraschend an, daß selbst Uggug, der auf seinem Stuhl eingeschlummert war, zu schnarchen aufhörte und ein Auge öffnete. Der Professor steckte sein Thermometer sofort ein, faltete die Hände und drehte den Kopf mit freundlichem Lächeln nach einer Seite. »Ich nehme an, Ihr habt vor dem Frühstück meinen Sohn unterrichtet«, bemerkte Mylady hochmütig. »Ich hoffe, Ihr seid von seinem Talent hingerissen?«

»Oh, das trifft genau ins Schwarze, Mylady«, antwortete der Professor hastig und rieb sich unbewußt das Ohr, während ihm eine schmerzhafte Erinnerung in den Sinn zu kommen schien. »Ich wurde wahrlich durch seine Herrlichkeit ganz enorm hingerissen, das kann ich Ihnen versichern!«

»Er ist ein reizender Junge!« ereiferte sich Mylady. »Sogar seine Schnarcher sind musikalischer als die anderer Jungen!«

Wenn dem so *wäre*, schien der Professor zu denken, mußten die Schnarcher *anderer* Jungen um einiges zu schrecklich sein, als daß man sie ertragen konnte: aber er war ein vorsichtiger Mann und sagte nichts.

»Und er ist so gescheit«, setzte Mylady fort. »Keiner wird Eure Vorlesung höher zu schätzen wissen – übrigens, habt Ihr dafür schon eine Zeit festgelegt? Ihr habt nämlich nie eine gehalten: und habt es schon vor Jahren versprochen, ehe Ihr –«

»Ja, ja, Mylady, *ich* weiß! Vielleicht nächsten Dienstag – oder Dienstag in einer Woche –«

»Das paßt sehr gut«, sagte Mylady gnädig. »Natürlich werdet Ihr den Anderen Professor ebenfalls eine Vorlesung halten lassen?«

»Ich glaube *nicht*, Mylady«, antwortete der Professor zögernd. »Sehen Sie, er steht immer mit dem Rücken zum Publikum. Das mag beim *Deklamieren* angebracht sein; aber beim *Dozieren* –«

»Da habt Ihr recht«, sagte Mylady. »Und wenn ich es so überdenke, wird auch kaum Zeit für mehr als *eine* Vorlesung sein. Und sie wird besser zur Geltung kommen, wenn wir mit einem Bankett und einem Kostümball beginnen –«

»Ganz bestimmt!« rief der Professor voller Enthusiasmus.

»Ich werde als Heuschrecke kommen«, setzte Mylady ruhig fort. »Als was werdet Ihr kommen, Professor?«

Der Professor lächelte schwach. »Ich komme als – also so früh wie möglich, Mylady.«

»Ihr braucht nicht zu kommen, ehe die Türen offen sind«, sagte Mylady.

»Kann ich auch nicht«, sagte der Professor. »Entschuldigen Sie mich für einen Augenblick. Lady Sylvie hat heute Geburtstag, und da möchte ich –« und er stürzte davon.

Bruno begann, in seinen Taschen zu graben und wurde dabei immer melancholischer: dann steckte er den Daumen in den Mund und überlegte eine Minute: darauf verließ er geräuschlos das Zimmer.

Er war kaum fort, als der Professor ganz außer Atem wieder zurückkam. »– dir gern noch viele glückliche Geburtstage wünschen, mein liebes Kind!« setzte er seine Ansprache an das lächelnde kleine Mädchen fort, das auf ihn zugerannt war. »Erlaube mir, dir ein Geburtstagsgeschenk zu überreichen. Das ist ein gebrauchtes Nadelkissen, mein Liebes. Und es hat bloß vierzehneinhalb Pennies gekostet!«

»Danke schön, das ist *sehr* hübsch!« Und Sylvie belohnte den alten Mann mit einem herzhaften Kuß.

»Und die *Nadeln* haben sie mir noch umsonst dazugegeben!« erläuterte der Professor hocherfreut. »Ganze fünfzehn und nur *eine* krumm!«

»Ich mach mir einen *Haken* aus der krummen!« sagte Sylvie. »Damit kann ich dann Bruno angeln, wenn er von seinen Aufgaben wegläuft!«

»Du kannst nicht erraten, was ich für ein Geschenk habe!« sagte Uggug, der die Sauciere vom Tisch genommen hatte und mit tückischer Miene hinter ihr stand.

»Nein, das kann ich wirklich nicht«, bestätigte Sylvie ohne aufzublicken. Sie prüfte nämlich immer noch des Professors Nadelkissen.

»*Da* ist es!« rief der böse Bube jauchzend, indem er die Sauciere über sie leerte und sich vergnügt grinsend und Beifall heischend ob seiner Klugheit umsah.

Sylvie lief zornrot an, während sie die Soße von ihrem Kleidchen abwischte: doch sie preßte die Lippen fest zusammen und ging zum Fenster hinüber, wo sie stehenblieb und, mühsam ihr Temperament zügelnd, hinausschaute.

Uggugs Triumph war äußerst kurz: der Sub-Gouverneur war gerade zur rechten Zeit gekommen, um Zeuge des Humors seines lieben Kindes zu sein, und im nächsten Moment wandelte eine wohlplatzierte Ohrfeige dessen Grinseglück in Jammerschrei.

»Mein Liebling!« klagte seine Mutter und nahm ihn in ihre fetten Arme. »Hat man seine Ohren grundlos geschlagen? Mein liebes Lämmchen!«

»Es geschah nicht *grundlos!*« grollte wütend der Vater. »Seid Ihr Euch bewußt, Madam, daß *ich* das Haushaltsgeld aus einer feststehenden, jährlichen Summe zahle? Dieser Verlust dieser total verschwendeten Soße trifft allein *mich!* Hört Ihr, Madam?«

»Haltet den Mund, Sir!« Mylady sprach ganz leise – fast flüsternd. Doch da war etwas in ihrem *Blick*, das ihn verstummen hieß. »Seht Ihr denn nicht, daß es nur ein Scherz war? Und noch dazu ein sehr guter! Er hat damit nur gemeint, daß er keinen *so sehr* liebt wie sie! Und statt über das Kompliment erfreut zu sein, geht das boshafte kleine Ding beleidigt fort!«

Der Sub-Gouverneur hatte im Themenwechseln viel Übung. Er schritt zum Fenster hinüber. »Meine Liebe«, sagte er, »ist das da unten etwa ein *Schwein*, was ich zwischen deinen Blumenbeeten herumwühlen sehe?«

»Ein *Schwein*!« kreischte Mylady, stürzte ans Fenster und stieß in ihrer Besorgnis, selbst danach zu sehen, ihren Gatten beinahe hinaus. »Wessen Schwein ist es? Wie ist es reingekommen? Wo steckt bloß dieser verrückte Gärtner?«

In diesem Augenblick betrat Bruno wieder das Zimmer, lief an

Uggug vorbei (der gerade aufs Lauteste zeterte in der Hoffnung, Aufmerksamkeit zu erregen), als sei er solches gewöhnt, rannte auf Sylvie zu und schlang die Arme um sie. »Ich war bei meiner Spielzeugkiste«, sagte er mit sehr sorgenvoller Miene, »wollte sehen, ob da *ein* schönes Geschenk für dich iss! Aber da iss nich *keins*. Iss alles kaputt, jedes. Un ich hab nich kein Geld mehr für ein Geburtstagsgeschenk. Keins kann ich dir nich geben als diss!« (»Diss« war eine sehr innige Umarmung und ein Kuß.)

»Oh danke, Liebling!« rief Sylvie. »Ich mag *dein* Geschenk am allerliebsten!« (Doch wenn dem so war, warum gab sie es dann so schnell zurück?)

Seine Sub-Exzellenz wandte sich um und tätschelte den beiden Kindern mit seinen langen, schmalen Händen den Kopf. »Geht jetzt, ihr Lieben!« sagte er. »Wir haben hier Geschäftliches zu besprechen.«

Sylvie und Bruno gingen Hand in Hand davon; doch als sie schon an der Tür waren, kam Sylvie noch einmal zurück und ging zaghaft auf Uggug zu. »Das mit der Soße macht mir nichts aus«, sagte sie, »– und mir – mir tut es leid, daß er dir weh getan hat!« und sie versuchte, dem kleinen Rüpel die Hand zu geben: doch der lamentierte nur noch lauter und wollte sich nicht mit ihr versöhnen. Seufzend verließ Sylvie das Zimmer.

Der Sub-Gouverneur starrte seinen weinenden Sohn wütend an. »Verschwinde aus dem Zimmer, Bursche!« sagte er, so laut er sich traute. Seine Frau lehnte immer noch aus dem Fenster und sagte immer wieder: »Ich kann das Schwein *nicht* sehen! Wo *ist* es?«

»Es hat sich nach rechts entfernt – nun ein wenig nach links«, sagte der Sub-Gouverneur, aber er stand mit dem Rücken zum Fenster und gab dem Lordkanzler Zeichen, indem er mit listigem Nicken und Kniepen auf Uggug und die Tür deutete.

Endlich begriff der Kanzler die Botschaft, durchquerte das Zimmer und faßte das reizende Kind beim Ohr – im nächsten Augenblick waren er und Uggug aus dem Zimmer, und die Tür schloß sich hinter ihnen: jedoch nicht, ohne daß zuvor ein durch-

dringender Schrei quer durch den Raum tönte und die Ohren der liebevollen Mutter erreichte.

»Was soll der gräßliche Lärm?« fragte sie wütend und drehte sich zu ihrem erschrockenen Gatten um.

»Wohl irgendeine Hyäne – oder sowas«, antwortete der Sub-Gouverneur und sah unschuldig zur Decke hoch, als sei dort der Ort, wo man sie für gewöhnlich anzutreffen pflege. »Gehen wir zum Geschäftlichen über, meine Liebe. Hier kommt der Gouverneur.« Und er hob ein herumfliegendes Manuskriptstück vom Boden auf, auf dem ich gerade noch die Worte lesen konnte ›nachdem die Wahl ordnungsgemäß durchgeführt ist, können der besagte Sibimet und seine Frau Tabikat nach ihrem Belieben die Annahme kaiserlicher –‹, bevor er es mit einem schuldbewußten Blick in der Hand zerknüllte.

IV. KAPITEL

Eine durchtriebene Konspiration

In diesem Moment trat der Gouverneur ein: dicht gefolgt vom Lordkanzler, der, leicht errötet und außer Atem, seine Perücke zurechtrückte, die ihm scheinbar teilweise vom Kopf gezerrt worden war.

»Wo ist denn mein Goldkind hin?« verlangte Mylady zu wissen, als die Vier an dem kleinen Abstelltisch Platz nahmen, der mit Geschäftsbüchern, Papierrollen und Rechnungen bedeckt war.

»Er hat vor wenigen Minuten das Zimmer verlassen – zusammen mit dem Lordkanzler«, erklärte der Sub-Gouverneur knapp.

»Ah!« sagte Mylady und lächelte dem hohen Beamten wohlwollend zu. »Eure Lordschaft hat bei Kindern wirklich eine sehr glückliche Hand! Ich bezweifele, daß jemand so schnell das *Ohr* meines Lieblings Uggug erreichen kann wie *Ihr.*« Angesichts ihrer Dämlichkeit war Myladys Bemerkung kurioserweise voller Sinn, was ihr selbst völlig entging.

Der Kanzler verneigte sich mit sichtlichem Unbehagen. »Ich glaube, der Gouverneur war dabei, etwas zu sagen«, versuchte er das Thema zu wechseln.

Mylady war jedoch nicht zu bremsen. »Er ist ein begabter Junge«, ergänzte sie voller Begeisterung, »aber er braucht unbedingt einen Mann wie Eure Lordschaft, *der ihn herausfordert!*«

Der Kanzler biß sich auf die Lippen und schwieg. Offenkundig befürchtete er, daß sie, so dusselig sie auch aussah, gleichwohl verstand, was sie diesmal gesagt hatte, und nun einen Scherz auf seine Kosten machte. Er hätte sich all seine Besorgnis sparen können: welchen Nebensinn ihre *Worte* auch immer enthalten mochten, sie selbst bemerkte davon überhaupt nichts.

»Es ist alles beschlossen!« verkündete der Gouverneur, ohne Zeit mit Präliminarien zu verschwenden. »Das Sub-Gouverneur-Amt ist abgeschafft, und mein Bruder ist bevollmächtigt, in meiner Abwesenheit als Vize-Gouverneur zu fungieren. Da ich jetzt eine Zeitlang auf Reisen gehe, wird er sofort sein neues Amt antreten.«

»Dann haben wir jetzt also wirklich einen Fiesen?« erkundigte sich Mylady.

»Ich hoffe es!« antwortete der Gouverneur lächelnd.

Mylady blickte sehr erfreut drein und versuchte, die Hände zusammenzuklatschen: doch hätte man ebensogut zwei Federbetten zusammenknuffen können, um ein Geräusch zu verursachen. »Wenn mein Gatte fiese ist«, sagte sie, »wird es ebenso sein, als hätten wir hundert fiese Gouverneure!«

»Hört, hört!« rief der Sub-Gouverneur.

»Du scheinst es sehr bemerkenswert zu finden«, mutmaßte Mylady mit einiger Strenge, »daß deine Frau einmal die Wahrheit spricht!«

»Nein, ganz und gar nicht *bemerkenswert*«, erklärte ängstlich ihr Gatte. »*Nichts*, was *du* sagst, ist bemerkenswert, Süße!«

Mylady belächelte die Erklärung beifällig und fuhr fort. »Und ich bin fiese Gouverneurin?«

»Wenn du es vorziehst, diesen Titel zu wählen«, sagte der Gouverneur: »aber die korrekte Anrede ist ›Eure Exzellenz‹. Und ich vertraue darauf, daß beide, ›Seine Exzellenz‹ wie auch ›Ihre Exzellenz‹, den Vertrag einhalten werden, den ich aufgesetzt habe. Die Klausel, auf die es mir besonders ankommt, ist diese.« Er entrollte eine große Pergamentrolle und las laut und deutlich die Worte »›*item*, daß wir den Armen Unterstützung gewähren werden.‹ Der Kanzler hat es für mich formuliert«, fügte er hinzu und warf einen flüchtigen Blick auf diesen großen Funktionär. »Ich nehme doch an, daß das Wort ›*item*‹ eine schwerwiegende, juristische Bedeutung hat?«

»Zweifellos!« antwortete der Kanzler, so deutlich er es mit einer Schreibfeder zwischen den Lippen vermochte. Er rollte und entrollte nervös verschiedene andere Schriftstücke und schuf zwi-

schen ihnen Platz für das, welches der Gouverneur ihm gerade ausgehändigt hatte. »Dies sind bloß die ersten Entwürfe«, erklärte er: »und sobald ich die letzten Korrekturen angebracht habe –« er richtete unter den verschiedenen Pergamenten ein großes Durcheinander an, »– ein oder zwei Semikolons, die ich zufällig ausgelassen habe –« hier flitzte er mit der Feder in der Hand von einem Teil der Papierrolle zu einem anderen und pflasterte seine Korrekturen mit Löschpapierseiten, »und alles wird zur Unterschrift fertig sein.«

»Sollte man es nicht zuerst lesen?« erkundigte sich Mylady.

»Nicht nötig, nicht nötig!« riefen der Sub-Gouverneur und der Kanzler eifrigst wie aus einem Munde.

»Überhaupt nicht notwendig«, pflichtete der Gouverneur sanft bei. »Dein Gatte und ich sind es zusammen durchgegangen. Es besagt, daß er die volle Machtbefugnis des Gouverneurs innehaben und das Verfügungsrecht über das Jahresbudget, das dem Amte zusteht, bis zu meiner Rückkehr oder andernfalls bis zu Brunos Volljährigkeit behalten soll: und daß er das Gouverneursamt, die restlichen Einnahmen und die Staatskasse, die unter seiner Amtsführung unangetastet bleiben muß, mir selbst oder Bruno, je nach Lage der Dinge, übergeben soll.«

Die ganze Zeit über war der Sub-Gouverneur mit Hilfe des Kanzlers dabei, die Papiere Seite für Seite umzuwenden und dem Gouverneur die Stelle zu zeigen, wo er unterschreiben mußte. Dann unterschrieb er selbst, und Mylady und der Kanzler fügten ihre Namen als Zeugen hinzu.

»Schnelles Scheiden ist am besten«, sagte der Gouverneur. »Alles ist für meine Reise gerichtet. Meine Kinder warten unten, um mich zu verabschieden.« Er küßte Mylady feierlich, schüttelte seinem Bruder und dem Kanzler die Hände und verließ das Zimmer.

Die Drei warteten schweigend, bis das Räderrollen signalisierte, daß der Gouverneur außer Hörweite war: dann brachen sie zu meiner Überraschung in dröhnendes, unbändiges Gelächter aus.

»Was für ein Streich, oh, was für ein Streich!« jubelte der

Kanzler. Und er und der Vize-Gouverneur faßten einander bei den Händen und hopsten wild im Zimmer umher. Mylady war zu würdevoll, um zu hopsen, doch ihr Lachen glich dem Wiehern eines Pferdes, und sie schwenkte ihr Taschentuch über dem Kopf: selbst ihrem beschränkten Verstand war klar geworden, daß *etwas* sehr Raffiniertes vorgefallen war, doch *was*, das mußte sie erst noch erfahren.

»Du hast versprochen, ich soll alles erfahren, wenn der Gouverneur fort ist«, bemerkte sie, sobald sie sich Gehör verschaffen konnte.

»Und das sollst du auch, Tabby!« antwortete ihr Gatte leutselig und zeigte ihr, indem er das Löschpapier entfernte, zwei Pergamente, die nebeneinanderlagen. »Dies hier hat er gelesen, aber nicht unterzeichnet: und dies hat er unterzeichnet, aber nicht gelesen. Siehst du, es war alles abgedeckt, bis auf die Stelle für die Unterschrift –«

»Ja, ja!« unterbrach Mylady eifrig und begann damit, die beiden Abkommen zu vergleichen. »›*Item*, daß er die Machtbefugnis des Gouverneurs während des Gouverneurs Abwesenheit anwenden soll.‹ Nanu, das heißt ja jetzt ›absoluter Gouverneur auf Lebenszeit mit dem Titel Kaiser sein soll, sobald zu diesem Amte vom Volke gewählt.‹ Was! Du bist *Kaiser*, Liebling?«

»Noch nicht, meine Liebe«, antwortete der Vize-Gouverneur. »Es wäre unklug, dieses Schriftstück gegenwärtig sehen zu lassen. Alles zu seiner Zeit.«

Mylady nickte und las weiter. »›*Item*, daß wir den Armen gegenüber großzügig sein werden.‹ Hach, das ist ja ganz weggelassen!«

»Das ist doch klar!« sagte ihr Gatte. »Schließlich wollen *wir* uns nicht um die elenden Wichte kümmern!«

»*Sehr gut*«, stimmte Mylady nachdrücklich zu und las weiter. »›*Item*, daß der Inhalt der Staatskasse unangetastet bleiben muß.‹ Also, das lautet hier ›dem Vize-Gouverneur uneingeschränkt zur Verfügung stehen soll‹! Ach, Sibby, *das* war aber ein geschickter Schachzug! Denk nur mal an, *all* die Juwelen! Kann ich gehen und sie mir gleich anlegen?«

»Doch nicht *gleich*, Liebchen«, antwortete ihr Gatte verlegen. »Sieh mal, die öffentliche Meinung ist dafür noch nicht ganz reif. Wir müssen behutsam vorgehen. Aber natürlich werden wir sofort den Vierspänner in Besitz nehmen. Und sobald wir ohne Risiko eine Wahl abhalten können, werde ich den Titel Kaiser annehmen. Sie werden jedoch kaum zulassen, daß wir uns bei den Juwelen bedienen, solange sie wissen, daß der Gouverneur lebt. Wir müssen die Nachricht von seinem Tod verbreiten. Eine kleine Konspiration –«

»Eine Konspiration!« rief entzückt die Lady und klatschte in die Hände. »Von allem ist mir die Konspiration am *liebsten!* Sie ist so spannend!«

Der Vize-Gouverneur und der Kanzler tauschten ein, zwei Winke aus. »Laßt sie nur nach Herzenslust konspirieren!« flüsterte der geschickte Kanzler. »Es wird nichts schaden!«

»Und wann soll die Konspiration –«

»Pscht!« unterbrach sie ihr Ehemann hastig, da sich die Türe öffnete, und Sylvie und Bruno eintraten, ihre Arme liebevoll umeinandergeschlungen – Bruno schluchzte heftig, indem er sein Gesicht an die Schulter seiner Schwester barg; Sylvie gab sich gefaßter und ruhiger, doch Tränen rannen auch ihr die Wangen runter.

»Müßt nicht so greinen!« sagte der Vize-Gouverneur scharf, doch ohne jegliche Wirkung auf die weinenden Kinder. »Munter sie was auf!« gab er Mylady zu verstehen.

»Kuchen!« murmelte Mylady mit unvermuteter Entscheidungskraft vor sich hin, durchquerte das Zimmer und öffnete einen Schrank, von dem sie sogleich mit zwei Stücken Rosinenkuchen zurückkehrte. »Eßt und heult nicht!« lauteten ihre kurzen und simplen Befehle: und die armen Kinder setzten sich nebeneinander, schienen jedoch zum Essen keinerlei Lust zu verspüren.

Zum zweiten Mal öffnete sich die Türe – oder vielmehr wurde sie diesmal aufge*stoßen* – und Uggug stürmte ungestüm ins Zimmer und brüllte: »Der olle Bettler ist wieder da!«

»Er soll kein Essen bekommen –« begann der Vize-Gouverneur, doch der Kanzler unterbrach ihn. »Ist schon in Ordnung«, sagte er mit leiser Stimme. »Die Diener haben ihre Befehle.«

»Er steht genau hier drunter«, sagte Uggug, der zum Fenster gegangen war und in den Hof hinabblickte.

»Wo, mein Liebling?« fragte seine zärtliche Mutter und schlang die Arme um den Nacken des kleinen Monsters. Wir alle (außer Sylvie und Bruno, die von dem Geschehen keinerlei Notiz nahmen) folgten ihr zum Fenster. Der alte Bettler sah mit hungrigen Augen zu uns hinauf. »Nur 'ne Brotkruste, Eure Hoheit!« bat er. Er war ein schöner alter Mann, aber er sah furchtbar krank und elend aus. »Ich bitt' nur um 'ne Kruste!« wiederholte er. »'ne einz'ge Kruste und ein wenig Wasser.«

»Da hast du Wasser, trink das!« brüllte Uggug und leerte eine Kanne Wasser über seinem Kopf.

»Gut gemacht, mein Junge!« johlte der Vize-Gouverneur. »So muß man mit dem Gesindel umgehen!«

»Kluger Junge!« pflichtete die Gouverneurin bei. »*Hat* er nicht tolle Einfälle?«

»Verpaßt ihm eins mit 'nem Knüppel!« schrie der Vize-Gouverneur, als der alte Bettler das Wasser von seinen Kleidern schüttelte und abermals bescheiden hochblickte.

»Verpaßt ihm eins mit 'nem rotglühenden Schürhaken!« stimmte Mylady ein.

Möglicherweise war kein rotglühender Schürhaken zur Hand: einige Stöcke waren jedoch sogleich verfügbar, und drohende Gesichter umringten den armen, alten Wanderer, der sie mit ruhiger Würde in Zaum hielt. »Unnötig, meine alten Knochen zu brechen«, sagte er. »Ich geh schon. Nicht mal 'ne Kruste!«

»Armer, *armer* Mann!« klagte ein vom Schluchzen halb ersticktes Stimmchen an meiner Seite. Bruno war ans Fenster getreten und wollte seinen Rosinenkuchen hinauswerfen, aber Sylvie hielt ihn zurück.

»Er *soll* meinen Kuchen haben!« schrie Bruno und kämpfte sich leidenschaftlich von Sylvies Arm frei.

»Ja, ja, mein Liebling!« besänftigte ihn Sylvie. »Aber *wirf* ihn nicht hinaus. Siehst du nicht, daß er schon fort ist? Komm, wir folgen ihm.« Und sie führte ihn aus dem Zimmer, ohne daß die übrige Gesellschaft sie beachtete, die ganz in das Schauspiel vertieft war, das der alte Bettler bot.

Die Konspiranten kehrten wieder an ihre Plätze zurück und setzten ihr Gespräch leise fort, um nicht von Uggug gehört zu werden, der immer noch am Fenster stand.

»Ach, übrigens, da war noch was über Brunos Nachfolge im Gouverneursamt«, sagte Mylady. »Wie lautet *das* in dem neuen Vertrag?«

Der Kanzler kicherte. »Genauso, Wort für Wort«, sagte er, »mit *einer* Ausnahme, Mylady. Statt ›Bruno‹ nahm ich mir die Freiheit und fügte –« er drosselte die Stimme zu einem Flüstern, »– und fügte ›Uggug‹ ein, versteht Ihr?«

»Uggug, nicht möglich!« rief ich in einem Sturm der Entrüstung aus, da ich mich nicht länger zu beherrschen wußte. Um diese wenigen Worte hervorzubringen, schien es gewaltiger Mühe zu bedürfen: doch als der Schrei einmal heraus war, schwand alle Anstrengung sofort: eine plötzliche Bö fegte die gesamte Szenerie hinweg, und ich fand mich wieder, wie ich aufrecht auf meinem Platz saß und die junge Lady in der gegenüberliegenden Ecke des Abteils anstarrte, die nun ihren Schleier gelüftet hatte und mich mit einem Ausdruck amüsierten Erstaunens betrachtete.

V. KAPITEL

Ein Bettler-Palast

Daß ich im Erwachen *etwas* gesagt hatte, spürte ich ganz sicher: und selbst wenn der verwunderte Blick meiner Reisegefährtin nicht Beweis genug gewesen wäre, der heisere, unterdrückte Schrei gellte noch immer in meinen Ohren: aber was konnte ich schon zur Entschuldigung sagen?

»Ich hoffe, ich habe Sie nicht erschreckt?« stammelte ich schließlich. »Ich weiß nicht mehr, was ich gesagt habe. Ich habe geträumt.«

»Sie haben gesagt, *›Uggug, nicht möglich!‹*« antwortete die junge Lady mit bebenden Lippen, die sich trotz all ihrer Anstrengungen, ernst auszusehen, von selbst zu einem Lächeln bogen. »Übrigens haben Sie es nicht *gesagt* – Sie haben es *geschrien!*«

»Das tut mir ehrlich leid«, war alles, was ich zu sagen vermochte, denn ich fühlte mich sehr zerknirscht und hilflos. »Sie hat *tatsächlich* Sylvies Augen!« dachte ich bei mir, sogar jetzt noch halbwegs in Zweifel, ob ich wirklich wach wäre. »Und dieser süße Blick unschuldigen Staunens ist auch ganz Sylvies. Doch Sylvie hat *nicht* diesen unbewegten, resoluten Mund – und auch nicht diesen geistesabwesenden Blick verträumter Traurigkeit wie jemand, der vor sehr langer Zeit drückende Sorgen gehabt hat –« und meine üppig drängende Phantasie verhinderte beinahe, daß ich die nächsten Worte der Lady mitbekam.

»Wenn Sie einen ›Groschenroman‹ zur Hand gehabt hätten«, setzte sie fort, »etwas über Geister – oder Dynamit – oder Mitternachtsmorde – dann könnte man es verstehen. Aber wahrhaftig – nur mit einer *medizinischen Abhandlung*, also wissen Sie –« und mit einem reizenden, geringschätzigen Schulterzucken warf sie einen flüchtigen Blick auf das Buch, über dem ich eingeschlafen war.

Die Herzlichkeit und die völlige Offenheit verblüfften mich für einen Augenblick; doch da war kein Hauch von Keckheit oder Dreistigkeit an dem Kind – denn ein Kind schien sie fast noch zu sein: ich schätzte sie knapp über zwanzig –, sondern alles war von der unschuldigen Freimütigkeit eines Engels auf Besuch, dem Erdenregeln und gesellschaftliche Konventionen – oder wenn du so willst, das Barbarentum – unbekannt sind. »Gerade so«, grübelte ich, »wird *Sylvie* in weiteren zehn Jahren aussehen und sprechen.«

»Sie machen sich demnach nichts aus Geistern«, wagte ich zu vermuten, »außer wenn sie ganz fürchterlich sind?«

»Ganz recht«, pflichtete die Lady bei. »Die regulären Eisenbahngeister – ich denke dabei an die Geister der normalen Eisenbahnliteratur – sind eine ziemlich dürftige Sache. Ich neige dazu, mit den Worten Alexander Selkirks zu sagen, ›Ihre Zahmheit erschreckt mich‹! Und sie begehen niemals irgendwelche Mitternachtsmorde. Sie können sich ja nicht einmal ›in Blut wälzen‹, um sich am Leben zu erhalten!«

»›In Blut wälzen‹ ist wahrhaftig eine ausdrucksvolle Formulierung. Doch kann man das in einer Flüssigkeit, also ich weiß nicht recht?«

»Ich glaube *nicht*«, antwortete die Lady sogleich – als habe sie schon lange darüber nachgedacht. »Sie muß ein bißchen dickflüssig sein. In Brottunke könnte man sich beispielsweise wälzen. Wenn sich ein Geist wälzen will, wäre die in Weiß recht kleidsam für ihn!«

»Haben Sie vielleicht einen furchterregenden Geist in diesem Buch?« mutmaßte ich.

»Wie *haben* Sie das bloß erraten?« rief sie mit gewinnender Offenheit und reichte mir den Band. Voll Eifer schlug ich ihn mit einem angenehmen Prickeln auf (das eine gute Geistergeschichte verursacht), gepaart mit dem »unheimlichen« Zufall, den Gegenstand ihrer Studien so plötzlich erahnt zu haben.

Es war ein Kochbuch; das Rezept für Brottunke war aufgeschlagen.

Ich gab das Buch zurück und mußte wohl ein wenig beschämt

dreinblicken, denn die Lady lachte vergnügt ob meiner Verwirrung. »Ich kann Ihnen versichern, das ist weitaus aufregender als mancher von den modernen Geistern. Da war zum Beispiel im letzten Monat ein Geist – ich meine keinen richtigen Geist – aus der Tranzendenz –, sondern einen Geistesblitz in einem Magazin. Das war ein äußerst *fader* Geist. Der hätte nicht mal eine Maus erschreckt. Das war ein Geist, dem man bestimmt keinen Stuhl anbieten würde!«

»Fünf Dutzend plus zehn Jahre, Glatze und Brille sind manchmal eben doch von Vorteil!« sagte ich mir. »Statt eines Jungen und eines Mädchen voller Schüchternheit, die mühsam und mit scheußlichen Pausen Einsilber artikulieren, haben wir hier einen alten Mann und ein Kind, die ganz zwanglos miteinander plaudern, als wären sie alte Bekannte! Dann glauben Sie«, setzte ich laut fort, »daß wir *manchmal* einen Geist bitten sollten, Platz zu nehmen. Gibt es vielleicht irgendeine Autorität dafür? Zum Beispiel Shakespeare – es gibt bei ihm viele Geister – gibt Shakespeare an irgendeiner Stelle die Regieanweisung ›reicht dem Geist einen Stuhl‹?«

Einen Augenblick lang sah die Lady verlegen und nachdenklich drein: dann klatschte sie *schier* in die Hände. »Ja, ja, er *tut's!*« rief sie. »Er läßt Hamlet sagen: ›Ruh, ruh, verstörter Geist!‹«*

»Und das soll sich dann auf einen Lehnstuhl beziehen?«

»Meiner Meinung nach auf einen Schaukelstuhl –«

»Umsteigbahnhof Feenwalde, Mylady, nach Elfenau umsteigen!« verkündete der Schaffner, wobei er die Türe des Abteils aufriß: und bald schon befanden wir uns, umgeben von unserem ganzen tragbaren Eigentum, auf dem Bahnsteig.

Die Unterbringung für die Reisenden, die auf diesem Umsteigbahnhof warten mußten, erwies sich als besonders unzulänglich – eine einzige Holzbank, auf der scheinbar nur drei Plätze vorgesehen waren: und sogar die waren schon teilweise von einem sehr alten Mann im Bauernkittel eingenommen, der mit gerundeten Schultern und schlaff hängendem Kopf dasaß und mit den Hän-

* AdÜ: Shakespeare, Hamlet I, 4.

den das Ende eines Stockes derart umklammerte, daß sie eine Art Kopfkissen für das runzlige Gesicht mit dem geduldigen und müden Blick formten.

»Los, verschwinde!« fuhr der Stationsvorsteher den armen alten Mann an. »Verschwinde und mach für Leute Platz, die vornehmer sind als du! Hierher Mylady!« fügte er in einem ganz anderen Tonfall hinzu. »Wenn Eure Ladyschaft Platz nehmen will, der Zug wird in wenigen Minuten eintreffen.« Die kriecherische Unterwürfigkeit seines Gehabes war zweifellos auf die an der Gepäckspitze lesbare Adresse zurückzuführen, die ihre Besitzerin als »Lady Muriel Orme, Passagier nach Elfenau, *via* Umsteigbahnhof Feenwalde« auswies.

Als ich den alten Mann sich langsam erheben und einige Schritte den Bahnsteig runterhumpeln sah, kamen mir die Zeilen auf die Lippen:

»Der Mönch hob sich vom Kanapee
recht mühsam, in den Gliedern steif;
von hundert Jahren zeugt der Schnee
auf seinem Bart und Haaresreif.«

Doch die Lady beachtete den kleinen Vorfall kaum. Nach einem Blick auf den »Verbannten«, der sich zitternd auf seinen Stock stützte, wandte sie sich mir zu. »Dies ist gewiß *kein* Schaukelstuhl. Dennoch möchte ich«, sie rückte ein wenig auf ihrem Sitz, so, als wolle sie neben sich Platz für mich schaffen, »möchte ich mit Hamlets Worten sagen ›Ruh, ruh –‹« mit silberhellem Lachen unterbrach sie sich.

»›– verstörter Geist!‹« vollendete ich das Zitat. »Ja, das ist die exakte Beschreibung eines Eisenbahnreisenden! Und hier ist ein Musterbeispiel dafür«, fügte ich hinzu, als der winzige Personenzug längs des Bahnsteigs einlief, die Gepäckträger heransausten und die Abteiltüren öffneten – einer von ihnen half dem armen alten Mann, in das Dritter-Klasse-Abteil zu steigen, während ein anderer die Lady und mich unterwürfig in die Erste Klasse geleitete.

Ehe sie ihm folgte, verweilte sie und beobachtete die Fortschritte des anderen Reisenden. »Armer alter Mann!« sagte sie. »Wie schwach und krank er aussieht! Es war eine Schande zuzulassen, daß er einfach weggejagt wurde. Es tut mir sehr leid –« In diesem Augenblick dämmerte mir, daß diese Worte nicht an mich gerichtet waren, sondern daß sie unabsichtlich laut dachte. Ich ging einige Schritte zur Seite und wartete ein wenig, bis ich ihr ins Abteil folgte, wo ich den Gesprächsfaden wieder aufnahm.

»Shakespeare *muß* einfach in einem Zug gereist sein, wenn auch nur im Traum: ›verstörter Geist‹ ist eine so zutreffende Formulierung.«

»›Verstört‹ verweist zweifellos auf die Sensations-Heftchen hin«, erwiderte sie, »die Eigentum der Bahn sind. Wenn der Dampf nichts anderes bewirkt hat, so hat er wenigstens der englischen Literatur eine ganz neue Gattung hinzugefügt!«

»Daran besteht kein Zweifel«, echote ich. »Der wirkliche Ursprung all unserer Medizinbücher – und all unserer Kochbücher –«

»Nein, nein!« unterbrach sie vergnügt. »Ich denke dabei nicht an *unsere* Literatur. *Wir* sind völlig anormal. Aber die Heftchen – die kleinen spannungsgeladenen Romanzen, in denen der Mord auf Seite fünfzehn und die Hochzeit auf Seite vierzig geschieht – *die* sind bestimmt auf den Dampf zurückzuführen.«

»Und wenn wir mit Hilfe der Elektrizität reisen – falls ich es wagen darf, ihre Theorie weiterzuspinnen –, werden wir Blättchen an Stelle der Heftchen bekommen, und der Mord und die Hochzeit ereignen sich auf derselben Seite.«

»Eine Entwicklung, die eines Darwin wert ist!« rief die Lady enthusiastisch aus. »Sie stellen seine Theorie bloß auf den Kopf. Statt aus einer Maus ein Elefant wird bei Ihnen aus einem Elefanten eine Maus!« Gerade da tauchten wir in einen Tunnel ein, und ich lehnte mich zurück, schloß meine Augen für einen Augenblick und versuchte, mir einige der Geschehnisse meines letzten Traumes in Erinnerung zu rufen.

»Ich dacht', ich säh' –« murmelte ich schläfrig: und dann beharrte die Formulierung hartnäckig darauf, sich selbst zu konjugieren, und verwandelte sich in »du dacht'st, du säh'st – er dacht', er säh« und mündete dann unvermutet in ein Lied:

»Er dacht', er säh 'nen Elefant,
der spielte die Schalmei:
Er guckt' nochmal und sah, es war
der Gattin Krakelei.
›Deutlich erkenn ich jetzt,‹ sprach er,
›des Lebens Plackerei!‹«

Und was für ein wilder Mensch das war, der diese wilden Worte sang! Ein Gärtner schien er zu sein – aber bestimmt ein verrückter, nach der Art, wie er seine Harke schwang – noch verrückter war, wie er sich dann und wann in einem krampfhaften Gigue bewegte – am allerverrücktesten aber war, wie er die letzten Worte des Verses herauskreischte!

Es war insoweit seine ureigene Beschreibung, als er die *Füße* eines Elefanten hatte: gleichwohl bestand er im übrigen lediglich aus Haut und Knochen: und die Wische von Strohhalmen, von denen er nur so strotzte, erweckten den Eindruck, als sei er ursprünglich damit ausgestopft gewesen und jetzt nahezu die gesamte Füllung herausgequollen.

Sylvie und Bruno warteten geduldig das Ende des ersten Verses ab. Dann trat Sylvie allein heran (Bruno hatte plötzlich Angst bekommen) und stellte sich schüchtern mit den Worten vor: »Bitte, ich bin Sylvie!«

»Un wer iss das andre Ding?« fragte der Gärtner.

»Welches Ding?« fragte Sylvie und blickte sich um. »Oh, das ist Bruno. Er ist mein Bruder.«

»War er gestern schon dein Pruder?« erkundigte sich der Gärtner ängstlich.

»Natürlich waren ich's!« schrie Bruno, der allmählich näher geschlichen war, und es ganz und gar nicht leiden konnte, wenn man über ihn sprach, ohne daß er an dem Gespräch teilhatte.

»Ah, schön!« sagte der Gärtner ächzend. »Hier ändern sich die Dinger so rasch. Immer, wenn ich nochma hingucke, isses sicher wieder was andres! Doch ich tu' meine Pflicht! Ich ringel mich früh um fünfe raus –«

»Wenn ich du wär«, sagte Bruno, »würd ich mich nicht so früh rausringeln. Das ist genauso schlecht, als wäre man ein Wurm!« Letzteres bemerkte er mit einem Unterton zu Sylvie hin.

»Aber du solltest morgens nicht immer so faul sein, Bruno«, sagte Sylvie. »Denk dran: der *frühe* Vogel fängt den Wurm!«

»Soll er doch!« sagte Bruno mit einem leichten Gähnen. »Ich mag keinen Wurm essen. Ich steh erst auf, wenn der frühe Vogel ihn aufgepickt hat!«

»Also, daß du die Stirn hast, mir solche Flunkereien aufzupinten!« schrie der Gärtner.

Bruno entgegnete gewitzt: »Du brauchst keine *Stirn*, um Flunkereien aufzubinden – bloß einen *Mund*.«

Sylvie wechselte diskret das Thema. »Und du hast all diese Blumen angepflanzt?« sagte sie. »Was für einen hübschen Garten du angelegt hast. Weißt du, hier würde ich gern für *immer und ewig* leben.«

»In den Winternächten –« begann der Gärtner.

»Aber fast hätte ich vergessen, weswegen wir gekommen sind!«

unterbrach Sylvie. »Würdest du uns bitte auf die Straße hinauslassen? Da ist gerade ein armer alter Bettler hinausgegangen – er ist sehr hungrig – und Bruno möchte ihm doch seinen Kuchen geben!«

»Dazu also bin ich euch gut!« murmelte der Gärtner, zog einen Schlüssel aus der Tasche und machte sich daran, eine Tür in der Gartenmauer zu öffnen.

»Wie gut bist du denn?« erkundigte sich Bruno unschuldig.

Doch der Gärtner griente nur. »Das iss'n Geheimnis!« sagte er. »Denkt dran, schnell zurückzukommen!« rief er hinter den Kindern her, als sie auf die Straße hinaustraten. Ich hatte gerade noch Zeit, den beiden zu folgen, ehe er die Tür wieder schloß.

Wir eilten die Straße hinunter und erblickten eine Viertelmeile vor uns schon bald den alten Bettler, und die Kinder fingen sofort an zu laufen, um ihn einzuholen. Flink und hurtig sausten sie über den Boden hinweg, und ich konnte mir nicht im geringsten erklären, wie es geschah, daß ich so leicht mit ihnen Schritt hielt. Doch dieses ungelöste Problem beschäftigte mich unter diesen Umständen nicht so sehr, denn es gab so viel anderes zu beobachten.

Der alte Bettler muß sehr schwerhörig gewesen sein, er reagierte nämlich überhaupt nicht auf Brunos ungeduldiges Rufen, sondern trottete müde weiter und hielt nicht eher inne, bis das Kind direkt vor ihm stand und das Kuchenstück hochhielt. Der arme kleine Bursche war ganz außer Atem und konnte nur das Wort »Kuchen!« hervorstoßen – nicht mit der mürrischen Entschlossenheit, mit der es Ihre Exzellenz unlängst artikuliert hatte, sondern mit einfacher, kindlicher Schüchternheit, und er sah empor in das Gesicht des alten Mannes mit seinen Augen, die »alles, ob groß, ob klein« liebten.

Der alte Mann schnappte es ihm weg und verschlang es gierig wie ein hungriger Wolf, aber nicht einmal ein Dankeswort gewährte er seinem kleinen Wohltäter – er brummte nur »Mehr, mehr!« und funkelte die erschrockenen Kinder an.

»Aber es *ist* nichts mehr da!« sagte Sylvie mit Tränen in den Augen. »Ich habe meines aufgegessen. Es war eine Schande zuzulassen, daß du einfach weggejagt wurdest. Es tut mir sehr leid –«

Der Rest des Satzes entging mir, da Lady Muriel Orme mir mit einem Überraschungsschock ins Bewußtsein trat, die erst kürzlich Sylvies Worte ausgesprochen hatte – ja, sogar mit Sylvies Stimme und mit ihren sanft bittenden Augen!

»Folgt mir!« lauteten die nächsten Worte, die ich vernahm, und der alte Mann winkte würdig und graziös, was schlecht zu seinen Lumpen paßte, zu einem Busch hin, der am Straßenrand stand und augenblicklich in den Erdboden sank. Zu einer anderen Gelegenheit hätte ich meinen Augen nicht getraut oder wäre wenigstens etwas erstaunt gewesen: doch in *dieser* mysteriösen Szenerie schien mein ganzes Wesen nur von heftiger Neugierde geplagt hinsichtlich der nächsten Geschehnisse.

Als der Busch unserem Blickfeld völlig entrückt war, wurden Marmorstufen sichtbar, die in die Dunkelheit hinabführten.

Die Treppe war anfangs so dunkel, daß ich nur die Konturen der Kinder wahrnehmen konnte, wie sie Hand in Hand hinter ihrem Führer den Weg hinuntertasteten: doch von Sekunde zu Sekunde wurde es lichter, mit seltsam silbrigem Glanze, der aus dem Nichts zu entstehen schien, da keinerlei Lampen sichtbar waren; und als wir den ebenen Boden schließlich erreichten, war der Raum, in dem wir uns befanden, fast so hell wie der Tag.

Er war achteckig, hatte in jeder Ecke eine schlanke Säule, die von seidener Draperie umschlungen war. Die Wand zwischen den Pfeilern war bis zu einer Höhe von sechs oder sieben Fuß völlig mit Kletterpflanzen berankt, von denen reife Früchte und strahlende Blüten herabhingen, die die Blätter fast verbargen. An einem anderen Ort hätte ich mich vermutlich darüber gewundert, das Früchte und Blüten gleichzeitig wuchsen: hier aber beschäftigte mich am meisten, daß ich weder diese Früchte noch diese Blüten jemals zuvor gesehen hatte. Höher hinaus brach sich durch jede Wand ein kreisrundes Fenster in farbigem Glase Bahn; und über allem wölbte sich ein Bogendach, das ganz und gar mit Juwelen übersäht schien.

Kaum mit weniger Verwunderung wandte ich mich hierhin

und dorthin und versuchte herauszufinden, wie in aller Welt wir hereingekommen waren: denn es gab keine Türe, und alle Wände waren mit lieblichen Kletterpflanzen überwuchert.

»Hier sind wir in Sicherheit, meine Lieblinge!« sagte der alte Mann, wobei er seine Hand auf Sylvies Schulter legte und sich niederbeugte, um sie zu küssen. Angeekelt entzog sich ihm Sylvie hastig: doch schon im nächsten Augenblick war sie mit dem Freudenschrei »Das ist ja *Vater*!« in seine Arme gestürzt.

»Vater, Vater!« widerholte Bruno: und während die glücklichen Kinder umarmt und abgeküßt wurden, konnte ich mir bloß die Augen reiben und mich fragen »Wo sind denn nur die Lumpen hin?«, denn der alte Mann war jetzt in königlicher Robe gewandet, die von Gold und Juwelen bestickt glitzerte, und trug einen goldenen Reif auf dem Haupte.

VI. KAPITEL

Das Zaubermedaillon

»Wo sind wir denn, Vater?« flüsterte Sylvie; ihre Arme schlangen sich eng um des alten Mannes Hals, und ihre rosigen Wangen preßten sich liebevoll an die seinigen.

»In Elfenland, Liebling. Das ist eine Provinz in Feenland.«

»Aber, ich habe immer geglaubt, Feenland läge ganz weit weg von Anderland, und wir sind so ein *winzig* kleines Stückchen gegangen!«

»Ihr seid über den Königsweg gekommen, meine Süße. Nur die von königlichem Geblüt können das: aber *ihr* seid es, seitdem ich zum König von Elfenland ernannt worden bin – das geschah etwa vor einem Monat. Sie haben gleich *zwei* Botschafter geschickt, um ganz sicherzugehen, daß mich das Angebot, ihr neuer König zu sein, auch erreichen würde. Einer war ein Prinz; deshalb konnte *er* den Königsweg benutzen und war nur für mich sichtbar: der andere war ein Baron; deshalb mußte *er* den normalen Weg nehmen und ist vermutlich immer noch nicht eingetroffen.«

»Wie weit sind wir denn gegangen?« erkundigte sich Sylvie.

»Etwa tausend Meilen, meine Süße, seit euch der Gärtner die Tür aufgeschlossen hat.«

»Tausend Meilen!« wiederholte Bruno. »Kann ich eine essen?«

»Eine *Meile* essen, kleiner Schelm?«

»Nein«, sagte Bruno. »Ich meine, kann ich eine von den Früchten essen?«

»Gern, mein Kind«, sagte der Vater, »und dann wirst du erfahren, was Freude ist – die Freude, auf die wir alle so versessen sind und die wir so traurig genießen!«

Begierig rannte Bruno zu der Wand und pflückte eine Frucht, die in der *Form* einer Banane ähnelte, jedoch die *Farbe* einer Erdbeere hatte.

Er aß sie mit leuchtenden Augen, die allmählich schwermütig wurden, und als er sie schließlich aufgegessen hatte, waren sie bar jeglichen Ausdrucks.

»Sie hat überhaupt keinen Geschmack!« beschwerte er sich. »Es iss eine – wie heißt das schwierige Wort, Sylvie?«

»Es war eine Gaukelei«, antwortete Sylvie ernst. »Sind sie *alle* so, Vater?«

»Für *dich* sind sie alle so, Liebling, weil du nicht ins Elfenland gehörst – noch nicht. Aber für mich sind sie echt.«

Bruno guckte perplex. »Ich werd' 'ne and're Frucht versuchen!« sagte er und sprang von des Königs Knie. »Da sind einige hübsch gestreift wie ein Regenbogen!« Und weg war er.

Währenddessen unterhielten sich der Feenkönig und Sylvie miteinander, jedoch so leise, daß ich kein Wort verstehen konnte: also folgte ich Bruno, der gerade andere Fruchtsorten pflückte und sie in der vergeblichen Hoffnung aß, wenigstens *eine* mit Geschmack zu finden. Ich wollte selbst eine pflücken – doch das war so, als grapschte ich in die Luft, und ich gab den Versuch bald auf und kehrte zu Sylvie zurück.

»Schau es dir gut an, mein Liebling«, sagte der alte Mann gerade, »und sag mir, wie es dir gefällt.«

»Das ist ja *herzallerliebst*«, rief Sylvie verzückt. »Bruno, komm doch und sieh!« Und sie hielt, so daß das Licht hindurch schien, ein herzförmiges Medaillon hoch, das augenscheinlich aus einem einzigen Juwel von dunkelblauer Farbe herausgeschnitten und mit einem goldenen Kettchen versehen war.

»Das sinn sehr hübsch«, bemerkte Bruno etwas nüchterner und mühte sich, einige Wörter zu entziffern, die darauf eingraviert waren. »Alle-werden-Sylvie-lieben«, knobelte er schließlich heraus. »Und das tun sie!« rief er und schlang seine Arme um ihren Hals. »*Jeder* liebt Sylvie!«

»Aber wir lieben sie am meisten, nicht wahr, Bruno?« sagte der alte König, wobei er das Medaillon wieder an sich nahm. »So, und jetzt schau dir das an, Sylvie.« Und er zeigte ihr ein Medaillon in tief kaminroter Farbe, das auf seiner Hand lag und ebenso geformt und mit einem Kettchen versehen war wie das blaue.

»Wie allerallerliebst!« rief Sylvie und faltete die Hände vor Entzücken. »Guck mal, Bruno!«

»Und auf dem sinn auch Wörter«, sagte Bruno. »Sylvie-wird-alle-lieben.«

»Da hast du den Unterschied«, sagte der alte Mann, »verschiedene Farben und unterschiedliche Worte. Wähle dir eines aus, Liebling. Ich schenke dir das, das du am liebsten magst.«

Sylvie wisperte die Worte mit einem nachdenklichen Lächeln vor sich hin und traf dann ihre Wahl. »Es ist sehr schön, geliebt zu werden«, sagte sie, »aber andere zu lieben ist schöner! Kann ich das Rote haben, Vater?«

Der alte Mann sagte nichts: aber ich konnte sehen, wie sich seine Augen mit Tränen füllten, als er den Kopf herabneigte und die Lippen zu einem langen, lieben Kuß auf ihre Stirn drückte. Dann öffnete er die Kette und zeigte ihr, wie sie es um den Hals legen und unter dem Saum ihres Kleides verbergen sollte. »Andere sollen es nicht *sehen*, sondern du sollst es *bewahren*«, sagte er mit leiser Stimme. »Du denkst dran, wie man es benutzt?«

»Ja, ich werde es mir merken«, sagte Sylvie.

»Aber jetzt müßt ihr wieder zurück, meine Lieblinge, sonst wird man euch noch vermissen, und dann bekommt der arme Gärtner Schwierigkeiten!«

Noch einmal stieg in mir ein Gefühl der Verwunderung auf bezüglich des Umstandes, wie in aller Welt wir überhaupt zurückkommen sollten – denn ich hielt es für ausgemacht, daß, wo immer auch die Kinder hingingen, *ich* ebenfalls hingehen mußte – doch nicht einmal der Schatten eines Zweifels schien ihre Gedanken zu streifen, als sie ihn umarmten, küßten und wiederholt flüsterten: »Auf Wiedersehen, liebster Vater!« Und dann schien mitternächtliche Dunkelheit augenblicklich über uns hereinzubrechen, und durch die Finsternis drang schrill ein merkwürdiges, wildes Lied:

»Er dacht' er säh' ein Büffelkalb,
das saß auf dem Kamine:
er guckt nochmal und sah es war
vom Neffen die Kusine.
›Ich hol' die Polizei‹, sprach er,
›hinaus, du dumme Trine!‹«

»So war *ich*!« fügte er hinzu und blickte uns durch die halbgeöffnete Türe an, die wir draußen auf der Straße warteten. »Und ich hätt's getan – so gewiß wie Kartoffler keine Retticher sinn – wenn sie nicht von selpst eine Fliege gemacht hätte. Ich dagegen liept meine *Ehrnährer* immer.«

»Wer sinn deine *Ehrnährer*?« fragte Bruno.

»Die natürlich, die mich in Ehren *nähren*!« antwortete der Gärtner. »Wenn ihr wollt, könnt ihr jetzt reinkommen.«

Während er dies sagte, riß er die Türe auf, und wir entstiegen ein wenig geblendet und betäubt (wenigstens ich fühlte mich so) durch den plötzlichen Übergang vom Halbdunkel des Zugabteils zum strahlend leuchtenden Bahnsteig des Bahnhofs von Elfenau.

Ein Lakai in stattlicher Livree kam auf uns zu und tippte respektvoll an sein Mützenschild. »Die Kutsche steht hier, Mylady«, sagte er und nahm ihr die Reisedecke und sonstige Kleinigkeiten ab, die sie bei sich trug: und nachdem Lady Muriel mir die Hand gegeben und mit liebenswürdigem Lächeln »Gute Nacht« gewünscht hatte, folgte sie ihm.

Mich beschlich ein irgendwie leeres und einsames Gefühl, als ich mich zu dem Gepäckwagen begab, der gerade entladen wurde: und nachdem ich Anweisung gegeben hatte, mir meine Koffer nachzuschicken, ging ich zu Fuß zu Arthurs Wohnung, und dank des herzlichen Willkommens, das mir mein alter Freund bereitete, und dank der behaglichen Wärme und der heimeligen Beleuchtung im kleinen Wohnzimmer, in das er mich führte, verließ mich bald schon das Gefühl der Einsamkeit.

»Klein, wie du siehst, aber für uns beide völlig ausreichend. Setz dich jetzt in den Lehnstuhl, alter Junge, und laß dich anschauen. Also, du siehst wahrhaftig ein wenig malad aus«, und er setzte seine ernste, berufliche Miene auf. »Ich verordne reichlich Ozon, geselliges Beisammensein *fiant pilulae quam plurimae*: dreimal täglich beim Festmahl einzunehmen.«

»Aber, aber, Doktor«, wandte ich ein. »Die Gesellschaft ›empfängt‹ nicht dreimal täglich.«

»Das meinst du«, entgegnete der junge Doktor vergnügt. »Empfang zum Lawntennis, 15 Uhr. Empfang zum Nachmittagstee, 17 Uhr. Empfang zum Konzert (Elfenau gibt keine Dinner), 20 Uhr. Um 22 Uhr Heimfahrt mit der Kutsche. Und das wär's!«

Das klang äußerst vielversprechend, wie ich zugeben mußte. »Und eine Lady aus der Gesellschaft kenne ich bereits«, fügte ich hinzu. »Sie fuhr mit mir im selben Abteil.«

»Wie sah sie aus? Vielleicht kann ich sie identifizieren.«

»Ihr *Name* war Lady Muriel Orme. Und was ihr *Aussehen* angeht – nun, ich fand sie sehr schön. Kennst du sie vielleicht?«

»Ja – ich kenne sie wahrhaftig.« Und der biedere Doktor verfärbte sich leicht, als er fortfuhr: »Ja, ich stimme dir zu. Sie ist *tatsächlich* wunderschön.«

»*Ich* habe mich bis über beide Ohren in sie verliebt«, setzte ich boshafterweise fort. »Unser Gespräch –«

»Komm, iß doch was!« unterbrach mich Arthur mit einem Seufzer der Erleichterung, da die Magd mit einem Tablett eintrat. Und standhaft widersetzte er sich all meinen Versuchen, das Thema Lady Muriel wieder aufzugreifen, bis sich der Abend schon fast dem Ende zuneigte. Als wir so ins Feuer starrend dasaßen und schwiegen, machte er hastig ein Geständnis.

»Ich wollte dir eigentlich nicht eher von ihr erzählen«, hob er an (indem er keinen Namen nannte, so als gäbe es nur eine »sie« auf der Welt!), »bis du sie näher kennengelernt und dir ein Urteil über sie gebildet hättest: aber du hast mich irgendwie überrumpelt. Ich habe niemandem gegenüber ein Wort darüber verlauten lassen. Aber *dir* kann ich ein Geheimnis anvertrauen, alter Freund. Ja! Für *mich* gilt das, was *du* wahrscheinlich als Scherz meintest.«

»Im reinsten Scherz, glaube mir!« sagte ich ernsthaft. »Hör mal, Mann, ich bin schließlich dreimal so alt wie sie! Aber wenn sie deine Auserwählte ist, so bin ich sicher, daß sie alles ist: gut und –« »– lieblich«, setzte Arthur fort, »und unschuldig, und selbstverleugnend, und aufrichtig, und –« er brach hastig ab, als traue er sich nicht, sich weiter über eine derart verehrte und so wertvolle Persönlichkeit zu verbreiten. Schweigen folgte: und ich sank schläfrig in meinen Lehnstuhl zurück und war ganz erfüllt von glücklichen und schönen Imaginationen von Arthur und seiner Geliebten und all der Gemeinsamkeit und Glückseligkeit, die sie erwarteten.

Ich malte mir aus, wie sie unter Baumgewölben in ihrem hübschen Garten zärtlich und liebestrunken dahinschlenderten, und wie ihr pflichteifriger Gärtner sie bei ihrer Rückkehr von einem kurzen Spaziergang willkommen hieß.

Es schien nur allzu begreiflich, daß der Gärtner bei der Rückkehr eines so gnädigen Herren und einer solchen Herrin von geradezu ausufernder Freude erfüllt war – und wie merkwürdig kindlich sie wirkten! Ich hätte sie fast für Sylvie und Bruno gehalten – weniger begreiflich war dagegen, daß er dieser Freude mit einem so wilden Tanz und einem solch verrückten Lied Ausdruck gab!

»Er dacht', er säh' 'ne Klapperschlang,
die ihn auf Griechisch bitte:
er guckt' nochmal und sah es war
die nächste Wochenmitte.
›Wie schade, sie ist stumm‹, sprach er,
›wie gern ich mit ihr stritte!‹«

– am unbegreiflichsten schien mir allerdings, daß der Vize-Gouverneur und »Mylady« direkt neben mir standen und einen Brief diskutierten, den der Professor gerade übergeben hatte, der geduldig wartend wenige Schritte beiseite stand.

»Wenn diese beiden Bälger nicht wären«, hörte ich ihn vor sich hinmurmeln, und er blickte dabei wütend zu Sylvie und Bruno hinüber, die dem Lied des Gärtners aufmerksam lauschten, »dann gäbe es überhaupt keine Probleme.«

»Laß mich diesen Abschnitt nochmal hören«, sagte Mylady. Und der Vize-Gouverneur las laut vor:

»– und deshalb ersuchen wir Euch untertänigst, die Königsherrschaft anzunehmen, zu der ihr durch das Konzil von Elfenland einstimmig gewählt worden seid: und daß Ihr die Erlaubnis erteilt, Euren Sohn Bruno – von dessen Güte, Klugheit und Schönheit wir Kunde erhalten haben – als Thronfolger in Betracht zu ziehen.«

»Aber wo liegt denn das Problem?« fragte Mylady.

»Ja, begreifst du denn nicht? Der Botschafter, der dies überreicht hat, wartet im Haus: er will bestimmt Sylvie und Bruno sehen: und wenn er dann Uggug sieht und sich an die Worte über ›Güte, Klugheit und Schönheit‹ erinnert, also dann wird er bestimmt –«

»Und *wo* willst du einen lieberen Jungen als *Uggug* finden?« unterbrach Mylady empört. »Oder einen geistreicheren oder einen hübscheren?«

Darauf entgegnete der Vize-Gouverneur einfach: »Sei doch keine dumme Gans. Unsere einzige Chance besteht darin, die beiden Bälger von ihm fernzuhalten. Wenn du *das* schaffst, kannst du den Rest ruhig *mir* überlassen. Ich werde ihm schon einreden, daß Uggug ein Muster an Klugheit und alles andere ist.«

»Wir müssen seinen Namen natürlich in Bruno ändern?« sagte Mylady.

Der Vize-Gouverneur rieb sich das Kinn. »Hm! Nein!« sagte er grübelnd. »Das geht nicht. Der Junge ist ein solcher Idiot. Er brächte es niemals fertig, darauf zu antworten.«

»*Idiot*, na hör mal!« rief Mylady. »Er ist kein größerer Idiot als *ich*!«

»Da hast du recht, meine Liebe«, erwiderte der Vize-Gouverneur besänftigend. »Das ist er wirklich nicht.«

Mylady war beschwichtigt. »Komm, laß uns hineingehen und den Botschafter empfangen«, sagte sie, und mit einer Kopfgeste zum Professor hin erkundigte sie sich: »Wo wartet er?«

»In der Bibliothek, Madam.«

»Und *wie*, sagtet Ihr, war sein Name?« fragte der Vize-Gouverneur.

Der Professor blickte auf eine Karte in seiner Hand. »Seine Fettheit, der Baron Doppelgeist.«

»Warum trägt er so einen ulkigen Namen?« fragte Mylady.

»Er konnte schlecht noch einen anderen annehmen«, erklärte der Professor geduldig, »wegen des Gepäcks.«

»*Du* gehst hin und empfängst ihn«, sagte Mylady zu dem Vize-Gouverneur, »und *ich* werde mich um die Kinder kümmern.«

VII. KAPITEL

Der Auftrag des Barons

Ich folgte zuerst dem Vize-Gouverneur, doch nach kurzer Überlegung eilte ich Mylady nach, denn ich war neugierig, was sie anstellen würde, um die Kinder fernzuhalten.

Als ich sie erreichte, hielt sie gerade Sylvies Hand und strich mit der anderen Hand aufs zärtlichste und mütterlichste Brunos Haar: beide Kinder blickten verwirrt und erschrocken drein.

»Meine Lieben«, sagte sie dabei. »Ich habe für euch eine kleine Überraschung vorbereitet! Der Professor macht mit euch an diesem schönen Abend einen weiten Spaziergang: ihr nehmt einen Picknickkorb mit und haltet unten am Fluß ein kleines Picknick!«

Bruno hüpfte und klatschte in die Hände. »Das *sinn* aber nett!« rief er. »Nicht wahr, Sylvie?«

Sylvie hatte ihre Verblüffung noch nicht ganz gemeistert und hob den Mund zu einem Kuß. »Vielen Dank«, sagte sie ernsthaft.

Mylady wandte sich ab, um das breite, triumphierende Grinsen zu verbergen, das sich auf ihrem riesigen Gesicht wie ein Wellenring auf einem See ausbreitete. »Kleine Einfaltspinsel!« murmelte sie vor sich hin, während sie auf das Haus zumarschierte. Ich folgte ihr hinein.

»Ganz recht, Eure Exzellenz«, sagte der Baron soeben, als wir die Bibliothek betraten. »Die ganze Infanterie stand unter *meinem* Kommando.« Er wandte sich um und wurde Mylady ordnungsgemäß vorgestellt.

»Ein *Kriegs*held?« fragte Mylady. Der kleine fette Mann lächelte geziert. »Nun, ja«, antwortete er und schlug bescheiden die Augen nieder. »Meine Vorfahren waren allesamt für ihr militärisches Genie berühmt.«

Mylady lächelte wohlwollend. »Sowas vererbt sich häufig in Familien«, bemerkte sie, »genau so wie die Schwäche für Pasteten.«

Der Baron verzog beleidigt sein Gesicht, und der Vize-Gouverneur wechselte diskret das Thema. »Das Essen ist gleich fertig«, sagte er. »Darf ich um die Ehre bitten, Eure Fettheit in das Gästezimmer zu geleiten?«

»Aber ja doch!« stimmte der Baron erfreut zu. »Es wäre nicht schicklich, das *Essen* warten zu lassen!« Und er folgte dem Vize-Gouverneur schier im Trab aus dem Zimmer.

Er war so prompt wieder zurück, daß der Vize-Gouverneur kaum die Gelegenheit fand, Mylady zu erklären, daß ihre Bemerkung über »die Schwäche für Pasteten« unglücklich war. »Du hättest auf den ersten Blick sehen können«, fügte er hinzu, »daß *das* sein Familienerbe ist. Militärisches Genie, daß ich nicht lache.«

»Essen schon fertig?« erkundigte sich der Baron, der ins Zimmer geflitzt kam.

»In wenigen Minuten ist es soweit«, antwortete der Vize-Gouverneur. »Inzwischen können wir noch etwas durch den Garten spazieren. Ihr habt mir doch«, setzte er fort, während das Trio das Haus verließ, »etwas über eine große Schlacht erzählt, in der Ihr das Kommando über die Infanterie hattet –«

»Simmt«, sagte der Baron. »Wie ich schon gesagt habe, der Feind war uns weit überlegen: aber ich marschierte mit meinen Männern genau auf die Mitte der – aber was ist denn das?« stieß der Kriegsheld aufgeregt hervor und verbarg sich hinter dem Vize-Gouverneur, denn eine merkwürdige Gestalt kam ungestüm auf sie zugerannt und schwang einen Spaten.

»Ach, das ist doch nur der Gärtner!« antwortete der Vize-Gouverneur aufmunternd. »Tut keiner Fliege was, ganz bestimmt. Hört, jetzt singt er! Das ist seine Lieblingsbeschäftigung.«

Und diese schrillen Disharmonien ertönten schon wieder:

»Er dacht' er säh' 'nen Sekretär,
der stieg von einem Bus:
er guckt' nochmal und sah, es war
ein Hippopotamus:
›Der frißt uns alles weg‹, sprach er,
›beim Essen mit Genuß!‹ «

Er warf den Spaten von sich und tanzte einen ungestümen Gigue, wobei er mit den Fingern schnipste und fortwährend sang:

» ›Der frißt uns alles weg!‹
›Der frißt uns alles weg!‹ «

Abermals zeigte der Baron eine beleidigte Miene, aber der Vize-Gouverneur erklärte hastig, daß dieses Lied keine Anspielung auf ihn enthalte und wahrhaftig keinerlei Bedeutung habe. »Du hast dir doch *bestimmt* nichts dabei gedacht?« wandte er sich an den Gärtner, der sein Lied beendet hatte, nun auf einem Bein balancierend dastand und sie mit offenem Mund anstarrte.

»Ich denkt niemals nichts«, sagte der Gärtner: glücklicherweise kam Uggug in diesem Augenblick heran und gab dem Gespräch eine neue Wendung.

»Erlaubt mir, Euch meinen Sohn vorzustellen«, sagte der Vize-Gouverneur und fügte flüsternd hinzu, »einer der besten und begabtesten Jungen, die jemals gelebt haben! Ich werde es einrichten, daß Ihr einiges von seiner Begabung zu sehen bekommt. Er weiß alles, was andere Jungen nicht wissen; und beim Bogenschießen, beim Fischen, Malen und in der Musik ist seine Geschicklichkeit – aber Ihr sollt Euch selbst ein Urteil bilden. Seht Ihr die Zielscheibe da hinten? Er wird einen Pfeil darauf schießen. Lieber Junge«, setzte er vernehmlich fort, »Seine Fettheit würde dich gerne schießen sehen. Bringt Seiner Hoheit Pfeil und Bogen!«

Uggug machte ein mürrisches Gesicht, als er Pfeil und Bogen empfing und sich zum Schießen bereitmachte. Gerade als der Pfeil von der Sehne schnellte, trampelte der Vize-Gouverneur dem Baron so kräftig auf die Zehen, daß der vor Schmerzen kreischte.

»Ich bitte zehntausendmal um Verzeihung!« rief er. »Vor lauter Aufregung bin ich rückwärts gegangen. Seht nur! Ganz genau ins Schwarze!«

Der Baron glotzte erstaunt. »Er hat den Bogen so ungeschickt gehalten, daß das unmöglich scheint!« murmelte er. Doch es gab keinen Zweifel: dort stak der Pfeil genau im Zentrum der Scheibe!

»Der See liegt gleich hier vorne!« fuhr der Vize-Gouverneur fort. »Man reiche Seiner Hoheit die Angelrute!« Und Uggug hielt die Rute äußerst unwillig und ließ die Fliege über dem Wasser baumeln.

»Ein Käfer auf Eurem Arm!« kreischte Mylady und kniff den bedauernswerten Baron weit ärger in den Arm, als wenn zehn Hummer auf einmal gezwickt hätten. »*Diese* Art ist giftig«, erklärte sie. »Ach, *wie* schade! Jetzt habt Ihr gar nicht gesehen, wie der Fisch rausgezogen wurde!«

Ein mächtiger, toter Kabeljau lag mit einem Haken im Maul am Ufer.

»Ich habe mir immer eingebildet«, stammelte der Baron, »der Kabeljau wäre ein *Salz*wasserfisch?«

»Nicht in diesem unserem Lande«, sagte der Vize-Gouverneur. »Wollen wir nicht hineingehen? Stellt meinem Sohn auf dem Weg ruhig ein paar Fragen – über *jedes* beliebige Thema!« Und Uggug wurde heftig an des Barons Seite geschubst.

»Kann Eure Hoheit mir vielleicht sagen«, begann der Baron vorsichtig, »wieviel sieben mal neun sein könnten?«

»Hier nach links!« rief der Vize-Gouverneur und eilte hastig voran, um den Weg zu weisen – jedoch mit einer solchen Hast, daß er gegen den unglücklichen Gast prallte, der darauf eine Bauchlandung machte.

»Das *tut* mir jetzt aber leid!« rief Mylady, während sie und ihr Gatte ihm wieder auf die Beine halfen. »Mein Sohn war gerade dabei, ›dreiundsechzig‹ zu sagen, als Ihr hingesegelt seid!«

Der Baron sagte nichts: er war staubbedeckt und schien sowohl körperlich als auch seelisch verletzt. Als sie ihn jedoch ins Haus gebracht und gesäubert hatten, sah alles schon wieder etwas besser aus.

Das Essen wurde pünktlich serviert, und mit jedem reichhaltigen Gang schien sich die Laune des Barons ein Stückchen zu bessern: doch alle Mühe, ihm eine Äußerung über Brunos Begabung zu entlocken, war vergeblich, bis dieser reizende junge Mann das Zimmer verlassen hatte und durch das offene Fenster beobachtet werden konnte, wie er den Rasen mit einem kleinen Korb durchstreifte, den er mit Fröschen füllte.

»Wie sehr er doch die Biologie mag, der liebe Junge!« sagte die vernarrte Mutter. »Nun sagt uns doch endlich, Baron, was Ihr von ihm haltet.«

»Um völlig aufrichtig zu sein«, antwortete der Baron bedächtig. »Ich würde mir gerne noch etwas mehr Klarheit verschaffen. Ich glaube, Sie erwähnten seine Geschicklichkeit in –«

»Musik?« fragte der Vize-Gouverneur. »Also, darin ist er schlicht ein Phänomen! Ihr solltet ihm beim Klavierspielen zuhören.« Und er schritt ans Fenster. »Ugg – ich meine, mein Junge! Komm doch eine Minute rein *und bring den Musiklehrer mit!* Er soll die Notenblätter umwenden«, fügte er als Erklärung hinzu.

Da Uggug seinen Korb voller Frösche hatte, gehorchte er widerspruchslos und erschien bald, gefolgt von einem kleinen Mann mit grimmiger Miene, der den Vize-Gouverneur fragte: »Watt für 'ne Mussick woll'der hann?«

»Die Sonate, die Seine Hoheit so charmant zu spielen versteht«, sagte der Vize-Gouverneur.

»Ihre Hoheit hann kene –« begann der Musiklehrer, wurde aber von dem Vize-Gouverneur abrupt unterbrochen.

»Schweigt, Sir! Geht und wendet die Notenblätter für Seine Hoheit um. Meine Liebe«, (zu der Gouverneurin) »würdest du ihm zeigen, was er zu tun hat. Und in der Zwischenzeit, Baron, werde ich Euch unsere interessanteste Karte zeigen – von Anderland, Feenland und anderen Ländern.«

Als Mylady den Musiklehrer eingewiesen hatte, war die Karte aufgehängt, und der Baron war bereits ziemlich verwirrt angesichts der Methode des Gouverneurs, einen Ort zu zeigen und den Namen eines anderen zu nennen.

Mylady stimmte ein, zeigte andere Orte und nannte andere Namen, was die Sache nur verschlimmerte, und schließlich deutete der Baron selbst verzweifelt auf eine Stelle und fragte matt: »Ist der große, gelbe Fleck da wenigstens *Feenland*?«

»Richtig, das ist Feenland«, sagte der Vize-Gouverneur, »und du könntest ihm einen zarten Wink geben«, murmelte er Mylady zu, »morgen zurückzufahren. Er frißt wie ein Scheunendrescher! Für mich wäre es nicht gut, ihm das nahezulegen.«

Seine Frau griff die Idee auf und begann sogleich, ihm aufs geschickteste und dezenteste Winke zu geben. »Seht nur mal, wie kurz die Strecke zurück nach Feenland ist. Also, wenn Ihr morgen in der Frühe aufbrechen würdet, brauchtet Ihr kaum mehr als eine Woche für den Weg!«

Der Baron guckte ungläubig. »Für den Weg *hierhin* habe ich einen vollen Monat gebraucht«, sagte er.

»Aber der *Rück*weg ist immer viel kürzer, ganz bestimmt!«

Flehend blickte der Baron den Vize-Gouverneur an, der aber ohne Zögern beipflichtete: »In derselben Zeit, in der Ihr *einmal* hierhinkommt, könnt Ihr *fünfmal* zurückkehren – falls Ihr morgen in aller Frühe aufbrecht!«

Während der ganzen Zeit klang die Sonate durch den Raum. Der Baron mußte zugeben, daß sie vorzüglich gespielt wurde: doch seine Versuche, des jungen Künstlers ansichtig zu werden, waren vergeblich. Jedesmal, wenn es ihm fast geglückt war, verstellten ihm unfehlbar entweder der Vize-Gouverneur oder seine Frau die Sicht, zeigten einen neuen Ort auf der Karte und betäubten ihn mit einem neuen Namen.

Schließlich gab er es auf, wünschte hastig eine gute Nacht und verließ das Zimmer, während sein Gastgeber und seine Gastgeberin triumphierende Blicke tauschten.

»Geschickt gemacht!« rief der Vize-Gouverneur. »Doller Dreh! Doch was soll das Getrampel auf der Treppe?« Er öffnete die Türe einen Spalt, sah hinaus und fügte bestürzt hinzu. »Man trägt die Gepäckstücke des Barons hinunter!«

»Und was soll das Rädergeknarre?« kreischte Mylady. Sie spähte durch die Fenstervorhänge. »Die Kutsche des Barons ist vorgefahren!« ächzte sie.

In diesem Augenblick riß die Türe auf: eine feiste, furienhafte Fratze funkelte hinein: eine Stimme, heiser vor Wut donnerte die Worte heraus: »Mein Zimmer ist voller Frösche – ich reise ab!«: und die Türe knallte zu.

Und immer noch schallte die herrliche Sonate durch das Zimmer: doch es war Arthurs meisterhafter Anschlag, der meine ganze Seele durch den sensiblen Klang der unsterblichen »Sonata Pathetique« erbeben ließ: und erst nachdem auch der letzte Ton verklungen war, konnte sich der müde, aber glückliche Reisende dazu aufraffen, die Worte »Gute Nacht!« auszusprechen und sein langersehntes Lager aufzusuchen.

VIII. KAPITEL

Der Ritt auf dem Löwen

Der nächste Tag verfloß voller Kurzweil, und zwar teils dadurch, daß ich mich in meinem neuen Quartier einrichtete, und teils, indem ich unter Arthurs Führung in der Nachbarschaft umherstreifte und versuchte, einen allgemeinen Eindruck von Elfenau und seinen Bewohnern zu gewinnen. Etwa um fünf Uhr machte Arthur dann den Vorschlag – diesmal ohne jegliche Anzeichen von Verlegenheit –, zusammen zum »Herrenhaus« zu gehen, damit ich Bekanntschaft mit dem Earl von Ainslie, der es für diese Saison gemietet hatte, schließen und die mit seiner Tochter Lady Muriel wieder anknüpfen könnte.

Mein erster Eindruck von dem vornehmen, würdevollen und geistig noch sehr regen alten Manne war entschieden positiv, und die *aufrichtige* Freude, die das Gesicht seiner Tochter widerspiegelte, als sie mich mit den Worten »das ist aber eine schöne Überraschung« willkommen hieß, schmeichelte jenem Rest persönlicher Eitelkeit, die die Fehler und Enttäuschungen eines langen Lebens und viele Schläge einer brutalen Welt in mir übriggelassen hatten.

Doch bemerkte ich Zeichen für ein weit tieferes Empfinden als bloße Freundlichkeit in der Art, wie sie Arthur begrüßte, und war froh darüber – obwohl ich diese Begegnung für einen eher alltäglichen Vorfall hielt –, und die Unterhaltung zwischen ihnen, an der der Earl und ich nur hier und da Anteil nahmen, war von einer Leichtigkeit und Spontaneität, die man selten antrifft, es sei denn bei *ganz* alten Freunden: und da ich wußte, daß sie sich erst seit diesem Sommer kannten, der gerade in den Herbst überging, war ich sicher, daß »Liebe« und nur Liebe dieses Phänomen erklären konnte.

»Wie praktisch wäre es doch, wenn Teetassen gewichtslos wären!« bemerkte Lady Muriel lachend, *à propos* ich hatte darauf bestanden, ihr die Mühe abzunehmen, eine Tasse Tee für den Earl durch das Zimmer zu tragen. »Dann wäre es den Damen vielleicht wenigstens *ab und zu* gestattet, sie selbst über eine kurze Strecke zu tragen.«

»Man kann sich ganz leicht eine Situation vorstellen«, sagte Arthur, »in der Gegenstände relativ zueinander *zwangsläufig* kein Gewicht hätten, obgleich jeder für sich sein normales Gewicht besäße.«

»Ein verwegenes Paradoxon«, sagte der Earl. »Erklären Sie es uns doch bitte. Erraten können wir es nicht.«

»Also, angenommen dieses Haus hier stünde einige Billionen Meilen über einem Planeten, und es befände sich nichts in seiner Nähe, um es abzulenken: dann fiele es natürlich auf den Planeten?«

Der Earl nickte. »Das könnte allerdings etliche Jahrhunderte dauern.«

»Und der Fünfuhrtee fände die ganze Zeit über statt?« fragte Lady Muriel.

»Genau so wie alles andere«, sagte Arthur. »Die Bewohner würden ihr normales Leben führen, würden aufwachsen und sterben, und das Haus würde immer noch fallen, fallen, fallen! Aber nun zu dem relativen Gewicht der Gegenstände. *Gewicht haben* kann nämlich nur etwas, das an dem Bestreben zu fallen gehindert wird. Akzeptieren Sie das?«

Wir akzeptierten es alle.

»Wenn ich also dieses Buch hier nehme und auf der flachen Hand halte, so spüre ich natürlich sein *Gewicht*. Es will fallen, und ich verhindere das. Und wenn ich es lasse, fällt es auf den Boden. Doch wenn wir gemeinsam fielen, dann *könnte* es einfach nicht schneller fallen: denn wenn ich es lasse, was könnte es dann mehr als fallen? Und da meine Hand auch fiele – im selben Maße – könnte es sie niemals verlassen, denn dann müßte es sie im Fluge überholen. Und es könnte niemals den fallenden Boden erreichen!«

»Jetzt verstehe ich es voll und ganz«, sagte Lady Muriel. »Aber der Gedanke verursacht Schwindel. Wie *können* Sie uns so etwas antun?«

»Ich hätte da noch einen kurioseren Gedanken«, wagte ich zu bemerken. »Angenommen, an dem Haus ist ein Seil befestigt und jemand auf dem Planeten zieht daran. Dann bewegt sich das Haus selbstverständlich schneller als mit normaler Fallbeschleunigung: aber die Möbel – inklusive – unserer werten Personen – fielen weiterhin mit ihrem alten Tempo und blieben ergo zurück.«

»Faktisch würden wir an die Zimmerdecke fliegen«, sagte der Earl. »Das hätte eine Gehirnerschütterung als unvermeidliches Ergebnis zur Folge.«

»Wenn wir die Möbel am Boden festnageln und uns daran anbinden, könnten wir das verhindern«, sagte Arthur. »Dann könnte der Fünfuhrtee in aller Ruhe stattfinden.«

»Mit einem kleinen Haken!« unterbrach Lady Muriel fröhlich. »Die *Tassen* könnten wir zu uns herunternehmen: aber was ist mit dem *Tee*?«

»Ich hatte wahrhaftig den *Tee* vergessen«, gestand Arthur. »Zweifellos stiege *der* an die Decke – es sei denn, Sie nähmen es auf sich, ihn auf seinem Wege dorthin zu trinken!«

»Dieser Unsinn reicht nun wirklich für eine ganze Weile!« sagte der Earl. »Welche Neuigkeiten bringt uns dieser Gentleman aus der großen Welt Londons?«

Dies bezog *mich* in das Gespräch ein, in dem nun ein konventionellerer Ton herrschte. Nach einer Weile gab Arthur das Zeichen zum Aufbruch, und in der Abendkühle schlenderten wir zum Strand hinunter und genossen fast ebenso wie diese letzte scherzhafte Unterhaltung die Stille, die nur vom Murmeln des Meeres und dem fernen Gesang einiger Fischer durchbrochen wurde.

Wir ließen uns zwischen den Felsen neben einem kleinen Pfuhl nieder, der so reich an Lebewesen, Pflanzen und zoöphytischem – oder wie auch immer dieses Wort heißt – Leben war, daß ich mich voller Begeisterung dazu hinreißen ließ, es eingehend zu studieren, und als Arthur in unsere Unterkunft zurückkehren wollte, bat ich ihn, noch eine Zeit hierbleiben zu dürfen, um zu beobachten und zu grübeln.

Das Lied der Fischer klang immer näher und klarer, während ihr Boot dem Strand zusegelte; und gerne wäre ich hingegangen, um sie beim Löschen ihrer Fischladung zu beobachten, hätte der Mikrokosmos zu meinen Füßen meine Neugierde nicht stärker angestachelt.

Eine uralte Krabbe, die sich immer wieder ungestüm von einer Pfuhlseite zur anderen schleppte, hatte mich besonders fasziniert: da war eine Geistesabwesenheit in ihrem Glotzen und eine planlose Wildheit in ihrem Gehabe, die den Gärtner unwiderstehlich in mein Gedächtnis zurückriefen, der Sylvie und Bruno so erschreckt hatte: und während ich noch hinstarrte, vernahm ich die letzten Töne seines verrückten Liedes.

Die eintretende Stille durchbrach Sylvies süße Stimme. »Würdest du uns bitte auf die Straße hinauslassen?«

»Was! Schon wieder hinter dem Bettler her?« schrie er und begann zu singen:

»Er dacht', er säh' ein Känguruh
die Kaffeemühle drehn:
Er guckt' nochmal und sah es war
'ne Pille von Arsen.
›Hätt' ich verschlungen die‹, sprach er,
›dann wär's um mich geschehn!‹ «

»Wir wollen ihm diesmal *gar nichts* zum Schlingen geben«, erklärte Sylvie. »Er ist nicht hungrig. Aber wir wollen ihn sehen. Würdest du uns bitte den Gefallen tun –«

»Gewiß doch!« antwortete der Gärtner prompt. »Ich gefalle *immer*. Niemals mißfällt niemand. So, das wär's!« Und er riß die Türe auf und ließ uns auf die staubige Hauptstraße hinaus.

Wir kamen bald zu dem Busch, der so geheimnisvoll in die Erde versunken war: und hier zog Sylvie das Zaubermedaillon aus seinem Versteck hervor, drehte es nachdenklich um und um und wandte sich schließlich ziemlich ratlos an Bruno. »Was sollten wir bloß damit tun, Bruno? Ich kann mich nicht mehr daran erinnern!«

»Küß es!« lautete Brunos gleichbleibendes Rezept in allen zweifelsvollen und schwierigen Fällen. Sylvie küßte es, doch nichts geschah.

»Reib es gegen den Strich«, war Brunos nächster Vorschlag.

»Wie *ist* denn gegen den Strich«, erkundigte sich Sylvie sehr zurecht. Am besten war es, *beide* Möglichkeiten zu versuchen.

Das Reiben von links nach rechts zeitigte keinerlei sichtbaren Erfolg.

Von rechts nach links – »Oh, halt, Sylvie!« schrie Bruno in jähem Schrecken. »Was ist denn *da* los?«

Denn eine Baumreihe marschierte in feierlicher Prozession den benachbarten Hügel hinauf: während ein Rinnsal, das kurz zuvor noch zu unseren Füßen dahinplätscherte, auf wahrhaft alarmierende Weise anschwoll, schäumte, zischte und sprudelte.

»Reib es schnell anders!« rief Bruno. »Versuch es mal mit rauf und runter! Aber fix!«

Das war ein glücklicher Einfall. Rauf und runter wirkte: und

die Landschaft, die schon verschiedene Symptome von Geistesverwirrung gezeigt hatte, kehrte in ihren normalen Ruhezustand zurück – mit Ausnahme eines gelblich braunen Mäuschens, das unaufhörlich die Straße rauf und runter flitzte und wie ein kleiner Löwe seinen Schwanz peitschte.

»Komm, wir folgen ihr«, sagte Sylvie: und das war ebenfalls ein glücklicher Einfall. Die Maus bequemte sich sogleich zu einem Schlenderschritt, bei dem wir leicht mithalten konnten. Das einzige Phänomen, das bei mir einiges Unbehagen verursachte, war das rapide *Wachstum* des kleinen Wesens, dem wir folgten, und das mehr und mehr zu einem ausgewachsenen Löwen wurde.

Bald war die Metamorphose vollzogen: und ein mächtiger Löwe stand da und wartete geduldig auf uns. Die Kinder schienen keinerlei Furcht zu haben, denn sie tätschelten und streichelten ihn, als sei er ein Shetlandpony.

»Hilf mir rauf!« rief Bruno. Und schon hatte ihn Sylvie auf den Rücken der sanften Bestie gehoben und sich selbst im Damensitz hinter ihn plaziert. Bruno nahm ein Mähnebüschel in jede Hand und tat so, als könne er dieses neuartige Roß lenken. »Hottehü!« schien für die *verbale* Lenkung völlig ausreichend. Der Löwe ging sogleich in leichten Galopp über, und bald schon befanden wir uns in den Tiefen des Waldes. Ich sage »wir«, da ich sicher bin, daß *ich* sie begleitete – obschon ich mich völlig außerstande sehe zu erklären, *wie* ich mit einem galoppierenden Löwen Schritt halten konnte. Aber ich war bestimmt anwesend, als wir zu einem alten stöckeschneidenden Bettler kamen, vor dem der Löwe eine tiefe Verbeugung machte, wobei Sylvie und Bruno abgeworfen wurden und in ihres Vaters Arme stürzten.

»Vom Bösen zum Böseren!« sagte der alte Mann versonnen zu sich, nachdem die Kinder ihren äußerst konfusen Bericht von dem Besuch des Botschafters beendet hatten, von dem sie gerüchteweise gehört und nicht selbst miterlebt hatten. »Vom Bösen zum Böseren! Das ist ihr Schicksal! Ich sehe es, aber ich kann es nicht ändern. Die Habgier eines boshaften und schlauen Mannes – die Habgier einer stolzen und dummen Frau – die Habgier eines Zwietracht säenden und lieblosen Kindes – alle gehen sie einen Weg, vom Bösen zum Böseren. Und ich fürchte – ihr, meine Lieblinge – müßt das noch weiter ertragen. Doch wenn es ganz schlimm wird, dann könnt ihr zu mir kommen. Bisher kann ich wenig tun –«

Er raffte eine Handvoll Staub, warf ihn in die Luft und formulierte langsam und feierlich einige Worte, die wie eine Beschwörung klangen, und die Kinder schauten in ehrfürchtigem Schweigen zu:

»Löscht Schlauheit, Stolz, Zwietracht
in der Vergeltungsnacht,
bis Schwäche wird zur Macht,
bis Dunkelheit wird Pracht,
bis Falschheit Treu' entfacht!«

Die Staubwolke dehnte sich in der Luft aus, als sei sie lebendig, und gestaltete seltsame Formen, die immer wieder in andere übergingen.

»Sie macht Buchstaben! Sie macht Wörter!« wisperte Bruno und klammerte sich erschrocken an Sylvie. »Ich kann es nur nicht erkennen! Lies du sie doch, Sylvie!«

»Ich werde es versuchen«, antwortete Sylvie ernst. »Warte mal – wenn ich bloß das Wort erkennen könnte –«

»Dann wär's um mich geschehn!« gellte uns eine mißtönende Stimme in den Ohren.

»›Hätt' ich verschlungen die‹, sprach er,
›dann wär's um mich geschehn!‹«

IX. KAPITEL

Ein Hofnarr und ein Bär

Ja, wir waren abermals im Garten: und um jener gräßlichen mißtönenden Stimme zu entgehen, hetzten wir ins Haus und gerieten in die Bibliothek – wo Uggug plärrte, der Professor mit bestürzter Miene danebenstand und Mylady, die Arme um ihres Sohnes Hals geschlungen, ständig wiederholte: »Und man hat ihm ganz gemeine Aufgaben gestellt? Meinem süßen Schätzchen!«

»Was soll der Lärm?« erkundigte sich der Vize-Gouverneur ärgerlich und stolzierte ins Zimmer. »Und was soll der Garderobenständer hier?« Und er hängte seinen Hut an Bruno auf, der mitten im Zimmer stand und von dem plötzlichen Szenenwechsel zu benommen war, um ihn absetzen zu können, obschon er bis auf seine Schultern reichte und ihn etwa wie eine kleine Kerze mit einem großen übergestülpten Löschhütchen aussehen ließ.

Der Professor erklärte sanftmütig, daß Seine Hoheit gnädig geruht haben zu bemerken, Sie werde Ihre Aufgaben nicht machen.

»Mach sofort deine Aufgaben, du junger Dachs!« donnerte der Vize-Gouverneur. »Und nimm *dies*!« und eine schallende Ohrfeige ließ den unglücklichen Professor durch das Zimmer taumeln.

»Rettet mich!« stammelte der arme alte Mann, als er nahezu ohnmächtig zu Myladys Füßen sank.

»Euch plätten? Aber gern doch!« erwiderte Mylady, hob ihn auf einen Stuhl und legte ein Schonerdeckchen auf seinen Bauch. »Wo ist das Plätteisen?«

Unterdessen hatte der Vize-Gouverneur Uggug zu fassen bekommen und walkte ihn mit seinem Schirm durch. »Wer hat bloß diesen losen Nagel aus dem Boden herausstehen lassen?« brüllte er. »Hämmert ihn ein, sag ich. Hämmert ihn ein!« Schlag auf Schlag traf den sich windenden Uggug, bis er sich heulend zu Boden fallen ließ.

Dann wandte sich sein Vater der »Plätt-Szene« zu, die sich gerade vollzog, und brach in schallendes Gelächter aus. »Entschuldige Liebling, aber das war zu komisch!« sagte er, sobald er wieder sprechen konnte. »Du bist *wahrhaftig* ein vollkommener Esel! Küß mich, Tabby!«

Und er umschlang den Hals des erschrockenen Professors, der in wildes Gekreische ausbrach, doch ob er den angedrohten Kuß empfing oder nicht, konnte ich nicht mehr mitbekommen, da Bruno sich mittlerweile von seinem Löschhütchen befreit hatte und gefolgt von Sylvie Hals über Kopf aus dem Zimmer stürmte; und da ich mich unter all diesen verrückten Kreaturen alleine fürchtete, jagte ich rasch hinter ihnen her.

»Wir müssen sofort zu Vater!« keuchte Sylvie, während sie den Garten hinunterlief. »Ich bin *sicher*, jetzt wird es ganz schlimm. Ich werde den Gärtner bitten, uns nochmal hinauszulassen.«

»Aber wir können doch nicht den ganzen Weg *zu Fuß gehen*!« wimmerte Bruno. »Ich hätte so gern ein Viergespann wie Onkel!«

Und schrill und wild erfüllte die vertraute Stimme die Luft:

»Er dacht', er säh' ein Viergespann
am Bett, nah seinem Schopf:
Er guckt' nochmal und sah, es war
ein Bär ganz ohne Kopf.
›Du kriegst dein Fressen gleich‹, sprach er,
›du armer dummer Tropf!‹«

»Nein, ich darf euch nicht nochmal rauslassen!« sagte er, ehe die Kinder noch sprechen konnten. »Der Vize-Gouverneur hat's mir gegepen; un wie, nur weil ich euch das letzte Mal rausgelassen hap'. Also verduftet!« Er wandte sich von ihnen ab, begann wie wild den Kiesweg umzugraben und sang immer und immer wieder:

»›Du kriegst dein Fressen gleich‹, sprach er,
›du armer dummer Tropf!‹«

doch klang es melodischer als sein anfängliches Gekreische.

Der Gesang schwoll mächtiger und klangvoller an: andere männliche Stimmen mischten sich ein: und bald schon hörte ich den dumpfen Schlag, der das Anlaufen des Bootes an den Strand kündete, und das Kieselknirschen, als die Männer es hochzerrten. Ich raffte mich auf und nachdem ich bei dem Hochzerren des Bootes mitgeholfen hatte, verweilte ich noch kurze Zeit und beobachtete sie beim Löschen einer beträchtlichen Ladung der hart erkämpften ›Schätze der Tiefe‹.

Als ich unsere Unterkunft schließlich erreichte, war ich müde und schläfrig und ziemlich froh, mich wieder in den Lehnstuhl niederzulassen, während der gastfreundliche Arthur an den Speiseschrank ging, um mir Kuchen und Wein zu holen, da er mich in seiner Eigenschaft als Arzt nicht nüchtern zu Bett schicken könne.

Und *wie* die Schranktüre quietschte! Es konnte unmöglich *Arthur* sein, der sie so oft öffnete und schloß, so rastlos umherlief und monologisierend vor sich hinmurmelte wie die Königin aus einer Tragödie.

Nein, es war eine *weibliche* Stimme. Ebenso war die Gestalt – von der Schranktüre halb verborgen – eine *weibliche* Gestalt, massig und mit wallender Robe. Sollte es sich etwa um die Hauswirtin handeln? Die Türe öffnete sich, und ein fremder Mann betrat das Zimmer.

»Was *macht* die dumme Gans da bloß?« sagte er zu sich und verweilte entgeistert auf der Schwelle.

Die besagte Lady war seine Gattin. Sie hatte eine Schrankseite geöffnet, wandte ihm den Rücken zu, glättete einen Bogen Packpapier auf einem der Regale und wisperte vor sich hin: »So, so! Geschickt gemacht! Doller Dreh!«

Ihr liebender Gatte stahl sich auf Zehenspitzen hinter sie und tippte ihr an den Kopf. »Buh!« schrie er ihr scherzhaft ins Ohr. »Behaupte nie wieder, ich könne nicht ›Buh‹ sagen zu einer Gans!«

Mylady rang die Hände. »Ertappt!« ächzte sie. »Nein, doch nicht – es ist einer von uns! Verrat es nicht, o Mann! Laß kommen seine Zeit!«

»Verrat *was* nicht?« entgegnete ihr Gatte mürrisch und riß das Packpapier heraus. »Was versteckt Ihr hier, Mylady? Ich verlange eine Antwort!«

Mylady schlug die Augen nieder und sagte so leise wie möglich. »Mach dich nicht lustig, Benjamin!« flehte sie. »Das ist – das ist – begreifst du nicht? Das ist ein DOLCH!«

»Und *wozu*?« spottete Seine Exzellenz. »Wir brauchen den Leuten doch nur *weiszumachen*, daß er tot ist. Wir müssen ihn nicht *töten*! Und auch noch aus Zinn!« knurrte er und wickelte die Schneide geringschätzig um den Daumen. »Nun, Madam, Ihr werdet mir einiges erklären müssen. Zunächst einmal, weshalb nanntet Ihr mich *Benjamin*?«

»Das gehört doch zur Konspiration, Lieber. Man muß schließlich ein Alias haben –«

»Oh, also ein Alias? Nun denn! Als nächstes, wofür habt Ihr diesen Dolch bekommen? Na los doch, keine Ausflüchte! *Mich* könnt Ihr nicht hinters Licht führen!«

»Ich habe ihn für – für – für –« die ertappte Konspirantin stammelte und versuchte ihr Bestes, blutrünstig dreinzublicken, wie sie es vor dem Spiegel eingeübt hatte. »Für –«

»Für *was*, Madam!«

»Also, für achtzehn Pennies bekommen, wenn du es *unbedingt* wissen mußt, Liebster. Jedenfalls habe ich ihn auf –«

»Nun sag ja *nicht* auf Ehre und Gewissen!« stöhnte der andere Konspirant. »Zusammen sind sie nicht mal die Hälfte wert!«

»Auf meinem *Geburtstag*«, setzte Mylady leise flüsternd fort. »Man *muß* einen Dolch haben, verstehst du. Das gehört zur –«

»Oh, sag nichts von Konspiration!« unterbrach ihr Gatte roh, wobei er den Dolch in den Schrank zurückwarf. »Von einer Konspiration verstehst du etwa so viel wie ein neugeborenes Kind. Zuerst einmal muß man sich eine Verkleidung besorgen. Sieh dir das mal an!«

Und mit entschuldbarem Stolz probierte er eine Narrenkappe

auf und zog das dazugehörende Narrenkleid an, zwinkerte ihr zu und streckte die Zunge raus.

Myladys Augen entflammten mit der ganzen Begeisterung einer Konspirantin. »Genau getroffen!« rief sie und klatschte in die Hände. »Oh, du siehst wie ein kompletter Idiot aus!«

Der Idiot lächelte unsicher. Der Qualität dieses Kompliments war er sich nicht ganz sicher. »Du meinst ein Hofnarr? Ganz genau das habe ich beabsichtigt. Und was glaubst du, welche Verkleidung *du* bekommst?« Und er machte sich daran, ein Paket auszupacken, wobei ihn die Lady verzückt beobachtete.

»Oh, wie hübsch!« rief sie angesichts der ausgepackten Verkleidung. »Was für eine *prächtige* Verkleidung! Eine Eskimofrau!«

»Eine Eskimofrau, das ich nicht lache!« schimpfte der andere. »Hier, zieh es an und beguck dich im Spiegel. Das ist ein *Bär*, hast du denn keine Augen im Kopf?« Er unterbrach sich plötzlich, da eine schrille Stimme durch das Zimmer gellte:

»Er guckt' nochmal und sah, es war
ein Bär ganz ohne Kopf!«

Doch das war nur der Gärtner, der unter dem offenen Fenster sang. Der Vize-Gouverneur stahl sich auf Zehenspitzen zum Fenster und schloß es geräuschlos, ehe er weiterzusprechen wagte. »Ja, Schätzchen, ein *Bär*: aber ich hoffe doch *mit* Köpfchen. Du bist der Bär und ich der Bärenführer. Und wenn uns irgend jemand erkennen will, muß er schon Adleraugen besitzen!«

»Ich muß das Gehen noch ein bißchen üben«, sagte Mylady und guckte durch das Bärenmaul: »Anfangs wird man doch noch ziemlich menschlich wirken. Und du mußt natürlich sagen, ›Allez hopp, Meister Petz!‹, nicht wahr?«

»Na, klar«, antwortete der Bärenführer und griff mit einer Hand die Kette, die von des Bären Halsband herabhing, während er mit der anderen eine kleine Peitsche schnalzen ließ. »Nun tanze im Zimmer herum. Sehr gut, meine Liebe, ausgezeichnet. Allez hopp, Meister Petz, allez hopp sage ich!«

Die letzten Worte brüllte er wegen Uggug heraus, der gerade

das Zimmer betreten hatte und mit gespreizten Fingern, Augen und Mund aufgerissen dastand, ganz das Bild blöder Verblüffung. »Oh, mei!« konnte er nur noch hervorkeuchen.

Der Bärenführer tat so, als verstelle er des Bären Halsband, wodurch er Gelegenheit erhielt, unhörbar für Uggug zu flüstern: »*Meine* Schuld, fürchte ich! Habe ganz vergessen, die Türe zu schließen. Plan ist durchkreuzt, wenn er es rausfindet! Mach noch ein, zwei Minuten weiter. Sei wild!« Dann ließ er den Bären auf den erschrockenen Jungen los, wobei er ihn scheinbar mit aller Kraft zurückhielt: mit bewundernswerter Geistesgegenwart stimmte Mylady etwas an, was sie zweifellos für ein wildes Knurren hielt, obschon es eher dem Schnurren einer Katze glich: und Uggug pflitzte mit einer derartigen Geschwindigkeit aus dem Zimmer, daß er über den Türvorleger stolperte, und man ihn draußen heftig zu Boden fallen hörte – ein Unglück, dem in der

Hitze des Gefechts nicht einmal seine vernarrte Mutter Aufmerksamkeit zollte.

Der Vize-Gouverneur schloß und verriegelte die Türe. »Runter mit der Verkleidung!« keuchte er. »Kein Augenblick ist zu verlieren. Er holt bestimmt den Professor, und den können wir wohl nicht hinters Licht führen!« Und in der nächsten Minute waren die Maskeraden im Schrank versteckt, die Türe entriegelt, und die beiden Konspiranten saßen liebevoll Seit an Seit auf dem Sofa, wobei sie eifrig über ein Buch diskutierten, das der Vize-Gouverneur sich hastig vom Tisch geschnappt hatte und das sich als das Adreßbuch der Hauptstadt von Anderland entpuppte.

Ganz langsam und vorsichtig öffnete sich die Türe, und der Professor spinxte hinein, hinter ihm war gerade noch Uggugs blödes Gesicht sichtbar.

»Das ist aber eine wunderhübsche Anordnung!« sagte der Vize-Gouverneur gerade voller Enthusiasmus. »Du siehst, mein Schätzchen, fünfzehn Häuser stehen in der Grünstraße, ehe man in die Weststraße kommt.«

»*Fünfzehn* Häuser! Ist es denn *möglich*?« staunte Mylady. »Ich habe immer geglaubt, es wären nur vierzehn!« Und sie waren von dieser spannenden Frage derart gefesselt, daß keiner von ihnen eher aufblickte, bis der Professor, mit Uggug an der Hand, dicht vor ihnen stand.

Mylady war die erste, die ihre Annäherung bemerkte. »Sieh da, der Professor!« rief sie mit ihrer sanftesten Stimme. »Und mein teures Kind ist auch da! Ist der Unterricht schon aus?«

»Es hat sich etwas Merkwürdiges ereignet!« begann der Professor mit zitternder Stimme. »Seine Exaltierte Fettheit« (dies war einer von Uggugs zahlreichen Titeln) »hat mir berichtet, er habe in eben diesem Zimmer einen Hofnarren mit einem Tanzbären gesehen!«

»Aber *bestimmt* nicht hier, mein Liebling!« sagte die zärtliche Mutter. »Wir sitzen schon über eine Stunde hier und lesen –« dabei wies sie auf das Buch, das auf ihrem Schoß lag, »– lesen das – das Adreßbuch.«

»Laß mich mal deinen Puls fühlen, mein Junge!« sagte der besorgte Vater. »Und nun streck die Zunge raus. Ah, hab ich's mir doch gedacht! Er hat etwas Fieber, Professor, und er phantasiert. Steckt ihn sofort ins Bett und verabreicht ihm einen kühlenden Trunk.«

»Ich bin nicht phantasiert!« beschwerte sich Seine Exaltierte Fettheit, als der Professor ihn wegführte.

»Schlechte Grammatik, Sir!« bemerkte sein Vater streng. »Seid so gut und widmet Euch auch *dieser* kleinen Angelegenheit, Professor, sobald Ihr den Fieberanfall geheilt habt. Ach übrigens, Professor!« (Der Professor ließ seinen Meisterschüler an der Türe stehen und kam demütig zurück), »Es geht da ein Gerücht um, die Leute wünschten die Wahl eines – also eines – Ihr versteht, ich meine einen –«

»Doch nicht etwa einen *anderen Professor*!« stieß der arme alte Mann erschrocken hervor.

»Nein, bestimmt nicht!« erklärte der Vize-Gouverneur eifrig. »Bloß einen Kaiser, versteht Ihr.«

»Einen *Kaiser*!« staunte der Professor und preßte seinen Kopf fest zwischen beiden Händen, als fürchte er, der Schock könne ihn zerspringen lassen. »Was wird der Gouverneur –«

»Nun, der Gouverneur wird höchstwahrscheinlich unser neuer Kaiser!« erklärte Mylady. »Wo können wir bloß einen besseren finden? Es sei denn, vielleicht –« sie streifte ihren Gatten mit einem Blick.

»Ja, wo denn nur!« entgegnete der Professor ganz eifrig und versäumte völlig, den Wink zu verstehen.

Der Vize-Gouverneur nahm den Faden seiner Ausführungen wieder auf. »Ich habe es nur erwähnt, Professor, um *Euch* zu bitten, bei der Wahl freundlicherweise den Vorsitz zu führen. Das würde die Angelegenheit nämlich *respektabel* machen – kein Verdacht auf Schiebung –«

»Ich fürchte, das kann ich nicht tun, Eure Exzellenz!« stammelte der alte Mann. »Was würde der Gouverneur –«

»Wahr, wahr!« unterbrach der Vize-Gouverneur. »Ihre Position als Hofprofessor macht es zugegebenermaßen etwas peinlich. Gut, gut! Ihr werdet eben von der Wahl ausgenommen.«

»Besser das, als wenn ich von der Wahl *ein*genommen wäre!« murmelte der Professor verwirrt, als ob er kaum wüßte, was er gerade sagte. »Bett, meinte Eure Hoheit noch, und einen kühlenden Trunk?« Und er schritt geistesabwesend dahin zurück, wo Uggug mißgestimmt auf ihn wartete.

Ich folgte ihnen aus dem Zimmer und den Korridor hinunter, und der Professor murmelte die ganze Zeit über als Eselsbrücke für sein schlechtes Gedächtnis: »K, K, K; Koje, kühlender Trunk, korrekte Grammatik«, bis er um eine Ecke bog und so unvermittelt auf Sylvie und Bruno traf, daß er seinen fetten Schüler verdutzt losließ, der auch augenblicklich das Weite suchte.

X. KAPITEL

Der Andere Professor

»Wir haben Sie gesucht!« rief Sylvie mit großer Erleichterung. »Wir haben Sie ja *so* herbeigesehnt, Sie können es sich gar nicht vorstellen!«

»Aber warum denn, liebe Kinder?« fragte der Professor und strahlte sie so freundlich an, wie er Uggug noch niemals angesehen hatte.

»Wir möchten gern, daß Sie beim Gärtner ein gutes Wort für uns einlegen«, sagte Sylvie, während sie und ihr Bruder des alten Mannes Hände ergriffen und ihn in die Halle führten.

»Er iss immer so unfreundlich!« erklärte Bruno traurig. »Sie iss *alle* so unfreundlich zu uns, seit Vater weg iss. Der Löwe waren viel liebenswürdiger!«

»Aber ihr müßt mir bitte sagen, wer der Löwe und wer der Gärtner ist«, sagte der Professor ängstlich. »Es ist *enorm* wichtig, zwei solche Lebewesen nicht miteinander zu verwechseln. Und gerade in ihrem Fall neigt man nur allzu leicht dazu – beide haben Mäuler, versteht ihr –«

»Verwechsels'de häufig was?« erkundigte sich Bruno.

»Leider ganz schön oft«, gestand der Professor aufrichtig. »Nun, da steht zum Beispiel ein Kaninchenstall und eine Standuhr.« Der Professor deutete darauf. »*Sie* machen einen schon ziemlich konfus – beide haben nämlich Türen. Also – ihr werdet es kaum glauben! – erst gestern habe ich Salatblätter in die Uhr gesteckt und versucht, das Kaninchen aufzuziehen!«

»Iss das Kaninchen denn gelaufen, nachdem du es aufgezogen hattest?« fragte Bruno.

Der Professor massierte nachdenklich die Stirne und brummte: »Gelaufen? Soviel ich weiß, *ist* es gelaufen. Also, jedenfalls ist es *weg*! Doch wohin es gelaufen ist – das konnte ich einfach nicht herausfinden. Ich habe mein Bestes getan – ich habe den ganzen Artikel über ›Kaninchen‹ im großen Lexikon nachgelesen – Herein!«

»Nur der Schneider, Sir, mit einer kleinen Rechnung für Euch«, meldete sich eine devote Stimme draußen vor der Türe.

»Ah, fein, *das* ist sofort erledigt«, sagte der Professor zu den Kindern, »wartet nur eine Minute. Wieviel macht es dieses Jahr, guter Mann?« Der Schneider war inzwischen eingetreten.

»Also, dat hat süch im Lauf der Jahre natürlich verdoppelt«, entgegnete der Schneider ein wenig barsch, »un ich hätt' dat Jeld jetz jern. Et macht zwotausend Pfund!«

»Oh, das ist gar nichts«, bemerkte der Professor sorglos und tastete seine Taschen ab, als trüge er zumindest *diesen* Betrag immer bei sich. »Aber wollen Sie nicht gerne noch ein weiteres Jahr warten, und es auf viertausend Pfund anwachsen lassen? Stellen Sie sich nur einmal vor, wie reich Sie wären! Ja, Sie könnten sogar König werden, wenn Sie nur wollten!«

»Also, ich weeß nich, ob ich Könich wärn wollte«, sagte der Mann nachdenklich. »Aber dat *klingt* nach ner janzen Menge Jeld! Also, ich glaube, ich wer warten –«

»Natürlich tun Sie das!« sagte der Professor. »Wie ich sehe, haben *Sie* eine gesunde Einstellung. Einen schönen Tag noch, guter Mann!«

»Werden Sie ihm die viertausend Pfund jemals bezahlen müssen?« fragte Sylvie, nachdem sich die Türe hinter dem Gläubiger geschlossen hatte.

»*Niemals*, mein Kind!« antwortete der Professor nachdrücklich. »Er wird es weiterhin verdoppeln lassen, bis er stirbt. Du siehst daran, es ist *immer* der Mühe wert, ein weiteres Jahr zu warten, um doppelt soviel Geld zu bekommen. Und was wollen wir nun unternehmen, meine kleinen Freunde? Soll ich euch zu dem Anderen Professor bringen? Ein Besuch würde jetzt passen«, sagte er zu sich und sah flüchtig auf seine Uhr: »Normalerweise macht er nämlich etwa um diese Zeit ein kleines Nickerchen – von vierzehneinhalb Minuten!«

Bruno hastete zu Sylvie, die auf der anderen Seite des Professors stand, und legte seine Hand in die ihre. »Ich glaub, wir kommen gerne mit«, sagte Bruno unsicher. »Wir wollen nur alle zusammen gehen. Vorsicht ist die Mutter der Porzellankiste!«

»Na sowas, du redest ja so, als wärest du *Sylvie*!« rief der Professor.

»Ich weiß«, antwortete Bruno äußerst bescheiden. »Hab völlig vergessen, daß ich nich Sylvie bin. Ich dachte auch nur, er könnte vielleicht ziemlich wütend sein!«

Der Professor lachte vergnügt. »Oh, er ist ganz zahm!« sagte er. »Er beißt niemals. Er ist nur ein wenig – ein wenig *verträumt*, verstehst du.« Er griff Brunos andere Hand und führte die Kinder einen langen Korridor hinunter, der mir bislang gar nicht aufgefallen war – nicht, daß *das* irgendwie bemerkenswert gewesen wäre: ich betrat ja beständig neue Räume und Gänge in dem geheimnisvollen Palast, und es war mir selten vergönnt, die alten wiederzufinden.

Fast am Ende des Korridors blieb der Professor stehen. »Hier ist sein Zimmer«, sagte er und zeigte auf eine solide Mauer.

»*Da* können wir nicht durch!« rief Bruno.

Schweigend prüfte Sylvie sorgfältig, ob sich die Mauer irgendwo öffnen ließ. Dann lachte sie lustig. »Du nimmst uns auf den Arm, alter Freund!« sagte sie. »Hier ist keine *Türe*!«

»Das Zimmer hat auch keine Türe«, erklärte der Professor. »Wir müssen durchs Fenster klettern.«

Also gingen wir in den Garten und fanden bald schon das Fenster zu des Anderen Professors Zimmer. Es befand sich im Erdgeschoß, und seine Flügel waren einladend weit geöffnet: zuerst hob der Professor die beiden Kinder hinein, dann kletterten er und ich ihnen nach.

Der Andere Professor saß an einem Tisch, sein Kopf ruhte auf einem aufgeschlagenen Folianten: er hatte beide Arme um das Buch geschlungen und schnarchte laut. »So liest er normalerweise die ganz interessanten Bücher«, bemerkte der Professor, »und dann ist es manchmal sehr schwierig, seine Aufmerksamkeit zu erregen!«

Dies schien einer der schwierigen Fälle zu sein: der Professor riß ihn ein-, zweimal hoch und schüttelte ihn kräftig durch: doch sobald er losgelassen wurde, kehrte er wieder zu seinem Buch zurück, und tiefe Atemzüge bewiesen, daß die Lektüre immer noch höchstes Interesse fand.

»Wie verträumt er ist!« wunderte sich der Professor. »Er muß zu einem ganz besonders interessanten Abschnitt gekommen sein!« Und er ließ geradezu einen Hagelschlag von Knüffen auf des Anderen Professors Rücken niederprasseln und begleitete sie mit dem Schrei: »Hallo, Hallo!« Und dann wandte er sich an Bruno: »Ist es nicht ein *Wunder*, wie verträumt er ist?«

»Also, wenn der immer so *schläft*«, bemerkte Bruno, »na, dann muß er ja auch träumen!«

»Aber was sollen wir bloß tun?« Der Professor war ratlos. »Ihr seht ja selbst, er ist völlig in sein Buch vertieft!«

»Und wenn du das Buch zuklappst?« schlug Bruno vor.

»Das ist die Idee!« Der Professor war entzückt. »Natürlich, das muß einfach klappen!« Und er klappte das Buch so schnell zu, daß er des Anderen Professors Nase zwischen die Seiten einklemmte und heftig kniff.

Sofort war der Andere Professor auf den Beinen und brachte das Buch zur gegenüberliegenden Zimmerseite, wo er es an seinen Platz im Bücherregal zurückstellte. »Ich habe jetzt achtzehndreiviertel Stunden lang gelesen«, sagte er, »und nun halte ich eine Ruhepause von vierzehneinhalb Minuten. Ist die Vorlesung fertig?«

»Beinahe«, antwortete der Professor zurückhaltend. »Ich wollte Sie nur noch um ein oder zwei Hinweise bitten – es gibt da noch ein paar kleine Probleme –«

»Und ein Bankett erwähnten Sie wohl?«

»Oh ja! Das Bankett steht natürlich *an erster Stelle*. Mit knurrendem Magen erfreut sich wohl keiner an abstrakter Wissenschaft. Und dann kommt noch der Maskenball. Oh, es wird eine Menge Spaß geben!«

»Wann wird der Ball stattfinden?« fragte der Andere Professor.

»Am besten doch wohl zu Beginn des Banketts – dann kommen die Gäste nämlich so nett einander näher.«

»Ja, so ist die richtige Reihenfolge. Erst die Tagung: dann die Labung: dann die Grabung – denn ich bin sicher, *Ihre* Vorlesung wird sich in unseren Geist eingraben!« sagte der Andere Professor, der die ganze Zeit über mit dem Rücken zu uns gestanden hatte und damit beschäftigt war, ein Buch nach dem anderen herauszunehmen und auf den Kopf zu stellen. Neben ihm stand eine Staffelei mit einer Tafel: und bei jedem Buch machte er darauf mit einem Stück Kreide einen Strich.

»Und was ›Die Geschichte vom Schwein‹ betrifft –, die *Sie* uns freundlicherweise erzählen wollen –« fuhr der Professor fort und rieb sich nachdenklich das Kinn. »Ich denke, sie sollte besser am *Ende* des Banketts stehen: dann können die Leute sie sich in aller Ruhe anhören.«

»Soll ich sie *singen*?« fragte der Andere Professor verzückt.

»Wenn Sie es *können*«, antwortete der Professor vorsichtig.

»Ich will es versuchen«, sagte der Andere Professor und setzte sich an das Pianoforte. »Um etwaigen Meinungsverschiedenheiten vorzubeugen, nehmen wir einmal an, es beginne auf As.« Und er schlug die fragliche Note an. »La, la la! Ich nehme an, das liegt noch in einer Oktave.« Er schlug die Note abermals an und wandte sich an Bruno, der neben ihm stand. »Hab ich es nicht ebenso gesungen, mein Kind?«

»Nee, bestimmt nich«, antwortete Bruno mit großer Sicherheit. »Das klang eher nach einer Ente.«

»Einzelne Noten besitzen gern diesen Effekt«, sagte der Andere Professor seufzend. »Ich probiere es mal mit einer ganzen Strophe.

Nah einer Pumpe saß voll Schmerz
ein Schwein, allein und dick.
Bei Tag und Nacht quält' es sein Herz:
es hätt' erweicht 'nen Stein von Erz,
wie es die Huf hob himmelwärts,
zu hüpfen war sein Tick.

Ist das nicht eine Melodie, Professor?« fragte er am Ende.

Der Professor überlegte eine Weile. »Also«, sagte er schließlich, »einige Noten schienen sich zu gleichen – andere klangen anders – aber eine *Melodie* würde ich das wohl kaum nennen.«

»Ich will es noch ein bißchen einstudieren«, sagte der Andere Professor. Und er schlug hier und da einige Tasten an und brummte dazu wie eine gereizte Schmeißfliege.

»Wie gefällt euch sein Gesang?« fragte der Professor leise die Kinder.

»Nicht besonders *schön*«, sagte Sylvie zögernd.

»Extrem *scheußlich*!« sagte Bruno geradeheraus.

»Extreme sind immer schlecht«, dozierte der Professor. »Zum Beispiel ist *maßvoll* nüchtern zu sein gut: aber selbst die ins *Extrem* getriebene Nüchternheit hat ihre Nachteile.«

»Und worin bestehen die Nachteile?« war die Frage, die mir gleich einfiel – und wie gewöhnlich stellte sie Bruno für mich. »Und *worin* bestehen die Nageteile?«

»Da wäre zum Beispiel folgender«, sagte der Professor. »Wenn ein Mann mal beschwipst ist (das ist nämlich ein Extrem), sieht er einen Gegenstand als zwei. Doch wenn er *extrem* nüchtern ist (das wäre das andere Extrem), sieht er zwei Gegenstände als einen. Aber was auch immer geschieht, beides ist unbequem.«

»Was heißt ohn-Bett-wem?« flüsterte Bruno Sylvie zu.

»Den Unterschied zwischen ›bequem‹ und ›unbequem‹ kann man am besten an einem Beispiel erläutern«, sagte der Andere Professor, der die Frage mitbekommen hatte. »Wenn man sich ein beliebiges Gedicht ausdenkt, das die beiden Worte enthält – wie etwa –«

Der Professor hielt sich entsetzt die Ohren zu. »Wenn er einmal ein Gedicht beginnt«, sagte er zu Sylvie, »dann hört er nie mehr damit auf! Niemals!«

»Hat er schon einmal ein Gedicht angefangen und nicht mehr aufgehört?« erkundigte sich Sylvie.

»Dreimal«, sagte der Professor.

Bruno stellte sich auf die Zehenspitzen, bis seine Lippen auf der Höhe von Sylvies Ohren waren. »Was ist aus den drei

Gedichten geworden?« flüsterte er. »Sagt er sie alle jetzt noch auf?«

»Still!« sagte Sylvie. »Der Andere Professor spricht!«

»Ich werde es ganz kurz machen«, murmelte der Andere Professor mit niedergeschlagenen Augen und melancholischer Stimme, die einen eigenartigen Kontrast zu seinem Gesicht bildete, in dem er wohl vergessen hatte, sein Lächeln abzustellen. (»Doch war es kein richtiges Lächeln«, verriet Sylvie später: »sondern scheinbar formte der Mund bloß den Gesichtsausdruck.«)

»Dann mal los!« sagte der Professor. »*Was sein muß, muß sein.*«

»Merk dir das!« flüsterte Sylvie Bruno zu. »Das ist eine gute Regel, wenn du dir einmal weh tust.«

»Und es ist eine gute Regel, wenn ich Lärm mach«, sagte der kesse kleine Kerl. »Merk dir es also auch, Fräulein!«

»*Wie* meinst du das?« sagte Sylvie und versuchte, die Stirn zu runzeln, eine Miene, mit der sie noch nie großen Erfolg errungen hatte.

»Sehr often hast du mir gesagt«, erklärte Bruno, »›Man muß nich so einen Lärm machen, Bruno!‹, wenn ich dir gesagt habe ›Man *muß*!‹ Nun hast du's, es gibt nich eine Regel mit ›Man muß nich!‹ Aber du glaubst *mir* ja nie!«

»Als ob *dir* jemand glauben *könnte*, du schlimmer, schlimmer Schlingel«, sagte Sylvie. Die *Worte* klangen wahrlich ernst, aber meiner Meinung nach sollte man zum Erwecken eines Schuldgefühls den Urteilsspruch nicht verkünden, wenn man die Lippen *ganz* an der Wange des Delinquenten hat – sintemal selbst ein versehentlicher Kuß zum Abschluß die Wirkung geradezu entsetzlich schwächt.

XI. KAPITEL

Peter und Paul

»Wie ich schon sagte«, der Professor nahm den Faden wieder auf, »wenn man sich ein beliebiges Gedicht ausdenkt, das die beiden Worte enthält – wie etwa –

›Peter ist arm‹, sprach Paul voll Pein,
und ich war stets sein guter Freund:
ist auch mein Gut zum Schenken *klein,*
zu leihen *ihm wird nicht gesäumt.*
Wer hilft schon gern in dieser Zeit,
stößt er sich selbst nicht dran gesund!
Doch ich kann fühlen Peters Leid,
ICH WERD' IHM LEIHEN FÜNFZIG PFUND!‹

Wie groß des Peters Freude war,
zu sehn des Freundes große Huld!
Wie froh schrieb er den Schein sogar,
bezeugend finanzielle Schuld!
›Daß es‹, sprach Paul, ›präzise sei:
drum will ich's auf den Tag fixieren:
ein Freund riet mir zum vierten Mai,
am Mittag komme ich kassieren.‹

›Jetzt ist April!‹ sprach Peter zag.
›Und zwar der erste, wie ich mein.
Fünf Wochen sind mir wie ein Tag,
ein Augenblick, kurz, viel zu klein!
Gib mir ein Jahr zum Spekulieren –
zum Kauf und Verkauf – Handel führen –‹

Sprach Paul: ›Ich kann nicht umdatieren.
Am vierten Mai komm ich kassieren.‹

›Gut, gut!‹ sprach Peter seufzend da.
›Gib mir mein Geld, und ich enteil'.
Ich gründe 'ne GmbH,
und so ersteh ich mir mein Teil.‹
Zerknirscht war Paul da ungemein:
›Beim Geld besteht noch ein Problem:
bis übernächste Woch', oh Pein,
ist es mir leider nicht bequem.‹

So kam der Peter wöchentlich
und ging mit traurigem Gesicht;
und der Bescheid sich immer glich,
›Ach, heute klappt es wirklich nicht.‹
April war bald vorüber schon –
fünf Wochen eilen ganz extrem –
doch immer noch im alten Ton,
›Es ist mir heute nicht bequem!‹

Am vierten kam mit dem Juristen
Paul pünktlich zu der Mittagszeit.
›Ich halt mich stets an meine Fristen‹,
sprach er, ›und hoff', du bist bereit.‹
Der Peter raufte sich fürwahr
erschüttert seinen Lockenkopf:
am Boden lag das ganze Haar,
und kaum noch etwas trug der Kopf.

Und der Jurist, der stand dabei,
ganz von Bedauern übermannt:
sein Auge ließ die Träne frei,
den Schuldschein hielt er in der Hand:
doch dann besiegt' das Pflichtgefühl
auf's neue diesen Überschwang.
›Das Recht‹, sprach er, ›das sieht es kühl:
und zahlst du nicht, geht's seinen Gang!‹

Da sprach der Paul: ›Wie tut's mir leid,
daß ich den Morgen zu dir kam!
Laß dir nicht nehmen allen Schneid!
Und Haarverlust heilt keinen Gram!
Glaubst du denn durch die Lockenlücken
entrinnst du noch dem Bettelstab?
Ich bitt' dich davon abzurücken:
sonst treibt der Schmerz mich noch ins Grab!‹

›Nicht willentlich füg ich zu Pein‹,
sprach Peter, ›edlen Herzen noch
unnötig Weh. Doch ist das fein?
Und nennst du freundlich dieses *Joch?*
Denn wie gesetzlich es auch sei
zu zahlen, was ich doch nicht nehm,
die Art Geschäft scheint zweifelsfrei
mir wirklich äußerst unbequem!

Ich hab nicht die Beflissenheit,
die manchem *angedichtet werde!‹*
(Und Paul sah mit Bescheidenheit
und sehr verlegen auf die Erde.)
›Die Schuld wird einfach alles fressen,
sie wird mein Leben übel wenden!‹
›O Peter, nein!‹ sprach Paul gemessen.
›So muß dein Schicksal doch nicht enden!

Du hast doch reichlich Speis und Trank:
du bist geachtet in der Welt:
und zum Barbier hin gehst du frank,
läßt Locken kräuseln für dein Geld.
Trotz Adel, wirst dich nie erheben –
zur Größe in dem Weltsystem –
der Pfad der Tugend ist zwar eben,
jedoch auch ziemlich unbequem.‹

›Wohl wahr‹, sprach Peter, ›ja, ich lebe:
ich bin geachtet überall:
daß ich nach schönen Locken strebe,
ist einmal in der Woch' der Fall.
Jedoch sind meine Güter klein:
das Kontominus ist extrem:
belastet bin ich ganz gemein.
Und das ist immer unbequem!‹

›Ich rate dir‹, schrie Paul ganz blaß,
›mein guter Peter zahl die Schuld!
Verschlingt sie dir auch alles das,
was du so nennst »Vermögenshuld«!
Seit einer Stunde sag ich »zahl«:
geht's auch zu Lasten des Gewinns,
was mich bedrückt – doch ist's egal!
ICH NEHME DENNOCH KEINEN ZINS!‹

›Wie groß!‹ schrie Peter. ›Welcher Adel!
Doch ich nach meinem Haarteil wein' –
ich mochte meine Bindernadel –
auch meinen Flügel – und mein Schwein!‹
Sein Eigentum war bald vertan:
so schnell, es war ihm nicht genehm,
er seufzte nur und dacht', der Wahn
wird immer weniger bequem.

So Wochen, Monat, Jahr verrann:
der Peter ward noch mehr entstellt:
hob tränenreich zu klagen an,
›Oh, Paul, denk ans versprochne Geld!‹
Sprach Paul: ›Ich leih dir, wenn ich kann,
mein ganzes wohlgespartes Gut –
ach, Peter, bist ein froher Mann
und von beneidenswertem Mut!

Wie du ja siehst, bin ich zu rund:
ich bin schon ganz aus der Fasson:
leb nicht wie früher so gesund,
mich freut nicht mal der Essensgong:
doch du, du springst fast wie ein Knab'
mit der Figur so schlank und fit.
Der Gong klingt freudig wohl zur Lab
so einem guten Appetit!‹

Sprach Peter da: ›Ich weiß sehr wohl,
ich lebe in Glückseligkeit:
doch sänge ich wie ein Pirol,
besäß ich noch 'ne Kleinigkeit!
Was du *nennst guten Appetit,*
das nagt in mir als Hunger schon:
Und wenn man lang kein Essen sieht,
wird Essensgong zum Gnadenton!

Kein Bettler trüg die Lumpen hier
und solche Stiefel, sieh sie an.
Ach, Paul, fünf Pfund gewähre mir,
dann werde ich ein and'rer Mann!‹
Sprach Paul: ›Du, das erstaunt mich sehr,
daß von dir sowas wird erklärt:
Ich fürchte, du erkennst nicht mehr
den Segen, den man dir gewährt!

Du wirst bestimmt nicht überfüttert,
die Lumpen sind doch tadellos,
und nie Migräne dich erschüttert,
bloß weil dein Reichtum ist zu groß:
und du hast Zeit zur Schönheitspflege,
besonders doch, Zufriedenheit –
und du wirst sehn, daß diese Wege
sind wirkliche Bequemlichkeit!‹

Drauf Peter: ›Mir ist sie nicht klar,
die Tiefe, die dein Wesen birgt,
doch hat dies Wesen offenbar
ein bis zwei Fehler eingewirkt.
Du nimmst dir viele Jahre Zeit,
wenn Worterfüllung offensteht:
jedoch bist du sofort bereit,
wenn es um kleine Rechnung geht!‹

Sprach Paul: ›Wenn es um Mammon geht,
gebietet sich Entschiedenheit.
Bei Rechnung, wie du dargelegt,
agier ich stets mit Pünktlichkeit.
Ein Mann ganz ruhig Geld sich nimmt:
doch wenn er selber Geld verleiht:
Dann er doch auch die Zeit bestimmt,
wenn es ihm macht Bequemlichkeit!‹

Der Peter saß allein Tags drauf,
aß eine Krust' – sein täglich Brot –
da kam der Paul die Treppe rauf,
begrüßt ihn freundlich und devot.
›Kenn‹, sprach er, ›deine Mäßigkeit,
daß ich an deinem Stolz nicht rühr,
indem ich Freunde hergeleit,
drum steht mein Anwalt vor der Tür!

Du hast es sicher nicht vergessen,
wie alles auf dich niedersah,
als schon dein Gut war knapp bemessen,
doch ich war immer für dich da!
Und dann, als alles war verschwunden,
mit deinem Gut die Energie,
gehörte, ich will's gern bekunden,
dir meine ganze Sympathie!

Oft hast du von mir Rat bekommen,
so voller Weisheit und voll Geist:
und gratis, obwohl streng genommen
hätt' man ihn gut bezahlt zumeist!
Doch hier verhalte ich im Ton.
Mein Heldentum macht dich ganz blaß –
und Prahlerei ist mir kein Lohn,
da ich sie ganz besonders haß.

Zu wieviel war ich schon bereit;
was tat ich dir an Güte still,
von halbvergeß'ner Jugendzeit
bis zu dem Darlehn im April!
Die fünfzig Pfund, dir kaum bewußt,
besorgten meiner Mittel Schwund:
doch schlägt ein Herz in meiner Brust;
ICH LEIH' DIR NOCHMALS FÜNFZIG PFUND!‹

›Nicht doch‹, sprach da der Peter leis,
und dankbar weint' er bitterlich:
›So gut wie ich doch kein Mensch weiß,
was du schon alles tat'st für mich:
und ich gesteh', dies Angebot
ist wohl gemeint sehr angenehm –
es zu ergreifen in der Not,
das dünkt mir doch nicht ganz bequem!‹

Hier erkennt ihr sofort den Unterschied zwischen ›bequem‹ und ›unbequem‹. Jetzt begreifst du es doch ganz und gar?« fügte er hinzu und blickte freundlich auf Bruno herab, der neben Sylvie auf dem Boden saß.

»Ja«, antwortete Bruno einsilbig. Solch kurze Rede war bei ihm äußerst selten: doch gerade jetzt schien er mir ein wenig erschöpft. Und wirklich kletterte er sogleich auf Sylvies Schoß und lehnte seinen Kopf gegen ihre Schulter. »Hu, das waren aber 'ne Masse Verse!« flüsterte er.

XII. KAPITEL

Ein musikalischer Gärtner

Der Andere Professor betrachtete ihn einigermaßen besorgt. »Das kleinere Wesen sollte einfach mal ins Bett gehen«, bemerkte er gebieterisch.

»Warum denn so *einfach*?« sagte der Professor.

»Weil er nicht zweifach gehen kann«, sagte der Andere Professor.

Der Professor klatschte ein wenig Beifall. »Ist er nicht *fabelhaft*!« sagte er zu Sylvie. »Kein anderer könnte das so schnell begründen. Ganz klar, daß er nicht zweifach gehen kann! Man würde ihn ja verletzen, wenn man ihn teilte.«

Diese Bemerkung ließ Bruno schlagartig putzmunter werden. »Ich will nich geteilt werden«, sagte er entschieden.

»In einem Schaubild läßt sich das sehr leicht bewerkstelligen«, sagte der Andere Professor. »In einer Minute werde ich es euch zeigen. Die Kreide ist nur ein wenig stumpf.«

»Vorsicht!« rief Sylvie besorgt, da er äußerst ungeschickt mit dem Anspitzen begann. »Sie schneiden sich den Finger ab, wenn Sie das Messer so halten!«

»Wenn du ihn ab hast, würdest du ihn *mir* dann bitte geben?« fügte Bruno in Gedanken versunken hinzu.

»Das verhält sich so«, sagte der Andere Professor, wobei er hastig einen langen Strich auf der Tafel zog und die beiden Enden mit den Buchstaben »A« und »Q« versah und den Mittelpunkt »C« nannte: »Ich will es euch erklären. Wenn *AQ* an diesem *C* halbiert wird –«

»Würde sie bluten«, verkündete Bruno überzeugt.

Der Andere Professor keuchte. »*Wer* würde bluten?«

»Nun, die Kuh natürlich!« sagte Bruno. »Und den Zeh könnte se wegschmeißen!«

Hier mischte sich der Professor ein, denn der Andere Professor sah sich offensichtlich zu weiteren Ausführungen an seinem Schaubild nicht in der Lage.

»Als ich gesagt habe, er würde sich *verletzen*, war lediglich die Nervenreaktion gemeint –«

Gleich zeigte der Andere Professor wieder eine heitere Miene. »Die Nervenreaktion«, begann er voller Eifer, »ist bei einigen Menschen merkwürdig verlangsamt. Ich hatte einmal einen Freund, wenn man den mit einem rotglühenden Schürhaken berührte, dann dauerte es Jahre, ehe er das spürte!«

»Und wenn man ihn nur gekniffen hätte?« fragte Sylvie.

»Dann würde es natürlich noch weit länger dauern. Ich habe berechtigte Zweifel, daß der Mann es je *selbst* spüren würde. Vielleicht könnten es erst seine Enkelkinder.«

»Ich wär nich gern der Enkel von 'nem gekniffenen Opa, du etwa, mein Herr Mann?« flüsterte Bruno. »Es könnte gerade dann auftreten, wenn man fröhlich sein will!«

Ich gab zu, daß dies unangenehm wäre, und nahm es als ganz selbstverständlich hin, daß er mich so plötzlich erblickt hatte. »Willst du denn *immer* glücklich sein, Bruno?«

»Nich *immer*«, sagte Bruno nachdenklich. »Manchmal, wenn ich zu glücklich iss, möchte ich ein wenig unglücklich sein. Dann sage ich es nämlich sofort Sylvie, und Sylvie gibt mir einige Aufgaben. Dann isses in Ordnung.«

»Schade, daß du keine Aufgaben magst«, sagte ich. »Du solltest dir an Sylvie ein Beispiel nehmen. *Sie* ist immer den lieben langen Tag fleißig!«

»Also, das bin *ich* auch!« sagte Bruno.

»Nein, nein!« korrigierte ihn Sylvie. »*Du* bist den lieben *kurzen* Tag fleißig!«

»Wo iss denn da ein Unterschied?« fragte Bruno. »Mein Herr Mann, iss der Tag nich ebenso kurz wie lang? Ich meine, isses nich *dieselbe* Länge?«

Da ich mir die Frage so noch nie gestellt hatte, schlug ich ihnen vor, den Professor zu befragen; und sie rannten augenblicklich los, um sich bei ihrem alten Freund zu erkundigen. Der Professor unterbrach das Putzen seiner Brille und dachte nach. »Meine Lieben«, sagte er nach einer Minute, »der Tag hat dieselbe Länge wie alles, was dieselbe Länge hat wie *er*.« Und er ergab sich wieder der Putzsucht.

Langsam und nachdenklich kehrten die Kinder zurück, um mich über seine Antwort zu unterrichten. »*Ist* er nicht weise?« fragte Sylvie und flüsterte tief beeindruckt. »Wenn ich *so* weise wäre, hätte ich *bestimmt* den ganzen Tag über Kopfschmerzen!«

»Ihr scheint da mit jemandem zu sprechen – der gar nicht da ist«, sagte der Professor und wandte sich den Kindern zu. »Wer ist es?«

Bruno guckte verwirrt. »Ich spreche nie mit niemandem, wenn er nich da iss!« antwortete er. »Das iss kein gutes Benehmen. Du solltest immer warten, bis er kommt, ehe du mit ihm sprichst!«

Mißtrauisch blickte der Professor in meine Richtung, schien aber durch mich hindurch zu sehen, ohne mich zu erspähen. »Mit wem redet ihr dann bloß?« fragte er. »Außer dem Anderen Professor ist doch niemand hier – und *der* ist nicht mal da!« fügte er bestürzt hinzu und drehte sich dabei wie ein Kreisel. »Kinder! Helft mir suchen! Schnell! Er ist schon wieder verlorengegangen!«

Die Kinder waren augenblicklich auf den Beinen.

»Wo sollen wir denn suchen?« fragte Sylvie.

»Ganz gleich!« schrie der Professor erregt. »Macht nur schnell!« Und er trabte im Zimmer umher, hob die Stühle hoch und schüttelte sie.

Bruno zog ein sehr schmales Buch aus dem Regal, schlug es auf und schüttelte es ebenfalls, wobei er den Professor nachahmte. »*Hier* iss er nich«, sagte er.

»Da *kann* er ja auch nicht sein, Bruno!« empörte sich Sylvie.

»Natürlich kann er nich!« sagte Bruno. »Ich hätte ihn ja rausgeschüttelt, wenn er drin gewesen wäre!«

»Ist er schon mal verlorengegangen?« erkundigte sich Sylvie und spähte unter den Kaminvorleger.

»Früher einmal«, sagte der Professor, »da hat er sich im Wald verlaufen –«

»Und konnte er sich nich mehr zusammenkriegen?« fragte Bruno. »Warum hat er nich gerufen. Er hätt' sich sicher gehört. Er konnte doch nich weit weg sein.«

»Wir wollen ihn rufen«, sagte der Professor.

»Was sollen wir rufen?« sagte Sylvie.

»Mir fällt gerade ein, am besten *gar nichts*«, antwortete der Professor. »Der Vize-Gouverneur könnte euch hören. Er ist so schrecklich streng!«

Dies erinnerte die Kinder an all die Sorgen, derentwegen sie ihren alten Freund aufgesucht hatten. Bruno setzte sich auf den Boden und weinte. »Er iss *so* böse«, schluchzte er. »Und er läßt Uggug mein ganzes Spielzeug wegnehmen. Und so scheußliches Essen!«

»Was hast du denn heute gegessen?« fragte der Professor.

»'n Stückchen tote Krähe«, lautete Brunos kummervolle Antwort.

»Er meint Krähenpastete«, erklärte Sylvie.

»Es waren *doch* tote Krähe«, beharrte Bruno. »Un es gaben Apfelpudding – und Uggug eßte alles auf – ich bekam nur eine Kruste! Un ich wollte eine Apfelsine – und – hab' sie nich bekommen!« Und der arme Bursche barg das Gesicht in Sylvies Schoß, die ihm sanft übers Haar strich und fortsetzte: »Es ist alles wahr, lieber Professor. Sie behandeln meinen Liebling Bruno *wirklich* sehr schlecht! Und auch *mir* gegenüber sind sie nicht sehr freundlich«, fügte sie leise hinzu, als sei *das* von geringerer Bedeutung.

Der Professor kramte ein großes, rotes Seidentaschentuch heraus und wischte sich die Augen. »Ich wünschte nur, ich könnte euch helfen, liebe Kinder!« sagte er. »Aber was kann *ich* schon tun?«

»Wir kennen ganz genau den Weg nach Feenland – wo Vater sich befindet«, sagte Sylvie, »wenn uns der Gärtner nur rausließe.«

»Will er euch das Tor nicht aufschließen?« fragte der Professor.

»*Uns* nicht«, sagte Sylvie, »aber für dich würde er es tun. Komm und frag ihn, lieber Professor!«

»Ich werde sogleich mitkommen!« versprach der Professor.

Bruno erhob sich und trocknete seine Tränen. »*Iss* er nich nett, mein Herr Mann?«

»Das ist er *wirklich*«, bestätigte ich. Doch der Professor nahm von meiner Bemerkung keine Notiz. Er hatte sich einen hübschen Doktorhut mit einer langen Quaste aufgesetzt und wählte sich einen von des Anderen Professors Spazierstöcken aus einem Ständer in der Zimmerecke. »Ein dicker Stock in der Hand flößt den Leuten Respekt ein«, ermunterte er sich. »Vorwärts, liebe Kinder!« Und wir gingen alle zusammen hinaus in den Garten.

»Zuerst werde ich mal einige Witze über das Wetter machen«, erklärte der Professor im Gehen. »Dann werde ich ihn nach dem Anderen Professor fragen. Das verschafft uns gleich einen doppelten Vorteil. Erstens, es eröffnet die Konversation (denn selbst eine Flasche Wein kann man nicht trinken, ohne sie zuvor zu öffnen): zweitens, so werden wir den Anderen Professor finden, falls er ihn gesehen hat, und wenn nicht dann nicht.«

Auf unserem Weg kamen wir an der Zielscheibe vorüber, auf die Uggug während des Botschafters Besuch geschossen hatte.

»Seht mal!« sagte der Professor und deutete auf das Loch in der Mitte der Scheibe. »Seine Kaiserliche Fettheit hatte nur *einen* Schuß: und er ging genau *hierdurch*!«

Bruno prüfte das Loch sorgfältig. »Konnte gar nich *durchgehn*«, flüsterte er mir zu. »Er iss viel zu *fett*!«

Es bereitete uns keinerlei Schwierigkeiten, den Gärtner zu *finden*. Zwar war er durch etliche Büsche verborgen, doch seine rauhe Stimme lotste uns; und während wir allmählich näherkamen, verstanden wir die Worte seines Liedes immer deutlicher.

»Er dacht', er säh' den Albatros,
der um die Lampe schwebt:
er guckt' nochmal und sah, es war
'ne Marke, die noch klebt.
›Geh besser schnell nach Haus‹, sprach er:
›Eh' Nebel dich umwebt!‹ «

»Hatte sie Angst, sich zu erkälten?« fragte Bruno.

»Wenn feuchte Nebel steigen«, gab Sylvie zu bedenken, »könnte sie doch irgendwo klebenbleiben.

»Und *das* müßte dann mit der Post befördert werden, was es auch wäre!« rief Bruno begeistert. »Stell dir vor, es wäre 'ne Kuh! Das wär doch *entsetzlich* für die andern Dinger!«

»Und all das ist *ihm* passiert«, sagte der Professor. »Das macht seine Lieder so interessant.«

»Er muß ja ein sehr merkwürdiges Leben gehabt haben«, meinte Sylvie.

»Das kannst du wohl sagen!« erwiderte der Professor so recht von Herzen.

»Na klar kann sie das!« rief Bruno.

Währenddessen hatten wir den Gärtner erreicht, der wie üblich auf einem Bein stand und eifrig ein Blumenbeet mit einer leeren Gießkanne begoß.

»Da iss doch kein Wasser drin!« bedeutete ihm Bruno und zupfte an seinem Ärmel, um ihn auf sich aufmerksam zu machen.

»Sie läßt sich so leichter halten«, erklärte der Gärtner. »Mit viel Wasser kriegt man nur Armschmerzen.« Und er setzte seine Arbeit fort und sang ganz sanft vor sich hin:

»Eh' Nebel dich umwebt!«

»Beim Ausbuddeln gewisser Sachen aus der Erde – was Sie vermutlich dann und wann tun«, begann der Professor mit lauter Stimme, »beim Aufhäufen gewisser Sachen – was Sie zweifellos oft tun; und beim Herumstoßen gewisser Sachen mit dem Absatz – was Sie scheinbar unaufhörlich tun; haben Sie dabei zufällig einmal einen anderen Professor bemerkt, etwa so wie ich, aber anders?«

»Noch nie!« schrie der Gärtner so laut und heftig, daß wir alle vor Schreck zurückzuckten. »So was gipt's nich!«

»Wir wollen es mit einem weniger aufregenden Thema versuchen«, bemerkte der Professor sanft zu den Kindern. »Ihr habt ihn gebeten –«

»Wir haben ihn gebeten, uns zum Gartentor hinauszulassen«, sagte Sylvie: »aber er wollte nicht; doch vielleicht täte er es für *dich*!«

Unterwürfig und höflich trug der Professor seine Bitte vor.

»*Euch* würd' ich schon rauslassen«, sagte der Gärtner. »Aper ich darf das Tor nicht *Kindern* öffnen. Glaupt Ihr etwa, ich würde die Regel mißachten? Nich für 'nen Schilling und sechs Pennies.«

Der Professor zeigte verstohlen ein paar Schillinge.

»Das reicht!« jauchzte der Gärtner, schleuderte die Gießkanne über das Blumenbeet und kramte eine Handvoll Schlüssel hervor – einen großen und viele kleine.

»Aber hör doch mal, lieber Professor!« wisperte Sylvie. »Er braucht das Tor doch gar nicht für *uns* zu öffnen. Wir können ja mit *dir* hindurchgehen.«

»Stimmt, liebes Kind!« antwortete der Professor dankbar und steckte die Münzen wieder in die Tasche. »Das spart zwei Schillinge!« und er nahm die Kinder bei der Hand, um mit ihnen zusammen hindurchzugehen, sobald das Tor offen war. Das schien jedoch auf sich warten zu lassen, wenngleich der Gärtner all die kleinen Schlüssel immer wieder durchprobierte.

Schließlich wagte der Professor höflich einen Vorschlag. »Warum versuchen Sie es nicht mal mit dem Großen? Mir ist schon öfter aufgefallen, daß sich eine Tür am besten mit ihrem eigenen Schlüssel öffnen läßt.«

Gleich der erste Versuch mit dem großen Schlüssel zeitigte Erfolg: der Gärtner öffnete das Tor und hielt die Hand auf.

Der Professor schüttelte den Kopf. »Sie handeln doch nach der *Regel*«, erklärte er, »da Sie das Tor für *mich* öffnen. Und da es nun offen ist, setzen wir drei uns nach der *Regel* in Bewegung – nach der *Dreisatz*regel.«

Der verblüffte Gärtner ließ uns hinaus: als er aber das Tor hinter uns schloß, hörten wir ihn nachdenklich vor sich hinsingen:

»Er dacht', er säh' ein Gartentor
mit einem Schlüsselpaar:
er guckt' nochmal und sah, es war
der Dreisatzkommentar:
›Nun ist sein ganzer Sinn‹, sprach er,
›mir wirklich sonnenklar!‹«

»Ich werde nun umkehren«, sagte der Professor, nachdem wir ein paar Meter gegangen waren. »*Hier* kann ich nämlich unmöglich lesen, weil all meine Bücher daheim sind.«

Doch die Kinder ließen seine Hand noch nicht los. »Komm doch *bitte* mit uns!« flehte Sylvie mit Tränen in den Augen.

»Ist ja gut!« sagte der gutmütige alte Mann. »Vielleicht komme ich bald nach. Aber ich muß jetzt *unbedingt* umkehren. Ich habe nämlich bei einem Komma aufgehört, und es ist ganz fürchterlich, nicht zu wissen, wie der Satz endet. Außerdem müßt ihr als erstes durchs Hundeland, und bei Hunden bin ich immer ein wenig vorsichtig. Aber ich werde euch mit Leichtigkeit folgen, sobald meine neue Erfindung abgeschlossen ist – wie man sich nämlich *selbst* trägt. Sie muß nur noch ein *wenig* ausgefeilt werden.«

»Ist es nicht sehr ermüdend, sich *selbst* zu tragen?« erkundigte sich Sylvie.

»Aber keineswegs, mein Kind. Sieh mal, beim *Getragenwerden* ruht man sich ja vom *Tragen* aus! Auf Wiedersehen, ihr Lieben! Auf Wiedersehen, Sir!« fügte er zu meiner großen Überraschung hinzu und drückte mir herzlich die Hand.

»Auf Wiedersehen, Professor!« erwiderte ich, aber meine Stimme klang fremd und fern, und die Kinder nahmen nicht die geringste Notiz von unserem Abschied. Offensichtlich konnten sie mich weder sehen noch hören, als sie mit liebevoll umeinandergeschlungenen Armen mutig weitermarschierten.

XIII. KAPITEL

Ein Besuch im Hundeland

»Da hinten ganz links steht ein Haus«, sagte Sylvie, nachdem wir schätzungsweise eine Strecke von fünfzig Meilen zurückgelegt hatten. »Wir wollen dort um ein Nachtquartier bitten.«

»Scheint ja ein recht konfables Haus«, urteilte Bruno, als wir in die Straße einbogen, die dorthin führte. »Hoffentlich sind die Hunde freundlich, ich bin *schrecklich* müde und hungrig!«

Ein Mastiff mit scharlachrotem Halsband und geschulterter Muskete schob vor dem Eingang Wache. Beim Anblick der Kinder stutzte er und trat ihnen in den Weg, wobei er mit der Muskete genau auf Bruno zielte, der ruhig, aber bleich dastand und

Sylvies Hand faßte, während der Wachposten die beiden feierlich umkreiste und eingehend musterte.

»Wuffbau, bau wuffwau!« knurrte er schließlich. »Wuffbau bau wau! Wuff wau wau bau? Bau wuff?« fragte er Bruno streng.

Bruno verstand natürlich alles. Alle Wichtel beherrschen Hündisch – das ist die Hundesprache. Doch da *du* anfangs einige Probleme damit haben könntest, übersetze ich es lieber ins Deutsche. »Menschen, wiß und wahrhaftig! Zwei streunende Menschen! Welchem Hund gehört ihr? Was wollt ihr?«

»Wir gehören keinem *Hund*!« begann Bruno auf Hündisch. (»Menschen gehören *niemals* Hunden!« wisperte er Sylvie zu.)

Hastig unterbrach ihn Sylvie, denn sie fürchtete, die Gefühle des Mastiff zu verletzen. »Bitte, wir hätten gern ein wenig zu essen und ein Nachtquartier – wenn Platz im Haus ist«, fügte Sylvie schüchtern hinzu. Sylvie sprach ihr Hündisch recht ordentlich: doch für *dich* scheint es mir besser, wenn ich das Gespräch in Deutsch wiedergebe.

»*Haus*, also sowas!« knurrte der Wachtposten. »Hast du noch nie im Leben einen Palast gesehen? Folgt mir! Seine Majestät wird entscheiden, was mit euch geschehen soll.«

Sie gingen mit ihm durch die Vorhalle, dann einen langen Korridor hinunter bis in einen prachtvollen Salon, in dem Hunde aller Rassen und Größen in Gruppen zusammenstanden. Zwei prächtige Bluthunde saßen aufrecht und feierlich zu beiden Seiten des Kronenständers. Zwei oder drei Bulldoggen – meiner Meinung nach die Leibwache des Königs – warteten in verbissenem Schweigen: tatsächlich kamen die einzigen Laute von zwei kleinen Hunden, die auf einem Sofa lebhaft diskutierten, was eher schon nach einem Streit aussah.

»Höflinge und Hofdamen und verschiedene Hofbeamte«, bemerkte unser Führer schroff, als er uns hineinführte. Von *mir* nahm der Hofstaat keinerlei Notiz: aber Sylvie und Bruno standen im Mittelpunkt des Interesses und vielen Getuschels, wovon ich nur das deutlich verstand, was ein Dachshund mit listigem Blick zu seinem Freund sagte: »Wuffbau wuff wau bau wuff wau, wuff?« (»Die Zweibeinerin sieht gar nicht übel aus, nicht wahr?«)

Der Wachtposten ließ die Neuankömmlinge einfach in der Mitte des Salons stehen und stolzierte zu einer Türe im hinteren Teil des Raumes, die folgende hündische Inschrift trug, »Königlicher Zwinger – Kratzen und Jaulen.«

Ehe der Wachtposten dies ausführte, wandte er sich an die Kinder und sagte: »Gebt mir eure Namen.«

»Nein, lieber nich!« rief Bruno und zerrte Sylvie von der Türe weg. »Wir wollen sie selbst behalten. Komm weg, Sylvie! Komm schnell!«

»Unsinn!« sagte Sylvie sehr bestimmt: und gab ihre Namen auf Hündisch an.

Darauf kratzte der Wachtposten kräftig an der Türe und jaulte los, daß Bruno von Kopf bis Fuß erbebte.

»Waubau!« sagte eine tiefe Stimme von drinnen. (Das bedeutet auf Hündisch »Herein!«)

»Das ist der König höchstselbst!« flüsterte der Mastiff ehrfürchtig. »Setzt eure Perücken ab und legt sie ihm demütig zu Pfoten.« (Wir würden hier »zu Füßen« sagen.)

Sylvie wollte ihn gerade sehr höflich aufklären, daß sie *diese* Zeremonie wirklich *nicht* vollziehen könnten, als sich die Türe des Königlichen Zwingers öffnete und ein riesiger Neufundländer den Kopf herausstreckte. »Bau wau?« lautete seine erste Frage.

»Wenn Seine Majestät das Wort an dich richtet«, flüsterte der Wachtposten Bruno hastig zu, »dann mußt du die Ohren spitzen!«

Bruno blickte unsicher zu Sylvie. »Bitte, lieber nich«, sagte er. »Das tut doch weh.«

»Das tut kein bißchen weh!« bemerkte der Wachtposten ungnädig. »Sieh her! So geht das.« Und er spitzte seine Ohren wie zwei Eisenbahnsignale.

Behutsam klärte Sylvie das Mißverständnis auf. »Sowas können wir wohl leider nicht«, sagte sie mit leiser Stimme. »Es tut mir von Herzen leid: aber unsere Ohren verfügen nicht über die notwendige –« Sie wollte auf Hündisch »Maschinerie« sagen: doch sie hatte das Wort vergessen und wählte statt dessen »Dampfmaschine«.

Der Wachtposten wiederholte dem König Sylvies Erklärung.

»Können ihre Ohren nicht ohne Dampfmaschine spitzen!« staunte Seine Majestät. »Das müssen aber komische Geschöpfe sein! Die muß ich mir mal näher ansehen!« Und er trat aus dem Zwinger und schritt feierlich auf die Kinder zu.

Welch ein Erstaunen – um nicht zu sagen Schrecken – befiel die gesamte Gesellschaft, als Sylvie doch wahrhaftig *Seiner Majestät den Kopf tätschelte*, während Bruno sich der langen Ohren bemächtigte und versuchte, sie unter dem Kinn zusammenzubinden!

Der Wachtposten ächzte hörbar: ein wunderschöner Windhund – wohl eine der Hofdamen – sank ohnmächtig zu Boden: und der ganze Hofstaat zog sich hastig zurück und schuf reichlich Platz, damit der mächtige Neufundländer die dreisten Fremden anspringen und Glied für Glied zerreißen konnte.

Gleichwohl – er tat nicht derartiges. Vielmehr *lächelte* Seine Majestät – soweit ein Hund zu lächeln *versteht* – und (die übrigen Hunde glaubten ihren Augen nicht zu trauen, aber es war so) Seine Majestät *wedelte mit dem Schwanz*!

»Wau! Bau wau!« (das heißt »Nein! So was!«) tönte es von allen Seiten.

Seine Majestät warf einen gestrengen Blick in die Runde und knurrte kurz, worauf schlagartig Stille war. »Geleitet *meine Freunde* in den Festsaal!« befahl er und betonte dabei *»meine Freunde«* derart, daß sich etliche Hunde hilflos auf den Rücken rollten und Brunos Füße leckten.

Ein Geleitzug formierte sich, aber ich wagte mich nur bis zur Türe des Festsaals, so wild klang das Spektakel der kläffenden Hunde drinnen. Ich ließ mich also neben dem König nieder, der scheinbar eingeschlafen war, und wartete, bis die Kinder zum Gutenachtsagen zurückkehrten, worauf sich Seine Majestät erhob und schüttelte.

»Zeit fürs Bett!« murmelte er schläfrig. »Die Diener werden euch eure Zimmer weisen«, fügte er zu Sylvie und Bruno gewandt hinzu. »Bringt Leuchter!« Und würdevoll streckte er die Pfote, um sie sich küssen zu lassen.

Aber offensichtlich waren die Kinder in Hofsitten nicht bewandert. Sylvie streichelte die große Pfote ganz einfach: Bruno quetschte sie: der Zeremonienmeister war schockiert.

Die ganze Zeit über liefen Dienerhunde in prachtvoller Livree mit Kandelaber herbei: sie standen aber kaum auf dem Tisch, da hatten sie andere Diener schon wieder weggenommen, so daß für *mich* keiner übrig zu bleiben schien, und der Zeremonienmeister stieß mich unentwegt mit dem Ellbogen an und sagte: »Ich kann dich *hier* nicht schlafen lassen! Du bist doch nicht im *Bett*!«

Mit großer Mühe konnte ich gerade noch die Worte artikulieren: »Ich weiß, daß ich nicht im Bett bin. Ich sitze im Lehnstuhl.«

»Nun, ein Nickerchen kann dir nicht schaden«, sagte der Meister und verließ mich. Ich konnte ihn kaum verstehen: und das war auch kein Wunder: er lehnte nämlich über der Reling eines Schiffes, das schon meilenweit von dem Pier entfernt war, auf dem ich stand. Das Schiff entschwand am Horizont, und ich sank in den Lehnstuhl zurück.

Als nächstes erinnere ich mich an den Morgen: das Frühstück war gerade beendet: Sylvie half Bruno von einem hohen Stuhl herunter und sagte zu einem Spaniel, der sie gütig anlächelte: »Ja, vielen Dank, das Frühstück hat uns *sehr* gemundet. Nicht wahr, Bruno?«

»'s waren zu viele Knochen im –« begann Bruno, aber Sylvie runzelte die Stirn und legte den Finger auf die Lippen, denn in diesem Augenblick machte den Reisenden ein sehr würdevoller Offizier seine Aufwartung, der Hauptknurrer, dessen Pflicht es war, sie zuerst zur Verabschiedung zum König zu führen und sie dann an die Grenze von Hundeland zu eskortieren. Der große Neufundländer empfing sie sehr leutselig, aber statt »Auf Wiedersehen« zu bellen, überraschte er den Hauptknurrer mit der Ankündigung, daß er sie selbst eskortieren werde, was diesen zu drei wilden Knurrern veranlaßte.

»Das ist ein äußerst ungewöhnliches Verfahren!« stieß der Hauptknurrer hervor und erstickte fast vor Ärger, so übergangen zu werden, denn er hatte extra seine Paradeuniform angezogen, die ganz aus Katzenfellen gefertigt war.

»Ich persönlich werde sie eskortieren«, wiederholte Seine Majestät sanft, aber bestimmt, legte seine königliche Robe ab und tauschte seine Krone gegen ein schmales Diadem, »und Ihr dürft zu Hause bleiben.«

»Da *bin* ich aber froh!« tuschelte Bruno Sylvie zu, als sie ein gutes Stück außer Hörweite waren. »Der war ja *ganz* knurrig.« Und im Überschwang der Gefühle tätschelte er die königliche Eskorte nicht nur, sondern er schlang ihr sogar noch die Arme um den Hals.

Seine Majestät wedelte friedfertig mit dem königlichen Schwanz. »Dann und wann tut es wirklich einmal gut, dem Palast zu entrinnen!« sagte er. »Königliche Hunde fristen ein langweiliges Dasein, das kann ich euch sagen. Würde es dir etwas ausmachen« (dies sagte er leise zu Sylvie und blickte scheu und verlegen drein) »würde es dir etwas ausmachen, gerade mal das Stöckchen da vorne wegzuwerfen, damit ich es apportieren kann?«

Sylvie war zu verdutzt, um im Augenblick überhaupt etwas zu tun: es schien ihr einfach ungeheuerlich, daß ein *König* den Wunsch hegen sollte, einem Stöckchen nachzulaufen. Doch Bruno meisterte die Situation sofort, und mit dem freudigen Ruf »Na los! Hol es, gutes Hundchen!« schleuderte er es über ein Gebüsch. Sogleich sprang der Monarch von Hundeland über die Büsche, schnappte das Stöckchen und trug es im Maul in Windeseile zu den Kindern zurück. Bruno nahm es ihm mit aller Entschiedenheit ab. »Mach Männchen!« beharrte er; und Seine Majestät machte Männchen. »Gib Pfötchen!« kommandierte Sylvie; und Seine Majestät reichte die Pfote. Im Nu hatte sich die feierliche Zeremonie, die Reisenden an die Grenzen von Hundeland zu eskortieren, in ein langes, ausgelassenes Spiel verwandelt!

»Doch Geschäft ist Geschäft!« sagte der Hundekönig schließlich. »Und ich muß mich wieder dem meinen widmen. Ich könnte euch auch nicht weiter begleiten«, fügte er hinzu und konsultierte seine Hundeuhr, die an einer Kette um seinen Hals hing, »nicht einmal, wenn sich eine *Katze* sehen ließe!«

Sie nahmen von Seiner Hoheit liebevollen Abschied und wanderten weiter.

»Das war aber ein lieber Hund!« sagte Bruno. »Isses denn noch weit, Sylvie? Ich iss so müde!«

»Wir sind gleich da, Liebling!« ermunterte ihn Sylvie. »Siehst du den Schein da zwischen den Bäumen? Ich bin mir fast *sicher*, das ist das Tor von Feenland! Es ist nämlich ganz aus Gold – Vater hat es mir erzählt – und so strahlend, so strahlend!« setzte sie träumerisch hinzu.

»Es blendet!« sagte Bruno und beschattete die Augen mit seiner kleinen Hand, während die andere Sylvies Hand fest umklammerte, als ängstige ihn ihr fremdartiges Benehmen.

Denn wie eine Schlafwandlerin schritt das Kind weiter, starrte mit weitgeöffneten Augen in die Ferne und war so heftig erregt, daß es nur stoßweise atmete. Wie durch eine geheimnisvolle Eingebung erkannte ich urplötzlich, daß mit meiner süßen kleinen Freundin (so mochte ich sie gern bezeichnen) eine große Veränderung vorging, und daß aus einem bloßen Wichtel von Anderland eine echte Elbe geworden war.

Bruno verwandelte sich ein wenig später: aber es war bei beiden vollzogen, ehe sie das goldene Tor erreichten, durch das ich ihnen, wie ich wußte, nicht zu folgen vermochte. Mir blieb nichts übrig, als davor zu stehen und einen letzten Blick auf die zwei hübschen Kinder zu werfen, bevor sie verschwanden, und das Tor mit einem Schlag zufiel.

Und mit *was* für einem Schlag! »Sie läßt sich wohl nie mehr wie eine normale Schranktüre schließen«, erklärte Arthur. »Das Scharnier ist irgendwie nicht in Ordnung. Egal, hier sind jedenfalls Plätzchen und Wein. Und dein Nickerchen hattest du ja auch schon. Jetzt mußt du aber *wirklich* zu Bett, mein Alter. Du bist sowieso zu nichts mehr zu gebrauchen. Bezeugt und besiegelt: Arthur Forester, Dr. med.«

Mittlerweile war ich wieder hellwach. »Noch nicht *sofort*!« plädierte ich. »Ich bin gar nicht mehr müde. Und es ist noch nicht mal Mitternacht.«

»Na ja, eigentlich wollte ich mit dir noch etwas besprechen«, gab Arthur nach und versorgte mich mit den verschriebenen Leckereien. »Ich dachte nur, du wärest heute abend vielleicht zu müde.«

Schweigend nahmen wir unser Mitternachtsmahl zu uns; denn von meinem Freund schien eine ungewöhnliche Nervosität auszugehen.

»Wie ist die Nacht?« fragte er, erhob sich und zog die Vorhänge offensichtlich in der Absicht beiseite, für kurze Zeit das Thema zu wechseln. Ich folgte ihm zum Fenster, und wir standen schweigend nebeneinander und sahen hinaus.

»Als ich dir zum ersten Mal von –« begann Arthur nach langer, beklemmender Stille, »das heißt vielmehr, als wir zuerst von ihr sprachen – denn *du* hast dieses Thema wohl angeschnitten – gestattete mir meine gesellschaftliche Position nur, sie von Ferne anzubeten: und ich überlegte, diesem Ort den Rücken zu kehren und mich irgendwo anders niederzulassen, wo ich sie bestimmt niemals wiedergesehen hätte. Allein so schien mir ein sinnvolles Leben möglich.«

»Wäre es denn klug gewesen, jegliche Hoffnung zu begraben?« gab ich zu bedenken.

»Da *gab* es keinen Hoffnungsschimmer«, antwortete Arthur gefaßt, obgleich seine Augen tränenblind glitzerten, als er in den mitternächtlichen Himmel starrte, aus dem als einziger Stern die strahlende ›Wega‹ ungebrochen durch die dahinfliegenden Wolken glitzerte. »Sie war für mich wie jener Stern – strahlend, wunderschön und rein, aber unerreichbar, unerreichbar!«

Er schloß die Vorhänge, und wir setzten uns wieder vor den Kamin.

»Was ich dir noch erzählen wollte, ist folgendes«, begann er abermals. »Ich habe heute abend eine Nachricht von meinem Anwalt erhalten. Die Einzelheiten will ich dir ersparen, das Resultat ist jedenfalls, daß mein Besitz weit größer ist, als ich bisher annahm, und das versetzt mich in die Lage (oder wird es bald tun), jeder Lady einen Heiratsantrag zu machen, und zwar ohne Bedenken, selbst wenn sie nichts besäße. Ich glaube nicht, daß *sie* etwas besitzt: der Earl ist scheinbar arm. Doch selbst wenn meine Gesundheit nachließe, so hätte ich noch genug für beide.«

»Dann wünsche ich dir alles Glück für deine Ehe!« rief ich. »Wirst du morgen mit dem Earl sprechen?«

»Nicht so hastig«, sagte Arthur. »Er ist mir gegenüber äußerst freundlich, aber ich wage nicht daran zu glauben, daß es bisher darüber hinausgeht. Und was – Lady Muriel betrifft, da kann ich anstellen, was ich will, ich werde aus ihr einfach nicht klug. Wenn sie mich *wirklich* liebt, verheimlicht sie es mir. Nein, ich muß warten, einfach warten.«

Ich mochte meinem Freund keine weiteren Ratschläge erteilen, da sein Urteilsvermögen meinem Gefühl nach weit klarer und schärfer als das meine sein mußte; und wir trennten uns ohne ein weiteres Wort zu einem Thema, das nun sein ganzes Denken, wenn nicht sein ganzes Leben beherrschte.

Am nächsten Morgen traf ein Brief von *meinem* Anwalt ein, der mich wegen dringender Geschäfte in die Stadt zurückrief.

XIV. KAPITEL

Sylvie, die Elbe

Einen ganzen Monat lang hielten mich die Geschäfte in London fest: und selbst danach ließ ich sie nur auf den dringenden Rat meines Arztes hin unerledigt und stattete Elfenau einen weiteren Besuch ab.

Arthur hatte im Laufe des Monats ein-, zweimal geschrieben; doch keiner seiner Briefe erwähnte Lady Muriel. Dennoch schien mir sein Schweigen kein schlechtes Zeichen: eher wirkte es auf mich wie das normale Verhalten eines Liebenden, der, während sein Herz »Sie ist mein« triumphiert, vor der nüchternen Ausdrucksweise eines Briefes angesichts dieses Glücks zurückschreckt und lieber mündlich berichtet. »Ja«, dachte ich, »ich werde das Triumphlied von seinen Lippen hören!«

In der Nacht meiner Ankunft hatten wir vieles andere zu besprechen: und da ich von der Reise ermüdet war, ging ich früh zu Bett, ohne daß das glückliche Geheimnis preisgegeben worden war. Als wir aber am nächsten Morgen über den Resten eines Frühstücks weiterplauderten, stellte ich wagemutig die schwerwiegende Frage. »Also, alter Freund, du hast mir bisher weder etwas von Lady Muriel erzählt – noch wann der Freudentag sein soll?«

»Der Freudentag«, sagte Arthur mit unerwartet ernster Miene, »liegt noch in weiter Ferne. Wir müssen uns noch richtig kennenlernen – oder vielmehr, *sie* muß *mich* besser kennenlernen. Ich kenne ihr liebliches Wesen inzwischen voll und ganz. Aber ich wage nicht zu sprechen, bis ich ganz sicher bin, daß meine Liebe erwidert wird.«

»Warte bloß nicht zu lange!« sagte ich fröhlich. »Feiges Herz gewann noch nie eine feine Lady!«*

»Vielleicht bin ich feige. Aber ich *wage* wirklich noch nicht, mich zu erklären.«

»Aber in der Zwischenzeit gehst du ein Risiko ein«, warnte ich, »das du vielleicht nicht bedacht hast. Ein anderer Mann –«

»Nein«, sagte Arthur fest. »Sie ist frei: da bin ich hundertprozentig sicher. Doch wenn sie einen anderen Mann mehr liebt als mich, so sei es. Ich werde ihrem Glück nicht im Wege stehen. Ich werde das Geheimnis mit ins Grab nehmen. Aber sie ist meine erste – und meine *einzige* Liebe!«

»Das mag ja eine wunderschöne *Empfindung* sein«, sagte ich, »aber sie ist nicht *durchführbar*. Sie paßt nicht zu *dir*:

Vielleicht ist Schicksalsfurcht zu groß,
vielleicht der Lohn zu klein
dem, der nicht ziehen mag das Los
*ob Glück, ob Unglück sein.«***

»Ich *wage* die Frage nicht, ob sie einen anderen hat!« brach es aus ihm heraus. »Das zu erfahren würde mir das Herz brechen!«

»Ist es denn wirklich klug, sie nicht zu fragen? Du darfst dein Leben doch nicht an eine Ungewißheit klammern!«

»Ich sag's dir doch, ich *wage* es einfach nicht!«

»Soll *ich* es für dich rausfinden?« Als alter Freund nahm ich mir die Freiheit zu diesem Vorschlag.

»Nein, nein!« antwortete er mit gequälter Miene. »Ich flehe dich an, sage nichts, kein Wort. Laß mir Zeit.«

»Wie du meinst«, sagte ich: und hielt es im Augenblick für das beste, ihn nicht mehr zu bedrängen. »Aber heute abend gehe ich beim Earl vorbei«, dachte ich bei mir. »Vielleicht kann ich den Stand der Dinge erfahren, ohne ein Wort zu verraten!«

Es war ein sehr heißer Nachmittag – zu heiß zum Spazierenge-

* AdÜ: Im Original: *Faint heart never won fair lady*, auch Komödie in einem Akt von J. R. Planche, die Lewis Carroll am 14. Oktober 1857 in Manchester sah.

** AdÜ: James Graham, Marquis of Montrose, *I'll Never Love Thee More*.

hen oder um überhaupt etwas zu tun – sonst wäre das Folgende wahrscheinlich nicht passiert.

Nun möchte ich zuerst einmal wissen – lieber junger Leser – warum die Elben *uns* immer den rechten Weg weisen und *uns* schulmeistern sollen, wenn wir etwas falsch gemacht haben, und warum wir *ihnen* nie etwas beibringen dürfen. Du wirst doch nicht allen Ernstes behaupten wollen, Elben seien niemals habsüchtig, selbstsüchtig, launisch oder hinterhältig, denn das wäre reiner Unsinn. Meinst du nicht auch, ein wenig schulmeistern und strafen würde sie bessern?

Ich sehe wahrhaftig nicht ein, warum man nicht den Versuch machen sollte, und ich bin fast sicher, wenn du einen Elben fangen könntest, ihn in die Ecke stelltest und ihm ein oder zwei Tage lang nur Wasser und Brot gäbest, so fändest du einen völlig veredelten Charakter wieder – jedenfalls täte das seiner Arroganz erheblichen Abbruch.

Die nächste Frage lautet: wann ist die günstigste Zeit, einen Elben zu sehen? Ich glaube, darüber kann ich dich eingehend informieren.

Erstens, es muß ein *sehr* heißer Tag sein – das können wir als gegeben annehmen: und du mußt ein *wenig* schläfrig sein – aber nicht zu schläfrig, die Augen müssen offen bleiben, denk daran. Und du solltest dich sozusagen ein wenig »elbisch« fühlen – die Norddeutschen sagen »grißeln« und vielleicht ist das ein hübscheres Wort; wenn du es nicht verstehst, so kann ich es dir leider auch nicht näher erklären, warte bis du einen Elben triffst, und dann wirst du es verstehen.

Und die letzte Bedingung ist, die Grillen dürfen nicht zirpen. Ich kann dir das jetzt nicht begründen, du mußt es einstweilen glauben.

Wenn also dies alles zusammentrifft, so stehen die Chancen für dich gut, einen Elben zu sehen – wenigstens ist die Wahrscheinlichkeit weit größer, als wenn dies nicht einträfe.

Als ich schläfrig über eine Waldlichtung spazierte, bemerkte ich zunächst nur einen großen Käfer, der hilflos auf dem Rücken lag, und ich kniete nieder, um dem armen Geschöpf wieder auf die Beine zu helfen. Nicht immer kann man völlig sicher sein, was ein Insekt wirklich möchte: so ist mir zum Beispiel immer noch ein Rätsel, ob ich als Motte lieber der Kerze fernbliebe oder direkt hineinflöge, um zu verbrennen – oder ob ich es als Spinne *besonders* schätzen würde, wenn man mir mein Netz zerrisse, und die Fliege freikäme – aber als Käfer in Rückenlage wäre ich bestimmt immer froh, wieder auf die Beine gestellt zu werden.

Also, wie schon erwähnt, hatte ich mich gerade niedergekniet und hantierte mit einem Stöckchen, um den Käfer herumzudrehen, als ich etwas wahrnahm, was mich zum hastigen Rückzug und zum Atemanhalten veranlaßte, und zwar aus Furcht, einen Laut von mir zu geben und die kleine Kreatur zu verscheuchen.

Nicht, daß sie aussah, als sei sie leicht zu erschrecken gewesen: vielmehr wirkte sie so sanft und lieb, daß sie sicher niemals vermuten würde, jemand wünsche ihr weh zu tun. Sie war nur einige Zentimeter groß und ganz in Grün gekleidet, so daß du sie zwischen den langen Gräsern wohl kaum bemerkt hättest. Sie war so zart und graziös und ihrer Umgebung derart angepaßt, als wäre sie selbst eine der Blumen. Außerdem kann ich dir versichern, daß sie keine Flügel besaß (ich glaube nicht an Elben mit Flü-

geln), daß ihr brünettes Haar lang und dicht war und daß sie ernst aus großen, braunen Augen blickte, womit ich mein möglichstes getan habe, um dir einen Eindruck von ihr zu vermitteln.

Sylvie (ihren Namen erfuhr ich später) hatte sich geradeso wie ich niedergekniet, um dem Käfer aufzuhelfen; aber sie benötigte mehr als nur ein Stöckchen, um ihn wieder auf die Beine zu stellen; sie bemühte sich aus Leibeskräften, den schweren Kerl umzudrehen, und dabei rüffelte sie ihn mal und mal tröstete sie ihn wie eine Amme ein Kind, das hingefallen ist.

»Schon gut! Kein Grund zum Jammern. Du bist noch nicht tot – denn wenn du es wärest, dann könntest du nicht jammern, und darum ist es eine allgemeine Regel gegen das Jammern, mein Lieber! Und wieso bist du eigentlich gestolpert? Ach, ich kann es mir schon denken – brauchst es mir gar nicht erst zu sagen – bist wieder auf deine Hans-guck-in-die-Luft-Weise zwischen den Sandgruben herumspaziert. Auf die Weise muß man ja ganz einfach stolpern. Guck lieber, wo du hintrittst.«

Der Käfer brummelte etwas, das wie »*Hab'* doch geguckt« klang, und Sylvie nahm ihre Gardinenpredigt wieder auf.

»Stimmt ja gar nicht! Hast du noch nie! Du gehst immer mit hocherhobenem Kopf – du bist ja so schrecklich hochmütig. Na, mal sehen, wieviel Beine du diesmal gebrochen hast? Na sowas, nicht ein einziges! Aber wie sinnvoll sind schließlich sechs Beine, mein Lieber, wenn du mit ihnen nur noch in der Luft herumstrampeln kannst, sobald du am Rücken liegst? Beine sind zum Gehen da, kapiert? Breit ja noch nicht deine Flügel aus; ich hab dir noch was zu sagen. Geh zum Frosch, der hinter der Butterblume lebt – bestell ihm schöne Grüße von mir – von Sylvie – kannst du denn eigentlich ›Grüße‹ sagen?«

Der Käfer versuchte es und hatte vermutlich Erfolg.

»Ja, so ist es richtig. Und richte ihm aus, er solle dir ein wenig von der Salbe geben, die ich gestern bei ihm gelassen habe. Laß sie dir am besten gleich von ihm einreiben. Seine kalten Hände sollten dich nicht weiter stören.«

Der Käfer muß sich bei dem Gedanken geschüttelt haben, denn Sylvie fuhr ein wenig strenger fort: »Nun stell dich bloß nicht so an und glaub, du seist was Besonderes und zu vornehm, um dich von einem Frosch einreiben zu lassen. Dankbar solltest du ihm sein. Stell dir mal vor, dazu fände sich nur eine Kröte bereit, wie wäre denn *das*?«

Nach einer kurzen Pause fügte Sylvie hinzu: »Jetzt kannst du gehen. Sei ein braver Käfer und laß den Kopf unten.« Dann begann ein Summ-Brumm-Schwirr-Irr-Theater, wie es ein Käfer vollführt, der fliegen will, ohne zu wissen wohin. Zuschlechterletzt traf er mich noch mit einer seiner ungeschickten Zickzackbewegungen genau ins Gesicht, und als ich mich von dem Schrekken erholt hatte, war die kleine Elbe verschwunden.

Überall suchte ich das winzige Wesen, aber es gab keine Spur von ihm – und mein »grißeliges« Gefühl hatte mich verlassen, und die Grillen zirpten wieder ausgelassen – da wußte ich, sie war wirklich weg.

Und jetzt habe ich auch Zeit genug, dir die Grillen-Regel zu erklären. Sie hören immer zu zirpen auf, wenn ein Elbe erscheint – möglicherweise ist er so eine Art König für sie – auf jeden Fall steht er weit über einer Grille – wenn du also beim Spazierengehen plötzlich keine Grillen mehr hörst, dann sehen die sicherlich gerade einen Elben.

Du wirst begreifen, daß ich ziemlich traurig weiterspazierte. Gleichwohl tröstete ich mich mit dem Gedanken: »Das war ja bisher ein wunderschöner Nachmittag. Ich werde leise weitergehen und Obacht geben, und es sollte mich nicht wundern, wenn ich zufällig nochmal einen Elben träfe.«

Während ich so umherspähte, fiel mir eine Pflanze mit runden Blättern ins Auge. Einige Blätter hatten in ihrer Mitte seltsame kleine Löcher. »Aha, eine Blattschneiderbiene!« kombinierte ich – in Naturkunde bin ich nämlich ein As (mit einem Blick kann ich zum Beispiel Katzen von Spatzen unterscheiden) – und ich wollte schon weitergehen, als mich eine plötzliche Eingebung niederhocken und die Blätter prüfen hieß.

Sogleich verfiel ich in einen Freudentaumel – denn ich bemerkte, daß die Löcher alle derart angeordnet waren, daß sie Buchstaben formten; auf drei nebeneinanderstehenden Blättern waren »B«, »R« und »U« markiert, und nach einigem Suchen fand ich zwei weitere mit einem »N« und einem »O«.

Und urplötzlich erhellte ein innerer Lichtblitz einen Teil meines Lebens, den ich schon fast völlig vergessen hatte – nämlich die seltsamen Visionen, die ich auf meiner Reise nach Elfenau gehabt hatte, und mit einem Wonneschauer kam mir in den Sinn: »Diese Visionen scheinen sich mit meinem Lebensweg zu verbinden!«

Unterdessen hatte sich wieder das ›grißelige‹ Gefühl eingestellt, und mir fiel sofort auf, daß die Grillen verstummt waren, und deshalb war ich mir ganz sicher, daß »Bruno« irgendwo in der Nähe sein mußte.

Und das war er tatsächlich – und zwar so nahe, daß ich fast auf ihn getreten wäre, ohne ihn zu bemerken; was schrecklich gewesen wäre, vorausgesetzt natürlich, daß man überhaupt auf einen Elben treten *kann* – meiner Meinung nach gleichen sie den Irrlichtern, und auf *die* kann man ja auch nicht treten.

Denke an irgendeinen hübschen kleinen Jungen, den du kennst, mit rosigen Wangen, großen dunklen Augen und struppigem braunem Haarschopf, und nun stell ihn dir klein genug vor, daß er bequem in eine Kaffeetasse paßt, und dann hast du eine ziemlich gute Vorstellung von ihm.

»Wie ist dein Name, kleiner Mann?« sagte ich möglichst sanft. Wie kommt es übrigens, daß wir kleine Kinder immer erst nach ihrem Namen fragen? Bilden wir uns vielleicht ein, ein Name würde sie ein wenig größer machen? Es fiele einem doch nicht im Traum ein, einen Erwachsenen nach seinem Namen zu fragen, oder? Doch wie dem auch sei, *seinen* Namen wollte ich unbedingt erfahren; und da er mir nicht antwortete, wiederholte ich die Frage ein wenig lauter. »Wie ist dein Name, kleiner Mann?«

»Wie iss denn deiner?« fragte er, ohne aufzublicken, zurück.

Ich nannte ihm ganz freundlich meinen Namen, denn er war viel zu klein, als daß man ihm böse sein konnte.

»Duke von irgendwo?« erkundigte er sich, faßte mich kurz ins Auge und nahm seine Arbeit wieder auf.

»Kein Duke«, mußte ich beschämt eingestehen.

»Deine Größe reicht für zwei Dukes«, schätzte das kleine Wesen. »Dann bist de doch bestimmt 'n Sir Sowieso?«

»Nein«, ich schämte mich noch mehr. »Ich habe überhaupt keinen Titel.«

Dem Elben schien ich unter diesen Umständen keiner weiteren Unterhaltung wert, denn er grub unablässig die Blumen aus und riß sie in Stücke.

Nach einigen Minuten nahm ich einen neuerlichen Anlauf. »*Bitte*, sag mir doch deinen Namen.«

»Bruno«, antwortete der kleine Bursche ganz bereitwillig. »Warum hast de denn nich sofort ›bitte‹ gesagt?«

»Sowas zeugt eigentlich von guter Kinderstube«, sagte ich bei mir und dachte die vielen Jahre zurück (so ungefähr hundert, wenn du es unbedingt wissen willst) bis dahin, als ich noch ein kleines Kind war. Da fiel mir aber etwas ein, und ich fragte ihn: »Bist du vielleicht zufällig einer der Elben, die den Kindern beibringen, artig zu sein?«

»Naja, manchmal müssen wir das«, sagte Bruno, »es ist aber schrecklich langweilig.« Und dabei zerpflückte er ein Stiefmütterchen und zertrampelte die Blütenblätter.

»Was *machst* du denn da, Bruno?« fragte ich.

»Sylvies Garten kaputt«, lautete die ganze Auskunft. Dann aber murmelte er, weiterhin Blumen zerrupfend, vor sich hin: »Die boshafte, gemeine Hexe – wollte mich heute morgen nich zum Spielen lassen – behauptete, ich müßte erst meine Aufgaben machen – Aufgaben, pah! Jetzt zahl ich es ihr endlich heim!«

»Ach Bruno, das solltest du nicht tun!« beschwor ich ihn. »Weißt du denn nicht, daß du rachsüchtig handelst? Und Rachsucht ist böse, grausam und gefährlich!«

»Bachbucht!« grübelte Bruno. »Was für ein ulkiges Wort. Du hältst sie wohl für grausam und gefährlich, weil de ertrinken könntest, wenn de zu weit reingingest.«

»Nein, nicht Bachbucht«, erklärte ich: »Rachsucht« (und sprach das Wort langsam und betont). Doch ich konnte mich des Eindrucks nicht erwehren, daß Brunos Erklärung ganz gut auf beide Wörter paßte.

»Oh!« staunte Bruno und riß die Augen ganz weit auf, verzichtete aber auf einen Versuch, das Wort zu wiederholen.

»Komm, versuch es nachzusprechen, Bruno!« ermunterte ich ihn. »Rach-sucht, Rach-sucht.«

Doch Bruno schüttelte nur den kleinen Kopf und sagte, er könne nicht; sein Mund habe nicht die recht Form für derartige Wörter. Und je mehr ich lachte, desto mißgestimmter wurde der kleine Bursche darüber.

»Das macht ja nichts, kleiner Mann!« besänftigte ich ihn. »Soll ich dir bei der Arbeit helfen?«

»Ja, bitte«, sagte Bruno nun völlig versöhnt. »Wenn ich mir nur was ausdenken könnte, um sie noch mehr zu ärgern. Du weißt ja nich, wie anstrengend es iss, sie zornig zu machen!«

»Na, dann hör mal zu, Bruno, ich werde dir eine tolle Rache verraten!«

»Etwas, was sie prächtig ärgern wird?« fragte er mit leuchtenden Augen.

»Etwas, was sie prächtig ärgern wird. Zuerst jäten wir alles Unkraut in ihrem Garten. Guck mal, wie es dahinten in der Ecke wuchert – die Blumen sind ja kaum noch zu sehen.«

»Aber *sowas* ärgert sie doch nich!« empörte sich Bruno.

»Anschließend«, sagte ich, ohne den Einwand zu beachten, »werden wir das höchstgelegene Beet – das da oben – bewässern. Du siehst ja selbst, es ist knochentrocken und staubig.« Bruno musterte mich eindringlich, sagte aber diesmal nichts.

»Danach müßten die Wege noch ein bißchen gefegt werden«, erklärte ich weiter, »und du könntest die große Brennessel da abschneiden – sie steht so nahe am Garten, daß sie im Weg ist –«

»Was soll denn das *heißen*?« unterbrach mich Bruno ungeduldig. »Das alles ärgert sie doch kein bißchen!«

»Wirklich nicht?« sagte ich unschuldig. »Und dann können wir noch mit einigen bunten Kieselsteinen die Grenzen zwischen den verschiedenen Blumensorten markieren, weißt du. Das macht sich bestimmt sehr hübsch.«

Bruno wandte sich um und starrte mich abermals erstaunt an. Schließlich zwinkerte er mit den Augen und sagte mit ganz anderer Stimme: »Das iss hübsch, wir wollen sie in Reihen zusammenlegen – alle roten zusammen und alle blauen zusammen.«

»Famose Idee«, lobte ich, »und dann – was sind übrigens Sylvies Lieblingsblumen?«

Bruno mußte erst den Daumen in den Mund stecken und ein wenig nachdenken, ehe er es wußte. »Veilchen«, sagte er endlich.

»Unten am Bach ist ein Beet mit wunderschönen Veilchen –«

»Oh, die holen wir!« freute sich Bruno und vollführte einen kleinen Luftsprung. »Hier! Nimm meine Hand, ich helf dir hin. Das Gras ist da ganz schön dicht.«

Ich konnnte mein Lachen nicht unterdrücken; er hatte doch tatsächlich total vergessen, mit was für einem großen Geschöpf er sprach. »Nein, noch nicht, Bruno«, bremste ich ihn, »zuerst müssen wir mal überlegen, was wir am besten als erstes tun. Da kommt nämlich eine ganze Menge Arbeit auf uns zu.«

»Gut, überlegen wir«, meinte Bruno, steckte abermals den Daumen in den Mund und ließ sich auf einer toten Maus nieder.

»Wozu brauchst du denn die Maus?« erkundigte ich mich. »Du solltest sie besser begraben oder in den Bach werfen.«

»Die iss doch zum Abmessen!« empörte sich Bruno. »Wie wills'de denn ohne sie einen Garten anlegen? Wir machen jedes Beet dreieinhalb Mäuse lang und zwei Mäuse breit.«

Und er wollte sie schon hinter sich herziehen, um es mir zu zeigen, aber ich hielt ihn aus Furcht zurück, das »grißelige« Gefühl könne schwinden, bevor der Garten in Ordnung wäre, und dann könnte ich weder ihn noch Sylvie sehen. »Am besten, *du* jätest die Beete, und *ich* sortiere die Kieselsteine für den Wegrand aus.«

»Fein!« rief Bruno. »Und während der Arbeit erzähl ich dich von Raupen.«

»O ja, erzähl von Raupen«, bat ich, häufte die Kieselsteine zusammen und begann damit, sie nach Farben zu sortieren.

Wie im Selbstgespräch fuhr Bruno leise und hastig fort: »Gestern hab' ich zwei kleine Raupen gesehen, als ich gerade am Bach saß, da, wo du in den Wald gehst. Sie waren ganz grün und hatten gelbe Augen, *mich* haben sie aber nicht bemerkt. Un eine hat einen Mottenflügel getragen – einen großen braunen Mottenflügel, verstehst de, ganz vertrocknet und pelzig. Zum Essen war der bestimmt nichts – vielleicht wollte sie sich einen Wintermantel damit machen?«

»Vielleicht«, sagte ich, denn Bruno hatte das letzte Wort fragend betont und mich antwortheischend angesehen.

Ein Wort reichte dem kleinen Burschen voll und ganz, und er sprach vergnügt weiter: »Also, sie wollte nich, daß die andere Raupe den Mottenflügel zu sehen bekam, klar – was konnte sie da schon anderes tun, als ihn mit all ihren linken Beinen zu tragen versuchen und nur auf den rechten zu gehen. Natürlich kippte sie um danach.«

»Wonach?« fragte ich, wobei ich nach dem letzten Wort schnappte, denn um die Wahrheit zu gestehen, ich hatte nicht sehr gut aufgepaßt.

»Sie kippte um«, wiederholte Bruno gewichtig, »un wenn *du* jemals eine Raupe hättest umkippen sehen, dann wüßtest du, daß das ganz ernst iss und kein Grund zum Grinsen – un ich erzähl dich jetz nix mehr!«

»Also, Bruno, ich wollte wirklich nicht grinsen. Sieh doch, ich bin wieder ganz ernst.«

Doch Bruno verschränkte nur die Arme und sagte: »Erzähl *mir* doch nix. Du zwinkerst ja noch mit einem Auge – wie der Mond.«

»Warum glaubst du, ich sei wie der Mond, Bruno?« fragte ich.

»Dein Gesicht iss so groß un rund wie der Mond«, antwortete Bruno und betrachtete mich nachdenklich. »Es scheint nich ganz so hell – aber es iss mehr sauberer.«

Ich konnte mich eines Lächelns nicht erwehren. »Weißt du, *ich* wasche mir das Gesicht manchmal. Der Mond nie.«

»Aber ja doch!« behauptete Bruno; und er beugte sich vor und fügte feierlich wispernd hinzu: »Das Mondgesicht wird mit jeder Nacht schmutziger und schmutziger, bis es völlig schwarz iss. Und wenn es dann überall schwarz iss – *so* –« (und er wischte mit der Hand über sein rosiges Gesicht) »dann wäscht er es.«

»Und dann ist es wohl wieder ganz sauber?«

»Nich sofort überall«, verbesserte Bruno. »Du brauchst ja

noch eine Masse Unterricht! Er wäscht es nach und nach – und damit beginnt er an der anderen Seite, klar.«

Dabei saß er in aller Ruhe mit verschränkten Armen auf der toten Maus, und mit dem Jäten ging es kein bißchen voran: daher ermahnte ich ihn schließlich: »Erst die Arbeit, dann das Vergnügen: keine Unterhaltungen mehr, solange das Beet nicht fertig ist.«

XV. KAPITEL

Brunos Rache

In der immerhin einige Minuten dauernden Stille sortierte ich die Kieselsteine und beobachtete mit Vergnügen Bruno bei seiner Gartenplanung. Mir war sein Verfahren völlig unbekannt: vor dem Jäten maß er erst einmal jedes Beet aus, so als fürchte er, es könne dabei schrumpfen, und als es einmal die gewünschte Länge übertraf, traktierte er die Maus mit seinen kleinen Fäusten und schrie sie an: »Da ham wer's! Schon wieder alles falsch. Warum häls'de auch den Schwanz nich gerade, wenn ich's dir sage!«

»Weiß'de, was ich machen werde?« wisperte mir Bruno bei der Arbeit zu. »Du magst doch Elben, nich wahr?«

»Ja«, bestätigte ich, »natürlich, sonst wäre ich wohl kaum hierhergekommen. Dann wäre ich nämlich irgendwo hingegangen, wo keine Elben sind.«

Bruno lachte geringschätzig. »Also, da könntes'de ebensogut sagen, du gehst dahin, wo keine Luft iss – wenn de keine Luft magst!«

Das war kaum zu glauben. Ich versuchte, das Thema zu wechseln. »Du bist beinahe der erste Elbe, den ich zu Gesicht bekomme. Hast *du* außer mir schon andere Menschen gesehen?«

»Massenhaft!« protzte Bruno. »Wenn wir die Straße lang laufen, sehen wir jedesmal welche.«

»Aber sie können *euch* nicht sehen. Wie kommt es dann, daß sie niemals auf euch treten?«

»*Können* sie doch gar nich«, Bruno amüsierte meine Ignoranz. »Sieh ma, wenn du hier gehst – so –« (er markierte die Stelle) »und wenn da ein Elbe iss – der bin ich – un der geht *hier*. Dann stellst du einfach deinen Fuß hierhin und den andern dahin, un schon tritts'de nich auf den Elben.«

Im großen und ganzen klang die Erklärung überzeugend, aber mich befriedigte sie nicht. »Warum könnte ich den Fuß denn nicht *auf* den Elben stellen?« fragte ich.

»Weiß nich, *warum*«, grübelte der kleine Bursche. »Aber ich weiß, du tät'st es *nich*. Niemand tritt niemals auf den Kopf eines Elben. Un jetz erzähl ich dir, was ich mach, weil du Elben so gern hast. Ich besorg dir 'ne Einladung zur Abendgesellschaft des Elbenkönigs. Ich kenn einen von den Oberkellnern.«

Ich mußte über diesen Einfall lachen. »Laden die Kellner neuerdings die Gäste ein?« erkundigte ich mich.

»Oh, nicht an den *Tisch*!« sagte Bruno. »Sondern zum Servieren. Das würde dir doch sicher Spaß machen? Schüsseln anzureichen und all so was.«

»Naja, aber das ist nicht so schön, wie am Tisch zu sitzen?«

»Klar doch«, Bruno bemitleidete meine Ignoranz, »aber wenn de nich mal Sir Sowieso bist, kanns'de wirklich nich erwarten, am Tisch zu sitzen.«

Möglichst freundlich erklärte ich ihm, daß ich das auch nicht erwartet hätte, aber nur so bereite es mir Vergnügen, an einer Abendgesellschaft teilzunehmen. Und Bruno warf den Kopf zurück und entgegnete beleidigt, daß ich nach meinem Belieben verfahren könne, aber er kenne viele, die ihre Ohren dafür opfern würden.

»Bist du denn selbst schon mal dabeigewesen, Bruno?«

»Sie haben mich letzte Woche mal eingeladen«, sagte Bruno voller Stolz. »Ich sollte Suppenteller abwaschen – nein, es waren wohl doch Käseplatten – jedenfalls war das sehr ehrenvoll. Un ich hab bei Tisch bedient. Un ich hab nich kaum nur einen Fehler gemacht.«

»Was war es denn?« fragte ich. »*Mir* kannst du es ruhig sagen.«

»Och, ich hab nur zum Fleischschneiden eine Schere gebracht«, bekannte Bruno sorglos. »Aber das allerehrenvollste war, daß ich dem König ein Glas Most gebracht hab.«

»Das *war* aber auch ehrenvoll!« bestätigte ich und biß mir verzweifelt in die Lippen, um nicht herauszuplatzen.

»Nich wahr?« freute sich Bruno. »So 'ne Ehre kriegt nich jeder!«

Dies ließ mich über die Merkwürdigkeiten nachgrübeln, die wir hierzulande als »Ehre« bezeichnen, obgleich sie kein bißchen mehr Ehre darstellen, als Brunos Mundschenkdienst beim König.

Schwer zu sagen, wie lange ich noch so vor mich hingeträumt hätte, wäre ich nicht plötzlich von Bruno alarmiert worden. »Oh, komm ganz schnell her!« schrie er verzweifelt. »Pack den andern Fühler! Ich kann sie nich mehr lange halten!«

Verzweifelt kämpfte er mit einer großen Schnecke, deren Fühler er umklammert hielt, und wollte sie über einen Grashalm ziehen, wobei er sich vor Anstrengung fast das kleine Rückgrat brach.

Ich begriff, daß wir mit der Gartenarbeit nicht zu Rande kämen, wenn ich solchem Tatendrang keinen Riegel vorschob, also nahm ich die Schnecke einfach weg und setzte sie auf eine Bank, wo er sie nicht erreichen konnte. »Wir jagen sie später, Bruno«, sagte ich, »wenn du sie unbedingt fangen willst. Aber was machst du mit ihr, wenn du sie hast?«

»Was machs'de mit 'nem Fuchs, wenn de'n hast?« erkundigte sich Bruno. »Ich weiß doch, daß ihr großen Wesen Füchse jagt.«

Ich suchte nach einem stichhaltigen Argument, warum »große Wesen« zwar Füchse, er aber keine Schnecken jagen dürfte, aber mir fiel nichts ein, und so erklärte ich schließlich: »Na, das ist wohl gehupft wie gesprungen. Eines Tages gehe ich auch einmal auf Schneckenjagd.«

»So dumm wirs'de doch dann nich sein«, maßregelte mich Bruno, »allein auf Schneckenjagd zu gehen. Du wirst nämlich nie im Leben mit 'ner Schnecke fertig, wenn de keinen für den andern Fühler hast!«

»Natürlich gehe ich nicht *allein*«, versicherte ich. »Ist die Sorte eigentlich die beste zum Jagen, oder empfiehlt sich eher die ohne Haus?«

»O nein, wir jagen nie die ohne Haus«, Bruno schüttelte sich etwas bei dem Gedanken. »Die sinn immer sofort ganz ärgerlich; un wenn de dann über sie stolperst, sinn se so glibberig!«

Der Garten war inzwischen fast fertig. Ich hatte einige Veilchen geholt, und Bruno half mir gerade beim Einpflanzen des letzten, als er plötzlich innehielt und gestand: »Bin müde.«

»Dann ruh dich aus«, sagte ich, »jetzt schaffe ich es schon allein.«

Bruno ließ sich das nicht zweimal sagen: im Nu war die Maus als Sofa hergerichtet. »Un ich singe dir 'n Liedchen«, bot er mir dabei an.

»Schön«, freute ich mich, »ich höre gern Lieder.«

»Welches wills'de denn hören«, erkundigte sich Bruno und schleppte die Maus dorthin, wo er mich gut sehen konnte. »›Klingeling‹ iss natürlich am schönsten.«

Einem derartigen Wink mit dem Zaunpfahl konnte man unmöglich widerstehen: und doch tat ich so, als müßte ich einen Augenblick darüber nachdenken, bevor ich zustimmte: »Also, ich mag ›Klingeling‹ auch am liebsten.«

»Das beweist dein großes Musikverständnis«, Bruno wars zufrieden. »Wieviel Glockenblumen hätts'de denn gern?« Und er lutschte am Daumen, um mir beim Nachdenken zu helfen.

Da nur eine Glockenblume in Reichweite war, bemerkte ich ernsthaft, für *diesmal* tue es eine, und ich pflückte und reichte sie ihm. Wie ein Musiker, der sein Instrument stimmt, tastete Bruno die Blume ein-, zweimal ab und erzeugte dabei ein lieblich zartes Geklingel. Noch niemals zuvor hatte ich Blumenmusik vernommen – man scheint dazu nur im »grißeligen« Zustand befähigt – und ich weiß einfach nicht, wie ich sie dir beschreiben soll, außer vielleicht durch den Hinweis, daß sie wie Glockengeläut aus tausend Meilen Ferne klang. Als er mit dem Klang der Blume zufrieden war, ließ er sich auf der toten Maus nieder (das schien sein ständiger Sitz), zwinkerte mir lustig zu und legte los. Die Melodie war übrigens recht merkwürdig, und damit du sie selbst einmal spielen kannst, sind hier die Noten.

»Auf, oh, auf! Die Nacht kommt rauf:
die Eulen heulen, klingeling!
Geh, oh, geh! Denn dort am See
da flöten Elben, klingeling!
Dem Elbenkönig Grüße bring,
ich sing, sing, sing.«

Die ersten vier Zeilen sang er temperamentvoll und fröhlich und ließ die Glockenblumenkelche genau im Takt mit der Musik erklingen, doch die letzten beiden sang er ganz langsam und leise und schwenkte die Kelche nur hin und her. Dann hielt er inne und erklärte: »Der Elbenkönig iss Oberon, der lebt am anderen Seeufer drüben – un manchmal kommt er mit einem Bötchen rüber – un dann treffen wir ihn – un singen ihm das Lied.«

»Und dann dinierst du mit ihm, wohl?« warf ich boshaft ein.

»Du sollst nich reden«, mahnte Bruno hastig, »das unterbricht das Lied doch so.«

Ich versprach, es nicht mehr zu tun.

»Ich spreche nie, wenn ich sing«, fuhr er würdevoll fort, »tu du es also auch nich.« Darauf stimmte er die Blumenkelche erneut und sang:

»Lausch, oh, lausch! Von fern im Rausch
da schmeicheln Klänge, klingeling!
Feenglocken, stetig locken
mit frohem Hallen, klingeling!
Dem Elbenkönig Grüße bring,
ich kling, kling, kling.

Schau, oh, schau! An jedem Hau
da scheinen Lampen, klingeling!
Vehement der Glühwurm brennt,
das Mahl zu leuchten, klingeling!
Dem Elbenkönig Grüße bring,
ich schwing, schwing, schwing.

Hast, oh, hast, der Bauch wohl faßt
die Leckerbissen, klingeling!
Honigtau gibt's da –«

»Still, Bruno!« warnte ich wispernd. »Sie kommt!«

Bruno unterbrach sein Lied, und während sie sich noch den Weg durch das hohe Gras bahnte, stürzte er wie ein kleiner Stier ungestüm auf sie zu und schrie: »Guck dahin! Guck dahin!«

»Wohin?« fragte Sylvie ziemlich erschrocken, wobei sie hastig nach einer Gefahr spähte.

»*Da*hin!« ordnete Bruno an und drehte sie vorsichtig dem Walde zu. »Un jetzt rückwärts gehen – geh schon – keine Angst: du stolperst schon nich!«

Trotzdem *stolperte* Sylvie: in seiner Hast führte er sie nämlich über so viele Stöcke und Steine, daß das Aufrechtbleiben des armen Kindes schon Wunder nimmt. Aber er war viel zu aufgeregt, um dem Beachtung zu zollen.

Schweigend bedeutete ich Bruno eine Stelle, die ihr auf einen Blick den ganzen Garten bot, und dort führte er sie hin: der Ort hatte ungefähr die Höhe einer Kartoffel, und als sie oben waren, trat ich in den Schatten, um von Sylvie nicht gesehen zu werden.

Ich hörte Brunos Triumphgeschrei: »Jetzt kanns'de gucken!« und dann Händeklatschen, allerdings von Bruno. Sylvie schwieg – sie stand nur da mit zusammengepreßten Händen und starrte, und ich befürchtete schon fast, sie könnte es nicht mögen.

Bruno beobachtete sie ebenfalls ängstlich, und als sie vom Erdhügel sprang und die winzigen Wege abschritt, da folgte er ihr vorsichtig wohl aus Furcht, sie könne ihre Meinung ohne einen Wink von ihm äußern. Und als sie schließlich tief Atem holte und ihr Urteil fällte – und zwar hastig wispernd und ohne große Beachtung der Grammatik – »Das ist das Allerschönste, das ich je niemals nicht in meinem Leben gesehen habe!« da freute sich der kleine Bursche ebenso, als hätten alle Richter und Geschworenen Englands es zusammen gefällt.

»Und das hast du wirklich alles ganz allein gemacht, Bruno?« staunte Sylvie. »Und alles für mich?«

»Naja, 'n bißchen Hilfe hatt' ich«, gestand Bruno und lachte über ihr Erstaunen. »Wir ham den ganzen Nachmittag geschuftet – ich dachte, es würd dir gefallen –« und dann bebten die Lippen des armen kleinen Burschen, und schon im nächsten Augenblick weinte er, rannte auf Sylvie zu und schlang leidenschaftlich die Arme um ihren Hals und barg sein Gesicht an ihrer Schulter.

Auch Sylvies Stimme bebte, als sie flüsterte: »Was ist denn, Liebling?« und seinen Kopf hochzuheben und zu küssen versuchte.

Doch Bruno klammerte sich nur noch mehr an sie, schluchzte und ließ sich nicht trösten, bis er gestanden hatte. »Wollte – deinen Garten kaputtmachen – zuerst – aber ich werd nie – nie –«, und schon floß ein weiterer Tränenstrom, der den Rest des Satzes ertränkte. Schließlich brachte er die Worte heraus: »Es war schön - die Blumen zu pflanzen – für *dich*, Sylvie – un ich bin noch nie so glücklich gewesen.« Und das rosige Gesichtchen tauchte schließlich wieder auf, um geküßt zu werden, und es war ganz von Tränen benetzt.

Inzwischen weinte Sylvie ebenfalls und konnte nur stammeln »Bruno, Liebling!« und »*Ich* war noch nie so glücklich.« Doch *mir* blieb es ein Geheimnis, warum die Kinder beide weinen mußten, wenn sie nie zuvor so glücklich gewesen waren.

Ich fühlte mich ebenfalls sehr glücklich, aber selbstverständlich weinte ich nicht: »große Wesen« tun das nie, weißt du – dafür haben wir die Elben. Aber gerade da muß es wohl ein wenig geregnet haben, denn ich fand ein, zwei Tropfen auf meinen Wangen.

Danach schritten sie den ganzen Garten Blume für Blume nochmals ab, als sei er ein langer Satz, den sie mit Küssen als Komma und am Ende mit einer Umarmung als Punkt buchstabierten.

»Weiß'de, das war meine Bachbucht, Sylvie«, begann Bruno feierlich.

Sylvie lachte fröhlich. »Was soll denn *das* sein?« fragte sie. Und sie strich ihr dichtes, brünettes Haar mit beiden Händen zurück und betrachtete ihn spöttisch, wobei noch dicke Tränentropfen in ihren Augen glitzerten.

Bruno holte tief Luft und verstellte mühsam den Kiefer. »Ich meine Rach-sucht«, verbesserte er sich, »jetz vorstehs'de.« Und er war so glücklich und stolz, das Wort richtig ausgesprochen zu haben, daß ich ganz neidisch wurde. Meiner Meinung nach »vorstand« Sylvie überhaupt nichts: doch sie drückte auf jede Wange einen kleinen Kuß, und das schien ebensogut.

So wanderten sie beide, die Arme liebevoll umeinandergeschlungen, zwischen den Butterblumen davon, flüsterten und kicherten und gönnten mir Armen nicht einmal einen Blick. Doch dann, kurz bevor ich sie ganz aus den Augen verlor, drehte Bruno halb den Kopf und nickte mir ein kurzes, freches Auf-Wiedersehen über die Schulter zu. Und das war auch schon der ganze Dank für *meine* Mühe. Zuallerletzt sah ich – wie sich Sylvie zu Bruno beugte und ihm ins Ohr schmeichelte: »Ach, Bruno, ich hab das schwere Wort völlig vergessen. Sag es mir noch mal. Na los! Nur das eine Mal noch, Liebling!«

Aber Bruno weigerte sich.

XVI. KAPITEL

Ein Krokodil im Wandel

Das Wunderbare – das Geheimnisvolle – war für den Augenblick ganz aus meinem Leben gewichen: und das Alltägliche hatte wieder die Oberhand gewonnen. Ich war auf dem Weg zu des Earls Haus, denn es war gerade fünf Uhr, »die faustische Stunde«, und ich wußte, ich würde sie bei einer Tasse Tee und einer zwanglosen Plauderei vorfinden.

Aufs Allerherzlichste hießen mich Lady Muriel und ihr Vater willkommen. Sie gehörten nicht zu jenem Menschenschlag, der so gern die eleganten Salons bevölkert – und der jegliches echte Gefühl hinter der undurchdringlichen Maske konventionellen Gehabes verbirgt. »Der Mann mit der eisernen Maske« war seinerzeit sicher eine Sensation und ein Wunder: im London unserer Tage hätte sich niemand nach ihm umgedreht und ihn eines zweiten Blickes gewürdigt. Nein, diese Menschen hier waren *aufrichtig*. Wenn sie glücklich *aussahen*, so *waren* sie es auch: und als Lady Muriel mit strahlendem Lächeln sagte: »Ich bin *sehr* froh, Sie wiederzusehen!« da wußte ich, daß sie es *ehrlich* meinte.

Dennoch wagte ich es nicht, die Anweisungen des liebeskranken jungen Arztes – so verrückt sie mir auch schienen – zu mißachten und ließ ihn unerwähnt: und erst als sie mich in alle Details eines geplanten Picknicks eingeweiht hatten, zu dem ich eine Einladung erhielt, schlug Lady Muriel beiläufig vor: »Und bringen Sie doch nach *Möglichkeit* Dr. Forester mit! Ein Tag auf dem Lande täte ihm sicher gut. Ich fürchte, er vergräbt sich zu sehr in seinen Studien –«

Mir lag schon das Zitat »auf der Zunge«: »Sein ganzer Sinn, zum Weibe hin!«, doch ich bremste mich gerade noch rechtzeitig – und ich fühlte mich dabei wie jemand, der beim Überqueren der Straße fast von einem vorüberrasenden »Kabriolett« erwischt worden wäre.

»– und nach meiner Meinung führt er ein zu eremitenhaftes Dasein«, setzte sie ernsthaft fort, was jeglichen Verdacht einer Zweideutigkeit ausschloß. »*Bringen* Sie ihn doch mit! Und vergessen Sie den Tag nicht, Dienstag in einer Woche. Wir können Sie mitnehmen. Eine Zugfahrt wäre zu schade – die Straße führt durch eine so reizvolle Landschaft. Unsere offene Kutsche bietet gerade vier Personen Platz.«

»Oh, ich werde ihn bestimmt dazu überreden mitzukommen!« versprach ich zuversichtlich – und dachte so bei mir: »Meine ganze Überredungsgabe müßte ich schon aufbieten, um ihn daran zu hindern!«

Das Picknick sollte in zehn Tagen stattfinden: und obschon Arthur die von mir überbrachte Einladung freudig registriert hatte, konnte ich ihn mit keinem Wort dazu bewegen – weder in meiner Begleitung noch ohne mich –, dem Earl und seiner Tochter in der Zwischenzeit einen Besuch abzustatten. Nein: er fürchtete, »zu häufig zu kommen«, meinte, sie hätten »ihn vorläufig oft genug gesehen«: und am Ausflugstag war er derart nervös und zappelig, daß ich vorschlug, wir sollten lieber getrennt zum Haus des Earls gehen – so wollte ich erst kurz nach ihm erscheinen, was ihm Gelegenheit geben sollte, die Begegnung erst einmal zu verkraften.

Deshalb plante ich einen beträchtlichen Umweg auf meinem Marsch zum Herrenhaus ein (so nannten wir des Earls Haus): »Und es sollte mir nicht ungelegen kommen, wenn ich ein kleines bißchen in die Irre laufen würde!« dachte ich so bei mir.

Der Erfolg war größer und kam schneller, als ich zu hoffen gewagt hatte. Viele einsame Spaziergänge bei meinem ersten Besuch in Elfenau hatten mir den Pfad durch den Wald wohlvertraut gemacht: und so blieb es mir schleierhaft, wie ich so urplötzlich auf Abwege geraten war – wenn ich auch so intensiv an Arthur und seine Angebetete dachte, daß ich kaum auf die Umgebung achtgab. »Und diese Lichtung«, sinnierte ich, »erinnert mich an etwas, das mir nicht mehr so ganz deutlich ist – bestimmt ist es eben die Stelle, an der ich die beiden Elbenkinder traf! Hoffentlich gibt es hier keine Schlangen!« grübelte ich laut und nahm auf einem Baumstamm Platz. »Ich mag *wahrhaftig* keine Schlangen – und Bruno mag sie wahrscheinlich auch nicht!«

»Nein, er mag sie *bestimmt* nicht!« meldete sich ein bescheidenes Stimmchen neben mir. »*Angst* hat er zwar nicht, verstehen Sie recht. Aber er *mag* sie nicht. Er behauptet immer, sie seien ihm zu wackelig!«

Von unbeschreiblicher Anmut war die Gruppierung – die mein forschender Blick auf dem Moospolster des Baumstumpfes entdeckte: Sylvie stützte sich auf ihren im Moos eingetauchten Ellbogen, und ihre rosige Wange ruhte auf der Handfläche, und zu ihren Füßen rekelte sich Bruno, den Kopf in ihrem Schoß.

»Zu wackelig?« brachte ich nur angesichts ihres plötzlichen Erscheinens heraus.

»Ich bin nich anspruchsvoll«, erklärte Bruno bescheiden, »aber ich mag *einfach* gerade Tiere am liebsten –«

»Aber du magst einen Hund, wenn er mit dem Schwanz wedelt«, unterbrach Sylvie. »Das *stimmt* doch, Bruno!«

»Aber an'nem Hund iss mehr dran, stimmt's mein Herr Mann?« wandte sich Bruno an mich. »Du würd'st auch keinen Hund mögen – nur mit Kopf un Schwanz.«

Ich pflichtete bei, daß ein derartiger Hund uninteressant wäre.

»Solch einen Hund *gibt* es überhaupt nicht«, gab Sylvie zu bedenken.

»Aber es *könnte* ihn geben«, triumphierte Bruno, »wenn der Profeffer ihn für uns kürzte.«

»Ihn kürzen?« wunderte ich mich. »Das ist ja was ganz Neues! Wie macht er das?«

»Er hat eine ulkige Maschine –« versuchte Sylvie zu erklären.

»Eine *ganz* ulkige Maschine«, unterbrach Bruno, denn er wollte sich die Erzählung einer derartigen Geschichte nicht nehmen lassen. »Un wenn de – egal was – in das *eine* Ende reinsteckst, verstehs'de – dann dreht er die Kurbel, un es kommt am anderen Ende wieder raus, un zwar ganz kurz!«

»Noch kürzer als kurz!« echote Sylvie.

»Un einmal – als wir noch in Anderland waren, weiß'de – ehe wir nach Feenland gekommen sinn – ham ich un Sylvie ihm ein großes Krokodil gebracht. Un er hat's für uns gekürzt. Das war vielleicht komisch! Un es guckte immerzu um sich un sagte ›wo ist den bloß mein Rest hingekommen?‹ Un guckte ganz traurig aus den Augen –«

»Nicht aus *beiden* Augen«, korrigierte Sylvie.

»Natürlich nich!« bestätigte der kleine Bursche. »Nur das Auge, das *nich* sehen konnte, wo der Rest geblieben war. Aber das Auge, das sehen konnte, wo –«

»Wie kurz *war* eigentlich das Krodokil?« erkundigte ich mich, denn die Geschichte drohte, verzwickt zu werden.

»Halb so kurz wie beim Einfangen – *so* lang«, erläuterte Bruno und streckte beide Arme in voller Länge aus.

Ich versuchte, das Maß zu schätzen, doch es war mir zu schwierig. Liebe Leseratte, stell du es bitte für mich fest.

»Aber ihr habt das arme Ding doch nicht etwa so kurz gelassen, oder?«

»Aber nicht doch. Sylvie un ich ham es rückgängig gemacht, un wir ham es um – um – um wieviel ham wir es erweitert, Sylvie?«

»Zweieinhalb Mal und noch ein Stückchen«, sagte Sylvie.

»Ich fürchte, das behagte ihm ebensowenig, habe ich recht?«

»Oh, aber ja doch!« widersprach Bruno triumphierend. »Es war *sogar* stolz auf seinen neuen Schwanz! Du hast noch nie so ein stolzen Krokodil gesehen. Nun konnte es nämlich um sich rum un auf die Spitze seines Schwanzes spazieren und dann noch über seinen Rücken bis ganz hin zum Kopf.«

»Nicht ganz bis zum Ende«, korrigierte Sylvie. »Das konnte es natürlich nicht.«

»Aha, aber einmal hat's das getan!« behauptete Bruno rechthaberisch. »Du hast gerad nich hingeguckt – aber ich hab's gesehn. Un es iss auf Zehenspitzen gegangen, um sich nich aufzuwecken, es meinte wohl es schliefe. Un es legte beide Pranken auf seinen Schwanz un dann trippelte es den ganzen Rücken lang. Un dann ging es auf seiner Stirn weiter. Un ein winziges Stückchen ging es noch auf seiner Nase runter! Das war's!«

Das Rätsel war ja noch verzwickter. Liebes Kind, hilf bitte noch einmal!

»Nie und nimmer! Kein Krokodil kann niemals überhaupt nicht über seine eigene Stirn spazieren!« empörte sich Sylvie, und in ihrer Erregung vermochte sie die Zahl der Verneinungen kaum zu begrenzen.

»Du kennst ja nich den *Grund* dafür!« parierte Bruno verächtlich. »Es hatte nämlich einen sehr guten Grund. Ich hab gehört, wie es sagte: ›Warum soll ich denn *nich* auf meine eigene Stirn spazieren.‹ Un dann marschierte es los, klar?«

»Wenn das ein guter Grund ist, Bruno, warum steigst *du* dann nicht mal auf den Baum?« schlug ich vor.

»Gleich, gleich, sobald wir mit Reden fertig sinn. Zwei Leuten *können* einfach nich konfabel zusammen reden, wenn einer auf 'nen Baum steigt un der andre nich!« belehrte mich Bruno.

Eine Konversation schien mir kaum »konfabel«, während man Bäume bestieg, selbst wenn *beide* »Leuten« es taten: doch Widerspruch gegen Brunos Theorien waren offensichtlich gefährlich; deshalb erachtete ich es als das Klügste, die Frage zu übergehen und mich eingehender nach der Maschine zu erkundigen, die Dinge *länger* machen konnte.

Diesmal geriet Bruno in Verlegenheit, und so überließ er die Beantwortung Sylvie. »Es handelt sich um eine Art Mangel«, erklärte Sylvie. »Wenn man Dinge reinsteckt, werden sie gequet –«

»Gequetschelt!« unterbrach Bruno.

»Ja«, Sylvie akzeptierte die Berichtigung, versuchte aber nicht, das augenscheinlich für sie neue Wort nachzusprechen. »Sie werden – genau das – und sie kommen ganz, ganz lang wieder raus.«

»Einmal«, mischte sich Bruno wieder ein, »ham Sylvie un ich einen Kinderreim aufgeschreibt –«

»Aufgeschrieben!« soufflierte Sylvie.

»Schön! Wir ham einen Kinderreim *aufgeschriebt*, un der Professer hat ihn uns länger gemangelt. Er hießen: ›*Es war einmal ein Männchen, mit einer kleinen Flint, und die Kugel* –‹«*

»Der Rest ist mir bekannt«, unterbrach ich. »Aber kannst du mir nicht einmal die lange Form sagen – ich meine, wie es aus der Mangel herauskam?«

»Wir werden den Professor überreden, daß er es Ihnen *vorsingt*«, sagte Sylvie. »*Aufsagen* würde es verderben.«

»Ich würde gern den Professor treffen«, bat ich. »Und ich würde euch alle liebend gern einmal mitnehmen und einigen Freunden vorstellen, die hier in der Nähe wohnen. Würde euch das gefallen?«

* AdÜ: One for the Pot, *Nursery Rhyme*.

»Ich bezweifele, daß der *Professor* gern käme«, mutmaßte Sylvie. »Er ist *sehr* schüchtern. Aber wir würden uns freuen. Bloß nicht in *dieser* Größe, verstehen Sie?«

Das Problem war mir bereits in den Sinn gekommen, und ich hatte mir ausgemalt, daß es vielleicht etwas peinlich sein könnte, zwei derartige Winzlinge in die Gesellschaft einzuführen. »Welche Größe werdet ihr denn annehmen?« fragte ich.

»Am besten die von – normalen *Kindern*«, antwortete Sylvie nachdenklich. »Das ist am einfachsten.«

»Könnt ihr nicht vielleicht gleich mitkommen«, schlug ich vor und dachte dabei, »dann könntet ihr mit uns am Picknick teilnehmen!«

Sylvie überlegte einen Augenblick. »Nein, *heute* nicht«, antwortete sie. »Wir sind noch nicht soweit. Wir kommen bald – nächsten Dienstag, wenn Sie wollen. Aber *wirklich*, Bruno, du mußt jetzt mitkommen und deine Aufgaben machen.«

»Ich wünsch, du würdst nich immer ›*wirklich* Bruno!‹ sagen«, plädierte der kleine Bursche mit Schmollmund, was ihn noch hübscher machte. »Dann kommt immer was Schreckliches hinterher! Un ich will dich nich küssen, wenn de so gemein bist.«

»Aha, aber du hast mich *doch* geküßt?« triumphierte Sylvie fröhlich.

»Schön, dann wirs'de wieder entküßt!« Und er schlang die Arme um ihren Hals, um diese ungewöhnliche, aber augenscheinlich nicht sehr schmerzhafte Operation zu vollziehen.

»Das ist ja *genauso* wie *küssen*!« bemerkte Sylvie, sobald ihren Lippen die Freiheit der Sprache wiedergegeben war.

»Du kappierst *nix*! Es war genau das *Gegenteil*!« schimpfte Bruno und zog ab.

Sylvie wandte sich lachend an mich. »Sollen wir am Dienstag kommen?« fragte sie.

»Prima«, antwortete ich, »sagen wir, nächsten Dienstag. Aber wo ist denn *bloß* der Professor? Hat er euch nicht nach Feenland begleitet?«

»Nein«, bedauerte Sylvie. »Aber er hat versprochen, uns *ir-*

gendwann einmal zu besuchen. Er arbeitet noch an seiner Vorlesung. Deshalb ist er zu Hause geblieben.«

»Zu Hause?!« stammelte ich träumerisch und war mir nicht ganz sicher, was sie eigentlich gesagt hatte.

»Ja, Sir. Seine Lordschaft und Lady Muriel *sind* zu Hause. Folgen Sie mir bitte.«

XVII. KAPITEL

Die drei Dachse

Noch wie im Traum folgte ich der gebieterischen Stimme in ein Zimmer, wo der Earl, Lady Muriel und Arthur beisammen saßen. »Sind Sie also *doch* noch gekommen!« warf mir Lady Muriel scherzhaft meine Unpünktlichkeit vor.

»Ich wurde leider aufgehalten«, stammelte ich. Doch den Grund für meine Verspätung anzugeben, hätte mich in Verlegenheit gebracht. Glücklicherweise stellte man keine Fragen.

Die Kutsche ward herbeibefohlen, der Picknickkorb mit all unseren Beiträgen zum Ausflug wurde sicher verstaut, und wir brachen auf.

Das Gespräch zu bestreiten, sah *ich* keinerlei Notwendigkeit. Lady Muriel und Arthur befanden sich offenkundig in jener Stimmung, in der es unnötig erscheint, jeden Gedanken auf die Goldwaage zu legen, bevor er über die Lippen kommt: und so plätscherte das Gespräch vollkommen einvernehmlich wie bei alten Freunden dahin.

»Warum können wir nicht dem Picknick einfach entrinnen und eine andere Richtung einschlagen?« schlug sie plötzlich vor. »Vier Personen sind doch eigentlich genug, oder? Und was das *Essen* betrifft, unser Picknickkorb –«

»Warum wir *nicht* können? Was für ein echt *weibliches* Argument!« lachte Arthur. »Eine Frau weiß nie, auf welcher Seite die *onus probandi* – die Beweislast – liegt!«

»Wissen das die *Männer* immer?« erkundigte sie sich mit reizender Gelehrigkeit.

»Sicher, allerdings mit *einer* Ausnahme – der einzigen, die mir bekannt ist. Dr. Watts hat nämlich einmal die sinnlose Frage gestellt:

›Könnt' ich nicht meines Nachbarn Gut
*auch gegen seinen Willen rauben?‹**

Angenommen, *das* sei ein Argument für seine Ehrlichkeit! Seine Position wäre dann folgende: ›Ich bin nur ehrlich, weil ich keinen Grund zum Stehlen habe.‹ Und auch das Argument des Diebes ist natürlich hieb- und stichfest. ›Ich raube meines Nachbarn Gut, weil ich es selbst will. Und ich tue es gegen seinen Willen, weil er es mir ohnehin nicht freiwillig überläßt!›«

»Ich kann noch eine weitere Ausnahme beisteuern«, bot ich an, »ein Argument, das ich erst heute gehört habe – ebenfalls von *keiner* Frau. ›Warum sollte ich denn nicht auf meiner eigenen Stirn spazieren?‹«

»Was für eine kuriose Spekulationsmöglichkeit!« staunte Lady Muriel, sah mich an und lachte Tränen. »Darf man erfahren, wer die Frage gestellt hat? Ist er *wirklich* auf seiner eigenen Stirn spaziert?«

»Ich weiß nicht mehr, *wer* das gesagt hat!« stotterte ich. »Und auch das *Wo* ist mir entfallen!«

»Wer es auch immer war, ich hoffe, wir treffen ihn beim Picknick!« sagte Lady Muriel. »Diese Frage ist nämlich *weitaus* interessanter als die ›*Ist* die Ruine nicht malerisch?‹ ›*Sind* die herbstlichen Farbgebungen nicht wunderhübsch?‹ Diese beiden Fragen werde ich heute Nachmittag mindestens *zehnmal* beantworten müssen!«

»Das ist eine der Unsitten unserer Zeit«, urteilte Arthur. Warum können die Leute die Schönheiten der Natur nicht genießen, ohne dauernd darüber zu reden? Muß das Leben ein unentwegter Katechismus sein?«

»In einer Gemäldeausstellung ist es gerade so«, bemerkte der Earl. »Im letzten Mai war ich mit einem eingebildeten jungen Künstler in der Königlichen Akademie: der hat mich vielleicht

* AdÜ: Isaac Watts, Moral Songs, IV. The Thief, in: The Works of the English Poets with Prefaces, biographical and critical, ed. by Samuel Johnson, Vol. 46. London 1779, S. 363.

genervt. Ich hätte ja nichts dagegen gehabt, wenn *er* die Bilder nur kritisiert hätte: doch *ich* sollte ihm dauernd zustimmen – oder den Punkt diskutieren, was noch schlimmer gewesen wäre!«

»Die Kritik war natürlich *negativ*?« behauptete Arthur.

»Warum soll das natürlich sein!«

»Haben Sie schon jemals erfahren, daß ein eingebildeter Mensch ein Bild zu loben wagt? Seine einzige Furcht (außer der, nicht beachtet zu werden) ist die, *sich als fehlbar zu erweisen.* Wenn Sie einmal ein Bild *loben*, dann hängt der Ruf Ihrer *Unfehlbarkeit* an einem dünnen Faden. Angenommen, es handelt sich um ein Portrait, und Sie wagen die Behauptung ›malt gut‹. Irgendwer mißt es aus und findet eine der Proportionen um wenige Millimeter verschoben. Auf der Stelle sind *Sie* als Kritiker erledigt! ›Hast Du etwa gesagt, er malt *gut*?‹ erkundigen sich ihre Freunde sarkastisch, während Sie den Kopf hängen lassen und schamrot werden. Nein. Die einzig sichere Methode, wenn jemand bemerkt ›malt gut‹, ist, Sie zucken mit den Schultern. ›*Malt* gut?‹ wiederholen Sie nachdenklich. ›Malt *gut*? Hm!‹ So wird man ein großer Kritiker!«

Unter solch zwanglosem Geplauder erreichten wir nach angenehmer Fahrt durch einige Meilen schöner Landschaft den *Treffpunkt* – eine Schloßruine –, wo sich die übrige Picknickgesellschaft bereits versammelt hatte. Wir bummelten ein, zwei Stunden durch die Ruinen, bis wir uns nach allgemeinem Wunsch in ungezwungenen Grüppchen zusammenfanden und auf der Seite eines Hügels mit dem schönsten Blick auf das alte Schloß und seine Umgebung lagerten.

Die augenblicklich eintretende Stille wurde flink von einer Stimme in Besitz genommen – oder korrekter gesagt, mit Beschlag belegt: einer Stimme, so weich, so monoton, so kräftig, daß man mit Schaudern spürte, wie sie jede andere Konversation im Keim erstickte, und daß wir, wenn sich nicht Tollkühnheit dem entgegenstellte, zum Anhören eines Vortrages verdammt waren, dessen Ende nicht abzusehen war!

Der Sprecher war ein kräftig gebauter Mann, dessen großes, flaches Bleichgesicht im Norden von Haarfransen, im Osten und

Westen von Backenbartfransen und im Süden von Spitzbartfransen begrenzt wurde – das Ganze bildete einen vollkommenen Halo aus stoppeligen, weißlich braunen Borsten. Seine Gesichtszüge waren so offensichtlich bar allen Ausdrucks, daß ich mir – hilflos wie in einem Alptraum – nur erklären konnte – »sie sind erst skizzenhaft angedeutet, das endgültige Ausmalen fehlt noch!« Und er hatte eine Art, jeden Satz mit einem plötzlichen Lächeln zu beenden, das sich wie ein kleines Kräuseln über die riesige, leere Oberfläche ausbreitete und im nächsten Augenblick verschwand, wobei es eine derartige Ernsthaftigkeit hinterließ, daß ich nur vor mich hin murmeln konnte: »das war nicht *er*: irgendein anderer hat gelächelt!«

»Haben Sie eigentlich bemerkt?« (dergestalt leitete der Tropf jeden seiner Sätze ein) »Haben Sie eigentlich bemerkt, wie der geborstene Bogen dort ganz oben auf der Ruine gegen den wol-

kenlosen Himmel absticht? Er ist *exakt* richtig plaziert: und er hat *exakt* die richtige Größe. Etwas mehr oder weniger, und alles wäre gänzlich verdorben!«

»Oh, begnadeter Architekt!« murmelte Arthur, nur für Lady Muriel und mich hörbar. »Der du die exakte Wirkung deines Werkes Jahrhunderte nach deinem Tode als Ruine vorausgesehen hast!«

»Und haben Sie eigentlich bemerkt, wie dort, wo die Bäume schräg am Abhang stehen«, (und er wischte mit der Hand und dem ganzen gönnerhaften Gebaren eines Mannes darüber, der die Landschaft eigenhändig angeordnet hat), »die vom Fluß aufsteigenden Nebelschwaden *exakt* die Zwischenräume füllen, in denen wir Verschwommenheit als künstlerische Wirkung *unbedingt* brauchen? Hier, im Vordergrund, sind wenige klare Pinselstriche durchaus angebracht: aber ein *Hinter*grund ohne Nebel, also wissen Sie! Das ist einfach barbarisch! Ja, wir *brauchen* die Verschwommenheit!«

Indem der Redner diese Worte gebar, fixierte er mich scharf, so daß ich mich zu einer Antwort genötigt fühlte, und ich murmelte dem Sinne nach, daß *ich* für meinen Teil diese Notwendigkeit entbehren könne – und daß ich eine Sache sehen müsse, um mich daran zu erfreuen.

»Ganz recht!« attackierte mich der große Mann grob. »Von *Ihrem* Standpunkt aus gesehen stimmt das. Doch für jemanden mit *Kunst*verständnis ist eine derartige Ansicht einfach hirnverbrannt. *Natur*, das ist eine Sache. *Kunst* ist eine andere. Die *Natur* zeigt uns die Welt, wie sie *ist*. Aber *Kunst* ist – wie ein lateinischer Schriftsteller uns belehrt – *Kunst*, wissen Sie – jetzt habe ich es vergessen –«

»*Ars est celare Naturam*«,* warf Arthur mit erfreulicher Schnelligkeit ein.

»Ganz recht!« der Redner atmete erleichtert auf. »Ich danke

* AdÜ: Richtig lautet das lateinische Sprichwort: »Ars est celare artem«, also: »Kunst ist verschleierte Kunst«; in der Abwandlung von Arthur also: »Kunst ist verschleierte Natur.«

Ihnen! *Ars est celare Naturam* – aber das ist es nicht.« Und für wenige friedvolle Augenblicke brütete der Redner stirnrunzelnd über dem Zitat. Die willkommene Gelegenheit wurde sogleich beim Schopf gefaßt, und eine *andere* Stimme brach das Schweigen.

»Welch *liebliche* alte Ruine!« rief eine junge bebrillte Dame, die ganz die Verkörperung dessen war, was man Dämmern des Denkens nennen kann, und fixierte dabei Lady Muriel als den geeigneten Adressaten aller wahrhaft *originellen* Bemerkungen. »Und bewundern Sie nicht auch die herbstlichen Farbgebungen der Bäume? *Ich* finde sie *wunderhübsch*!«

Lady Muriel warf mir einen vielsagenden Blick zu; antwortete aber dennoch mit bewundernswerter Ernsthaftigkeit: »Oh, ja doch, ja! *Wie* wahr!«

»Und ist es nicht merkwürdig«, grübelte die junge Dame und schlug geradezu einen Salto von der Empfindung zur Wissenschaft, »daß das bloße Einwirken gewisser farbiger Strahlen ein derart herrliches Schauspiel auf die Retina zaubern kann?«

»Haben Sie vielleicht Physiologie studiert?« erkundigte sich ein gewisser junger Arzt höflich.

»O *ja*! Ist das nicht eine *hübsche* Wissenschaft?«

Arthur schmunzelte. »Es scheint ein Paradoxon, nicht wahr«, setzte er fort, »daß das auf der Retina entstandene Bild auf dem Kopf stehen soll?«

»Das ist *wahrhaftig* verwirrend«, gab sie freimütig zu. »Wie kommt es bloß, daß wir nicht das Unterste zuoberst *sehen*.«

»Sie haben demnach noch nie von der Theorie gehört, daß das *Gehirn* ebenfalls auf dem Kopf steht?«

»Nein, *tatsächlich*! Was für ein *schönes* Faktum! Aber wie läßt sich das *beweisen*?«

»*Ganz einfach*«, antwortete Arthur, so als vereinige er die Würde von zehn Professoren in sich. »Was wir den *Scheitelpunkt* des Gehirns nennen, ist in Wahrheit seine *Basis*: und was wir die *Basis* nennen, ist in Wahrheit sein *Scheitelpunkt*: es ist einfach eine Frage der *Denomination*.«

Dieser letzte Mehrsilber erledigte die Frage. »Wie wahrhaft

entzückend!« rief die untadelige Wissenschaftlerin enthusiastisch. »Ich werde unseren Psychologiedozenten einmal fragen, warum er uns diese *vorzügliche* Theorie noch nie dargelegt hat!«

»Ich gäb was drum, dabei zu sein!« flüsterte mir Arthur zu, als wir uns auf ein Zeichen von Lady Muriel zu der Stelle begaben, wo die Picknickkörbe zusammengestellt waren, um uns einer *nahrhafteren* Tagesbeschäftigung zu widmen.

Wir »bedienten« uns selbst, denn die moderne Barbarei eines Picknicks mit Domestiken als Kellner (was zwei gute Einrichtungen derart kombiniert, daß man die Unbequemlichkeit beider und die Bequemlichkeit keiner in Kauf nimmt) war in dieser abgelegenen Gegend noch ungebräuchlich – und selbstverständlich nahmen die Herren nicht eher ihren Platz ein, bis die Damen in gehöriger Weise mit Speis und Trank versorgt waren. Dann besorgte ich mir einen Teller mit etwas Festem und ein Glas mit etwas Flüssigem und setzte mich neben Lady Muriel.

Der Platz war offensichtlich für Arthur als Ehrengast freigehalten worden: doch der hatte sich in seiner Schüchternheit neben der jungen bebrillten Dame niedergelassen, deren hohe, krächzende Stimme bereits ominöse Sätze wie: »Der Mensch ist ein Bündel von Qualitäten!«, »Das Objektive ist nur erreichbar durch das Subjektive!« auf die Gesellschaft losgelassen hatte. Arthur ertrug es tapfer: aber einige Gesichter signalisierten deutliche Alarmzeichen, und ich hielt es für höchste Zeit, ein weniger metaphysisches Thema anzuschneiden.

»In meiner Kindheit«, so begann ich, »durften wir bei zu schlechtem Wetter für ein Picknick etwas Besonderes tun, was uns große Freude machte. Das Tischtuch wurde *unter* den Tisch gelegt statt darauf, und wir setzten uns ringsherum auf den Boden: diese äußerst unbequeme Art zu essen haben wir weit mehr geschätzt als die konventionelle Sitzordnung.«

»Zweifellos«, antwortete Lady Muriel. »Es gibt wohl nichts, was ein wohlerzogenes Kind so haßt wie Ordnung. Meiner Meinung nach würde einem wirklich gesunden Jungen sogar die griechische Grammatik Spaß machen – wenn er beim Lernen auf dem Kopf stehen könnte! Auf jeden Fall wurde Ihnen beim Essen auf dem Teppich eines erspart, was ich immer als den größten Nachteil eines Picknicks betrachtet habe.«

»Das Risiko eines Regenschauers?« vermutete ich.

»Nein, das Risiko – oder vielmehr die Gewißheit – *Lebewesen* im Essen zu finden! *Spinnen* sind *mein* Schreckgespenst. Aber mein Vater hat *keinen* Sinn für derartige Empfindsamkeit – *nicht wahr*, mein Lieber?« Denn der Earl hatte die Bemerkung mitbekommen und hörte zu.

»Leid gibt's für jeden, Menschen sind's«,* erwiderte er in dem ihm eigenen freundlichen, melancholischen Tonfall. »Jeder hat seine Lieblingsgreuel.«

»Aber *seine* werden Sie nie erraten!« lachte Lady Muriel silberhell, was mir wie Musik in den Ohren klang.

Ich versuchte das Unmögliche erst gar nicht.

»Er mag keine *Schlangen*!« sagte sie in Bühnengeflüster. »Nun, ist *das* nicht eine unsinnige Aversion? Man kann sich kaum vorstellen, daß ein Mensch so ein liebes, schmeichelndes, *anhänglich* zärtliches Wesen wie eine Schlange nicht mag!«

»Mag keine *Schlangen*!« staunte ich. »Ist denn sowas möglich?«

»Nein, er mag sie *bestimmt* nicht«, spöttelte sie hübsch. »*Angst* hat er zwar nicht, verstehen Sie recht. Aber er *mag* sie nicht. Er behauptet immer, sie seien ihm zu wackelig!«

Meine Verblüffung war größer, als ich mir eingestehen wollte. Es war mir *unheimlich*, daß genau die Worte, die ich kürzlich von der kleinen Waldelbe vernommen hatte, hier wiederholt wurden und nur unter großer Mühe konnte ich einigermaßen gleichgültig antworten: »Verbannen wir dieses unerfreuliche Thema. Wollen Sie uns nicht lieber etwas vorsingen, Lady Muriel? Ich weiß, daß Sie a capella singen *können*.«

»Die einzigen Lieder, dich ich – ohne Begleitung – singen kann, sind leider *schrecklich* sentimental. Haben Sie Ihre Tränen bereit?«

»Alles bereit! Alles bereit!« tönte es von allen Seiten, und Lady Muriel – die keine der Sängerinnen war, die das Ablehnen des

* AdÜ: Thomas Gray, Ode on a Distant Prospect of Eton College.

Gesanges erst einmal für *unerläßlich* halten, bevor sie nicht drei- oder viermal gebeten worden sind, und Gedächtnislücken, Stimmverlust und anderes vorschützen – begann sogleich:

»Finster lauern über Erden
auf dem Hügel festgebannt.
Heute muß er Thron hier werden!
Frisch, ihr Dachse, seid zur Hand!
  Und der Vater greis,
  gar nichts davon weiß.
Soll man die drei Dachse loben,
die der Heimat fern hier toben?

Heringsdamen seh ich springen!
Drei! Die Massen sind im Fluß.
Wollen auf den Thron eindringen,
was mit Sang man fördern muß.
  Doch im Klang nicht rein
  singen sie nicht fein,
klingt wohl reichlich nach Metalle,
scheußlich ihre Stimme schalle.

Mutter Hering schreckt aus Träumen,
sucht und geht zum Dachs hinein.
›Dacht', die Töchter lang schon säumen,
müssen bei den Dachsen sein.
Zu den Kindern, frisch!
Sie vergessen sich.
Sind zu dumm noch, um zu weichen,
halten nichts von Warnungszeichen.‹

›Ja, sie sind nun wohl von hinnen;
die Familie ging zu Bruch.
Doch bevor sie ganz entrinnen,
machen wir uns auf die Such'!‹
rief der Dachs da aus
und verließ das Haus!
Rauschend schwamm in einem Bogen
auch der Hering auf den Wogen.«

Hier brach Bruno plötzlich ab. »Das Heringslied braucht 'ne and're Mehl-Ode, Sylvie«, sagte er. »Un ich kann se so nich singen – nich ohne das de se für mich spielst!«

Sogleich setzte sich Sylvie auf einen winzigen Pilz, der zufällig vor einem Gänseblümchen wuchs, und als ob es das natürlichste Musikinstrument der Welt sei, spielte sie auf den Blumenblättern wie auf dem Manual einer Orgel. Und was für ein zarter, feiner Klang das war! Ein ganz klitzekleiner Klang!

Bruno neigte den Kopf ein wenig zur Seite und lauschte einige Augenblicke angestrengt, bis er die Melodie erfaßt hatte. Dann erklang die süße Kinderstimme abermals:

»Wohltätig ist des Hügels Macht,
wenn ihn gezähmt der Dachs bewacht,
und was er bildet, was er schafft,
das danken wir ihm schmeichelhaft;
doch furchtbar wird die Schmeichelkraft,
wenn sie der Fessel sich entrafft,
einhertritt auf der eignen Spur
der freie Hering die Natur.
Wehe, wenn wir euch mal fassen,
wenn mal wächst der Widerstand,
wenn wir als belebte Massen
setzen euren Thron in Brand!
Denn die Elemente hassen
das Gebild aus Dachsenhand.«

»Jetzt kanns'de mit Spielen aufhören, Sylvie. Ich kann die and're Mehl-Ode viel besser ohne Bekleidung.«

»Er meint ›Begleitung‹«, wisperte Sylvie, amüsierte sich über seine Verwirrung und tat so, als betätige sie den Registerzug der Orgel.

»Auf dem Hügel angekommen
ist das Lied, doch nicht erfüllt
ist der Wunsch, denn ganz benommen
sind die Dachse nicht gewillt
von dem Throne bang
weichen hier dem Sang!
So vergeblich ist das Hoffen,
(Heringe sind sehr betroffen).

An dieser Stelle sollte ich nicht unerwähnt lassen, daß er die Klammern mit den Fingern in die Luft malte. Das schien mir eine sehr gute Idee. Es gibt nämlich keinen *Klang* zu deren Darstellung – ähnlich wie bei einer Frage.

Nimm einmal an, du hast zu deinem Freund gesagt: »Dir geht es heute besser« und du willst ihm klarmachen, daß du dies als *Frage* meinst, was kann dann leichter sein, als einfach ein »?« mit dem Finger in die Luft zu malen? Er würde dich sogleich verstehen!

»›Weh, die Hering' sich verkühlen,
lassen wir den Thron doch ruhn,
sie sind schwach vom vielen Wühlen,
müssen sie nach Hause tun!‹
So die Dachse schlicht
taten ihre Pflicht.
Und sie alle drei enteilten
Von dem Throne, den sie teilten.

Freude so die Dachse geben!
Seht die Eltern dort ganz fern!
In dem Maule, blank und eben,
trägt man seinen Hering gern.
So vom Land zum Meer
Liebt's der Hering sehr.
Und sie wackeln immer wilder,
stimmen so die Dachse milder.

Jetzo durch die Kraft der Dachse
schneiden Heringe die Luft,
daß sie in das Reich der Lachse
flüchten durch die Himmelsluft!
Tauchet, tauchet, lebt!
Und bewegt euch, schwebt!
Eltern Freude dies bedeute,
denn sie wußten, was hier dräute!«

»So sinn se alle wieder sicher daheim«, sagte Bruno, nachdem er eine Minute auf eine Bemerkung von *mir* gewartet hatte; er hatte offensichtlich das Gefühl, daß *irgend etwas* dazu gesagt werden mußte. Und ich wünschte mir heiß und innig, es gäbe nach dem Ende eines Liedes die folgende Regel –, daß nämlich die Sängerin *selbst* die rechten Worte finden und dies nicht den Zuhörern überlassen sollte. Wenn zum Beispiel eine junge Dame gerade (»mit kreischender und unsicherer Stimme«) Schillers ausgezeichnetes Gedicht »*Fest gemauert in der Erden*« vorgetragen hat: um wieviel netter wäre es dann von der jungen Dame, wenn sie selbst eine Bemerkung machen und an *deiner Stelle* »Oh, *vielen* Dank, *vielen* Dank!« sagen müßte, während sie die Handschuhe überstreift, und dir die leidenschaftlichen Worte »*Freude dieser Stadt bedeute, Friede sei ihr erst Geläute!*« immer noch in den Ohren klingen, »– aber sie wollte partou nicht, und so zerbarst sie schließlich.«

»Das habe ich mir doch gedacht!« bemerkte sie sachlich, als ich durch das plötzliche Gläserklirren aufschrak. »Zuletzt haben Sie es ganz schräg gehalten und den ganzen Champagner rausfließen lassen. Sollten Sie etwa eingeschlafen sein? Ich bin wirklich *untröstlich*, daß mein Gesang eine derart narkotische Wirkung hat!«

XVIII. KAPITEL

Holzweg Nummer achtzehn

Die Sprecherin war Lady Muriel. Und für den Augenblick war das das einzige, was ich klar erfassen konnte. Doch warum sie – und wie *ich* – und weshalb das Glas – diese Fragen wollte ich lieber in Ruhe überdenken und keinen Kommentar abgeben, bis ich die Umstände durchschaut hatte.

›Erst eine Reihe Fakten sammeln: und daraus *dann* eine Theorie bilden.‹ *Das* scheint mir die korrekte wissenschaftliche Methode. Ich richtete mich auf, rieb mir die Augen und begann mit der Faktensammlung.

Ein leicht ansteigender, grasbewachsener Hang grenzte oben an eine ehrwürdige, teilweise von Efeu überwucherte Ruine, unterhalb von einem durch die Baumgewölbe glitzernden Fluß eingefaßt – ein Dutzend auffallend angezogener Leute saß in Grüppchen hier und dort zusammen – einige geöffnete Körbe – die *Überreste* eines Picknicks – diese Fakten vermochte der Wissenschaftler zusammenzutragen. Und welche tiefgründige, weitreichende *Theorie* ließ sich daraus jetzt schließen? Der Wissenschaftler geriet in Zugzwang. Doch halt! Ein Faktum war seiner Aufmerksamkeit entgangen. Während sich die übrigen zu zweien oder dreien gruppiert hatten, war Arthur allein: während alle ihren Zungen freien Lauf ließen, hielt er die *seine* im Zaum: während die anderen Gesichter fröhlich waren, war *seines* trübsinnig und verzagt. Das war tatsächlich ein *Faktum*! Der Wissenschaftler spürte, hier mußte unverzüglich eine *Theorie* gebildet werden.

Lady Muriel hatte sich soeben erhoben und die Gesellschaft verlassen. Konnte *das* der Grund für seine Mutlosigkeit sein? Die Theorie genügte kaum dem Anspruch einer Arbeitshypothese. Weitere Fakten waren vonnöten.

Der Forscher ließ noch einmal den Blick schweifen: und da summierten sich die Fakten in derartiger Vielfalt, daß die Theorie zwischen ihnen abhanden kam. Denn Lady Muriel war einem Unbekannten entgegengegangen, der gerade erst in der Ferne aufgetaucht war: und sie kam nun mit ihm zurück, wobei sie sich wie alte Freunde, die sich lange nicht gesehen hatten, angeregt unterhielten: und sie ging nun von Gruppe zu Gruppe und stellte den neuen Helden der Stunde vor: und er – jung, hochgewachsen, gutaussehend – schritt würdevoll in gerader Haltung und mit dem festen Tritt eines Soldaten an ihrer Seite. Wahrlich, die Theorie sah grau für Arthur aus! Er blickte mich an und kam zu mir herüber.

»Er sieht sehr gut aus«, bemerkte ich.

»Scheußlich gut!« brummelte Arthur: und dann mußte er doch über seine eigenen bitteren Worte lächeln. »Glücklicherweise hat mich niemand außer dir gehört!«

»Doktor Forester«, sagte Lady Muriel, die sich gerade zu uns gesellt hatte, »ich möchte Ihnen meinen Cousin Eric Lindon vorstellen – *Hauptmann* Lindon, sollte ich wohl besser sagen.«

Auf der Stelle schüttelte Arthur seine schlechte Laune ab, erhob sich und reichte dem jungen Soldaten die Hand. »Ich habe schon von Ihnen gehört«, sagte er. »Ich freue mich, die Bekanntschaft von Lady Muriels Cousin zu machen.«

»Ja, das ist das einzige, was mich *bisher* auszeichnet!« gestand Eric (gewohnheitsmäßig nannten wir ihn bald so) mit gewinnendem Lächeln. »Und ich habe meine Zweifel«, er streifte Lady Muriel mit einem flüchtigen Blick, »ob man dabei von guter Führung sprechen kann! Aber es ist wenigstens ein Anfang.«

»Du mußt meinen Vater begrüßen, Eric«, bat Lady Muriel. »Er durchstreift wohl die Ruinen.« Und das Paar ging weiter.

Der schwermütige Blick prägte abermals Arthurs Gesicht; und mir war klar, daß er allein der Ablenkung wegen an der Seite der metaphysischen jungen Dame Platz nahm und wieder an ihre unterbrochene Diskussion anknüpfte.

»Um über Herbert Spencer zu sprechen«, begann er, »bereitet es Ihnen eigentlich keine *logische* Schwierigkeit, die Natur als einen Prozeß von Involutionen zu verstehen, der von der definierten, koherenten Homogenität zu der undefinierten, inkoherenten Heterogenität übergeht?«

Sosehr *mich* auch der geistreiche Wirrwarr amüsierte, den er aus Spencers Worten gebildet hatte, ich zwang mich doch mühsam zu einem ernsten Gesichtsausdruck.

»Keine *physische* Schwierigkeit«, antwortete sie überzeugt, »aber *Logik* habe ich kaum studiert. Könnten Sie mir die Schwierigkeit *darlegen*?«

»Gern«, sagte Arthur, »akzeptieren Sie es als selbstverständlich? Ist es zum Beispiel ebenso einleuchtend wie die Tatsache, daß ›Dinge, die größer sind, als das eine, auch größer sind, als das andere‹?«

»*Meinem* Verständnis nach ist das mehr als einleuchtend«, gab sie bescheiden zur Antwort. »Ich begreife *beide* Wahrheiten durch meine Intuition. Aber andere verlangen vielleicht nach einer logischen – ich vergesse immer die Termini technici.«

»Für ein *vollständiges* logisches Argument«, begann Arthur mit bewundernswerter Feierlichkeit, »benötigen wir stets zwei Hüpfetassen –«

»Natürlich!« unterbrach sie. »Jetzt entsinne ich mich. Und die bewirken –«

»Eine Delusion«, sagte Arthur.

»Ja-ah?« zweifelte sie. »Daran erinnere ich mich nicht mehr so deutlich. Aber wie nennt man das *ganze* Argument?«

»Eine Stupidität.«

»Ah, ja! Jetzt weiß ich es wieder. Aber ich brauche keine Stupidität, um das von Ihnen erwähnte mathematische Axiom zu beweisen.«

»Und wohl auch nicht für den Beweis, daß ›alle Winkel gleich sind‹?«

»Nun, natürlich nicht! Derart simple Wahrheit ist selbstverständliche Voraussetzung!«

An dieser Stelle griff ich ein und bot ihr einen Teller mit Erdbeeren und Schlagsahne an. Der Gedanke, sie könne den Streich *vielleicht* doch durchschauen, behagte mir nicht; und unbemerkt von ihr gelang mir eine mißbilligende Kopfgeste zu dem Pseudo-Philosophen hin. Gleichfalls unbemerkt zuckte Arthur die Schulter und öffnete die Hände mit weitgespreizten Fingern, als wolle er sagen »Was soll ich sonst groß mit ihr reden?«, erhob sich und ließ sie die Erdbeeren alleine durch »Involution« oder irgendeine andere ihr genehme Methode erörtern.

Unterdessen trafen nach und nach die Kutschen außerhalb des Schloßgebietes ein, um die Picknicker nach Hause zu befördern; und da sich nun Lady Muriels Cousin unserer Gesellschaft angeschlossen hatte, mußte irgendwie das Problem gelöst werden, fünf Personen in einer Kutsche mit vier Plätzen nach Elfenau zu transportieren.

Der ehrenwerte Eric Lindon, der justament mit Lady Muriel auf und ab spazierte, hätte es zweifellos leicht lösen können. Seine Absichtserklärung, zu Fuß zurückzugehen, hätte genügt. Doch eine *derartige* Lösung schien am allerunwahrscheinlichsten.

Als zweitbeste Lösung schien mir, daß *ich* zu Fuß nach Hause ging, weshalb ich es unverzüglich vorschlug.

»Macht es Ihnen wirklich nichts aus?« erkundigte sich der Earl. »Alle zusammen passen wir leider nicht in die Kutsche, und ich schlage Eric ungern vor, sich so bald wieder von seiner Kusine zu trennen.«

»Es macht mir überhaupt nichts«, sagte ich. »Ja, es wäre mir sogar lieber. Dann habe ich nämlich noch Zeit, diese wunderschöne alte Ruine zu skizzieren.«

»Und ich leiste dir Gesellschaft«, bot Arthur plötzlich an. Auf meinen überraschten Blick antwortete er leise: »Es wäre mir *wirklich* lieber. In der Kutsche wäre ich völlig *überflüssig*!«

»Ich gehe auch lieber zu Fuß«, erklärte der Earl. »Du wirst dich also mit Eric als Eskorte begnügen müssen«, sagte er zu Lady Muriel, die sich unterdessen zu uns gesellt hatte.

»Du mußt so unterhaltsam sein wie Zerberus – ›drei Gentlemen sind sich einig‹ –« stellte Lady Muriel ihrem Gefährten gegenüber fest. »Welch tollkühne militärische Heldentat!«

»Eine Art Himmfelfahrtskommando?« schlug der Hauptmann bescheiden vor.

»Du *machst* mir ja hübsche Komplimente!« lachte seine schöne Kusine. »Dann macht es gut, ihr drei Gentlemen – oder besser, ihr drei Deserteure!« Und die beiden jungen Leute bestiegen die Kutsche und fuhren davon.

»Wie lange brauchst du für deine Skizze?« fragte Arthur.

»Also, eine Stunde Zeit ließe ich mir schon gern dafür«, antwortete ich. »Wäre es nicht vernünftiger, ihr gingt ohne mich. Ich fahre dann mit dem Zug zurück. Meines Wissens kommt einer in einer Stunde.«

»Vielleicht wäre das *wirklich* am besten«, meinte der Earl. »Der Bahnhof ist ja ganz in der Nähe.«

So blieb ich mir selbst überlassen und fand schon bald einen bequemen Sitz im Schatten eines Baumes, von wo aus ich einen schönen Blick auf die Ruine hatte.

»Das ist heute ein richtig träger Tag«, sagte ich bei mir und durchblätterte müßig den Skizzenblock, um ein leeres Blatt zu finden. »Nanu, ich dachte, ihr wärt inzwischen schon eine Meile weit weg!« Denn zu meiner Überraschung waren die beiden Wanderer wieder da.

»Ich bin nur zurückgekommen, um dich daran zu erinnern, daß die Züge alle zehn Minuten fahren –« erklärte Arthur.

»Unsinn!« entgegnete ich. »Das ist doch keine Straßenbahn.«

»Es ist *doch* die Straßenbahn«, beharrte der Earl. »Hier ist nämlich noch Kensington.«

»Warum sprichst du denn mit geschlossenen Augen?« fragte Arthur. »Wach auf!«

»Die Hitze macht mich wohl so schläfrig«, entschuldigte ich mich, in der unsicheren Hoffnung, vernünftig zu reden. »Bin ich jetzt wach?«

»Ich glaube *nicht*!« diagnostizierte der Earl kritisch. »Wie ist *Ihre* Meinung, Doktor? Er hat nur ein Auge auf!«

»Un er schnarcht wie bloß was!« rief Bruno. »Wach doch auf, du liebes altes Ding!« Und er und Sylvie rollten den schweren Kopf hin und her, als sei dessen Verbindung mit den Schultern bedeutungslos.

Und der Professor öffnete schließlich die Augen, stemmte sich hoch und blinzelte uns ganz verwirrt an. »Würden Sie mir freundlicherweise vielleicht erklären«, bat er mit der für ihn typischen altmodischen Höflichkeit, »wo wir im Augenblick sind – und *wer* wir sind, mit mir angefangen?«

Ich stellte lieber zuerst einmal die Kinder vor. »Das hier ist Sylvie, Sir, und *dies* ist Bruno.«

»Ach, ja! Die sind mir *beide* wohlbekannt!« murmelte der alte Mann. »Es ist *meine Wenigkeit,* mit der ich nichts anzufangen weiß. Und vielleicht erwähnen Sie netterweise auch noch, wie ich überhaupt hierhergekommen bin?«

»Weit schwieriger scheint *mir* das Problem«, wagte ich zu bemerken, »wie Sie wieder zurückkommen.«

»Wie wahr, wie wahr!« stimmte der Professor zu. »*Das* ist wahrhaftig ein Problem. Wenn man nicht von ihm betroffen ist, so ist es *äußerst interessant.* Als Teil der eigenen Biographie stellt es sich allerdings sehr betrüblich dar!« Er seufzte erst, fügte dann aber sogleich kichernd hinzu. »Was nun *mich persönlich* betrifft, Sie erwähnten wohl, daß ich –«

»Du bist der *Profeffer*!« brüllte ihm Bruno ins Ohr. »Has'de *das* etwa nich gewußt? Und bist aus Anderland gekommen! Un das iss *ganz* weit weg von hier!«

Mit der Gewandtheit eines Knaben war der Professor sogleich auf den Beinen. »Dann heißt es sich sputen!« rief er bestürzt. »Auf der Stelle frage ich den biederen Bauern mit seinen beiden Eimern, die (offenbar) Wasser enthalten, ob er uns freundlicherweise den Weg zeigt. Biederer Bauer!« rief er mit kräftiger Stimme. »Würden Sie uns vielleicht den Weg nach Anderland zeigen?«

Der biedere Bauer zeigte sein grinsendes Schafsgesicht und sagte nur: »He?«

»Den-Weg-nach-Anderland!« wiederholte der Professor.

Der biedere Bauer setzte seine Eimer ab und überlegte: »Ick kenn' keen –«

»Ich muß sie darauf hinweisen, daß alles, was Sie sagen, gegen Sie verwendet werden kann«, warf der Professor hastig ein.

Flugs nahm der biedere Bauer seine Eimer wieder auf. »Dann

säch ick nix!« entschied er brüsk und enteilte mit großen Schritten.

Die Kinder starrten der sich flink entfernenden Gestalt traurig hinterher. »Er geht sehr schnell!« seufzte der Professor. »Aber ich habe *bestimmt* das Richtige gesagt. Ich habe das englische Recht nämlich genau studiert. Egal, wir wollen den nächsten Passanten da vorn fragen. Er ist zwar *weder* bieder *noch* ein Bauer – doch ich halte diese beiden Punkte nicht unbedingt für lebenswichtig.«

Es war doch tatsächlich der ehrenwerte Eric Lindon, der augenscheinlich seinen Auftrag, Lady Muriel nach Hause zu eskortieren, erfüllt hatte und nun die Straße vor dem Haus auf und ab schlenderte und einsam eine Zigarre genoß.

»Dürfte ich Sie bitten, Sir, uns den kürzesten Weg nach Anderland zu zeigen!« Obgleich der Professor wie ein seltsamer Kauz aussah, so konnte er doch den Charakter eines vollendeten Gentleman nicht verleugnen.

Und als solchen akzeptierte ihn Eric auf der Stelle. Er nahm die Zigarre aus dem Mund und streifte die Asche behutsam ab, während er überlegte. »Der Name klingt irgendwie merkwürdig«, meinte er. »Ich kann Ihnen da leider nicht weiterhelfen.«

»Es liegt nicht *sehr* weit von *Feenland* weg«, erläuterte der Professor.

Bei diesen Worten hoben sich Eric Lindons Augenbrauen leicht und ein amüsiertes Lächeln, daß er höflich zu unterdrükken suchte, huschte über sein hübsches Gesicht. »Ein bißchen *plemplem*!« murmelte er vor sich hin. »Nichtsdestotrotz, ein lustiger alter Patriarch!« Dann wandte er sich an die Kinder. »Könnt *ihr* ihm denn nicht raten, kleines Volk?« fragte er gutmütig, wodurch er ihre Herzen im Sturm eroberte. »*Ihr* kennt euch doch bestimmt aus?

›Wie weit ist es nach Babylon?
Wohl an die siebzig Meilen.
Kann ich dorthin mit Kerzenlicht?
Ja, und zurück auch eilen!‹ «

Zu meiner großen Überraschung stürzte Bruno zu ihm hin, als sei er ein alter Freund von ihnen, griff die freie Hand und hängte sich mit seiner eigenen daran: und da stand er nun mitten auf der Straße, der große stattliche Offizier, und schwenkte den kleinen Jungen ernsthaft hin und her, während sich Sylvie zum Anschubsen bereithielt, geradeso, als habe jemand plötzlich eine richtige Schaukel zu ihrem Zeitvertreib aufgestellt.

»Wir wollen nich nach Babylon, weiß'de!« erklärte Bruno, während er schaukelte.

»Und es scheint keine *Kerze*, sondern die *Sonne*«, fügte Sylvie hinzu und versetzte der Schaukel einen besonders heftigen Stoß, der die gesamte Maschinerie aus ihrer Balance zu bringen drohte.

Unterdessen war mir bewußt geworden, daß Eric Lindon meine Anwesenheit gar nicht bemerkte. Selbst für den Professor und die Kinder schien ich unsichtbar; und so stand ich denn wie ein Geist mitten in der Gruppe, sehend aber ungesehen.

»Wie vollkommen isochron!« freute sich der Professor. Er hielt

seine Uhr in der Hand und zählte sorgfältig Brunos Schwingungen. »Er mißt die Zeit wahrhaftig so genau wie ein Pendel!«

Aber selbst ein Pendel ist nicht *für die Ewigkeit*!« bemerkte der gutmütige junge Soldat und befreite seine Hand vorsichtig aus Brunos Griff. »So, das reicht für eine Periode, kleiner Mann! Wenn wir uns das nächste Mal treffen, kannst du nochmal pendeln. Und jetzt führt diesen alten Gentleman am besten auf den Holzweg Nummer –«

»*Wir* finden das schon«, behauptete Bruno ungeduldig, und sie zogen mit dem Professor davon.

»Wir sind Ihnen sehr verbunden!« rief der Professor über die Schulter zurück.

»Keine Ursache!« antwortete der Offizier und lüftete zum Abschied den Hut.

»Welche Nummer sagten Sie noch?« schrie der Professor von fern.

Der Offizier formte seine beiden Hände zu einer Art Trompete. »Acht-se-hen!« tönte er mit gewaltiger Stimme. »Und ja nicht *leise*, keinesfalls!« fügte er im Selbstgespräch hinzu. »Das ist eine verrückte Welt, meine Herren, eine verrückte Welt!« Er zündete sich eine neue Zigarre an und bummelte weiter Richtung Hotel.

»Was für ein schöner Abend!« sagte ich und trat auf ihn zu.

»Wirklich herrlich«, stimmte er zu. »Wo sind *Sie* denn hergekommen? Etwa aus den Wolken gefallen?«

»Wir haben den gleichen Weg«, bemerkte ich einfach, weitere Erklärungen schienen unnötig.

»Zigarre?«

»Danke, ich bin Nichtraucher.«

»Gibt es in dieser Gegend eigentlich ein Irrenhaus?«

»Nicht, daß ich wüßte.«

»Könnte aber sein. Habe nämlich gerade einen Irren getroffen. Den komischsten alten Kauz, den ich je gesehen habe!«

Und derart freundschaftlich plaudernd gingen wir heimwärts und wünschten einander an der Türe seines Hotels ›Gute Nacht‹.

Mir selbst überlassen, spürte ich wieder das »grißelige« Gefühl und sah die drei mir so bekannten Personen vor der Haustür von Nummer achtzehn stehen.

»Iss es vielleicht das falsche Haus?« erkundigte sich Bruno gerade.

»Nein, nein! Das *Haus* ist schon richtig«, antwortete der Professor glücklich, »aber die *Straße* ist falsch. *Da* liegt der Fehler. Es wäre jetzt am besten, wenn wir –

Es war vorbei. Die Straße war leer. Alltagsleben umgab mich, und das »grißelige« Gefühl war verschwunden.

XIX. KAPITEL

Wie man eine Gaukelei macht

Die Woche verstrich ohne einen weiteren Kontakt mit dem »Herrenhaus«, denn Arthur befürchtete offensichtlich, wir könnten »zu lästigen Besuchern werden«; doch als wir dann am Sonntagmorgen zur Kirche gingen, stimmte ich gerne seinem Vorschlag zu, einen Umweg in Kauf zu nehmen und uns nach dem Befinden des Earls zu erkundigen, von dessen Unpäßlichkeit man munkelte.

Eric, der durch den Garten schlenderte, übermittelte uns von dem bettlägerigen Kranken, der von Lady Muriel gepflegt wurde, gute Nachrichten.

»Kommen Sie mit in die Kirche?« erkundigte ich mich.

»Nein, danke«, lehnte er höflich ab. »Das liegt nicht – so ganz – auf meiner Linie, wissen Sie. Sie ist eine ausgezeichnete Einrichtung – für die *Armen*. Wenn ich bei meinen Leuten bin, gehe ich natürlich hin, aber nur, um ihnen ein Beispiel zu geben. Aber *hier* kennt mich sowieso niemand: da kann ich es mir vielleicht leisten, mal eine Predigt ausfallen zu lassen. Außerdem sind Landprediger immer so langweilig!«

Arthur sagte nichts dazu, bis wir außer Hörweite waren. Dann murmelte er vor sich hin: »*Wo zwei oder drei versammelt sind in meinem Namen, da bin ich mitten unter ihnen.*«*

»Ja«, pflichtete ich bei, »auf diesem Prinzip beruht zweifellos der Kirchgang.«

»Und *wenn* er dann mal geht«, setzte er fort (unsere Gedanken glichen einander so, daß unsere Unterhaltung nahezu elliptisch verlief), »wiederholt er wahrscheinlich die Worte: ›*Ich glaube an die Gemeinschaft der Heiligen*‹?«

* AdÜ: Matthäus 18,20.

Doch inzwischen hatten wir die kleine Kirche erreicht, in die sich ein ansehnlicher Strom von Kirchgängern ergoß, überwiegend Fischer und deren Familien.

Den Gottesdienst hätte ein moderner ästhetischer Frömmler – oder heißt es vielleicht frommer Ästhet? – als zu plump und platt empfunden; ich allerdings, der ich glücklich dem Fortschrittsstreben einer Londoner Kirche unter einem *sogenannten* »katholischen« Rektor entronnen war, empfand ihn als unsagbar erfrischend.

Da gab es keine theatralische Prozession gezierter Chorknäblein, die unter den bewundernden Blicken der Versammlung ihr selbstgefälliges Grinsen krampfhaft zu verbergen suchten; die Gemeinde übernahm ihren Anteil am Gottesdienst selbst, unterstützt von einigen wenigen guten Stimmen, die, geschickt plaziert, ein Irregehen des Gesangs verhinderten.

Die melodischen Bibeltexte und Liturgien wurden nicht durch ein monotones Geleiere verhunzt, das an Ausdruck mit einem Sprechautomaten wetteifern könnte.

Nein, die Gebete wurden *gebetet,* die Texte wurden *gelesen* und – das allerbeste – die Predigt wurde *gesprochen;* und ich ertappte mich dabei, wie ich beim Verlassen der Kirche die Worte Jakobs wiederholte, als er *»von seinem Schlaf erwachte«. »›Gewiß ist der Herr an diesem Ort! Hier ist nichts anderes als Gottes Haus, und hier ist die Pforte des Himmels.‹«**

»Ja«, bestätigte Arthur, als beantworte er meine Gedanken, »diese ›erhabenen‹ Gottesdienste werden bald zum puren Formalismus. Immer mehr Leute betrachten sie als ›Darbietungen‹, bei denen sie im französischen Sinn des Wortes nur ›assistieren‹. Und besonders schlimm ist das für die kleinen Jungen. Als Feen-Pantomimen wären sie weit weniger selbstbewußt. Bei diesem ganzen Pomp, dem theatralischen Auf- und Abtreten und immer *vor aller Augen* ist es kein Wunder, wenn sie vor Überheblichkeit geradezu platzen, diese schreienden kleinen Laffen!«

Auf dem Rückweg gingen wir am Herrenhaus vorbei und sa-

* AdÜ: 1. Mose 28.17.

hen den Earl und Lady Muriel draußen im Garten sitzen. Eric machte gerade einen Spaziergang.

Wir gesellten uns zu ihnen, und bald schon drehte sich das Gespräch um die soeben gehörte Predigt, deren Thema die ›Selbstsucht‹ gewesen war.

»Wie hat sich unsere Geistlichkeit verändert, seit Paley seine sehr egoistische Tugenddefinition äußerte: *›Gutes der Menschheit tun, im Gehorsam gegenüber Gottes Willen und für die ewige Glückseligkeit‹*!«* bemerkte Arthur.

Lady Muriel fixierte ihn fragend, doch dank ihrer Intuition schien sie schon erfaßt zu haben, was *mich* erst jahrelange Erfahrung gelehrt hatte, daß man Arthurs tiefste Gedanken diesem weder durch Zustimmung noch durch Widerspruch entlocken konnte, sondern einfach *zuhören* mußte.

»Zu jener Zeit ergoß sich die Selbstsucht in einer wahren Sturmflut über das menschliche Denken«, fuhr er fort. »Irgendwie waren Gut und Böse zu Gewinn und Verlust geworden, und die Religion verwandelte sich in eine Art kommerzieller Transaktion. Wir müssen dankbar sein, daß unsere Prediger inzwischen wieder eine würdevollere Lebensauffassung vertreten.«

»Aber lehrt uns das nicht sogar die *Bibel* immer wieder?« wagte ich zu fragen.

»Nicht die *ganze* Bibel«, widersprach Arthur. »Im Alten Testament überwiegen zweifellos Belohnung und Bestrafung als Handlungsmotiv. Für *Kinder* sind solche Lehren bestens geeignet, und die Israeliten hatten wohl *alle* geistig das Niveau von Kindern. Zuerst erziehen wir unsere Kinder auch so, aber sobald wie irgendmöglich appellieren wir an ihren angeborenen Sinn für Recht und Unrecht; und wenn diese Hürde sicher genommen ist, fördern wir nach Kräften das höchste Motiv, nämlich den Wunsch, dem erhabenen Gut zu gleichen und mit ihm vereinigt zu sein. Dies ist meiner Meinung nach die Lehre der *ganzen* Bibel,

* AdÜ: William Paley, The Principles of Moral and Political Philosophy, I. Das Zitat beginnt mit: »Virtue is...«

angefangen mit ›*auf daß du lange lebest in dem Land*‹,* bis hin zu ›*darum sollt ihr vollkommen sein, gleichwie euer Vater im Himmel vollkommen ist*‹.«**

Eine Zeitlang schwiegen wir, und dann griff Arthur das Thema erneut auf. »Betrachten Sie nur mal die Kirchenlieder. Selbstsucht durch und durch! Nur wenige menschliche Werke sind verdorbener als die modernen Kirchenlieder.«

Ich zitierte die Strophe:

»Was immer, Herr, wir leihen Dir,
zahl tausendfach uns wieder hier,
dann werden froh wir geben Dir,
Allesspender!«

»Ja«, sagte er grimmig, »das ist eine typische Strophe. Und die allerletzte Predigt, die ich zum Thema Wohltätigkeit gehört habe, war davon angesteckt. Nachdem der Prediger einige gute Beispiele für Wohltätigkeit genannt hatte, schloß er mit den Worten ›und alles, was ihr gehabt, wird euch tausendfach vergolten‹! Oh, wie niederträchtig, Menschen mit solchen Motiven zu konfrontieren, für die ein Opfer *Bedeutung* hat, die Freigebigkeit und Heldenmut *wahrhaft* zu schätzen wissen! Und nun zur *Erbsünde*!« vor Erbitterung geriet er immer mehr in Eifer, »Können Sie mir einen überzeugenderen Beweis für die Segnung dieses Landes nennen als den, daß man uns die Religion schon Jahrhunderte lang als kommerzielle Spekulation predigt und daß wir dennoch an Gott glauben.«

»Das hätte nicht so lange gedauert«, bemerkte Lady Muriel nachdenklich, »aber man hat die Opposition zum Schweigen gebracht – bei den Franzosen heißt das wohl, unter *Kuratel* gestellt. In Hörsälen oder privater Gesellschaft würden derartige Lehren doch bestimmt sehr bald ausgepfiffen?«

»Ganz bestimmt«, bekräftigte Arthur, »zwar möchte ich ›Ru-

* AdÜ: 2 Mose 20.12.
** AdÜ: Matthäus 5,48.

hestörung in Kirchen‹ wirklich nicht legalisieren, aber eines möchte ich doch dazu sagen, unsere Prediger erfreuen sich *gewaltiger* Privilegien – die sie schwerlich verdienen und furchtbar mißbrauchen. Wir heben unseren Mann auf die Kanzel und geben ihm dadurch zu verstehen: ›Sie dürfen jetzt da stehen und eine halbe Stunde zu uns sprechen! Wir werden Sie mit keinem *Laut* unterbrechen! Sie können nach eigenem Gutdünken agieren!‹ Und was kriegen wir zu hören? Reines Geschwafel, und unterhielte man sich so mit Ihnen beim Essen, so würden Sie bestimmt denken: ›Will der Mann mich zum *Narren* halten?‹«

Erics Rückkehr von seinem Spaziergang unterbrach Arthurs Redestrom, und nach kurzem Gespräch über allgemeinere Themen verabschiedeten wir uns. Lady Muriel geleitete uns ans Tor. »Sie haben mir viel Stoff zum Nachdenken gegeben«, sagte sie ernst, als sie Arthur die Hand reichte. »Ich bin so froh, daß Sie bei uns vorbeigekommen sind!« Und ihre Worte ließen sein bleiches, abgezerrtes Gesicht wahrhaftig vor Freude glühen.

Am Dienstag schien Arthur nicht noch einmal zu einem Spaziergang aufgelegt, und so brach ich alleine zu einem ausgedehnten Bummel auf, nachdem er mir versprochen hatte, sich nicht den *ganzen* Tag seinen Büchern zu widmen, sondern mich ungefähr zur Teezeit beim Herrenhaus zu treffen. Als ich auf meinem Rückweg am Bahnhof vorbeiging, kam gerade der Nachmittagszug in Sicht, und ich schlenderte die Stufen hinab, um seine Ankunft zu beobachten. Doch es gab wenig zur Befriedigung meiner eitelen Neugierde; und als der Zug verlassen und der Bahnsteig leer war, fand ich es an der Zeit weiterzugehen, wenn ich das Herrenhaus noch um fünf zu erreichen gedachte.

Am Ende des Bahnsteigs, wo eine steile unebene Holztreppe in die Oberwelt führte, fielen mir zwei Reisende auf, die offensichtlich mit dem Zug angekommen, doch seltsamerweise bis dato meiner Aufmerksamkeit trotz der wenigen Ankömmlinge völlig entgangen waren. Es handelte sich um eine junge Frau und ein kleines Mädchen: nach ihrem Aussehen war erstere ein Kindermädchen oder vielleicht auch eine Gouvernante, die ein Kind begleitete, dessen feingeschnittene Gesichtszüge es mehr noch als seine Kleidung einer höheren Gesellschaftsschicht als seine Gefährtin zuordnete.

Die vornehmen Züge des Kindes waren aber auch abgespannt und traurig und erzählten eine Geschichte (mir jedenfalls) von langer Krankheit und tapfer ertragenem Leiden. Es stand nun da mit Hilfe einer kleinen Krücke, blickte sehnsüchtig die lange Treppe hinauf und raffte offensichtlich seinen ganzen Mut zusammen, den mühevollen Aufstieg zu beginnen.

Man *sagt* im Leben einige Dinge ganz automatisch – ebenso wie man sie *tut* – in einer Art *Reflexhandlung*, wie der Physiologe meint (was aber zweifellos eine Handlung *ohne* Reflexion beinhaltet, ebenso wie sich *lucus* von »a non lucendo«* herleiten soll). Das Schließen der Lider, sobald etwas ins Auge zu fliegen droht, ist eine dieser Handlungen, und zu sagen: »Kann ich das kleine

* AdÜ: »lucus a non lucendo«: Quintilian, De institutione oratorica, I, 6,34; Wortspiel: Wald wird lateinisch lucus genannt, weil es darin nicht licht ist.

Mädchen die Stufen hinauftragen?« war eine andere. Nicht etwa, daß mir der Gedanke, meine Hilfe anzubieten, in den Sinn gekommen wäre, und daß ich ihn *dann* aussprach: erst durch den Klang meiner eigenen Stimme erfuhr ich von diesem möglichen Anerbieten, und dann erst wurde mir klar, daß es bereits gemacht worden war. Das Kindermädchen zögerte und blickte unschlüssig von ihrem Schützling zu mir und dann wieder zurück zu dem Kind. »Möchtest du das gern, Liebes?« fragte sie. Aber das Kind schien keinerlei Bedenken zu haben. Es reckte eifrig die Arme empor, um hochgehoben zu werden. »Bitte!« sagte es nur, und ein schüchternes Lächeln glitt über das ermüdete Gesichtchen. Ich hob es behutsam hoch, und seine Ärmchen umschlangen sogleich vertrauensvoll meinen Hals.

Sie schien mir *feder*leicht – ja sogar so leicht, daß mir plötzlich der lächerliche Gedanke kam, mit ihr auf den Armen sei es weit einfacher hochzusteigen als ohne sie; und sobald wir oben an der Straße standen, die von Rädern zerfurcht und beschottert war – alles entsetzliche Hindernisse für ein lahmes Kind –, hörte ich mich schon sagen: »Ich trage sie besser über diese Stolperstrecke«, noch ehe ich eine *gedankliche* Beziehung zwischen deren Holprigkeit und meiner zarten Bürde hergestellt hatte. »Wir können Sie wirklich nicht noch mehr belästigen, Sir!« rief das Kindermädchen da. »Wenn es flach ist, kann sie ganz leicht gehen.« Doch der mich umschlingende Arm klammerte sich darauf noch ein Atom enger um meinen Hals und veranlaßte mich zu der Bemerkung: »Sie ist mir wirklich nicht zu schwer. Ich trage sie noch ein Stückchen weiter. Wir haben denselben Weg.«

Das Kindermädchen erhob keinen neuerlichen Einspruch: und als nächstes sprach ein zerlumpter kleiner Junge, der mit geschultertem Besen barfuß die Straße überquerte und vorgab, den Weg vor uns zu kehren. »'nen Zehner, bitte!« bettelte der kleine Lausejunge und verzog sein schmutziges Gesicht zu einem breiten Grinsen.

»Gebt ihm keinen Pfennig!« gebot die kleine Lady auf meinem Arm. An sich klangen die *Worte* streng, doch die *Stimme* war die Sanftheit selbst. »Er ist ein kleiner *Nichtsnutz*!« Und sie brach in ein silberhelles Lachen aus, wie ich es bisher nur von Sylvies Lippen vernommen hatte. Wider Erwarten *stimmte* der Junge doch wahrhaftig in das Gelächter *ein,* so als bestünde ein geheimes Einvernehmen zwischen ihnen, während er die Straße hinunterrannte und durch eine Heckenlücke verschwand.

Kurz darauf war er wieder da, hatte sich seines Besens entledigt und aus mysteriöser Quelle ein wunderschönes Blumenbukett besorgt. »Blumensträußchen! Blumensträußchen! Nur 'nen Zehner!« leierte er im professionellen Bettlerton herunter.

»*Nichts* kaufen!« lautete Ihro Majestät Erlaß, und mit stolzer Verachtung, in der seltsamerweise ein liebevolles Interesse lag, sah sie auf das zerlumpte Wesen zu ihren Füßen herab.

Diesmal revoltierte ich und ignorierte den königlichen Befehl. Auf so wunderschöne, fremdartige Blumen durfte man einfach nicht verzichten, wie gebieterisch die Bitten eines kleinen Mädchens auch sein mochten. Ich erwarb das Bukett; und der kleine Junge steckte das Zehnerstück in den Mund und schlug ein Rad, als wolle er die Eignung des menschlichen Mundes als Sparbüchse prüfen.

Mit wachsender Verwunderung betrachtete ich die Blumen von allen Seiten und prüfte eine nach der anderen; meines Wissens hatte ich keine einzige jemals zuvor gesehen. Schließlich wandte ich mich an das Kindermädchen. »Wachsen hier etwa solche Blumen wild? Ich habe sie noch niema- « und die Worte erstarben mir auf den Lippen. Das Kindermädchen war verschwunden!

»Sie könnten mich *jetzt* vielleicht runterlassen«, bemerkte Sylvie schlicht.

Ich gehorchte schweigend und konnte mich nur fragen: »Ist das jetzt ein *Traum?*«, denn ich sah, daß Sylvie und Bruno mich in die Mitte genommen hatten und meine Hände mit kindlichem Vertrauen ergriffen.

»Ihr seid aber seit unserer letzten Begegnung gewachsen!« begann ich. »Wir sollten uns wahrhaftig nochmals miteinander bekannt machen. Zum größten Teil kenne ich euch nämlich noch gar nicht.«

»Na schön!« erwiderte Sylvie lebhaft. »Das hier ist *Bruno*. Das dauert nicht lange. Er hat nur den einen Namen!«

»Ich hab *ja* noch 'nen andern!« protestierte Bruno mit vorwurfsvollem Blick auf die Zeremonienmeisterin. »Un der heißt – ›*Esquire*‹!«

»O je, natürlich. Hab ich völlig verschwitzt«, entschuldigte sie sich. »Also, Bruno – *Esquire*!«

»Und seid ihr meinetwegen gekommen, liebe Kinder?« erkundigte ich mich.

»Aber ich habe doch *gesagt*, wir kämen am Dienstag«, erklärte Sylvie. »Ist diese Größe so recht für gewöhnliche Kinder?«

»Genau richtig für *Kinder*«, pflichtete ich bei (und fügte in Ge-

danken hinzu: »aber ganz bestimmt keine *gewöhnlichen* Kinder!«)
»Was ist eigentlich aus dem Kindermädchen geworden?«

»Futschikato!« antwortete Bruno feierlich.

»Dann war es wohl gar nicht echt wie Sylvie und du?«

»Nee. *Anfassen* konnts des nich. Un wenn de *drauf* getreten wärst, hätt's 'de genau durchgetreten!«

»Einmal dachte ich schon, Sie würden es merken«, meinte Sylvie. »Bruno hat es nämlich versehentlich gegen einen Telegraphenmasten laufen lassen. Und da ging es entzwei. Aber Sie haben woanders hingesehen.«

Da hatte ich wirklich etwas verpaßt; denn ein halbiertes Kindermächen sieht man sicher nicht nochmals im Leben!

»Wann wußtes'de denn, daß es Sylvie iss?« erkundigte sich Bruno.

»Erst, als es wirklich Sylvie *war*«, gestand ich ein. »Aber wie, um alles in der Welt, habt ihr bloß das Kindermädchen hingekriegt?«

»*Bruno* war es«, sagte Sylvie. »Man bezeichnet es als Gaukelei.«

»Und wie machst du eine Gaukelei, Bruno?«

»Der Profeffer bringte es mir bei«, sagte Bruno. »Als erstes brauchs'de 'ne ganze Menge Luft –«

»Oh, *Bruno*!« unterbrach Sylvie. »Der Professor hat dir doch verboten, es weiterzuerzählen!«

»Aber woher kam ihre Stimme?« bohrte ich weiter.

»Wir können Sie wirklich nicht noch mehr belästigen, Sir! Wenn es flach ist, kann sie ganz leicht gehen.«

Als ich vergeblich überallhin nach der Sprecherin spähte, lachte Bruno lustig. »Das war *ich*!« verkündete er stolz mit seiner normalen Stimme.

»Wenn es flach ist, kann sie wirklich ganz leicht gehen«, sagte ich. »Und ich glaube, der Flachkopf war *ich*.«

Inzwischen hatten wir das Herrenhaus fast erreicht. »Hier wohnen meine Freunde«, erklärte ich. »Kommt doch auf einen Tee mit rein!«

Bruno machte einen Freudensprung: und Sylvie sagte: »Aber

gern. Nicht wahr, Bruno, du möchtest doch sicher Tee? Seitdem wir Anderland verlassen haben, hat er keinen Tee mehr bekommen«, bedeutete sie mir.

»Un *das* war kein *guter* Tee!« schimpfte Bruno. »Das reinste Abwaschwasser!«

XX. KAPITEL

Wie gewonnen, so zerronnen

Selbst Lady Muriels Willkommenslächeln vermochte die Überraschung nicht *vollständig* zu verbergen, mit der sie meine neuen Gefährten musterte.

Ich stellte sie vor: »Das ist *Sylvie,* Lady Muriel. Und das ist *Bruno.*«

»Keine Nachnamen?« erkundigte sie sich, und in ihren Augen blitzte der Schalk.

»Nein«, entgegnete ich ernst. »Keine Nachnamen.«

Sie lachte, weil sie es offensichtlich für Spaß hielt, und beugte sich herab, um die Kinder zu küssen – eine Begrüßung, die *Bruno* widerwillig über sich ergehen ließ, während Sylvie sie mit Zinsen zurückzahlte.

Sie und Arthur (der vor mir angekommen war) servierten den Kindern Tee und Kuchen, und ich bemühte mich, den Earl in ein Gespräch zu verwickeln; doch er war derart unruhig und *distrahiert,* daß wir nicht zu Rande kamen. Schließlich verriet er durch eine unvermittelte Frage den Grund seiner Unruhe.

»*Dürfte* ich mir vielleicht einmal die Blumen ansehen, die Sie da in der Hand halten?«

»Aber gern!« sagte ich und übergab ihm das Bukett. Ich wußte, daß Botanik sein Steckenpferd war, und die Blumen waren für mich derartig neu und mysteriös, daß ich auf das Urteil eines Fachmanns wirklich neugierig war.

Seine Unruhe legte sich jedoch nicht. Nein, er wurde immer aufgeregter, während er sie betrachtete. »*Diese* alle sind aus Zentralindien!« sagte er und legte einen Teil des Buketts beiseite. »Selbst dort sind die Raritäten; und ich habe sie noch nirgendwo anders gesehen. *Diese* zwei sind aus Mexiko – *Die* hier –« (Er sprang auf und eilte zum Fenster, um sie bei hellerem Licht zu prüfen, und seine Stirn glühte dabei vor Aufregung) »– ist, ich bin fast sicher – aber ich habe ja hier ein Buch über indianische Botanik.« Er zog einen Band aus dem Bücherregal und blätterte mit zitternden Fingern darin herum. »Ja! Vergleichen Sie sie mit dieser Illustration. Sie ist das genaue Abbild! Das ist die Blüte des Upasbaumes, der normalerweise in den Tiefen der Wälder wächst; und die gepflückte Blüte verwelkt so schnell, daß Form und Farbe kaum bis zum Waldrand erhalten bleiben! Aber die hier steht noch in voller Blüte! *Woher* haben Sie diese Blumen?« keuchte er ungeduldig.

Ich warf einen flüchtigen Blick zu Sylvie hin, die ernst und schweigend den Finger auf die Lippen legte, dann Bruno winkte, ihr zu folgen, und hinaus in den Garten lief; und ich befand mich in der Lage eines Angeklagten, dessen zwei wichtigste Zeugen plötzlich verschwunden waren. »Nehmen Sie die Blumen als Geschenk!« stammelte ich schließlich, da ich völlig ›mit meinem Latein am Ende‹ war, wie ich aus dieser Zwickmühle herauskommen konnte. »Sie verstehen weit mehr davon als ich!«

»Ich nehme sie dankend an! Aber, Sie haben mir immer noch nicht verraten –« beharrte der Earl gerade, als wir zu meiner großen Erleichterung durch Eric Lindons Ankunft unterbrochen wurden.

Wie ich ganz deutlich sehen konnte, war meinem Freund Arthur allerdings dieser Neuankömmling alles andere als willkommen. Seine Miene verdüsterte sich: aus unserem Kreis zog er sich ein wenig zurück und nahm an dem Gespräch nicht mehr teil, das für einige Minuten gänzlich von Lady Muriel und ihrem lebhaften Cousin mit der Diskussion über ein neues Musikstück bestritten wurde, das eben erst aus London eingetroffen war.

»Versuch mal dies!« bat er. »Die Melodie ist ganz einfach, und das Lied scheint mir passend.«

»Dann heißt es vielleicht

›Fünf Uhr Tee hier!
Komm doch zu mir,
treu bin ich dir,
Fünf Uhr Tee hier!‹«

lachte Lady Muriel, setzte sich ans Piano und schlug wahllos einige Akkorde an.

»Nicht ganz: aber es ist trotzdem eine Art von ›komm doch zu mir, treu bin ich dir!‹ Es geht um ein unglückliches Liebespaar; *er* durchkreuzt die salzigen Weiten des Meeres, und sie bleibt lamentierend allein.«

»*Wie* passend!« spöttelte sie, als er ihr die Noten hinlegte. »Und ich soll also lamentieren? Und um wen, bitte schön?«

Sie spielte die Weise ein-, zweimal durch, erst schnell, dann langsam; und schließlich gab sie das ganze Lied mit einer derartigen Anmut und Leichtigkeit zum besten, als wäre es ihr seit Jahren wohlvertraut:

»Er schreitet unverzagt an Land
mit männlich stolzem Gang;
küßt ihr die Wange, drückt die Hand,
sie blickt zur Seite bang.
›Zu froh scheint er‹, sie zweifelt sehr,
›zu munter und zu froh,
Vergißt wohl mich – arm Einfalt ich –
ist er mal anderswo!‹

›Ich bring die Perlenkette dir‹,
sprach er, ›aus fernem Land;
sie sei der Liebsten eine Zier,
der ich mich je verband!‹
Sie ist sehr schick, es strahlt ihr Blick,
ihr pochend Herz spräch so:
›Er dacht' an mich – er dacht' an mich –
war er auch anderswo!‹

Das Schiff läuft aus nach Westen hin;
ihr Meeresvogel flieht.
Es schmerzt ihr in der Brust tief drin,
und schwach sie niederkniet;
doch zeigte sich ein Lächeln noch,
das schien zu sprechen so:
›Er denkt an mich – er denkt an mich –
ist er auch anderswo!‹

›Auch wenn ein Ozean uns trennt,
wir sind uns nah, ich weiß,
die Treue keine Ferne kennt –
wenn man sich liebt so heiß;
ich traue meinem Seemannsbursch
für immerdar ganz froh,
du denkst an mich – du denkst an mich –
bist du auch anderswo!‹ «

Arthurs anfängliche Verdrießlichkeit, als der junge Hauptmann so leichtfertig über die Liebe gesprochen hatte, war mit dem Beginn des Liedes wie weggeblasen, und er lauschte mit sichtlichem Vergnügen. Doch sein Gesicht verfinsterte sich wieder, als Eric eitel anmerkte: »Meinst du nicht auch, ›Kriegerbursch‹ hätte ebensogut gepaßt?«

»Klar doch!« parierte Lady Muriel fröhlich. »Krieger, Kaffer, Seemann, Schneider: viele Worte würden da passen. Für mich klingt ›Kaffernbursch‹ am besten. Was meinst *du*?«

Um meinem Freund weitere Pein zu ersparen, entschloß ich mich zum Aufbruch, und zwar gerade, als der Earl wieder einmal die mir besonders unbequeme Frage nach den Blumen stellen wollte.

»Sie haben noch kei- «

»Doch, ich *hatte* schon Tee, vielen Dank!« unterbrach ich ihn hastig. »Jetzt müssen wir aber *unbedingt* gehen. Guten Abend, Lady Muriel!« Und wir verabschiedeten uns und entwischten, während der Earl immer noch das geheimnisvolle Bukett prüfte.

Lady Muriel brachte uns an die Tür. »Sie hätten meinem Vater *bestimmt* kein schöneres Geschenk machen können!« schwärmte sie. »Er ist ein leidenschaftlicher Botaniker. *Ich* kenne die *Theorien* leider nicht, aber ich kümmere mich um sein *Herbarium.* Ich muß noch ein paar Bögen Löschpapier besorgen und diese neuen Schätze für ihn trocknen, ehe sie verwelken.«

»*Das* nutzt auch nix!« meinte Bruno, der im Garten auf uns wartete.

»Warum nicht?« wunderte ich mich. »Leider *mußte* ich die Blumen hergeben, um die Fragerei zu unterbinden.«

»Das läßt sich nicht mehr ändern«, sagte Sylvie, »aber sie werden bestimmt traurig sein, wenn sie weg sind!«

»Aber wie verschwinden sie denn?«

»*Wie* weiß ich nicht. Aber verschwinden *werden* sie. Der Blumenstrauß war nur eine *Gaukelei.* Es war Brunos Werk.«

Diese letzten Worte flüsterte sie nur, um nicht von Arthur gehört zu werden. Doch das Risiko war wohl gering; er schien die Kinder kaum zu bemerken, sondern schritt schweigsam in sich gekehrt seines Weges; und als sie sich hastig am Waldrand verabschiedeten und davoneilten, schien er aus einem Tagtraum zu erwachen.

Das Bukett verschwand, wie Sylvie vorhergesagt hatte; und als Arthur und ich ein oder zwei Tage später das Herrenhaus abermals aufsuchten, trafen wir den Earl und seine Tochter mit der alten Haushälterin draußen im Garten an, wo sie die Riegel der Wohnzimmerfenster prüften.

»Wir führen gerade eine gerichtliche Untersuchung durch«, sagte Lady Muriel und kam auf uns zu, »und Sie müssen uns als Anstifter der Tat alles sagen, was Sie über jene Blumen wissen.«

»Der Anstifter verweigert *jegliche* Aussage«, antwortete ich ernst, »und behält sich eine Verteidigung vor.«

»Na schön, dann erkläre ich Sie zum Kronzeugen! Die Blumen sind heute nacht verschwunden«, fuhr sie fort und wandte sich an Arthur, »und wir sind *ganz* sicher, daß sich kein Hausbewohner an ihnen vergriffen hat. Irgend jemand muß durchs Fenster eingedrungen sein –«

»Aber die Riegel sind unversehrt«, sagte der Earl.

»Es muß während des Essens geschehen sein«, mutmaßte die Haushälterin.

»Das ist es«, bestätigte der Earl. »Der Dieb muß Sie mit den Blumen beobachtet haben«, und er wandte sich an mich, »und später hat er gesehen, daß Sie sie *nicht* wieder mitnahmen. Und er muß ihren großen Wert erkannt haben – sie sind einfach *unbezahlbar*!« rief er in jäher Erregung.

»Und Sie haben uns noch gar nicht erzählt, woher Sie sie haben!« tadelte Lady Muriel.

»Eines Tages kann ich es Ihnen vielleicht erzählen«, stammelte ich. »Doch für den Augenblick müssen Sie es mir erlassen!«

Der Earl war enttäuscht, meinte aber freundlich: »Also gut, wir stellen keine weiteren Fragen.«

»Aber für uns sind Sie ein *ganz* miserabeler Kronzeuge«, urteilte Lady Muriel scherzhaft, als wir in die Gartenlaube traten. »Wir erklären Sie deshalb zum Komplizen: und wir verurteilen Sie zu Einzelhaft bei Brot und – Butter. Nehmen Sie auch Zukker?«

»Sehr beunruhigend, daß das Haus von einem Dieb heimgesucht worden ist – an diesem entlegenen Ort«, begann sie wieder, sobald wir alle reichlich mit ›Speis und Trank‹ versorgt waren. »Wenn die Blumen wenigstens eßbar gewesen wären, dann könnte man einen Dieb ganz anderer Gestalt verdächtigen –«

»Sie denken da an jene universelle Erklärung für alle Fälle mysteriösen Verschwindens: ›die *Katze* war's‹?« sagte Arthur.

»Ja«, antwortete sie. »Wie übersichtlich wäre es, wenn alle Diebe die gleiche Gestalt hätten. Man wird ja ganz konfus, wenn einige Vierbeiner und andere Zweibeiner sind!«

»Das führt mich zu einem merkwürdigen Problem in der Teleologie –«, sagte Arthur, »der Wissenschaft von der Endursache«, beantwortete er Lady Muriels fragenden Blick.

»Und eine Endursache ist –?«

»Also, man könnte es so erklären – es ist das letzte Glied einer Kette verbundener Ereignisse – wobei jedes Ereignis der Kette

die Ursache für das nächste ist – und das erste findet wegen des letzten statt.«

»Aber dann beruht das letzte Ereignis eigentlich auf einer *Wirkung* des ersten? Trotzdem bezeichnen Sie es als *Ursache*!«

Arthur dachte einen Augenblick darüber nach: »Die Begriffe sind zugegebenermaßen ziemlich verwirrend«, räumte er ein. »Vielleicht hilft folgende Erklärung? Das letzte Ereignis beruht auf einer Wirkung des ersten. Aber die *Notwendigkeit* dazu hat seine Ursache in der *Notwendigkeit* des ersten.«

»Das klingt mir einleuchtend«, gab Lady Muriel zu. »Kommen Sie nun zum Problem.«

»Also folgendes. Was beabsichtigt eine Ordnung, in der sich (einfach ausgedrückt) die unterschiedlichen Größen der Lebewesen in ihrer individuellen Gestalt ausdrücken? Zum Beispiel haben die Vertreter der menschlichen Rasse ein Merkmal – sie sind Zweibeiner. Andere Arten, die sowohl die Maus als auch den Löwen einschließen, sind Vierbeiner. Gehen Sie ein oder zwei Stufen weiter und Sie sind bei den Insekten mit sechs Beinen – Hexapoden – übrigens ein hübscher Name, nicht wahr? Doch die Schönheit, wie wir sie verstehen, scheint, je weiter wir nach unten kommen, immer mehr zu schwinden: die Wesen werden – also, ich will kein Geschöpf Gottes der Häßlichkeit zeihen –, sie werden einfach fremdartiger. Und mit dem Mikroskop können wir noch einige Stufen hinabgehen und stoßen dann auf die Infusionstierchen, die schrecklich fremdartig sind und eine erschrekkende Anzahl von Beinen besitzen!«

»Die Altenative wäre eine sich wiederholende *diminuierte* Serie derselben Gattung«, überlegte der Earl. »Lassen wir uns dabei von der Monotonie nicht stören und betrachten nur mal, wie das funktionieren würde. Fangen wir mit den Menschen an und den Tieren, die sie brauchen: sagen wir Pferde, Rinder, Schafe und Hunde – auf Frösche und Spinnen können wir wohl verzichten, oder Muriel?«

Lady Muriel schüttelte sich merklich: offensichtlich ein unangenehmes Thema. »Auf *die* können wir getrost verzichten«, pflichtete sie ernsthaft bei.

»Also, dann hätten wir noch eine zweite menschliche Rasse; Größe: einen halben Meter –«

»– die einen *enormen* Freudenquell hätte, der dem normalen Menschen versagt bleibt!« unterbrach Arthur.

»Und *der* wäre?« erkundigte sich der Earl.

»Nun, eine überwältigende Landschaft! Die Majestät eines Berges beruht für *mich* auf dem Verhältnis der unterschiedlichen Größen. Ist der Berg doppelt so hoch, so wirkt er auch zweimal so majestätisch. Wenn ich halb so groß bin, ergibt sich derselbe Effekt.«

»Freu dich, freu dich, kleiner Mann!« murmelte Lady Muriel hingerissen. »Der Kurze nur, der Kurze nur sich recht an Großem freuen kann!«

»Aber nun weiter!« forderte der Earl. »Wir würden eine dritte menschliche Rasse haben, Größe: zehn Zentimeter; eine vierte Rasse, Größe: zwei Zentimeter –«

»Die können bestimmt kein normales Rind- und Hammelfleisch essen!« unterbrach Lady Muriel kritisch.

»Stimmt, mein Kind, das habe ich vergessen. Jede Rasse benötigt natürlich ihre eigenen Rinder und Schafe.«

»Und ihre eigene Vegetation«, ergänzte ich. »Was kann schon eine zentimetergroße Kuh mit dem Gras anfangen, das hoch über ihrem Kopf wogt.«

»Richtig. Wir brauchen sozusagen eine Weide auf der Weide. Das normale Gras wäre für unsere Zentimeter-Kühe ein grüner Palmenwald, und um die Wurzeln jedes riesigen Halmes müßte sich ein winziger, mikroskopisch kleiner Grasteppich ausdehnen. Ja, das würde wahrscheinlich ganz gut funktionieren. Und es wäre sicherlich interessant, mit der Gattung unter uns Kontakt aufzunehmen. Wie niedlich wären doch zentimetergroße Bulldoggen! Wahrscheinlich liefe nicht einmal *Muriel* vor so einer davon!«

»Sollte es nicht auch eine *wachsende* Serie geben?« schlug Lady Muriel vor. »Man stelle sich vor, Menschen von einhundert Metern Größe. Die könnten dann einen Elefanten als Briefbeschwerer und ein Krokodil als Schere benutzen!«

»Ließen Sie die Rassen verschiedener Größen eigentlich miteinander in Verbindung treten?« erkundigte ich mich. »Könnten sie zum Beispiel Kriege gegeneinander führen oder Verträge miteinander abschließen?«

»*Kriege* müssen wir wohl streichen. Wenn man eine ganze Nation mit einem Faustschlag zerschmettern kann, dann ist Kriegführen unter gleichen Bedingugen schlechthin unmöglich. Aber alles andere wäre in unserer Idealwelt machbar, inklusive einer rein *geistigen* Auseinandersetzung – denn *geistige* Qualitäten müssen wir, unabhängig von der Größe, allen zubilligen. Vielleicht wäre die gerechte Lösung: je *kleiner* die Rasse, desto *größer* die geistige Kapazität.«

»Soll das etwa heißen, daß diese zwei Zentimeter großen Männchen mit mir disputieren dürften?« empörte sich Lady Muriel.

»Aber gewiß doch!« bestätigte der Earl. »Die logische Kraft eines Argumentes in einem Disput hängt nicht von der Größe des Wesens ab, das es äußert!«

Sie warf unzufrieden den Kopf zurück. »Ich würde *niemals* mit einem Mann disputieren, der kleiner als zwölf Zentimeter ist!« protestierte sie. »Ich ließe ihn einfach *arbeiten*!«

»Und was?« erkundigte sich Arthur, der sich diesen ganzen Unsinn mit amüsiertem Lächeln angehört hatte.

»*Stickereien!*« antwortete sie prompt. »Was für *niedliche* Stickereien könnten sie herstellen!«

»Und bei einem Fehler könnten Sie nicht darüber mit ihnen *disputieren*«, behauptete ich. »Den *Grund* kann ich nicht sagen; aber ich weiß, daß es nicht geht.«

»Weil man seine *Würde* nicht so tief sinken lassen darf«, half mir Lady Muriel.

»Natürlich nicht!« echote Arthur. »Ebensowenig könnte man mit einer Kartoffel streiten. Das würde – entschuldigen Sie das uralte Wortspiel – die Würde völlig *untergraben*!«

»Ich weiß nicht«, zweifelte ich. »Selbst ein Wortspiel überzeugt mich nicht *ganz*.«

»Also, wenn das *kein* Grund ist«, meinte Lady Muriel, »was würden Sie dann sagen.«

Mühsam suchte ich nach der Bedeutung ihrer Worte: doch das beharrliche Summen der Bienen verwirrte mich, und eine Schläfrigkeit lag in der Luft, die jeden klaren Gedanken umfing und einlullte, ehe er noch zu Ende gedacht werden konnte: und so konnte ich nur noch stammeln: »Es muß mit dem *Gewicht* der Kartoffel zusammenhängen.«

Ich spürte, daß die Bemerkung nicht ganz so verständlich war, wie ich es gerne wollte. Doch Lady Muriel nahm sie ganz selbstverständlich hin. »In dem Fall –« begann sie, doch dann stutzte sie plötzlich und wandte sich lauschend ab. »Hören Sie ihn nicht?« fragte sie. »Er weint. Wir müssen irgendwie hin zu ihm.«

Und ich sagte zu mir: »Sehr merkwürdig! Da meinte ich doch wahrhaftig, ich spräche mit *Lady Muriel*. Und dabei war es die ganze Zeit über *Sylvie*!« Und ich bemühte mich abermals, etwas Sinnvolles zu sagen: »Ist es wegen der Kartoffel?«

XXI. KAPITEL

Durch die Elfenbeintür

»Weiß ich nicht«, sagte Sylvie. »Pscht! Ich muß mal überlegen. Allein könnte ich ganz einfach zu ihm gehen. Aber ich möchte gern, daß *Sie* mitkommen.«

»Ja, nimm mich mit«, bat ich. »Ich bin bestimmt ebenso schnell wie *du*.«

Sylvie lachte belustigt. »Unsinn!« rief sie. »Sie kommen doch kein bißchen voran. Sie liegen ja ganz flach auf dem Rücken! Davon verstehen Sie eben nichts.«

»Ich kann ebenso gut gehen wie *du*«, beharrte ich und gab mein Bestes, um einige Schritte zu machen: doch der Boden glitt mit jedem Schritt weg, so daß ich überhaupt nicht vorankam. Schon wieder lachte Sylvie.

»Na, habe ich es Ihnen nicht gesagt! Sie glauben gar nicht, wie komisch Sie aussehen, wenn Sie mit den Füßen so in der Luft herumstrampeln, als würden Sie gehen! Haben Sie mal ein wenig Geduld. Ich will den Professor um Rat fragen.« Und sie klopfte an die Türe seines Arbeitszimmers.

Die Tür ging auf, und der Professor blickte durch den Spalt. »Wer hat denn da geschrien?« fragte er. »War das vielleicht ein menschliches Wesen?«

»Es war ein Junge«, erklärte Sylvie.

»Hast du ihn etwa geärgert?«

»Nein, ganz bestimmt nicht!« antwortete Sylvie ernsthaft. »Ich ärgere ihn *nie*!«

»Gut, ich muß den Anderen Professor befragen.« Er ging ins Arbeitszimmer zurück, und wir hörten ihn flüstern: »Kleines Menschenwesen – angeblich hat sie ihn nicht geärgert – die Spezies, die man Junge nennt –«

»Fragt sie, *welcher* Junge«, sagte eine andere Stimme. Der Professor trat abermals auf.

»*Welchen* Jungen hast du nicht geärgert?«

Sylvie zwinkerte mir zu. »Du liebes altes Ding!« rief sie und stellte sich auf die Zehenspitzen, um ihm einen Kuß zu geben, und er beugte sich geschmeichelt nieder, um den Gruß zu empfangen. »Du verwirrst mich ja *völlig*! Es gibt doch *etliche* Jungen, die ich nicht geärgert habe!«

Der Professor kehrte zu seinem Freund zurück, und diesmal entschied die Stimme: »Richtet ihr aus, sie soll sie herbringen – und zwar *alle*!«

»Ich kann und will das nicht!« rief Sylvie bei seinem Erscheinen. »Es ist *Bruno*, der da weint; und er ist mein Bruder; und wir möchten bitte *beide* zu ihm hin; er kann noch nicht, siehst du, er – er *träumt* nämlich.« (dies wisperte sie aus Furcht, meine Gefühle zu verletzen) »Laß uns *bitte* durch die Elfenbeintür gehen!«

»Ich gehe fragen«, sagte der Professor und verschwand abermals. Er war auf der Stelle wieder da. »Er ist einverstanden. Folgt mir, aber auf Zehenspitzen.«

Im Augenblick wäre es für mich weit schwieriger gewesen, *nicht* auf Zehenspitzen zu gehen. Denn als ich Sylvie durch das Arbeitszimmer folgte, hatte ich große Mühe, den Boden gerade noch zu erreichen.

Der Professor trat vor, um die Elfenbeintür zu öffnen. Ich konnte gerade noch einen flüchtigen Blick auf den Anderen Professor werfen, der uns den Rücken zuwandte und las, ehe uns der Professor durch die Tür hinausführte und sie hinter uns verschloß. Da stand Bruno, das Gesicht in den Händen verborgen, und weinte bitterlich.

»Was ist denn los, mein Liebling?« fragte Sylvie und nahm ihn in die Arme.

»Hab mir *furchtbar* weh getun!« schluchzte der arme kleine Bursche.

»Das tut mir *so* leid, Liebling! Wie hast du das *bloß* geschafft, dir weh zu tun?«

»Natürlich hab ich es geschafft!« protestierte Bruno und lachte

durch den Tränenvorhang. »Denks'de du bist die einzige, die was schaffen kann?«

Nun, da Bruno in die Diskussion eingestiegen war, wirkten die Umstände ungleich heiterer. »Was ist denn passiert, erzähl es uns?« forderte ich ihn auf.

»Mein Fuß hatte sich einfach in den Kopf gesetzt zu rutschen –« begann Bruno.

»Ein Fuß hat doch gar keinen Kopf!« protestierte Sylvie vergeblich.

»Ich bin 'ne Böschung runtergerutscht. Un über 'nen Stein gestolpert. Un der Stein hat meinem Fuß weh getun. Un dann hab ich auf eine Biene getreten. Un die Biene hat mich in den Finger gestecht!« Der arme Bruno schluchzte abermals. Die vollständige Liste seiner Leiden übermannte ihn. »Un sie weißte doch, ich hab das nich *extra* getan!« fügte er als absoluten Höhepunkt hinzu.

»Die arme Biene sollte sich schämen!« schimpfte ich, und Sylvie umarmte und küßte den verwundeten Helden, bis alle Tränen getrocknet waren.

»Jetzt iss mein Finger wieder ganz entstecht!« freute sich Bruno. »Wozu sinn bloß Steine gut? Mein Herr Mann, weiß'de das?«

»Auch wenn wir nicht wissen, wozu, für *irgendwas* sind sie schon gut«, antwortete ich. »Wozu sind denn *Butterblumen* gut?«

»Zuckerkrumen?« fragte Bruno. »Oh, die sinn doch *so* hübsch. Un Steine sinn nich hübsch, kein bißchen. Hätts'de gern ein paar Zuckerkrumen, mein Herr Mann?«

»Bruno!« tadelte Sylvie. »Du solltest doch nicht ›mein Herr‹ und ›Mann‹ gleichzeitig sagen! Was habe ich dir neulich beigebracht!«

»Du hast mir beigebringt, ich soll ›mein Herr‹ sagen, wenn ich mit ihm spreche, und ›Mann‹, wenn ich über ihn spreche!«

»Na siehst du, aber du darfst doch nicht *beides* tun.«

»Aha, ich *tu* aber beides, Fräulein Besserwisser«, triumphierte Bruno. »Ich will *über* den Geleemann sprechen – un ich will *mit* dem Geleemann sprechen. Da sag ich natürlich ›mein Herr Mann‹!«

»Ist schon recht«, meinte ich.

»Natürlich iss es Recht!« betonte Bruno. »Sylvie versteht doch rein gar nichts!«

»Du bist der allerunverschämteste Junge von der Welt!« empörte sich Sylvie und zog die Stirn so kraus, daß ihre leuchtenden Augen fast nicht mehr zu sehen waren.

»Un du bist das allerdümmste Mädchen von der Welt!« parierte Bruno. »Komm, wir pflücken Zuckerkrumen. *Allein dazu iss sie nütze*!« wisperte er mir mit lauter Stimme zu.

»Aber warum sagst du denn immer ›Zuckerkrumen‹, Bruno? Richtig heißt es doch *Butterblumen.*«

»Das kommt von seiner Rumtoberei«, gab Sylvie lachend Auskunft.

»Das stimmt«, bestätigte Bruno. »Sylvie sagt mir die Wörter, un wenn ich dann rumtobe, fliegen sie in meinem Kopf durcheinander – bis sie schließlich schaumisch sinn!«

Diese Erklärung stellte mich voll und ganz zufrieden. »Wollt ihr mir jetzt vielleicht ein paar Zuckerkrumen pflücken?«

»Und ob!« rief Bruno. »Los, Sylvie!« Und die glücklichen Kinder stürmten los und sprangen schnell und anmutig wie Gazellen über die Wiese.

»Haben Sie etwa den Weg zurück nach Anderland nicht gefunden?« fragte ich den Professor.

»O doch!« antwortete er. »Zwar waren wir nicht auf dem Holzweg, dafür habe ich einen anderen Weg entdeckt. Seither bin ich verschiedene Male dort gewesen. Als Urheber des neuen Finanzgesetzes mußte ich nämlich bei der Wahl anwesend sein. Der Kaiser verlangte freundlicherweise, es in *meine* Verantwortung zu stellen. ›Komme was da wolle‹ (genau entsinne ich mich noch seiner kaiserlichen Worte) ›sollte *jemals* rauskommen, daß der Gouverneur noch *lebt,* dann werdet *ihr alle* bezeugen, daß *der Professor* für das neue Währungssystem verantwortlich ist und nicht *ich*!‹ Noch nie im Leben widerfuhren mir solche Ehren!« Tränen tropften ihm bei diesen wohl nicht *gänzlich* erfreulichen Erinnerungen von den Wangen.

»Hat man den Gouverneur denn für *tot* erklärt?«

»Nun, man vermutet es; aber hören Sie, *ich* kann es einfach nicht glauben! Die Beweise sind nämlich sehr dürftig – Gerüchte, nichts als Gerüchte. Ein vagabundierender Narr mit seinem Bär (sie tauchten eines Tages im Palast auf) hat den Leuten berichtet, er käme aus Feenland, und der Gouverneur sei dort gestorben. Ich wollte ja unbedingt, daß der Vize-Gouverneur ihn verhört, aber leider waren er und Mylady immer gerade dann ausgegangen, wenn der Narr vorsprach. Ja, man hat den Gouverneur für tot erklärt!« Und noch mehr Tränen rannen dem alten Mann über die Wangen.

»Wie sieht denn eigentlich das neue Finanzgesetz aus?«

Des Professors Gesicht heiterte sich wieder auf. »Das geht auf eine Anregung des Kaisers zurück«, erklärte er. »Er wollte jeden in Anderland doppelt so reich machen wie zuvor – bloß damit die neue Regierung populär wäre. Dafür reichte das Geld in der Staatskasse aber nicht mal annähernd. Deshalb habe *ich* vorgeschlagen, er solle den Wert jeder einzelnen Münze und jeder Banknote in Anderland einfach verdoppeln. Das ist die einfachste Sache der Welt. Mich wundert, daß niemand schon früher daran gedacht hat. Einen solchen Jubel hat es noch nie gegeben. Der Ansturm auf die Geschäfte reißt von morgens bis abends nicht ab. Alles mögliche wird gekauft!«

»Und welche Ehren hat man Ihnen erwiesen?«

Eine plötzliche Schwermut verdüsterte des Professors heiteres Gesicht. »Es stieß mir nach der Wahl zu, als ich nach Hause kam«, klagte er bekümmert. »Sie hatten es bestimmt gut gemeint – aber mir gefiel es ganz und gar nicht. Von allen Seiten schwenkten sie Fahnen um mich herum, bis ich fast blind war: und die Glocken haben sie läuten lassen, daß ich beinahe taub wurde: und dann haben sie noch die Straße so mit Blumen gepflastert, daß ich mich verlaufen habe!« Und der alte Mann seufzte tief.

»Wie weit ist es eigentlich nach Anderland?« fragte ich, um das Thema zu wechseln.

»Es ist ungefähr ein Fünftagemarsch. Aber ab und zu *muß* ich einfach zurück. Sehen Sie, als Hofprofessor muß ich mich nun mal *ständig* um Prinz Uggug kümmern. Die Kaiserin wäre *ziemlich* verärgert, wenn ich ihn auch nur eine Stunde allein ließe.«

»Aber Sie sind doch, wenn Sie hierherkommen, mindestens zehn Tage abwesend?«

»Oh, weit länger!« korrigierte der Professor. »Manchmal sind es vierzehn Tage. Aber ich habe natürlich den genauen Zeitpunkt meiner Abreise notiert, so daß ich die Hofzeit auf die Sekunde zurückstellen kann.«

»Wie bitte?« stutzte ich. »Das verstehe ich nicht.«

Schweigend zog der Professor eine quadratische, goldene Uhr mit sechs oder acht Zeigern aus der Tasche und hielt sie mir zur Betrachtung hin. »Das ist eine andere Uhr –« begann er.

»Dachte ich's mir doch.«

»– mit der besonderen Eigenschaft, daß *sie* nicht mit der *Zeit*, sondern die *Zeit* mit *ihr* geht. Das haben Sie doch jetzt wohl verstanden?«

»Kaum«, gestand ich.

»Dann erlauben Sie mir eine Erklärung. Solange man sie nicht anrührt, geht sie ihren eigenen Gang. Die Zeit hat *keinerlei* Wirkung auf sie.«

»Solche Uhren kenne ich«, bemerkte ich.

»Sie *geht* natürlich mit der normalen Geschwindigkeit. Bloß muß die Zeit *mit* ihr gehen. Folglich ändere ich die Zeit, wenn ich die Zeiger bewege. Sie *vorwärts* in die *Zukunft* zu bewegen, ist unmöglich; aber ich kann sie bis zu einem vollen Monat *zurück*drehen – das ist die Grenze. Und dann können Sie alle Ereignisse noch einmal erleben – und gemäß der Erfahrung nach Wunsch ändern.«

»*Was* für ein Segen wäre solch eine Uhr im wirklichen Leben!« dachte ich bei mir. »Man könnte ein leichtfertiges Wort ungesagt – eine böse Tat ungeschehen machen! Könnte ich sie mal in Funktion sehen?«

»Mit Vergnügen!« sagte der gutmütige Professor. »Wenn ich *diesen* Zeiger *hierhin* zurückstelle«, und er zeigte auf die Stelle, »reisen wir fünfzehn Minuten zurück in der Geschichte!«

Zitternd vor Erregung sah ich zu, wie er den Zeiger in der beschriebenen Weise verschob.

»Hab mir furchtbar weh getun!«

Schrill und jäh drangen mir die Worte ans Ohr und erschrokkener, als ich es zeigen wollte, wandte ich mich nach dem Sprecher um.

Ja! Da stand Bruno, und die Tränen rannen ihm die Wangen runter, genau wie ich es eine Viertelstunde zuvor erlebt hatte; und da war auch Sylvie, die ihn in die Arme genommen hatte!

Ich hatte nicht das Herz, den lieben kleinen Burschen ein zweites Mal seine Leiden durchmachen zu lassen, deshalb bat ich den Professor hastig, die Zeiger in ihre alte Position zu stellen. Auf der Stelle waren Sylvie und Bruno wieder verschwunden, und ich konnte sie gerade noch in weiter Ferne sehen, wie sie »Zuckerkrumen« pflückten.

»Phantastisch!« staunte ich.

»Sie hat noch weit phantastischere Eigenschaften«, klärte mich der Professor auf. »Sehen Sie diesen kleinen Knopf? Man nennt ihn ›Umkehrknopf‹. Wenn man ihn drückt, dann laufen die Ereignisse der nächsten Stunde in umgekehrter Reihenfolge ab. Versuchen Sie es nicht jetzt. Ich leihe Ihnen die Uhr für ein paar Tage, und Sie können dann nach Lust und Laune selbst experimentieren.«

»Besten Dank!« sagte ich, als er mir die Uhr übergab. »Ich werde sie wie meinen Augapfel hüten – hallo, da sind die Kinder ja wieder!«

»Wir ham nur sechs Zuckerkrumen gefunden«, sagte Bruno und gab sie mir in die Hand, »weil Sylvie fand, wir müßten zurückgehen. Un hier iss noch 'ne dicke Brombeere für *dich*. Wir ham leider nur *zwei* gefunden!«

»Vielen Dank: das ist *sehr* lieb«, sagte ich. »Und *du* hast wohl die andere gegessen, Bruno?«

»Nö, hab ich nich«, antwortete Bruno leichthin. »Sinn das nich hübsche Zuckerkrumen, mein Herr Mann?«

»Wunderschön: aber warum hinkst du denn, mein Kind?«

»Mein Fuß hat sich noch mal *weh getun*!« erklärte Bruno bekümmert. Und er setzte sich auf die Erde und rieb ihn sanft.

Der Professor hielt den Kopf zwischen den Händen – durch diese Haltung signalisierte er meines Wissens Geistesabwesenheit. »Besser eine Minute ruhen«, meinte er. »Kann sein, es wird besser – kann sein, schlechter. Hätte ich bloß einige meiner Arzneien hier! Ich bin nämlich Hofmedicus«, fügte er zu mir gewandt hinzu.

»Soll ich ein paar Brombeeren für dich suchen, Liebling?« wisperte Sylvie, legte einen Arm um seinen Hals und küßte eine Träne fort, die gerade seine Wange hinunterrann.

Brunos Gesicht hellte sich sogleich auf. »Das *iss* 'ne ganz prima Idee!« rief er. »Mein Fuß würde sicher *ganz* unweh tun, wenn ich eine Brombeere eß – zwei oder drei Brombeeren – sechs oder sieben Brombeeren –«

Sylvie erhob sich hastig. »Ich will lieber schnell losgehen«, flüsterte sie mir zu, »bevor er noch weiter verdoppelt!«

»Ich komm mit und helf dir«, schlug ich vor. »Ich kann höher hinaufreichen als du.«

»O ja, bitte«, sagte Sylvie und legte ihre Hand in die meine: und wir gingen zusammen fort.

»Bruno *liebt* Brombeeren geradezu«, verriet sie mir, während wir an einer hohen Hecke entlangschlenderten, die sehr vielversprechend aussah, »und es war so *lieb*, daß er mir die andere geschenkt hat!«

»Ach, dann hast *du* sie gegessen? Bruno wollte mir scheinbar nichts darüber sagen?«

»Ja, ich habe es gemerkt«, bestätigte Sylvie. »Er fürchtet immer, gelobt zu werden. Aber er hat sie mir geradezu *aufgedrängt*. Mir wäre viel lieber, er – oh, was ist denn das?« Und sie umklammerte furchtsam meine Hand, als wir am Waldrand einen Hasen erblickten, der mit ausgestreckten Läufen auf der Seite lag.

»Das ist ein *Hase*, mein Kind. Vielleicht schläft er.«

»Nein, er schläft nicht«, stammelte Sylvie und trat zaudernd näher, um ihn genauer zu betrachten. »Seine Augen sind offen. Ist er – ist er –« ihre Stimme wisperte ehrfürchtig, »meinen Sie, er ist *tot*?«

»Ja, er ist mausetot«, bemerkte ich, nachdem ich mich niedergebeugt und ihn untersucht hatte. »Armer Kerl! Man hat ihn wahrscheinlich zu Tode gehetzt. Ich weiß, daß gestern hier eine Jagdgesellschaft war. Aber sie haben ihn nicht angerührt. Vielleicht haben sie noch einen anderen Hasen aufgescheucht und diesen hier übersehen, der dann vor Furcht und Erschöpfung gestorben ist.«

»Zu *Tode* gehetzt?« murmelte Sylvie ganz langsam und traurig vor sich hin. »Ich dachte immer, Jagen wäre so eine Art *Zeitvertreib* – ein Spiel. Bruno und ich, wir jagen manchmal Schnecken: aber wir denken nicht daran, ihnen etwas zuleide zu tun, wenn wir sie erwischt haben!«

»Süßer Engel!« dachte ich. »Wie soll ich deiner unschuldigen Seele die Idee des Sports verständlich machen?« Und während wir Hand in Hand dastanden und auf den toten Hasen blickten, versuchte ich es so zu formulieren, daß sie es verstehen konnte,

»Du weißt ja, daß Löwen und Tiger wilde Raubtiere sind?« Sylvie nickte. »Also, in manchen Ländern *müssen* die Menschen sie einfach töten, um das eigene Leben zu retten, verstehst du?«

»Ja«, erwiderte Sylvie, »wenn *mich* einer töten wollte, würde Bruno es *auch* tun – wenn er könnte.«

»Gut, und dann macht es den Menschen – den Jägern – schließlich Freude, weißt du: die Hetzjagd, der Kampf, das Geschrei und die Gefahr.«

»Ja«, sagte Sylvie, »auch Bruno liebt die Gefahr.«

»Schön, aber *hier* gibt es keine Löwen und Tiger in freier Wildbahn; und deshalb jagen sie eben andere Tiere, begreifst du?« Meine Hoffnung, daß diese Antwort sie zufriedenstellte und daß sie nicht weiterfragen würde, war jedoch vergeblich.

»Sie jagen *Füchse*«, grübelte Sylvie. »Und ich glaube, sie *töten* sie auch. Füchse sind sehr gefährlich. Ich verstehe, daß die Menschen sie nicht lieben. Sind Hasen gefährlich?«

»Nein«, bekräftigte ich. »Ein Hase ist ein liebes, sanftes, scheues Tier – fast so sanft wie ein Lamm.«

»Aber wenn die Menschen die Hasen *lieben,* warum – warum –« ihre Stimme zitterte, und ihre süßen Augen füllten sich mit Tränen.

»Sie lieben sie leider eben *nicht,* mein Kind.«

»Alle *Kinder* lieben sie«, bekräftigte Sylvie. »Und alle Ladys ebenfalls.«

»Ich fürchte, sogar die *Ladys* nehmen manchmal an einer Jagd teil.«

Sylvie zuckte zusammen. »Oh, nein, nicht *Ladys*!« behauptete sie ernst. »Nicht Lady Muriel!«

»Nein, sie ganz bestimmt nicht – aber der Anblick ist zu traurig für *dich,* Liebes. Komm, wir suchen ein paar –«

Doch Sylvie war noch nicht zufrieden. Mit ruhiger, feierlicher Stimme, den Kopf gesenkt, die Hände gefaltet, stellte sie ihre letzte Frage: »Liebt Gott Hasen?«

»Ja!« antwortete ich. »Ich bin *sicher,* er liebt sie! Er liebt alle Lebenwesen. Sogar sündige *Menschen.* Wie sehr dann erst die Tiere, die nicht sündigen können!«

»Ich weiß nicht, was ›Sünde‹ bedeutet«, meinte Sylvie. Und ich versuchte nicht, es zu erklären.

»Komm jetzt, mein Kind«, drängte ich und wollte sie wegführen. »Sag dem armen Hasen Auf Wiedersehen und komm mit Brombeeren suchen.«

»Auf Wiedersehen, armer Hase!« wiederholte Sylvie gehorsam und warf noch einen Blick über die Schulter, als wir weggingen. Und dann war es plötzlich mit der ganzen Selbstberrschung vorbei. Sie entriß ihre Hand der meinen, rannte dorthin zurück, wo der tote Hase lag, und warf sich in solch einem Schmerz neben ihm nieder, wie ich bei einem so kleinen Kind nicht für möglich gehalten hätte.

»O mein Liebling, mein Liebling!« klagte sie immer und immer wieder. »Und Gott wollte, daß dein Leben so schön sei!«

Und sie verbarg ihr Gesicht auf dem Boden und blickte nur ab und zu auf, um die kleine Hand auszustrecken und das arme tote Ding zu streicheln, und dann vergrub sie das Gesicht wieder in den Händen und schluchzte, als wolle ihr das Herz brechen.

Ich fürchtete schon um ihre Gesundheit: dennoch hielt ich es für das beste, sie den ersten großen Schmerz wegweinen zu lassen: und nach einigen Minuten verstummte das Schluchzen, und Sylvie erhob sich und blickte mich gefaßt an, wenn ihr auch die Tränen noch die Wangen hinunterflossen.

Ich wagte noch nicht wieder zu sprechen, sondern reichte ihr einfach meine Hand hin, um diesen melancholischen Ort mit ihr zu verlassen.

»Ja, jetzt komme ich mit«, sagte sie. Sie kniete ganz ehrerbietig nieder und küßte den toten Hasen; dann stand sie auf, reichte mir die Hand, und wir gingen schweigend weiter.

Der Schmerz eines Kindes ist heftig, aber kurz; und bald sagte sie schon fast mit ihrer normalen Stimme: »Oh, halt, halt! Da sehe ich *herrliche* Brombeeren!«

Wir füllten uns die Hände mit Beeren und kehrten in aller Eile dorthin zurück, wo der Professor und Bruno auf einer Bank saßen und auf uns warteten.

Ehe wir in Hörweite kamen, hielt mich Sylvie kurz zurück. »Bitte, sagen Sie *Bruno* nichts von dem Hasen!« bat sie.

»Schön, mein Kind! Aber warum denn nicht?«

Abermals glitzerten die süßen Augen tränenblind, und sie wandte den Kopf ab, so daß ich ihre Antwort kaum vernehmen konnte. »Er hat – er hat sanfte Tiere so *gern*, wissen Sie. Und er wäre – er wäre schrecklich traurig. Ich will ihn nicht traurig machen.«

»So zählt *dein* Schmerz also nichts, du liebes, selbstloses Kind!« dachte ich bei mir. Doch wir sprachen nicht mehr miteinander, bis wir unsere Freunde erreicht hatten; und Bruno war zu sehr mit seinem Festmahl beschäftigt, das wir mitgebracht hatten, um von Sylvies ungewöhnlichem Ernst Notiz zu nehmen.

»Ich fürchte, es ist schon ziemlich spät, Professor?« meinte ich.

»Ja, tatsächlich«, bestätigte der Professor. »Ich muß euch *auf der Stelle* zur Elfenbeintür zurückbringen. Die Zeit ist abgelaufen.«

»Können wir nicht noch ein *wenig* bleiben?« plädierte Sylvie.

»Bloß *ein* Minütchen!« schlug Bruno vor.

Aber der Professor blieb standhaft. »Daß ihr überhaupt hier seid, ist schon ein großes Privileg«, erklärte er. »Wir müssen jetzt gehen.« Und wir folgten ihm gehorsam zur Elfenbeintür, die er aufschloß; und dann gab er mir ein Zeichen, zuerst durchzugehen.

»Ihr kommt doch bestimmt nach?« fragte ich Sylvie.

»Ja«, antwortete sie, »aber Sie werden uns nicht mehr sehen, wenn Sie durchgegangen sind.«

»Und wenn ich draußen auf euch warte?« verlangte ich zu wissen, während ich über die Schwelle schritt.

»In dem Fall«, bekannte Sylvie, »wäre die Kartoffel sehr wohl berechtigt, sich auch nach *Ihrem* Gewicht zu erkundigen. Ich kann mir problemlos eine wirklich *ausgezeichnete* Nierenkartoffel vorstellen, die die Diskussion mit jedem ablehnt, der weniger als *zwei Zentner* wiegt.«

Mit großer Anstrengung nahm ich den Faden meiner Gedanken wieder auf. »Wir werden allmählich albern!« entschied ich.

XXII. KAPITEL

Im letzten Augenblick

»Dann wollen wir wieder normal werden«, sagte Lady Muriel. »Nehmen Sie noch eine Tasse Tee? *Das* klingt hoffentlich vernünftig genug?«

»Und das ganze wunderbare Abenteuer hat nur den Zeitraum eines einzigen Kommas in Lady Muriels Rede beansprucht!« sinnierte ich. »Ein Komma, für das die Grammatiker uns empfehlen, ›bis *eins* zu zählen‹!« (Ich war ganz sicher, daß der Professor liebenswürdigerweise die Zeit auf den Moment zurückgestellt hatte, in dem ich eingeschlafen war.)

Als wir einige Minuten später das Haus verließen, machte Arthur als erstes eine wirklich eigenartige Bemerkung. »Wir sind jetzt nur *zwanzig Minuten* da gewesen«, grübelte er, »und ich habe nichts getan, als deiner Unterhaltung mit Lady Muriel zugehört: und trotzdem habe ich das Gefühl, *ich* hätte mich *eine volle Stunde* mit ihr unterhalten!«

Und das *hatte* er, da war ich sicher: doch da die Zeit an den Anfang des von ihm angesprochenen Tête-à-tête zurückgestellt worden war, fiel das Ganze der Vergessenheit, wenn nicht gar dem Nichts anheim! Doch ich wollte auf keinen Fall meinen Ruf als vernünftiger Mensch riskieren und *ihm* gegenüber eine Erklärung für das Geschehene wagen.

Aus irgendeinem Grund, den ich im Augenblick nicht zu erraten vermochte, benahm sich Arthur auf unserem Heimweg ungewöhnlich ernst und schweigsam. Mit Eric Lindon konnte das meiner Meinung nach nicht zusammenhängen, denn der war für einige Tage nach London gereist, so daß er theoretisch besonders guter Laune und mit dem Leben zufrieden hätte sein *müssen,* denn schließlich hatte er Lady Muriel gewissermaßen »ganz für sich« –

ich war nämlich nur zu froh, den beiden bei ihrem Gespräch zuzuhören, ohne daß ich auch nur den Wunsch gehabt hätte, sie durch eigenes sprachliches Engagement zu stören. »Hat er vielleicht schlechte Nachrichten erhalten?« dachte ich im stillen. Und als habe er meine Gedanken vernommen, brach er das Schweigen. »Er soll mit dem nächsten Zug kommen«, und wie er es sagte, klang es eher nach der Fortführung als der Eröffnung eines Gesprächs.

»Meinst du Hauptmann Lindon?«

»Ja – Hauptmann Lindon«, bestätigte Arthur. »Ich habe ›er‹ gesagt, weil ich mir irgendwie eingebildet habe, wir sprächen gerade von ihm. Der Earl hat mich wissen lassen, daß er heute abend ankommt, obwohl er die Entscheidung über das ersehnte Offizierspatent erst *morgen* erfahren kann. Ich wundere mich eigentlich, daß er den Tag nicht noch dranhängt, um das Ergebnis zu erfahren, wenn es ihm wirklich so wichtig ist, wie der Earl annimmt.«

»Man kann ihm ein Telegramm nachschicken«, überlegte ich, »aber es ist nicht gerade Soldatenart, vor möglicherweise schlechten Nachrichten davonzulaufen!«

»Er ist ja ein sehr netter Kerl«, gab Arthur zu, »aber ich gestehe offen, für *mich* wäre es eine gute Nachricht, wenn er gleichzeitig mit seinem Patent seinen Marschbefehl erhielte! Ich wünsche ihm auch alles Glück – mit *einer* Ausnahme. Gute Nacht!« (Mittlerweile hatten wir unser Heim erreicht.) »Ich bin heute abend kein amüsanter Gesellschafter – ich bleibe besser allein.«

Am nächsten Tag war es genau dasselbe. Arthur erklärte sich untauglich für Gesellschaft, und ich mußte allein einen Nachmittagsbummel unternehmen. Ich schlug den Weg zum Bahnhof ein und verweilte an jener Abzweigung, die zum »Herrenhaus« führte, denn in der Ferne sah ich meine Freunde, die scheinbar dasselbe Ziel hatten.

»Wollen Sie sich uns nicht anschließen?« schlug der Earl vor, nachdem ich ihn, Lady Muriel und Hauptmann Lindon begrüßt hatte. »Dieser quirlige junge Mann hier erwartet ein Telegramm, und wir wollen es zusammen am Bahnhof in Empfang nehmen.«

»In diesem Fall gibt es auch eine quirlige junge Frau«, ergänzte Lady Muriel.

»Das versteht sich von selbst, mein Kind«, urteilte ihr Vater. »Frauen sind *immer* quirlig!«

»Damit die hohen Qualitäten von einem in rechter Weise gewürdigt werden«, bemerkte seine Tochter nachdrücklich, »ist ein Vater einfach unentbehrlich, nicht wahr, Eric?«

»Im Gegensatz zu einem Cousin«, erwiderte Eric: und damit zerfiel das Gespräch irgendwie in zwei Dialoge, denn die jungen Leute übernahmen die Führung, und die zwei alten Herren folgten gemächlich nach.

»Und wann können wir eigentlich ihre kleinen Freunde wiedersehen?« erkundigte sich der Earl. »Es sind wirklich reizende Kinder.«

»Ich werde sie gern, sobald ich kann, wieder mitbringen«, entgegnete ich. »Aber ich weiß leider selbst noch nicht, wann ich sie wiedersehen werde.«

»Ich will nicht weiter in Sie dringen«, sagte der Earl, »aber nur noch die Bemerkung: Muriel platzt geradezu vor Neugierde! Wir kennen so ziemlich alle Leute hier in der näheren Umgebung, und sie hat vergeblich herauszukriegen versucht, in welchem Haus sie vielleicht wohnen könnten.«

»Eines Tages kann ich es vielleicht aufklären, aber jetzt –«

»Danke. Sie muß es eben ertragen. *Ich* habe ihr gesagt, damit könne sie ausgezeichnet ihre *Geduld* üben. Aber sie wird es wohl kaum so sehen. Hallo, da *sind* ja die Kinder!«

Da standen sie wahrhaftig: und sie warteten (offensichtlich auf *uns*) an einem Zaunübertritt, den sie eben erst überschritten haben mußten, denn Lady Muriel und ihr Cousin waren daran vorbeigegangen, ohne sie bemerkt zu haben. Als Bruno uns sah, rannte er auf uns zu und zeigte voller Stolz den Griff eines Federmessers – die Klinge war abgebrochen –, den er auf der Straße aufgelesen hatte.

»Und was willst du damit anfangen?« fragte ich.

»Weiß nich«, antwortete Bruno gleichmütig, »kommt drauf an.«

»Das sind die frühen Lebensanschauungen eines Kindes«, bemerkte der Earl mit seinem gütigen traurigen Lächeln, »es betrachtet das Leben als einen Zeitraum, in dem man alle mögliche Habe zusammenträgt. Diese Einstellung ändert sich mit den Jahren.« Und er reichte Sylvie seine Hand, die sich zu mir gesellt hatte und ihn etwas verschüchtert anblickte.

Doch gegenüber diesem sanftmütigen alten Herrn konnte sich kein Kind lange schüchtern geben, sei es nun Mensch oder Elbe; und bald schon war sie von meiner Hand zu der seinigen desertiert – allein Bruno hielt seinem ersten Freund die Treue. Erst vor dem Bahnhof holten wir das Paar ein, und Lady Muriel und Eric begrüßten beide Kinder wie alte Freunde – letzterer mit den Worten: »Konntet ihr also doch mit Kerzenlicht nach Babylon gehen?«

»Ja, und zurück auch eilen!« rief Bruno.

Lady Muriel blickte in blankem Erstaunen von einem zum anderen. »Was, *du* kennst sie, Eric?« wunderte sie sich. »Das Geheimnis wird von Tag zu Tag unergründlicher!«

»Dann müssen wir irgendwo im Dritten Akt sein«, meinte Eric. »Du erwartest doch wohl nicht ernsthaft, daß das Geheimnis vor dem fünften Akt gelüftet wird, oder?«

»Aber das Drama dauert so *lang!*« war die klagende Antwort. »Wir *müssen* inzwischen im Fünften Akt sein!«

»Es ist ganz bestimmt der Dritte Akt«, stellte der junge Soldat unbarmherzig fest. »Schauplatz, ein Bahnsteig. Spärliches Licht. Auftritt: der Prinz (natürlich in Verkleidung) und sein treuer Diener. *Hier* ist der Prinz –« (und er ergriff Brunos Hand) »und hier steht sein unterwürfiger Diener! Wie lautet Euer Königlichen Hoheit nächster Befehl?« Und er machte einen Hofknicks vor seinem erstaunten kleinen Freund.

»Du bist *kein* Diener!« entschied Bruno spöttisch. »Du bist ein *Geleemann!*«

»Ein *Diener,* ich versichere es Eurer Königlichen Hoheit!« beharrte Eric ehrerbietig. »Erlaubt mir, Eurer Königlichen Hoheit meine verschiedenen Stellungen aufzuzählen – in Vergangenheit, Gegenwart und Zukunft.«

»Was wars'de als erstes?« fragte Bruno auf den Scherz eingehend. »Schuhputzer?«

»Weit geringeres, Eure Königliche Hoheit! Vor Jahren habe ich mich als *Sklave* feilgeboten – ›*privater* Sklave‹ nennt man es wohl?« wandte er sich fragend an Lady Muriel.

Doch Lady Muriel hörte nicht hin: sie hatte Probleme mit ihrem Handschuh und wurde davon ganz in Anspruch genommen.

»Has'de 'ne Stelle bekommen?« forschte Bruno weiter.

»Es ist traurig, Eure Königliche Hoheit, aber ich muß gestehen: *Nein!* Deshalb mußte ich eine Anstellung als – als *Aufwärter* annehmen, die ich jetzt schon einige Jahre innehabe – nicht wahr?« Abermals warf er Lady Muriel einen Blick zu.

»Liebe Sylvie, hilf mir doch mal gerade, diesen Handschuh zuzuknöpfen!« flüsterte Lady Muriel, beugte sich hastig nieder, so daß ihr die Frage entging.

»Un was wills'de als *nächstes* machen?« fragte Bruno.

»Meine nächste Stelle wird, wie ich hoffe, *freier* sein, denn ich möchte – «

»Verwirr das Kind doch nicht so!« unterbrach Lady Muriel. »Was für einen Unsinn du daherredest!«

»– ich möchte«, beharrte Eric, »die Stelle eines *Hausmeisters* bekommen, der – Vierter Akt!« verkündete er mit ganz anderer Stimme. »Volles Licht, in rot, in grün. Man vernimmt fernes Rumpeln. Auftritt: ein Personenzug!«

Und schon rollte der Zug längst des Bahnsteigs ein, und ein Strom von Passagieren ergoß sich aus der Schalterhalle und den Wartesälen.

»Haben Sie schon einmal das *wirkliche* Leben als Schauspiel betrachtet?« meinte der Earl. »Versuchen Sie es doch jetzt einmal. Mir hat das schon häufig großes Vergnügen bereitet. Denken Sie sich den Bahnsteig als unsere Bühne. Wie Sie sehen, die geeigneten Auf- und Abtrittsgänge sind an *beiden* Seiten vorhanden. Den Hintergrund gestaltet eine echte Lokomotive, die einläuft und auch wieder abfährt. Diese Geschäftigkeit, diese hin und her hastenden Leute, all das muß sorgfältig einstudiert worden sein. Wie natürlich sie sich geben! Kein Blick fällt auf die Zuschauer. Und sehen Sie mal, Jede Gruppierung unterscheidet sich wieder von der anderen. Keine *einzige* Wiederholung!«

Diese Betrachtungsweise erwies sich als wahrlich bemerkenswert. Sogar ein Gepäckträger, der einen Karren voller Koffer vorbeizog, wirkte so realistisch, daß man am liebsten applaudiert hätte. Ihm folgte eine zornige Mutter mit hochrotem Gesicht, die zwei plärrende Kinder hinter sich her zerrte und irgend jemandem hinter sich zurief: »Na komm schon! John!« Auftritt, John: sehr devot, sehr schweigsam und mit Paketen beladen. Und in seinem Kielwasser ein verstörtes kleines Kindermädchen, das ein fettes, ebenfalls plärrendes Baby auf dem Arm trug. Alle Kinder plärrten.

»Phantastische Mimik!« kommentierte der alte Herr. »Ist Ihnen der verschreckte Blick des Kindermädchens aufgefallen! Schlichthin *perfekt!*«

»Sie sind da auf eine völlig neue Ader gestoßen«, wunderte ich mich. »Den meisten von uns scheint das Leben mit seinen Freuden eine Mine, die nahezu abgebaut ist.«

»Abgebaut!« protestierte der Earl. »Für Menschen mit etwas dramatischem Instinkt ist gerade erst die Overtüre beendet! Der Hauptteil kommt erst noch. Sie gehen zum Beispiel ins Theater und zahlen zehn Schilling für einen Parkettplatz, und was kriegen Sie für Ihr Geld? Mag sein einen Dialog zwischen einem Farmerehepaar – unnatürlich in ihren übertriebenen Kostümen – noch unnatürlicher ihr aufgesetztes Verhalten und ihre Gesten – am allerunnatürlichsten ihre Bemühungen, ein zwangloses und heiteres Gespräch zu führen. Steigen Sie statt dessen in die Eisenbahn, und zwar in ein Dritter-Klasse-Abteil, so wird Ihnen derselbe Dialog *lebensecht* geboten. Erste Reihe – ohne die Szene störendes Orchester – und Gratisvorstellung!«

»Dabei fällt mir ein, daß der Empfang eines Telegramms auch gratis ist«, bemerkte Eric. »Wir können ja mal nachfragen.« Und er schlenderte mit Lady Muriel in Richtung Telegraphenamt davon.

»Ich frage mich, ob Shakespeare diese Gedanken hatte«, überlegte ich, »als er schrieb: ›Die ganze Welt ist Bühne‹?«*

Der alte Herr seufzte. »Wie immer Sie es auch betrachten, es stimmt«, stellte er fest. »Das Leben ist wirklich ein Schauspiel: ein Schauspiel mit nur wenig *Dakapo*-Möglichkeiten – und keinen *Buketts!*« ergänzte er träumerisch. »Die Hälfte des Lebens wird von uns damit verschwendet, daß wir Taten bereuen, die wir in der anderen Hälfte begangen haben!«

»Und das Geheimnis der *Lebensfreude*«, setzte er mit der alten Zuversicht fort, »ist die *Itensität!*«

»Aber doch wohl nicht im modernen ästhetischen Sinne? Nicht wie die junge Dame im Punch es versteht, wenn sie ein Gespräch mit der Frage einleitet: ›Sind Sie intensiv?‹«

»Auf keinen Fall!« entgegnete der Earl. »Ich stelle mir darunter die *Gedanken*intensität vor – eine intensive Konzentration. In unserem Leben genießen wir nur das halbe Vergnügen, weil wir uns nicht richtig *konzentrieren*. Nehmen Sie ein beliebiges Beispiel: mag das Vergnügen auch *noch so* trivial sein – das Prinzip bleibt dasselbe. Angenommen *A* und *B* lesen den gleichen zweitrangigen Roman aus der Leibücherei. *A* bemüht sich gar nicht, die Beziehungen zwischen den Charakteren zu verstehen, auf denen vielleicht die ganze Bedeutung der Geschichte beruht: er ›überspringt‹ alle Beschreibungen der Szenerie und jeden ihm langweilig anmutenden Abschnitt: was er liest, liest er nur halb: und so frißt er sich stundenlang weiter durch, statt das Buch beiseite zu legen – nur weil er sich zu nichts anderem entschließen kann, und am Ende ist er frustriert und depressiv! *B* dagegen widmet dem Gegenstand seine *volle* Aufmerksamkeit – getreu dem Motto, ›Was wert ist zu tun, ist wert *gut* zu tun‹; er bewältigt die Genealogie: er sieht die Abbildungen der Szenerie vor seinem ›geistigen Auge‹: und vor allen Dingen, nach einem Kapitel schließt er das Buch resolut, obwohl seine Neugierde groß ist, und wendet sich einer anderen Beschäftigung zu, so daß er beim nächsten Mal wie ein Hungernder, der sich zu Tisch setzt, über das Buch herfällt:

* AdÜ: Shakespeare, As You Like It, ii, 7.

und wenn er das Ende erreicht hat, kehrt er als ein ›gestärkter Gigant‹ an sein Tagwerk zurück!«

»Aber wenn das Buch nun wirklich *Schund* wäre – die Konzentration gar nicht lohnen würde?«

»Schön, diesen Fall einmal angenommen, so gilt meine Theorie *ebenso!*« behauptete der Earl. »*A* erkennt erst gar nicht, daß es Schund ist, sondern liest mechanisch bis zum Ende und bildet sich noch ein, es genossen zu haben. *B* schließt nach ein paar Dutzend Seiten das Buch einfach und holt sich in der Leihbücherei ein besseres! Ich könnte noch mit einer *weiteren* Theorie zur Lebensfreude aufwarten – das heißt natürlich, falls ich Ihre Geduld noch nicht erschöpft habe? Ich befürchte fast, Sie halten mich langsam für einen alten Quasselkopf.«

»Nein, bestimmt nicht!« protestierte ich ehrlich. Und tatsächlich hatte ich das Gefühl, der sanften Melancholie seiner Stimme *könne* man einfach nicht so leicht überdrüssig werden.

»Es handelt sich darum, daß wir lernen sollten, unsere Freuden *schnell* und unsere Leiden *langsam* zu durchleben.«

»Aber warum denn das? Ich würde es umgekehrt sagen.«

»Wenn wir *künstlich* erzeugtes Leid langsam durchleben – mag es nun so trivial sein, wie Sie wollen –, so brauchen wir dem *echten* Leid, wie heftig auch immer, nur seinen *normalen* Verlauf zu lassen, und es ist bald wie weggeblasen!«

»Das stimmt«, bekannte ich, »aber wie ist das nun mit den *Freuden?*«

»Also, erlebt man sie schnell, so kann man mehr davon im Leben bekommen. Für den Genuß einer Oper brauchen *Sie* gut dreieinhalb Stunden. Mal angenommen, *ich* könnte sie in einer halben Stunde genießen. Nun, dann kann ich doch den Genuß von *sieben* Opern haben, während Sie immer noch die *eine* hören!«

»Allerdings nur unter der Voraussetzung, Sie haben ein Orchester, das sie *spielen* kann«, schränkte ich ein. »Und das Orchester muß erst noch gefunden werden!«

Der alte Herr lächelte. »Ich habe einmal gehört, wie ein ganzes Musikstück – und es war wahrhaftig nicht kurz – mit Variationen und allem, was dazu gehört, in drei Sekunden heruntergespielt wurde!« widerlegte er mich.

»Wann? Und vor allem, wie?« fragte ich verwundert und glaubte schon fast wieder zu träumen.

»Das geschah mit einer kleinen Spieldose«, antwortete er ruhig. »Nach dem Aufziehen brach der Regler oder sonst so etwas, und sie lief in den besagten drei Sekunden ab. Doch die Noten *muß* sie ja wohl alle gespielt haben!«

»Und hat es Ihnen *gefallen*?« inquirierte ich ihn mit der ganzen Strenge eines Anwalts im Kreuzverhör.

»Nein!« gestand er aufrichtig. »Ich hatte wohl damals kein Ohr für diese Art Musik!«

»Ich würde gerne mal Ihre Methode *ausprobieren*«, meinte ich, und da Sylvie und Bruno gerade zu uns gelaufen kamen, ließ ich sie dem Earl Gesellschaft leisten und schlenderte den Bahnsteig entlang, wobei ich jeder Person und jedem Ereignis einen Part in einem allein für mich gespielten *ex tempore* Schauspiel gab. »Nanu, ist der Earl eurer schon überdrüssig?« stutzte ich, als die Kinder an mir vorbeistürmten.

»Aber nein!« gab Sylvie sehr nachdrücklich zur Antwort. »Er hätte nur gern die Abendzeitung. Bruno stellt jetzt einen kleinen Zeitungsjungen dar!«

»Denkt daran, einen guten Preis zu verlangen!« rief ich ihnen noch nach.

Als ich auf dem Bahnsteig wieder zurückging, traf ich Sylvie allein.

»Na, Kind, wo ist denn nun dein kleiner Zeitungsjunge?« erkundigte ich mich. »Hatte er keine Abendzeitung für dich?«

»Er holt sie drüben am Zeitungskiosk«, erklärte Sylvie, »und da kommt er auch schon über das Gleis – oh, Bruno, du solltest doch über die Brücke gehen!« denn von Ferne hörte man schon den Schnellzug heranfauchen. Plötzlich wurde sie schreckensbleich. »Oh, er ist auf die Schienen gefallen!« schrie sie und raste mit einer Geschwindigkeit an mir vorbei, die meiner hastigen Bemühung, sie aufzuhalten, Hohn sprach.

Doch der keuchende alte Stationsvorsteher stand zufällig dicht hinter mir: zu viel war er nicht mehr nütze, der arme alte Mann, doch hierfür war er gut; und ehe ich mich noch umdrehen konnte, hatte er das Kind schon mit den Armen umfaßt und vor dem sicheren Tod gerettet, dem es gerade zustürzte. Diese Szene nahm meine Aufmerksamkeit derart in Anspruch, daß ich die flinke graugekleidete Gestalt kaum wahrnahm, die vom hinteren Teil des Bahnsteigs losgesaust war und in der nächsten Sekunde auf den Gleisen stand. Soweit man in solchen Schreckensaugenblikken die Zeit überhaupt messen kann, hatte er noch ungefähr zehn Sekunden, um die Gleise zu überqueren und Bruno aufzugreifen, ehe der Express ihn überrollte. Ob er es geschafft hatte oder nicht, konnte man unmöglich beurteilen: denn der Schnellzug rauschte vorüber, und damit war alles, ob nun Leben oder Tod, vorbei. Als die Dampfwolke abgezogen und die Gleise wieder sichtbar waren, sahen wir voll Dankbarkeit, daß sich das Kind und sein Lebensretter in Sicherheit befanden.

»Alles in Ordnung!« rief Eric, als er die Gleise wieder überquerte. »Er ist nochmal mit dem Schrecken davongekommen.«

Er reichte den kleinen Burschen zu Lady Muriel hinauf und erklomm den Bahnsteig so unbeschwert, als sei nichts geschehen: doch er war leichenblaß und stützte sich fest auf meinen Arm, den ich ihm aus Sorge, er falle in Ohnmacht, schnell bot. »Ich muß mich ma – für einen Augenblick niedersetzen –« stammelte er wie im Traum, »– wo ist Sylvie?«

Sylvie stürzte sich in seine Arme und schluchzte, als bräche ihr das Herz. »Aber nicht doch, mein Liebling!« murmelte Eric mit einem merkwürdigen Ausdruck in den Augen. »Du brauchst nicht mehr zu weinen. Aber du wärst beinahe für nichts umgekommen!«

»Für Bruno«, schluchzte das kleine Mädchen. »Und er hätte das auch für mich getan. Nicht wahr, Bruno?«

»Na klar!« bestätigte Bruno und blickte verstört um sich.

Lady Muriel küßte ihn schweigend und setzte ihn ab. Dann bedeutete sie Sylvie, sie solle mit ihm an der Hand zum Earl gehen. »Sagt ihm«, wisperte sie mit bebenden Lippen, »sagt ihm – es ist alles gut!« Und dann wandte sie sich dem Helden des Tages zu. »Ich dachte schon, das wäre dein *Tod,*« sagte sie. »Gottseidank lebst du! Hast du nicht gesehen, wie knapp das war?«

»Ich habe nur gesehen, daß noch Zeit war«, meinte Eric leichthin. »Ein Soldat muß lernen, sein Leben aufs Spiel zu setzen, verstehst du. Ich bin wieder völlig in Ordnung. Wollen wir nicht noch einmal zum Telegraphenamt gehen? Vermutlich ist es inzwischen angekommen.«

Ich gesellte mich zum Earl und den Kindern, und wir warteten – schweigsam, denn keiner hatte Lust zu reden, und Bruno war auf Sylvies Schoß eingeschlummert – bis die anderen wieder zu uns stießen. Es war kein Telegramm angekommen.

»Ich mach mit den Kindern noch einen Bummel«, entschuldigte ich uns, denn ich hatte das Gefühl, als seien wir *überflüssig*. »Ich schaue im Laufe des Abends noch einmal vorbei.«

»Wir müssen jetzt in den Wald zurück«, erklärte Sylvie, sobald wir außer Hörweite waren. »Wir können nicht mehr lange so groß bleiben.«

»Seid ihr dann beim nächsten Mal wieder ganz winzige Elben?«

»Ja«, meinte Sylvie, »aber irgendwann sind wir wieder Kinder – wenn du es willst. Bruno möchte sehr gern Lady Muriel wiedersehen.«

»Sie iss *sehr* hübsch«, urteilte Bruno.

»Ich nehme euch gerne wieder mit zu ihr«, versprach ich. »Wollt ihr die Uhr des Professors nicht besser mitnehmen? Als Elben ist sie euch zu groß.«

Bruno lachte belustigt. Ich war froh, daß er sich von dem schrecklichen Ereignis so völlig erholt hatte. »O nein, isse bestimmt nich!« klärte er mich auf. »Wenn *wir* klein sinn, isse auch klein!«

»Und dann geht sie direkt zum Professor«, ergänzte Sylvie, »und Sie können sie nicht mehr weiter benutzen: Sie sollten sie also besser *auf der Stelle* ausprobieren. Wir *müssen* bei Sonnenuntergang klein werden. Auf Wiedersehen!«

»Widdersehn!« rief Bruno. Doch ihre Stimmen klangen von fern, und als ich mich umblickte, waren beide Kinder verschwunden.

»Nur noch zwei Stunden bis Sonnenuntergang!« stellte ich weiterbummelnd fest. »Ich muß die Zeit so gut wie möglich ausnutzen.«

XXIII. KAPITEL

Die andere Uhr

Als ich in die kleine Stadt kam, begegneten mir zwei Fischerfrauen, die eben jenes letzte Wort miteinander wechselten, »das nie das letzte ist«; und ich entschloß mich für ein Experiment mit der Magischen Uhr, das Ende der kleinen Szene abzuwarten, um mir dann ein »Dakapo« zu gönnen.

»Also denn, gud Nacht! Un Se warn nich vergeten, uns Bescheed to säggen, wenn Eehre Martha schrieven deit?«

»Nee, dat war ick nich vergeten. Un wenn et nich paßt, dann kann se jo torüchkam. Gud Nacht!«

Ein zufälliger Beobachter hätte gemutmaßt »und hier endet der Dialog!« Jener zufällige Beobachter wäre im Irrtum gewesen.

»Ach, se ward se gern häm, dat säch ick Se! Se warn se nich schlecht behanneln, darob könn Se sick verloten. Se sinn doch umsichtige Lüt. Gud Nacht!«

»Jo, dat sinn se! Gud Nacht!«

»Gud Nacht! Un Se warn uns Bescheed säggen, wenn se schrieven deit?«

»Jo, war ick, Se könn sick op mi verloten! Gud Nacht!«

Und endlich trennten sie sich. Ich wartete noch ab, bis sie zwanzig Schritte voneinander entfernt waren, und stellte dann die Uhr eine Minute zurück. Die blitzschnelle Veränderung war verblüffend: die beiden Gestalten schienen auf ihre früheren Plätze zurückzuflitzen.

»– nich paßt, dann kann se jo torüchkam. Gud Nacht!« sagte eine von ihnen: und so wiederholte sich der ganze Dialog, und als sie sich das zweite Mal getrennt hatten, ließ ich sie ihrer verschiedenen Wege ziehen und bummelte weiter durch die Stadt.

»Aber einen echten Nutzen hätte diese magische Kraft zweifellos erst dann«, überlegte ich, »wenn sie einen Schaden, ein schmerzliches Ereignis oder einen Unfall ungeschehen machen könnte –« Ich brauchte nicht lange auf eine Gelegenheit zu warten, auch *diese* Möglichkeit der Magischen Uhr zu testen, denn gerade, als ich daran dachte, stellte sich fast schon wunschgemäß der Unfall ein. Vor der Tür des »Großen Modewaren Depôts« von Elfenau stand eine einspännige Karre mit Pappkartons beladen, die der Kutscher nacheinander in den Laden trug. Eine der Schachteln war dabei auf die Straße gestürzt, doch es schien kaum der Mühe wert, hinzulaufen und sie aufzuheben, denn der Mann mußte ja jede Sekunde zurück sein. Doch in diesem Augenblick raste ein junger Mann auf einem Fahrrad um die Straßenecke, stürzte, weil er dem Karton ausweichen wollte, mit seinem Rad um und schlug mit dem Kopf gegen das Wagenrad. Der Kutscher kam hilfsbereit herausgerannt, und wir hoben den unglückseligen Radler gemeinsam auf und trugen ihn in den Laden. Sein Kopf war zerschunden und blutete: ein Knie schien schwer verletzt zu sein; und so empfahl es sich auf jeden Fall, ihn auf der Stelle zu der einzigen Baderstube des Ortes zu schaffen. Ich half, den Wagen zu entladen und einige Kissen für den Verletzten hineinzulegen; und erst, als der Kutscher auf seinem Bock bereit zur Abfahrt Richtung Baderstube saß, besann ich mich auf meine ungewöhnliche Macht, den ganzen Schaden zu beseitigen.

»Jetzt komm ich!« sagte ich mir, drehte den Zeiger der Uhr zurück und registrierte diesmal ohne großes Erstaunen, wie alles an die Plätze zurückkehrte, die es zu jenem kritischen Zeitpunkt eingenommen hatte, als ich den niedergestürzten Pappkarton zum ersten Mal bemerkt hatte.

Umgehend rannte ich auf die Straße, hob den Karton auf und verstaute ihn im Wagen: und schon sauste das Fahrrad um die Ecke, fuhr ungehindert an dem Wagen vorbei und verschwand bald in einer Staubwolke.

»Herrliche Macht der Magie!« dachte ich. »Wieviel menschliches Leid habe ich – ja, nicht nur einfach wiedergutgemacht, sondern sogar ungeschehen!« Und im Hochgefühl meines Erfolges beobachtete ich das Entladen des Wagens, wobei ich die Magische Uhr immer noch offen in der Hand hielt, denn ich war neugierig, was zu dem Zeitpunkt geschehen würde, an dem ich den Zeiger zurückgestellt hatte.

Bei intensivem Nachdenken hätte ich das Ergebnis voraussehen können: als der Uhrzeiger die Ziffer erreichte, stand der Karren – der schon davongefahren war und die Hälfte der Strecke zurückgelegt hatte – wieder vor der Tür zur Abfahrt bereit, während – o Verlust eines goldenen Traumes weltweiter Wohltätigkeit, der meine schwärmerische Phantasie geblendet hatte! – der verwundete Jüngling immer noch mit bleichen, in verzerrten Lineamenten erstarrten Gesichtszügen, die vom mannhaften Ertragen der Schmerzen zeugten, auf den Kissenpolstern niedergestreckt lag.

»Oh, lügnerische Magische Uhr!« sagte ich zu mir, als ich das Städtchen verließ und den seewärts führenden Weg zu meiner Unterkunft einschlug. »Das Wohl, das ich zu tun gedacht, zerronnen wie ein Traum: allein das Übel dieser elenden Welt hat Bestand!«

Und nun muß ich ein derart merkwürdiges Erlebnis niederschreiben, daß ich es nur für fair halte, meinen schon hinreichend strapazierten Leser von der Verpflichtung zu entbinden, diese Geschichte als Tatsachenbericht hinnehmen zu müssen, ehe ich mit der Schilderung beginne. Freimütig gestehe ich ein, *ich* für meinen Teil würde nicht mal ein Komma glauben, wenn ich es nicht mit eigenen Augen gesehen hätte: wie kann ich es da von meinem Leser erwarten, der höchstwahrscheinlich noch nie so etwas erlebt hat?

Ich spazierte an einer hübschen kleinen Villa vorüber, die etwas abseits von der Straße in einem schönen Park lag. Bunte Blumenbeete zierten die Vorderfront – an den Mauern hoch wanden sich Kletterpflanzen und hingen girlandenartig über den Bogenfenstern – ein zurückgebliebener Lehnstuhl auf dem Rasen, daneben eine Zeitung – davor »kauerte« ein kleiner Mops, der sogar unter Preisgabe seines Lebens entschlossen schien, diesen Schatz zu bewachen – und die Eingangstür stand einladend offen. »Das ist die Gelegenheit, die Umkehrwirkung der Magischen Uhr zu testen!« überlegte ich. Ich drückte den »Umkehrknopf« und ging hinein. »In *jedem anderen* Haus hätte das Eindringen eines Fremden möglicherweise Überraschung ausgelöst – eventuell Zorn, der bis zu einem gewaltsamen Hinauswurf besagten Fremdlings eskalieren könnte: doch so etwas konnte *in diesem Falle* nicht geschehen. Der *normale* Ablauf der Ereignisse – zuerst gar nicht an mich denken, dann meine Schritte hören – aufsehen und mich erblicken und schließlich wissen wollen, was ich hier zu suchen hätte – würde sich durch die Wirkung meiner Uhr umkehren. *Zuerst* würde man wissen wollen, wer ich sei, *dann* mich sehen, sodann niederblicken und nicht mehr an mich denken. Und was den gewaltsamen Hinauswurf betraf, der müßte zwangsläufig diese Kette *einleiten.* »Wenn ich erst einmal *drin* bin, ist *diese* Gefahr vorüber!« ermunterte ich mich.

Warnend richtete sich der Mops auf, als ich vorüberging; doch da ich von dem bewachten Schatz keinerlei Notiz nahm, ließ er mich sogar ohne mißbilligendes Kläffen passieren. »Wer mein Leben nimmt, nimmt Plunder«, schien er gerade zu hecheln, »aber wer den *Daily Telegraph* nimmt –!« Doch dieser schrecklichen Alternative wagte ich mich nicht zu stellen.

Die Gesellschaft im Wohnzimmer – ich spazierte da einfach so rein, verstehst du, ohne zu klingeln oder mich sonstwie bemerkbar zu machen – setzte sich aus vier lachenden, gesunden Kindern im Alter zwischen zehn und vierzehn Jahren zusammen, die scheinbar auf die Tür zukamen (in Wahrheit gingen sie aber *rückwärts* ins Zimmer), während ihre Mutter mit Nähzeug auf dem Schoß am Kamin saß und gerade, als ich das Zimmer betrat, sagte: »Also, Mädchen, nun könnt ihr euch zum Spazierengehen anziehen.«

Zu meiner Verblüffung – denn ich war mit der Wirkung der Uhr noch nicht vertraut – »erlosch das Lächeln!« (wie Browning sagt) auf den vier hübschen Gesichtern, und sie alle holten ihre Handarbeiten hervor und setzten sich. Niemand nahm von *mir* auch nur die mindeste Notiz, als ich mir leise einen Stuhl nahm und mich dazusetzte, um ihnen zuzusehen.

Als die Handarbeiten ausgebreitet und alle Vorbereitungen abgeschlossen waren, ordnete die Mutter an: »So, *das* wäre geschafft! Ihr könnt jetzt eure Sachen zusammenlegen, Kinder.« Doch die Kinder beachteten diese Anweisung gar nicht; im Gegenteil, auf der Stelle begannen sie zu nähen – wenn das überhaupt die korrekte Bezeichnung für eine Arbeitsweise ist, die *ich* noch niemals zuvor gesehen hatte. Eine jede fädelte in ihre Nadel ein kurzes Fadenende ein, das aus der Handarbeit hervorlugte und blitzschnell wie von einer unsichtbaren Kraft durch den Stoff gezogen wurde und die Nadel immer hinterher; diese wurde dann von den flinken Fingern der kleinen Näherin am anderen Ende geschnappt, doch nur, um gleich wieder losgelassen zu werden. Und so ging die stetig sich selbst zerstörende Arbeit voran, und die fein zusammengenähten Kleidchen, oder was es auch immer sein sollte, lösten sich zusehends auf. Dann und wann hielt eines der Kinder in der Arbeit inne, um den wiedergewonnenen, lästig langen Faden auf eine Garnrolle zu wickeln, worauf es neuerlich mit einem kurzen Endchen begann.

Schließlich war das ganze Werk in Einzelteile zerlegt und zur Seite geräumt, und die Dame ging rückwärts voran ins Nebenzimmer und ließ die sinnlose Bemerkung fallen: »Noch nicht, meine Lieben; wir müssen zuerst noch nähen.« Da konnte mich auch schon nicht mehr erstaunen, daß die Kinder rückwärts hinter ihr herhüpften und riefen: »Oh, Mutter, es ist *so* ein schöner Tag zum Spazierengehen!«

Auf dem Tisch im Eßzimmer standen nur schmutzige Teller und leere Schüsseln. Trotzdem setzte sich die Gesellschaft – vermehrt um einen Herren, ebenso freundlich und gesund wie die Kinder – höchst zufrieden um ihn herum.

Hast du schon einmal zugesehen, wie Leute beim Kirschtortenessen dann und wann einen Kirschkern vorsichtig von den Lippen auf den Teller befördern? Nun denn, genau so etwas geschah während des ganzen grausigen – oder sollen wir besser sagen »griseligen«? – Mahles. Eine leere Gabel wird an die Lippen gehoben; dort nimmt sie ein sauber geschnittenes Stück Hammelfleisch in Empfang und legt es flink auf den Teller, wo es augenblicklich mit der Bratenscheibe verschmilzt. Bald schon wurde einer der Teller mit einer vollständigen Hammelfleischscheibe und zwei Kartoffeln dem Oberhaupt der Familie ausgehändigt, das das Fleisch einfach zu dem Braten und die Kartoffeln in die Schüssel zurücklegte.

Falls das überhaupt möglich ist, war ihr Gespräch noch verwirrender als ihre Tischsitten. Es begann damit, daß die Jüngste ihre Schwester plötzlich und grundlos anfuhr: »Oh, du *schlimmer* Märchenerzähler!«

Ich erwartete eine scharfe Antwort von der Schwester, aber statt dessen wandte sie sich lachend ihrem Vater zu und sagte in sehr lautem Bühnengeflüster: »Eine Braut zu sein!«

Und darauf der Vater in seinem Bestreben, *selbst* etwas zu dieser für Irre geeignete Unterhaltung beizusteuern: »Sag es mir ganz leise ins Ohr, Liebes.«

Doch sie flüsterte *keineswegs* (diese Kinder taten niemals, was man ihnen sagte), sondern meinte ziemlich laut: »Natürlich nicht! Jeder weiß doch, was sich *Dolly* wünscht!«

Und die kleine Dolly zuckte mit den Schultern und protestierte mit hübscher Empfindsamkeit: »Aber Vater, du sollst mich nicht immer auf den Arm nehmen. Du weißt genau, ich will für *niemanden* als Brautjungfer gehen!«

»Und Dolly soll die vierte sein«, gab ihr Vater idiotischerweise zur Antwort.

Hier mischte sich Nummer drei ein: »Oh, das *ist* bereits entschieden, liebe Mutter, wiß und wahrhaftig! Mary hat uns alles erzählt. Nächsten Dienstag in vier Wochen soll die Hochzeit sein – und drei Kusinen sind Brautjungfern – und –«

»*Sie* vergißt ihn bestimmt nicht, Minnie!« antwortete die Mutter lachend. »Ich wünschte bloß, sie würde bald heiraten! Ich halte nichts von langen Verlobungszeiten.«

Und Minnie beendete das Gespräch – falls eine derart chaotische Folge von Bemerkungen diesen Namen überhaupt verdient – mit den Worten: »Denk dir bloß, wir sind heute morgen bei den Cedars vorbeigegangen, als gerade Mary Davenant am Tor stand und sich von Herrn – ich habe seinen Namen vergessen – verabschiedete. Natürlich haben wir woanders hingesehen.«

Mittlerweile war ich so hoffnungslos konfus, daß ich nicht weiter zuhören mochte und es vorzog, dem Essen in die Küche zu folgen.

Doch was nützt es dir, o überkritischer Leser, der du entschlossen bist, kein Komma dieses verrückten Abenteuers zu glauben, wenn ich dir erzähle, wie das Hammelfleisch auf den Spieß gesteckt wurde und allmählich entgrillte – wie die Kartoffeln in ihre Schalen gewickelt und dem Gärtner zum Vergraben ausgehändigt wurden – wie das Feuer sich allmählich von der Rotglut zur bloßen Flamme wandelte (das Hammelfleisch war inzwischen roh) und so plötzlich ausging, daß der Koch sein letztes Flackern gerade noch mit dem Ende eines Streichholzes zu fangen vermochte – oder wie das Hausmädchen das Hammelfleisch vom Spieß nahm und (natürlich rückwärts) aus dem Haus trug zum Fleischer, der gerade (ebenfalls rückwärts) die Straße hinunterkam?

Je länger ich über das merkwürdige Abenteuer nachdachte, desto hoffnungslos verwirrender stellte sich das Geheimnis dar: und so war es eine echte Erleichterung für mich, als ich Arthur auf der Straße traf und ihn überreden konnte, mich zum Herrenhaus zu begleiten, um die Neuigkeiten aus dem Telegraphen zu erfahren. Unterwegs erzählte ich ihm von den Geschehnissen auf dem Bahnhof, doch meine jüngsten Erlebnisse verschwieg ich lieber.

Wir trafen den Earl alleine an. »Ich freue mich, daß Sie vorbeikommen, um mir Gesellschaft zu leisten«, begrüßte er uns. »Muriel ist schon zu Bett gegangen – diese schreckliche Aufregung war zu viel für sie – und Eric ist im Hotel und packt; er nimmt morgen den Frühzug nach London.«

»Dann ist das Telegramm also angekommen?« mutmaßte ich.

»Waren Sie denn nicht mehr dabei? Oh, hatte ich ganz vergessen; es kam ja erst, als sie den Bahnhof verlassen hatten. Ja, alles ist in bester Ordnung: Eric hat sein Patent bekommen; und jetzt, wo er mit Muriel einig geworden ist, muß er unbedingt in der Stadt noch einiges regeln.«

»Was meinen Sie mit einig?« fragte ich zaghaft und dachte an Arthurs schwindende Hoffnungen. »Wollen Sie damit sagen, die beiden sind *verlobt?*«

»Gewissermaßen sind sie das schon seit zwei Jahren«, erwiderte der alte Herr freundlich. »Das heißt, ich habe ihm meine Zustimmung versprochen, sobald er eine Dauerstellung vorweisen kann. Ich könnte niemals froh werden, wenn mein Kind einen Mann ohne Lebensziel heiraten würde – oder ein Ziel, für das er sterben würde!«

»Ich hoffe, sie werden zusammen glücklich«, sagte eine fremde Stimme. Der Sprecher befand sich eindeutig bei uns im Zimmer, aber ich hatte das Öffnen der Tür nicht vernommen und so blickte ich mich erstaunt um. Der Earl schien meine Überraschung zu teilen. »Wer hat da gesprochen?« fragte er verwirrt.

»Ich war's«, sagte Arthur und sah uns aus abgespanntem, verhärmtem Gesicht mit Augen an, in denen jeder Lebensfunke plötzlich verloschen schien. »Und lassen Sie mich *Ihnen* ebenfalls Glück wünschen, lieber Freund«, fügte er mit derselben erschreckend hohlen Stimme hinzu und sah den Earl traurig an.

»Danke«, sagte der alte Herr schlicht und herzlich.

Dann Schweigen: und ich erhob mich mit dem sicheren Gefühl, daß Arthur allein zu sein begehrte, und wünschte unserem liebenswürdigen Gastgeber »Gute Nacht«: Arthur ergriff dessen Hand, sagte aber nichts. Auch auf dem Heimweg blieb er stumm, bis wir im Haus waren und die Kerzen im Schlafzimmer angezündet hatten. Dann sagte er mehr zu sich selbst als zu mir: »*Das Herz allein kennt seinen Kummer.** Seit heute versteh ich diese Worte.«

Die nächsten Tage verstrichen in ziemlicher Langeweile. Ich verspürte keinerlei Neigung, allein das Herrenhaus aufzusuchen; noch weniger mochte ich Arthur seine Begleitung nahelegen: ratsamer schien es abzuwarten, bis die Zeit – die behutsame Heilerin unserer schlimmsten Sorgen – ihm über den ersten Schock der Enttäuschung hinweggeholfen hatte, die sein Leben zunichte gemacht hatte.

Doch bald schon forderten Geschäfte meine Anwesenheit in der Stadt; und ich mußte Arthur davon in Kenntnis setzen, daß ich ihn für eine Weile verlassen würde. »Aber ich hoffe doch, in einem Monat wieder hier zu sein«, fügte ich hinzu. »Wenn es mir nur möglich wäre, würde ich gerade jetzt bleiben. Ich halte es nämlich nicht für gut, daß du allein bist.«

»Nein, *hier* kann ich diese Einsamkeit bestimmt nicht lange ertragen«, gab Arthur zu. »Aber keine Sorge um *mich*. Ich habe mich zur Annahme einer Stelle in Indien entschlossen, die mir angeboten wurde. Vielleicht kann ich da meinem Leben einen neuen Inhalt geben; gegenwärtig sehe ich keinen. *Mein Leben schütze ich als Gottesgabe, vor Schmach und List, nicht acht ich den Verlust!*«**

»Ja«, bestätigte ich, »dein Namensvetter erlitt einen ebenso schweren Schlag und überstand ihn.«

»Seiner war weit schwerer als *meiner*«, korrigierte Arthur. »Die

* AdÜ: Sprüche 14,10.

** Alfred Tennyson, The Idylls of the King, Guinevere. (Dichtung über das Leben König Arthurs).

Frau, die *er* liebte, erwies sich als falsch. Es gibt keinen *derartigen* Fleck in meiner Erinnerung an – an –« Er ließ den Namen unausgesprochen und fuhr hastig fort. »Aber *du* kommst doch zurück, nicht wahr?«

»Ja, bald schon werde ich wieder hier sein.«

»Gut«, sagte Arthur, »und du mußt mir schreiben und von unseren Freunden erzählen. Ich schicke dir meine neue Adresse, sobald ich eine habe.«

XXIV. KAPITEL

Das Geburtstagsfest der Frösche

Und so begab es sich, daß ich genau eine Woche nach dem ersten Auftritt meiner Elben-Freunde als Kinder zum Abschied einen Spaziergang durch den Wald machte, auf dem ich die Kinder noch einmal zu treffen hoffte. Ich brauchte mich indessen nur im weichen Gras auszustrecken, und schon überkam mich das »grißelige« Gefühl.

»Komm ma mit deinem Ohr *ganz* weit runter«, verlangte Bruno, »dann verrat ich dir auch ein Geheimnis. Heut ham die Frösche Geburtstagsfest – un wir ham das Baby verloren!«

»*Welches* Baby?« erkundigte ich mich, von dieser komplizierten Neuigkeit verwirrt.

»Das Baby der *Königin* selbstverständlich!« belehrte mich Bruno. »Titanias Baby. Un wir sinn ganz traurig. Sylvie ist – oh, so traurig!«

»*Wieviel* Trauer ist das denn?« fragte ich boshafterweise.

»Dreiviertel Meter«, erklärte Bruno ernsthaft. »Un *ich* bin auch ein bißchen traurig«, fügte er hinzu und kniff die Augen zu, um sein Lächeln nicht zu sehen.

»Und was unternehmt ihr jetzt wegen des Babys?«

»Naja, die *Soldaten* suchen es schon – oben un unten – überall.«

»Die *Soldaten?*« staunte ich.

»Na klar!« meinte Bruno. »Wenn's keinen Kampf gibt, machen die Soldaten irgendwelche kleinen Gelegenheitsarbeiten, weiß'de?«

Ich fand den Gedanken amüsant: die Suche eines königlichen Babys als »kleine Gelegenheitsarbeit«. »Wie habt ihr es denn überhaupt verloren?« fragte ich.

»Wir haben es in einem Blumenkelch abgelegt«, erklärte Sylvie, die sich gerade mit tränenfeuchten Augen zu uns gesellte. »Wir wissen nur nicht mehr in *welchen!*«

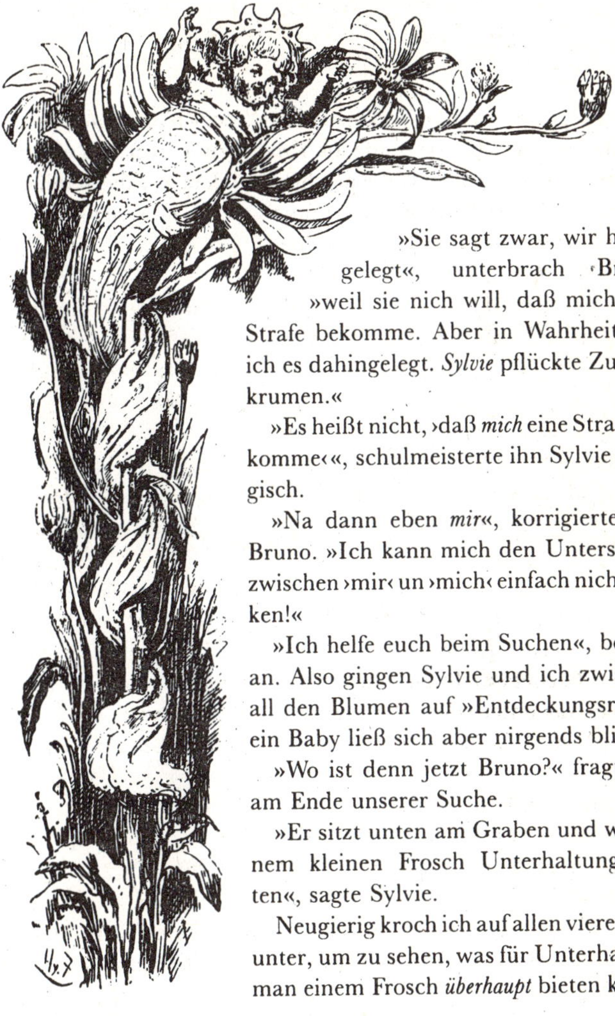

»Sie sagt zwar, wir ham's gelegt«, unterbrach Bruno, »weil sie nich will, daß mich eine Strafe bekomme. Aber in Wahrheit hab ich es dahingelegt. *Sylvie* pflückte Zuckerkrumen.«

»Es heißt nicht, ›daß *mich* eine Strafe bekomme‹«, schulmeisterte ihn Sylvie energisch.

»Na dann eben *mir*«, korrigierte sich Bruno. »Ich kann mich den Unterschied zwischen ›mir‹ un ›mich‹ einfach nich merken!«

»Ich helfe euch beim Suchen«, bot ich an. Also gingen Sylvie und ich zwischen all den Blumen auf »Entdeckungsreise«; ein Baby ließ sich aber nirgends blicken.

»Wo ist denn jetzt Bruno?« fragte ich am Ende unserer Suche.

»Er sitzt unten am Graben und will einem kleinen Frosch Unterhaltung bieten«, sagte Sylvie.

Neugierig kroch ich auf allen vieren hinunter, um zu sehen, was für Unterhaltung man einem Frosch *überhaupt* bieten könne.

Nach kurzer Suche fand ich ihn am Grabenrand mit einem Fröschlein neben sich, und er blickte ziemlich verdrießlich drein.

»Wie klappt es denn, Bruno?« erkundigte ich mich und nickte ihm aufmunternd zu, als er aufblickte.

»Kann ihn gar nich unterhalten«, beklagte sich Bruno, »er will patou nich sagen, wozu er eigentlich Lust hat! Ich hab ihm schon all die Entengrütze gezeigt – un 'ne lebende Larve – aber nix sagt der! Was – hätts'de – denn gern?« brüllte er dem Frosch ins Ohr: doch das kleine Wesen verharrte still und beachtete ihn gar nicht. »Der iss wohl taub!« entschied Bruno und wandte sich mit einem Seufzer ab. »Na, 's wird ja sowieso Zeit, das Theater aufzubauen.«

»Wer sind die Zuschauer?«

»Nur Frösche«, sagte Bruno. »Aber sie sinn noch nich da. Sie wollen wie Schafe zusammengetrieben werden.«

»Wäre es keine Zeitersparnis«, schlug ich vor, »wenn *ich* und Sylvie die Frösche zusammentreiben würden, während *du* das Theater aufstellst?«

»*Tolle* Idee!« begeisterte sich Bruno. »Wo *steckt* denn Sylvie?«

»Hier!« meldete sich Sylvie und spinxte über den Rand der Böschung. »Ich habe gerade zwei Fröschen beim Wettlauf zugesehen.«

»Welcher hat denn gewonnen?« erkundigte sich Bruno interessiert.

Sylvie war verwirrt. »Also, der stellt manchmal *Fragen!*« vertraute sie mir an.

»Und was geschieht im Theater?« fragte ich.

»Erst bekommen sie ihren Geburtstagsschmaus«, zählte Sylvie auf: »dann spielt Bruno Stückchen von Shakespeare; und dann erzählt er ihnen noch eine Geschichte.«

»Der Festschmaus wird den Fröschen wohl am meisten behagen, oder?«

»Nunja, normalerweise kriegen die wenigsten etwas. Sie halten nämlich das Maul *fest* geschlossen! Und das *empfiehlt* sich auch«, fügte sie hinzu, »denn Bruno kocht gern selbst: und er kocht *enorm* schrullig. Jetzt sind sie alle drin. Helfen Sie mir gerade noch, sie mit dem Kopf zur Bühne hin auszurichten?«

Auch das war bald geschafft, obwohl die Frösche pausenlos äußerst unzufrieden quakten.

»Was *sagen* sie denn?« fragte ich Sylvie.

»Sie sagen ›Fork! Fork!‹ Sie sind nämlich ziemlich dumm! Ihr *bekommt* keine Forken!« verkündete sie barsch. »Wer was essen will, braucht nur das Maul zu öffnen, und Bruno stopft es ihm dann rein!«

In diesem Moment trat Bruno auf, ein weißes Schürzchen wies ihn als Koch aus, und er trug eine Terrine mit einer ziemlich schrullig aussehenden Suppe. Ich beobachtete ihn sehr genau, wie er so zwischen den Fröschen einherging; doch *nicht einer* öffnete verlangend sein Maul nach diesem Schmaus – abgesehen von einem Winzling, der aber nach meinem Dafürhalten nur rein zufällig gerade mal gähnen mußte. Indes steckte Bruno ihm sogleich einen vollen Löffel Suppe ins Maul, und das arme kleine Ding mußte eine ganze Weile entsetzlich husten.

So blieb Sylvie und mir nichts weiter übrig, als die Suppe zwischen uns aufzuteilen und *vorzugeben*, daß sie uns schmecke, denn sie war wahrhaftig *enorm* schrullig.

Ich riskierte nur einen Löffel (Bruno taufte sie »Sylvies Sommer-Suppe«), und aufrichtig gesagt, sie schmeckte *kein bißchen;* und nun wunderte ich mich auch nicht mehr, daß so viele Gäste ihr Maul verschlossen gehalten hatten.

»Was ist denn alles *in* der Suppe?« erkundigte sich Sylvie, während sie mit scheelem Blick den gefüllten Löffel beargwöhnte.

Und Brunos Antwort war alles andere als befriedigend: »Stückchen von allem!«

Die Theatervorstellung sollte sich mit »Stückchen von Shakespeare«, wie Sylvie es formulierte, anschließen, alles von Bruno dargestellt, denn Sylvie war vollauf damit beschäftigt, die Köpfe der Frösche zur Bühne zu richten: und schließlich würde Bruno in eigener Gestalt auftreten und ihnen eine selbsterfundene Geschichte erzählen.

»Hat die Geschichte eine Moral?« fragte ich Sylvie, während sich Bruno hinter der Hecke für das erste »Stückchen« umzog.

»Schon *möglich*«, antwortete Sylvie zweifelnd. »Normalerweise *besitzt* sie eine Moral, er rückt nur zu früh damit heraus.«

»Und *spricht* er alle Stückchen von Shakespeare?«

»Nein, nein, er *spielt* sie bloß«, bekannte Sylvie. »Er kennt den Text ja kaum. Sobald ich sehe, als was er sich verkleidet hat, muß ich den Fröschen die Rolle sagen. Sie wollen es immer so schnell wissen! Hören Sie nicht, wie sie alle schon immer ›Was? Was?‹ rufen?« Und so war es auch: bis zu Sylvies Erklärung hatte es nur wie Quaken geklungen, doch nun konnte ich das »Woas? Woas?« deutlich heraushören.

»Aber warum wollen sie es schon erraten, bevor sie es überhaupt sehen?«

»Keine Ahnung«, mußte Sylvie eingestehen, »aber so läuft das *jedesmal* ab. Oft fangen sie schon Wochen vorher an zu raten!«

(Wenn du jetzt also Frösche besonders melancholisch quaken hörst, dann weißt du, daß sie Brunos nächstes »Stückchen« Shakespeare erraten wollen. Ist *das* nicht interessant?)

Indes wurde der Ratechor von Bruno unterbrochen, der plötzlich aus der Kulisse stürzte und im fliegenden Sprung zwischen den Fröschen landete, um sie wieder richtig hinzusetzen.

Denn der älteste und fetteste Frosch – der von Anfang an nicht so gut platziert worden war, daß er die Bühne sehen konnte, und deshalb nicht genau gewußt hatte, was los war – hatte in seiner Unruhe einige Frösche umgeworfen und andere mit den Köpfen umgedreht. Und nach Brunos Meinung war es sinnlos, ein »Stückchen« von Shakespeare zu spielen, wenn niemand zuschaut (du siehst, *ich* zählte für ihn gar nicht). So machte er sich denn daran, sie mit einem großen Stock umzurühren, so wie man in einer Teetasse rührt, bis die meisten mindestens mit *einem* großen dummen Auge zur Bühne hin glotzten.

»*Du* mußt dich zwischen sie setzen, Sylvie«, verlangte er verzweifelt. »Die beiden hier hab ich schon 'n paarmal Nase an Nase in die gleiche Richtung gesetzt, aber die streiten unentwegt!«

Folglich nahm Sylvie ihren Platz als »Zeremonienmeisterin« ein, und Bruno verschwand wieder in der Kulisse, um sich für das erste »Stückchen« umzuziehen.

»Hamlet!« verkündete die mir so wohlbekannte, süße und klare Stimme plötzlich. Das Quaken verstummte auf der Stelle, und ich spähte ziemlich neugierig auf die Bühne, um Brunos Auffassung von Shakespeares bedeutendster Figur zu sehen.

Nach Ansicht dieses hervorragenden Interpreten des Dramas trug Hamlet einen kurzen schwarzen Umhang (mit dem er vornehmlich sein Gesicht verhüllte, so als litte er unter starken Zahnschmerzen) und drehte beim Gehen die Zehen sehr weit nach außen. »Sein oder Nichtsein!«* bemerkte Hamlet fröhlich, und dann schlug er mehrere Räder, denen der Umhang bald zum Opfer fiel.

Ich fühlte mich ein wenig enttäuscht: Brunos Auffassung dieser Rolle schien es an Erhabenheit zu mangeln. »Ist das schon alles vom Monolog?« wisperte ich Sylvie zu.

»Ich *glaube* ja«, wisperte Sylvie zurück. »Sobald er im Text nicht weiter weiß, geht er normalerweise zum Radschlagen über.«

Diese Frage hatte Bruno inzwischen durch sein Verschwinden von der Bühne entschieden, und die Frösche erkundigten sich sogleich nach der nächsten Figur.

»Gleich werdet ihr es ja erfahren!« beruhigte sie Sylvie und richtete zwei, drei kleine Frösche aus, die der Bühne ihren Rükken zukehrten. »Macbeth!« fügte sie hinzu, als Bruno erneut auftrat.

Macbeth hatte etwas um sich gewunden, das von der einen Schulter unter den anderen Arm verlief und nach meinem Eindruck ein schottisches Plaid vorstellen sollte. Er hielt einen Dorn in der Hand, den er auf Armeslänge von sich wegstreckte, als fürchte er sich davor. »Ist das ein *Dolch?*«** erkundigte sich Macbeth nachdenklich: und sogleich klang im Chor das »Dorn!

* AdÜ: Shakespeare, Hamlet, iii, 1.
** AdÜ: Shakespeare, Macbeth, ii, 1.

Harry Furniss

Dorn!« der Frösche. (Inzwischen konnte ich das Gequake ganz gut deuten).

»Es ist ein *Dolch*!« bestätigte Sylvie entschieden. »Haltet den Mund!« und das Gequake verstummte prompt.

Soweit ich mich auskenne, hat uns Shakespeare nicht berichtet, daß Macbeth in seinem Privatleben die exzentrische Angewohnheit hatte, Rad zu schlagen: doch Bruno hielt das offensichtlich für einen ganz wesentlichen Charakterzug der Figur und folglich verließ er die Bühne mit einer Anzahl Purzelbäumen. Auf der Stelle war er wieder zurück mit einem Wollbüschel unter dem Kinn (wohl der Tribut eines verirrten Schafes an den Dorn), was einen prächtigen Bart hermachte, der ihm fast bis zu den Füßen reichte.

»Shylock!« stellte Sylvie vor. »Nein, Verzeihung!« sie verbesserte sich hastig. »König Lear! Ich hatte völlig die Krone übersehen.« (Bruno hatte sich äußerst geschickt gekrönt, indem er die Mitte einer Butterblume gezupft hatte, um Platz für seinen Kopf zu schaffen.)

König Lear verschränkte die Arme (ungeachtet der seinem Bart drohenden Gefahr) und erläuterte sanftmütig, »Ja, jeder *Zoll* ein König!«* und dann hielt er inne, als überlege er, wie das am besten zu beweisen sei. Und an dieser Stelle *muß* ich einfach, bei allem Respekt vor Bruno als Shakespeare-Autorität, meiner Meinung Ausdruck geben, daß es bestimmt *nicht* mit den Vorstellungen des Dichters in Einklang steht, wenn sich seine drei großen tragischen Helden so befremdlich in ihren persönlichen Gewohnheiten gleichen; und ich glaube auch nicht, daß er die Fähigkeit des Purzelbaumschlagens als einen Beweis für königliche Abstammung anerkannt hätte. Nichtsdestotrotz schien sich König Lear ungeachtet tiefen Nachdenkens auf kein weiteres Argument für seine Königswürde zu besinnen: und da dies das letzte ›Stückchen‹ Shakespeare war (»Wir spielen nie mehr als drei«, klärte mich Sylvie flüsternd auf), beglückte Bruno seine Zuschauer noch mit einer ganzen Serie Purzelbäume, bevor er sich

* AdÜ: Shakespeare, King Lear, iv, 6.

endgültig zurückzog und die begeisterten Frösche sich selbst überließ, die alle »Quark! Quark!« jammerten, wodurch sie vermutlich dem Wunsch nach einer Zugabe Ausdruck gaben. Aber Bruno würde erst wieder in Erscheinung treten, wenn die Geschichte an der Reihe war.

Als er schließlich als er *selbst* auftrat, fiel mir eine bemerkenswerte Änderung in seinem Verhalten auf. Er schlug keine Purzelbäume mehr. Zweifellos huldigte er der Ansicht, radschlagen sei solch niedrigen Charakteren wie Hamlet und König Lear gemäß, niemals aber der Würde eines *Bruno*. Aber es war ebensoklar ersichtlich, daß er sich alleine und ohne hüllende Kostümierung auf der Bühne unbehaglich fühlte; und obwohl er einige Male ansetzte, »Es war mal 'ne Maus –«, huschte sein Blick doch weiterhin nach allen Seiten, als suche er einen bequemeren Platz, von wo aus er die Geschichte erzählen könnte. Ein Teil der Bühne wurde auf der einen Seite von einem hohen Fingerhut überschattet, der sanft im Abendwind schaukelte und eben die Bequemlichkeit bot, die der Redner begehrte. Einmal den Ort ausgemacht, brauchte es nur noch ein, zwei Sekunden, um den Stengel wie ein winziges Eichhörnchen zu erklimmen und sich rittlings in der obersten Blattachsel niederzulassen, wo die Feenglocken dicht gedrängt wuchsen, und von wo er aus so angenehmer Höhe auf seine Zuhörer herabblicken konnte, daß seine ganze Schüchternheit im Nu verflog, und fröhlich begann er mit der Geschichte.

»Es war einmal 'ne Maus, un 'n Krokodil, un 'n Mann, un 'ne Ziege, un 'n Löwe.« Noch nie zuvor war mir begegnet, daß die »dramatis personae« derart massiv und mit solch rücksichtsloser Hast präsentiert worden waren; und es nahm mir schier den Atem.

Selbst Sylvie japste ein wenig und ließ drei Frösche ungehindert in den Graben hüpfen, die scheinbar der Unterhaltung überdrüssig waren.

»Un die Maus fand 'nen Schuh un hielt ihn für 'ne Mausefalle. So ging sie geradenwegs rein un blieb ganz lang drin.«

»Warum *blieb* sie denn drin?« fragte Sylvie. Sie übernahm wohl den Part, den der Chor im griechischen Drama ausübt: durch geschickte Fragen mußte sie den Redner ermutigen und zum Sprechen bewegen.

»Weil sie dachte, sie könne nich mehr raus«, erklärte Bruno. »Sie war nämlich eine kluge Maus. Wußte, aus 'ner Falle kommt man nich raus!«

»Und warum ist sie dann erst hineingegangen?« wollte Sylvie wissen.

»– un sie springte un springte«, setzte Bruno fort und ignorierte diese Frage, »un endlich war se wieder draußen. Un da sah sie ein Etikett im Schuh. Un der Name des Mannes stand drauf. Da wußte sie, daß es nich ihr Schuh war.«

»Hatte sie *das* denn etwa gedacht?« wunderte sich Sylvie.

»Na hör ma, hab ich dir nich erzählt, sie dachte, es wär 'ne *Mausefalle?*« empörte sich der Redner. »Bitte, mein Herr Mann, paß'de mal auf, daß Sylvie zuhört?« Sylvie schwieg und war ganz Ohr: übrigens bildeten inzwischen sie und ich den größten Teil des Publikums, denn die Frösche hüpften massenweise davon, und es waren nur noch wenige da.

»Die Maus gab also dem Mann seinen Schuh. Un der Mann war glücklich, weil er nur einen Schuh gehabt hatte und hüffte, den anderen noch zu bekommen.«

Hier wagte ich eine Frage: »Meinst du nun ›hüpfte‹ oder ›hoffte‹?«

»Beides«, sagte Bruno. »Un der Mann holte die Ziege aus dem Sack.« (»Von einem Sack war bisher noch gar nicht die Rede«, merkte ich an. »Wird auch nich mehr sein«, erklärte Bruno). »Un er sagte zur Ziege, ›Du sollst hier rumgehn, bis ich zurückkomme.‹ Un er ging un purzelte in ein tiefes Loch, un die Ziege ging rum un rum. Un sie ging unter 'nen Baum. Un sie wackelte mit'm Schwanz. Un sie guckte am Baum hoch. Un sie singte ein trauriges Liedchen. Noch niemals habt ihr so ein trauriges Liedchen gehört.«

»Kannst du es singen, Bruno?« erkundigte ich mich.

»Können schon«, antworte Bruno bereitwillig. »Aber ich will nich. Sylvie müßte weinen –«

»Bestimmt nicht!« unterbrach Sylvie entrüstet. »Ich glaube auch gar nicht, daß die Ziege es gesungen hat!«

»Un ob!« behauptete Bruno. »Sie singte alle Strophen. Ich *sehte* sie mit ihrem langen Bart singen –«

»Mit einem *Bart* kann man aber nicht singen«, protestierte ich und hoffte, den kleinen Burschen zu verwirren. »Ein Bart ist nämlich keine *Stimme.*«

»Na, dann könntest *du* auch nich mit Sylvie spazierengehn!« triumphierte Bruno. »Sylvie iss nämlich kein *Fuß!*«

Ich hielt es für klüger, Sylvies Beispiel zu folgen und zunächst zu schweigen. Bruno war zu gerissen für uns.

»Un als se das ganze Lied gesingt hatte, rennte se weg – um den Mann zu suchen, klar. Un das Krokodil lief hinterher – um se zu beißen, klar. Un die Maus lief hinter dem Krokodil her.«

»*Rannte* das Krokodil denn nicht?« erkundigte sich Sylvie. Sie wandte sich an mich: »Krokodile rennen doch, oder?«

Ich schlug »kriechen« als geeignetes Wort vor.

»Es rennte nich«, beharrte Bruno, »un es kriechte nich. Es ratschte langsam vorwärts wie ein Koffer. Un es reckte sein Kinn hoch in die Luft –«

»Wozu denn das?« fragte Sylvie.

»Weil es keine Zahnschmerzen hatte!« sagte Bruno. »Mußt du denn *alles* erklärt bekommen? Bei Zahnschmerzen hätt'es den Kopf natürlich runtergehalten – etwa so – un es hätte 'ne Masse warmer Decken um sich gewickelt!«

»Ja, wenn es Decken *besäße*«, argumentierte Sylvie.

»Klar *hatte* es Decken!« parierte Bruno. »Meins'de etwa, Krokodile gehen ohne Decken spazieren. Un es runzelte die Augenbrauen. Un davor hat die Ziege sich sehr gefürchtet!«

»*Augenbrauen* würden mich kein bißchen erschrecken!« protestierte Sylvie.

»Ich denke aber doch, wenn nämlich 'n Krokodil dranhing wie hier! Un deshalb springte un springte der Mann un kam schließlich wieder ganz aus dem Loch raus.«

Sylvie japste noch einmal: dieses flinke Umherspringen zwischen den Personen der Geschichte hatte ihr den Atem genommen.

»Un er rennte weg – um nach der Ziege zu sehn, klar. Un er hörte den Löwen grunzen –«

»Löwen grunzen nicht«, kritisierte Sylvie.

»Der schon«, sagte Bruno. »Un sein Maul war so groß wie ein Schrank. Un der Löwe rennte hinter dem Mann her – um ihn zu fressen, klar. Un die Maus rennte hinter dem Löwen her.«

»Aber die Maus rannte doch eben noch hinter dem *Krokodil* her«, nörgelte ich, »sie kann nicht hinter *beiden* herrennen.«

Bruno seufzte ob der Dummheit seiner Zuhörer, erklärte aber sehr geduldig: »Se *rennte* hinter *beiden* her: weil se denselben Weg hatten. Un erst erwischte se das Krokodil, un drum erwischte sie nich den Löwen. Un als se das Krokodil erwischt hatte, was

denk'der, was se da machte – natürlich hatte se Zangen in der Tasche.«

»Ich habe nicht die blasseste Ahnung«, gestand Sylvie.

»Da kann auch keiner nich die blasseste Ahnung von haben!« triumphierte Bruno fröhlich. »Also, sie zog dem Krokodil den Zahn!«

»*Welchen* Zahn?« wagte ich zu fragen.

Aber Bruno ließ sich nicht beirren. »Den Zahn natürlich, mit dem es gerade die Ziege beißen wollte!«

»Um da ganz sicher den richtigen zu erwischen«, widersprach ich, »hätte sie ja *alle* Zähne ziehen müssen.«

Bruno freute sich geradezu und sang, wobei er hin und her schwang: »Sie hat – ihm *alle* – Zähne gezogen!«

»Und warum hat das Krokodil darauf auch noch gewartet?« erkundigte sich Sylvie zweifelnd.

»Es mußte eben warten«, sagte Bruno einfach.

Ich wagte abermals eine Frage: »Aber was ist mit dem Mann, der gesagt hat ›Du kannst hier warten, bis ich zurückkomme‹?«

»Er hat nich gesagt ›Du *kannst*‹«, verbesserte mich Bruno, »er hat gesagt, ›Du *sollst*.‹ Genau wie Sylvie zu mir sagt ›Du sollst deine Aufgaben bis um zwölf Uhr machen‹. Oh, ich *wünschte* bloß«, fügte er mit einem kleinen Seufzer hinzu. »ich *wünschte* bloß, Sylvie würd mal sagen ›Du *kannst* deine Aufgaben machen‹!«

Scheinbar erachtete Sylvie dies als einen gefährlichen Diskussionsgegenstand. Jedenfalls kam sie auf die Geschichte zurück. »Was wurde aber nun aus dem Mann?«

»Also, der Löwe springte auf ihn los. Aber der war so langsam, daß er drei Wochen in der Luft blieb –«

»Hat der Mann etwa die ganze Zeit abgewartet?« fragte ich.

»Natürlich nich!« antwortete Bruno und rutschte kopfüber den Fingerhutstengel hinab, denn das Ende der Geschichte nahte offensichtlich. »Er verkaufte sein Haus un packte seine Sachen, während der Löwe kam. Un er ging weg un lebte in einer annern Stadt. Un so hat der Löwe den falschen Mann gefressen.«

Das war wohl die Moral: und Sylvie sagte den Fröschen zum

Abschied: »Die Geschichte ist zuende! Und was man daraus *lernen* soll«, flüsterte sie mir zu, »kann *ich* mir beim besten Willen nicht vorstellen!«

So *ganz* klar war es mir auch nicht geworden, deshalb verzichtete ich auf einen Vorschlag: Moral oder nicht, die Frösche jedenfalls waren es scheinbar zufrieden und hüpften unter dem rauhen Gesang »Fort! Fort!« davon.

XXV. KAPITEL

Sieh ostwärts!

»Genau vor einer Woche haben wir von Lady Muriels Verlobung erfahren«, sagte ich drei Tage später zur Arthur. »Meiner Meinung nach sollte *ich* auf jeden Fall mal hingehen und gratulieren. Willst du nicht mitkommen?«

Ein schmerzlicher Zug glitt über sein Gesicht. »Wann mußt du uns verlassen?« erkundigte er sich.

»Ich nehme am Montag den Frühzug.«

»Also – gut, ich werde dich begleiten. Es wäre seltsam und unhöflich, täte ich es nicht. Aber heute ist erst Freitag. Laß mir bis Sonntagnachmittag Zeit. Dann habe ich mich besser im Griff.«

Er bedeckte die Augen mit einer Hand, als schäme er sich der Tränen, die seine Wangen herunterrannen, und reichte mir die andere. Sie zitterte, als ich sie ergriff.

Ich wollte ihm einige mitfühlende Worte sagen; aber sie schienen mir armselig und kalt, und so ließ ich sie unausgesprochen. Ich begnügte mich damit, »Gute Nacht!« zu sagen.

»Gute Nacht, lieber Freund!« erwiderte er. Eine mannhafte Kraft lag in seiner Stimme, die in mir die Überzeugung weckte, daß er gegen den großen Schmerz, der sein Leben zu vernichten drohte, kämpfte und über ihn triumphierte – und daß er sich auf dem Schrittstein seines toten Ichs bestimmt zu größeren Taten aufschwingen würde.

Als wir am Sonntagnachmittag aufbrachen, war ich froh zu wissen, daß wir *Eric* nicht im Herrenhaus antreffen würden, denn er war am Tage nach der Bekanntgabe seiner Verlobung in die Stadt zurückgekehrt. *Seine* Anwesenheit hätte vielleicht die – fast schon unnatürliche – Ruhe gestört, mit der Arthur jener Frau begegnete, der sein Herz gehörte, und der er die wenigen sich ziemenden Worte der Anteilnahme leise sagte, die dem Anlaß entsprachen.

Lady Muriel strahlte förmlich vor Glückseligkeit; Trauer hatte im Licht eines solchen Lächelns keinen Bestand: und sogar Arthur ließ sich davon anstecken, und als sie bemerkte: »Wie Sie sehen, gieße ich meine Blumen, obgleich *heute* Sabbat ist«, hatte seine Stimme fast schon den alten heiteren Klang, als er entgegnete: »Selbst am Sabbat sind barmherzige Werke erlaubt. Aber heute *ist* kein Sabbat. Der Sabbat existiert nicht mehr.«

»Ich weiß sehr wohl, daß nicht *Samstag* ist«, antwortete Lady Muriel, »aber nennt man den Sonntag nicht auch ›christlichen Sabbat‹?«

»Man nennt ihn wohl so in Gedenken an die jüdische *Tradition*, nach der einer von sieben Tagen ein *Ruhe*tag sein soll. Aber ich halte dafür, daß die Christen nicht an die *wortgetreue* Einhaltung des vierten Gebotes gebunden sind.«

»*Worauf* begründet sich überhaupt die Verpflichtung, den Sonntag zu achten?«

»Da ist zuerst einmal die Tatsache, daß der siebte Tag ›geheiligt‹ wurde, weil Gott an ihm von seinem Schöpfungswerk ausruhte. Das verpflichtet uns als *Theisten*. Zweitens besteht die Tatsache, daß der ›Tag des Herrn‹ eine *christliche* Einrichtung ist. Das verpflichtet uns als *Christen*.«

»Und Ihre zweckmäßige Regelung wäre –?«

»Ihn erstens, als Theisten, auf eine besondere Art *heilig* zu halten und auf sinnvolle Weise zum *Ruhe*tag zu erklären. Zweitens, als *Christen*, den öffentlichen Gottesdienst zu besuchen.«

»Und wie steht es mit dem *Vergnügen?*«

»Dafür gilt das gleiche wie für jede Art von Beschäftigung, was werktags unschädlich ist, ist es auch sonntags, vorausgesetzt, es beeinträchtigt die Pflichten des Tages nicht.«

»Dann würden Sie Kinder also am Sonntag *spielen* lassen?«

»Selbstverständlich. Warum soll man ihren rastlosen Naturen diesen Tag verhaßt machen?«

»Ich habe irgendwo einen Brief«, sagte Lady Muriel, »eine alte Freundin beschreibt mir darin, wie der Sonntag in ihrer Kindheit ablief. Den hole ich Ihnen mal.«

»Vor Jahren habe ich einmal von einem kleinen Mädchen *mündlich* eine ähnliche Beschreibung erhalten«, erinnerte sich Arthur, als sie gegangen war. »Mit einer rührenden melancholischen Stimme erzählte sie mir: ›Am Sonntag darf ich nicht mit meiner Puppe spielen! Am Sonntag darf ich nicht durch die Dünen laufen! Am Sonntag darf ich nicht im Garten graben!‹ Armes Kind! Es hatte wahrhaftig allen Grund, den Sonntag zu hassen!«

»Hier ist der Brief«, sagte Lady Muriel, als sie zurückkehrte. »Ich lese Ihnen mal die Stelle vor.«

»Wenn ich als Kind am Sonntagmorgen zum ersten Mal die Augen aufschlug, erreichte ein Gefühl düsterer Vorahnung seinen Höhepunkt, das spätestens am Freitag eingesetzt hatte. Ich wußte genau, was mir bevorstand, und mein Wunsch, ja meine Parole lautete: ›Wolle Gott, es wäre Abend!‹ Es war nicht der Tag der Ruhe, sondern der Tag der Bibelstellen, der Katechismustexte (von Watts) und der Traktate über bekehrte Lästerer, fromme Putzfrauen und erbauliche Sterbestunden geretteter Sünder.

Mit den Hühnern mußten wir aufstehen und bis zur Familienandacht um 8 Uhr Hymnen und Teile der Heiligen Schrift auswendig lernen, danach gab es Frühstück, was ich teils wegen des vorangegangenen Fastens, teils aus Furcht vor dem Kommenden nicht genießen konnte.

Um 9 Uhr begann die Sonntagsschule; und ich fand es empörend, mit den Dorfkindern in derselben Klasse zu sitzen, außerdem fürchtete ich, mich durch eine falsche Antwort zu blamieren.

Der Gottesdienst geriet mir zur Meerestiefe von Sund. Ich tauchte da drin herum und richtete das Tabernakel meiner Gedanken auf die Verzierungen der soliden Familienbank, auf meine Gebrüder »Zappel-Philipp« und auf die schreckliche Gewißheit, daß ich am Montag diese plan- und zusammenhanglos improvisierte Predigt, die sich auf keinen konkreten Text bezog, nach meiner Erinnerung zu Papier bringen müßte, was auch noch benotet würde.*

Dann gab es um 1 Uhr ein kaltes Essen (denn die Dienerschaft hatte frei*), abermals Sonntagsschule von 2 bis 4 und Abendandacht um 6. Am schlimmsten waren die Pausen, in denen ich mich anstrengen mußte, weniger*

* AdÜ: Im Original »Wilderness of Zin« = Wüste Zin, aber auch sin = Sünde.

sündhaft als normal zu sein, indem ich Bücher und Predigten las, die es an Lebendigkeit mit dem Toten Meer aufnehmen konnten. Den ganzen Tag über gab es nur einen fernen Hoffnungsschimmer: und das war die ›Schlafenszeit‹, die gar nicht früh genug kommen konnte!«

»Solch ein Stundenplan war zweifellos gut gemeint«, urteilte Arthur, »aber viele der Betroffenen wurden sicher dazu getrieben, ganz und gar vom Gottesdienst zu desertieren.«

»Ich fürchte, heute morgen war *ich* ein Deserteur«, sagte sie ernst. »Ich mußte Eric unbedingt schreiben. Kann ich Ihnen – kann ich Ihnen vielleicht mal seine Ansichten über das *Beten* darlegen? Nie zuvor habe ich es unter diesem Gesichtspunkt betrachtet.«

»Unter welchem Gesichtspunkt?« fragte Arthur.

»Nun, daß die ganze Natur festgelegten Gesetzen gehorcht – *das* hat die Wissenschaft bewiesen. Folglich erwartet man ein Wunder, wenn man Gott um irgend etwas (*geistigen* Segen natürlich ausgenommen) *bittet:* und *dazu* sind wir einfach nicht berechtigt. Ich kann es nicht so gut darlegen wie er; aber das war das Ergebnis, und es hat mich beträchtlich verwirrt. Bitte sagen Sie mir, was Sie dem entgegensetzen können.«

»Ich beabsichtige eigentlich nicht, *Hauptmann Lindons* Zweifel zu erörtern«, stellte Arthur klar, »zumal er nicht anwesend ist. Sollten es aber auch *Ihre* Zweifel sein«, (und seine Stimme nahm unbewußt einen sanften Klang an), »dann werde ich mich dazu äußern.«

»Es *sind* meine Zweifel«, gestand sie scheu.

»Dann zuerst einmal eine Frage: ›Warum haben Sie *geistigen* Segen ausgeschlossen?‹ Ist Ihr Geist nicht ein Teil der Natur?«

»Sicher, aber hier kommt doch die Willensfreiheit ins Spiel – ich kann dies oder das *wählen;* und Gott kann meine Wahl beeinflussen.«

»Dann sind Sie kein Fatalist?«

»Oh, nein!« bestätigte sie eindeutig.

»Gottseidank!« murmelte Arthur, jedoch so leise, daß nur *ich* es hören konnte. »Dann geben Sie also zu, daß ich nach freier

Wahl diese Tasse hier bewegen kann«, er tat es, »*hier*hin oder *da*hin?«

»Ja, das gebe ich zu.«

»Gut, dann wollen wir mal sehen, inwieweit das Resultat auf festen Gesetzen beruht. Die *Tasse* bewegt sich, weil gewisse mechanische Kräfte durch meine *Hand* auf sie einwirken. Meine *Hand* bewegt sich, weil gewisse Kräfte – elektrische, magnetische oder als was auch immer sich die ›Nervenkraft‹ noch erweisen wird – von meinem *Gehirn* aus auf sie einwirken. Diese Nervenkraft, die im Gehirn gespeichert ist, könnte für eine fortgeschrittene Wissenschaft vermutlich auf chemischen Einflüssen basieren, die das Blut dem Gehirn zuführt und die letzten Endes in der Nahrung, die ich esse, und in der Luft, die ich atme, enthalten ist.«

»Aber wäre das nicht Fatalismus? Wo bliebe denn da die Willensfreiheit?«

»Die liegt in der *Wahl* der Nerven«, erklärte Arthur. »Die Nervenkraft des Gehirns kann ebensogut durch den einen wie durch den anderen Nerv strömen. Für die Entscheidung, *welcher* Nerv sie aufnehmen soll, ist schon etwas mehr als ein starres Naturgesetz vonnöten. Und dieses ›Etwas‹ ist die Willensfreiheit.«

Ihre Augen funkelten. »Jetzt verstehe ich, was Sie meinen!« rief sie. »Menschliche Willensfreiheit bildet eine Ausnahme innerhalb des Systems fixierter Naturgesetze. Eric sagte auch so etwas. Und dann wies er wohl darauf hin, daß Gott die Natur allein über den menschlichen Willen beeinflussen kann. So daß es sinnvoll von uns *sei, ›unser täglich Brot gib uns heute‹* zu beten, da die meisten Bedingungen zur Brotherstellung menschlicher Kontrolle unterliegen. Aber um Regen oder Sonnenschein zu beten, wäre genauso unsinig wie –« Sie hielt inne, als fürchte sie, etwas Respektloses zu sagen.

Mit leiser, vor Erregung bebender Stimme und mit der Feierlichkeit eines Menschen im Angesicht des Todes antwortete Arthur langsam: *»Hadern will der Tadler mit dem Allmächtigen?**

* AdÜ: Hiob 40,2.

Sollen wir, ›der Schwarm, der im Mittagsstrahl geboren‹* uns die Macht anmaßen, die Naturkräfte in diese oder jene Richtung zu lenken – eine *Natur*, in der wir nur ein unwichtiges Rädchen sind – sollen wir in unserer grenzenlosen Arroganz und unserer bemitleidenswerten Einbildung diese Macht dem Allmächtigen *absprechen?* Sollen wir unserem Schöpfer etwa sagen: ›Bis hierher und nicht weiter. Du hast geschaffen, aber herrschen kannst du nicht!‹?«

Lady Muriel hatte ihr Gesicht in den Händen verborgen und blickte nicht auf. Sie murmelte nur immer wieder: »Danke, danke!«

Wir standen auf, um zu gehen. Mit sichtlicher Anstrengung sagte Arthur: »Ein Wort noch. Wenn Sie die Kraft des Gebetes *erfahren* wollen – die es in jedem Lebensbereich des Menschen besitzt – dann versuchen Sie es. *Bittet, so wird euch gegeben.*** Ich – *habe* es versucht. Ich *weiß*, Gott erhört die Gebete!«

Auf dem Heimweg schwiegen wir bis kurz vor unserer Wohnung: dann murmelte Arthur – und es war schon fast das Echo meiner eigenen Gedanken: *»Was weißt du, Weib, ob du deinen Mann retten wirst?«****

Das Thema wurde nicht wieder berührt. Wir sprachen immer noch miteinander, während Stunde um Stunde unserer letzten gemeinsamen Nacht unbemerkt verrann. Er hatte mir viel von Indien zu erzählen, dem neuen Leben, das er zu führen beabsichtigte, und der Arbeit, die er zu übernehmen hoffte. Und seine große edle Seele schien so erfüllt von würdigem Streben, daß kein Platz mehr für nutzlosen Schmerz oder eigensüchtige Klage blieb.

»Komm, der Morgen dämmert schon herauf!« sagte Arthur endlich, erhob sich und stieg voran die Treppe hinauf. »In wenigen Minuten geht die Sonne auf; und wenn ich auch so gemein war und dich um die letzte Schlafgelegenheit hier betrogen *habe*,

* AdÜ: Thomas Gray, The Bard, II, ii.
** AdÜ: Matthäus 7,7.
*** AdÜ: 1. Korinther 7,16.

so bin ich doch sicher, du vergibst mir: denn ich hätte es wirklich nicht über mich gebracht, schon eher ›Gute Nacht‹ zu sagen. Und weiß Gott, ob du mich jemals wiedersiehst oder von mir hörst!«

»*Hören* werde ich ganz bestimmt von dir!« antwortete ich herzlich und zitierte die folgenden Zeilen jenes merkwürdigen Gedichtes mit dem Titel »Waring«:

»Oh, war ein Stern
verloren hier, er glänzte fern!
Sieh ostwärts, wo vieltausend währ'n!
*In Wischnus Land Avatar ehr'n?«**

»Ja, sieh ostwärts! stimmte Arthur eifrig zu und verharrte am Treppenfenster, das einen schönen Ausblick auf das Meer und den östlichen Horizont bot. »Der Westen ist das passende Grab aller Sorgen und Seufzer, aller Irrtümer und Torheiten der Vergangenheit: aller in ihr verlorenen Hoffnungen und toten Lieben! Vom Osten her kommt neue Kraft, neues Streben, neue Hoffnung, neues Leben, neue Liebe! Sieh ostwärts! Ja, sieh ostwärts!«

Seine Worte gellten mir immer noch in den Ohren, als ich mein Zimmer betrat und die Vorhänge gerade noch rechtzeitig zurückzog, um die Sonne dabei zu sehen, wie sie strahlend ihrem Ozeankerker entfloh und die Welt in das Licht eines neuen Tages tauchte.

»So soll es ihm, mir, uns allen ergehen!« grübelte ich. »Alles Böse, Tote, Hoffnungslose soll mit der verwichenen Nacht schwinden! Alles Gute, Lebendige, Hoffnungsfrohe soll mit der Dämmerung des Tages erwachen!

Mit der Nacht schwinden die kalten Nebel, die fatalen Wahngestalten, die düsteren Schatten, die heulenden Böen und der Eulen melancholisches Klagen: mit dem Tag kommen die blitzenden Strahlen, die heilsame Morgenbrise, die Wärme erwachenden Lebens und der Lerche froher Gesang! Sieh ostwärts!

* AdÜ: Elisabeth Barrett Browning, Waring ii, 3.

Mit der Nacht schwinden die Wolken der Torheit, der giftige Hauch der Sünde und die stillen Sorgentränen: und mit dem Tag erhebt sich höher und höher der strahlende Glanz von Wissen, der süße Hauch der Reinheit und eine weltweite Ekstase! Sieh ostwärts!

Mit der Nacht schwindet der Gedanke an eine tote Liebe, und die welken Blätter einer enttäuschten Hoffnung, und die bedrükkenden Klagen, und die düstere Trauer, die die größten Energien der Seele erstarren lassen: und es hebt, dehnt und bäumt sich wie ein lebendiger Strom der mannhafte Entschluß, der feste Wille und der Vertrauensblick gen Himmel – *eine Zuversicht auf das, was man hofft, eine Überzeugung von Dingen, die man nicht sieht!**

Sieh ostwärts! Ja, sieh ostwärts!«

* AdÜ: Hebräer 11, 1.

II

SWAIN SC

Sylvie & Bruno
Teil II

Hier Träume Schöpfers tollem Griff entschweben –
Hand, steif und still auf toter Mutter Brust,
nein, nie mehr wird die Hand zum Streicheln leben,
und trösten wird sie kein Kind bei Verlust –
in solcher Art ich meinen Text versteh'
entlassen hier. Du wunderschöne Fee –
die Hüterin des Kobolds, der dich neckt –
wo vieler Spaß wird trübe Liebesweh.
Frecher, froher Bruno! Wer, der dich entdeckt,
kann weigern dich zu lieben, so wie ich? –
Süsse Sylvie mein, wir verlassen dich!

I. KAPITEL

Brunos Aufgaben

Im Laufe der ersten ein, zwei Monate empfand ich mein einsames Stadt-Leben als ziemlich fade und langweilig. Mir fehlten die lieben Freunde, die ich in Elfenau zurückgelassen hatte – der inspirierende Gedankenaustausch – und die Seelenverwandtschaft, die den Ideen eines Menschen einen neuen kräftigen Impuls verleiht: doch weit mehr noch vermißte ich wohl die Gesellschaft der beiden Elben – oder Traum-Kinder, denn über ihre Abstammung war ich mir noch nicht ganz im klaren –, deren muntere Verspieltheit einen magischen Schimmer auf mein Leben geworfen hatte.

In der Geschäftszeit – in der sich vermutlich die meisten Menschen geistig in eine Kaffeemühle oder Mangel versetzt fühlen – gingen die Stunden ihren normalen Gang: in den Ruhepausen des Trubels allerdings, wenn einem in trostlosen Stunden Bücher und Zeitschriften zum Halse heraushängen, so daß man, auf sein düsteres Nachsinnen zurückgeworfen, sich – allerdings vergeblich – abmüht, das Vakuum mit den lieben Gesichtern abwesender Freunde zu bevölkern, machte sich die Bitternis der Einsamkeit wahrhaft bemerkbar.

Als mich nun eines Abends die Langeweile noch ärger quälte als sonst, schlenderte ich in meinen Club. Mich trieb nicht so sehr die Hoffnung, dort einen Freund anzutreffen, denn London war zur Zeit »auf dem Lande«, sondern vielmehr das Bedürfnis, wenigstens »den angenehmen Klang menschlicher Laute« hören und mit menschlichen Regungen in Kontakt treten zu können.

Und dennoch *sah* ich dort fast als erstes Gesicht das eines Freundes. Ziemlich »gelangweilt« döste Eric Lindon über einer Zeitung; und keiner von uns beiden suchte zu verhehlen, mit welcher Befriedigung wir uns in ein Gespräch stürzten.

Erst nach einer Weile wagte ich das Thema anzuschneiden, das mein gesamtes Denken zur Zeit beherrschte. »Nun ist also der Doktor« (eine Benennung, die wir im stillschweigenden Einvernehmen als bequemen Kompromiß zwischen der förmlichen Anrede »Doktor Forester« und der vertraulichen Anrede »Arthur« – zu der Eric Lindon kaum berechtigt schien – gewählt hatten) »inzwischen wohl außer Landes gegangen? Können Sie mir vielleicht seine derzeitige Anschrift geben?«

»Er ist wohl noch immer in Elfenau«, lautete die Antwort. »Aber ich bin selbst nicht mehr dort gewesen, seit wir uns das letzte Mal getroffen haben.«

Ich kann wahrhaftig nicht sagen, welcher Teil der Auskunft mich am meisten in Verwunderung setzte. »Und darf ich mich erkundigen – wenn Sie mir die Freiheit gestatten –, wann Ihre Hochzeitsglocken läuten werden –, oder ist das etwa schon geschehen?«

»Nein«, antwortete Eric ruhig. »*die* Verlobung ist aufgelöst. Ich bin immer noch ›Benedikt, der *Un*verheiratete‹.«*

Darauf wucherten die Phantasien – alle durchdrungen von neuen glücklichen Aspekten für Arthur – zu üppig, um eine Fortsetzung des Gesprächs zu gestatten, und ich war nur allzu froh, als ich die erste sich bietende Gelegenheit ergreifen konnte, um mich in meine Welt des Schweigens zurückzuziehen.

Am nächsten Tag erteilte ich Arthur in einem Brief so viel Verweise wegen seines langen Schweigens, wie ich nur in Worte fassen konnte, und bat um einen vollständigen Bericht, was ihm, um Himmels willen, widerfahren sei.

Dann blieb mir nichts weiter übrig, als drei, vier – oder vielleicht mehr – Tage bis zu seiner möglichen Antwort auszuharren; noch nie zuvor war die Zeit für mich so schleppend langsam dahingeschlichen.

Zum Zeitvertreib schlenderte ich eines Nachmittags durch die Kensington Gardens, und während ich ziellos einen beliebigen Weg einschlug, erkannte ich plötzlich, daß ich mich auf einem

* AdÜ: Variante aus Shakespeare ›Much Ado About Nothing‹ i, 1: »Benedick the married man«.

völlig unbekannten verirrt hatte. Doch meine elbischen Erfahrungen waren in meiner Erinnerung derart verblaßt, daß ich in keinster Weise daran dachte, meinen Elbenfreunden abermals zu begegnen, als ich ganz per Zufall eines kleinen Wesens gewahr wurde, das zwischen den Gräsern am Wegrand dahinzog und das weder ein Insekt noch ein Frosch oder irgendein anderes mir bekanntes Tier sein konnte. Vorsichtig hockte ich mich nieder, formte die beiden Hände zu einem *ex-tempore*-Käfig, setzte so den kleinen Wanderer gefangen, und mit einem jähen Überraschungs- und Freudenschock entdeckte ich, daß mein Gefangener niemand anderer als *Bruno* war!

Bruno nahm es *sehr* gelassen hin, und als ich ihn so abgesetzt hatte, daß ich mich bequem mit ihm unterhalten konnte, begann er unverzüglich zu reden, als seien seit unserer letzten Begegnung erst wenige Minuten vergangen.

»Has'de vielleicht 'ne Ahnung, was die *Regel* sagt«, erkundigte er sich, »wenn de 'nen Elben fängst, ohne daß er dich gezeigt hat, wo's war?« (Jedenfalls hatte sich Brunos Auffassung von der deutschen Grammatik seit unserer letzten Zusammenkunft *nicht* merklich geändert.)

»Nein«, erklärte ich. »Von der Regel war mir wirklich nichts bekannt.«

»Ich *glaub'*, du hast das Recht, mir zu *essen«*, informierte mich der kleine Bursche und schmunzelte charmant zu mir hoch. »Aber ganz sicher bin ich da nich. De solltest dir also vorher besser vergewissern.«

Ohne eingehende Prüfung einen derart unwiderruflichen Schritt zu wagen, schien mir in der Tat nicht ratsam. »Bestimmt *erkundige* ich mich zuerst«, meinte ich. »Außerdem weiß ich gar nicht, ob du überhaupt eine Mahlzeit wert wärest!«

»Schätze, ich bin 'ne Döllikatesse«, behauptete Bruno selbstbewußt, als sei das eine positive Eigenschaft.

»Und was tust du hier, Bruno?«

»*So* heiß ich nich!« widersprach mein schlauer kleiner Freund. »Weiß'de denn nich, daß mein Name ›O Bruno!‹ iss? So nennt mir nämlich Sylvie immer, wenn ich meine Aufgaben mach.«

»Also dann, was machst du hier, o Bruno?«

»Meine Aufgaben natürlich!« antwortete er mit schelmischem Augenzwinkern, womit er andeutete, daß er Unsinn redete.

»Aha, *so* machst du also deine Aufgaben? Weißt du sie denn überhaupt auswendig?«

»*Meine* Aufgaben weiß ich immer wendisch«, erklärte Bruno. »*Sylvies* Aufgaben sinn so schröcklich schwer zu wenden!« Er runzelte die Stirn, als denke er angestrengt nach, und pochte mit den Knöcheln dagegen. »Ich *kann* einfach nich genug denken, um se zu begreifen!« klagte er. »Dazu brauch man meiner Meinung nach ein *doppeltes* Denken!«

»Doch wo ist eigentlich Sylvie?«

»Das wüßte *ich* auch gern!« beschwerte sich Bruno. »Was nützen mir die Aufgaben, wenn sie nich mal da iss un die tomblisierten Stückchen zu 'läutern?«

»*Ich* suche sie für dich«, erbot ich mich freiwillig, erhob mich und streifte um den Baum herum, in dessen Schatten ich mich niedergelassen hatte, und hielt in alle Richtungen nach Sylvie Ausschau. Sogleich bemerkte ich *noch* ein merkwürdiges Ding, das sich zwischen den Gräsern bewegte, und als ich mich niederkniete, blickte ich auch schon in Sylvies unschuldiges Gesicht, auf dem sich bei meinem Anblick freudiges Erstaunen prägte, und die mir so wohlvertraute, liebliche Stimme redete mich mit dem *Ende* eines Satzes an, dessen Anfang ich verpaßt hatte.

»– und ich meine ja, er könnte inzwischen *fertig* sein. Deshalb gehe ich jetzt zu ihm zurück. Möchten Sie mitkommen? Wir brauchen nur um den Stamm auf die andere Seite des Baumes!«

Für *mich* waren das nur wenige Schritte; doch für Sylvie waren es sehr viele; und ich mußte mit Bedacht ganz langsam gehen, damit das kleine Wesen nicht so weit hinter mir zurückblieb, daß ich es aus den Augen verlor.

Brunos *Aufgaben* waren ziemlich leicht zu finden: sie standen in zierlicher Schrift auf großen glatten Efeublättern, die reichlich unordentlich an einer kahlen Stelle herumlagen, wo das Gras verwelkt war; doch der bleiche Studikus, der von Rechts wegen hätte in sie vertieft sein müssen, war nirgendwo zu sehen; vergeblich blickten wir immer wieder in alle Richtungen, bis Sylvies scharfes Auge ihn schließlich erspähte, wie er an einer Efeuranke schau-

kelte, und Sylvies strenge Stimme befahl seine sofortige Rückkehr auf den Boden der Tatsachen.

»Erst das Vergnügen, dann die Arbeit« schien das Motto dieser Winzlinge zu sein, so lange wurde sich geherzt und geküßt, ehe etwas anderes geschehen konnte.

»Nun, Bruno«, tadelte Sylvie ihn schließlich, »habe ich dir nicht gesagt, du sollst deine Aufgaben weitermachen, bis du etwas anderes hörst?«

»Aber ich *hab* was andres gehört!« beharrte Bruno mit frechem Augenzwinkern.

»Und *was* war das, du Schlingel?«

»Da war so'n Geräusch in der Luft«, erklärte Bruno, »so'n surrendes Geräusch. Has'des nich auch gehört, mein Herr Mann?«

»Na, wie dem auch sei, jedenfalls brauchst du darauf jetzt nicht *einzuschlafen,* du Faulpelz!« Denn Bruno hatte sich auf der größten »Aufgabe« zusammengerollt und funktionierte gerade eine andere zum Kissen um.

»Ich *will* ja gar nich einschlafen!« protestierte Bruno beleidigt. »Wenn ich meine Augen schließ, dann will ich damit zeigen, daß ich *wach* bin!«

»Schön, und wie weit bist du mit dem Lernen?«

»Ich hab ein ganz winzig kleines Bißchen gelernt«, sagte Bruno bescheiden, da er augenscheinlich eine Überbewertung seiner Leistungen fürchtete. »Kannich mehr nich lernen!«

»O Bruno! Du weißt doch ganz genau, daß du *kannst,* wenn du magst.«

»Natürlich kann ich, wenn ich *mag«,* bekannte der bleiche Studikus, »aber ich kannich, wenn ich *nich* mag.«

Sylvie hatte eine Methode – Brunos logischen Konfusionen durch das plötzliche Einbeziehen eines neuen Gedankens auszuweichen – für die ich ihr höchste Bewunderung zollte; und diese meisterhafte Strategie wandte sie jetzt an.

»Also, das *eine* muß ich dir ja sagen –«

»Has'de schon gewußt, mein Herr Mann«, bemerkte Bruno nachdenklich, »daß Sylvie nich zählen kann? Immer wenn se sagt ›Das *eine* muß ich der ja sagen‹, *weiß* ich ganz genau, sie sagt noch'n *zweites!* Un das tut se immer.«

»Zwei Köpfe sind besser als einer, Bruno«, meinte ich, aber über die Bedeutung meines Einwurfs war ich mir selbst nicht ganz im klaren.

»Ich hätt nix gegen zwei Köpfe«, murmelte Bruno, »einen Kopf zum Essen un einen Kopf zum Distelltieren – meins'de nich auch, de sähst mit zwei Köpfen schöner aus, mein Herr Mann?«

Ich versicherte ihm, daran bestünde kein Zweifel.

»Der Grund, warum Sylvie so schlecht gelaunt iss –«, fuhr Bruno ganz ernst, ja fast traurig, fort.

Angesichts dieser Unterstellung wurden Sylvies Augen groß

und rund vor Verwunderung – denn ihr rosiges Gesicht strahlte geradezu vor guter Laune. Doch sie schwieg.

»Wäre es nicht besser, mir das nach den Aufgaben zu sagen?« schlug ich vor.

»Also gut«, gab Bruno nach, »dann iss se bloß nich mehr schlecht gelaunt.«

»Es handelt sich nur um drei Fächer«, erläuterte Sylvie. »Buchstabieren, Geographie und Musik.«

»Keine *Arithmetik?*« fragte ich.

»Nein, für Arithmetik hat er nicht den Kopf –«

»Natürlich nich!« schaltete sich Bruno ein. »Mein Kopf iss für de *Haare* da. Ich hab keinen *Haufen* Köpfe.«

»– und er kann die Muliplikationstafel nicht lernen–«

»Ich hab *Geschichte* weit lieber«, bemerkte Bruno. »Die Mulirittationstafel muß man *wiederholen* –«

»Schön, aber du mußt auch Geschichte wieder –«

»Ne, muß 'de nich!« unterbrach mich Bruno. »Geschichte wiederholt sich alleine. Der Profeffer hat's gesagt!«

Sylvie kritzelte einige Buchstaben auf eine Tafel – N-E-B-E-L. »Na, Bruno«, sagte sie, »wie buchstabiert man *das?«*

In stummer Feierlichkeit blickte Bruno eine Minute lang darauf. »Ich weiß, wie man es nich buchstabiert?« bot er schließlich an.

»Das nützt nichts«, beschied ihn Sylvie. »Wie *wird* es buchstabiert?«

Bruno blickte wieder auf die mysteriösen Buchstaben. »Also, rückwärts heißt es LEBEN!« rief er. (Ich prüfte es, es stimmte tatsächlich.)

»Wie hast du das *bloß* erkannt?« erkundigte sich Sylvie.

»Ich hab einfach meine Augen gedreht«, erläuterte Bruno, »un dann hab ich's gleich gesehn. Kann ich jetz das Zaunkönig-Lied singen?«

»Als nächstes Geographie«, beharrte Sylvie. »Du kennst doch den Stundenplan?«

»Meiner Meinung nach sollte es nich so 'ne Masse Pläne geben, Sylvie! Ich denk mir –«

»Es sollte *sogar* eine ganze Masse Pläne geben, du kleiner

Schlingel! Und was fällt dir überhaupt ein, darüber *nachzudenken*? Halt sofort den Mund!«

Da »der Mund« nicht willens schien, sich von alleine zu halten, schloß ihn Sylvie für Bruno – mit beiden Händen – und siegelte ihn mit einem Kuß, gerade so wie einen Brief.

»Nun, da Bruno nicht mehr sprechen kann«, fuhr sie zu mir gewandt fort, »zeige ich Ihnen die Karte für seine Aufgabe.«

Und auf dem Boden ausgebreitet lag eine große Weltkarte. Sie hatte ein derartiges Format, daß Bruno über sie hinwegrobben mußte, um die Städte zu zeigen, die in der »Zaunkönig-Aufgabe« erwähnt wurden.

»Wenn ein Zaunkönig ein davonfliegendes Käferlein sieht, sagt er: ›*Sedan*, das wollen wir *Erlangen!*‹ Un wenn er's fängt, sagt er: ›Komm, *Mekka* nich! *Denver* hungrig iss, muß eben *Essen.*‹ Er nimmt es zwischen seine Krallen un bekräftigt: *Warschau!* Wenn er es dann in seinen Schnabel steckt, sagt er: ›*Rheine!*‹ Un wenn er es runterschluckt, sagt er: ›*Darmstadt!*‹ Un das wär's.«

»Das war *ganz* perfekt«, lobte Sylvie. »Jetzt darfst du das Zaunkönig-Lied singen.«

»Willst du die Chorpartie übernehmen?« fragte mich Bruno.

Ich wollte schon antworten »Ich kenne den *Text* leider nicht«, als Sylvie die Karte schweigend wendete und ich auf der Rückseite den ganzen Text niedergeschrieben sah. In einer Hinsicht war es ein ganz besonderes Lied: die Chorpartie jedes Verses stand in der *Mitte* statt am *Ende*. Dennoch war die Melodie so einfach, daß ich sie mir bald angeeignet hatte, und ich bewältigte die Chorpartie wohl so gut, wie es einer *einzelnen* Person möglich ist, solch eine Aufgabe zu meistern. Vergeblich bedeutete ich Sylvie, mich zu unterstützen: sie lächelte nur lieb und schüttelte den Kopf.

»Zaunkönig wirbt um Käferlein –
Singt Bienen, Bohnen, Bärenklau!
›Betracht' mich nur‹, sprach er,
›Mein Kopf macht doch viel her –
mein Bart ist so schön schwarz und fein –
mein Auge sieht genau!‹

›Nagel hat Kopf‹, sprach Käferlein –
Singt Pilze, Pelze, Primeltopf!
›Der bleibt auch wo er hängt,
ist er mal eingezwängt,
und so was soll weit besser sein,
als solch ein Quasselkopf.‹

›Auster trägt Bart‹, sprach Käferlein –
Singt Fliegen, Frösche, Fidelklang!
›Ich lieb sie, denn ich weiß,
sie schwafelt nicht mal leis:
sie könnte selbst ein König sein –
sie hätt' zum Reden keinen Hang!‹

›Nadel hat Aug'‹, sprach Käferlein –
Singt Katzen, Korken, Kräutertee!
›Sie ist so spitz – wie schlicht,
was Majestät ist nicht:
macht Euch davon – denn mich zu frei'n
welch ulkige Idee!‹ «

»So ging er fort«, fügte Bruno als eine Art Postscriptum hinzu, nachdem der letzte Ton des Liedes verklungen war. »So als er es immer machte.«

»Oh, mein *lieber* Bruno!« rief Sylvie und hielt sich die Ohren zu. »Das heißt nicht ›als‹; das heißt *›wie‹*.«

Dem entgegnete Bruno hartnäckig: »Ich sag nur ›wie‹, wenn de nich laut genug sprichst, daß ich dich hören kann.«

»Und was ist aus ihm geworden?« fragte ich in der Hoffnung, eine Diskussion unterbinden zu können.

»Vor Kummer aß er ganz viel un wurde mehr fett, als er je zuvor gewesen war«, erzählte Bruno.

»›Mehr fett‹ ist niemals richtig«, korrigierte ihn Sylvie. »Es heißt *›fetter‹*.«

»Dann heißt es wohl auch nich ›mehr Tochte‹, wenn wir bei Kaffee un Kuchen sitzen«, parierte Bruno, »sondern *›Tochter‹!*«

Diesmal entzog sich Sylvie einer Diskussion, indem sie sich abwandte und die Karte zusammenrollte. »Unterricht ist beendet!« verkündete sie mit lieblichster Stimme.

»Und es hat keine *Tränen* gegeben?« staunte ich. »Kleine Jungen weinen doch *immer* beim Aufgabenmachen?«

»Ich wein nie nach zwölf Uhr«, bekannte Bruno, »weil es dann so schnell aufs Essen zugeht.«

»Manchmal in der Frühe«, tuschelte Sylvie, »wenn unser Geographie-Tag ist, und wenn er ungehorsa–«

»*Was* has'de denn da zu reden, Sylvie!« unterbrach Bruno hastig. »Glaubs'de vielleicht, de Erde sei *geschaffen,* damit de drauf reden kannst?«

»Na, und wo *sollte* ich dann deiner Meinung nach reden?« erkundigte sich Sylvie offensichtlich diskussionsfreudig.

Doch Bruno antwortete entschlossen: »Ich will nich drüber distelltieren, weil's schon spät iss un keine Zeit mehr dazu – aber du hast so falsch wie nur was!« Und er rieb sich mit dem Handrükken die Augen, in denen Tränen glitzerten.

Sogleich füllten sich auch *Sylvies* Augen mit Tränen. »Ich hab es nicht so gemeint, Bruno, *Liebling!*«, und die übrige Diskussion verschwand »im Haarknäuel der Neæra«*, während die beiden Disputanten einander herzten und küßten.

Doch diese neue Diskussionsebene wurde jäh von einem Blitzstrahl unterbrochen, dem Donnergrollen und ein Wolkenbruch folgten, der gleich einem Lebewesen zischend und sprühend durch das schützende Blätterdach des Baumes drang. »Seht mal, es regnet Katzen und Hunde!« scherzte ich.

»Un all die *Hunde* sinn als *erstes* runtergekommen«, stellte Bruno fest. »Jetz kommen nur noch die *Katzen!*«

Von einer Minute zur anderen hörte das Prasseln so plötzlich auf, wie es eingesetzt hatte. Ich kam unter dem schützenden Baum hervor und erkannte, daß das Unwetter vorüber war; als ich aber zurückkehrte, suchte ich meine Freunde vergebens. Sie waren mit dem Unwetter verschwunden, und mir blieb nichts anderes übrig, als mich auf den Heimweg zu machen.

Auf dem Tisch lag, meiner Rückkehr harrend, ein Briefumschlag in jener eigentümlich gelben Farbe, die stets ein Telegramm verrät, und die in der Erinnerung so vieler von uns mit großen jähen Schmerzen verbunden ist – mit etwas, das einen Schatten auf die Lebensfreude geworfen hat, der niemals wieder völlig getilgt wird. Zweifellos hat sie *ebenso* – vielen von uns – einige unvermutete gute Nachrichten mitgeteilt; doch das geschieht wahrscheinlich seltener: ein Menschenleben scheint im großen und ganzen mehr Schmerz als Freude zu beinhalten. Und doch dreht sich die Erde weiter. Wer weiß warum?

Doch diesmal löste es keinen Schmerz aus; die wenigen Worte, die es enthielt (»Konnte nicht schreiben. Komm bald. Immer willkommen. Brief folgt. Arthur.«), klangen für mich wahrhaftig so, als spräche Arthur da selbst, was mich derart freudig erregte, daß ich unverzüglich meine Reisevorbereitungen traf.

* AdÜ: Milton, Lycidas Z. 68.

II. KAPITEL

Der Liebe Abendglocken

»Feenwalde! Nach Elfenau umsteigen!«

Welch subtile Erinnerung mochte mit diesen banalen Worten verbunden sein, daß sie mein Denken mit solch einer Flut glücklicher Gedanken erfüllten? Freudig erregt entstieg ich dem Coupé, obgleich ich dafür zunächst keine Ursache sah. Schon wahr, ich hatte die nämliche Reise vor sechs Monaten zur selben Tageszeit unternommen; seitdem war jedoch vieles geschehen, und eines alten Mannes Gedächtnis ist bei noch nicht weit zurückliegenden Ereignissen lückenhaft: vergebens forschte ich nach dem »fehlenden Glied«. Da fiel mir eine Bank ins Auge – die einzige, die der trostlose Bahnhof bot –, auf der sich eine Lady niedergelassen hatte, und die ganze vergessene Szene flammte so lebendig vor mir auf, als ereigne sie sich abermals.

»Ja«, dachte ich, »dieser öde Bahnsteig ist für mich voller Erinnerungen an eine liebe Freundin. Damals saß sie auf eben jener Bank und lud mich mit einem Zitat von Shakespeare ein – welches, weiß ich nicht mehr –, sie mit ihr zu teilen. Ich will die Idee des Earls ausprobieren und das Leben als Drama ansehen; ich denke mir die Person dort einfach als Lady Muriel und will mir diese Illusion möglichst lange erhalten.«

So schlenderte ich den Bahnsteig entlang, mich unentwegt »glauben machend« (wie Kinder sagen), die zufällig dort auf der Bank sitzende Reisende sei Lady Muriel, an die ich mich noch so gut erinnern konnte. Sie blickte in die entgegengesetzte Richtung, was den kunstvoll einstudierten Selbstbetrug noch unterstützte, und obgleich ich im Vorbeigehen den Blick auf diese Stelle sorgfältig mied, um die schöne Illusion zu retten, war es unvermeidlich, daß ich auf dem Rückweg sehen mußte, wer sie war. Es war wahrhaftig Lady Muriel!

Nun war die ganze Szenerie wieder in meinem Gedächtnis, und um die Wiederholung noch zu vervollständigen, saß dort auch derselbe alte Mann, der damals, wie ich mich erinnerte, so unwirsch vom Stationsversteher weggescheucht worden war, damit dieser Platz für seine adelige Reisende hatte. Er war derselbe, aber »etwas war anders«: nicht länger torkelte er kraftlos über den Bahnsteig, sondern er saß wahrhaftig an Lady Muriels Seite und unterhielt sich mit ihr! »Ja, stecken Sie es in Ihre Börse«, sagte sie gerade, »und denken Sie daran, Sie sollen alles für *Minnie* ausgeben. Und vergessen Sie nicht, ihr etwas Hübsches zu kaufen, woran Sie auch Freude hat! Und bestellen Sie liebe Grüße!« Sie konzentrierte sich so auf ihre Anweisungen, daß sie mich zuerst gar nicht erkannte, obgleich sie beim Klang meiner Schritte den Kopf wandte und mich anblickte.

Ich trat heran, zog meinen Hut, und da leuchtete ihr Gesicht vor echter Freude, so daß ich mich an Sylvies liebliches Antlitz erinnert fühlte, wie wir uns vor kurzem in den Kensington Gardens begegnet waren, was mich beträchtlich verwirrte.

Statt den armen Mann an ihrer Seite zu vertreiben, erhob sie sich lieber von ihrem Platz und ging mit mir den Bahnsteig auf und ab, und für ein, zwei Minuten war unser Gespräch derart trivial und alltäglich, als wären wir zwei Zufallsbekanntschaften in einem Londoner Salon. Im ersten Moment schienen wir beide davor zu scheuen, jene interessanteren Themen anzuschneiden, die unser Dasein miteinander verbanden.

Während unserer Unterhaltung war der Zug nach Elfenau eingelaufen; und der devoten Anweisung des Stationsvorstehers: »Hierher, Mylady! Es wird Zeit!« folgend, gingen wir zum Ende des Zuges, wo der einzige Erster-Klasse-Waggon angekuppelt war, und wir kamen eben an der nun freien Bank vorüber, als Lady Muriel auf ihr die Börse bemerkte, der ihr Geschenk so sorgfältig anvertraut worden war, während ihrem Besitzer, des Verlustes nicht gewahr, gerade in einen Waggon am anderen Ende des Zuges geholfen wurde. Sie stürzte sich sogleich darauf. »Armer alter Mann!« rief sie. »Er darf nicht in dem Glauben abfahren, er habe sie verloren!«

»Soll *ich* es ihm bringen! Ich kann schneller laufen als Sie!« bot ich an. Doch sie war schon halbwegs den Bahnsteig hinuntergeschwebt (»gerannt« ist eine viel zu irdische Bezeichnung für eine derart feenhafte Bewegung), und zwar in einem Tempo, hinter dem alle *mir* möglichen Anstrengungen hoffnungslos zurückblieben.

Sie war schon wieder zurück, bevor ich das leichtsinnige Prahlen mit meiner Schnelligkeit noch ganz beendet hatte, und sagte beim Einsteigen in unser Abteil ein wenig zögernd: »Und Sie glauben wirklich, *Sie* hätten das schneller geschafft?«

»Nein, bestimmt nicht!« gestand ich ein. »Ich erkläre mich einer plumpen Übertreibung ›schuldig‹ und bitte das Gericht um Gnade!«

»Das Gericht will es – noch einmal – übersehen!« Dann wechselte ihr Verhalten jäh von Heiterkeit zu besorgtem Ernst.

»Sie scheinen nicht in allerbester Verfassung!« meinte sie mitleidig. »Ich glaube wirklich, Sie sehen *weit* schwächer aus als damals bei ihrer Abreise. Ich bezweifle sehr, daß London Ihnen bekommt?«

»Das mag an der Londoner Luft liegen«, erklärte ich, »vielleicht aber auch an der harten Arbeit – oder meiner Einsamkeit: jedenfalls habe ich mich in der letzten Zeit *wirklich* nicht sehr wohl gefühlt. Aber Elfenau wird mich gesundheitlich schon wieder ganz auf die Höhe bringen. Arthurs Rezept – er ist nämlich mein Arzt, und ich habe erst heute morgen einen Brief von ihm erhalten – lautet: ›viel Ozon, frische Milch und *angenehme Gesellschaft*‹!«

»Angenehme Gesellschaft?« grübelte Lady Muriel und verstellte sich dabei hübsch, als bedenke sie die Frage ernsthaft. »Also, ich kann mir nicht vorstellen, wo wir *sowas* für Sie finden können! Wir haben so wenig Nachbarn. Aber das mit der frischen Milch *läßt* sich regeln. Die bekommen Sie bei meiner alten Freundin Frau Hunter, die wohnt gleich in unserer Nachbarschaft am Berg. Auf die *Qualität* ist Verlaß. Und die kleine Bessie, ihre Tochter, kommt auf ihrem Schulweg jeden Tag an Ihrer Wohnung vorbei. Die Beförderung wäre also auch kein Problem.«

»Ich danke Ihnen für den guten Tip«, sagte ich, »und ich gehe gleich morgen hin und arrangiere es. Arthur macht bestimmt gern einen Spaziergang.«

»Es ist ein ganz bequemer Weg – weniger als drei Meilen, glaube ich.«

»Also, da dieser Punkt entschieden ist, lassen Sie mich Ihre Bemerkung zurückgeben. *Sie* scheinen auch nicht in allerbester Verfassung!«

»Ich kann's nicht leugnen«, antwortete sie leise, und ein plötzlicher Schatten schien sich auf ihr Gesicht zu legen. »Ich hatte vor kurzem etwas Kummer. Ich wollte Sie schon lange darüber um Ihren Rat fragen, aber es ließ sich nicht so einfach schreiben; ich bin *sehr* froh, daß ich es jetzt kann!«

»Glauben Sie«, begann sie wieder mit einer ihr eigentlich fremden, sichtbaren Verlegenheit nach einer Schweigeminute, »daß ein vorsätzlich und feierlich gegebenes Versprechen *immer* bindend ist – außer natürlich, seine Erfüllung wäre eine echte *Sünde?*«

»Ich kann mir im Moment keine andere Ausnahme vorstellen«, bestätigte ich. »Dieser Zweig der Kasuistik behandelt es meiner Meinung nach als eine Frage von treu und untreu –«

»Beruht es auch *ganz bestimmt* auf dem Prinzip?« unterbrach sie eifrig. »Ich habe immer gedacht, die biblische Anschauung darüber fuße auf solchen Stellen wie: *›lüget nicht gegeneinander‹*?«*

»Ich habe mir darüber so meine Gedanken gemacht«, antwortete ich, »und bin zu der Ansicht gelangt, daß das Wesen der *Lüge* die Absicht zu *betrügen* einschließt. Wenn man ein Versprechen in der vollen *Absicht* gibt, es zu halten, so handelt man in *diesem* Augenblick sicher aufrichtig; und bricht man es später trotzdem, dann beinhaltet das keine *Täuschung*. Ich kann so etwas nicht als *unaufrichtig* bezeichnen.«

Abermals folgte Schweigen. Lady Muriels Gesichtsausdruck war schwer zu deuten; mir schien ihr Blick Erleichterung, aber auch Verwirrung auszudrücken; und neugierig war ich, ob sich ihre Frage, wie ich argwöhnte, auf den Bruch ihrer Verlobung mit Hauptmann (inzwischen Major) Lindon bezöge.

»Sie haben mich von einem großen Schuldgefühl befreit«, gestand sie, »trotzdem ist Wortbruch natürlich ein *Unrecht*. Womit würden Sie seine Unrechtmäßigkeit vergleichen?«

»Mit jeder Art von *Schulden*. Wenn *A B* etwas verspricht, so besitzt *B* einen Anspruch gegenüber *A*. Und *A*'s Vergehen, wenn er sein Versprechen bricht, scheint mir weit eher analog zum *Stehlen* als zum *Lügen*.«

»Dieser Aspekt ist mir völlig neu«, wunderte sie sich, »aber er scheint mir nichtsdestoweniger *korrekt*. Trotzdem will ich einem alten Freund wie Ihnen gegenüber den Fall nicht allgemein abhandeln. Denn irgendwie *sind* wir alte Freunde. Wissen Sie, manchmal denke ich, wir haben uns schon als alte Freunde *kennengelernt?*«, und dabei wollte die Ausgelassenheit ihrer Stimme so gar nicht zu den Tränen passen, die in ihren Augen glitzerten.

»Ich danke Ihnen sehr für diese Worte«, antwortete ich. »Ich betrachte Sie gern als *alte* Freundin«, (» – obwohl Sie nicht so aussehen!« hätte wohl die Fortsetzung bei jeder anderen Lady lauten müssen; aber sie und ich waren über das Stadium hinaus, in dem Komplimente oder ähnliche Trivialitäten vonnöten waren.)

Hier hielt der Zug an einem Bahnhof, und zwei oder drei Pas-

* AdÜ: Kolosser 3,9.

sagiere stiegen in das Abteil; so wurde kein Wort mehr zwischen uns gewechselt, bis wir unser Reiseziel erreicht hatten.

Bei unserer Ankunft in Elfenau nahm sie bereitwillig meine Eskorte an; und sobald unser Gepäck in Empfang genommen war – ihres von einem sie am Bahnhof erwartenden Diener und meines von einem Träger – gingen wir gemeinsam auf der wohlbekannten Landstraße einher, die nun in meinem Gedächtnis zahlreiche angenehme Assoziationen auslöste. Lady Muriel nahm unverzüglich unser Gespräch wieder an der Stelle auf, an der es unterbrochen worden war.

»Sie haben ja sicher von meiner Verlobung mit meinem Cousin Eric gehört. Wissen Sie auch schon –«

»Ja«, unterbrach ich, um ihr den Kummer zu ersparen, mir nähere Einzelheiten mitzuteilen. »Ich weiß, sie ist aufgelöst.«

»Ich möchte Ihnen gern erzählen, wie es dazu gekommen ist«, meinte sie, »denn gerade dazu brauche ich Ihren Rat. Mir war schon früher aufgefallen, daß wir in Glaubensfragen nicht übereinstimmten. Seine Vorstellungen vom Christentum sind sehr verworren; und sogar hinsichtlich der Existenz eines Gottes lebt er in einer Art Traumwelt. Aber das hat sein Leben in keiner Weise beeinflußt! Ich bin mir jetzt ganz sicher, daß selbst der kompromißloseste Atheist, wenn er auch keinen inneren Halt hat, ein tadelloses und beispielhaftes Leben führen *kann*. Und wenn Sie sein gutes Herz nur ein wenig kennen würden –« sie stockte plötzlich und wandte den Kopf ab.

»Ich stimme ganz und gar mit Ihnen überein«, bestätigte ich. »Und besitzen wir nicht sogar das Versprechen unseres Erlösers, daß ein derartiges Leben ganz gewiß zum Heil führt?«

»Ja, das weiß ich«, sagte sie mit gebrochener Stimme und wandte immer noch den Kopf zur Seite. »Und so habe ich es ihm auch erklärt. Er hat gesagt, um *meinetwillen* wolle er glauben, so gut er könne. Und um *meinetwillen* wünsche er sich, die Dinge so sehen zu können wie ich. Aber das ist ganz falsch!«, fuhr sie leidenschaftlich fort. »Gott *kann* derart niedrige Motive einfach nicht gutheißen. Trotzdem habe *ich* die Verlobung nicht gelöst. Ich wußte doch um seine Liebe zu mir; und ich hatte *mein Wort* gegeben und –«

»Dann hat *er* sie gelöst?«

»Er hat mich bedingungslos von meinem Versprechen entbunden.« Nun, da sie sich in der Gewalt hatte, sah sie mich wieder an.

»Wo gibt es denn dann noch ein Problem?«

»Ich glaube einfach nicht an die Freiwilligkeit seiner Entscheidung. Nur mal angenommen, er hat es *gegen* seinen Willen getan, bloß um meine Bedenken zu zerstreuen, bestünde sein Anspruch auf mich dann nicht ebenso wie zuvor? Und würde mich mein Wort dann nicht genauso binden? Mein Vater behauptet ›nein‹; aber ich fürchte, durch seine Liebe zu mir ist er voreingenommen. Und ich habe sonst niemanden gefragt. Freunde habe ich zwar viele – Freunde für glückliche Zeiten; doch keine Freunde für die Nacht- und Sturmzeiten des Lebens; keine *alten* Freunde wie Sie!«

»Lassen Sie mich ein wenig nachdenken«, bat ich; und wir schritten schweigend weiter, während ich mich angesichts der schweren Prüfung, die der reinen, sanften Seele auferlegt war, mit schmerzendem Herzen vergeblich anstrengte, einen Pfad durch den Wirrwarr widersprüchlicher Motive zu bahnen.

»Wenn sie ihn ehrlich liebt« (ich schien das Problem endlich in den Griff zu bekommen), »ist dann nicht *das* für sie Gottes Stimme? Kann sie nicht hoffen, daß sie für ihn eine ebensolche Sendung ist wie Ananias für den blinden Saul, damit dieser sein Augenlicht wiederbekomme?« Und es schien mir, als hörte ich Arthur nochmals flüstern: *»Was weißt du, Frau, ob du deinen Mann retten wirst?«**, und ich brach das Schweigen mit den Worten: »Wenn Sie ihn noch ehrlich lieben –«

»Das tu ich *nicht!*« unterbrach sie hastig. »Wenigstens nicht *so*. Ich habe ihn vielleicht einmal geliebt, als ich ihm mein Versprechen gegeben habe; aber da war ich noch sehr jung: es ist nicht so leicht zu begreifen. Doch was es auch immer für ein Gefühl war, *jetzt* ist es tot. *Er* handelt aus Liebe, bei *mir* ist es – Pflicht!«

Wieder herrschte langes Schweigen. Meine Gedanken waren noch verwirrter als zuvor. Diesmal brach *sie* die Stille. »Verste-

* AdÜ: Korinther 7,16.

hen Sie mich recht!« drängte sie. »Als ich gesagt habe, mein Herz gehöre nicht *ihm*, meinte ich damit nicht, daß es jemand anderem gehört. Noch fühle ich mich *ihm* verbunden; und bis ich nicht sicher weiß, daß ich auch im Angesicht Gottes absolut frei bin, einen anderen zu lieben, werde ich nicht einmal daran *denken* – ich meine in *dieser* Weise. Lieber würde ich sterben!« Nie hatte ich mir vorgestellt, daß meine sanfte Freundin einer solch leidenschaftlichen Äußerung fähig sei.

Ich wagte kein Wort mehr, bis wir fast am Tor des Herrenhauses angekommen waren; doch je länger ich darüber grübelte, desto klarer wurde mir, daß keine Pflicht solch ein Opfer – wie das mögliche Lebensglück –, das sie zu bringen bereit schien, fordern konnte. Ich versuchte, *ihr* das ebenfalls begreiflich zu machen, und warnte noch vor den Gefahren, die in einer Verbindung ohne gegenseitige Liebe lägen. »Das einzig bedenkenswerte Argument scheint sein vermutetes Widerstreben«, sagte ich zum Abschied. »Doch selbst wenn ich diesem Argument sein *volles* Gewicht zugestehen wollte, so würde ich dennoch folgern, daß es weder die Rechtslage des Falles berührt noch die Ihnen gewährte Freigabe für ungültig erklärt. Meiner Ansicht nach sind Sie *völlig* frei zu handeln, wie es Ihnen *jetzt* richtig dünkt.«

»Ich bin Ihnen *sehr* dankbar«, entgegnete sie ernst. »Glauben Sie mir das bitte. Ich kann es nicht richtig ausdrücken!« Wir wechselten im gegenseitigen Einvernehmen das Thema; und ich erfuhr erst sehr viel später, daß unsere Diskussion die lange quälenden Zweifel wahrhaftig zerstreut hatte.

Am Tor des Herrenhauses trennten wir uns, und ich ging zu Arthur, der ungeduldig auf meine Ankunft wartete; und ehe wir uns zur Nachtruhe begaben, hatte ich schon die ganze Geschichte erfahren – wie er seine Reise in dem Gefühl, den Ort einfach nicht verlassen zu *können*, bis sich sein Schicksal durch die Hochzeitsfeier unwiderruflich erfüllt habe, von Tag zu Tag verschoben hatte; wie die Vorbereitungen für die Hochzeit und die Aufregung in der Nachbarschaft unvermutet zu einem Ende gekommen waren und er (von Major Lindon bei dessen Abschiedsbesuch) erfahren hatte, daß die Verlobung im gegenseitigen Einverständnis gelöst worden sei; wie er sogleich auf all seine Reisepläne ins Ausland verzichtet und sich entschlossen habe, noch mindestens ein, zwei Jahre in Elfenau auszuharren, bis sich seine neuerlichen Hoffnungen als berechtigt oder falsch erwiesen hatten; und wie er seit jenem denkwürdigen Tage jegliches Zusammentreffen mit Lady Muriel aus Furcht, seine Gefühle zu verraten, ehe er einen hinreichenden Beweis für ihre Wertschätzung besäße, vermieden habe. »Seitdem sind aber fast sechs Wochen vergangen«, schloß er, »und wir können jetzt wie früher mit ihr zusammenkommen, ohne schmerzhafte Erinnerungen zu wekken. Gern hätte ich dir ja all das geschrieben, aber ich hoffte von einem Tag auf den anderen, daß – daß *mehr* zu erzählen sei!«

»Und wie sollte es wohl zu *mehr* kommen, du dummer Narr«, schalt ich ihn liebevoll, »wenn du nicht einmal in ihre Nähe gehst? Erwartest du etwa, daß *sie* den Antrag macht?«

Da mußte Arthur doch lächeln. »Nein«, entgegnete er, »*das* erwarte ich wohl kaum. Aber ich bin eben ein hoffnungsloser Angsthase. Daran besteht kein Zweifel!«

»Und hast du vielleicht gehört, *warum* das Verlöbnis gelöst worden ist?«

»Aber sicher«, antwortete Arthur und begann, an seinen Fingern abzuzählen. »Zuerst erfuhr man, sie sei – aus irgendeinem Grund – für ihn erledigt; deshalb hat *er* es gelöst. Dann erfuhr man, er sei – aus einem anderen Grund – für sie erledigt; deshalb hat *sie* es gelöst. Dann wurde der Major als Berufsspieler entlarvt; deshalb hat der *Earl* es gelöst. Dann beleidigte der Earl ihn; deshalb löste der *Major* es. Alles in allem wurde reichlich viel gelöst!«

»Du weißt das natürlich nur aus den sichersten Quellen?«

»Oh, gewiß! Und mitgeteilt wurde es unter dem Siegel der Verschwiegenheit. An welchen Gebrechen die Bevölkerung von Elfenau auch immer leidet, der *Mangel an Information* gehört bestimmt nicht dazu!«

»Noch *Diskretion,* wie es scheint. Aber ernsthaft, kennst du den wahren Grund?«

»Nein, ich tappe völlig im dunkeln.«

Ich war nicht dazu berechtigt, ihn aufzuklären; daher wechselte ich das Thema und ging zu dem weniger fesselnden der »frischen Milch« über, und wir verständigten uns, daß ich am nächsten Tag bei Hunters Bauernhof vorbeigehen sollte. Arthur konnte mich nur ein Stück Weges begleiten, da er anschließend noch eine geschäftliche Verabredung wahrnehmen mußte.

III. KAPITEL

Morgendämmerung

Der nächste Tag war warm und sonnig, und so machten wir uns in aller Frühe auf den Weg, um noch lange miteinander plaudern zu können, bevor er mich alleinlassen mußte.

»Die Leute in dieser Gegend sind wohl *besonders* arm«, bemerkte ich, als wir an einer Reihe Schuppen vorübergingen, die auf Grund ihres Zustandes die Bezeichnung »Hütten« nicht verdienten.

»Aber die wenigen Reichen leisten auch besonders viel Hilfe«, entgegnete Arthur. »So bleibt das Gleichgewicht gewahrt.«

»Der *Earl* tut bestimmt sehr viel?«

»Er *gibt* großzügig; aber für Aktivitäten ist er nicht mehr gesund oder kräftig genug. Lady Muriel ist aktiver, was Unterricht und Besuche angeht, als sie mir gegenüber zugeben möchte.«

»Dann gehört *sie* wenigstens nicht zu den ›vornehmen Tagedieben‹, die man so häufig in der besseren Gesellschaft antrifft. Ich habe mir schon manchmal überlegt, wie böse es für sie wäre, wenn sie plötzlich ihre *Daseinsberechtigung* nachweisen und begründen müßten, warum sie weiterleben sollten!«

»Die ganze Thematik«, dozierte Arthur, »die sich mit denen auseinandersetzt, die wir als ›vornehme Tagediebe‹ bezeichnen (ich denke dabei an die Menschen, die sich zahlreiche materielle *Besitztümer* einer Gesellschaft aneignen – in Form von Nahrung, Kleidung und so weiter –, ohne als Gegenwert produktive *Arbeit* zu leisten), ist zweifellos kompliziert. Ich habe es mal versucht zu durchdenken. Und mir schien es dabei am einfachsten, mir zuerst eine Gemeinschaft ohne *Geld* vorzustellen, in der Kauf und Verkauf einzig und allein durch *Tauschhandel* vonstatten geht; und alles wird noch einfacher, wenn man Lebensmittel und andere Güter viele Jahre lang *lagern* kann, ohne daß sie verderben.«

»Das ist ein ausgezeichneter Entwurf«, lobte ich. »Welche Lösung bietest du nun für das Problem an?«

»Der normale Typ des ›vornehmen Tagediebes‹ entwickelt sich zweifellos infolge des Geldes, das die Eltern ihren Kindern vererben«, führte Arthur aus. »Deshalb habe ich mir einen Mann vorgestellt – entweder mit ungewöhnlicher Geschicklichkeit oder großer Energie und enormem Fleiß –, der bereits so viel wertvolle Arbeit für die Bedürfnisse der Gesellschaft geleistet hat, daß ihr Gegenwert in Kleidern etc. seine eigenen Bedürfnisse (sagen wir mal) um das Fünffache übersteigt. Wir können ihm das *uneingeschränkte* Recht nicht absprechen, den Überfluß nach seinem Willen zu nutzen. Wenn er *vier* Kinder hinterläßt (sagen wir zwei Söhne und zwei Töchter), die für ihr ganzes Leben mit allem Notwendigen versorgt sind, so kann ich nicht einsehen, daß die *Gesellschaft* irgendwie geschädigt wird, wenn sie in ihrem Leben nichts anderes wollen als ›essen, trinken und fröhlich sein‹.* *Ihnen* gegenüber wäre die Gesellschaft ganz sicher nicht zu der Bemerkung berechtigt: *›Wer nicht arbeitet, soll auch nicht essen.‹*** Ihre Antwort wäre niederschmetternd. ›Die Arbeit ist bereits geleistet worden, und sie ist ein fairer Gegenwert für die Nahrung, die wir essen; denn ihr habt den Nutzen gehabt. Nach welchem Gerechtigkeitsprinzip kann man *zwei* Anteile Arbeit für *einen* Anteil Nahrung fordern?‹«

»Aber vermutlich steckt doch *irgendwo* ein Fehler«, vermutete ich, »wenn diese vier Menschen sehr wohl zu nützlicher Arbeit fähig sind, diese Arbeit noch dazu von der Gesellschaft *gebraucht* wird und sie nur müßig herumsitzen wollen?«

»Ich halte da *auch* etwas für falsch«, bestätigte Arthur, »aber der Widerspruch scheint mir eher gegenüber einem Gesetz Gottes zu bestehen – daß nämlich jeder nach seinem Vermögen anderen helfen soll – als irgendwelchen *Rechten* seitens der Gesellschaft, damit sie eine Arbeit als Gegenwert für die Nahrung erpreßt, die bereits redlich verdient worden ist.«

»Das Problem stellt sich wahrscheinlich *anders* dar, wenn die ›vornehmen Tagediebe‹ *Geld* statt *materieller Güter* besitzen?«

* AdÜ: Prediger 8,15.

** AdÜ: Variante von 2. Thessalonicher 3,10.

»Richtig«, antwortete Arthur, »und der simpelste Fall ist meiner Meinung nach der des *Papier*geldes. *Gold* ist an sich eine Art materielles Gut; dagegen ist eine Banknote bloß ein *Versprechen*, daß dem aufgeführten Betrag entsprechend *materielle* Güter ausgehändigt werden, sobald man dazu aufgefordert wird. Der Vater dieser vier ›vornehmen Tagediebe‹ hat (sagen wir mal) nützliche Arbeit im Wert von fünftausend Pfund für die Gesellschaft geleistet. Als Lohn hat ihm die Gesellschaft eine Art schriftliches Versprechen gegeben, den Gegenwert von fünftausend Pfund in Nahrung etc. zu erstatten, wann immer er darauf besteht. Wenn er nur den Wert von *ein*tausend Pfund für sich selbst benötigt und die übrigen Banknoten seinen Kindern hinterläßt, dann sind sie sicherlich voll im Recht, wenn sie diese geschriebenen Versprechen mit der Forderung *präsentieren:* ›Händigt die Nahrung aus, für die die entsprechende Arbeit bereits geleistet worden ist.‹ Ich halte diesen Fall einer allgemeinen und eindeutigen Darlegung wert. Nicht übel Lust hätte ich, das jenen Sozialisten einzubläuen, die unsere unwissenden Armen mit solchen Parolen aufhetzen wie: ›Kiekt se euch an, de uffjeblasenen Arstokraten! Tun selbst kenen Handschlach un lewen von *unserm* Schweiß!‹ Am liebsten würde ich sie zu der Erkenntnis *zwingen*, daß das *Geld*, das jene ›Arstokraten‹ ausgeben, ebensoviel Arbeit repräsentiert, die für die Gesellschaft *bereits geleistet* worden ist und deren Gegenwert in *materiellen* Gütern eine *Schuld der Gemeinschaft* ist.«

»Könnten die Sozialisten dem nicht entgegnen: ›Das meiste Geld repräsentiert *überhaupt* keine *ehrliche* Arbeit. Wenn man die Eigentümer zurückverfolgen würde, so stieße man – obgleich es verschiedene rechtmäßige Quellen wie etwa ein Geschenk, ein Vermächtnis oder ›Wertzuwachs‹ gibt – wohl bald auf einen Eigentümer, der keinerlei moralisches Recht darauf besäße, sondern der es durch Betrug oder andere kriminelle Delikte erworben hat, so daß seine Erben nicht mehr Recht darauf hätten als *er*.‹«

»Das mag schon stimmen«, erwiderte Arthur. »Müßte man dann nicht aber *zuviel prüfen*, was die Gefahr des Irrtums einschlösse? Das gilt *ebenso* für *materiellen* Reichtum wie für *Geld*. Wenn wir einmal damit anfangen, die Tatsache in Frage zu stellen, daß der *gegenwärtige* Eigentümer eines bestimmten Besitzes ehrlich dazu gekommen ist, und statt dessen untersuchen, ob ihn irgendein früherer Eigentümer vor langer Zeit zusammengeraubt hat, *wer* wäre dann noch seines Besitzes sicher?«

Nach minutenlangem Grübeln gab ich zu, daß er recht hatte.

»Meine allgemeine Schlußfolgerung«, setzte Arthur fort, »allein vom Standpunkt der Menschenrechte sähe so aus: wenn irgendein reicher ›vornehmer Tagedieb‹ rechtmäßig zu seinem Geld gekommen ist, so hat die Gesellschaft nicht das *Recht,* seinen Erwerb von Nahrung und Kleidern zu beeinträchtigen, selbst wenn das Geld nicht mal ein Atom seiner eigenen Leistung repräsentiert und er es allein für seinen Bedarf ausgeben will, ohne einen Beitrag zur Arbeit in der Gesellschaft zu leisten. Aber nach *Gottes* Gesetz sieht die Sache ganz anders aus. An *dieser* Richtschnur gemessen, handelt solch ein Mensch zweifelsohne verwerflich, wenn er die Kraft oder die Fähigkeit zu nutzen versäumt, die ihm Gott zum Guten derer gegeben hat, die sie notwendig brauchen. Kraft und Fähigkeit gehören *nicht* der Gemeinschaft, *der* sie als *Schuld* zurückgezahlt werden müßten; sie gehören *nicht* einmal dem Menschen, damit er sie zu *seinem* Vergnügen einsetzt: sie gehören *allein* Gott, nach Dessen Willen sie genutzt werden sollen; und hinsichtlich Seines Willens können wir keinerlei Zweifel hegen. *›Tut Gutes und gebet, ohne etwas zurückzuerwarten.‹*«*

»Na, jedenfalls gibt ein ›vornehmer Tagedieb‹ oft sehr viel für Wohltätigkeit aus«, meinte ich.

»Für *sogenannte* Wohltätigkeit«, korrigierte er mich. »Verzeih meine scheinbar so *un*barmherzige Formulierung. Nicht einmal im Traum würde ich es *wagen,* diese Einschränkung auf *einzelne* zu beziehen. Aber *im allgemeinen* würde ich doch sagen, daß ein Mensch, der sich jeglichen Luxus *ohne* Einschränkung gestattet und den Armen bloß einen Teil oder sogar den *gesamten Überflüssigen* Reichtum abgibt, sich selbst betrügt, wenn er sowas *Wohltätigkeit* nennt.«

»Aber wenn er auch noch seinen *überflüssigen* Reichtum abgibt,

* AdÜ: Lukas 6,35.

so beraubt er sich *wahrscheinlich* des Vergnügens wie ein Geizhals zu hamstern?«

»Da gebe ich dir gern recht«, erklärte Arthur. »Wenn er *wirklich* diese krankhafte Sucht hat, so vollbringt er bestimmt eine gute Tat, wenn er sie unterdrückt.«

»Aber selbst wenn sie es nur für *sich* verbrauchen«, beharrte ich, »tun unsere typischen Reichen oft Gutes, indem sie Leute einstellen, die unter anderen Umständen arbeitslos wären; und das ist meist besser, als sie durch *Geldspenden* von der Wohltätigkeit abhängig zu machen.«

»Gut, daß du das gesagt hast!« meinte Arthur. »Ich hätte das Thema nicht gern abgeschlossen, ohne die *beiden* Irrtümer dieser Behauptung aufzudecken – die schon so lange unwidersprochen hingenommen werden, daß die Gesellschaft sie inzwischen als Axiome betrachtet!«

»Worin bestehen sie?« fragte ich. »Mir fällt nicht mal *einer* ein.«

»Zum einen der Irrtum des *Doppelsinns* – die Mutmaßung nämlich, *›Gutes tun‹* (das heißt, jemanden fördern) sei notwendigerweise identisch mit *›eine gute Sache tun‹* (das heißt, eine *richtige* Sache). Als zweites mutmaßen wir, wenn eine von zwei Taten besser ist als die andere, müsse es sich dabei zwangsläufig um eine *gute* Tat handeln. Ich würde das einen Irrtum des *Vergleichs* nennen – weil er unterstellt, was *vergleichsweise* gut sei, sei folglich auch *absolut* gut.«

»Was wäre dann dein Kriterium für eine gute Tat?«

»Daß wir für sie *unser Bestes* geben sollen«, antwortete Arthur überzeugt. »Und sogar *dann ›wir sind unnütze Knechte.‹** Aber laß mich jetzt einmal die beiden Irrtümer aufzeigen. Nichts verdeutlicht einen Irrtum besser als ein Extrembeispiel, das sich klar darauf bezieht. Angenommen, ich beobachte, wie zwei Kinder im Weiher am Ertrinken sind. Ich stürze mich hinein und rette ein Kind, gehe dann weg und laß das andere ertrinken. Habe ich nicht eindeutig *›Gutes getan‹*, indem ich das Leben eines Kindes gerettet habe? Aber –. Noch einmal angenommen, ich begegne einem harmlosen Unbekannten, schlage ihn zusammen und gehe

* AdÜ: Lukas 17,10.

weiter. Habe ich nicht eindeutig *›besser‹* gehandelt, als wenn ich mich noch weiterhin auf ihn gestürzt und ihm sämtliche Rippen gebrochen hätte? Aber –«

»Diese ›Aber‹ lassen sich nicht bestreiten«, gestand ich zu. »Dennoch hätte ich gern ein Beispiel aus dem *täglichen* Leben.«

»Schön, nehmen wir uns einmal eine dieser Abscheulichkeiten unserer modernen Gesellschaft vor, einen Wohltätigkeitsbasar. Es lohnt sich, darüber nachzudenken – wieviel von dem Geld, das den Hilfsbedürftigen zugute kommt, ein Ausdruck *echter* Wohltätigkeit ist; und ob sogar *das* auf die *beste* Weise gegeben wird. Aber die Thematik muß genau klassifiziert und analysiert werden, damit wir sie richtig in den Griff bekommen.«

»Ich wäre für eine Analyse *dankbar«*, erklärte ich. »Es hat mich nämlich schon oft verwirrt.«

»Schön, wenn ich dich bestimmt nicht langweile. Wir wollen annehmen, unser Wohltätigkeitsbasar sei organisiert worden, um ein Hospital finanziell zu unterstützen: und daß A, B und C ihre Arbeitsleistung *zur Verfügung stellen*, indem sie selbst die Artikel herstellen und verkaufen, während X, Y und Z kaufen, und das eingenommene Geld kommt dem Hospital zugute.

Es gibt nun zwei verschiedene Arten solcher Basare: auf dem einen wird nicht mehr als der reine *Marktwert* der verkauften Waren bezahlt, also genau der Ladenpreis; auf dem anderen werden Phantasiepreise verlangt. Wir müssen beide getrennt betrachten.

Zuerst der Fall des ›Marktwertes‹. Hier sind A, B und C in eben derselben Position wie ein normaler Geschäftsinhaber; der einzige Unterschied besteht darin, daß sie ihren Erlös an das Hospital abführen. Praktisch *setzen* sie *ihre Geschicklichkeit* zum Wohle des Hospitals *ein*. Darin scheint mir echte Wohltätigkeit zu liegen. Und ich wüßte nicht, wie sie es besser anstellen könnten. Dagegen sind X, Y und Z genau in der gleichen Position wie jeder gewöhnliche Käufer. *Ihren* Anteil an dem Geschäft als Wohltätigkeit zu betrachten, ist schierer Unsinn. Trotzdem tun sie das gern.

Zweitens, der Fall des ›Phantasiepreises‹. Hierbei scheint mir das einfachste Verfahren, den Preis in zwei Teile zu gliedern: den ›Marktwert‹ und den Zuschlag darauf. Der ›Marktwert‹ stellt dieselbe Beziehung her wie im ersten Fall: wir müssen darum einzig und allein den *Zuschlag* prüfen. Also A, B und C *bekommen* ihn nicht, deshalb können wir *sie* ausschließen: es ist vielmehr ein Geschenk von X, Y und Z an das Hospital. Und meiner Meinung nach geben sie es nicht auf die beste Weise: weit besser wäre es, wenn sie in zwei voneinander *getrennten* Transaktionen nach freier Entscheidung *kauften* und *spendeten*: *dann* bestünde die Möglichkeit, daß ihre Motive zu spenden einen ganz wohltätigen Charakter hätten, statt eine Mischung zu sein – halb Wohltätigkeit, halb Selbstzufriedenheit. ›Der Schlange Schwanz ist über allem.‹* Und *deshalb* halte ich die ganze geheuchelte ›Wohltätigkeit‹ für *totale* Überheblichkeit!« Er beendete seine Argumentation mit ungewöhnlichem Nachdruck und enthauptete mit seinem Stock eine riesige Distel am Straßenrand, hinter der ich zu meinem Erstaunen Sylvie und Bruno stehen sah. Ich fiel ihm in den Arm, konnte ihn jedoch nicht mehr aufhalten. Ob der Stock sie nun traf oder nicht, war von mir aus nicht klar zu erkennen: jedenfalls nahmen sie nicht die geringste Notiz davon, sondern lächelten fröhlich und nickten mir zu: und sofort war mir klar, daß sie allein *mir* sichtbar waren: das »grißelige« Gefühl hatte auf *Arthur* keinen Einfluß.

»Warum wolltest du sie retten?« erkundigte er sich. »*Das* ist nicht der schmeichlerische Geschäftsführer eines Wohltätigkeitsbasars! Ich wünschte nur, er wäre es!« fügte er grimmig hinzu.

»Weiß'de, der Stock iss mir direkt durch den Kopf gegangen!« beschwerte sich Bruno. (Sie waren inzwischen zu mir gekommen, und ein jedes hatte eine Hand ergriffen.) »Genau unter mein Kinn! *Bin* ich froh, daß ich keine Distel bin!«

»Naja, wir haben *das* Thema ohnehin abgehandelt!« resümierte Arthur. »Ich fürchte, ich habe *deiner* Geduld und meiner Kraft zuviel zugemutet. Ich muß gleich umkehren. Ich bin schon so weit wie möglich mitgegangen.«

* AdÜ: Thomas Moore, Lalla Rookh, The Paradies an the Peri.

»Bootsmann, dreifach Lohn spend ich;
nimm, ich geb es willentlich;
denn ganz unsichtbar für dich,
*hier zwei Elben trafen mich!«**

zitierte ich unwillkürlich.

»Mit deinen ganz und gar unpassenden und unbedeutenden Zitaten wirst du bestimmt ›von wenigen erreicht und von keinem übertroffen‹!« lachte Arthur. Und wir schlenderten weiter.

Als wir an dem Weg vorüberkamen, der hinunter zum Strand führte, bemerkte ich darauf eine einzelne Gestalt, die sich langsam meerwärts bewegte. Sie war ein gutes Stück entfernt und wandte uns den Rücken zu: doch es war unverkennbar Lady Muriel. Obgleich ich bemerkte, daß Arthur sie nicht gesehen hatte, da er die zusammenziehenden Wolken in der anderen Richtung beobachtete, sagte ich zunächst nichts, sondern versuchte einen plausiblen Vorwand zu finden, damit er auf seinem Rückweg am Meer entlang ginge.

Die Gelegenheit ergab sich sogleich. »Ich werde allmählich müde«, bekannte er. »Noch weiterzugehen halte ich nicht für klug. Ich kehre also besser hier um.«

Ich begleitete ihn noch einige Schritte, und als wir uns jenem Weg abermals näherten, schlug ich so beiläufig wie möglich vor: »Geh doch nicht auf der Straße zurück. Sie ist so heiß und staubig. Der Weg dort führt am Ufer entlang und ist fast genauso weit; und du hast gleichzeitig eine frische Meeresbrise.«

»Ja, du hast recht«, begann Arthur; doch gerade da geriet Lady Muriel in unser Blickfeld, und er besann sich eines anderen. »Nein, es ist doch zu weit. Andererseits wäre es *bestimmt* kühler –« Er zögerte und blickte erst auf den einen Weg, dann auf den anderen – ein trauriges Bild völliger Unentschlossenheit.

Wie lange diese erniedrigende Szene noch gedauert hätte, wenn *ich* der einzige äußere Einfluß gewesen wäre, läßt sich unmöglich sagen; denn in diesem Augenblick nahm Sylvie mit einer schnellen Entschlußkraft, die einem Napoleon zur Ehre gereicht

* AdÜ: anonym, ins Englische übersetzt von John Louis Upland.

hätte, die Sache in die eigenen Hände. »Du gehst und treibst *sie* den Weg rauf«, befahl sie Bruno. »Und ich werde ihn runtertreiben!« Und sie bemächtigte sich des Stocks, den Arthur in der Hand hielt, und zog ihn daran sanft den Pfad hinunter.

Er war sich gar nicht bewußt, daß ein anderer Wille als der seine auf den Stock einwirkte, und schien zu denken, der habe seine horizontale Lage einfach deswegen eingenommen, weil er damit auf etwas zeigen wollte. »Sind das unter der Hecke da etwa *Orchideen?*« wunderte er sich. »Das entscheidet's. Ich will im Vorbeigehen einige pflücken.«

Inzwischen war Bruno hinter Lady Muriel hergelaufen und schaffte es mit vielem Gehopse und Geschrei (Schreie, die allein Sylvie und ich hörten), als wäre er beim Schafauftrieb, daß sie sich umwandte und mit unschlüssig zu Boden gerichteten Augen auf uns zuging.

Der Sieg war unser! Und da es offensichtlich war, daß die derart beeinflußten Liebenden in nächster Minute *unbedingt* aufeinandertreffen mußten, wandte ich mich ab und ging weiter in der Hoffnung, Sylvie und Bruno möchten meinem Beispiel folgen, denn ich war sicher, je weniger Zuschauer anwesend wären, desto besser für Arthur und seinen guten Engel.

»Und wie war die Begegnung?« wollte ich gern wissen, während ich träumend weiterging.

IV. KAPITEL

Der Hunde-König

»Sie ham sich die Hand gegeben«, berichtete Bruno, der an meine Seite gelaufen kam, und beantwortete damit meine unausgesprochene Frage.

»Und sie haben *sehr* glücklich ausgesehen!« fügte Sylvie von der anderen Seite hinzu.

»Schön, aber wir müssen jetzt so schnell wie möglich weiter!« drängte ich. »Wenn ich bloß den kürzesten Weg zu Hunters Hof wüßte!«

»Die da in der Hütte kennen ihn bestimmt«, meinte Sylvie.

»Ja, das denke ich auch. Bruno, würdest du bitte mal reingehen und fragen?«

Lachend hielt ihn Sylvie zurück, als er wegrennen wollte. »Nicht so eilig«, mahnte sie. »Ich muß dich doch erst noch *sichtbar* machen.«

»Und bestimmt auch *hörbar?*« mutmaßte ich, als sie das Juwel von ihrem Hals nahm, es über seinem Kopf schwenkte und Augen und Lippen damit berührte.

»Ja«, bestätigte Sylvie, »und wissen Sie, *einmal* habe ich ihn *hörbar* gemacht und vergessen, ihn sichtbar zu machen! Und er ist in einen Laden gegangen, um ein paar Bonbons zu kaufen. Der Mann *war* vielleicht erschrocken! Eine Stimme schien aus dem Nichts zu sagen: ›Ich möchte fünfzig Gramm Malzbonbons, bitte!‹ Und dann fiel ein Schilling *knallend* auf die Theke! Und der Mann sagte: ›Ich kann dich ja gar nicht *sehen!*‹ Und Bruno sagte: ›Es iss nich nötig, mir zu sehn, so lang de den Schilling sehn kannst!‹ Aber der Mann sagte, er habe seine Malzbonbons noch niemals an Leute verkauft, die er nicht *sehen* könne. Deshalb mußten wir – *Jetzt* bist du fertig, Bruno!« Und er sauste los.

Sylvie nutzte die Wartezeit dazu, *sich* ebenfalls sichtbar zu machen. »Es ist ziemlich peinlich, wissen Sie«, erklärte sie mir, »wenn wir Leuten begegnen, und sie können *einen* von uns sehen und den *anderen* nicht!«

Nach ein oder zwei Minuten kehrte Bruno zurück und blickte ziemlich finster drein. »Er hatte Freunde zu Besuch, un er war sehr *grob*«, klagte er. »Er hat mich gefragt, wer ich wär. Un ich hab gesagt: ›Ich bin Bruno: wer iss *diese* Leut?‹ Un er hat gesagt: ›Ener iss mein Halbbruder, die andre meine Halbschwester: un ich will keine weiteren Gäste! Also raus mit der!‹ Un ich hab gesagt: ›Ich kannich *ohne* mich rausgehn!‹ Un ich hab gesagt: ›Du solltest nich Stückchen von Leuten so rumliegen lassen! Das iss sehr unordentlich!‹ Un er hat gesagt: ›Wie reds'de denn mit *mir!*‹ Un er hat mich rausgewerft! Un er hat die Tür geschließt!«

»Und du hast nicht gefragt, wo Hunters Hof liegt?« erkundigte sich Sylvie.

»Hatte keinen Platz für Fragen«, behauptete Bruno. »Das Zimmer war zu voll.«

»Drei Leute *können* kein Zimmer füllen«, zweifelte Sylvie.

»Sie *ham's* aber getan«, beharrte Bruno. »Un *er* hat's am meisten gefüllt. Er iss so ein *ganz* dicker Kerl – de könntest ihn nich mal niederstoßen.«

Mir schien die Logik von Brunos Argument nicht einsichtig. »Ich bin sicher, man kann jeden niederstoßen«, widersprach ich, »ob dick oder dünn spielt keine Rolle.«

»*Den* könntes'de aber nich niederstoßen«, bekräftigte Bruno. »Er iss mehr breiter als groß: deshalb iss er im Liegen mehr größer als im Stehen: drum kanns'de ihn bestimmt nich *nieder*stoßen!«

»Hier ist noch eine Hütte«, sagte ich. »*Diesmal* werde *ich* mich nach dem Weg erkundigen.«

Ich brauchte die Hütte erst gar nicht zu betreten, da eine Frau mit einem Baby im Arm an der Tür stand und mit einem korrekt gekleideten Mann sprach – vermutlich ein Bauer –, der wohl auf dem Weg in die Stadt war.

»– un wenn't wat to *supen* givt«, bemerkte er gerade. »is Eehr Willi de Schlimmste ut den Hupen. Det hät man mi sächt. He ward ganz un gor verrückt dobi!«

»Ick ha se schon för twölf Monaden eehre Lögen vörsmeten!« jammerte die Frau. »Doch nu kann ick nich! Ick kann nich!« Sie hielt inne, da sie unser gewahr wurde, kehrte hastig ins Haus zurück und schloß die Tür.

»Vielleicht können Sie mir sagen, wo Hunters Hof liegt?« fragte ich den Mann, als er sich vom Haus entfernte.

»*Dat* kann ick, min Heer! Ick bin sölms John Hunter, to Eehrn Deensten. De Hoff licht nur ne halbe Miel wider – dat einzige Huß, wat to sehn is, wenn Se do achtern um die Eck komm don. Do finden Se mine Fru to Huß, wenn Se mit *eehr* wat to beschnakken ham. Oder kann ick Se helpen.«

»Danke«, sagte ich. »Ich möchte gern Milch bestellen. Vielleicht sollte ich das besser mit Ihrer Frau regeln?«

»Jo«, meinte der Mann. »*Se* kümmert sick um all *dat.* Nen schönen Dach noch, min Heer – un ok Eehren schmucken Kinnern!« Und er ging schwerfällig weiter.

»Er hätt' *›Kind‹* un nich *›Kinnern‹* sagen sollen«, kritisierte Bruno. »Sylvie iss kein *Kinnern!*«

»Er hat doch uns *beide* gemeint«, erklärte Sylvie.

»Nein, hat er nich!« beharrte Bruno. »Weil er ›schmuck‹ gesacht hat, klar!«

»Also, jedenfalls hat er uns beide *angesehen*«, behauptete Sylvie.

»Na, dann *muß* er doch gesehn haben, daß wir nich *beide* schmuck sinn!« parierte Bruno. »*Natürlich* bin ich viel häßlicher als *du!* Hat er nich Sylvie gemeint, mein Herr Mann?« rief er über die Schulter, während er davonrannte.

Doch eine Antwort erwies sich als überflüssig, denn er war bereits um die Straßenecke verschwunden. Als wir ihn wieder einholten, erklomm er gerade ein Gatter und starrte ernst auf eine Wiese, wo ein Pferd, eine Kuh und ein Zicklein friedlich zusammen weideten. »Als Vater ein *Pferd*«, murmelte er vor sich hin. »Als Mutter eine *Kuh.* Als liebes Kindchen eine *kleine* Ziege; das iss das Ulkigste, was ich je in meiner Welt gesehn hab!«

»Bruno-Welt!« grübelte ich. »Ja, ich denke, jedes Kind hat seine eigene Welt – wie auch jeder Erwachsene. Wissen möchte ich gern, ob es *deswegen* so viele Mißverständnisse im Leben gibt?«

»Das *müßte* Hunters Bauernhof sein!« meinte Sylvie und deutete auf ein Haus am Berghang, zu dem ein Fahrweg hinaufführte. »Soweit das Auge reicht gibt es nämlich in dieser Richtung keinen anderen Hof; und Sie haben gesagt, wir müssen ja bald da sein.«

Zwar hatte ich es *gedacht,* während Bruno das Gatter erstieg, aber ich konnte mich nicht entsinnen, es *gesagt* zu haben. Trotzdem hatte Sylvie sicher recht. »Herunter mit dir, Bruno«, befahl ich, »öffne uns lieber das Gatter.«

»Es iss doch gut, daß wir bei dir sinn, nich *wahr,* mein Herr Mann?« meinte Bruno, als wir über die Wiese gingen. »Der große Hund da hätt dich sonst vielleicht gebissen! Du brauchst keine Angst vor ihm zu ham!« flüsterte er und drückte mir ganz fest die Hand, um mir Mut zu machen. »Er sinn nich scharf!«

»Scharf!« echote Sylvie spöttisch, als der Hund – ein prächtiger Neufundländer –, der in mächtigen Sätzen die Wiese überquert hatte, graziös um uns herumsprang und uns mit kurzem, freudigem Gebell willkommen hieß. »Scharf! Sieh doch, der ist sanft wie ein Lamm! Das ist – na Bruno, erkennst du ihn nicht? Das ist doch –«

»Das *iss* er!« jubelte Bruno, stürmte los und schlang die Arme um den Hals des Hundes. »Ei, du *lieber* Hund!« Und es war, als wollten die beiden Kinder gar nicht mehr aufhören, ihn zu umarmen und zu streicheln.

»Wie, zum Kuckuck, iss er bloß *hier* hingekommen?« wunderte sich Bruno. »Frag du ihn, Sylvie. Ich weiß nich wie.«

Und dann setzte eine intensive Plauderei in Hündisch ein, die *ich* natürlich nicht verstehen konnte; *erraten* konnte ich nur, daß *ich* inzwischen zum Gesprächsthema geworden war, als mich die schöne Kreatur mit einem verstohlenen Blick streifte und Sylvie etwas ins Ohr flüsterte. Sylvie blickte sich lachend um.

»Er hat mich gefragt, wer Sie sind«, erklärte sie. »Und ich habe ihm geantwortet: ›Das ist unser *Freund.*‹ Und dann hat er gefragt: ›Wie heißt er denn?‹ Und ich habe gesagt: ›*Mein Herr Mann.*‹« Und da hat er ›Quatsch‹ gesagt.«

»Wie heißt denn ›Quatsch!‹ auf Hündisch«, erkundigte ich mich.

»Es klingt genauso wie Englisch«, sagte Sylvie. »Nur wenn ein *Hund* es sagt, dann klingt es wie ein Flüstern, das heißt halb *Husten*, halb *Bellen*. Nero, sag ›Quatsch!‹«

Und Nero, der uns abermals umkreiste, sagte verschiedene Male »Quatsch!«; und ich fand, daß Sylvie den Klang exakt beschrieben hatte.

»Ich wüßte gern, was hinter dieser langen Mauer liegt?« sagte ich, während wir weitergingen.

»Da liegt der *Obstgarten*«, antwortete Sylvie, nachdem sie Nero konsultiert hatte. »Seht mal, da hinten springt ein Junge von der Mauer. Und jetzt rennt er über die Wiese davon. Ich glaube, er hat Äpfel gestohlen.«

Bruno wollte die Verfolgung aufnehmen, doch nach wenigen Augenblicken kam er schon wieder zurück, da er den kleinen Schurken offensichtlich nicht mehr einholen konnte.

»Ich konnt ihn nich kriegen!« keuchte er. »Wär ich doch bloß nich so spät losgelaufen. Seine Taschen waren *voller* Äpfel!«

Der Hunde-König blickte zu Sylvie auf und sagte etwas in Hündisch.

»Ja, aber *klar* kannst du das!« rief Sylvie. »Wie dumm, daß ich nicht selbst daran gedacht habe! *Nero* will ihn für uns aufhalten, Bruno! Aber ich mache ihn besser erst unsichtbar.« Und hastig zog sie das magische Juwel hervor und schwenkte es über Neros Kopf und Rücken.

»Das reicht!« rief Bruno ungeduldig. »Faß ihn, gutes Hundchen!«

»Oh, Bruno!« tadelte Sylvie. »Du hättest ihn nicht so schnell fortschicken dürfen. Sein Schwanz ist noch sichtbar!«

Unterdessen hetzte Nero wie ein Windhund die Wiese hinunter: wenigstens schloß ich das aus dem, was *ich* sehen konnte – nämlich den langen, buschigen Schwanz, der gleich einem Meteor durch die Luft zog –, und sekundenschnell hatte er den kleinen Dieb eingeholt.

»Er hält ihn am Fuß fest!« rief Sylvie, die die Jagd gespannt beobachtet hatte. »Du kannst dir Zeit lassen, Bruno!«

So gingen wir ganz gemächlich die Wiese hinunter dorthin, wo der Bursch ziemlich erschrocken stand. Einen so seltsamen An-

SWAIN SC

blick hatte ich noch nie bei meinen »grißeligen« Erlebnissen. Sein ganzer Körper außer dem linken Fuß bewegte sich aufs heftigste, und der schien am Boden angeleimt – da nichts Sichtbares ihn aufhielt: während ein klein wenig entfernt der lange, buschige Schwanz würdevoll hin und her wedelte, was besagte, daß die ganze Affaire wenigstens für Nero nur ein herrliches Spiel war.

»Was ist mit dir los?« erkundigte ich mich so ernst wie möglich.

»Hev en Krammf in de Knoken!« antwortete der Dieb ächzend. »Un min Foot is inschlopen!« Und er schluchzte vernehmlich.

»Jetzt hör mal zu!« befahl Bruno und baute sich vor ihm auf. »Du gibst sofort die Äpfel raus!«

Der Bursch warf einen flüchtigen Blick auf mich, doch schien er *meiner* Intervention keinen Wert beizumessen. Dann warf er einen Blick auf Sylvie: aber zweifellos zählte *sie* auch nicht viel. Darauf faßte er wieder Mut. »Do müssen schon anre kommen, um se zu kriegen!« erwiderte er trotzig.

Sylvie schwieg und tätschelte den unsichtbaren Nero. »Ein *wenig* fester!« wisperte sie. Und ein spitzer Schrei des zerlumpten Jungen zeigte, wie prompt der Hunde-König reagierte.

»Was ist denn *jetzt* los?« fragte ich. »Ist dein Knöchel noch schlimmer geworden?«

»Un er wird schlimmer un schlimmer«, versicherte ihm Bruno feierlich, »bis de die Äpfel rausgibst!«

Allem Anschein nach gewann der Dieb endlich dieselbe Überzeugung, denn er begann mürrisch, die Äpfel aus seinen Taschen zu holen. Die Kinder standen ein wenig abseits und sahen zu, und Bruno tanzte verzückt zu jedem neuen Geheul, das Nero dem entsetzten Gefangenen entlockte.

»Dat is alles«, meinte der Junge endlich.

»Das iss *nich* alles!« widersprach Bruno. »Du hast noch drei in der Tasche!«

Sylvie gab dem Hunde-König noch einmal einen kurzen Wink – abermals stimmte der Dieb, nun auch als Lügner überführt, ein schrilles Geschrei an –, und die restlichen drei Äpfel wurden zurückerstattet.

»Laß ihn jetzt bitte los«, sagte Sylvie in Hündisch, und der

Bursche hinkte mit langen Schritten davon, blieb aber noch dann und wann stehen, um sich den schmerzenden Knöchel zu reiben, wohl aus Furcht, der »Krammf« könne ihn abermals befallen.

Bruno rannte mit seiner Beute zurück zur Gartenmauer und warf die Äpfel nacheinander hinüber. »*Einige* werden ja wohl leider unter falschen Bäumen liegen!« keuchte er, als er uns wieder einholte.

»*Falsche* Bäume!« lachte Sylvie. »Bäume *können* nicht falsch sein! Es gibt gar keinen *falschen* Baum!«

»Dann gibt es auch keine *richtigen* Bäume!« behauptete Bruno. Und Sylvie gab sich in diesem Punkt geschlagen.

»Warten Sie bitte eine Minute!« sagte sie zu mir. »Ich muß Nero nämlich noch *sichtbar* machen!«

»Nein, *bitte* nicht!« rief Bruno, der unterdessen auf den königlichen Rücken gestiegen war und gerade das königliche Haar zu einem Zaumzeug drehte. »Er iss so lustig, wie er iss!«

»Also schön, er sieht ja *wirklich* ulkig aus«, gestand Sylvie zu und ging den Weg zum Bauernhof voran, wo die Bauersfrau stand, die augenblicklich auf Grund der sich nähernden komischen Prozession äußerst verblüfft war. »Da is wat mit min Brill nich in Ordnung!« murmelte sie, nahm sie ab und rieb sie eifrig mit einem Zipfel ihrer Schürze.

Inzwischen hatte Sylvie Bruno hastig von seinem Roß heruntergehoben und hatte eben noch Zeit, Seine Majestät vollständig sichtbar zu machen, bevor die Brille wieder ihren angestammten Platz einnahm.

Jetzt war alles in Ordnung: doch die Frau blickte dennoch ein wenig unbehaglich drein. »Meine Sehkraft läßt langsam nach«, meinte sie, »aber jetzt kann ich euch sehen, meine Lieben! Ihr gebt mir doch einen Kuß?«

Bruno ging auf der Stelle hinter meinem Rücken in Deckung: aber Sylvie bot *ihr* Gesicht dar, um sich stellvertretend für *beide* küssen zu lassen, und wir gingen zusammen hinein.

V. KAPITEL

Matilda Jane

»Komm her, kleiner Mann«, sagte unsere Gastgeberin und nahm Bruno auf den Schoß, »und erzähl mir alles.«

»Das kann ich nich«, behauptete Bruno. »Dazu iss keine Zeit. Außerdem weiß ich nich alles.«

Die gute Frau war ein wenig verwirrt und wandte sich hilfesuchend an Sylvie. »*Reitet* er vielleicht gern?« fragte sie.

»Ja, ich *glaube* schon«, antwortete Sylvie höflich. »Er ist eben auf *Nero* geritten.«

»Aha, Nero ist wohl der stattliche Hund? Bist du schon draußen bei den *Pferden* gewesen, mein kleiner Mann?«

»Immer!« versicherte Bruno. »War noch nie bei denen *drinnen*. *Du* etwa?«

An dieser Stelle hielt ich eine Einmischung für gegeben, um den eigentlichen Grund unseres Besuches anzusprechen und um sie für eine Weile vor Brunos verblüffenden Fragen zu verschonen.

»Und die lieben Kinder mögen *bestimmt* ein Stück Kuchen!« bot die Bäuerin gastfreundlich an, nachdem das Geschäftliche geregelt war, und sie öffnete einen Schrank und holte Kuchen hervor. »Aber verschmäh die Kruste nicht, kleiner Mann!« fügte sie hinzu, als sie Bruno ein großes Stück überreichte. »Du weißt doch, was die Sprichwörtersammlung über Verschwendung sagt?«

»Nö«, bekannte Bruno. »Was sacht er darüber?«

»Sag's ihm, Bessie!« Und die Mutter blickte stolz und liebevoll auf ein rosiges kleines Mädchen, das eben schüchtern ins Zimmer gekrabbelt war und sich nun an ihr Knie lehnte. »Was sagt deine Sprichwörtersammlung über Verschwendung?«

»Der Verschwendung ohne Not folgt Verschuldung ohne Brot«*, rezitierte Bessie schier unhörbar, *»und später sagst du dann: ›Wie wünscht ich doch die Kruste her, dann äß ich noch woran!‹ «*

»Nun versuch du es mal aufzusagen, mein Liebling! *Der Ver –«*

»Der *Vers-Wendung ohne* – irgendwas –« begann Bruno ganz bereitwillig; und dann trat Totenstille ein. »Weiß nich weiter!«

»Na schön, aber was *lernst* du denn daraus? *Das* kannst du uns doch bestimmt sagen?«

Bruno aß noch etwas Kuchen und überlegte: doch die Moral schien ihm nicht einleuchtend.

»Immer zu –«, soufflierte ihm Sylvie leise.

»Immer zu –«, wiederholte Bruno zögernd, und dann dank plötzlicher Eingebung: »Immer zu sehn, wo se hinkommt!«

»Wo *was* hinkommt, Liebling?«

»Na die *Kruste*, türlich!« behauptete Bruno. »Wenn ich dann dauernd sach: *›Wie wünsch ich doch die Kruste her –‹* (un all das), möcht ich doch wissen, wo ich se hingewurft hab!«

Diese neuartige Interpretation verwirrt die gute Frau vollends. Sie wandte sich wieder dem Thema »Bessie« zu. »Würdet ihr nicht gern Bessies Püppchen sehen, meine Lieben? Bessie, nimm die kleine Lady und den kleinen Gentleman mit und zeig ihnen Matilda Jane.«

Bessies Schüchternheit schmolz sogleich dahin. »Matilda Jane ist gerade aufgewacht«, unterrichtete sie Sylvie vertraulich. »Hilfst du mir beim Zubinden des Kleidchens? Die Schnüre *machen* solche Mühe!«

»Ich kann *Schnüre* binden«, erklärte Sylvie bereitwillig, als die beiden Mädchen gemeinsam das Zimmer verließen. Bruno ignorierte das Geschehen vollkommen, schlenderte ans Fenster und blickte mit der Miene eines Mannes von Welt hinaus. Kleine Mädchen und Püppchen ließen ihn völlig kalt.

Und auf der Stelle mußte mir die vernarrte Mutter erzählen (und welche Mutter täte das nicht), welche Tugenden Bessie besäße (und auch welche Fehler), und wie viele furchtbare Krank-

* AdÜ: aus James Kelly, A Complete Collection of Scotish Proverbs Explained and Made Intelligible to English Reader, 1721.

heiten sie überstanden habe, die sie ungeachtet ihrer frischen, roten Wangen und ihrer pummeligen Gestalt immer wieder vom Angesicht der Erde hinwegzuraffen drohten.

Als der reiche Strom liebevoller Erinnerungen nahezu versiegt war, begann ich sie über die arbeitsfähigen Männer in der Nachbarschaft und besonders über jenen »Willi« auszuhorchen, von dem wir erfahren hatten, als wir vor dessen Hütte standen. »Er war einmal ein netter Kerl«, urteilte meine gütige Gastgeberin: »aber der Schnaps hat ihn völlig ruiniert! Nicht, daß ich ihnen den Schnaps verbieten würde – den meisten tut er ja ganz gut – aber einige sind einfach zu schwach, um der Verlockung zu widerstehen: wegen *denen* ist es jammerschade, daß sie den Goldenen Löwen gleich an der Ecke gebaut haben.«

»Den Goldenen Löwen?« wiederholte ich.

»Das ist die neue Kneipe«, erklärte meine Gastgeberin. »Und sie ist für die Arbeiter bequem zu erreichen, wenn sie, wie heute wohl wieder, mit ihrem Wochenlohn aus der Ziegelbrennerei kommen. Ein ganzer Haufen Geld wird da auf den Kopf gehauen. Und etliche betrinken sich.«

»Täten sie es doch wenigstens zu Hause –,« grübelte ich und sprach die Worte unbewußt laut.

»Das wäre gut!« rief sie eifrig aus. An diese Lösung des Problems hatte sie offensichtlich bereits gedacht. »Wenn man es bloß einrichten könnte, daß jeder Mann sein eigenes kleines Fäßchen zu Hause hätte – dann gäbe es landauf, landab wohl kaum einen Betrunkenen!«

Und so erzählte ich ihr denn die alte Geschichte – von einem gewissen Häusler, der ein Fäßchen Bier kaufte und seiner Frau die Rolle der Schankwirtin übertrug: und wie er für jeden Krug Bier bezahlen mußte, daß sie ihm niemals etwas auf »Pump« gab und sich als unbeugsame Schankwirtin stets nach den Eichstrich richtete, und wie sie bei jeder neuen Füllung nicht nur mit dem Geld auskam, sondern sogar noch etwas für den Sparstrumpf übrig hatte: und daß er sich am Ende des Jahres zum einen völlig gesund und geistig auf der Höhe fühlte, und zwar mit der unbestimmbaren, doch völlig unmißverständlichen Miene, die einen maßvollen Menschen stets vor einem auszeichnet, der »einen

Tropfen zu viel zur Brust« nimmt, zum anderen sah er sich im Besitz einer Kiste voller Geld, alles Ersparnisse von seinen eigenen Pennies.

»Wenn sie nur alle so handeln würden!« meinte die gute Frau und wischte sich über die Augen, die ihr vor gütiger Anteilnahme übergingen. »Schnaps brauchte nicht der Fluch zu sein, der er jetzt für einige ist –«

»Nur ein *Fluch*«, korrigierte ich, »wenn man ihn falsch verwendet. Jede Gabe Gottes kann zum Fluch werden, wenn wir nicht vernünftig mit ihr umgehen. Aber jetzt müssen wir wieder nach Hause. Würden Sie bitte die beiden Mädchen rufen. Matilda Jane hat für *heute* bestimmt lange genug Besuch gehabt!«

»Ich finde sie sofort«, meinte meine Gastgeberin und erhob sich, um das Zimmer zu verlassen. »Aber vielleicht hat ja der kleine Mann gesehen, wo sie hingegangen sind?«

»Wo sind sie, Bruno?« erkundigte ich mich.

»Sie sinn nich auf der Wiese«, antwortete Bruno ziemlich ausweichend, »weil da nur *Schweine* sinn, un Sylvie iss kein Schwein. Unterbrich mich jetz nich mehr, denn ich erzähl der Fliege da gerad 'ne Geschichte, un se will einfach nich aufpassen!«

»Ich möchte wetten, sie sind bei den Äpfeln!« vermutete die Bäuerin. So ließen wir Bruno allein zurück, damit er seine Geschichte beenden konnte, und gingen hinaus in den Obstgarten, wo wir bald schon auf die Kinder stießen, die Seite an Seite ernsthaft dahinschlenderten, und während Sylvie das Püppchen hielt, beschattete die kleine Bess sein Gesicht sorgsam mit einem großen Kohlkopfblatt, das ihm als Sonnenschirm diente.

Bei unserem Anblick ließ die kleine Bess ihr Kohlkopfblatt fallen und kam auf uns zugelaufen, während Sylvie gemessenen Schrittes folgte, denn ihre Last bedurfte offensichtlich großer Sorgfalt und Aufmerksamkeit.

»Ich bin seine Mama, und Sylvie ist seine oberste Amme«, erklärte Bessie, »und Sylvie hat mir ein hübsches Lied für Matilda Jane beigebracht.«

»Laß es uns auch einmal hören«, verlangte ich, entzückt, sie endlich einmal singen zu hören. Doch Sylvie ward im Nu schüchtern und bange. »Nein, *bitte nicht*!« sagte sie als ernstes »Aparte«

zu mir. »Bessie kennt es inzwischen auswendig. Sie kann es singen!«

»Ja, ja! Bessie soll es singen!« bekräftigte die Mutter. »Bessie hat eine hübsche Stimme« (dies wieder als ein »Aparte« zu mir hin), »obgleich ich das eigentlich nicht sagen dürfte!«

Bessie war nur zu glücklich, diesem »Dacaporuf« zu willfahren. So setzte sich denn die pummelige kleine Mama mit ihrer häßlichen Tochter, die sie steif über ihren Schoß legte (es war eine von jener Machart, die sich trotz *aller* erdenklichen Mühe nicht zum Sitzen zwingen läßt), zu unseren Füßen nieder und vor Freude strahlend begann sie das Wiegenlied mit einem Gekreische, als *sollte* das arme Baby vor Schreck in Ohnmacht fallen. Die oberste Amme kauerte sich hinter ihren Rücken und hielt sich respektvoll im Hintergrund, die Hände auf den Schultern ihrer kleinen Herrin, um bei Bedarf jederzeit zu soufflieren und dafür zu sorgen, *»daß das Gedächtnis treu ihr blieb«*.

Das einsetzende Gekreische erwies sich nur als momentaner Kraftaufwand. Bald schon dämpfte Bessie ihre Stimmkraft und sang mit leiser, aber sehr lieblicher Stimme weiter. Zuerst waren ihre großen schwarzen Augen auf ihre Mutter gerichtet, dann aber wanderte ihr Blick empor zu den Äpfeln, und sie schien sich gar nicht mehr bewußt zu sein, daß noch andere Zuhörer außer ihrem Baby und der obersten Amme existierten, die ein-, zweimal fast unhörbar die richtige Note einfügte, als die Sängerin ein wenig »monoton« zu werden drohte.

»Matilda Jane, siehst nie gespannt
an Spielzeug oder Bilderband:
willst niemals hübsche Sachen sehn –
du bist wohl blind, Matilda Jane!

Les Rätsel oder Märchen dir,
doch du sagst gar kein *Wort zu mir:*
du sprichst nie, *was ich auch erwähn' –*
du scheinst mir taub, Matilda Jane!

Matilda, Liebling, ruf ich dich,
so reagierst du nicht auf mich:
umsonst mein Rufen und mein Flehn –
denn du bist stumm, Matilda Jane!

Matilda Jane, nimm das nicht krumm:
bist du auch taub und blind und stumm,
liebt dich noch eine, *wie ich wähn',*
und die bin ich, *Matilda Jane!«*

Bei den ersten drei Versen vernachlässigte sie ziemlich die Betonung, doch die letzte Strophe inspirierte das kleine Mädchen offenkundig. Ihre Stimme schwoll klarer und lauter an, ihr Gesicht spiegelte schieres Entzücken wider, und bei den letzten Worten drückte sie die unaufmerksame Matilda Jane ganz fest an ihr Herz.

»Küß sie jetzt!« soufflierte die oberste Amme. Und im Nu war das einfältige, ausdruckslose Gesicht des Babys mit einem Schwall leidenschaftlicher Küsse bedeckt.

»Was für ein hübsches Lied!« lobte die Bäuerin. »Von wem ist der Text, Liebling?«

»Den Text hat Sylvie gemacht«, informierte uns Bessie, stolz ob ihrer genauen Kenntnis, »und Bruno hat die Melodie gemacht –, und *ich* hab's gesungen!« (nebenbei bemerkt, der letztere Sachverhalt bedurfte uns gegenüber keine Erwähnung.)

Wir folgten Sylvie und betraten gemeinsam die Wohnstube. Bruno stand immer noch am Fenster, die Ellbogen auf den Sims gestützt. Offensichtlich hatte er die Geschichte für die Fliege beendet und eine neue Beschäftigung gefunden. »Stört mich nich!« befahl er bei unserem Eintritt. »Ich zähl gerad die Schweine auf der Wiese!«

»Wie viele sind es denn schon?« erkundigte ich mich.

»Ungefähr tausendundvier«, behauptete Bruno.

»Du meinst wohl: ›Ungefähr tausend‹«, korrigierte ihn Sylvie. »Man sagt nicht *›undvier‹*: du kannst bei den *Vieren* nicht sicher sein!«

»Un du bist wie stets im Irrtum!« triumphierte Bruno. »Es iss gerad die *Vier*, bei denen ich sicher sein *kann*; weil die direkt hier unterm Fenster rumwühlen! Es iss die *Tausend*, bei denen ich nich vollkommen sicher bin!«

»Aber einige von ihnen sind schon in den Koben gegangen«, meinte Sylvie, lehnte sich über ihn und schaute ebenfalls aus dem Fenster.

»Ja«, bestätigte Bruno, »aber sie sinn so langsam un einzeln gegangen, daß ich *sie* mitzuzählen keinen Grund sah.«

»Wir müssen jetzt aber gehen, Kinder«, mahnte ich. »Sagt Bessie auf Wiedersehen.« Sylvie nahm das kleine Mädchen in die Arme und küßte es: doch Bruno stand abseits und wirkte sehr verlegen. (»Ich küsse niemals *niemanden* außer Sylvie!« erklärte er mir später.) Die Bäuerin führte uns hinaus: und bald befanden wir uns auf dem Rückweg nach Elfenau.

»Das scheint die neue Kneipe zu sein, über die wir gesprochen haben?« bemerkte ich, als ein langes, niedriges Gebäude mit den Worten »DER GOLDENE LÖWE« über dem Eingang in Sicht kam.

»Ja, das stimmt«, bestätigte Sylvie. »Ich möchte doch mal

gerne wissen, ob *ihr* Willi drinnen ist! Lauf rein, Bruno, und sieh mal nach!«

Da *ich* mich gewissermaßen für Bruno verantwortlich fühlte, griff ich ein. »An solch einen Ort kann man keine Kinder schikken.« Denn die Zechbrüder randalierten bereits, und ein wildes Gekröhle, das sich aus Singen, Schreien und sinnlosem Gelächter zusammensetzte, drang zu uns durch das offene Fenster.

»Sie werden ihn doch gar nicht *sehen*«, erklärte Sylvie. »Warte eine Minute. Bruno!« Sie drückte das Juwel, das stets um ihren Hals hing, zwischen den Handflächen und murmelte einige Worte vor sich hin. Was sie sagte, konnte ich nicht verstehen, doch an uns vollzog sich scheinbar eine geheimnisvolle Veränderung. Nicht länger schienen meine Füße den Boden zu drücken, und das traumartige Gefühl überkam mich, ich hätte plötzlich die Macht, durch die Luft zu schweben. Schattenhaft und verschwommen konnte ich gerade noch die Umrisse der Kinder *wahrnehmen*, und ihre Stimmen klangen so unwirklich wie aus fernem Raum und ferner Zeit. Ich weigerte mich nun nicht länger, Bruno das Haus betreten zu lassen. In kürzester Zeit war er wieder zurück. »Nein, er iss noch nich da«, berichtete er. »Sie unterhalten sich gerade darüber, wie betrunken er letzte Woche war.«

Während er das sagte, torkelte einer der Männer, eine Pfeife in der einen, einen Krug Bier in der anderen Hand, zur Tür heraus und überquerte die Straße, wo wir standen, um einen besseren Blick zu haben. Zwei oder drei andere lehnten aus dem offenen Fenster, ein jeder mit rotem Gesicht, müdem Blick und einem Krug Bier. »Kannst de ehm sehn, Kirl?« fragte einer von ihnen.

»Ick weet nich«, meinte der Mann und trat einen Schritt vor, so daß er uns fast Auge in Auge gegenüberstand. Sylvie zog mich hastig aus dem Weg. »Danke, Kind«, sagte ich. »Ich hatte völlig vergessen, daß er uns nicht sehen kann. Was wäre denn geschehen, wenn ich stehengeblieben wäre?«

»Keine Ahnung«, sagte Sylvie ernst. »*Uns* hätte es nichts ausgemacht; aber bei *Ihnen* mag das etwas anderes sein.« Sie sagte es mit normaler Lautstärke, doch der Mann nahm davon keinerlei Notiz, obgleich sie dicht vor ihm stand und ihn beim Sprechen anblickte.

»Er kommt jetz!« schrie Bruno und zeigte die Straße hinunter.

»He kummt jäzz!« echote der Mann und deutete mit seiner Pfeife genau über Brunos Kopf hinweg.

»Dann nochmo den *Värs*!« schrie einer der Männer mit hochrotem Kopf im Fenster, und sofort kreischten ein Dutzend zu einer schrillen, disharmonischen Melodie das Lied:

»Trink, trink Brüderlein trink,
laß doch die Sorgen zuhaus'!«

Der Mann torkelte wieder ins Haus zurück und stimmte dabei kräftig in den Chor ein: so waren nur die Kinder und ich auf der Straße, als »Willi« auftrat.

VI. KAPITEL

Willis Weib

Er stürzte geradewegs auf die Kneipentür zu, doch die Kinder fingen ihn ab. Sylvie hielt ihn am Arm, während Bruno von der anderen Seite mit aller Kraft drückte und Schreie wie »Hü! Hü! Heja!« artikulierte, die er bei Fuhrleuten aufgeschnappt hatte.

»Willi« nahm nicht die mindeste Notiz von ihnen: die simpele Erkenntnis, daß *etwas* ihm Einhalt gebot, hielt er in Ermangelung einer anderen Möglichkeit wohl für seinen eigenen Entschluß.

»Ick will nich rinkom«, weigerte er sich, »nich hüüt.«

»*En* Buddel Beer war di nich weedon!« schrien seine Freunde im Chor. »*Twee* Buddeln warn di ok nich weedon! Ok keen Dotzend Buddeln!«

»Nee«, weigerte sich Willi. »Ick go no Huß!«

»Wat denn, ohne din Schnaps, Mann Willi?« schrien die anderen. Aber »Mann Willi« wollte nicht länger diskutieren und wandte sich störrisch ab, und die Kinder hielten ihn an beiden Seiten fest, um ihn vor jeder plötzlichen Meinungsänderung zu bewahren.

Eine Weile schritt er ziemlich beherzt aus und pfiff – mit den Händen in der Tasche – zum Takt seiner schweren Tritte eine leichte Melodie: sein Bemühen, sich völlig zwanglos zu geben, war *fast* von Erfolg gekrönt: doch ein aufmerksamer Beobachter hätte bemerkt, daß er den zweiten Teil der Weise vergessen hatte und daß er, sobald er steckenblieb, wieder von vorne begann, da er sich vor Nervosität nicht auf eine andere besinnen und vor Ruhelosigkeit die Stille nicht ertragen konnte.

Es war nicht die alte Furcht, die jetzt von ihm Besitz ergriff – die alte Furcht, die noch in jeder Samstagnacht, an die er sich erinnern konnte, sein trauriger Gefährte gewesen war, wenn er sich vorwärtstorkelnd an Tore und Gartenpfähle klammerte; und die

schrillen Vorwürfe seiner Frau schienen für sein benebeltes Gehirn lediglich das Echo einer weit eindringlicheren Stimme aus seinem Innern zu sein, dem unerträglichen Wimmern verzweifelter Reue: eine ganz neue Furcht beherrschte ihn nun: das Leben hatte neue Farben angenommen, wurde von einem neuen blendenden Strahl erhellt, und ihm war bisher überhaupt noch nicht klar geworden, was aus seinem Familienleben mit seiner Frau und seinem Kind angesichts der neuen Umstände werden würde: nach seinem einfachen Denken barg diese ganze Neuheit Verwirrung und gewaltigen Schrecken.

Und dann erstarb die Melodie auf seinen bebenden Lippen, als er um eine Ecke bog und seine Hütte sah, vor der seine Frau mit verschränkten Armen auf dem Tor lehnte und die Straße mit bleichem Gesicht hinunterblickte, auf dem sich nicht einmal der Schimmer eines Hoffnungsstrahles zeigte – nur der schwere Schatten tiefer, kalter Verzweifelung.

»Schön fröh, Kirl! Schön fröh!« Worte des Willkommens hätten es sein können, aber ach, wie bitter ihre Stimme klang! »Wat bringt di von all dine lustigen Kumpels und all dem Spoß un Tüddelkrom wech? Leeren Büdel viellicht? Oder bis du nur kammen, um de Kleene starben to sehn? De Lütte hungert, un ick hev keen Beeten zo eten, nich mol 'n Teller Supp. Aber wat kümmert *di* dat?« Sie riß das Tor auf und stand ihm mit zornfunkelnden Augen gegenüber.

Der Mann sprach kein Wort. Langsam und mit niedergeschlagenen Augen ging er an ihr vorüber ins Haus, während sie ihm, etwas erschrocken wegen seiner fremdartigen Schweigsamkeit, ohne eine weiteres Wort folgte; und sie fand nicht eher die Sprache wieder, bis er mit gekreuzten Armen und hängendem Kopf in seinen Stuhl gesunken war.

Uns schien es durchaus selbstverständlich, ihnen zu folgen: unter anderen Umständen hätte man um Erlaubnis nachgesucht, doch aus einem mir unbekannten Grunde spürte ich, daß wir auf mysteriöse Weise unsichtbar geworden waren und nach Belieben wie Geister kommen und gehen konnten.

Das Kind in der Wiege erwachte und stimmte ein jämmerliches Geschrei an, so daß die Kinder augenblicklich zu ihm hineilten: Bruno schaukelte die Wiege, während Sylvie zärtlich den kleinen Kopf wieder aufs Kissen bettete, von dem er abgerutscht war. Die Mutter zollte dem Geschrei jedoch keinerlei Aufmerksamkeit, noch beachtete sie das zufriedene »Gurr«, das Sylvies Bemühungen honorierte, sie stand nur da, starrte ihren Gatten an und mühte sich mit fahlen, bebenden Lippen vergeblich (wahrscheinlich zweifelte sie an seinem Verstand) in den alten schrillen Vorwurfston zurückzufallen, den er so gut kannte.

»Un du hest den ganzen Lohn dörchbröcht – ick hunn schwörn

– mit dem Düwelsschnaps – un du hest di weder tom Tier mokt – wie du dat immer drieben deist –«

»Hev ick nich!« murmelte der Mann, und seine Stimme war kaum stärker als ein Flüstern, als er den Inhalt seiner Tasche schwerfällig auf den Tisch leerte. »Da is min Lohn, jede Penny.«

Die Frau keuchte und griff sich überrascht mit der Hand ans Herz. »*Wie* hest du denn Schnaps drunken?«

»*Hev* keen drunken«, antwortete er mehr traurig als mürrisch. »Ick hev hüüt den ganzen Dach keen Drüppen anröhrt. Nee!« schrie er laut, schlug mit der geballten Faust auf den Tisch und sah sie aus glitzernden Augen an. »Ick war ok keen Drüppen mehr von dem verfluchten Schnaps anröhrn – bit ick starben do – so war mi de leve Gott helpen deit!« Seine Stimme hatte sich plötzlich in ein heiseres Geschrei gesteigert und senkte sich ebenso unvermutet wieder: und abermals beugte er den Kopf und vergrub sein Gesicht zwischen den Armen.

Indem er so sprach, hatte sich die Frau nahe der Wiege niedergekniet. Sie blickte ihn nicht an und schien ihn auch nicht zu hören. Die Hände über den Kopf gefaltet, so schwankte sie hin und her. »Oh, min Gott! Oh, min Gott!« konnte sie nur noch stammeln.

Sylvie und Bruno entfalteten sanft ihre Hände und zogen sie hinunter auf die eigenen Schultern, wovon sie keinerlei Notiz nahm, sondern immer noch niederkniete, die Augen empor richtete und die Lippen wie im stummen Dankgebet bewegte. Der Mann hielt sein Gesicht verborgen und ließ keinen Ton vernehmen: aber man konnte die Schluchzer *sehen,* die ihn von Kopf bis Fuß erschütterten.

Nach einer Weile hob er den Kopf – sein Gesicht war tränennaß. »Polly!« sagte er sanft; und dann etwas lauter, »Olle Poll!«

Da erhob sie sich von den Knien und kam mit verwirrtem Blick auf ihn zu. »Wer het mi Olle Poll nannt?« fragte sie: ihre Stimme verriet eine zärtliche Freude: ihre Augen funkelten; und das leidenschaftliche Feuer der Jugend rötete ihre Wangen, bis sie eher einem glücklichen, siebzehnjährigen Mädchen als einer verhärmten, vierzigjährigen Frau glich. »Wär dat min Kirl, min Willi, de do an Tuun op mi töft?«

Sein Gesicht hatte sich unter demselben magischen Feuer in das eines schüchternen Jungen verwandelt: und Junge und Mädchen schienen sie zu sein, als er den Arm um sie schlang und sie an seine Seite zog, während er mit der anderen Hand das Geld von sich stieß, als sei ihm die Berührung zuwider. »Nimm dat, Dern«, meinte er, »nimm alles! Un hol uns wat to eten: aber hol erst Supp oder Melk för dat Kind.«

»Min *kleene* Dern!« murmelte sie und las die Münzen zusammen. »Min söte Dern!« Dann ging sie zur Tür und wollte gerade hinaus, als ein plötzlicher Einfall sie zurückzuhalten schien: sie kehrte hastig um – kniete zuerst nieder und küßte das schlafende Kind, warf sich darauf ihrem Gatten in die Arme und wurde an sein Herz gedrückt. Im nächsten Augenblick nahm sie die Kanne vom Holznagel neben der Tür und machte sich auf den Weg: wir folgten ihr dicht auf den Fersen.

Wir waren noch nicht weit gegangen, als wir auf einer schwankenden Tafel das Wort »Milchladen« entdeckten, und beim Eintritt wurden wir von einem weißen Hündchen mit krausem Fell begrüßt, das unbeeinflußt vom »Grißeligen« die Kinder sah und mit überschwenglicher Freude begrüßte. Als ich eintrat, nahm der Milchmann gerade das Geld in Empfang. »Is dat för Se, gute Frau, oder för Eehr Kind?« erkundigte er sich, nachdem er die Kanne gefüllt hatte und sie noch zögernd in der Hand hielt.

»För das *Kind*!« entgegnete sie fast vorwurfsvoll. »Denken Se v'licht, ick nehm *sölms* ok nur een Löpel full, eh *dat Kind* nich genuch het?«

»Is ja gut, leve Fru«, beschwichtigte der Mann und nahm die Kanne mit fort. »Wi wüllen dat gut bemeeten.« Er ging noch einmal zwischen seine Milchkannen-Regale und wandte ihr achtsam den Rücken zu, während er eine kleine Portion Rahm in die Kanne leerte und vor sich hin murmelte: »V'licht ward dat de Dern 'n beeten kräftigen!«

Die Frau bemerkte die gute Tat nicht, und so nahm sie die Kanne mit einem schlichten »Guden Abend, Meister« in Empfang und ging ihrer Wege: doch die Kinder waren aufmerksamer gewesen, und als wir ihr folgten, bemerkte Bruno: »Das war *sehr* freundlich: un ich lieb den Mann: und wenn ich reich wär, gäb ich ihm hundert Pfund – un ein Küchlein. Das knurrende Hundchen versteht sein Geschäft nicht!« Und damit meinte er den kleinen Hund vom Milchmann, der den herzlichen Empfang von vorhin scheinbar völlig vergessen hatte, da er uns in respektvollem Abstand folgte und nach besten Kräften alles tat, *»die scheidenden Gäste anzuspornen«** und zwar mit einem derartig schrillen Kläff-Konzert, das einem geradezu auf dem Fuß zu folgen schien.

»Was *ist* denn das Geschäft eines Hundes?« lachte Sylvie. »Hunde besitzen doch keine Läden und können Wechselgeld herausgeben!«

»Schwestern ham *nich* das Geschäft, ihre Brüder auszulachen«, erwiderte Bruno würdevoll. »Un Hunde ham das Geschäft zu *bellen* – aber nich so: er sollte ein Gebell beenden, ehe er ein neues beginnt: un er sollte – o Sylvie, da sinn Zuckerkrumen!«

Und im nächsten Augenblick flitzten die Kinder glücklich über die Gemeindeweise zu den Butterblumen.

Während ich stehenblieb und sie beobachtete, überkam mich ein seltsames Traumgefühl: an Stelle des grünen Rasens schien ich einen Bahnsteig und statt der flink dahinhüpfenden Sylvie die schwebende Gestalt von Lady Muriel zu sehen; doch ob auch Bruno sich etwa in den alten Mann verwandelt hatte, den sie einholen wollte, konnte ich nicht mehr wahrnehmen, so blitzschnell kam und schwand das Gefühl.

Als ich das kleine Wohnzimmer wieder betrat, das ich mit Arthur teilte, stand dieser gerade mit dem Rücken zu mir, blickte aus dem offenen Fenster und hatte mein Eintreten offenkundig überhört. Eine Tasse, wohl probiert und beseite gestellt, stand auf dem Tisch, ihr gegenüber lag ein angefangener Brief mit einer Schreibfeder quer darüber: ein aufgeschlagenes Buch nahm das Sofa ein: die Londoner Zeitung okkupierte den Lehnstuhl; und auf dem danebenstehenden Tischchen bemerkte ich eine nicht angezündete Zigarre und eine offene Schachtel Streichhölzer: alles deutete darauf hin, daß der normalerweise so ordentliche und entschlossene Doktor es mit allen möglichen Beschäftigungen versucht hatte, ohne sich entscheiden zu können!

»Das sieht *Ihnen* aber gar nicht ähnlich, Herr Doktor!« begann ich, doch als er sich beim Klang meiner Stimme umwandte, fehlten mir die Worte vor Erstaunen, so sehr hatte sich sein Äußeres

* AdÜ: Homer, Odyssee, xv, 83. (Im Original nach Popes Übersetzung).

auf wunderbare Weise verändert. Noch niemals hatte ich ein derart vor Freude strahlendes Gesicht gesehen oder Augen, in denen ein überirdisches Licht funkelte! »Gerade so«, dachte ich, »muß der Engel ausgesehen haben, der den Hirten, die des Nachts ihre Herden hüteten, die freudige Botschaft brachte: *›Frieden den Menschen auf Erden, die guten Willens sind!‹* «*

»Ja, lieber Freund!« beantwortete er die Frage, die er wohl in meinem Gesicht las. »Es ist wahr! Es ist wahr!«

Unnötig zu fragen, *was* er damit meinte. »Gott segne euch beide!« wünschte ich, während mir Freudentränen aus den Augen rannen. »Ihr seid füreinander geschaffen!«

»Ja«, bestätigte er schlicht, »das sind wir wohl. Und *wie* hat sich das Leben verändert! Dies ist nicht mehr dieselbe Welt! Das ist nicht mehr derselbe Himmel, den ich noch gestern sah! Die Wolken da – ich habe noch nie zuvor in meinem Leben solche Wolken gesehen! Sie gleichen Heerscharen schwebender Engel!«

Für *mich* waren es freilich ganz normale Wolken: aber mir war es ja auch nicht wie ihm ergangen, *»denn er genoß vom Honigtau und trank die Milch vom Paradies«!***

»Sie möchte dich gern sehen – jetzt«, setzte er fort und stand plötzlich wieder auf dem Boden der Tatsachen. »Sie sagt, *das* sei das *einzige,* was ihr zu ihrem Glück noch fehle!«

»Ich geh auf der Stelle«, erklärte ich und wollte zum Zimmer hinaus. »Begleitest du mich nicht?»

»Nein, Sir!« entgegnete der Doktor mit vergeblicher Mühe, Professionalität zurückzugewinnen. »*Sehe* ich etwa aus, als wolle ich mit dir gehen? Hast du noch nie gehört, zwei sind ein Gespann und –«

»Sicher«, unterbrach ich, »ich *habe* davon gehört: und ich bin mir nur allzu schmerzlich bewußt, daß *ich Nummer drei* bin! Aber, *wann* treffen wir drei wieder zusammen?«***

»Wenn der Wirrwarr ist zerronnen!« antwortete er fröhlich lachend, wie er es schon lange nicht mehr getan hatte.

* AdÜ: Lukas 2,14.
** AdÜ: Coleridge, Kubla Khan, (die letzten beiden Zeilen).
*** AdÜ: Shakespeare, Macbeth i,1.

VII. KAPITEL

Mein Herr

So zog ich denn allein des Wegs und traf beim Herrenhaus sogleich auf Lady Muriel, die am Gartentor stand und mich erwartete.

»Es ist wohl überflüssig, Ihnen Freude zu *spenden* oder zu *wünschen*?« begann ich.

»Ganz und gar!« sie lachte glücklich wie ein Kind. »Wir *spenden* Menschen, was sie sonst nicht bekommen: wir *wünschen* etwas, was noch eintreffen soll. Für *mich* ist alles *hier*! *Ich* besitze alles! Lieber Freund«, sie stockte, »halten Sie es für möglich, daß es für jemanden den Himmel auf *Erden* gibt?«

»Für *einige*«, meinte ich. »Für einige vielleicht, die einfach wie die Kindlein sind. Sie wissen ja, Er hat gesagt: ›Denn ihrer ist das Himmelreich‹.«*

Lady Muriel faltete die Hände und sah hoch in den wolkenlosen Himmel mit einem Blick, wie ich ihn so oft in Sylvies Augen bemerkt hatte. »Meinem Gefühl nach gilt das jetzt für *mich*«, sie flüsterte fast. »Ich fühle *mich* wie eines der glücklichen Kinder, die Er gegen den Willen der Menge zu sich bittet. Ja, Er hat mich in der Menschenmasse gesehen. Er hat das sehnsüchtige Verlangen in meinen Augen gelesen. Er hat mich zu Sich gewinkt. Sie *mußten* mir Platz machen. Er hat mich auf Seinen Arm genommen. Er hat Seine Hand auf mich gelegt und mich gesegnet!« Atemlos vor Glück hielt sie inne.

»Ja«, bestätigte ich, »das hat er wohl getan!«

»Sie müssen mit hineinkommen und mit Vater sprechen«, setzte sie fort, während wir noch miteinander am Tor standen und den schattigen Pfad hinunterblickten. Doch mit ihren letzten

* AdÜ: Matthäus 19,14.

Worten überkam mich einer Flut gleich die »grißelige« Empfindung: ich sah den guten alten Professor sich nähern und bemerkte, daß er seltsamerweise für *Lady Muriel* sichtbar war!

Was tun? War das Elbenleben mit der Realität verschmolzen? Oder hatte Lady Muriel auch das »Grißeln« gepackt und befähigt, mit mir gemeinsam die Elbenwelt zu betreten? Mir lagen schon die Worte auf der Zunge: (»Ich sehe da auf dem Pfad einen alten Freund von mir: ich würde ihn Ihnen gerne vorstellen, falls Sie ihn noch nicht kennen?«), als das Seltsamste von allem Bisherigen geschah: Lady Muriel sprach.

»Ich sehe da auf dem Pfad einen alten Freund von mir: ich würde ihn Ihnen gerne vorstellen, falls Sie ihn noch nicht kennen?« bemerkte Lady Muriel.

Scheinbar erwachte ich aus einem Traum: denn das »grißelige« Gefühl beeinflußte mich noch stark und die Gestalt schien sich wie beim Blick durch ein Kaleidoskop in einem fort zu verwandeln: mal war es der Professor und dann wieder ein anderer! Als er beim Tor ankam, war er ganz bestimmt jemand anderer: und die Vorstellung war *Lady Muriels* Sache und nicht die *meine*. Sie begrüßte ihn freundlich, öffnete das Tor und ließ den ehrwürdigen Greis – unverkennbar ein Deutscher – ein, der, wie aus einem Traum erwacht, ebenfalls benommen um sich blickte.

Nein, das war ganz gewiß *nicht* der Professor. Unmöglich könnte meinem alten Freund seit unserer letzten Begegnung ein derart prächtiger Bart gewachsen sein: überdies hätte er mich auch wiedererkannt, denn ich hatte *mich* in der Zwischenzeit bestimmt nicht sehr verändert.

Nach Lage der Dinge blickte er mich nur vage an und nahm bei Lady Muriels Worten: »Darf ich Ihnen Mein Herr vorstellen« den Hut vom Kopf; worauf ich in den mit hartem, deutschen Akzent gesprochenen Worten: »Freut mich, Ihre Bekanntschaft zu machen, Sör!« nicht einmal die Spur eines Wiedererkennens auf Grund einer früheren Begegnung entdecken konnte.

Lady Muriel führte uns in die wohlbekannte, schattige Zimmerecke, wo der Nachmittagstee bereits vorbereitet war, und während sie nach dem Earl sah, ließen wir uns in den Lehnstühlen nieder, und »Mein Herr« nahm sich Lady Muriels Handarbeit und prüfte sie durch seine großen Brillengläser (eines der Attribute, das ihm so eine aufreizende Ähnlichkeit mit dem Professor verlieh). »Taschentücher säumen?« grübelte er. »*So* vertreiben sich also die englischen Müllädies die Zeit?«

»Das ist die Art von Fertigkeit«, erläuterte ich, »bei der der Mann noch niemals mit der Frau konkurrieren konnte!«

Hier kam Lady Muriel mit ihrem Vater zurück; und nachdem er einige Worte mit »Mein Herr« gewechselt hatte und wir alle mit »Speis und Trank« versorgt waren, griff der Neuankömmling das anregende Thema Taschentuch wieder auf.

»Sie haben doch bestimmt schon vom Fortunatus Säckel gehört, Müllädie? Aha, so! Wären Sie erstaunt zu erfahren, daß Sie mit drei dieser klainän Tücher einen Säckel des Fortunatus schnell und problemlos herstellen können?«

»Ist das wirklich wahr?« staunte Lady Muriel, legte sich voll Eifer ein Bündel Tücher in den Schoß und fädelte ihre Nadel ein. »Erklären Sie es mir doch *bitte,* Mein Herr. Ich nähe ihn, bevor ich noch einen weiteren Tropfen Tee anrühre.«

»Zuerst müssen Sie«, sagte Mein Herr, bemächtigte sich zweier Taschentücher, breitete eines über das andere und hielt beide an zwei Ecken hoch. »Zuerst müssen Sie diese oberen Ecken miteinander verbinden, die rechte mit der rechten, die linke mit der linken, und die Lücke dazwischen wird die *Öffnung* des Säckels.«

Nach ein paar Stichen war *diese* Anweisung ausgeführt. »Wenn ich jetzt die drei anderen Seiten zusammennähe«, mutmaßte sie, »dann ist die Tasche schon fertig?«

»Nicht so, Müllädie: die *unteren* Ränder müssen *zuerst* verbunden werden – ach, doch nicht so!« (als sie sich anschickte, sie zusammenzunähen.) »Drehen Sie den einen um, und verbinden Sie die *rechte* untere Ecke des einen mit der *linken* unteren Ecke des anderen Randes, und nehmen Sie die Unterkanten, wie sie sagen würden, *falsch* herum zusammen.«

»Ach *so*!« sagte Lady Muriel und führte die Anweisung geschickt aus. »Und so entsteht eine verdrehte, unbequeme und unheimlich aussehende Tasche! Aber die *Moral* ist toll. Unbegrenzten Reichtum kann man nur bekommen, wenn man etwas *falsch* macht! Und wie soll man jetzt diese mysteriösen – nein, ich meine, mysteriö*se* Öffnung schließen?« (und sie drehte das Gebilde verwirrt rundherum). »Ja, es hat *wahrhaftig* nur eine Öffnung. Ich habe erst gedacht, es wären *zwei*.«

»Haben Sie schon einmal diesen rätselhaften Papierring gesehen?« fragte Mein Herr den Earl. »Dabei nehmen Sie einen Papierstreifen nach einer Drehung bei den Enden zusammen, so daß die *obere* Ecke des *einen* Endes auf der *unteren* Ecke des *anderen* Endes liegt?«

»Ich habe erst gestern dabei zugesehen, wie einer gebastelt wurde«, antwortete der Earl. »Muriel, mein Kind, hast du nicht gestern für die Kinder einen gebastelt, die zum Tee hier waren?«

»Ja, ich kenne das Rätsel«, bestätigte Lady Muriel. »Der Ring hat nur *eine* Außenfläche und *eine* Ecke. Es ist sehr geheimnisvoll.«

»Mit der Tasche verhält es sich wohl ebenso?« mutmaßte ich. »Hängt nicht die *Außen*fläche der einen Seite mit der *Innen*fläche der anderen Seite zusammen?«

»Stimmt!« rief sie. »Es *ist* bloß noch keine Tasche. Was geschieht mit dieser Öffnung, Mein Herr?«

»Das!« erklärte Mein Herr, sprang eifrig von seinem Sitz, um ihr das Verfahren zu demonstrieren. »Der Rand der Öffnung besteht aus *vier* Taschentuchkanten, und Sie können an ihm entlangfahren, immer um die Öffnung herum, den rechten Rand des *einen* Tuches hinunter, den linken Rand des *anderen* hoch, und dann den linken Rand des *einen* hinunter und den rechten Rand des *anderen* hoch!«

»Das kann man!« murmelte Lady Muriel nachdenklich, stützte den Kopf in die Hand und blickte den alten Mann ernsthaft an. »Und das beweist, es gibt nur *eine* Öffnung!«

Sie ähnelte so sehr einem Kind, das vor einer schwierigen Aufgabe kapituliert, und Mein Herr glich auf so seltsame Weise dem alten Professor, daß ich völlig verwirrt war: das »grißelige« Gefühl durchdrang mich mit aller Macht, und ich fühlte mich schon fast zu den Worten *gedrängt*: »Verstehst du das, Sylvie?« Doch mit großer Anstrengung unterdrückte ich sie und ließ den Traum (wenn es überhaupt ein Traum *war*) bis zum Ende laufen.

»Nun zu diesem *dritten* Tuch«, setzte Mein Herr fort, »es hat *ebenfalls* vier Ränder, und an denen kann man auch ohne abzusetzen entlangfahren: man braucht diese vier Ränder jetzt nur mit den vier Rändern der Öffnung zu verbinden. Dann ist der Säckel vollständig, und seine Außenfläche –«

»*Ich* verstehe!« unterbrach Lady Muriel eifrig. »Seine *Außen*fläche hängt mit der *Innen*fläche zusammen! Aber das geht nicht so schnell. Ich werde es nach dem Tee aufnähen.« Sie legte die Tasche beiseite und widmete sich wieder ihrer Teetasse. »Aber warum nennen Sie es Fortunatus Säckel, Mein Herr?«

Der alte Mann strahlte sie lächelnd an und sah dem Professor ähnlicher als je zuvor. »Nicht klar, mein Kind – ich meine, Mülädie? Alles, was *im* Säckel ist, ist *draußen*; und alles, was *draußen* ist, ist *drinnen*. So haben Sie den Reichtum der ganzen Welt in dem klainän Säckel!«

Außer sich vor Freude klatschte seine Schülerin in die Hände. »Ich nähe das dritte Tuch bestimmt in – also *irgendwann* an«, versprach sie, »aber wo Sie jetzt da sind, will ich keine Zeit damit verschwenden. Erzählen Sie uns doch bitte noch mehr solch wunderbare Dinge!« Und ihr Gesicht und ihre Stimme erinnerten mich so sehr an Sylvie, daß ich schon nach Bruno Ausschau hielt.

Nachdenklich nahm Mein Herr seinen Löffel und balancierte ihn auf dem Rand seiner Teetasse aus, wobei er über das Ersuchen nachgrübelte. »Etwas Wunderbares – wie den Fortunatus Säckel? *Der* Ihnen – wenn er einmal vollendet ist – mehr Reichtum geben wird, als Sie sich in Ihren kühnsten Träumen vorstellen können: aber er kann Ihnen keine *Zeit* schenken!«

Eine Schweigeminute folgte – die Lady Muriel praktischerweise dazu nutzte, die Teetassen wieder zu füllen.

»In *Ihrem* Land«, begann Mein Herr unvermutet, »was geschieht da mit all der verschwendeten Zeit?«

Lady Muriel musterte ihn ernst. »Wer kann das sagen?« sie flüsterte fast. »Man weiß nur, sie ist fort – unwiederbringlich!«

»Also in *meinem* – ich wollte sagen, in einem Land, in dem *ich* einmal war«, meinte der alte Mann, »lagern sie sie ein: und Jahre später erweist sich das als *äußerst* nützlich! Nehmen Sie zum Beispiel an, Ihnen steht ein ausgedehnter und langweiliger Abend bevor: niemand unterhält sich mit Ihnen: Sie haben zu nichts Lust: und zum Zubettgehen ist es noch viel zu früh. Was tun *Sie* dann?«

»Ich werde *ziemlich* wütend«, gestand sie freimütig, »und ich habe den Wunsch, Gegenstände im Zimmer herumzuwerfen!«

»Wenn das den – den Menschen zustößt, bei denen ich war, dann tun die *so* etwas nicht. Mit Hilfe eines kurzen und einfachen Prozesses – den ich Ihnen nicht näher erläutern kann – lagern sie die überflüssigen Stunden ein: und wenn sie bei anderer Gelegenheit etwas mehr Zeit *benötigen*, bekommen sie sie wieder.«

Ungläubig lächelnd hatte der Earl zugehört. »Weshalb können Sie den Prozeß nicht *erläutern*?« erkundigte er sich.

Mein Herr gab eine ganz und gar stichhaltige Begründung. »Weil Ihre Sprache keine Wörter hat, um die notwendigen Ausdrücke zu vermitteln. Zwar könnte ich es erklären, aber nur in – in – Sie würden es nicht verstehen.«

»Gewiß nicht!« bekräftigte Lady Muriel und verzichtete wohlwollend auf den *Namen* der Sprache, als sie fortsetzte. »Ich habe es nie gelernt – wenigstens nicht *fließend*, wissen Sie. Erzählen Sie doch *bitte* noch mehr solch wunderbare Dinge!«

»Ihre Eisenbahnwagen kommen ganz ohne Maschinen aus – sie brauchen nur eine Maschinerie, um sie *anzuhalten*. Ist *das* wunderbar genug, Müládie?«

»Aber woher kommt die *Kraft*?« wagte ich zu fragen.

Mein Herr wandte sich schnell um und fixierte den neuen Sprecher. Dann setzte er seine Brille ab, putzte sie und starrte mich abermals unverkennbar verblüfft an. Ich erkannte, daß er – genau wie ich – der Meinung war, wir *müßten* uns schon früher einmal begegnet sein.

»Sie benutzen die *Schwer*kraft«, behauptete er. »Die Kraft ist doch wohl auch in *Ihrem* Land bekannt?«

»Aber Voraussetzung wäre doch, daß die Eisenbahn *bergab* fährt«, bemerkte der Earl. »Man kann nicht *alle* Eisenbahnen bergab fahren lassen?«

»*Alle* fahren so«, versicherte Mein Herr.

»Nicht von *beiden* Enden?«

»Von *beiden* Enden.«

»Ich kapituliere!« seufzte der Earl.

»Können Sie das Phänomen erklären«, erkundigte sich Lady Muriel, »ohne auf die Sprache zurückzugreifen, die ich nicht fließend beherrsche?«

»Nichts leichter als das«, meinte Mein Herr. »Jeder Zug fährt durch einen geraden langen Tunnel, dessen *Zentrum* dem Erdmittelpunkt natürlich näher ist als die beiden Enden: so bewegt sich jeder Zug die Hälfte der Strecke *ab*wärts, wodurch er genug Schwung bekommt, um die andere Strecke *auf*wärts zu bewältigen.«

»Vielen Dank. Das verstehe ich völlig«, sagte Lady Muriel. »Aber das Tempo in der Mitte des Tunnels muß ja geradezu *unheimlich* sein.«

Mein Herr freute sich offensichtlich sehr über Lady Muriels lebhaftes Interesse an seinen Berichten. Von Minute zu Minute schien sich der alte Mann redseliger und gewandter zu geben. »Würden Sie gern unsere Fahrmethoden kennenlernen?« fragte er lächelnd. »Für uns ist ein durchgehendes Pferd ohne Bedeutung!«

Lady Muriol erschauderte leicht. »Für *uns* bedeutet es eine echte Gefahr«, erklärte sie.

»Der Grund dafür ist, Ihr Wagen ist immer *hinter* dem Pferd angespannt. Ihr Pferd rennt. Ihr Wagen folgt. Dann geht Ihr Pferd vielleicht durch. Wer soll es aufhalten? Sie rasen immer schneller und schneller dahin! Und das Ende ist unausweichlich der Sturz!«

»Und wenn bei *Ihnen* einmal ein Pferd durchgeht?«

»Macht gar nichts! Könnte uns nicht aus der Ruhe bringen. Unser Pferd ist genau im Zentrum unserer Kutsche angeschirrt. Zwei Räder vor, zwei Räder hinter ihm. Das Ende eines breiten Riemens ist mit dem Verdeck verbunden. Er führt unter dem Pferdekörper entlang, und das andere Ende hängt an einer klainän – Sie nennen es wohl ›Winde‹. Das Pferd geht durch. Es galoppiert davon. Wir rasen mit zehn Meilen pro Stunde dahin! Wir drehen unsere klainä Winde fünfmal, sechsmal, siebenmal und – hopps! Unser Pferd verliert den Boden unter den Hufen! *Jetzt* kann es so heftig in der Luft herumgaloppieren, wie es mag: unsere *Kutsche* steht still. Wir sitzen drumherum und sehen ihm zu, bis es müde ist. Dann lassen wir es runter. Unser Pferd ist froh, heilfroh, wenn es wieder Boden unter den Hufen hat!«

»Famos!« lobte der Earl, der aufmerksam zugehört hatte. »Haben Ihre Wagen noch andere Besonderheiten?«

»Die *Räder* manchmal, Milord. Zum Wohle Ihrer Gesundheit machen *Sie* eine Seefahrt, um gestoßen, gerollt und gelegentlich auch ertränkt zu werden. *Wir* haben all das an Land: wir werden gestoßen wie sie: wir werden gerollt wie sie; aber *ertränkt*, nein! Da ist kein Wasser!«

»Wie sehen denn die Räder aus?«

»Sie sind *oval*, Mylord. Folglich bewegen sich die Kutschen auf und ab.«

»Sicher, die Kutsche kippt vorwärts und rückwärts: aber wie schaffen Sie überhaupt, daß sie *rollt*?«

»Sie laufen nicht synkron, Milord. Steht das eine Rad auf der Spitze, so steht das andere auf der Flachseite. So hebt sich erst die eine Seite der Kutsche und dann die andere. Und sie rollt die ganze Zeit über. Ach, man muß wahrlich ein guter Seemann sein, um unsere Bootkutschen fahren zu können!«

»Das kann ich mir gut vorstellen«, meinte der Earl.

Mein Herr erhob sich. »Ich muß Sie jetzt verlassen, Müladie«, entschuldigte er sich mit einem Blick auf die Uhr. »Ich habe noch eine Verabredung.«

»Ich wünschte bloß, wir hätten noch etwas mehr Zeit gespeichert!« bedauerte Lady Muriel und gab ihm die Hand. »Dann könnten Sie noch etwas länger bleiben!«

»In *dem* Fall bliebe ich gern«, antwortete Mein Herr. »Doch so muß ich auf Wiedersehen sagen – fürchte ich!«

»Wo haben Sie ihn zum ersten Mal getroffen?« fragte ich Lady Muriel, nachdem Mein Herr uns verlassen hatte. »Und wo lebt er? Und wie heißt er eigentlich richtig?«

»Wir haben – ihn – zuerst –«, grübelte sie, »ich kann mich wirklich nicht entsinnen, *wo* wir ihn getroffen haben! Und ich habe auch keine Ahnung, wo er lebt! Einen anderen Namen habe ich auch noch nicht gehört! Sehr eigenartig. Ich habe noch niemals zuvor über diese geheimnisvolle Person nachgedacht.«

»Hoffentlich sehen wir ihn wieder«, wünschte ich. »Er interessiert mich sehr.«

»Er nimmt an unserem Abschiedsfest teil, heute in vierzehn Tagen«, meinte der Earl. »Sie werden doch sicher auch kommen? Muriel will alle unsere Freunde noch einmal um uns versammeln, ehe wir von hier fortgehen.«

Und dann – als Lady Muriel uns alleingelassen hatte – erklärte er mir, ihm läge viel daran, seine Tochter von diesem Ort fortzubringen, der so viele schmerzliche Erinnerungen in Verbindung mit der inzwischen gelösten Verlobung mit Major Lindon barg, daß sie sich entschieden hatten, die Hochzeit innerhalb eines Monats zu feiern, anschließend wollten Arthur und seine Frau ins Ausland fahren.

»Vergessen Sie nicht, Dienstag in einer Woche!« erinnerte er mich, als wir uns zum Abschied die Hand gaben. »Ich wünschte bloß, Sie könnten diese bezaubernden Kinder mitbringen, die sie uns im Sommer vorgestellt haben. Um nochmals auf den geheimnisvollen Mein Herr zurückzukommen! Das ist *nichts* gegenüber *Ihrem* Geheimnis. Nie vergesse ich die prächtigen Blumen!«

»Nach Möglichkeit bringe ich sie mit«, versprach ich. Doch wie ich das so gegebene Wort *erfüllen* konnte, grübelte ich unterwegs nach Hause, war ein Problem, das meine Kräfte bei weitem überstieg.

VIII. KAPITEL

An einem schattigen Plätzchen

Die zehn Tage verstrichen wie im Fluge: und am Tag vor dem großen Fest schlug Arthur einen Spaziergang vor, der uns pünktlich zum Nachmittagstee ins Herrenhaus führen konnte.

»Solltest du nicht besser *alleine* gehen?« riet ich. »Ich bin doch völlig *überflüssig*!«

»Nun, es soll eine Art *Probe* sein«, meinte er. *»Fiat experimentum in corpore vili!«* fügte er mit anmutiger Verbeugung gegenüber dem unglücklichen Betroffenen hinzu. »Sieh mal, morgen abend muß ich ertragen, wie meine Angebetete jedem seinen Wunsch erfüllt *außer* dem, der es am meisten verdient, und ich ertrage die Folter bestimmt besser, wenn wir vorher eine Generalprobe abhalten!«

»*Mein* Part in diesem Spiel soll dann wohl der einer probeweise *unwillkommenen* Person sein?«

»Aber nein«, widersprach Arthur sinnend, während wir aufbrachen. »In der normalen Besetzung gibt es keine solche Rolle. ›Würdevoller Vater‹? Das geht auch nicht: die ist bereits besetzt. ›Singendes Kammermädchen‹? Nun, *den* Part hat ›die Dame des Hauses‹ mitübernommen. ›Komischer Alter‹? Du bist nicht komisch genug. Ich fürchte, letztlich bleibt dir nur noch die Rolle des ›gut gekleideten Schurken‹: aber«, er streifte mich mit einem kritischen Seitenblick, »ich bin ein *klainäs* bißchen unsicher wegen der Kleidung!«

Wir trafen Lady Muriel alleine an, denn der Earl war zu einem Besuch außer Haus, und das alte Vertrauensverhältnis lebte in der schattigen Laube sogleich wieder auf, in der das Teegeschirr stets auf Gäste zu warten schien. Neu war einzig das Arrangement (eines, das Lady Muriel *offensichtlich* als selbstverständlich betrachtete), denn zwei der Stühle standen *dicht* nebeneinander.

Seltsamerweise forderte man *mich* nicht auf, den *einen* in Beschlag zu nehmen!

»Auf dem Weg zu dir haben wir das Briefeschreiben geregelt«, begann Arthur. »Er wird wissen wollen, wie uns unsere Schweiz-Reise gefällt: und wir sollten das natürlich *vortäuschen*?«

»Natürlich«, pflichtete sie sanft bei.

»Und die Leiche im Keller –« gab ich zu bedenken.

»– ist immer ein Problem«, warf sie schlagfertig ein, »wenn man auf Reisen ist, und wenn die Hotels keine Keller haben. Aber die *unsere* läßt sich *ganz* leicht transportieren und wird sauber in einer hübschen Ledertasche verpackt –«

»Macht euch aber bitte keine Gedanken über das *Schreiben*«, meinte ich, »wenn ihr etwas Besseres vorhabt. Ich *lese* zwar sehr gern Briefe, aber ich weiß sehr wohl um die Langweiligkeit des *Schreibens*.«

»Manchmal ist das *richtig*«, stimmte Arthur bei. »Wenn man zum Beispiel dem Briefempfänger gegenüber große Schüchternheit empfindet.«

»Kann das ein *Brief* ausdrücken?« erkundigte sich Lady Muriel. »Wenn ich natürlich jemanden *sprechen* höre – wie zum Beispiel *dich* – kann ich gleich erkennen, wie *hoffnungslos* schüchtern er ist! Aber wie läßt sich das in einem *Brief* erkennen!«

»Also, wenn man natürlich jemanden *fließend* sprechen hört – wie zum Beispiel *dich* – kann man gleich erkennen, wie hoffnungslos unschüchtern sie ist – um nicht zu sagen keß! Aber auch der schüchternste und stockendste Redner *wirkt* in Briefen redegewandt. Mag er auch eine halbe Stunde auf die *Formulierung* seines zweiten Satzes verwendet haben; aber dann steht er direkt hinter dem ersten!«

»Dann drückt sich in Briefen nicht alles aus, was *tatsächlich* ist?«

»Das liegt an der Unvollkommenheit unserer Briefschreib-Methode. Ein schüchterner Schreiber *sollte* in der Lage sein, dieses Manko zu verdeutlichen. Warum kann er nicht ebensolche *Pausen* wie beim Reden auch beim Schreiben machen? Teile könnten von ihm unbeschrieben belassen werden – sagen wir, eine halbe Seite dann und wann. Und ein *ganz* schüchternes

Mädchen – falls es so etwas überhaupt gibt – könnte einen Satz auf die *erste* Seite seines Briefes schreiben – dann einige leere Seiten dazulegen – dann einen Satz auf die *vierte* Seite, und so weiter.«

»Ich sehe ganz deutlich vorher, daß *wir* – ich meine diesen klugen kleinen Jungen und mich –« wandte sich Lady Muriel an mich und bezog mich so freundlicherweise in die Unterhaltung ein, »– auf dem besten Weg sind, mit neuen Methoden des Briefeschreibens berühmt zu werden – denn natürlich sind von jetzt an all unsere Erfindungen gemeinsamer Besitz! Erfinde doch bitte noch mehr, kleiner Junge!«

»Schön, außerdem ist *unbedingt* notwendig, kleines Mädchen, eine Möglichkeit zu finden, dem Ausdruck zu geben, was wir *nicht* denken.«

»Erkläre dich deutlicher, kleiner Junge! *Dir* wird es doch wohl möglich sein, eine *völlige* Abwesenheit des Denkens auszudrükken?«

»Ich meine damit, man sollte eine nicht ernst zu nehmende Sache auch als solche markieren können. Denn gemäß der menschlichen Natur wird alles Ernsthafte als Scherz genommen und jeder Scherz als Ernst. Jedenfalls verhält sich das so, wenn man einer *Lady* schreibt!«

»Aha! Du bist den Schriftverkehr mit Ladies also nicht gewohnt!« bemerkte Lady Muriel, lehnte sich in ihren Stuhl zurück und blickte nachdenklich in den Himmel. »Du solltest es üben.«

»Sehr schön«, freute sich Arthur. »Und mit wie vielen Ladies soll ich den Schriftverkehr beginnen? Etwa mit so vielen, wie ich Finger an beiden Händen habe?«

»Mit so vielen, wie du *Daumen* an *einer* Hand hast!« korrigierte seine Angebetete sehr streng. »Er ist doch ein sehr unartiger Junge! Nicht *wahr*?« (mit einem reizenden Blick zu mir).

»Er ist ein wenig rebellisch«, gab ich zu. »Vielleicht zahnt er gerade.« Während ich bei mir dachte: »*Gerade* so spricht Sylvie mit Bruno!«

»Er möchte gern Tee.« (Bereitwillig gab der rebellische kleine Junge Auskunft.) »Schon der bloße Gedanke an das morgige große Fest ermüdet ihn sehr!«

»Dann sollte er sich erst einmal eine ausgedehnte Ruhepause gönnen!« erwiderte sie besänftigend. »Der Tee ist noch nicht fertig. Komm, kleiner Junge, lehn dich schön zurück in deinen Stuhl und denk an nichts – oder an *mich*, was dir lieber ist!«

»Alles eins, alles eins!« murmelte Arthur schläfrig und beobachtete sie aus verliebten Augen, wie sie ihren Stuhl an den Teetisch rückte und den Tee bereitete. »Dann wird er eben wie ein braver, geduldiger Junge auf seinen Tee warten!«

»Soll ich dir die Londoner Zeitungen bringen?« bot Lady Muriel an. »Ich habe sie draußen auf dem Tisch liegen sehen, aber mein Vater hat gemeint, es stünde nichts Interessantes drin außer diesem schrecklichen Mordprozeß.« (Die Gesellschaft konsumierte zur Zeit ihren täglichen Schreckensschauer, indem sie die Einzelheiten eines besonders sensationellen Mordes in einer Diebeshöhle im Londoner Osten verfolgte.)

»Ich habe keinen Appetit auf Schrecken«, erwiderte Arthur. »Aber ich hoffe nur, wir ziehen die richtigen Lehren aus dem Vorgefallenen – wenn wir auch dazu neigen, sie falsch zu verstehen!«

»Du sprichst in Rätseln«, kritisierte Lady Muriel. »Erkläre dich doch bitte deutlicher. Sieh mal, ich sitze hier zu deinen Füßen«, gesagt, getan, »als wärest du ein zweiter Gamaliel*! Nein, danke.« (Dies zu mir, der ich mich erhoben hatte, um ihren Stuhl in seine frühere Position zu rücken.) »Bitte machen Sie sich keine Umstände. Dieser Baum und das Gras bilden einen sehr bequemen Lehnstuhl. *Welche* Lehren verstehen wir immer falsch?«

Arthur schwieg eine Minute. »Ich wäre mir gern selbst darüber im klaren, was ich eigentlich damit meine«, grübelte er, »bevor ich es *dir* erkläre – weil du darüber *nachdenkst.*«

So etwas wie ein Kompliment sah Arthur so unähnlich, daß diese Äußerung freudiges Erröten auf ihre Wange zauberte, als sie zur Antwort gab: »*Du* hast die Ideen, über die ich nachdenke.«

»Gewöhnlich denken wir zuerst«, setzte Arthur fort, »wenn wir von einer besonders scheußlichen und grausamen Tat eines Mitmenschen lesen, *unter* uns öffne sich ein neuer Abgrund der Verworfenheit: und wir blicken scheinbar von höherer Warte in den Schlund hinab.«

»Jetzt begreife ich dich wohl. Deiner Meinung nach sollte man nicht denken: ›Gott, ich danke Dir, daß ich nicht bin wie die übrigen‹** –, sondern: ›Gott, sei mir barmherzig, der ich, wenn Deine Gnade nicht wäre, ein ebenso schlimmer Sünder wie er sein könnt!‹«

»Nein«, widersprach Arthur. »Ich meine noch weit mehr.«

Sie blickte kurz auf, hielt sich jedoch zurück und schwieg.

»Ich glaube, man muß es noch breiter ausführen. Stell dir einen anderen Mann vor im selben Alter wie dieser arme Wicht. Denk an den Anfang ihrer beider Lebenswege zurück – also den Zeitpunkt, wo sie noch nicht genug Verstand besaßen, um Recht und Unrecht zu unterscheiden. Waren sie *damals* vor Gottes Angesicht nicht völlig gleich?«

Sie nickte zustimmend.

»Demnach haben wir zwei verschiedene Zeitabschnitte, in de-

* AdÜ: angesehener Gesetzeslehrer bei den Juden (Apostelgeschichte 5,34 und 22,3.)
** AdÜ: Lukas 18,11.

nen wir den Lebensweg der beiden Männer vergleichen können. Im ersten Zeitabschnitt befinden sie sich in Bezug auf die moralische Verpflichtung auf genau demselben Standpunkt: sie sind gleichermaßen unfähig, richtig oder falsch zu handeln. Im zweiten Abschnitt hat der eine Mann – aus Kontrastgründen wähle ich einen extremen Fall – Ansehen und Liebe seiner ganzen Umgebung erworben: sein Charakter ist makellos, und er macht von nun an seinem Namen Ehre: der Lebensweg des anderen Mannes ist eine ununterbrochene Serie von Verbrechen, und er geht seines Lebens schließlich verlustig, da er die Gesetze seines Landes gebrochen hat. Was ist nun die Ursache in jedem der Fälle, daß sich beider Männer Lage im zweiten Zeitabschnitt so darstellt? Es sind allein zwei Einflüsse – der eine wirkt von innen, der andere von außen. Diese beiden Einflüsse müssen getrennt betrachtet werden – das heißt, falls dich mein Gerede nicht bereits ermüdet hat?«

»Im Gegenteil«, widersprach Lady Muriel, »es ist mir ein besonderes Vergnügen, es derart erklärt zu bekommen – analysiert und geordnet, damit man es verstehen kann. Einige Bücher, die eine Frage auszudiskutieren vorgeben, langweilen mich unerträglich, denn die Gedanken sind einfach dem Zufall nach geordnet – nach dem Motto ›Wer zuerst kommt, mahlt zuerst‹.«

»Das klingt äußerst ermutigend«, erwiderte Arthur mit zufriedenem Blick. »Die Beweggründe, die von *innen* wirken und den Charakter eines Menschen ausmachen, wie er sich in jedem gegebenen Augenblick darstellt, sind seine fortgesetzten Willensakte – das heißt seine Entscheidungen, ob er dies oder das tun will.«

»Wir sollen demnach die Existenz einer Willensfreiheit als gegeben betrachten?« fragte ich, um das klarzustellen.

»Wenn nicht«, lautete die schlichte Antwort, »*cadit quaestio*: und ich habe nichts mehr zu sagen.«

»Wir wollen sie als gegeben betrachten!« der Rest des Auditoriums – von Arthurs Standpunkt aus betrachtet sicher die Mehrheit – verkündete dies gebieterisch. Der Redner fuhr fort.

»Die Einflüsse, die von *außen* herrschen, sind seine Umgebung – also das, was Herbert Spencer mit ›Milieu‹ bezeichnet. Nun will ich den Punkt etwas deutlicher machen, daß ein Mensch sehr wohl für seine Entscheidungen, nicht aber für sein Milieu verantwortlich ist. Wenn folglich diese beiden Männer gleichen Verführungen ausgesetzt sind, mit der gleichen Anstrengung widerstehen und sich für das Richtige entscheiden, so müssen sie vor dem Angesicht Gottes gleich sein. Wenn ihm die eine Tat gefällt, so auch die andere; wenn ihn eine Tat mißfällt, so auch die andere.«

»Das ist zweifellos richtig: ich begreife es voll und ganz«, warf Lady Muriel ein.

»Und doch kann der eine auf Grund ihres unterschiedlichen Milieus über die Verführung triumphieren, wohingegen der andere in einen schwarzen Abgrund von Verbrechen stürzt.«

»Aber du willst doch nicht etwa behaupten, daß diese Männer vor Gottes Angesicht gleich schuldig wären?«

»Ganz bestimmt nicht«, versicherte Arthur, »sonst könnte ich nicht mehr an die absolute Gerechtigkeit Gottes glauben. Aber laß mich noch einen anderen Fall darstellen, wodurch meine Ansicht noch klarer wird. Der eine Mann hat eine hohe gesellschaftliche Stellung inne – der andere ist sozusagen ein gewöhnlicher Dieb. Der eine wird nun zu einer bedeutungslosen, unredlichen Handlungsweise verführt – etwas, das mit absoluter Gewißheit nicht entdeckt werden kann – das er ganz bequem unterlassen könnte – und um dessen Sündhaftigkeit er ganz genau weiß. Der andere wird zu einem entsetzlichen Verbrechen verleitet – wie es sich Menschen nur ausdenken können –, aber aus nahezu zwingenden Motiven – natürlich nicht *so* zwingend, daß sie ihn aller Verantwortung enthöben. Nun soll der zweite Mann größere Anstrengungen unternehmen als der erste, der Versuchung zu widerstehen. Selbst wenn *beide* der Versuchung anheimfallen – so behaupte ich doch, der zweite Mann ist vor Gottes Angesicht weniger schuldig als der erste.«

Lady Muriel holte tief Atem. »Das stellt alle Ideen von Recht und Unrecht auf den Kopf – wenigstens auf den ersten Blick! Also, in Bezug auf den traurigen Mordprozeß hieltest du es dann wohl für möglich, daß der Mörder im Gerichtssaal am wenigsten schuldig wäre und daß etwa der Richter, der ihn verhört und dabei der Versuchung einer unfairen Bemerkung erliegt, dadurch ein Verbrechen begeht, das die ganze verbrecherische Laufbahn des Angeklagten übertrifft!«

»Genau das meine ich«, bestätigte Arthur fest. »Ich gebe ja zu, es klingt paradox. Aber bedenkt doch nur, welch furchtbare Sünde es vor Gottes Angesicht sein muß, einer bedeutungslosen Versuchung zu erliegen, der wir ganz einfach widerstehen könnten, und zwar vorsätzlich und in voller Kenntnis von Gottes Gesetzen. Welche Buße kann eine *derartige* Sünde sühnen?«

»Ich kann deiner Theorie nichts entgegenhalten«, meinte ich. »Aber sie scheint mir der Sünde in der Welt mehr Spielraum zu geben!«

»Ist das so?« erkundigte sich Lady Muriel ängstlich.

»Oh, nein, nein!« lautete die entschiedene Antwort. »Mir scheint es eher die Wolke wegzuwischen, die über der Weltgeschichte hängt. Ich entsinne mich, als es mir zum ersten Mal klar wurde, wanderte ich über die Wiesen und zitierte die Zeile von Tennyson: *›Kein Raum für falsche Deutung schien!‹** Daß die wirkliche Schuld der menschlichen Rasse vielleicht weit geringer war, als ich es mir bisher vorstellte – daß die Millionen, die ich für hoffnungslos in Sünde verstrickt hielt, vor Gottes Angesicht möglicherweise kaum sündig waren – dieser Gedanke war lieblicher, als Worte auszudrücken vermögen! Von da an schien mir das Leben strahlender und schöner. *›Noch frischer funkelt der Smaragd des Grases, noch reiner schmilzt der Saphir in dem See!‹*«** Gegen Ende bebte seine Stimme, und Tränen standen in seinen Augen.

Lady Muriel beschattete ihr Gesicht mit der Hand und verharrte eine Minute lang in Schweigen. »Es ist ein schöner Gedanke«, sagte sie dann und blickte auf. »Danke – Arthur, daß du ihn mir mitgeteilt hast!«

Rechtzeitig zum Tee kehrte der Earl noch zurück und teilte uns die bedenkliche Neuigkeit mit, in der kleinen Hafenstadt unterhalb von uns sei ein Fieber ausgebrochen. Obgleich es erst vor ein oder zwei Tagen in Erscheinung getreten war, sei das Fieber derart tückisch, daß es bereits mehr als ein Dutzend befallen habe,

* AdÜ: Tennyson, The Two Voices, Z. 456.
** AdÜ: Tennyson, Maud, Part I, XVIII, vi.

von denen Berichten zufolge zwei oder drei in Lebensgefahr schwebten.

Arthurs besorgte Neugierde – der sich natürlich für den wissenschaftlichen Aspekt interessierte – konnte er nur *unzureichend* befriedigen, obschon er den Gemeindearzt getroffen hatte. Scheinbar war es eine *neue* Krankheit – wenigstens in *diesem* Jahrhundert, denn sie zeigte *Ähnlichkeit* mit der »Pest«, von der die Historie zu berichten wußte –, jedenfalls sei sie äußerst ansteckend und verbreite sich mit erschreckender Schnelligkeit. »Aber unser Fest findet morgen trotzdem statt«, erklärte er zum Schluß. »Keiner der Gäste kommt aus dem verseuchten Bezirk: der ja ausschließlich von Fischern bewohnt wird: Sie können also unbesorgt kommen.«

Arthur schwieg auf dem ganzen Rückweg, und zu Hause widmete er sich gleich medizinischen Studien in Verbindung mit der beunruhigenden Krankheit, von deren Auftreten er soeben erfahren hatte.

IX. KAPITEL

Das Abschiedsfest

Am folgenden Tag trafen Arthur und ich rechtzeitig im Herrenhaus ein, da nur wenige Gäste – eingeladen waren achtzehn Personen – bis dahin angekommen waren; und die unterhielten sich mit dem Earl, was uns Gelegenheit gab, insgeheim einige Worte mit unserer Gastgeberin zu wechseln.

»Wer ist der *überaus* gelehrt wirkende Herr mit der großen Brille?« erkundigte sich Arthur. »Ich habe ihn bestimmt noch niemals hier getroffen?«

»Nein, das ist unser neuer Bekannter«, erklärte Lady Muriel, »wahrscheinlich ein Deutscher. Er ist ein *richtig* lieber Alter! Und bestimmt der gelehrteste Mann, den ich je troffen habe – mit *einer* Ausnahme natürlich!« räumte sie ergeben ein, da Arthur sich mit dem Ausdruck beleidigter Würde straffte.

»Und die junge Dame in Blau direkt daneben, die mit dem Herrn redet, der wie ein Ausländer aussieht. Ist *sie* ebenfalls eine Gelehrte?«

»Keine Ahnung«, bekannte Lady Muriel. »Jedenfalls hat man mir gesagt, sie sei eine ausgezeichnete Klavierspielerin. Hoffentlich kannst du sie heute abend hören. Ich habe den Ausländer übrigens gebeten, sich ihrer anzunehmen, da *er* gleichfalls musikalisch ist. Soviel ich weiß, ist er ein französischer Count; und er hat eine *fabelhafte* Singstimme!«

»Wissenschaft – Musik – Gesang – die Zusammenstellung ist dir wahrhaftig gelungen!« lobte Arthur. »Ich fühle mich durch die Gesellschaft dieser Koryphäen sehr geehrt. Ich *liebe* die Musik.«

»Aber die Gesellschaft ist noch nicht *ganz* komplett!« klagte Lady Muriel. »Sie haben die beiden hübschen Kinder nicht mitgebracht«, wandte sie sich an mich. »Weißt du noch, letzten

Sommer kam er einmal mit ihnen zum Tee«, dies wieder zu Arthur, »und sie *sind* so entzückend!«

»Das sind sie *wirklich*«, stimmte ich zu.

»Aber wieso haben Sie sie denn nicht mitgebracht? Sie haben es doch meinem Vater versprochen.«

»Es tut mir sehr leid«, entschuldigte ich mich, »aber ich konnte sie wirklich unmöglich mitbringen.« Hier *wollte* ich den Satz eigentlich beenden: doch zu meinem größten Erstaunen, das ich nicht angemessen beschreiben kann, hörte ich mich *weitersprechen*. »– aber sie wollen mich im Laufe des Abends hier treffen«, lauteten die folgenden Worte, die *meine* Stimme artikulierte, und die von *meinen* Lippen zu kommen schienen.

»*Da* bin ich aber froh!« bemerkte Lady Muriel glücklich. »Es *wird* mir ein Vergnügen sein, sie einigen meiner Freunde hier vorzustellen! Wann erwarten Sie sie?«

Ich suchte Zuflucht im Schweigen. Die einzig *ehrliche* Antwort wäre gewesen: »Die Bemerkung kam nicht von *mir*. *Ich* habe es nicht gesagt, und *es ist nicht wahr*.« Aber mir fehlte es an Selbstbewußtsein für ein derartiges Geständnis. Den Ruf als »Geisteskranker« kann man meiner Meinung nach leicht *erwerben*: doch es ist verblüffend schwierig, ihn *loszuwerden*: und ganz sicher würde jede derartige Bemerkung die Verfügung »de lunatico inquirendo«* als Konsequenz rechtfertigen.

Lady Muriel dachte offensichtlich, ich hätte die Frage überhört, und sprach Arthur auf ein anderes Thema an; was mir Zeit gab, mich von meinem Schock zu erholen – oder aus meiner momentanen »grißeligen« Situation zu erwachen, wie auch immer.

Als meine Umgebung wieder real zu werden schien, bemerkte Arthur gerade: »Daran läßt sich wohl leider nichts ändern: man *muß* einfach ihre Zahl begrenzen.«

»Das täte mir aber leid«, sagte Lady Muriel. »Wenn man allerdings darüber nachdenkt, so *gibt* es einfach keine neuen Melodien. Was die Leute als ›allerneusten Hit‹ feiern, erinnert *mich* immer an Melodien, die ich schon in meiner Kindheit gehört habe!«

* AdÜ: Gesetzliche Einordnung einer geistigen Störung, eine verminderte Zurechnungsfähigkeit im Gegensatz zur »de idiota inquirendo«, einer vollständigen Unzurechnungsfähigkeit.

»Der Tag muß kommen – falls die Erde lang genug besteht –«, meinte Arthur, »an dem jede erdenkliche Weise komponiert – jedes Wortspiel gemacht – (Lady Muriel rang die Hände wie die Königin in einer Tragödie) – und was noch schlimmer ist, jedes erdenkliche Buch geschrieben worden ist! Denn die Zahl der Wörter ist begrenzt.«

»Für den *Schriftsteller* bestünde dann nur ein ganz kleiner Unterschied«, gab ich zu bedenken. »Statt sich zu sagen: ›*Was* für ein Buch soll ich schreiben?‹ wird ein Schriftsteller sich dann fragen: ›*Welches* Buch soll ich abschreiben?‹ Ein rein verbaler Unterschied!«

Lady Muriel gewährte mir ein zustimmendes Lächeln. »Aber *Geistesgestörte* könnten doch wohl immer neue Bücher schreiben?« spann sie den Faden weiter. »Sie *könnten* ja vernünftige Bücher nicht noch einmal abschreiben!«

»Wahr«, bekräftigte Arthur. »Aber deren Bücher gingen auch einmal zur Neige. Die Zahl verrückter Bücher ist ebenso begrenzt wie die Zahl der Verrückten.«

»Und *diese* Zahl wächst mit jedem Jahr«, tönte ein aufgeblasener Mensch dazwischen, in dem ich den selbsternannten Redner von Picknicktag wiedererkannte.

»So heißt es«, antwortete Arthur. »Und wenn neunzig Prozent von uns wahnsinnig sind – (er schien mir recht alberner Stimmung) – werden die Anstalten wieder die ihnen geziemende Aufgabe erfüllen.«

»Und die wäre –?« erkundigte sich der Arroganzling ernsthaft.

»Die Normalen zu beschützen!« behauptete Arthur. »Wir werden uns selbst darin einsperren. Die Verrückten können draußen alles nach ihrem Belieben machen. Vermutlich agieren sie etwas wunderlich. Auf jeden Fall werden Eisenbahnen zusammenstoßen: Dampfmaschinen werden bestimmt explodieren: die Städte werden zum größten Teil niederbrennen: die meisten Schiffe werden versinken –«

»Und die meisten Menschen werden *getötet*!« murmelte der Angeber sichtbar aufs hoffnungsloseste verwirrt.

»Gewiß«, stimmte Arthur zu. »Bis es schließlich wieder *weniger* verrückte als normale Menschen gibt. Dann kommen *wir* raus, *sie* gehen rein, und das Leben läuft wieder in seinen geregelten Bahnen!«

Der Prahlhans runzelte finster die Stirn, biß sich auf die Lippen und verschränkte die Arme, wobei er vergeblich nach einer Lösung fahndete. »Er spottet!« brummelte er schließlich verächtlich und stolzierte davon.

Unterdessen waren die übrigen Gäste eingetroffen; und man lud zum Dinner ein. Arthur geleitete natürlich Lady Muriel zu Tisch: und ich fand glücklicherweise meinen Platz zu ihrer Linken und hatte neben mir eine streng blickende alte Lady als Tischdame (der ich zuvor noch nie begegnet war und deren Namen ich, wie bei Vorstellungen üblich, nicht mitbekommen hatte, ich konnte mich nur noch daran erinnern, daß es nach einem Doppelnamen geklungen hatte).

Arthur schien ihr jedoch bekannt zu sein, und mit leiser Stimme vertraute sie mir an, daß er »ein äußerst rechthaberischer junger Mann« sei. Arthur schien seinerseits durchaus geneigt, sich dieser Charakterisierung als würdig zu erweisen, und als er sie sagen hörte: »Ich nehme niemals Wein zu meiner Suppe!« (dies *nicht* vertraulich zu mir, sondern als Gegenstand allgemeinen Interesses der gesamten Gesellschaft kundgetan), beschwor er sogleich einen Streit herauf, indem er sie fragte: »*Wann* wird der Teller Suppe Ihrer Meinung nach *Ihr* Eigentum?«

»Das ist *meine* Suppe«, beharrte sie streng, »und vor Ihnen steht die *Ihre*.«

»Zweifellos«, pflichtete Arthur bei, »aber seit *wann* besitze ich sie? Bis sie in den Teller kam, war sie in Besitz unseres Gastgebers: während sie am Tisch serviert wurde, war sie wohl in der Obhut des Dieners: ist sie meine geworden, als ich sie haben wollte? Oder als sie vor mich hingestellt wurde? Oder als ich den ersten Löffel voll nahm?«

»Er ist ein *äußerst* rechthaberischer junger Mann!« konnte die Lady nur noch antworten: doch diesmal sagte sie es laut und deutlich in dem Gefühl, die Gesellschaft habe ein Recht auf dieses Wissen.

Arthur lächelte unheilvoll. »Ich würde mit Ihnen gern um einen Schilling wetten«, bot er an, »daß nicht einmal der Hervorragende Barrister (Man kann sicher Worte so aussprechen, daß sie mit Versalien beginnen!) neben Ihnen dies beantworten kann!«

»Ich wette *niemals*«, empörte sie sich.

»Nicht einmal um sechs Pennies für den Punkt beim *Whist*?«

»Niemals!« wiederholte sie. »*Whist* ist vergleichsweise harmlos: aber Whist um *Geld* spielen!« Sie schauderte zusammen.

Arthur wurde wieder ernsthaft. »Ich kann Ihre Ansicht leider nicht teilen«, widersprach er. »Meiner Meinung nach war die Einführung kleiner Gewinne beim Kartenspiel eine der moralischsten Einrichtungen, mit der die Gesellschaft jemals ihrer Rolle *gerecht* geworden ist.«

»Wieso denn das?« fragte Lady Muriel.

»Weil das ein für allemal Kartenspiele abgeschafft hat, bei denen *Betrug* möglich ist. Denk mal darüber nach, wie Krocket die Gesellschaft demoralisiert. Die Damen betrügen dabei ganz dreist: und wenn man sie erwischt, dann lachen sie nur darüber und nennen es einen Scherz. Aber bei *Geld* ist das unmöglich. Der Schwindler wird nicht als Witzbold akzeptiert. Wer seine Freunde beim Kartenspiel um ihr Geld betrügt, wird nicht viel *Freude* daran habe – es sei denn, er betrachtet es als Freude, die Treppe hinuntergeworfen zu werden!«

»Wenn alle Gentleman so schlecht über die Damen dächten wie *Sie*« bemerkte meine Nachbarin ziemlich verbittert, »gäbe es sehr wenig – sehr wenig – –.« Sie schien unschlüssig, wie sie ihren Satz beenden sollte, erkieste aber schließlich »Flitterwochen« als das treffende Wort.

»Im Gegenteil«, wendete Arthur ein, und wieder zeigte sich das unheilvolle Lächeln auf seinem Gesicht, »akzeptierten die Menschen nur meine Theorie, dann wüchse die Anzahl von Flitterwochen – ganz neuer Art – im hohen Maße!«

»Können wir Näheres über diese neuartigen Flitterwochen erfahren?« erkundigte sie Lady Muriel.

»*X* soll der Herr sein«, begann Arthur mit leicht erhobener Stimme, da er sich einer Zuhörerschaft von sechs Personen gegenübersah, zu denen auch »Mein Herr« zählte, der zur Linken meiner polynomischen Tischdame saß. »*X* soll der Herr sein und

Y die Dame, der er einen Heiratsantrag zu machen gedenkt. Er bittet um Probe-Flitterwochen. Man gewährt sie ihm. Unverzüglich macht sich das junge Paar – begleitet von *Y's* Großtante als Anstandsdame – einen Monat lang auf die Reise, wobei sie viele Spaziergänge im Mondenschein unternehmen und viele Unterhaltungen im trauten *Tête-à-tête* führen, und jeder von beiden kann sich eine konkretere Meinung über den Charakter des anderen im Laufe von vier *Wochen* bilden, als es in ebensovielen *Jahren* möglich wäre, wenn sie sich unter den normalen gesellschaftlichen Zwängen träfen. Und erst nach ihrer *Rückkehr* entscheidet sich *X* endgültig, ob er *Y* die gewichtige Frage stellen will oder nicht!«

»In neun von zehn Fällen«, proklamierte der Prahlhans, »würde er sich für den Bruch der Beziehung entscheiden!«

»Dann hätte man in neun von zehn Fällen«, entgegnete Arthur »eine unglückliche Ehe verhindert und beide Parteien vor Leid bewahrt!«

»Die einzig wirklich *unglücklichen* Ehen«, bemerkte die alte Lady, »sind die, die ohne genügend *Geld* geschlossen werden. Liebe kann sich *später* noch einstellen. Geld ist *von Anfang an* notwendig!«

Diese Bemerkung ward zwanglos als eine Art allgemeine Herausforderung unter die Gesellschaft geworfen; und als solche wurde sie sogleich von verschiedenen Zuhörern akzeptiert: eine Zeitlang war das Gespräch leitmotivisch vom *Geld* bestimmt: und ein launiges Echo davon ließ sich abermals vernehmen, als das Dessert serviert wurde, die Diener sich zurückgezogen hatten, und der Earl es gerade übernahm, den Wein als Willkommensgruß herumzureichen.

»Ich bin sehr froh, daß Sie die alten Bräuche pflegen!« lobte ich Lady Muriel, wobei ich ihr Glas füllte. »Das friedvolle Gefühl ist wirklich angenehm, das einen überkommt, sobald die Diener das Zimmer verlassen haben – wenn man sich unterhalten kann, ohne das Gefühl, belauscht zu werden, und ohne daß einem ständig Schüsseln über die Schulter gereicht werden. Um wieviel gemütlicher ist es da, den Damen selbst Wein einzuschenken und denjenigen die Schüsseln zu reichen, die danach verlangen.«

»Wenn dem so ist, so reichen Sie doch bitte die Pfirsiche vor Ihnen hier runter«, verlangte ein fetter Mann mit rotem Gesicht, der neben unserem prahlerischen Freund saß. »Ich habe schon einige Male – diagonal – darum ersucht!«

»Ja, es *ist* eine gräßliche Mode«, pflichtete Lady Muriel bei, »daß man die Diener zum Dessert den Wein servieren läßt. Vor allem gehen sie *immer* falsch herum – was natürlich allen Anwesenden Unglück bringt!«

»Besser *falsch* als *überhaupt* nicht!« meinte unser Gastgeber. »Würden Sie sich freundlicherweise selbst bedienen?« (Dies zu dem fetten Rotgesicht!) »Sie sind doch wohl kein Abstinenzler?«

»Na, und *ob!*« entgegnete der und stieß die Flaschen von sich. »Fast doppelt so viel Geld wird in England für *Getränke* ausgegeben wie für jeden anderen Lebensmittelartikel. Lesen Sie es auf dieser Karte.« (Welcher Schwärmer hat nicht die Taschen mit passender Literatur gefüllt?) »Die verschiedenfarbigen Striche bedeuten die Menge der verschiedenen verbrauchten Lebensmittel. Sehen Sie sich die drei längsten an. Ausgaben für Butter und Käse, fünfunddreißig Millionen, für Brot: siebzig Millionen, für *alkoholische Getränke:* einhundertsechsunddreißig Millionen! Wenn es nach mir ginge, müßte jedes Wirtshaus im Land geschlossen werden! Sehen Sie sich die Karte an und lesen Sie das Motto. *Dahin geht alles Geld der Welt!*«

»Haben Sie schon einmal die Anti-Abstinenzler-Karte gesehen?« erkundigte sich Arthur in aller Unschuld.

»Nein, Sir, habe ich nicht!« brauste der Redner auf. »Wie sieht die denn aus?«

»Fast ebenso wie diese. Die farbigen Striche sind die gleichen. Nur an Stelle des Wortes ›Ausgaben‹ steht ›Einnahmen‹ drauf; und statt ›Dahin geht alles Geld der Welt‹ lautet ihr Motto *›Daher kommt alles Geld der Welt!‹*«

Das Rotgesicht schaute finster drein, schenkte Arthur jedoch keine weitere Beachtung. So griff Lady Muriel ein. »Huldigen Sie demnach der Ansicht«, fragte sie, »daß man wirksamer für Abstinenz eintreten kann, wenn man selbst Abstinenzler ist?«

»Aber ganz bestimmt!« bekräftigte das Rotgesicht. »Also, dieser Fall hier ist ein Beleg dafür«, er entfaltete einen Zeitungsausschnitt, »lassen Sie mich Ihnen diesen Brief eines Abstinenzlers vorlesen. *An den Redakteur. Sehr geehrter Herr, ich war einmal ein mäßiger Trinker und kannte einen Mann, der übermäßig trank. Ich ging zu ihm. ›Gewöhn dir doch das Trinken ab‹, sagte ich. ›Du wirst noch deine Gesundheit ruinieren!‹ ›Du trinkst doch auch‹, sagte er. ›Warum sollte ich es aufgeben?‹ ›Ja‹, sagte ich, ›aber ich weiß, wann ich aufhören muß.‹ Er wandte sich von mir ab. ›Du trinkst auf deine Weise‹, sagte er, ›laß mich auf meine Weise trinken. Hau ab!‹ Da sah ich ein, daß ich zu seinem Nutz und Frommen dem Trinken abschwören mußte. Seit jener Zeit habe ich keinen Tropfen mehr angerührt!*«

»Na! Was sagen Sie *dazu?*« Er sah triumphierend in die Runde, während der Ausschnitt zur Begutachtung herumgereicht wurde.

»Wie äußerst ungewöhnlich!« wunderte sich Arthur, als er ihn in der Hand hielt. »Haben Sie eigentlich zufällig den Brief über das frühe Aufstehen gelesen? Seltsamerweise glich er diesem.«

Die Neugierde des Rotgesichts erwachte. »Wo ist er erschienen?« heischte er Auskunft.

»Lassen Sie mich ihn vorlesen«, schlug Arthur vor. Er kramte einige Papiere aus der Tasche, entfaltete eines und las wie folgt. *»An den Redakteur. Sehr geehrter Herr, ich war einmal ein mäßiger Schläfer und kannte einen Mann, der übermäßig lange schlief. Ich flehte ihn an. ›Gewöhn dir doch ab, im Bett zu liegen‹, sagte ich. ›Du wirst noch deine Gesundheit ruinieren!‹ ›Du gehst doch auch zu Bett‹, sagte er. ›Warum sollte ich es aufgeben?‹ ›Ja‹, sagte ich, ›aber ich weiß, wann ich morgens aufstehen muß.‹ Er wandte sich von mir ab. ›Du schläfst auf deine Weise‹, sagte er, ›laß mich auf meine Weise schlafen. Hau ab!‹ Da sah ich ein, daß ich zu seinem Nutz und Frommen dem Schlaf abschwören mußte. Seit jener Stunde bin ich nicht mehr im Bett gewesen!«*

Arthur faltete sein Papier, verstaute es wieder in der Tasche und reichte den Zeitungsausschnitt weiter. Keiner von uns wagte zu lachen, augenscheinlich schäumte der Mann mit dem roten Gesicht vor Wut. »Mit Ihrer Parallele liegen Sie nicht richtig!« knurrte er.

»Ein *mäßiger* Trinker bleibt auch stehen!« versicherte Arthur in aller Ruhe. Darüber mußte selbst die strenge alte Lady lachen.

»Aber für ein *gelungenes* Fest ist noch vieles vonnöten!« meinte

Lady Muriel und beabsichtigte offensichtlich einen Themenwechsel. »Mein Herr! Welche Vorstellung haben *Sie* von einem gelungenen Fest?«

Der alte Mann blickte sich lächelnd um, und seine gigantischen Brillengläser wirkten gigantischer als jemals zuvor. »Ein *gelungenes* Fest?« wiederholte er. »Zuerst einmal muß die anwesende Gastgeberin die Leitung übernehmen.«

»Das ist *selbstverständlich!*« warf sie fröhlich ein. »Aber was *noch*, Mein Herr?«

»Ich kann Ihnen nur berichten«, bot Mein Herr an, »was ich in meinem ei– in dem Land, das ich bereiste, gesehen habe.«

Er schwieg eine volle Minute und starrte die ganze Zeit über an die Decke – wobei sich ein derart träumerischer Ausdruck auf seinem Gesicht prägte, daß ich ihn schon in Träumen versunken wähnte, was sein normaler Zustand schien. Gleichwohl sprach er nach einer Minute plötzlich weiter.

»Die Hauptursache für den Fehlschlag eines Festes besteht im Mangel – nicht an Fleisch, auch nicht an Getränken, sondern an *Gesprächsstoff*.«

»Bei einem *englischen* Fest«, widersprach ich, »habe ich noch nie einen Mangel an *Plaudereien* registriert!«

»Entschuldigen Sie«, korrigierte mich Mein Herr höflich, »ich habe nicht ›Plaudereien‹, ich habe ›Gesprächsstoff‹ gesagt. All solche Themen wie Wetter, Politik oder Klatschgeschichten sind uns fremd. Sie sind entweder uninteressant oder umstritten. Als Gesprächsstoff benötigen wir ein Thema von *Interesse* und *Neuigkeit*. Dazu haben wir verschiedene Möglichkeiten ausprobiert – Bewegliche Bilder, Wilde Tiere, Bewegliche Gäste und einen Rotierenden Humoristen. Letzterer empfiehlt sich jedoch nur für *klainäre* Feste.«

»Können Sie es bitte in vier getrennten Kapiteln abhandeln!« schlug Lady Muriel vor, denn sie interessierte sich sehr dafür – wie übrigens inzwischen die meisten Gäste: denn die anderen Gespräche waren verstummt und die Köpfe weit vorgebeugt, um wenigstens Bruchstücke von Mein Herrs Rede aufzuschnappen.

»Erstes Kapitel! Bewegliche Bilder!« verkündete die silberhelle Stimme unserer Gastgeberin.

»Der Tisch hat die Form eines kreisrunden Ringes«, begann Mein Herr mit verträumter, leiser Stimme, die in der Stille jedoch deutlich hörbar war. »Die Gäste setzten sich sowohl an seine innere als auch an seine äußere Kante, indem sie ihre Plätze über eine Wendeltreppe von dem darunterliegenden Zimmer aus erreichten. In der Mitte des Tisches fährt eine Modelleisenbahn; es ist ein endloser Zug Güterwagen, die von einer Maschine gezogen werden; auf jedem Güterwagen stehen Rücken an Rücken zwei Bilder. Der Zug fährt während des Diners zweimal herum; und sobald er *eine* Runde hinter sich hat, wenden die Diener die Bilder auf jedem Wagen. So sieht *jeder* Gast *jedes* Bild!«

Er verstummte, und tiefer schien das Schweigen als je zuvor. Lady Muriel war bestürzt. »Also wirklich, wenn das so weitergeht, muß ich noch eine Nadel fallen lassen!« klagte sie. »Oh, es ist wohl mein Fehler?« (In Beantwortung eines flehenden Blickes von Mein Herr.) »Ich habe meine Pflicht vernachlässigt. Zweites Kapitel! Wilde Tiere!«

»Die Beweglichen Bilder fanden wir ein *wenig* monoton«, gestand Mein Herr. »Man mochte nicht während des ganzen Diners über Kunst reden; so versuchten wir es mit Wilden Tieren. Zwischen den Blumen, die wir (ebenso wie *Sie*) auf den Tisch stellten, konnte man hier eine Maus, dort einen Käfer sehen; hier eine Spinne« (Lady Muriel erzitterte) »dort eine Wespe; hier eine Kröte, dort eine Schlange;« (»Vater!« jammerte Lady Muriel kläglich. »Hast du *das* gehört?«) »so hatten wir eine Fülle Gesprächsstoff!«

»Und wenn Sie gestochen wurden –«, begann die alte Lady.

»Sie waren alle angekettet, gnädige Frau!«

Und die alte Lady gewährte ein zufriedenes Nicken.

Diesmal folgte kein Schweigen. »Drittes Kapitel!« verkündete Lady Muriel sogleich. »Bewegliche Gäste!«

»Sogar die Wilden Tiere erwiesen sich als monoton«, setzte der Redner fort. »So überließen wir es den Gästen, ihre eigenen Themen zu wählen; und zur Vermeidung der Monotonie wechselten wir *sie* aus. Wir bildeten einen Tisch aus *zwei* Ringen; der innere Ring drehte sich einschließlich des Bodens und der inneren Reihe der Gäste die ganze Zeit über langsam herum. Auf diese Weise saß *jeder* Gast im Inneren *jedem* Gast am äußeren Ring eine Zeitlang gegenüber. Zwar war es manchmal etwas verwirrend, den *Anfang* einer Geschichte dem einen Freund zu erzählen und das *Ende* dem anderen; aber wissen Sie, jede Idee hat ihre Schwächen.«

»Viertes Kapitel!« beeilte sich Lady Muriel anzukündigen. »Der Rotierende Humorist!«

»Für ein *klainäs* Fest hatten wir die exzellente Idee, in die Mitte eines runden Tisches ein Loch zu schneiden, das für *einen* der Gäste gerade groß genug war. Da hockte sich unser größter Witzbold hinein. Er rotierte langsam, blickte jeden Gast der Reihe nach an und erzählte die ganze Zeit über lustige Anekdoten!«

»Das läge mir nicht!« murmelte der Prahlhans. »Beim Rotieren würde ich schwindelig! Ich wäre dagegen so –«, hier schien ihm zu dämmern, daß seine Anmaßung wahrscheinlich jeglicher Grundlage entbehrte: er stürzte etwas Wein hinunter und verschluckte sich.

Und Mein Herr war wieder in Träumen versunken und sagte nichts mehr. Lady Muriel gab ein Zeichen, und die Damen verließen das Zimmer.

X. KAPITEL

Komik und Konfitüre

Die letzte Dame war gegangen, der Earl hatte von seinem Platz am Kopfende den militärischen Befehl erteilt: »Meine Herren! Schließen Sie bitte die Reihen auf!« und wir hatten uns befehlsgemäß um ihn geschart, als der Prahlhans einen tiefen Seufzer der Erleichterung vernehmen ließ, sein Glas bis zum Rand füllte, daran klopfte und mit einer seiner Lieblingsreden begann. »Zweifellos sind sie bezaubernd! Bezaubernd, aber auch sehr leichtsinnig. Sie ziehen uns sozusagen auf ein niederes Niveau hinab. Sie –«

»Benötigen nicht alle Pronomen zuvor ein *Nomen*«, erkundigte sich der Earl höflich.

»Verzeihung«, gestand der Eitelfant mit arroganter Herablassung. »Ich habe das Nomen übersehen. Die Damen. Wir bedauern ihre Abwesenheit. Aber wir trösten uns. *Gedanken sind frei.** In ihrer Anwesenheit sind wir auf *triviale* Themen eingeengt – wie Kunst, Literatur, Politik und so weiter. Derartige Belanglosigkeiten kann man mit einer Dame erörtern. Aber kein vernünftiger Mann –« (er blickte streng in die Runde, als wolle er möglichem Widerspruch Trotz bieten) »– hat jemals schon mit einer Dame das Thema *Wein* erörtert.« Er nippte an seinem Portwein, lehnte sich in seinen Stuhl zurück und hob ihn allmählich in Augenhöhe, als wolle er durch ihn hindurch auf die Lampe sehen. »Der Jahrgang, Mylord?« erkundigte er sich und streifte seinen Gastgeber mit einem flüchtigen Blick.

Der Earl nannte das Jahr.

»Habe ich mir doch gedacht. Aber man vergewissert sich lieber. Seine *Farbe* ist vielleicht etwas bläßlich. Doch der *Körper* ist einwandfrei. Und was das *Bukett* angeht –«

* AdÜ: Shakespeare, Tempest, III,2.

Ach ja, das zauberhafte Bukett! Das magische Wort weckte lebhafte Erinnerungen in mir! Der kleine Junge schlägt auf der Straße Purzelbäume – das süße, gelähmte kleine Mädchen auf meinem Arm – die geheimnisvolle, kurzlebige Gouvernante – sie alle tummelten sich in meinem Denken wie Traumgestalten: und durch die Geistestrübung dröhnte noch immer wie Glockenklang die feierliche Stimme des großen *Wein*kenners!

Selbst *seine* Worte waren fremd und traumhaft. »Nein«, setzte er fort – und wie kommt es bloß, ich verweile ein wenig bei dieser Frage, daß man *immer wieder* diesen unfreundlichen Einsilber an den Beginn eines abgebrochenen Gesprächsfadens knüpft? Nach zahlreichen bangen Überlegungen bin ich zu dem Schluß gekommen, daß der gewünschte Effekt dem gleicht, den ein hoffnungslos in einer Rechenaufgabe verrannter Schüler erwartet, der in seiner Verzweifelung zum Schwamm greift, alles auswischt und noch einmal von vorne beginnt. Ebenso macht der Redner mit der ganzen Diskussion reinen Tisch, indem er *alles* bis dahin Vorgebrachte einfach in Abrede stellt, und kann »gut starten« mit einer neuen Theorie. »Nein«, setzte er fort, »es geht nichts über Kirschkonfitüre. Das sage *ich* Ihnen!«

»Nicht bei *allen* Qualitätsmerkmalen!« wandte schrill ein eifriges Männchen ein. »Ich will ja nicht behaupten, daß eine andere mit ihm in der *Sattheit* der normalen Farbgebung *konkurrieren* kann. Aber in der *Feinheit* der Modulation – in dem, was man als ›Harmonie‹ des Aromas bezeichnen kann – ziehe *ich* die gute alte *Himbeer*konfitüre vor!«

»Gestatten Sie mir eine Bemerkung!« Das fette Rotgesicht warf sich heiser vor Erregung in die Debatte. »Die Frage ist zu wichtig, um von Amateuren entschieden zu werden! Ich kann Ihnen den Standpunkt eines *Professionellen* bieten – der möglicherweise der erfahrenste, lebende Konfitüreschmecker ist. Also, ich habe einmal erlebt, wie er den Jahrgang einer Erdbeerkonfitüre auf den *Tag* genau bestimmt hat – und wir wissen alle, wie problematisch das gerade bei Konfitüre ist –, indem er nur einmal probierte! Nun, *eben diese* gerade hier zur Diskussion anstehende Frage habe ich ihm gestellt. Seine Antwort lautete: ›In *Kirsch*konfitüre findet das reine *Clairobscure* des Geschmacks den höchsten Ausdruck;

*Himbeer*konfitüre eignet sich am vortrefflichsten für jene aufgelöste Dissonanz, die so lieblich auf der Zunge verweilt: aber den höchsten *Gipfel* zuckersüßer Perfektion bietet *an erster Stelle Aprikosenkonfitüre, und der Rest ist Schweigen!‹* Das war wohlformuliert, nicht wahr?«

»Vortrefflich!« kreischte das eifrige Männlein.

»Ich kenne Ihren Freund sehr gut«, behauptete der Arroganzling. »Als Konfitürekoster ist er unvergleichlich. Dennoch glaube ich kaum –«

Hier setzte eine allgemeine Diskussion ein, und seine Worte verloren sich in einem konfusen Konglomerat von Namen, da jeder Gast das Loblied seiner Lieblingskonfitüre sang. Endlich verschaffte sich die Stimme unseres Gastgebers durch den Lärm Gehör. »Lassen Sie uns zu den Damen gehen!« Diese Worte riefen mich scheinbar in die Wirklichkeit zurück, denn ich mußte einfach die letzten Minuten in dem »grißeligen« Zustand verbracht haben.

»Ein seltsamer Traum!« dachte ich bei mir, als wir grüppchenweise die Treppe hinaufstiegen. »Wie eine Sache von Leben und Tod diskutieren Erwachsene ernsthaft die ganz trivialen Eigenschaften bloßer *Delikatessen*, die keinen bedeutenderen Sinn als die Geschmacksnerven des Menschen ansprechen! Welch unwürdiges Schauspiel wäre solch eine Diskussion in der Wirklichkeit!«

Als mir auf dem Weg ins Wohnzimmer die Haushälterin meine kleinen Freunde übergab – sie trugen die hübschesten Abendkleider und glühten vor freudiger Erwartung, was sie noch schöner machte als jemals zuvor –, war ich keineswegs überrascht, sondern akzeptierte die Tatsache mit der nämlichen gedankenlosen Apathie, mit der man den Ereignissen eines Traumes begegnet, und war mir bloß einer vagen Sorge hinsichtlich des Problems bewußt, wie sie sich der ungewohnten Umgebung anpassen würden – wobei ich ganz und gar vergaß, daß sie am Hof von Anderland eine derart gute Erziehung genossen hatten, wie man sie in der Gesellschaft der realeren Welt nur benötigte.

Ich hielt es für das beste, sie alsbald einer freundlichen Dame unter den Gästen vorzustellen, und ich wählte die junge Lady, deren Klavierspiel so gerühmt worden war. »Sie mögen doch ganz bestimmt Kinder«, meinte ich. »Darf ich Ihnen meine beiden kleinen Freunde vorstellen? Das ist Sylvie – und das ist Bruno.«

Die junge Lady küßte Sylvie sehr gnädig. Bei *Bruno* hätte sie es auch getan, aber der entzog sich ihr hastig. »Sie sind mir völlig unbekannt«, wunderte sie sich. »Wo kommt ihr her, meine Lieben?«

Eine derart unbequeme Frage hatte ich nicht vorausgesehen; und da ich fürchtete, sie könne Sylvie in Verlegenheit bringen, übernahm ich die Antwort. »Sie kommen von weit her. Heute abend sind sie nur mal gerade hier.«

»Wie weit denn, Liebes?« beharrte die junge Lady.

Sylvie war verwirrt. »*Vielleicht* ein oder zwei Meilen«, stammelte sie.

»Ein oder *drei* Meilen«, widersprach Bruno.

»Man sagt nicht ›ein oder *drei* Meilen‹«, berichtigte ihn Sylvie.

Die junge Lady nickte zustimmend. »Sylvie hat ganz recht. Es ist nicht üblich, ›ein oder *drei* Meilen‹ zu sagen.«

»Es wär aber üblich – wenn mans oft genug sagte«, entgegnete Bruno.

Nun war die Lady verwirrt. »Für sein Alter ist er sehr schlagfertig!« murmelte sie. »Bist du schon sieben, Liebling?« fügte sie laut hinzu.

»Ich bin doch nicht so viele«, tadelte Bruno. »Ich bin *einer*. Sylvie iss *eine*. Sylvie un ich iss *zwei*. *Sylvie* hat mich zählen beigebracht.«

»Oh, ich wollte dich doch nicht zählen!« lachte die junge Lady.

»*Kanns'de* etwa nich zählen?« fragte Bruno.

Die junge Lady biß sich auf die Lippen. »Liebe Güte! Der stellt aber penible Fragen!« meinte sie als kaum vernehmbares »Aparte«.

»Bruno, das darfst du nicht!« mißbilligte Sylvie.

»*Was* darf ich nicht?« erkundigte sich Bruno.

»Du darfst nicht fragen – nicht solche Fragen.«

»*Was* für Fragen?« beharrte Bruno boshaft.

»Solche, als *Sie* dir gesagt hat, nicht zu stellen«, erwiderte Sylvie mit einem scheuen Blick auf die junge Lady und verlor in ihrer Verwirrung jeglichen Sinn für Grammatik.

»Du kannst es nich aussprechen!« triumphierte Bruno. Und beifallheischend wandte er sich an die junge Lady. »Ich weißte, sie konnte ›päng-übele‹ nich ausprechen!«

Die junge Lady erachtete es für das beste, sich wieder dem arithmetischen Problem zu widmen. »Als ich gefragt habe, ob du schon sieben bist, weißt du, da meinte ich nicht ›soviel *Kinder?*‹, sondern ›soviel Jahre –‹«

»Hab *viel mehr* Haare«, belehrte Bruno sie. »Kein Kind hat nur sieben Haare.«

»Und du gehörst zu diesem kleinen Mädchen?« setzte die junge Lady fort und ging dem biologischen Problem geschickt aus dem Weg.

»Nein, ich gehöre nich zu *ihr!*« behauptete Bruno. »Sylvie gehört zu *mir*!« Und er schloß sie in die Arme und ergänzte. »Sie iss ganz allein die meine!«

»Weißt du«, bemerkte die junge Lady, »daß ich auch ein Schwesterchen habe wie *deine* Schwester? Sie würden sich bestimmt mögen.«

»Sie wären einander ungeheuer nützlich«, mutmaßte Bruno. »Sie brauchten nämlich keine Spiegel beim Haarebürsten.«

»Wieso denn nicht, mein Kind?«

»Weil natürlich jede für die andre 'n Spiegel wär!« rief Bruno.

Lady Muriel, die dabeigestanden und dem konfusen Gespräch gelauscht hatte, warf an dieser Stelle die Frage ein, ob die junge Lady uns nun mit einem Musikstück erfreuen könne; und die Kinder begleiteten ihre neue Freundin ans Klavier.

Arthur kam und nahm neben mir Platz. »Wenn das Gerücht stimmt«, flüsterte er, »erwartet uns ein echter Kunstgenuß!« Und dann atemlose Stille, die Darbietung begann.

Sie war eine jener Klaviervirtuosinnen, die die Gesellschaft als »brillant« einstuft, und sie stürzte sich mit einer Vehemenz in Haydns lieblichste Symphonie, die ganz offensichtlich das Ergebnis jahrelangen, geduldigen Studiums unter den größten Meistern war. Anfangs schien es die Perfektion des Klavierspielens; doch nach wenigen Minuten fragte ich mich verdrießlich: »*Was* fehlt da bloß? *Warum* hat man keine Freude daran?«

Da beschloß ich, auf jede Note zu achten; und das Rätsel löste sich. Ihr Spiel war *schon* von fast perfekter, mechanischer *Genauigkeit* – aber mehr auch nicht! Natürlich wurde keine Note falsch gespielt: *dafür* kannte sie das Stück zu gut; doch da waren gerade genug *zeitliche* Unregelmäßigkeiten, um zu verraten, daß die Pianistin kein gutes »Gehör« für Musik besaß – gerade genug Unreinheit bei den komplizierten Stellen, um darzulegen, daß ihr das Publikum keiner echten Mühe wert schien – und gerade genug mechanische Monotonie, um die himmlischen Modulationen, die sie gerade entweihte, ganz und gar ihrer *Seele* zu berauben – kurz und schlecht, es war einfach ein Ärgernis; und als sie das Finale heruntergeklimpert und die letzten Akkorde geprügelt hatte, als spiele für das Instrument die Zahl der gerissenen Saiten keine Rolle, da sie es ohnehin nicht mehr benötigte, konnte ich nicht einmal heuchlerisch in das stereotype »Ah, *vielen* Dank!« einstimmen, das sich chorartig um mich erhob.

Lady Muriel kam für einen Augenblick zu uns. »War das nicht *schön?*« flüsterte sie Arthur schelmisch lächelnd zu.

»Nein, ganz und gar nicht!« widersprach Arthur. Aber sein liebenswürdiger Gesichtsausdruck neutralisierte völlig die brutale Ehrlichkeit seiner Antwort.

»Ein derartiges Verdammungsurteil, also weißt du!« beharrte sie.

»Etwas anderes *verdient* sie nicht«, bekräftigte Arthur hartnäkkig, »aber die Leute sind gegenüber Vorschußlorbeeren derart eingenommen –«

»Das ist aber jetzt Unsinn!« ereiferte sich Lady Muriel. »Du liebst doch die Musik, nicht wahr? Jedenfalls hast du das vorhin behauptet.«

»Liebe ich die *Musik?*« wiederholte der Doktor zögernd vor sich hin. »Meine liebe Lady Muriel, es gibt Musik und Musik. Ihre Frage ist sehr ungenau. Sie können ebensogut fragen ›Liebst du die Menschen?‹«

Lady Muriel biß sich auf die Lippen, runzelte die Stirn und stapfte mit ihrem winzigen Fuß auf. Als eine dramatische Darbietung von Gereiztheit war das bestimmt ein *Fehlschlag*. Gleichwohl begriff es einer der Zuhörer, und Bruno beeilte sich, den drohenden Streit als Friedenstifter mit der Bemerkung zu schlichten: »Ich lieb die Menschen!«

Arthur legte ihm zärtlich die Hand auf den Lockenkopf: »Was? *Alle* Menschen«, wunderte er sich.

»Nich *alle* Menschen«, präzisierte Bruno. »Also nur Sylvie – un Lady Muriel – un ihn« (er zeigte auf den Earl) »un dich – un dich!«

»Man zeigt nicht auf die Leute«, tadelte Sylvie. »Das ist sehr unhöflich.«

»In Brunos Welt«, meinte ich, »gibt es nur *vier* Menschen – die der Beachtung wert sind!«

»Brunos Welt!« wiederholte Lady Muriel nachdenklich. »Eine heitere, blumenreiche Welt. Wo stets das Gras grünt, eine sanfte Brise weht, und wo es keine Regenwolken gibt; wo keine wilden Tiere sind und keine Wüsten –«

»Also Wüsten *müßte* es geben«, hielt Arthur dagegen. »Wenigstens in *meiner* Idealwelt.«

»Aber was kann man denn schon mit einer *Wüste* anfangen?« gab Lady Muriel zu bedenken. »In deiner Idealwelt gäbe es doch *bestimmt* keine Wildnis?«

Arthur grinste. »Und *ob* da eine wäre!« widersprach er. »Eine Wildnis wäre wesentlicher als eine Eisenbahn: und dem allgemeinen Wohlbefinden *weit* dienlicher als Kirchenglokken!«

»Aber wozu denn, um alles in der Welt?«

»Als Übungsplatz für Musikstücke«, erklärte er. »Alle jungen Damen, die über kein gutes Gehör für Musik verfügen, aber das Musizieren partout erlernen wollen, sollten allmorgendlich zwei oder drei Meilen weit in die Wildnis verfrachtet werden. Dort gäbe es für jede ein gemütliches Zimmer und auch ein billiges, gebrauchtes Klavier, worauf sie stundenlang klimpern könnte, ohne die Zahl menschlicher Leiden um eine überflüssige Qual zu vermehren!«

Bestürzt blickte sich Lady Muriel um, da sie fürchtete, diese barbarischen Ansichten könnten mitgehört werden. Doch die untadelige Pianistin weilte in sicherer Entfernung. »Auf jeden Fall mußt du zugeben, sie ist ein süßes Mädchen!« drängte sie.

»Oh, gewiß. So süß wie *Zuckerwasser*, wenn dich das befriedigt – und fast so interessant!«

»Du bist unverbesserlich!« tadelte Lady Muriel und wandte sich mir zu. »Hoffentlich hatten Sie in Frau Mills eine interessante Tischgefährtin?«

»Ach, *so* heißt sie also?« wunderte ich mich. »Ich glaubte, ihr Name sei *länger*.«

»Das ist er auch: es geschieht ›auf Ihre eigene Gefahr‹ (was immer auch damit gemeint sei), sollten Sie sich jemals unterstehen, sie einfach mit ›Frau Mills‹ anzureden. Sie ist ›Frau Ernest-Atkinson-Mills‹!«

»Es handelt sich bei ihr um eine jener Möchtegern-Größen«, erklärte Arthur, »die sich einbilden, ihrem Namen einen Hauch von Aristokratie zu verleihen, indem sie ihrem Familiennamen ihre ganzen entbehrlichen, durch Bindestrich verbundenen Vornamen voranstellen. Als bereite es nicht schon Mühe genug, sich *eines* Nachnamens zu erinnern!«

Mittlerweile füllte sich das Zimmer allmählich, da die zur Abendgesellschaft geladenen Gäste eintrafen, und Lady Muriel mußte als Gastgeberin ihre Pflicht erfüllen, was sie mit der nur lieblichsten Anmut tat. Sylvie und Bruno standen neben ihr und bekundeten starkes Interesse an dem Vorgang.

»Hoffentlich gefallen euch meine Freunde?« bemerkte sie ihnen gegenüber. »Vor allem mein lieber alter Freund, Mein Herr (Wo ist er bloß hingeraten? Ah, da ist er!), der alte Gentleman dort mit Brille und dem langen Bart!«

»Er ist ein würdiger alter Gentleman!« bestätigte Sylvie und fixierte »Mein Herr« mit unverhohlener Bewunderung, der in einer Ecke hockte und uns mit sanften Augen durch seine gigantischen Brillengläser betrachtete. »Und was für einen hübschen Bart er hat!«

»Wie nennt er sein?« wisperte Bruno.

»Er nennt sich ›Mein Herr‹«, antwortete Sylvie leise.

Bruno schüttelte ungläubig den Kopf. »So kann er sein *Ohr*

nennen, aber nich sein *Selbst,* du Dummi!« Er wandte sich an mich. »Wie nennt er sein *Selbst,* mein Herr Mann?«

»*Ich* kenne auch nur diesen Namen«, mußte ich zugeben. »Aber er fühlt sich wohl sehr einsam. Hast du nicht Mitleid mit seinen grauen Haaren?«

»Ich hab Mitleid mit seinem *Selbst*«, beharrte Bruno und ritt weiter auf falschen Bezeichnungen, »aber sein *Haar* tut mir kein bißchen leid. *Haar* kannich fühlen!«

»Wir sind ihm schon heute nachmittag begegnet«, erzählte Sylvie. »Wir haben Nero besucht, und wir hatten *so* einen Spaß, ihn wieder unsichtbar zu machen! Und den schönen alten Herrn dort haben wir gesehen, als wir zurückgekommen sind.«

»Kommt, wir wollen uns mit ihm unterhalten und ihn etwas aufheitern«, schlug ich vor, »und vielleicht erfahren wir, wie er heißt.«

XI. KAPITEL

Der Mann im Mond

Bereitwillig kamen die Kinder mit. In ihrer Mitte näherte ich mich der Ecke, wo »Mein Herr« saß. »Sie haben hoffentlich nichts gegen *Kinder?*« leitete ich ein.

*»Saures Alter, frohe Jugend können nicht zusammen dauern!«** erwiderte der alte Herr gut gelaunt und lächelte sehr liebenswürdig. »Betrachtet mich einmal genau, Kinder! Ihr haltet mich doch bestimmt für einen *alten* Mann?«

Obgleich mich sein Gesicht rätselhafterweise an »den Professor« erinnert hatte, wirkte er auf den ersten Blick zweifellos *jung:* doch als ich in die wundersame Tiefe seiner verträumten großen Augen blickte, spürte ich mit einem seltsamen Gefühl von Ehrfurcht, daß er unbestimmbar *älter* war: er schien uns aus einer vergangenen, Jahrhunderte entfernten Epoche zu betrachten.

»Ich weiß nich, ob du'n *alter* Mann bist«, antwortete Bruno, als die Kinder sich ihm vertrauensvoll noch ein wenig mehr genähert hatten. »Ich denk, du bist *dreiunachtzig.*«

»Er ist sehr präzise«, urteilte Mein Herr.

»Hat er in etwa recht?« fragte ich.

»Es gibt Gründe«, entgegnete Mein Herr leise, »Gründe, die ich nicht darlegen darf, warum ich *keinesfalls* irgendwelche Personen, Orte oder Daten erwähnen kann. Nur eine Bemerkung sei mir gestattet – das Lebensalter zwischen hundertfünfundsechzig und hundertfünfundsiebzig Jahren ist besonders sicher.«

»Woher wissen Sie das?« erkundigte ich mich.

»Daher. Schwimmen wäre für Sie bestimmt ein besonders sicheres Vergnügen, wenn Sie kaum jemals gehört hätten, daß einer dabei gestorben sei. Gehe ich recht in der Annahme, daß Sie

* AdÜ: Shakespeare, The Passionate Pilgrim, XII.

noch von keinem gehört haben, der in diesem Alter gestorben ist?«

»Ich verstehe, was Sie meinen«, sagte ich, »aber Sie werden wohl schwerlich beweisen können, daß *Schwimmen* nach demselben Prinzip sicher ist. Es ist nicht ungewöhnlich, daß man von *Ertrunkenen* hört.«

»In *meinem* Land«, behauptete Mein Herr, »ist *noch nie* jemand ertrunken.«

»Gibt es denn da kein Wasser, das tief genug wäre?«

»Reichlich! Aber wir können nicht *versinken*. Wir sind alle *leichter als Wasser*. Ich will es Ihnen erklären«, fügte er hinzu, da er meine Überraschung registrierte. »Angenommen, Sie möchten *Tauben* von ganz besonderer Gestalt und Farbe haben, wählen Sie dann nicht von Jahr zu Jahr die aus, die der gewünschten Gestalt und Farbe am nächsten kommen, indem Sie die behalten und die anderen weggeben?«

»So ist es«, erwiderte ich. »Wir nennen das ›künstliche Auslese‹.«

»Richtig«, bekräftigte Mein Herr. »Nun, das haben *wir* mehrere Jahrhunderte hindurch gemacht – wir haben stets die *leichtesten* Leute ausgewählt: so ist jetzt *jeder* leichter als Wasser.«

»Dann können Sie niemals auf *See* ertrinken?«

»Niemals! Eine derartige Gefahr droht uns nur an *Land* – wenn wir zum Beispiel ins Theater gehen.«

»Wie kann denn das im *Theater* geschehen?«

»Unsere Theater sind *unterirdisch* angelegt. Darüber befinden sich riesige Wassertanks. Sobald ein Feuer ausbricht, öffnen sich die Schleusen, und in einer Minute ist das Theater genau bis an die Decke geflutet. So wird das Feuer ausgelöscht.«

»Und vermutlich *ebenso* die Zuschauer?«

»Das ist nur ein unbedeutender Nebeneffekt«, kommentierte Mein Herr ungerührt. »Aber sie finden Trost in der Gewißheit, daß sie alle *leichter als Wasser* sind, ob sie nun ertrinken oder nicht. Wir sind noch nicht soweit fortgeschritten, die Leute auch noch leichter als *Luft* zu machen: aber wir *arbeiten* dran; und in weiteren tausend Jahren oder so –«

»Was tus'de mit dem Leut, der zu schwer iss?« erkundigte sich Bruno ernst.

»Dasselbe Verfahren haben wir auf vielen anderen Gebieten angewandt«, setzte Mein Herr fort und ließ Brunos Frage unbeantwortet. »Als nächstes haben wir *Wanderstöcke* selektiert – und stets die behalten, die am *besten* wanderten – bis wir solche hatten, die alleine wandern konnten! Dann haben wir *Watte* selektiert, bis sie leichter als Luft war! Die Wichtigkeit des Materials können Sie sich gar nicht vorstellen! Wir nennen es ›Unwägbares‹.«

»Wozu ist es gut?«

»Nun, in erster Linie dient es als *Verpackungsmaterial* für Sachen, die mit der Paketpost verschickt werden sollen. Dadurch wiegen sie *weniger als nichts*, verstehen Sie?«

»Aber wie wissen dann die Postbeamten, was Sie zu bezahlen haben?«

»Das ist ja das Schöne an dem neuen System!« jauchzte Mein Herr. »Sie bezahlen *uns* und nicht wir *sie!* Ich habe schon bis zu fünf Schilling dafür bekommen, daß ich ein Paket abgeschickt habe.«

»Aber protestiert Ihre Regierung denn nicht?«

»Na schön, sie protestiert ein bißchen. Sie sagt, es sei auf die Dauer zu teuer. Aber der Fall liegt dank ihrer eigenen Anordnungen sonnenklar. Wenn ich ein Paket abschicke, das ein Pfund *mehr* als nichts wiegt, so *bezahle* ich drei Pennies: folglich muß ich natürlich drei Pennies *erhalten*, wenn es ein Pfund *weniger* als nichts wiegt.«

»Das ist *wirklich* eine nützliche Sache!« lobte ich.

»Aber sogar ›Unwägbares‹ hat seine Nachteile«, mußte er einräumen. »Vor einigen Tagen habe ich etwas davon gekauft und in meinen *Hut* gesteckt, um es nach Hause zu tragen, und der Hut ist einfach davongeschwebt!«

»Hattes'de *heut* auch was von dem ulkigen Zeuch im Hut?« wollte Bruno wissen. »Sylvie und ich ham dich auf der Straße gesehn, un der Hut war immer ganz hoch! Nich wahr, Sylvie?«

»Nein, das hatte einen ganz anderen Grund«, stellte Mein Herr richtig. »Es fielen gerade zwei oder drei Regentropfen: deshalb habe ich den Hut auf meine Stockspitze gesteckt – als Regenschirm, verstehst du? Als ich die Straße langging«, erzählte er weiter und wandte sich wieder mir zu, »wurde ich plötzlich von etwas überrascht, und zwar von einem –«

»– Regenschauer?« vermutete Bruno.

»Nun, es sah *eher* nach einem Hundeschwanz aus«, erklärte Mein Herr. »Die Sache war ganz komisch! Irgendwas rieb zärtlich an meinem Bein. Und als ich hinsah, konnte ich nichts entdecken! Aber etwa einen Meter entfernt wedelte ein einsamer Hundeschwanz!«

»Oh, *Sylvie!*« tadelte Bruno. »Du hast ihn nich ganz sichtbar gemacht!«

»Tut mir ja *so* leid«, klagte Sylvie schuldbewußt. »Ich wollte es noch seinen Rücken entlang reiben, aber wir hatten es ja so eilig. Wir gehen morgen hin und machen den Rest. Armer Kerl! Er wird wohl heute abend kein Essen bekommen!«

»*Ganz* bestimmt nich!« bekräftigte Bruno. »Niemand gibt niemals 'nem Hundeschwanz Knochen.«

Mein Herr blickte baß erstaunt von einem zum anderen. »Ich verstehe euch nicht«, erklärte er. »Ich hatte mich verirrt und sah gerade in einem Faltplan nach, und irgendwie hatte ich einen Handschuh fallenlassen, und dieses unsichtbare *Etwas,* das an meinem Bein rieb, brachte ihn tatsächlich zurück!«

»Iss doch klar!« meinte Bruno. »Sowas apportiert er *sehr* gern.«

Mein Herr war derart verwirrt, daß ich lieber das Thema zu wechseln beschloß. »Wie nützlich doch so ein Faltplan ist!« bemerkte ich.

»Das haben wir ebenfalls von *Ihrem* Volk gelernt«, gestand Mein Herr, »das Herstellen von Karten. Aber wir haben es viel konsequenter getrieben als *Sie*. Was halten Sie für die *größte* noch brauchbare Karte?«

»Die im Maßstab eins zu zehntausend, also zehn Zentimeter für einen Kilometer.«

»Nur *zehn Zentimeter!*« wunderte sich Mein Herr. »Wir waren schon bald auf zehn *Meter* für einen Kilometer. Dann haben wir es mit *hundert* Metern für einen Kilometer versucht. Und dann kam uns die allergroßartigste Idee! Wir haben wahrhaftig eine Karte im Maßstab eins zu eins von unserem Land gezeichnet!«

»Haben Sie sie schon oft gebraucht?« verlangte ich zu wissen.

»Sie ist bisher noch nie entfaltet worden«, bekannte Mein Herr. »Die Bauern haben dagegen protestiert: sie haben behauptet, das ganze Land würde zugedeckt und die Sonne ausgesperrt! Deshalb benutzen wir jetzt das Land selbst als Karte, und ich kann Ihnen versichern, das ist fast genauso gut. Nun möchte ich aber eine andere Frage stellen. Welches ist die kleinste *Welt*, in der Sie gerne leben würden?«

»Ich weiß!« meldete sich Bruno lauthals, der gespannt gelauscht hatte. »Ich hätt gern 'ne ganz winzig kleine Welt, gerad groß genug für Sylvie un mir!«

»Dann müßtet ihr auf verschiedenen Seiten leben«, gab Mein Herr zu bedenken. »Und deshalb könntest du deine Schwester *überhaupt* niemals sehen!«

»Un ich hätt keinen *Unterricht*«, freute sich Bruno.

»Sie wollen doch nicht etwa behaupten, Sie hätten auch in dieser Richtung experimentiert!« zweifelte ich.

»Nun, nicht direkt *experimentiert*. Wir geben nicht vor, Planeten zu *konstruieren.* Aber ein mir befreundeter Wissenschaftler, der mehrere Ballonreisen unternommen hat, versicherte mir, er habe einen Planeten entdeckt, der so klein gewesen sei, daß er ihn in zwanzig Minuten zu Fuß umrunden konnte. Kurz vor seinem Besuch hatte dort eine Schlacht stattgefunden, die ziemlich ungewöhnlich endete: die geschlagene Armee war Hals über Kopf geflüchtet und stand nach wenigen Minuten abermals der siegreichen Armee gegenüber, die nach Hause marschierte, und die war nun derart erschrocken, eingekesselt zu sein, daß sie auf der Stelle kapitulierte. Deshalb hatte sie natürlich die Schlacht verloren, obwohl sie in Wahrheit *alle* Soldaten der Gegenseite getötet hatte.«

»Getötete Soldaten *können nich* flüchten«, erhob Bruno Einspruch.

»›Getötet‹ ist ein Fachausdruck«, erläuterte Mein Herr. »Auf dem kleinen Planeten, von dem ich erzähle, waren die Kugeln aus weichem, schwarzem Stoff und markierten durch Berührung. So brauchte man nach der Schlacht nur zu zählen, wie viele Soldaten auf jeder Seite getötet – das heißt, ›am *Rücken* markiert‹ waren, denn die Zeichen auf der *Vorder*front zählten nicht.«

»Dann konnten sie doch nur getötet werden, wenn sie wegrannten?« mutmaßte ich.

»Mein gelehrter Freund hatte eine bessere Idee. Er gab den Rat, die Kugeln *andersherum um den Planeten* zu schießen, um den Feind im *Rücken* zu treffen. Danach wurden die *schlechtesten* Schützen die *besten* Soldaten; und der *allerschlechteste* gewann stets den Ersten Preis.«

»Und wie hat man den *allerschlechtesten* ermittelt?«

»Nichts leichter als das! Sie wissen sicher, daß der *beste* Schütze das trifft, was genau *vor* ihm liegt; ergo trifft natürlich der *allerschlechteste* Schütze das, was genau *hinter* ihm liegt.«

»Auf diesem kleinen Planeten lebten ja merkwürdige Leute!« wunderte ich mich.

»Das kann man wohl sagen! Das *Regierungs*system war wohl das allermerkwürdigste. Man hat mir gesagt, daß auf diesem Planeten hier eine Nation von einer Vielzahl Untertanen und einem König gebildet wird: doch auf dem erwähnten kleinen Planeten wurde sie von einer Vielzahl *Königen* und einem *Untertanen* gebildet!«

»Sie formulierten, man habe Ihnen gesagt, was auf *diesem* Planeten geschieht«, sagte ich. »Darf ich die Frage wagen, ob Sie vielleicht selbst ein Besucher von einem *anderen* Stern sind?«

Bruno klatschte freudig in die Hände. »Bis'de der Mann-im-Mond?« krähte er.

Mein Herr zeigte sich verlegen. »Ich bin *nicht* im Mond«, wich er aus. »Um auf das Thema zurückzukommen. Ich finde das *dortige* Regierungssystem eigentlich sehr *gut*. Sehen Sie mal, die Könige erlassen sicher Gesetze, die einander widersprechen: so kann der Untertan nie bestraft werden, denn was er auch täte, *einem* Gesetz würde er immer gehorchen.«

»Un was er auch tät, *einem* Gesetz würd' er nich gehorchen!« protestierte Bruno. »Deshalb könnte er *immer* bestraft werden.«

Gerade da kam Lady Muriel vorbei und vernahm die letzten Worte. »*Hier* wird keiner bestraft!« befahl sie und nahm Bruno in den Arm. »Hier gibt es nur Frei-Räume! Würden Sie mir die Kinder für eine Minute überlassen?«

»Die Kinder lassen uns im Stich, wie Sie sehen«, sagte ich zu Mein Herr, als sie mit ihnen abzog, »so müssen eben die beiden Alten miteinander vorlieb nehmen!«

Der alte Herr seufzte. »Na gut! *Jetzt* gehören wir zum alten Eisen; und dennoch war ich selbst einmal ein Kind – ich glaube es wenigstens.«

Es war *wirklich* kaum zu glauben, wie ich mir eingestand – wobei ich das weiße Zottelhaar und den langen Bart musterte –, daß er jemals ein Kind gewesen war. »Sie mögen junge Menschen?« fragte ich.

»Junge *Männer*«, korrigierte er. »Aber nicht gerade *Kinder*. Ich pflegte – vor vielen Jahren – junge Männer an meiner guten alten Universität zu unterrichten!«

»Ich habe den Namen nicht ganz verstanden?« deutete ich an.

»Ich habe ihn nicht genannt«, entgegnete der alte Herr nachsichtig. »Der Name würde Ihnen doch nichts sagen. Ich könnte Ihnen merkwürdige Geschichten über all die Lehrmethoden dort berichten, die ich miterlebt habe. Aber ich fürchte, Sie zu langweilen.«

»Nein, *bestimmt* nicht!« widersprach ich. »Berichten Sie bitte weiter. Was sind das für Methoden?«

Aber der alte Mann war wohl eher in der Stimmung zu fragen als zu antworten. »Berichten Sie mir zuerst etwas«, bat er und preßte seine Hand auf meinen Arm. »Ich bin nämlich fremd in Ihrem Land und weiß wenig von *Ihrer* Erziehungsmethode: doch ich habe den Eindruck, daß *wir* in der Entwicklung fortgeschrittener sind als *Sie* – und manche von uns praktizierte Theorie, die sich als Irrtum erwies, werden auch Sie mit großem Enthusiasmus praktizieren: und Sie werden zu der bitteren Erkenntnis kommen, daß sie ein Irrtum war!«

Seltsamerweise wurden seine Worte immer zwangloser und mündeten in eine rhythmische Sprache, seine Gesichtszüge schienen von einem inneren Licht erhellt, und der ganze Mann wirkte so verwandelt, als habe er sich sekundenschnell um fünfzig Jahre verjüngt.

XII. KAPITEL

Elbenklänge

Die eintretende Stille wurde von der musikalischen jungen Lady unterbrochen, die sich in unsere Nähe gesetzt hatte und sich mit einem neuangekommenen Gast unterhielt. »Nanu!« spöttelte sie überrascht. »Scheinbar *gibt* es für uns etwas Neues in Sachen Musik zu hören!«

Ich sah mich fragend um und war fast ebenso erstaunt wie die Sprecherin: *Sylvie* wurde von Lady Muriel ans Klavier geführt!

Mit Tränen in den Augen sah sich Sylvie nach mir um. Ich wollte ihr ermutigend zulächeln, denn es war augenscheinlich eine große nervliche Belastung für das Kind, das solch einen Auftritt überhaupt nicht gewohnt war, und sie war verlegen und unglücklich. Doch hier erwies sich der vollendete Liebreiz ihres Wesens: und ich konnte erkennen, wie sie sich selbstlos entschlossen hatte, ihr Bestes zu geben, um Lady Muriel und ihren Freunden eine Freude zu machen. Sie setzte sich an das Instrument und begann sogleich. Soweit man es beurteilen konnte, waren Takt und Ausdruck perfekt: doch ihr Anschlag war von derartiger Leichtigkeit, daß man durch das noch währende Unterhaltungsgebrummel anfangs kaum eine Note von ihrem Spiel wahrnehmen konnte.

Aber nach einer Minute war das Gebrummel in völligem Schweigen erstorben, und wir setzten uns alle überwältigt und atemlos nieder, um diesen himmlischen Klängen zu lauschen, die keiner jemals vergessen würde.

Zuerst schlug sie die Tasten nur ganz leicht an und spielte eine Art Einleitung in Moll – wie ein tonales Zwielicht; und man meinte, die Lichter trübten sich und Nebel kröche durch das Zimmer. Dann blitzten durch die zunehmende Düsternis die ersten wenigen Noten einer Melodie, die so lieblich und feinfühlig war, daß man aus Furcht, auch nur eine einzige Note zu überhören, den Atem anhielt. Immer wieder nahm die Melodie den traurigen Mollklang vom Beginn auf, und jedesmal, wenn sie sich erneut durch die verschleiernde Düsternis in das Licht des Tages Bahn brach, gewann sie eine noch berauschendere und noch wunderbarere Süße. Unter der zarten Kinderhand schien das Instrument wahrlich wie ein Vogel zu zwitschern. *»Steh auf, mein Lieb, du Schöne«*, schien es zu singen, *»und komm her! Denn sieh, der Winter ist vergangen, der Regen ist weg und dahin; die Blumen sind hervorgekommen im Lande; der Lenz ist herbeigekommen!«** Man meinte, das plempernde Fallen der letzten paar Tropfen zu hören, die eine vorüberwehende Bö von den Bäumen schüttelte – die ersten glitzernden Sonnenstrahlen zu sehen, die die Wolken durchbrachen.

Der Count durchmaß aufgewühlt das Zimmer. »Isch nischt *kann* erinnärn den Namen diesär schönen Weise! Sie ist sischerlisch aus einer Opéra. Abär isch kenn nischt mal den Namen diesäs *Opus*. Liebäs Kind, wie nännst du es?«

* AdÜ: Hoheslied 2, 10–12.

Sylvie sah sich mit abwesendem Gesicht nach ihm um. Sie hatte das Stück beendet, doch ihre Finger glitten immer noch spielerisch über die Tasten. Alle Furcht und Schüchternheit war völlig von ihr abgefallen, und geblieben war nur noch die reine Freude an der Musik, die unsere Herzen begeistert hatte.

»Där Titel!« wiederholte der Count ungeduldig. »Wie nännst du das Opus?«

»Ich weiß nicht, was ein Opus *ist*«, gestand Sylvie flüsternd.

»Wie nännst du dann die *Weise?*«

»Ich kenne dafür keinen Namen«, erwiderte Sylvie und ging von dem Instrument weg.

»Abär die ist prachtvoll!« rief der Count, folgte dem Kind und wandte sich an mich, als sei ich der Eigentümer dieses musikalischen Phänomens und *müßte* den Ursprung ihres Musikstücks kennen. »'aben Sie ge'ört, sie 'at das schon gespielt – isch mein ›vor diesäm Anlaß‹? Wie nännen Sie die Weise?«

Ich schüttelte den Kopf, wurde jedoch weiterer Fragen dank Lady Muriel enthoben, die zu uns kam und den Count um einen Liedervortrag ersuchte.

Der Count breitete bedauernd die Arme aus und neigte den Kopf. »Abär Milady, isch 'abe schon allä Liedär infiziert – isch meinä inspiziert; und äs gibt nischts für mein' Stimm'! Sie sind nischt für Baß!«

»Wollen Sie nicht noch einmal nachschauen?« flehte Lady Muriel.

»Wir wollen ihm helfen!« wisperte Bruno Sylvie zu. »Wir machen, daß er eins findet – du weißt schon wie!«

Sylvie nickte. »Sollen *wir* ein Lied für Sie finden?« fragte sie artig den Count.

»Oui!« rief der kleine Mann aus.

»Wie? Wir suchen einfach gemeinsam!« erklärte Bruno, und beide zogen den verzückten Count bei den Händen zum Notenspindchen.

»Noch ist Hoffnung!« seufzte Lady Muriel über die Schulter, als sie ihnen folgte.

In der Hoffnung, an das unterbrochene Gespräch anknüpfen

zu können, wandte ich mich an »Mein Herr«. »Sie bemerkten gerade –«, hob ich an: doch da kam Sylvie, um Bruno zu holen, der an meine Seite zurückgekehrt war und ungewöhnlich ernst dreinblickte. »Komm doch *mit,* Bruno!« bat sie eindringlich. »Wir haben es doch fast gefunden!« Dann, flüsternd: »Ich halte das Medaillon jetzt in der *Hand.* Ich konnte es nicht herausholen, während sie zuschauten!«

Aber Bruno wich zurück. »Der Mann hat mich beleidigt«, teilte er würdevoll mit.

»Wieso beleidigt?« erkundigte ich mich neugierig.

»Ich hab ihn gefragt«, erzählte Bruno, »was für'n Lied er mag. Un er hat gesagt: ›*Ein* Lied für *einän* Mann, nischt für einä Frau.‹ Un ich hab gesagt: ›Sollen Sylvie un ich das Lied von Herrn Tottels für dich finden?‹ Un er hat gesagt: ›Wo, Aaler?‹ Un ich bin *kein* Aaler, klar?«

»Er hat das *bestimmt* nicht so gemeint!« begütigte Sylvie ernst. »Das ist Französisch – verstehst du, er kann nicht so gut Englisch sprechen wie –«

Bruno ließ sich sichtbar erweichen. »Natürlich weiß er's nich besser, wenn er Pflanz-Sößisch iss! Pflanz-Soßen können *niemals* so guthaft Englisch sprechen wie *uns!*« Und Sylvie führte ihn ab, ein williger Gefangener.

»Nette Kinder!« bemerkte der alte Mann, nahm seine Brille ab und putzte sie sorgfältig. Dann setzte er sie wieder auf und beobachtete beifällig lächelnd, wie sich die Kinder auf einen Stapel Notenblätter stürzten, und wir konnten soeben noch Sylvies mißbilligende Worte vernehmen: »Wir machen hier *kein* Heu, Bruno!«

»Das war aber eine lange Unterbrechung für unser Gespräch«, meinte ich. »Bitte, lassen Sie es uns fortsetzen!«

»Gerne!« erwiderte gutmütig der alte Herr. »Ich war sehr daran interessiert, was Sie –« Er zögerte etwas und strich sich verlegen über die Stirn. »Man wird vergeßlich«, murmelte er. »Was habe ich gerade gesagt? O ja! Sie wollten mir etwas erzählen. Ja. Welche Lehrer schätzen Sie am höchsten ein, die, deren Worte Sie leicht verstehen, oder die, deren Erklärungen Sie verwirren?«

Ich sah mich zu dem Eingeständnis genötigt, daß wir im allgemeinen die Lehrer bewundern, die wir nicht ganz verstehen können.

»Genau«, bestätigte Mein Herr. »So fängt es an. Also, wir haben diese Entwicklung vor ungefähr achtzig Jahren durchgemacht – oder waren es neunzig? Unser Lieblingslehrer wurde jedes Jahr unverständlicher; und mit jedem Jahr bewunderten wir ihn mehr – so wie *Ihre* Kunstkenner den *Nebel* als den schönsten Ausdruck einer Landschaft ansehen und ein Bild mit frenetischem Beifall begrüßen, auf dem nichts zu erkennen ist! Nun werde ich Ihnen erzählen, wo das hinführte. Unser Idol hielt eine Vorlesung über die Moralphilosophie. Für seine Schüler hatte das weder Hand noch Fuß, aber sie lernten alles auswendig; und bei der Prüfung schrieben sie alles nieder; und die Prüfer sagten: ›Vortrefflich! Welche Gedankentiefe!‹«

»Aber was hatten die jungen Männer eigentlich *später* davon?«

»Können Sie sich das nicht denken?« entgegnete Mein Herr. »*Sie* wurden ihrerseits Lehrer und wiederholten einfach alles; und ihre Schüler schrieben es mit; und die Prüfer akzeptierten es; und keiner hatte auch nur die geringste Ahnung, was das alles überhaupt bedeutete!«

»Und wie ging es aus?«

»Es endete so. Eines schönen Tages erwachten wir und erkannten, daß bei uns niemand über Moralphilosophie Bescheid wußte. So entließen wir Lehrer, Klassen, Prüfer und alles. Und wenn jemand etwas darüber wissen wollte, so mußte er sich selbst darum bemühen; und zwanzig Jahre später oder so gab es bei uns mehrere Menschen, die tatsächlich darüber Bescheid wußten! Jetzt erzählen Sie mir etwas anderes. Wie lange studieren Ihre Jugendlichen auf den Universitäten, bis sie geprüft werden?«

Ich sagte ihm, drei oder vier Jahre.

»Genau so, genau wie *wir!*« ereiferte er sich. »Wir gaben ihnen kurze Zeit Unterricht und gerade, als sie zu begreifen anfingen, plünderten wir sie völlig aus! Wir haben unsere Quellen trockengepumpt, ehe sie noch zu einem Viertel gefüllt waren – wir haben unsere Obstbäume während der Blütezeit abgeerntet – wir haben unsere friedlich in der Schale schlummernden Küken mit der strengen Logik der Arithmetik vertraut gemacht! Zweifellos fängt der frühe Vogel den Wurm – doch wenn der Vogel derart abscheulich früh aufsteht, daß der Wurm noch tief in der Erde kriecht, wie groß ist *dann* seine Aussicht auf ein Frühstück?«

»Nicht besonders«, gab ich zu.

»Sie sehen nun, was geschieht«, fuhr er lebhaft fort, »wenn Sie ihre Brunnen zu frühzeitig leerpumpen – und Sie wollen mir wohl weismachen, Sie seien dazu *gezwungen?*«

»Das sind wir auch«, bekräftigte ich. »In einem Land wie diesem mit Überbevölkerung kann nur die Abschlußprüfung –«

Mein Herr schlug entsetzt die Hände über dem Kopf zusammen. »Was, *schon wieder?*« empörte er sich. »Ich habe gedacht, die wäre seit fünfzig Jahren tot! Ach je, dieser Upasbaum der Abschlußprüfung! Neben ihrem tödlichen Schatten muß jeder originelle Genius, jeder auch noch so geringe Forschungsdrang, jede unermüdliche, lebenslange Beharrlichkeit, durch die unsere Ahnen das menschliche Wissen derart weiterentwickelt haben, langsam aber sicher dahinschwinden und einer Kochkunst weichen, bei der der menschliche Verstand eine Wurst ist, und unser ganzes Problem in der Frage gipfelt, wieviel unverdaulicher Plunder in sie gestopft werden kann!«

Nach seinen Wutausbrüchen verlor er sich scheinbar stets in Gedanken und hielt den Faden seiner Rede nur an einem einzelnen Wort. »Ja, *gestopft*«, wiederholte er. »Wir haben alle Phasen dieses Verfahrens durchmessen – und zwar schlecht, das versichere ich Ihnen! Wie die Prüfungsordnung nun mal vorschrieb, versuchten wir natürlich alles hineinzustopfen, was uns nur in den Sinn kam – und wir verlegten uns ganz darauf, den Kandidaten absolut *nichts* über die Prüfungsanforderungen hinaus wissen zu lassen. Ich behaupte nicht, daß wir es je *mit letzter Konsequenz* erreichten: aber einer meiner eigenen Schüler (verzeihen Sie den Egoismus eines alten Mannes) kam dem sehr nahe. Nach der Prüfung erwähnte er mir gegenüber die wenigen Tatsachen, die er zwar wußte, aber *nicht* einbringen konnte, und ich kann Ihnen versichern, sie waren trivial, Sir, absolut trivial!«

Ich gab schwach meiner freudigen Überraschung Ausdruck.

Der alte Herr verneigte sich zufrieden lächelnd und fuhr fort.

»Zu dieser Zeit war noch keiner auf den weit vernünftigeren Gedanken verfallen, den individuellen Funken des Genius zu beobachten und sein Aufblitzen zu belohnen. Wir dagegen füllten den unglücklichen Schüler wie eine Leidener Flasche bis zum Stehkragen – dann drückten wir auf den Prüfungsknopf und leiteten einen prächtigen Funken ab, wobei die Flasche häufig zerbarst. Aber was *machte* das schon? Wir etikettierten ihn ›Erstklassiger Funke‹ und verstauten ihn im Regal.«

»Und das vernünftigere System –?« erinnerte ich.

»Ach ja! *Das* kam als nächstes. Statt den Lehrstoff am Stück zu verabreichen, gingen wir dazu über, jede einzelne gute Antwort auf der Stelle zu belohnen. Wie gut kann ich mich noch an den Unterricht in jenen Tagen erinnern, ich hatte immer die Taschen voller Kleingeld! Das war ›eine *sehr* gute Antwort, Herr Jones!‹ (das bedeutete meist einen Schilling). ›Bravo, Herr Robinson!‹ (das war meist eine halbe Krone). Aber ich will Ihnen erzählen, wie *das* weiterging. Ohne Geldgeschenk wollte keiner mehr etwas lernen! Und wenn ein gescheiter Junge die Schule verließ, dann hatte er mehr für das Lernen bekommen als wir für das Lehren! Und dann ereignete sich das Tollste.«

»Was, noch toller?« wunderte ich mich.

»Es ist das letzte«, beruhigte mich der alte Herr. »Ich muß Sie mit meiner langen Geschichte schon ziemlich ermüdet haben. Jede Universität wollte die gescheiten Jungen aufnehmen: deshalb übernahmen wir ein System, das nach Berichten in England sehr populär sein soll: die Universitäten überboten einander, und die Jungen besuchten die meistbietende! Was waren wir doch für Esel! Sie mußten ja *irgendeine* Universität besuchen. Wir hätten sie gar nicht zu bezahlen brauchen! Und unser ganzes Geld ging dafür drauf, kluge Jungen lieber zum Besuch der einen als der anderen Universität zu nötigen! Der Konkurrenzkampf war derart gnadenlos, daß bloße Geldzahlungen bald nicht mehr ausreichten. Jede Universität, die eines besonders klugen Jünglings habhaft werden wollte, mußte ihm am Bahnhof auflauern und ihn durch die Straßen hetzen. Wer ihn zuerst berührte, durfte ihn aufnehmen.«

»Eine Schüler-Hetzjagd bei deren Ankunft muß ja eine kuriose

Sache gewesen sein«, staunte ich. »Können Sie mir vielleicht einen Eindruck davon geben?«

»Aber gern!« freute sich der alte Herr. »Ich will Ihnen die allerletzte Jagd beschreiben, bevor dieser Sport (denn man zählte es wahrhaftig zu den *Sportarten*: wir nannten es ›Burschenjagd‹) endgültig eingestellt wurde. Ich habe es selbst miterlebt und war gerade zufällig in der Nähe, als es zu dem sogenannten ›Fällen‹ kam. Noch heute sehe ich es vor mir!« regte er sich auf und starrte mit seinen großen verträumten Augen ins Leere. »Mir ist, als sei es erst gestern gewesen; und doch geschah es –«, er unterbrach sich hastig, und der Rest erstarb im Flüsterton.

»*Wie* lange ist es her, sagten Sie?« verlangte ich zu wissen, da ich wenigstens an *einer* eindeutigen Tatsache in seiner Geschichte interessiert war.

»*Viele* Jahre«, antwortete er. »Am Anfang der Szene herrschte auf dem Bahnhof (wie man mir berichtete) eine enorme Aufregung. Acht oder neun Rektoren verschiedener Universitäten hatten sich hinter der Schranke eingefunden (keiner durfte hindurch), und der Stationsvorsteher hatte auf dem Bürgersteig eine Linie gezogen und darauf bestanden, daß alle dahinter Aufstellung bezogen. Die Schranke ging hoch! Der junge Mann stürmte los und flitzte blitzschnell die Straße hinunter, während die Universitätsrektoren bei seinem Anblick tatsächlich vor Aufregung *kreischten*! Traditionsgemäß gab der Prokurator das Zeichen mit den Worten: ›*Semel! Bis! Ter! Currite!*‹, und die Jagd ging los! Oh, es war ein hübsches Bild, glauben Sie mir! An der ersten Ecke ließ er sein Griechisch-Lexikon fallen: etwas später seine Reisedecke: dann verschiedene Kleinigkeiten: darauf seinen Schirm: schließ-

lich, woran sein Herz wohl am meisten hing, sein Handköfferchen; aber das Spiel war aus: der sphärische Rektor – von –«

»Von *welcher* Universität?« fragte ich.

»– Von *einer* der Universitäten«, fuhr er fort, »hatte in seinen Lauf die Theorie von der Fallbeschleunigung – seine eigene Entdeckung – einbezogen und ihn gerade meinem Standort gegenüber erwischt. Nie werde ich dieses wilde, atemberaubende Ringen vergessen. Aber das war bald vorüber. Im Griff dieser großen knochigen Hände war an Flucht nicht mehr zu denken!«

»Darf ich fragen, warum Sie ihn als ›*sphärischen*‹ Rektor bezeichnen?« wollte ich wissen.

»Das Epitheton bezieht sich auf seinen *Wuchs,* durch den er einer vollkommenen *Kugel* glich. Ist Ihnen klar, daß ein Geschoß, ein weiteres Beispiel für eine vollkommene Kugel, beim Runterfallen eine Beschleunigung erhält?«

Ich nickte zustimmend.

»Schön, mein sphärischer Freund (ich bin stolz, ihn so nennen zu dürfen) hatte sich vorgenommen, die *Ursachen* zu ergründen. Er fand *drei.* Erstens, es muß eine vollkommene *Kugel* sein. Zweitens, sie muß sich auf einer *geraden Linie* bewegen. Drittens, die Richtung darf *nicht aufwärts* führen. Unter diesen drei Bedingungen erhalten Sie eine Fallbeschleunigung.«

»Schwerlich«, widersprach ich. »Ich bin leider nicht Ihrer Meinung. Angenommen, wir wenden diese Theorie auf eine *horizontale* Bewegung an. Wenn man ein Geschoß *horizontal* abfeuert, wird –«

»– wird es sich *nicht* in *gerader Linie* bewegen«, beendete er meinen Satz ungerührt.

»Ich gebe mich geschlagen«, gestand ich ein. »Was unternahm Ihr Freund als nächstes?«

»Als nächstes versuchte er, wie Sie richtig erkannt haben, die Theorie auf *horizontale* Bewegung zu übertragen. Aber in der Bewegung hat ein Körper immer die Tendenz zu *fallen* und braucht *konstanten Halt,* wenn er sich tatsächlich horizontal bewegen soll. ›Was also‹, so fragte er sich, ›kann einem *Körper in Bewegung konstanten Halt* verleihen?‹ Und seine Antwort lautete: *›Die Beine des Menschen!‹ Diese* Entdeckung hat seinen Namen unsterblich gemacht.«

»Sein Name war –?« suggerierte ich.

»Ich hatte ihn nicht erwähnt«, lautete die sanfte Antwort meines unbefriedigenden Informanten. »Sein nächster Schritt war naheliegend. Er aß Nierenfettklöße, bis sein Körper eine vollkommene Kugel geworden war. *Dann* unternahm er den ersten Probelauf – der ihn fast das Leben kostete!«

»Wie geschah denn *das?*«

»Nun, er unterschätzte die *furchtbare,* neuartige Naturkraft, die er dabei ins Spiel brachte. Er startete zu schnell. Bald erkannte er, daß er sich mit hundert Stundenkilometern bewegte! Und hätte er sich nicht geistesgegenwärtig mitten in einen Heuhaufen gestürzt (den er in alle Winde zerstreute), hätte er zweifellos seinen Heimatplaneten verlassen und wäre geradewegs in den Weltraum geflogen!«

»Und wieso war dies die *letzte* Burschenjagd?« erkundigte ich mich.

»Also, es gab da einen ziemlich skandalösen Streit zwischen zwei Universitäten. Ein *anderer* Rektor hatte seine Hand annähernd zur gleichen Zeit wie der *sphärische* auf den Jungen gelegt, so daß man nicht wußte, wer ihn zuerst berührt hatte. Der Streit wurde publik und gereichte uns nicht zur Ehre, und unverzüglich gab man die Burschenjagden auf. Nun will ich Ihnen berichten, was uns von dem Wahnsinn kurierte, uns bei klugen Schülern wie bei Gütern einander zu überbieten! Als der Wahnsinn nämlich die ärgsten Blüten trieb und eine Universität wahrhaftig ein Stipendium von eintausend Pfund *per annum* ausgelobt hatte, brachte uns einer unserer Touristen das Manuskript einer alten afrikanischen Legende mit – zufällig habe ich eine Kopie davon in meiner Tasche. Soll ich sie Ihnen übersetzen?«

»Bitte fahren Sie fort«, verlangte ich, obgleich ich gerade ein *großes* Bedürfnis nach Schlaf verspürte.

XIII. KAPITEL

Was Tottels denkt

Mein Herr entrollte das Manuskript, aber statt zu *lesen*, hob er zu meiner Überraschung mit sanfter, scheinbar durchs Zimmer hallender Stimme zu *singen* an.

»Eintausend Pfund per annum,
die Summe ist ein Gaudium!«
schrie Tottels. »Und ich sag dir, Narr,
das reizt den Mann zur Heirat gar!
Sag nicht: ›Der Mann braucht eine Frau.‹
Denn dann bist du ein ganz Beschränkter.
Der Frau ist Freud und Lebenstau
ein Mann!« *sprach Tottels (und so denkt er).*

Und nach den Flitterwochen dann,
schafft sich das Paar ein Häuschen an;
auch ihre Mutter will hinein,
will sorgen für ihr Glück allein:
»Ihr habt doch Geld im Übermaß
verschwendet«, sprach sie, »unbeschränkt es!«
»Ich glaube nicht, *daß dieser Spaß*
währt lang!« sprach Tottels (und er denkt es).

Sie kauften auf dem Land ein Haus –
am Covent Garden noch ein zweites;
sie lebten jetzt in Saus und Braus,
den Freunden schien das nichts Gescheites.
Ein Haus in London kostet viel
(wie gerne hätten sie geschenkt es).
»Das Leben ist ein teures Spiel!«
schrie Tottels glücklich (und er denkt es).

»Verzichte doch auf alle Pracht«
(er sagte Gunters Phrase gern);
er kaufte eine schöne Yacht –
hielt Dutzend Jäger, subaltern –
den Fischgrund eines Hochlandlochs –
sein Segelboot darüber lenkt er –
»Es haut der Ton des gäl'schen ›ochs‹
mich *um!« sprach Tottels (und so denkt er).*

Mit einem jener krampfartigen Schocks, die einen gerade beim Einschlafen aufschrecken, wurde mir an dieser Stelle klar, daß die mich durchbebende, klangvolle Stimme *nicht* Mein Herr, sondern dem französischen Count gehörte. Der alte Herr studierte immer noch sein Manuskript.

»Entschuldigen Sie bitte, daß ich Sie habe warten lassen!« bat er. »Ich wollte mich nur noch eben vergewissern, ob ich auch alle Worte auf Englisch kenne. Ich bin jetzt bereit.« Und er las mir die folgende Legende vor.

»In einer Stadt in Zentralafrika, die nur selten von zufällig vorbeikommenden Reisenden besucht wird, kauften die Einwohner von einem Händler, der einmal wöchentlich an ihre Tür kam, immer ihre Eier – eine tägliche Notwendigkeit in einem Landstrich, wo Eierflip das Nationalgericht ist. Und die Menschen überboten einander, so daß es bei jedem Besuch des Händlers zu einer ungewöhnlich lebhaften Versteigerung kam, und das letzte Ei in seinem Korb erzielte normalerweise den Gegenwert von zwei oder drei Kamelen. Und die Eier wurden mit jeder Woche teurer. Und immer noch tranken sie ihren Eierflip und wunderten sich, wohin ihr ganzes Geld verschwand.

Und dann steckten sie eines Tages die Köpfe zusammen und erkannten, was für Esel sie gewesen waren.

Und als der Händler am nächsten Tag kam, zeigte sich nur ein *einziger* Mann. Und er sagte: ›Oh, du Hakennasiger und Glubschäugiger, du mit deinem unermäßlichen Bart, was kosten diese Eier?‹

Und der Händler antwortete ihm: ›Ich könnte sie dir *vielleicht* für zehntausend Piaster das Dutzend überlassen.‹

Und der Mann kicherte vor sich hin und sagte: ›Ich biete dir für das Dutzend *zehn* Piaster und keinen mehr, o Abkömmling eines berühmten Großvaters!‹

Und der Händler strich sich über den Bart und sagte: ›Hm! Ich will auf deine Freunde warten.‹ So wartete er. Und der Mann wartete mit ihm. Und sie warteten gemeinsam.«

»Hier bricht das Manuskript ab«, erklärte Mein Herr und rollte es wieder zusammen. »Aber das reichte schon, um uns die Augen zu öffnen. Wir erkannten, was wir für Einfaltspinsel gewesen waren – als wir unsere Schüler so kauften wie jene Unwissenden ihre Eier – und das ruinöse System wurde abgeschafft. Hätten wir doch nur die *anderen* Moden auch fallengelassen, die wir von Ihnen abgeguckt haben, statt sie mit logischer Konsequenz zu Ende zu führen. Doch es hat nicht sollen sein. Was mein Land ruiniert und mich aus meiner Heimat vertrieben hat, war die Einführung Ihrer Theorie der politischen Dichotomie – und zwar in der gesamten *Armee!*«

»Würde es Ihnen etwas ausmachen«, meinte ich, »mir bitte zu erklären, was Sie unter der ›Theorie der politischen Dichotomie‹ verstehen?«

»Nein, gar nichts!« lautete Mein Herrs sehr höfliche Antwort. »Mit einem aufmerksamen Zuhörer unterhalte ich mich sehr gern. Bei uns brachte die Sache der Bericht eines unserer hervorragendsten Politikers über die in England üblichen Umgangsformen in Gang; er hatte eine Zeitlang dort gelebt. Es wäre politisch notwendig (so versicherte er uns, und wir glaubten ihm, obgleich wir es bis dahin nicht vermißt hatten), daß es auf jedem Gebiet und in jeder Angelegenheit *zwei* Parteien gäbe. In der *Politik* nenne man die beiden Parteien, von deren Notwendigkeit Sie überzeugt seien, nach seinen Angaben ›Whigs‹ und ›Torys‹.«

»Das muß aber vor vielen Jahren gewesen sein!« bemerkte ich.

»Das *war* vor vielen Jahren«, gab er zu. »Und folgendermaßen würden die Angelegenheiten der britischen Nation verwaltet. (Korrigieren Sie mich, wenn ich es falsch darstelle. Ich wiederhole nur, was unser Reisender uns erzählt hat.) Diese beiden Parteien – die beständig miteinander verfeindet waren – übernahmen abwechselnd die Regierungsverantwortung; und die Partei, die zufällig *nicht* an der Macht war, nannte man wohl ›Opposition‹?«

»Das ist die korrekte Bezeichnung«, bestätigte ich. »Solange das Parlament bei uns besteht, hat es dort immer *zwei* Parteien gegeben, eine für die Regierung und eine dagegen.«

»Also, die ›Fürs‹ (wenn ich sie so nennen darf) mußten ihr Möglichstes für das nationale Wohl tun – wenn es um Kriegsführung oder Friedensschluß, Handelsabkommen und so weiter ging?«

»Zweifellos«, bekräftigte ich.

»Und die ›Gegens‹ mußten (so versicherte unser Reisender, was wir anfangs sehr skeptisch aufnahmen) die ›Fürs‹ am Erfolg dieser Unternehmungen *hindern?*«

»Ihre Maßnahmen *kritisieren* und *korrigieren*«, verbesserte ich ihn. »Es wäre *unpatriotisch,* die Regierung an etwas zu *hindern,* das zum Wohle des Volkes wäre! Für uns war immer ein *Patriot* der größte Held und ein *unpatriotischer* Geist der Menschen größte Pein!«

»Entschuldigen Sie mich einen Augenblick«, erwiderte der alte Gentleman höflich und zog sein Notizbuch hervor. »Ich habe hier einige Notizen von einem Briefwechsel mit unserem Reisenden, und wenn Sie gestatten, will ich nur eben mein Gedächtnis auffrischen – obwohl ich Ihnen völlig beipflichte – es ist, wie Sie sagen, der Menschen größte Pein –« Und hier hob Mein Herr abermals zu singen an.

»Oh, weh, der Menschen größte Pein«
(sah Tottels) »müssen Schulden sein.«
Mit keinem Saldo auf der Bank
was Wunder, wenn der Mut ihm sank?
Sein Geld litt einen steten Schwund,
denn sie verpraßte unbeschränkt es.
»Ich geb' dir täglich zwanzig Pfund
und mehr!« *schrie Tottels (und er denkt es).*

Sie seufzte. »Die Gesellschaftszimmer!
Ich könnte ganz gut ohne leben;
doch die Mama erklärte immer,
sie würden unser Ansehn heben.
Das teure Stirnband mit Saphir –
ich glaubte erst, das sie *mir schenkt es,*
heut' schickte man die Rechnung mir –«
»Natter!« *schrie Tottels (und er denkt es).*

Das war der armen Frau zuviel,
sie sank bewußtlos auf die Diel'.
Die Schwiegermutter kam sogleich;
ihr Kind blieb liegen, war ganz bleich.
»Schnell! Hol das Riechsalz mir geschwind!
Du hast wohl sicher schwer gekränkt es,

dabei ist es ein teures Kind –«
»Das *stimmt!« grollt' Tottels (und er denkt es).*

»Ich war ein Esel«, schrie er laut,
»daß ich dein Kind mir nahm zur Braut!
Nur du *empfahlst uns, groß zu tun!*
Du *brachtest uns die Pleite nun!*
Du kanntest keine Sparsamkeit,
dein Prassen, du hast nie beschränkt es –«
»Was soll er nutzen, dieser Streit?«
»Halt's Maul!« *schrie Tottels (und er denkt es).*

Abermals schreckte ich hoch und bemerkte, daß Mein Herr nicht der Sänger war. Er blätterte immer noch in seinen Notizen.

»Das nämliche hat mir mein Freund berichtet«, fuhr er fort, nachdem er verschiedene Papiere studiert hatte. »*›Unpatriotisch‹* ist genau das Wort, das ich in meinem Schreiben verwendet hatte, und *›hindern‹* ist genau das Wort, das er in seiner Antwort gewählt hat! Gestatten Sie, daß ich einen Auszug aus dem Brief vorlese:

›Ich kann Ihnen versichern‹, so schreibt er, *›daß es die festgelegte Aufgabe der Opposition ist, so unpatriotisch zu handeln, wie Sie es sich nur ausmalen können, und mit allen gesetzlich erlaubten Mitteln die Absichten der Regierung zu hindern. Dieser Prozeß wird als ›Gesetzliche Obstruktion‹ bezeichnet: und der größte Triumph der ›Opposition‹ besteht darin, durch Obstruktion für die Regierung alles mißlingen zu lassen, was die zum Wohle des Volkes beabsichtigt hatte!‹ «*

»Das hat Ihr Freund nicht so *ganz* richtig dargestellt«, behauptete ich. »Die Opposition wäre zweifellos froh, der Regierung *ein eigenes Verschulden* nachzuweisen, aber nicht durch *Obstruktion!*«

»Glauben Sie das wirklich?« erkundigte er sich höflich. »Gestatten Sie mir dazu einen Zeitungsausschnitt vorzulesen, den mein Freund seinem Brief beigefügt hat. Es ist ein Auszug aus dem Bericht über eine öffentliche Rede, die von einem damaligen Oppositionspolitiker gehalten wurde:

›Am Ende der Legislaturperiode, meinte er, hätten sie keinen Grund, mit dem Kriegsglück unzufrieden zu sein. Sie hätten den Feind an allen Fronten

geschlagen. Aber die Verfolgung müßte fortgesetzt werden. Sie brauchten nur noch dem geschwächten und mutlosen Feind auf dem Fuß zu folgen.‹ «

»Na, auf welche Zeit Ihrer nationalen Historie bezog sich der Redner, was meinen Sie?«

»Also wirklich, die Anzahl *erfolgreicher* Kriege, die wir im Laufe der letzten Jahrhunderte geführt haben, ist *viel* zu groß, als das ich erfolgversprechend raten könnte, *worin* wir damals gerade verwickelt waren«, entschuldigte ich mich und erglühte vor britischem Stolz. »Aber sei's drum, *›Indien‹* dünkt mir am wahrscheinlichsten. Die Meuterei war zweifellos zu der Zeit, da diese Rede gehalten wurde, nahezu niedergeschlagen. Das muß eine schöne, männliche, patriotische Rede gewesen sein!« begeisterte ich mich enthusiastisch.

»So, meinen Sie?« erkundigte sich Mein Herr mitleidig. »Doch mein Freund erzählte mir, mit dem *›geschwächten und mutlosen Feind‹* seien einfach jene Politiker gemeint, die zu dieser Zeit zufällig an der Macht waren; die *›Verfolgung‹* bezeichne einfach die Obstruktion; und die Worte *›sie hätten den Feind geschlagen‹* seien so zu verstehen, daß die ›Opposition‹ die Regierung erfolgreich an der Aufgabenerfüllung gehindert habe, für die sie von der Nation berufen war!

Ich hielt es für das beste zu schweigen.

»*Uns* schien das zuerst verrückt«, setzte er fort, nachdem er eine Zeitlang höflich auf meine Entgegnung gewartet hatte: »aber als wir uns einmal dieser Idee angenommen hatten, war unser Respekt vor Ihrem Volk so groß, daß wir sie auf alle Lebensbereiche übertrugen! Das war *›der Anfang vom Ende‹*. Mein Volk ging nie mehr erhobenen Hauptes!« Und der arme alte Gentleman seufzte tief.

»Lassen Sie uns das Thema wechseln«, schlug ich vor. »Quälen Sie sich nicht, ich bitte Sie!«

»Nein, nein!« beruhigte er mich und erholte sich mühsam. »Ich möchte meine Geschichte lieber beenden! Als nächstes (nachdem wir unsere Regierung bis zur Hilflosigkeit geschwächt und jeder brauchbaren Gesetzgebung ein Ende gemacht hatten, wozu wir nicht lange brauchten) haben wir das, was wir ›das großartige Britische Prinzip der Dichotomie‹ nannten, in die

Landwirtschaft eingeführt. Wir überzeugten viele wohlhabende Gutsbesitzer, ihre Landarbeiter in zwei Parteien aufzuteilen und die eine gegen die andere arbeiten zu lassen. Wie unsere politischen Parteien bezeichnete man auch sie als ›Fürs‹ und ›Gegens‹: die ›Fürs‹ mußten so viel pflügen und säen, oder was sonst zu tun war, wie sie an einem Tag schaffen konnten, und am Abend wurden sie für das *Geschaffene* bezahlt: die ›Gegens‹ mußten sie daran hindern, und *sie* wurden für das *Verhinderte* bezahlt. Die Bauern mußten nur noch *halb* so viel Lohn zahlen wie zuvor, und sie wurden nicht gewahr, daß die geschaffte Arbeit nur noch ein *Viertel* der vorherigen betrug: deshalb waren sie *zuerst* ganz begeistert.«

»Und *danach* –?« erkundigte ich mich.

»Schön, *danach* war es ihnen nicht mehr so lieb. In Kürze lief alles mit gewohnter Routine ab. Man arbeitete *überhaupt nicht mehr*. So bekamen die ›Fürs‹ keinen Lohn, und die ›Gegens‹ wurden voll bezahlt. Und die Bauern merkten nicht, daß die Halunken sich abgesprochen hatten und den Lohn teilten, bis die meisten Bauern ruiniert waren! Vor dieser Entwicklung konnte man merkwürdige Szenen beobachten! Also, ich habe oftmals einem Pflüger zugesehen, der vor dem Pflug zwei Pferde angeschirrt hatte, die mit aller Macht *vorwärts*zogen; während der Oppositions-Pflüger drei Esel am anderen Ende angeschirrt hatte, die mit allen Kräften *rückwärts* zogen! Und der Pflug bewegte sich keinen Millimeter nach *irgendeiner* Seite!«

»*So was* haben *wir* aber niemals gemacht!« empörte ich mich.

»Weil Sie einfach weniger logisch gehandelt haben als wir«, klärte mich Mein Herr auf. »Doch *manchmal* ist es besser, ein Esel zu s –. Entschuldigung. Das war nicht *persönlich* gemeint. All dies geschah *vor langer Zeit,* wissen Sie!«

»Hat sich das Dichotomie-Prinzip in *irgendeiner* Beziehung bewährt?« erkundigte ich mich.

»In *keiner*«, gestand Mein Herr aufrichtig. »Es gab einen *sehr* kurzen Versuch im *Handel.* Die Geschäftsinhaber *mochten* es aber nicht einführen, nachdem sie einmal zur Probe einen Teil der Angestellten damit beschäftigt hatten, Abschlüsse zu tätigen und Waren fortzuschaffen, während die anderen sie über den Ladentisch verstreuten. Sie erklärten, die Käufer mögen das nicht!«

»Das wundert mich nicht«, bemerkte ich.

»Nun, wir haben ›das Britische Prinzip‹ etliche Jahre ausprobiert. Und das Ende vom Lied war –« Er flüsterte schier, und dicke Tränen rannen ihm die Wangen hinab. »– Das Ende war, daß wir in einen Krieg verwickelt wurden; und es kam zu einer großen Schlacht, bei der wir den Feinden zahlenmäßig haushoch überlegen waren. Aber wie konnte es schon ausgehen, wenn nur die *eine Hälfte* unserer Soldaten kämpfte, während die andere sie zurückhielt? So endete es mit einer vernichtenden Niederlage – einer schweren Schlappe. Die Folge war eine Revolution; und die meisten Regierungsmitglieder wurden verbannt. Ich selbst wurde des Verrats bezichtigt, da ich ›das Britische Prinzip‹ so vehement vertreten hatte – mein ganzer Besitz wurde konfisziert – und ich mußte ins Exil gehen! ›Eh' uns noch mehr Unheil begrabe‹, sagten sie, ›wollen Sie vielleicht freundlicherweise das Land verlassen?‹ Es brach mir fast das Herz, aber ich mußte gehen!«

Die melancholische Stimme wurde zu einem Wehklagen, das Wehklagen zu einem Singsang, und der Singsang zum Lied – doch ob diesmal Mein Herr sang oder ein anderer, war mir nicht ganz klar.

»Eh' noch mehr Unheil uns begrabe,
gehst du und packst jetzt deine Habe?
Denn wir zwei *sind uns selbst genug,*
zu dritt zu leben ist nicht klug.
Ich nehm' mein Schicksal in die Hand;
ich *bin es, wenn du fragst, wer lenkt es.*
Setz ja nicht deinen *Widerstand*
da*gegen!« Tottels schrie (und denkt es).*

Die Musik schien zu verhallen. Mein Herr sprach wieder mit normaler Stimme. »Erzählen Sie mir jetzt etwas anderes«, verlangte er. »Gehe ich recht in der Annahme, daß Sie, obgleich ein Mann dreißig oder vierzig Jahre lebt, ihn auf *Ihren* Universitäten nur einmal am Ende der ersten drei oder vier Jahre prüfen?«

»Das ist zweifellos korrekt«, gab ich zu.

»Dann prüfen Sie ja einen Mann praktisch am *Anfang* seiner Karriere!« folgerte der alte Herr mehr für sich. »Und welche Garantie haben Sie – im voraus, wie *wir* sagen –, daß er das Wissen, für das er belohnt worden ist, auch im Gedächtnis *behält?*«

»Keine«, mußte ich eingestehen, und die Tragweite seiner Bemerkung verwirrte mich doch etwas. »Wie sichern *Sie* sich ab?«

»Indem wir ihn am *Ende* seines dreißigsten oder vierzigsten Lebensjahres prüfen – und nicht am Anfang«, erklärte er geduldig. »Im Durchschnitt beträgt das Wissen dann ungefähr ein Fünftel von dem, was sie zu Beginn wußten – der Prozeß des Vergessens schreitet also beständig fort – und der, der *am wenigsten* vergißt, wird *am meisten* geehrt und erhält den größten Lohn.«

»Dann geben Sie ihm ja Geld, wenn er nichts mehr braucht? Und Sie lassen ihn den größten Teil seines Lebens *darben!*«

»Das wohl kaum. Er erteilt den Geschäftsleuten seine Weisungen: sie beliefern ihn für vierzig, manchmal fünfzig Jahre auf eigenes Risiko: dann bekommt er sein Stipendium – wodurch er in *einem* Jahr so viel erhält, wie Sie bei *Ihrem* Stipendium in fünfzig – so kann er alle Rechnungen leicht mit Zinsen bezahlen.«

»Aber wenn er sein Stipendium nicht bekommt? Das geschieht doch wohl gelegentlich.«

»Nun ja, gelegentlich.« Jetzt war die Reihe der Zugeständnisse an Mein Herr.

»Und was wird dann aus den Geschäftsleuten?«

»Sie kalkulieren entsprechend. Sollte es sich erweisen, daß ein Mann beängstigend ungebildet oder dumm wird, werden sie ihm einfach ab und zu die Lebensmittel verweigern. Sie haben ja keine Ahnung, mit welchem Enthusiasmus ein Mann sein vergessenes Wissen oder seine verlorenen Sprachkenntnisse auffrischt, wenn sein Fleischer ihm das Angebot von Rind- und Hammelfleisch streicht!«

»Und wer sind die Prüfer?«

»Die jungen Männer, die gerade heranwachsen und vor Wissen überschäumen. Für Sie wäre es ein kurioser Anblick«, veranschaulichte er, »wie junge Leute dergestalt alte Männer prüfen.

Ich habe einen Mann gekannt, der seinen eigenen Großvater prüfen mußte. Beiden war das zweifellos ein wenig peinlich. Der alte Gentleman war ratzekahl –«

»Wie kahl wäre das denn?« Ich wußte nicht, warum ich diese Frage gestellt hatte. Ich wurde wohl allmählich albern.

XIV. KAPITEL

Brunos Picknick

»So *kahl* wie kahl«, lautete die verblüffende Antwort. »Nun will ich dir eine Geschichte erzählen, Bruno.«

»Un ich will *dir* 'ne Geschichte erzählen«, bot Bruno an und legte hastig los aus Furcht, Sylvie könne ihm zuvorkommen: »Es war ma 'ne Maus – 'ne kleine winzige Maus – so eine ganz klitzekleine Maus! Du hast noch nie so 'ne winzige Maus gesehn –«

»Passierte ihr nicht sonst noch was, Bruno?« fragte ich. »Hast du uns nicht noch mehr zu erzählen außer, daß sie so winzig war?«

»Ihr passierte nie nichts«, versicherte Bruno feierlich.

»Warum passierte ihr nie nichts?« fragte Sylvie, die mit dem Kopf an Bruno gelehnt geduldig auf eine Gelegenheit wartete, mit *ihrer* Geschichte zu beginnen.

»Sie war zu winzig«, erklärte Bruno.

»*Das* ist kein Grund!« kritisierte ich. »Wie winzig sie auch immer gewesen sein mag, trotzdem könnte ihr was zustoßen.«

Bruno betrachtete mich mitleidig, als hielte er mich für besonders dumm. »Sie war einfach zu winzig«, wiederholte er. »Wenn ihr zufällig was zugestoßt, würd die sterben – sie waren so *ganz* winzig!«

»Das mit ihrer kleinen Gestalt reicht aber nun wirklich!« beschwerte sich Sylvie. »Weißt du nicht noch mehr über sie?«

»Weiß nich noch mehr über sie.«

»Na schön, aber du solltest eine Geschichte nicht beginnen, ehe du mehr darüber weißt! Schweig jetzt, sei ein braver Junge und höre dir *meine* Geschichte an.«

Und Bruno, der mit allzu großer Hast seine gesamte Phantasie erschöpft hatte, entschloß sich, brav zuzuhören. »Erzähl bitte vom andern Bruno«, wünschte er sich schmeichelnd.

Sylvie legte ihren Arm um seinen Hals und begann: –

»Der Wind wisperte zwischen den Bäumen« (»Das waren keine guten Manieren!« unterbrach Bruno. »Kümmer du dich nicht um Manieren«, befahl Sylvie –), »und es war Nacht – eine helle Mondnacht, und die Eulen heulten –«

»Laß da keine Eulen sein!« flehte Bruno und streichelte mit seiner kleinen dicken Hand ihre Wange. »Ich mag keine Eulen. Eulen ham so große Augen. Es sollen lieber Hühnchen sein!«

»Hast du Angst vor ihren großen Augen, Bruno?« erkundigte ich mich.

»Hab nie vor nichts *Angst*«, antwortete Bruno und gab sich so sorglos wie nur möglich. »Sie sinn bloß häßlich mit den großen Augen. Wenn sie weinen, müssen ihre Tränen wohl so dick sein – oh, so dick wie der Mond!« Und er lachte fröhlich. »Weinen Eulen schon mal, mein Herr Mann?«

»Eulen weinen nie«, behauptete ich ernst und versuchte, Brunos Redeweise nachzuahmen. »Sie ham nichts, um das es ihnen leid tun könnte, weiß 'de.«

»Oh, das ham sie doch!« widersprach Bruno. »Es tut ihnen immer so leid, weil se die armen kleinen Mause getötet ham!«

»Aber es tut ihnen doch wohl nicht leid, wenn sie *hungrig* sind?«

»Du weißt aber auch gar nichts über Eulen!« höhnte Bruno. »Wenn sie hungrig sinn, tut es ihnen sehr, *sehr* leid, daß sie die kleinen Mause getötet haben, wenn sie sie nämlich *nich* getötet hätten, gäb's was zu essen, klar!«

Bruno geriet wohl gerade in eine gefährliche, erfinderische Phase, daher unterbrach ihn Sylvie mit den Worten: »Jetzt erzähle ich meine Geschichte weiter. Da guckten die Eulen – ich meine, die Hühnchen –, ob sie eine hübsche, fette Maus zum Essen fänden –«

»Laß es 'ne hübsche Ritte sein!« schlug Bruno vor.

»Aber es ist *keine* hübsche Sitte, Mäuse zu töten. *Das* kann man nun wirklich nicht behaupten!«

»Ich habe doch nich *›Sitte‹* gesagt, du Dummi!« erwiderte Bruno mit lustigem Augenzwinkern. »*Ritten* – die durch die Wälder hüpfen!«

»Ricken? Schön, wenn du unbedingt willst, dann soll es eine

Ricke sein. Aber du darfst meine Geschichte nicht zu sehr verändern. Ein Hühnchen *könnte* keine Ricke fressen!«

»Aber es könnte mal sehn wollen, ob es versuchen könnte, sie zu fressen.«

»Schön, es wollte mal sehen, ob es versuchen könnte – oh, Bruno, das ist Unsinn! Ich kehre lieber wieder zu den Eulen zurück.«

»Schön, aber dann sollen sie keine großen Augen haben!«

»Und sie erblickten einen kleinen Jungen«, fuhr Sylvie fort und lehnte weitere Einwendungen ab. »Und er bat sie, ihm eine Geschichte zu erzählen. Und die Eulen heulten und flogen davon –« (»Es heißt nicht *›flogten‹*; es muß *›fliegten‹* heißen«, wisperte Bruno. Aber Sylvie wollte nicht hören.) »Und er traf auf einen Löwen. Und er bat den Löwen, ihm eine Geschichte zu erzählen. Und der Löwe sagte: ›Ja‹, denn er wollte es. Und während der Löwe die Geschichte erzählte, knabberte er ein wenig an dem Kopf des Jungen –«

»Sag nich ›knabbern‹!« flehte Bruno. »Nur kleine Dinger knabbern – kleine dünne, scharfe Dinger mit Scheiden –«

»Schön, dann *›knubberte‹* er eben«, berichtigte sich Sylvie. »Und nachdem er den *ganzen* Kopf weggeknubbert hatte, ging der Junge fort und sagte nicht einmal ›danke schön‹!«

»Das war sehr unhöflich«, tadelte Bruno. »Wenn er schon nich sprechen konnte, hätt er wenigstens nicken können – nein, konnte er ja auch nich. Naja, aber die *Hand* hätt er dem Löwen geben können!«

»Oh, das hab ich ausgelassen!« entschuldigte sich Sylvie. »Er gab ihm *doch noch* die Hand. Er ging nochmals zurück, weißt du, und dankte dem Löwen sehr für die Geschichte.«

»Dann war der Kopf wieder gewachst?« wollte Bruno wissen.

»O ja, er wuchs gleich wieder nach. Und der Löwe entschuldigte sich und versprach, er wolle nie mehr kleinen Jungen die Köpfe wegknubbern – nichts niemals nirgends nie mehr«

Bruno freute sich über diese Entwicklung. »Das iss aber wirklich eine hübsche Geschichte!« urteilte er. »Iss das nich 'ne hübsche Geschichte, mein Herr Mann?«

»Sehr hübsch«, bestätigte ich. »Ich würde gern noch eine weitere Geschichte über diesen Jungen hören.«

»Das möcht ich auch«, stimmte Bruno ein und strich abermals über Sylvies Wange. »Erzähl doch *bitte* von Brunos Picknick; un sag nix von *knubbernden* Löwen!«

»Wenn du dich fürchtest, dann laß ich es lieber ganz?« schlug Sylvie vor.

»Ich mich *fürchten!*« entrüstete sich Bruno. »*Ganz* bestimmt nich! Es iss nur, weil ›knubbern‹ so ein brummeliges Wort iss, wenn eine Person den Kopf auf der Schulter der anderen hat. Wenn sie spricht«, erklärte er mir, »versinkt die Sprache an beiden Seiten meines Gesichts – bis runter zum Kinn – un das *kitzelt* so. Dabei kann einem 'n Bart wachsen, das mein ich!«

Er erläuterte dies ganz ernsthaft, aber es war offensichtlich als Scherz gemeint: deshalb lachte Sylvie – ein hübsches, musikalisches kleines Lachen, bettete die weiche Wange auf ihres Bruders Lockenkopf, als sei der ein Kissen, und erzählte ihre Geschichte weiter. »Da ging der Junge –«

»Aber das war nich ich, klar!« unterbrach Bruno. »Und du brauchst auch erst gar nich versuchen, es so anzusehen, mein Herr Mann!«

Respektvoll bedeutete ich, den Versuch zu machen, es nicht so zu sehen.

»– er war ein leidlich braver Junge –«

»Er war ein *sehr* braver Junge!« verbesserte Bruno sie. »Un er tat niemals nich, was ihm nich gesagt wurde –«

»*Sowas* tut kein braver Junge«, bemerkte Sylvie verächtlich.

»Sowas tut ein braver Junge *doch!*« beharrte Bruno.

Sylvie gab sich geschlagen. »Schön, er war ein *sehr* braver Junge, und er hielt stets seine Versprechen, und er besaß einen großen Schrank –«

»– um all seine Versprechen drin zu halten!« krähte Bruno dazwischen.

»Wenn er *alle* Versprechen hielt«, meinte Sylvie mit unheilvollem Blick, »dann war er anders als ein *gewisser*, mir bekannter Junge!«

»Er mußte natürlich *Salz* dazustellen«, schlug Bruno ernst vor. »Man kann kein Versprechen ohne Salz halten. Un seinen Geburtstag hielt er auf den zweiten Sims.«

»Wie lange hielt er seinen Geburtstag?« fragte ich. »Ich kann den *meinen* nie länger als vierundzwanzig Stunden halten.«

»Also, so lang hält sich ein Geburtstag von allein!« hielt mir Bruno vor. »Du hast ja keine Ahnung, wie man einen Geburtstag hält! Dieser Junge hielt *seinen* ein ganzes Jahr lang!«

»Und dann kam der nächste Geburtstag«, ergänzte Sylvie. »Deshalb hatte er *immer* Geburtstag.«

»Das stimmt«, bekräftigte Bruno. »Feierst *du* auch *deinen* Geburtstag, mein Herr Mann?«

»Manchmal«, gestand ich ein.

»Wohl nur, wenn de *lieb* bist?«

»Also, es ist schon eine Art Fest, lieb zu sein, oder etwa nicht?« meinte ich.

»Ein *Fest!*« wiederholte Bruno. »*Meiner* Meinung nach isses 'ne *Strafe!*«

»O Bruno!« unterbrach Sylvie beinahe traurig. »Wie *kannst* du nur?«

»Aber so *isses*«, beharrte Bruno. »Nu, sieh ma, mein Herr Mann. *So* iss man lieb!« Und er richtete sich sogleich auf und schnitt ein absurd feierliches Gesicht. »Zuerst muß 'de ma so gerad wie Stocks sitzen –«

»– wie *ein* Stock«, schulmeisterte ihn Sylvie.

»– so grad wie *Stocks*«, wiederholte Bruno ungerührt. »Dann muß 'de die Hände falten – so. Dann – ›Warum has'de dein Haar nich gekämmt? Geh un kämm dich *ordentlich!*‹ Dann – ›O Bruno, du sollst keine Eselsohren in die Gänseblümchen machen!‹ Has'de auch mit Gänseblümchen buchstabieren gelernt, mein Herr Mann?«

»Ich will etwas vom *Geburtstag* des Jungen hören«, wünschte ich mir.

Auf der Stelle kehrte Bruno zur Geschichte zurück: »Schön, so sagte der Junge: ›Jetz iss mein Geburtstag!‹ Un darum – ich bin müde!« er brach plötzlich ab und bettete den Kopf in Sylvies Schoß. »Sylvie kennt se besser. Sylvie iss alterer als ich. Mach weiter, Sylvie!«

Geduldig nahm Sylvie den Faden der Geschichte wieder auf: »So sagte er: ›Jetzt ist mein Geburtstag. Wie soll ich bloß meinen

Geburtstag feiern?‹ Alle *braven* kleinen Jungen –« (Sylvie wandte sich von Bruno ab und gab vor, *mir* das insgeheim zu sagen) »– alle *braven* kleinen Jungen – Jungen, die ihre Aufgaben ganz gehorsam machen – feiern immer ihren Geburtstag, wissen Sie. Deshalb feierte ihn *dieser* kleine Junge selbstverständlich auch.«

»Du kannst ihn ruhig Bruno nennen, wenn de magst«, bemerkte der kleine Bursche großzügig. »Es war zwar nich *ich*, so wird's interessanter.«

»Da sagte Bruno zu sich: ›Am besten mach ich ein Picknick ganz allein oben auf dem Hügel. Und ich nehm etwas Milch, Brot und ein paar Äpfel mit: zuallererst möchte ich *Milch!*‹ Bruno nahm eine Milchkanne –«

»Und er ging un milchte eine Kuh!« warf Bruno ein.

»Ja«, akzeptierte Sylvie das neue Verb. »Und die Kuh sagte: ›Muh! Was willst du denn mit der ganzen Milch machen?‹ Und Bruno sagte: ›Bitte, Madam, ich hätt sie gern für ein Picknick.‹ Und die Kuh sagte: ›Muh! Du willst sie hoffentlich nicht *kochen?*‹ Und Bruno sagte: ›Nein, das will ich *bestimmt* nicht! Frische Milch ist so lecker und warm, es ist nicht nötig, sie zu kochen!‹«

»Es iss nich nötig, sie nich zu kochen«, bot Bruno als verbesserte Version an.

»Da goß Bruno die Milch in eine Flasche. Und dann sagte Bruno: ›Nun möchte ich ein wenig Brot!‹ Und er ging zum Ofen, und er zog einen köstlichen, frischen Laib Brot raus. Und der Ofen –«

»– so hell und knusprig!« verbesserte Bruno sie ungeduldig. »Du darfst nich so viel Worte auslassen!«

Sylvie bat ihn demütig um Verzeihung. »– ein köstlicher, frischer Laib Brot, so ganz hell und knusprig. Un der Ofen sagte –.« Hier legte Sylvie eine Pause ein. »Ich habe keine Ahnung, *wie* ein Ofen einen Satz beginnt!«

Beide Kinder sahen mich hoffnungsvoll an; doch ich konnte nur hilflos eingestehen: »Ich habe nicht die blasseste Ahnung! *Ich* habe mich noch nie mit einem Ofen unterhalten!«

Für ein, zwei Minuten saßen wir alle schweigend da; und dann sagte Bruno ganz zaghaft: »Ofen beginnt mit ›O‹.«

»*Braver* kleiner Junge!« lobte Sylvie. »Er kann *sehr* gut buchstabieren. *Er ist klüger, als er denkt*«, fügte sie zu *mir* gewandt heimlich zu. »So sagte der Ofen: ›Oh! Was willst du denn mit all dem Brot?‹ Und Bruno sagte: ›Bitte –‹ Ist ein Ofen eigentlich ›Dame‹ oder ›Herr‹, was meinen Sie?« Sie blickte mich Antwort heischend an.

»Möglicherweise *beides*«, antwortete ich sicherheitshalber.

Unverzüglich griff Sylvie die Anregung auf: »Da sagte Bruno: ›Bitte, mein Damer, ich hätte es gern für mein Picknick.‹ Und der Ofen sagte: ›Oh! Du willst es hoffentlich nicht *toasten?*‹ Und Bruno sagte: ›Nein, das will ich *gewiß* nicht! Frisches Brot ist so hell und knusprig, es ist nicht nötig, es zu toasten!‹«

»Es iss niemals nich nötig, es nich zu toasten«, erweiterte Bruno. »Ich wünsch, du würd'st es nich so kurz sagen!«

»Da legte Bruno das Brot in den Korb. Dann sagte Bruno: ›Nun möchte ich ein paar Äpfel haben!‹ Da nahm er den Korb und ging zum Äpfelbaum, und er pflückte einige liebliche, reife Äpfel. Und der Äpfelbaum sagte –.« Hier folgte abermals eine lange Pause.

Bruno wandte seine Lieblingsmethode an und pochte sich gegen die Stirn; wohingegen Sylvie ernst in den Himmel blickte, als erhoffe sie einen Hinweis von den Vögeln, die gerade fröhlich in den Zweigen ihr zu Häupten zwitscherten. Aber das zeitigte keinerlei Erfolg.

»Womit beginnt *bloß* ein Äpfelbaum seine Rede?« murmelte Sylvie verzweifelt zu den verständnislosen Vögeln hin.

Schließlich wagte ich eine Bemerkung, mit der ich Brunos Methode nachahmte: »Beginnt Äpfelbaum nicht immer mit einem ›E‹?«

»Ja, *natürlich!* Wie *gescheit* Sie doch sind!« freute sich Sylvie.

Bruno sprang auf und tätschelte mir den Kopf. Ich versuchte, nicht eitel zu wirken.

»Da sagte der Äpfelbaum: ›Eh! Was willst du mit den ganzen Äpfeln?‹ Und Bruno sagte: ›Bitte, Sir, ich hätte sie gern für mein Picknick.‹ Und der Äpfelbaum sagte: ›Eh! Du wirst sie hoffentlich nicht *braten?*‹ Und Bruno sagte: ›Nein, das will ich *bestimmt* nicht! Reife Äpfel sind so köstlich und süß, es ist nicht nötig, sie zu braten!‹«

»Es iss niemals nich –«, legte Bruno gerade los, doch Sylvie berichtigte sich, ehe er den Satz beenden konnte.

»›Es ist niemals nicht keinesfalls unnötig, sie nicht zu braten.‹ Da verstaute Bruno die Äpfel zusammen mit dem Brot und der Milchflasche im Korb. Und er ging los, um sein Picknick ganz alleine oben auf dem Hügel zu halten –«

»Er wollte nich gierig alles für sich allein haben«, erklärte Bruno und gab mir einen Klaps auf die Wange, um meine Aufmerksamkeit auf sich zu lenken, »aber er hatte keine Brüder und Schwestern.«

»Es muß doch sehr traurig sein, keine *Schwester* zu haben, meinst du nicht auch?« suggerierte ich.

»Na, ich weiß nich recht«, grübelte Bruno, »er hatte nämlich keine Aufgaben zu machen. So kümmerte es ihn nich.«

Sylvie erzählte weiter. »Als er so seines Weges zog, vernahm er hinter sich ein seltsames Geräusch – etwa so: Poch! Poch! Poch! ›Was ist *das* denn?‹ fragte sich Bruno. ›Ah, ich weiß!‹ sagte Bruno. ›Das ist bloß das Ticken meiner Uhr!‹«

»*War* es das Ticken seiner Uhr?« prüfte mich Bruno, während seine Augen sichtbar vor Schadenfreude funkelten.

»Ganz bestimmt!« erwiderte ich. Und Bruno lachte triumphierend.

»Bruno dachte noch etwas intensiver nach. Und er sagte: ›Nein, das Ticken meiner Uhr kann es nicht sein, denn ich *habe* gar keine Uhr!‹«

Bruno spähte gespannt in mein Gesicht, um meine Reaktion zu beobachten. Ich ließ den Kopf hängen und steckte, zur offenkundigen Freude des kleinen Burschen, den Daumen in den Mund.

»So spazierte Bruno weiter. Und dann hörte er das eigentümliche Geräusch abermals – Poch! Poch! Poch! ›Was *ist* das bloß?‹ sagte Bruno. ›Oh, ich weiß!‹ sagte Bruno. ›Das ist bloß der Zimmermann, der meine Schubkarre repariert!‹«

»*War's* der Zimmermann, der seine Schubkarre reparierte?« fragte mich Bruno.

Ich faßte wieder Mut und antwortete im Brustton der Überzeugung: »Das *muß* es gewesen sein!«

Bruno schlang die Arme um Sylvies Hals. »Sylvie!« wisperte er deutlich hörbar. »Er meint, das *muß* es gewesen sein!«

»Bruno dachte noch etwas intensiver darüber nach. Und er sagte: ›Nein! Der Zimmermann, der meine Schubkarre repariert, kann es nicht sein, denn ich *habe* gar keine Schubkarre!«

Diesmal verbarg ich mein Gesicht in den Händen und sah mich ganz außerstande, Brunos triumphierendem Blick zu begegnen.

»So spazierte Bruno weiter. Und dann hörte er das eigentümliche Geräusch abermals – Poch! Poch! Poch! Da hielt er es für das beste, sich *diesmal* umzudrehen und einfach nachzu*sehen*, was es war. Und was konnte es schon anderes sein als ein großer Löwe!«

»Ein großer dicker Löwe«, korrigierte Bruno sie.

»Ein großer dicker Löwe. Und Bruno war sehr erschrocken, und er rannte –«

»Nein, er war kein bißchen *erschrocken!*« unterbrach Bruno. (Offensichtlich war er um das Ansehen seines Namensvetters geradezu ängstlich besorgt.) »Er rennte bloß weg, um ihn besser sehn zu können, weil er wissen wollte, ob's derselbe Löwe war, der kleinen Jungen normalerweise immer den Kopf wegknubberte; un er wollte wissen, wie dick er war!«

»Schön, er rannte also weg, um ihn besser sehen zu können. Und der Löwe trottete langsam hinter ihm her. Und der Löwe rief ihm mit sanfter Stimme nach: ›Kleiner, he Kleiner! Du brauchst keine Angst vor *mir* zu haben. Ich bin jetzt ein ganz *lieber* alter Löwe. Ich knubbere *niemals* mehr kleinen Jungen den Kopf weg wie früher.‹ Und so sagte Bruno: ›Tust du das auch *bestimmt* nicht, Sir? Wovon lebst du denn dann?‹ Un der Löwe –«

»*Siehs*'de, er war kein bißchen erschrocken!« triumphierte Bruno mir gegenüber und tätschelte abermals meine Wange. »Er denkte nämlich dran, ihn ›Sir‹ zu nennen, klar.«

Ich gab zu, dies sei zweifellos das sicherste Anzeichen dafür, ob eine Person erschrocken sei oder nicht.

»Und der Löwe sagte: ›Oh, ich lebe von Butterbroten, Kirschen, Marmelade, Rosinenkuchen –‹«

»– un *Äpfel!*« ergänzte Bruno.

»Ja, ›und Äpfeln‹. Und Bruno sagte: ›Willst du nicht an meinem

Picknick teilnehmen?‹ Und der Löwe sagte: ›Oh, das möchte ich *wirklich sehr* gern!‹ Und Bruno und der Löwe spazierten gemeinsam weiter.« Sylvie hielt plötzlich inne.

»Ist das *alles?*« erkundigte ich mich verzagt.

»Nein, *noch* nicht«, erwiderte Sylvie schelmisch, »es kommen noch ein oder zwei Sätze. Stimmt's, Bruno?«

»Ja«, mit deutlich gespielter Sorglosigkeit, »bloß noch ein oder zwei Sätze.«

»Und als sie so des Weges gingen, blickten sie über eine Hecke, und was konnten sie da anderes sehen als ein kleines schwarzes Lamm! Und das Lamm war sehr erschrocken. Und es rannte –«

»Das war *wirklich* erschrocken!« betonte Bruno.

»Es rannte weg. Und Bruno rannte hinterher. Und er rief: ›Lämmchen! Vor *dem* Löwen brauchst du dich nicht zu fürchten! Er tötet *keine* Tiere! Er lebt von Kirschen, und Marmelade –‹«

»– un *Äpfel!*« betonte Bruno. »Du vergißt *immer* die Äpfel!«

»Und Bruno sagte: ›Willst du nicht an unserem Picknick teilnehmen?‹ Und das Lamm sagte: ›Oh, das möchte ich *wirklich sehr* gern, wenn meine Ma mich läßt!‹ Und Bruno sagte: ›Wir gehen zu deiner Ma und fragen sie!‹ Und sie gingen zu dem alten Schaf. Und Bruno sagte: ›Bitte, darf dein Lämmchen an unserem Picknick teilnehmen?‹ Und das Schaf sagte: ›Ja, wenn es seine Aufgaben gemacht hat.‹ Und das Lamm sagte: ›O ja, Ma! Ich habe meine Aufgaben *alle* fertig!‹«

»Sag es ohne Aufgaben!« bat Bruno ernst.

»Oh, das wäre nicht gut!« widersprach Sylvie. »Ich kann doch nicht den ganzen Teil mit den Aufgaben auslassen! Und das alte Schaf sagte: ›Kannst du denn dein Abc noch? Hast du das A gelernt?‹ Und das Lamm sagte: ›O ja, Ma! Ich bin zu den A-Meisen gegangen und habe ihnen beim A-Machen geholfen!‹ ›Bravo, mein Kind! Und hast du das B gelernt?‹ ›O ja, Ma! Ich bin zu den B-Rehen gegangen, und die haben gut geschmeckt!‹ ›Sehr schön, mein Kind! Und hast du das C gelernt?‹ ›O ja, Ma! Ich bin zu der C-Kai gegangen und habe ihre Zeh bewundert!‹ ›Sehr gut, mein Kind! Du darfst an Brunos Picknick teilnehmen.‹«

»So machten sie sich auf. Und Bruno ging in der Mitte, damit das Lamm den Löwen nicht zu sehen brauchte –«

»Es hatte *Angst*«, erläuterte Bruno.

»Ja, und es zitterte sehr; und es wurde immer bleicher und bleicher; und ehe sie noch oben auf dem Hügel waren, war das Lämmchen *weiß* – so weiß wie Schnee!«

»Aber *Bruno* hatte keine Angst!« versicherte der Träger dieses Namens. »Un so blieb *er* schwarz!«

»Nein, er blieb *gewiß* nicht schwarz! Er blieb *rosig!*« lachte Sylvie. »Ich würde dich doch nicht küssen, wenn du *schwarz* wärest!«

»Du *müßtest* es!« behauptete Bruno äußerst selbstsicher. »Außerdem war Bruno nämlich nich *Bruno* – ich mein, Bruno war nich *ich* – ich mein – red keinen Unsinn, Sylvie!«

»Ich tu es bestimmt nicht wieder!« entschuldigte sich Sylvie sehr zerknirscht. »Und wie sie so ihres Weges zogen, sagte der Löwe: ›Oh, ich will dir einmal erzählen, was ich als junger Löwe zu tun pflegte. Normalerweise versteckte ich mich hinter Bäumen, um kleinen Jungen aufzulauern.‹« (Bruno kuschelte sich noch etwas enger an Sylvie.) »Und wenn ein kleiner dünner, magerer Junge vorbeikam, dann ließ ich ihn gehen. Aber wenn ein kleiner fetter, saftiger –«

Bruno konnte nicht mehr an sich halten. »Laß ihn nich saftig sein!« bat er schluchzend.

»Unsinn, Bruno!« ermahnte Sylvie lebhaft. »Es ist gleich vorbei! ›– wenn ein kleiner fetter, saftiger Junge vorbeikam, dann sprang ich einfach hervor und verschlang ihn! Oh, du kannst dir gar nicht *vorstellen,* wie köstlich das ist – ein kleiner saftiger Junge!‹ Und Bruno sagte: ›Oh, wenn ich bitten darf, Sir, erzählen Sie *nicht* vom Fressen kleiner Jungen! Das macht mich so *zittrig!*‹«

Der echte Bruno zitterte vor Sympathie mit dem Helden.

»Und der Löwe sagte: ›Oh, richtig, wir werden nicht mehr darüber sprechen! Ich will dir lieber erzählen, was an meinem Hochzeitstag geschehen ist –‹«

»Ich mag *diesen* Teil lieber«, verkündete Bruno und tätschelte meine Wange, um mich wach zu halten.

»›Oh, es gab ein köstliches Hochzeitsmahl! An einem Tischende stand ein riesiger Plumpudding. Und am anderen Ende stand ein zart geschmortes *Lamm!*‹ Und das Lamm sagte: ›Oh, wenn ich bitten darf, Sie, erzählen Sie *nicht* vom Fressen kleiner Lämmer! Das macht mich so *zittrig!*‹ Und der Löwe sagte: ›Oh, richtig, wir werden nicht mehr darüber sprechen!‹«

XV. KAPITEL

Die kleinen Füchse

»Als sie auf dem Hügel angekommen waren, öffnete Bruno den Korb: und er nahm das Brot, die Äpfel und die Milch raus: und sie saßen und sie tranken. Und als sie die Milch ausgetrunken und das halbe Brot und die Hälfte der Äpfel gegessen hatten, sagte das Lamm: ›Oh, meine Hufe sind so klebrig! Ich möchte mir meine Hufe waschen!‹ Und der Löwe sagte: ›Schön, geh den Hügel hinunter und wasch sie in dem Bach dort drüben. Wir werden auf dich warten!‹«

»Es kommt niemals mehr zurück!« wisperte mir Bruno feierlich zu.

Aber Sylvie hatte mitgehört: »Du sollst doch nicht flüstern, Bruno! Das verdirbt die Geschichte! Und als das Lamm lange wegblieb, sagte der Löwe zu Bruno: ›Sieh doch mal nach dem dummen Lämmchen! Es muß sich verirrt haben.‹ Und Bruno lief den Hügel hinab. Und als er zum Bach kam, sah er das Lamm am Ufer sitzen: und wer konnte da anderer neben ihm sitzen als ein alter Fuchs!«

»Weiß nich, wer sonst noch daneben sitzen *konnte*«, überlegte Bruno. »Ein alter Fuchs *saßen* neben ihm.«

»Und der alte Fuchs sagten«, fuhr Sylvie fort, indem sie sich diesmal auf diese Grammatik einließ. »›Ja, mein Liebes, du wirst dich bei uns sehr wohl fühlen, wenn du uns besuchen kommst! Ich habe da drei kleine Füchse, und wir mögen kleine Lämmer wirklich sehr gern!‹ Und das Lamm sagte: ›Aber Sie essen sie doch nicht etwa, Sir?‹ Und der Fuchs sagte: ›Ein Lamm *essen?* Sowas fällt uns nicht mal im *Traum* ein!‹ Da sagte das Lamm: ›Dann komm ich mit.‹ Und sie zogen, Huf in Pfote, von dannen.«

»Dieser Fuchs waren ganz überaus garstig, nich *wahr?*« schimpfte Bruno.

»Nein, nein!« begütigte Sylvie, reichlich schockiert von so heftigen Worten. »Er war nicht ganz so schlimm!«

»Nun, ich mein bloß, er war nich nett«, korrigierte sich der kleine Bursche.

»Und dann lief Bruno zu dem Löwen zurück. ›Oh, komm schnell mit!‹ sagte er. ›Der Fuchs hat das Lamm mit nach Hause genommen! Ich bin *sicher,* er will es fressen!‹ Und der Löwe sagte: ›Ich komme so schnell wie möglich!‹ Und sie trotteten den Hügel hinab.«

»Fing er wohl den Fuchs, mein Herr Mann?« wollte Bruno wissen. Ich schüttelte den Kopf, denn ich mochte nicht sprechen: und Sylvie erzählte weiter.

»Und als sie zu dem Haus kamen, sah Bruno durch ein Fenster. Und da erblickte er drei kleine Füchse, die um einen Tisch herum saßen, mit sauberen Lätzchen und Löffeln in den Pfoten –«

»Löffeln in den Pfoten!« wiederholte Bruno im Taumel der Begeisterung.

»Und der Fuchs hielt ein großes breites Messer – alles war bereit, dem armen Lämmchen den Garaus zu machen –« (»Du brauchst keine Angst zu haben, mein Herr Mann!« warf Bruno hastig flüsternd ein.)

»Und gerade, als er zur Tat schreiten wollte, hörte Bruno ein gewaltiges BRÜLL –« (Der echte Bruno griff meine Hand und drückte sie fest), »und der Löwe kam *peng* durch die Tür, und im nächsten Augenblick hatte er dem alten Fuchs den Kopf abgebissen! Und Bruno sprang durchs Fenster und hüpfte im Zimmer herum und schrie: ›Hurrah! Hurra! Der alte Fuchs ist tot! Der alte Fuchs ist tot!‹«

Aufgeregt erhob sich Bruno. »Darf ich jetzt?« erkundigte er sich.

Sylvie zeigte sich in diesem Fall unnachgiebig. »Warte bis nachher«, schlug sie vor. »Als nächstes kommen die Reden, weißt du das nicht mehr? Die Reden hast du doch immer am liebsten, *oder?*«

»Stimmt ja«, erinnerte sich Bruno und setzte sich wieder hin.

»Die Rede des Löwen. ›Nun, du dummes Lämmchen, geh

nach Hause zu deiner Mutter und höre nie wieder auf alte Füchse. Und sei ganz lieb und artig!‹«

»Die Rede des Lammes. ›Oh, bestimmt, Sir, das will ich, Sir!‹ Und das Lamm ging fort.« (»Aber *du* brauchst nich fortzugehn!« erklärte Bruno. »Jetzt kommt das Allerschönste!« Sylvie lächelte. Sie schätzte ein verständnisvolles Publikum.)

»Die Rede des Löwen an Bruno. ›Nun, Bruno, nimm die kleinen Füchse mit nach Hause und erziehe sie zu braven, gehorsamen kleinen Füchsen und nicht zu so einem bösen, alten Tier wie dem da, was kopflos ist!« (»Was kopflos ist«, wiederholte Bruno.)

»Brunos Rede an den Löwen. ›Oh, bestimmt, Sir, das will ich, Sir!‹ Und der Löwe ging fort.« (»Jetzt wird es besserer un besserer«, wisperte Bruno mir zu, »bis zum Ende!«)

»Brunos Rede an die kleinen Füchse. ›Nun bekommt ihr eure erste Lektion in Benimm, kleine Füchse. Ich stecke euch zusammen mit den Äpfeln und dem Brot in den Korb: und ihr dürft die Äpfel nicht essen, und ihr dürft das Brot nicht essen: ihr dürft *gar nichts* essen – bis wir bei mir zu Hause sind: und dann bekommt ihr euer Essen.‹«

»Die Rede der kleinen Füchse an Bruno. Die kleinen Füchse sagten nichts.«

»Also steckte Bruno die Äpfel in den Korb – und die kleinen Füchse – und das Brot –« (»Sie hatten die ganze Milch ja verpicknickt«, erläuterte Bruno im Flüsterton) »– und er machte sich auf den Heimweg.« (»Wir sinn jetzt bald am Ende«, beruhigte mich Bruno.)

»Und als er ein kurzes Stück Weges zurückgelegt hatte, kam ihm in den Sinn, einmal ein Blick in den Korb zu werfen und nach den kleinen Füchsen zu sehen.«

»Da öffnete er die Luke –« preschte Bruno vor.

»Oh, Bruno!« rief Sylvie. »Nicht *du* erzählst die Geschichte! Da öffnete er die Luke und siehe da, da waren keine Äpfel mehr! Da sagte Bruno: ›Ältester kleiner Fuchs, hast *du* die Äpfel gefressen?‹ Und der älteste kleine Fuchs sagte: ›Nein nein nein!‹« (Der Tonfall läßt sich unmöglich wiedergeben, in dem Sylvie diese flinken kleinen ›Nein nein nein!‹ wiederholte. Am nächsten kommt dem meine Erklärung, daß es ganz so klang, als habe eine junge aufgeregte Ente die Worte zu quaken versucht. Allerdings war es für ein Quaken zu schnell, aber auch zu hart, um etwas anderes zu sein.) »Dann sagte er: ›Zweiter kleiner Fuchs, hast *du* die Äpfel gefressen?‹ Und der zweite kleine Fuchs sagte: ›Nein nein nein!‹ Dann sagte er: ›Jüngster kleiner Fuchs, hast *du* die Äpfel gefressen?‹ Und der jüngste kleine Fuchs *wollte* ›Nein nein nein!‹ sagen, aber sein Maul war so voll, daß er nur ›Weich! Weich! Weich!‹ sagen konnte. Und Bruno blickte in sein Maul. Und sein Maul war voller Äpfel. Und Bruno schüttelte den Kopf, und er sagte: ›O jemine! Was sind diese Füchse für schlimme Tiere!‹ «

Bruno lauschte gespannt: und als Sylvie einen Augenblick Atem schöpfte, vermochte er nur die Worte hervorzukeuchen: »Jetz das Brot?«

»Ja«, bestätigte Sylvie. »Als nächstes kommt das Brot. So schloß er die Luke wieder; und er ging ein wenig weiter; und da kam ihm in den Sinn, abermals in den Korb zu spähen. Und siehe da, das Brot war weg!« (Was *heißt* ›siehe da‹?« erkundigte sich Bruno. »Pscht!« machte Sylvie.) »Und er sagte: ›Ältester kleiner Fuchs, hast *du* das Brot gefressen?‹ Und der älteste kleine Fuchs sagte: ›Nein nein nein!‹ ›Zweiter kleiner Fuchs, hast *du* das Brot gefressen?‹ Und der zweite kleine Fuchs sagte: ›Wauch! Wauch! Wauch!‹ Und Bruno blickte in sein Maul, und sein Maul war voller Brot!« (»Er hätte dran ersticken können«, meinte Bruno.) »Da sagte er: ›O jemine! Was mach ich bloß mit diesen Füchsen?‹ Und er ging ein wenig weiter.« (»Nun kommt das Interessanteste«, wisperte Bruno.)

»Und als Bruno wiederum den Korb öffnete, was denkt ihr, was er da sah?« (»Nur zwei Füchse!« rief Bruno mit großer Ungeduld.) »Du darfst es nicht so schnell erzählen. Er sah aber *wirklich* nur *zwei* Füchse. Und er sagte: ›Ältester kleiner Fuchs, hast du den jüngsten kleinen Fuchs gefressen?‹ Und der älteste kleine Fuchs sagte: ›Nein nein nein!‹ ›Zweiter kleiner Fuchs, hast *du* den jüngsten kleinen Fuchs gefressen?‹ Und der zweite kleine Fuchs strengte sich mächtig an, ›Nein nein nein!‹ zu sagen, aber er konnte nur ›Woink! Woink! Woink!‹ sagen. Und Bruno blickte in sein Maul, und es war halb voll Brot und halb voll Fuchs!« (Bruno machte diesmal keinen Einwurf. Er keuchte nur ein wenig in dem Bewußtsein, daß die Geschichte jetzt ihrem Höhepunkt zustrebte.)

»Und als er fast zu Hause war, blickte er noch einmal in den Korb und er sah –«

»Nur –« begann Bruno, doch dann hatte er eine großzügige Idee, und er blickte mich an. »*Diesmal* darfst *du*'s sagen, mein Herr Mann!« wisperte er. Es war ein großherziges Angebot, aber ich wollte ihm die Freude nicht nehmen. »Sag du es, Bruno«, bot ich an. »Du kannst es am allerbesten.« »Nur – noch – *einen* – Fuchs!« formulierte Bruno ganz feierlich.

»›Ältester kleiner Fuchs‹«, sagte Sylvie und verzichtete im Eifer auf die Erzählform. »›Du bist *so* lieb gewesen, daß ich kaum glauben kann, daß *du* diesmal ungehorsam gewesen bist: aber ich *fürchte,* du hast dein Schwesterchen gefressen?‹ Und der älteste Fuchs sagte: ›Whihuauch! Whihuauch!‹ und dann erstickte er.

Und Bruno blickte in sein Maul, und es war voll!« (Sylvie schöpfte einen Moment Atem, und Bruno legte sich zwischen die Gänseblümchen und blickte mich triumphierend an. »Iss das nich *großartig*, mein Herr Mann?« fragte er. Ich machte einen angestrengten Versuch, meine Bedenken darzulegen. »Es ist großartig«, gab ich zu: »aber es ist erschreckend!« »Du kannst dich noch was dichter zu *mir* setzen, wenn du magst«, bot Bruno an.)

»Und dann ging Bruno nach Hause und stellte den Korb auf den Tisch und öffnete ihn. Und er sah –« Diesmal blickte Sylvie *mich* an, als sei ich ihrer Meinung nach sträflich vernachlässigt worden und sollte wenigstens *eine* Rategelegenheit haben.

»Er kann es nich raten!« triumphierte Bruno. »Ich *muß* es ihm wohl leider sagen! Es waren *nichts* im Korb!« Ich bebte vor Entsetzen, und Bruno klatschte vor Freude in die Hände. »Er *iss* erschrocken, Sylvie! Erzähl den Rest!«

»Da sagte Bruno: ›Ältester kleiner Fuchs, hast du dich *selbst* gefressen, du böser kleiner Fuchs?‹ Und der älteste kleine Fuchs sagte: ›Whihuauch!‹ Und da sah Bruno, daß nur noch das *Maul* im Korb lag! Da nahm er das Maul, und er öffnete es und schüttelte und schüttelte! Und endlich schüttelte er den kleinen Fuchs aus seinem eigenen Maul! Und dann sagte er: ›Öffne dein Maul noch mal, du schlimmes kleines Tier!‹ Und er schüttelte und schüttelte! Und er schüttelte den zweiten kleinen Fuchs heraus! Und er sagte: ›Öffne jetzt *dein* Maul!‹ Und er schüttelte und schüttelte! Und er schüttelte den jüngsten kleinen Fuchs heraus und alle Äpfel und das ganze Brot!

Und Bruno stellte die kleinen Füchse an der Wand auf: und er hielt ihnen eine kurze Rede. ›Also, kleine Füchse, der Anfang war ja sehr schlecht – und ihr müßt bestraft werden. Zuerst geht ihr hinaus ins Kinderzimmer, wascht eure Gesichter und zieht saubere Lätzchen an. Dann wird es zum Abendessen läuten. Dann kommt ihr runter: und *ihr bekommt kein Abendessen:* sondern ihr erhaltet eine tüchtige Tracht *Prügel!* Dann geht es ab ins Bett. Dann wird es am Morgen zum Frühstück läuten. *Aber ihr bekommt kein Frühstück!* Ihr erhaltet eine tüchtige Tracht *Prügel!* Dann gibt es Unterricht. Und wenn ihr *ganz* artig seid, bekommt ihr vielleicht zu Mittag ein kleines Essen und keine Prügel mehr!‹ (»Wie *über-*

aus freundlich von ihm!« flüsterte ich Bruno zu. »*Mittelmäßig* freundlich«, korrigierte mich Bruno ernst.)

»Da liefen die kleinen Füchse ins Kinderzimmer hinaus. Und bald ging Bruno in die Halle und läutete die große Glocke. ›Klingelingeling! Essen, Essen, Essen!‹ Und die kleinen Füchse kamen ganz schnell zum Essen hinunter! Saubere Lätzchen um! Löffeln in den Pfoten! Und als sie ins Eßzimmer kamen, lag ein weißes Tischtuch auf dem Tisch! Aber darauf lag nur eine lange Peitsche! Und sie bekamen *so* eine Tracht Prügel!« (Ich tupfte meine Augen mit dem Taschentuch, und Bruno erklomm hastig mein Knie und streichelte mein Gesicht. »Nur noch *eine* Prügel, mein Herr Mann!« wisperte er. »Wein nich mehr, als du nich verhindern kannst!«)

»Und früh am nächsten Morgen läutete Bruno wieder die große Glocke. ›Klingelingeling! Frühstück, Frühstück, Frühstück!‹ Die kleinen Füchse kamen hinunter! Saubere Lätzchen um! Löffeln in den Pfoten! Kein Frühstück! Nur die Peitsche! Dann bekamen sie Aufgaben«, Sylvie beeilte sich sehr, denn ich hielt immer noch mein Taschentuch an die Augen. »Und die kleinen Füchse waren ganz artig! Und sie lernten ihre Aufgaben vorwärts und rückwärts und ganz durcheinander. Und endlich läutete Bruno wieder die große Glocke. ›Klingelingeling! Essen, Essen, Essen!‹ Und als die kleinen Füchse hinunterkamen –« (»Hatten sie saubere Lätzchen um?« erkundigte sich Bruno. »Natürlich!« sagte Sylvie. »Und Löffeln?« »Aber das *weißt* du doch!« »Man kann nie *sicher* sein«, zweifelte Bruno.) »– und sie kamen so langsam wie möglich! Und sie sagten: ›Oh, es gibt bestimmt kein Essen! Es gibt nur die lange Peitsche!‹ Doch als sie ins Zimmer traten, sahen sie das aller*schönste* Essen!« (»Brötchen?« rief Bruno und klatschte in die Hände.) »Brötchen, und Kuchen, und –« (»– un Konfitüre?« fragte Bruno.) »Ja, Konfitüre – und Suppe – und –« (»– un *Bonbons!*« warf Bruno abermals ein; und Sylvie schien's zufrieden.)

»Und von da an waren sie ganz liebe kleine Füchse! Sie machten ihre Aufgaben kreuzbrav – und sie gehorchten Bruno aufs Wort – und sie fraßen sich nie mehr gegenseitig – und *sie fraßen sich nie mehr selbst!*«

Die Geschichte war so unvermittelt zu Ende, daß es mir schier den Atem nahm; ich bemühte mich dennoch um eine schöne Dankesrede. »Ich bin sicher, sie ist sehr – sehr – sehr genau so, ich bin sicher!« Ich schien mich selbst reden zu hören.

XVI. KAPITEL

Stimmen aus dem Jenseits

»Ich habe Sie nicht ganz verstanden!« lauteten die nächsten Worte, die an mein Ohr drangen, doch es war bestimmt nicht die Stimme von Sylvie oder Bruno, da ich sie soeben noch zwischen den Gästen hindurch sehen konnte, wie sie am Klavier standen und dem Lied des Count lauschten. Mein Herr war der Sprecher. »Ich habe Sie nicht ganz verstanden!« wiederholte er. »Aber Sie sind zweifellos *meiner* Ansicht. Ich bedanke mich sehr für *Ihre* freundliche Aufmerksamkeit. Äs ist nur noch *ein* Värs zu singän!« Letzteres formulierte nicht die sanfte Stimme Mein Herrs, sondern des französischen Count tiefer Baß. Und in der eintretenden Stille durchdrang die letzte Strophe von Tottels das Zimmer.

Das Paar flocht neu das Liebesband;
es lebt bescheiden auf dem Land:
gehorsam ist das weinend Weib,
sie hält den Luxus sich vom Leib:
sie fleht um eine Gnade noch:
»Nur dieses, Schatz, zu bitten drängt es!
Mama könnt' kurz mal kommen doch –«
»NIEMALS!« *schrie Tottels. Und er denkt es.*

Mit dem Ende des Liedes erhoben sich chorartig von allen Seiten Danksagungen und Komplimente, die der Sänger erfreut mit knappen Verbeugungen in alle Richtungen quittierte. »Äs ist ein großäs Privileg für misch, so ein wundärbaräs Lied zu singän«, meinte er zu Lady Muriel. »Die musikalische Begleitung ist dabei so märkwürdig, so mysteriös: äs ist, als sei einä neuä Musik ärfundän! Isch will sie noch mal spielän, um Ihnän zu zeigän, was isch meinä.« Er trat wieder ans Klavier, aber das Lied war verschwunden.

Bestürzt durchwühlte der Sänger den Notenstapel auf einem danebenstehenden Tisch, doch auch da war es nicht. Lady Muriel half bei der Suche: bald traten andere hinzu: die Aufregung wuchs. »Wo *kann* es nur hingekommen sein?« klagte Lady Muriel. Keiner wußte es: nur eines war sicher, niemand hatte sich dem Klavier genähert, seit der Count den letzten Liedvers gesungen hatte.

»Lassän Sie nur!« beruhigte er gutmütig. »Isch wärde es Ihnän aus dem Gedäschnis vorspielän!« Er setzte sich hin und schlug vage Noten an; aber einer Melodie ähnelte das Ergebnis nicht. Da wurde auch er nervös. »Was für einä kuriosä Sachä! Wie äußerst sondärbar! Daß mir nischt nur die Wortä entfallän könnän, sondern sogar die Melodie – das ist ja wohl ganz märkwürdisch?«

Dem stimmten wir von Herzen zu.

»Äs war där nättä kleinä Jungä, der äs für misch fand«, gab der Count zu bedenken. »Möglischärweisä ist är der Dieb?«

»Ganz bestimmt sogar!« bekräftigte Lady Muriel. »Bruno! Wo steckst du, mein Liebling?«

Doch kein Bruno antwortete: es schien, als seien die Kinder ebenso plötzlich und mysteriös verschwunden wie das Lied.

»Spielen sie uns etwa einen Streich?« vermutete Lady Muriel fröhlich. »Das soll wohl ein *Ex-tempore*-Versteckspiel sein! Der kleine Bruno ist ein ausgemachter Lausejunge!«

Der Vorschlag war den meisten von uns willkommen, denn einige Gäste begannen gerade, sich entschieden unbehaglich zu fühlen. Mit großem Enthusiasmus setzte sogleich eine allgemeine Suche ein: Vorhänge wurden zurückgeschlagen und geschüttelt, Schränke geöffnet und Ottomanen umgestülpt; doch die möglichen Verstecke waren äußerst begrenzt; und kaum begonnen, fand die Suche auch schon ihr Ende.

»Sie müssen hinausgelaufen sein, während uns das Lied so sehr in Anspruch nahm«, mutmaßte Lady Muriel und wandte sich an den Count, der beunruhigter schien als die anderen; »und sie sind zweifellos zur Wohnung der Haushälterin gegangen.«

»Nicht durch *diese* Tür!« protestierten zwei oder drei Gentlemen, die, wie sie versicherten, die letzte halbe Stunde an der Tür gestanden hatten (einer von ihnen lehnte sich wahrhaftig dagegen). »*Diese* Tür ist seit Beginn des Liedes nicht geöffnet worden!«

Dieser Auskunft folgte eine beklemmende Stille. Lady Muriel wagte keine weiteren Mutmaßungen, sondern prüfte kaltblütig die Fensterriegel, die sich wie bei Türen öffnen ließen. Alle waren von *innen* fest verschlossen.

Doch Lady Muriel war noch nicht mit ihrem Latein am Ende. Sie läutete die Glocke. »Bitten Sie die Haushälterin mit den Sachen der Kinder zu mir«, befahl sie.

»Ich hab' sie mitgebracht, Mylady«, sagte die Haushälterin unterwürfig, als sie nach einer weiteren Schweigeminute eintrat. »Ich hab' gedacht, die kleine Dame käm in mein Zimmer, um ihre Stiefel anzuziehen. Hier sind deine Stiefel, mein Liebes!« fügte sie freundlich hinzu und blickte sich in alle Richtungen suchend nach den Kindern um. Niemand gab Antwort, und sie wandte sich mit verwirrtem Lächeln an Lady Muriel. »Haben sich die kleinen Lieblinge etwa versteckt?«

»Ich sehe sie gerade auch nicht!« wich Lady Muriel aus. »Sie können die Sachen hier lassen, Wilson. Ich ziehe sie *selbst* an, wenn sie gehen wollen.«

Die zwei kleinen Hüte und Sylvies Jacke wurden unter den Damen mit vielen Entzückensschreien herumgereicht. Sie waren wahrlich zauberhaft. Selbst die kleinen Stiefel wurden zum Gegenstand der Bewunderung. »So schmucke kleine Sachen!« rief die musikalische junge Lady, wobei sie sanft darüberstrich. »Und was für klitzekleine Füßchen sie haben müssen!«

Schließlich wurden die Sachen auf der Ottomane mitten im Zimmer zusammengelegt, und die Gäste, die die Hoffnung aufgegeben hatten, die Kinder wiederzusehen, wünschten nach und nach eine gute Nacht und verließen das Haus.

Noch acht oder neun Personen waren anwesend – denen der Count zum zigsten Mal erklärte, wie seine Augen während des letzten Liedverses auf den Kindern geruht hatten; wie er einen flüchtigen Blick durchs Zimmer geworfen hatte, um sich von der Wirkung »des großartigen Brusttons« auf sein Publikum zu überzeugen; und wie sie bei abermaligem Hinblicken beide verschwunden waren – als allseits ein Schreckensschrei ertönte, und der Count seine Geschichte abbrach und in den Aufschrei einstimmte.

Alle Sachen der Kinder waren verschwunden!

Der völlig fehlgeschlagenen Suche nach den *Kindern* folgte eine äußerst halbherzige nach ihren *Kleidern*. Die übrigen Gäste schienen nur allzu froh, sich zu verabschieden, und ließen den Count und uns vier alleine zurück.

Der Count sank in einen Lehnstuhl und keuchte ein wenig.

»Wär *sind* dänn diesä liebän Kindär, isch bittä Sie?« verlangte er zu wissen. »Warum kommän sie, und warum gehän sie auf diesä ungewöhnlischä Weisä? Daß Notän von sälbst verschwindeän – daß Hütä und Stiefäl von sälbst verschwindän, wie geschieht das alläs, isch bittä Sie?«

»Ich weiß selbst nicht, wo sie sind!« konnte ich nur entgegnen, da es mir so unerklärlich wie allen anderen war.

Der Count schien noch mehr Fragen stellen zu wollen, aber er besann sich eines anderen.

»Die Zeit ist schon weit vorgerückt«, stellte er fest. »Isch wünschä Ihnen einä sähr gutä Nacht, Mylady. Isch begeb misch jätzt in mein Bett – um zu träumän – falls isch nischt jätzt schon träumä!« Und er verließ hastig das Zimmer.

»Bleibt doch, bleibt doch!« bat der Earl, als ich dem Count folgen wollte. »*Sie* sind doch kein Gast! Arthurs Freund ist hier zu *Hause*.«

»Danke!« erwiderte ich, worauf wir mit wahrhaft englischem Instinkt unsere Stühle um den Kamin rückten, obgleich kein Feuer brannte – Lady Muriel hatte den Notenstapel auf den Schoß genommen, um noch einmal nach dem so mysteriös verschwundenen Lied zu suchen.

»Spüren Sie nicht auch manchmal das wilde Verlangen«, wandte sie sich an mich, »mit Ihren Händen etwas mehr anzufangen, während Sie sprechen, als nur eine Zigarre zu halten und dann und wann die Asche abzustreifen? Oh, ich weiß schon, was du sagen willst!« (Dies galt Arthur, der wohl einen Einwurf machen wollte.) »Die Majestät des Denkens ersetzt die Tätigkeit der Finger. Eines Mannes angestrengtes Denken *plus* das Abstreifen der Zigarrenasche zeitigt dasselbe Ergebnis wie einer Frau triviale Phantasie *plus* die komplizierteste Stickerei. *Das* ist deine Meinung, nicht wahr, nur besser ausgedrückt?«

Mit feierlichem und sehr zärtlichem Lächeln blickte Arthur in das strahlende, schelmische Gesicht. »Ja«, resignierte er: »genau das ist meine Meinung.«

»Ruhe des Körpers und Aktivität des Verstandes«, warf ich ein. »Irgendein Schriftsteller hält *das* für den Höhepunkt menschlicher Glückseligkeit.«

»Eine Menge *Körper* ruhen ganz bestimmt!« erwiderte Lady Muriel und warf einen flüchtigen Blick auf die drei ruhenden Gestalten um sie herum. »Doch was Sie als Aktivität des *Verstandes* bezeichnen –«

»– ist *allein* das Privileg junger Ärzte«, ergänzte der Earl. »Wir alten Männer besitzen keinerlei Anspruch auf Aktivität. *Was bleibt dem Alter als der Tod?*«*

* AdÜ: Thomas Hood, Ballad: Spring it is Cheery, 1827.

»Noch eine ganze Menge mehr, *hoffe* ich«, widersprach Arthur ernst.

»Schön, mag sein. Du bist mir gegenüber dennoch sehr im Vorteil, mein Junge. Nicht nur, daß *dein* Tag anbricht und *meiner* endet, auch dein *Interesse* am Leben – irgendwie muß ich dich *darum* beneiden. Es wird noch viele Jahre währen, ehe du diesen Halt verlierst.«

»*Überdauern* eigentlich nicht viele menschliche Interessen das menschliche Leben?« erkundigte ich mich.

»Zweifellos viele. Und *einige* Sparten der Wissenschaft; aber meiner Meinung nach nur *wenige*. Die Mathematik zum Beispiel: *ihr* scheint ewiges Interesse sicher: man kann sich *keine* Lebensform und keine Rasse intelligenter Wesen vorstellen, bei der die mathematische Wahrheit ihre Bedeutung verliert. Aber ich fürchte, die *Medizin* steht da schon auf einer anderen Stufe. Angenommen, man entdeckt ein Heilmittel für eine Krankheit, die man für unheilbar hielt. Schön, das ist zweifellos für den Augenblick erfreulich – äußerst interessant –, vielleicht bringt es Ruhm und Ehre. Aber was dann? Seht einmal wenige Jahre in die Zukunft in ein Leben, in dem keine Krankheiten mehr existieren. Was ist die Entdeckung dann noch wert? Milton läßt Jupiter zu große Versprechungen machen. *›Von so viel Ruhm im Himmel erwarte Lohn.‹** Armseliger Trost, wenn der Ruhm auf einer Tat beruht, die dann keinerlei Bedeutung mehr hat!«

»Auf jeden Fall würde sich keiner mehr um *neue* Entdeckungen auf medizinischem Gebiet bemühen«, behauptete Arthur. »Ich sehe nämlich *dafür* dann keinen Grund – obgleich es mir leid täte, meine Lieblingsstudien aufzugeben. Dennoch, Medizin, Krankheit, Schmerz, Sorgen, Sünde – alles ist, wie ich fürchte, miteinander verbunden. Bann die Sünde, und du bannst sie alle!«

»Der Fall ist auf *militärischem* Gebiet noch komplizierter«, ergänzte der Earl. »Ohne Sünde gäbe es keinen *Krieg*. Trotzdem kann sich jedes Vernunftwesen, das Interesse hat, frei von Sünden zu leben, künftig auch auf *irgendeine* andere Art beschäftigen. Wellington kann keine Schlachten mehr schlagen – und dennoch –

* AdÜ: Milton, Lycidas, Z. 84.

›Für einen, der soviel Niveau,
gibt es noch bess're Taten anderswo,
als so ein Kampf bei Waterloo,
*und immer muß er Sieger sein!‹ «**

Er verweilte bei diesen schönen Worten, als liebe er sie: und seine Stimme verhallte wie ferne Musik.

Nach ein oder zwei Minuten hob er neuerlich an. »Wenn ich euch nicht langweile, möchte ich euch gern einen Eindruck von dem zukünftigen Leben geben, der mich seit Jahren wie ein Alptraum verfolgt – ich kann mich einfach nicht davon lösen.«

»O ja, bitte«, erwiderten Arthur und ich fast gleichzeitig. Lady Muriel räumte den Notenstapel beiseite und verschränkte die Arme.

»Die eine Vorstellung«, fuhr der Earl fort, »die mir alles andere zu überschatten schien, betrifft die *Ewigkeit* – die nach meinem Dafürhalten für alle Themen menschlichen Interesses die unvermeidliche *Ausschöpfung* beinhaltet. Nehmt zum Beispiel die Reine Mathematik – eine Wissenschaft, die von unserer Umwelt unabhängig ist. Ich habe sie selbst ein wenig studiert. Nehmt das Kapitel Kreise und Ellipsen – was wir als ›Kurven zweiten Grades‹ bezeichnen. In der Zukunft wäre es nur eine Frage von soundsovielen Jahren (oder *hundert* Jahren, ganz wie ihr wollt), daß ein Mensch *alle* ihre Eigenschaften bestimmt hat. Danach *würde* er zu den Kurven dritten Grades übergehen. Nehmen wir an, er braucht *dafür* zehnmal so lange (ihr seht, wir verfügen über unbegrenzte Zeit). Ich kann mir zwar kaum vorstellen, daß sein *Interesse* selbst das noch durchhalten würde; doch selbst wenn es keine Begrenzung im *Grad* der Kurven gäbe, die er studieren könnte, wäre die aufzuwendende Zeit, um *alles* Neue und Interessante zu erforschen, nicht absolut *endlich?* Und so ist es auch mit allen anderen Sparten der Wissenschaft. Und wenn ich einige Tausend oder Millionen Jahre weiter denke und mir vorstelle, ich verfügte über so viel Wissen, wie ein denkendes Wesen nur speichern kann, so frage ich mich ›Was nun? Kann man, wenn es nichts

* AdÜ: Tennyson, Ode on the Death of the Duke of Wellington, IX.

mehr zu *lernen* gibt, die ganze Ewigkeit lang, die man noch lebt, mit dem Wissen allein zufrieden sein?‹ Der Gedanke war mir äußerst unangenehm. Manchmal habe ich mir schon vorgestellt, in dem Fall *könnte* man sagen ›Es ist besser, *nicht* zu sein‹, und um persönliches *Auslöschen* zu beten – das Nirwana der Buddhisten.«

»Aber das ist doch nur eine Hälfte der Existenz«, widersprach ich. »Außer für *sich* kann man doch auch zur Unterstützung *anderer* arbeiten?«

»Richtig, richtig!« bekräftigte Lady Muriel erleichtert und blickte ihren Vater mit funkelnden Augen an.

»Ja«, gestand der Earl zu, »solange es andere Hilfsbedürftige *gäbe*. Aber in einigen Jahrhunderten wird bestimmt jedes denkende Wesen denselben öden Zustand der *Übersättigung* erreicht haben. Und was steht dann noch zu erwarten?«

»Ich kenne das unangenehme Gefühl«, bestätigte der junge Arzt. »Ich habe das alles mehr als einmal durchgemacht. Ich werde euch sagen, wie ich es für mich gelöst habe. Ich stellte mir ein kleines Kind vor, das mit seinem Spielzeug im Kinderzimmer spielt und dennoch seinem *Verstand* nach in der Lage ist, dreißig Jahre weiter zu denken. Würde es sich nicht sagen ›Dann mag ich keine Bauklötze und Kegel mehr. Wie langweilig wird mein Leben sein.‹ Nach den dreißig Jahren sehen wir es dann trotzdem als großen Politiker weit reicher an Interessen und Freuden, als in der Kindheit vorstellbar – Freuden, die der Verstand eines Kindes nicht erfassen kann – Freuden, die keine Kindersprache auch nur im mindesten beschreiben könnte. Kann nicht auch unser Leben in einer Million Jahren dieselbe Beziehung zu unserem jetzigen Leben haben wie des Mannes Leben zu dem des Kindes? Und ebenso vergeblich, wie man einem Kind in der Sprache von Bauklötzen und Kegeln die Bedeutung der ›Politik‹ zu erklären versucht, können vielleicht auch alle Beschreibungen des Himmels mit seiner Musik, seinen Festen und seinen goldenen Straßen nur Versuche sein, mit *unseren* Worten etwas zu beschreiben, für das wir *in Wahrheit* überhaupt keine Worte besitzen. Glaubst du nicht auch, daß du mit *deiner* Vorstellung von einem anderen Leben eigentlich das Kind ins politische Leben stellst, ohne sein Heranwachsen zu berücksichtigen?«

»Ich glaube, ich verstehe, was du meinst«, bekannte der Earl. »*Mag* aber auch die Himmelsmusik jenseits unseres Vorstellungsvermögens liegen. Gleichwohl ist die Erdenmusik lieblich! Muriel, mein Kind, sing uns doch noch etwas vor, ehe wir zu Bett gehen.«

»O ja«, freute sich Arthur, erhob sich und zündete die Kerzen am Pianino an, das vor kurzem aus dem Salon verbannt worden war, um Platz für den ›Stutzflügel‹ zu schaffen. »Hier ist ein Lied, das du noch nicht für mich gesungen hast.

›Heil sei dir, du munt'rer Geist!
Vogel bist du nicht,
der dem Himmel nah zumeist
in Gesang ausbricht!‹«*

las er von dem Blatt, das er vor sich ausgebreitet hatte.

»Und unser kurzes Leben hier«, fuhr der Earl fort, »ist angesichts der gesamten Zeit wie der Sommertag eines Kindes! Man wird müde, sobald die Nacht naht«, ergänzte er mit einem Anflug von Trauer in der Stimme, »und man sehnt sich nach dem Bett! Nach jenen willkommenen Worten ›Komm Kind, es ist Schlafenszeit!‹«

* AdÜ: Shelley, To a Skylark.

XVII. KAPITEL

Zu Hilfe!

»'s iss noch *keine* Schlafenszeit!« nörgelte ein schläfriges Stimmchen. »Die Eulen sinn noch nich ins Bett gegehen, un ich will nich schlafen gehn, ohne daß de mir was vorsingt!«

»O Bruno!« empörte sich Sylvie. »Weißt du denn nicht, daß die Eulen gerade erst aufgestanden sind? Aber die *Frösche* sind bereits vor Urzeiten ins Bett gegangen.«

»Schön, aber *ich* sinn kein Frosch«, protestierte Bruno.

»Was soll ich singen?« fragte Sylvie und wich der Diskussion geschickt aus.

»Frag mein Herr Mann«, verlangte Bruno faul, faltete die Hände hinter dem Lockenkopf und lehnte sich in sein Farnblatt zurück, bis es sich unter seinem Gewicht nahezu bog. »Das iss kein konfables Blatt, Sylvie. Such mir ein konfableres – bitte!« setzte er angesichts Sylvies drohendem Zeigefinger als Nachtrag hinzu. »Ich mag nich fußaufwärts liegen!«

Es war hübsch anzusehen, wie das Elbenkind sein Brüderchen mit mütterlicher Sorgfalt auf die Arme nahm und auf ein stärkeres Blatt legte. Sie berührte es nur ganz sacht, um es in eine Schaukelbewegung zu versetzen, die es aus eigener Kraft fortsetzte, als verfüge es über eine verborgene Maschinerie. Bestimmt war es nicht der Wind, denn die Abendbrise hatte sich wieder ganz gelegt, und kein einziges Blatt bewegte sich zu unseren Häupten.

»Warum schaukelt das eine Blatt und die anderen nicht?« fragte ich Sylvie. Sie lächelte nur lieb und schüttelte den Kopf. »Ich weiß nicht, *warum*«, antwortete sie. »Das tut es immer, wenn es ein Elbenkind trägt. Es *muß* es nämlich ganz einfach.«

»Sehen Menschen das Blatt schaukeln, auch wenn sie die Elben nicht sehen können?«

»Aber natürlich!« rief Sylvie. »Ein Blatt ist ein Blatt, und das kann jeder sehen; aber Bruno ist Bruno, und *ihn* können sie nicht sehen, wenn sie nicht grißeln wie Sie.«

Da begriff ich, wieso man ein Farnblatt stetig schaukeln sieht – wenn man an einem ruhigen Abend durch den Wald geht. Hast du das auch schon einmal gesehen? Versuch vielleicht das nächste Mal den schlafenden Elben darauf zu entdecken; aber was du auch tust, *pflück* das Blatt auf keinen Fall; laß den Kleinen weiterschlafen.

Unterdessen war Bruno immer schläfriger geworden. »Sing, sing!« knurrte er, und Sylvie sah mich erwartungsvoll an. »Was soll es sein?« erkundigte sie sich.

»Vielleicht könntest du ihm das Kinderlied vorsingen, von dem du mir einmal erzählt hast?« schlug ich vor. »Das eine, das durch die Geistesmangel gedreht worden ist, weißt du noch? *›Es war einmal ein Männchen, mit einer kleinen Flint‹* hieß es, soviel ich weiß.«

»Nun, das iss aber 'n Lied vom *Profeffer!*« krähte Bruno. »Ich mag das Männchen; un ich mag die Art, wie sie um ihm rumbrausen – wie ein Brummkreisel.« Und er warf einen liebevollen

Blick auf den sanften alten Herrn, der auf der anderen Seite des Blatt-Bettes saß und unverzüglich zu singen anhob, wobei er sich auf einer anderländischen Gitarre begleitete, während die Schnecke, auf der er sich niedergelassen hatte, im Takt dazu die Fühler schwenkte.

Von Wuchs war das Männchen recht schmächtig –
kein großer gegerbter Gigant:
er fixierte den Krebs sehr bedächtig,
den kochte sein Weiblein gewandt.
»Reich, süßes Atom, mein Gewehrchen,
reib unser Maskottchen behend':
ich eile hinunter zum Wehrchen
und schieß dir 'ne Ent'!«

Sie reichte ihm hin sein Gewehrchen:
sie rieb das Maskottchen behend':
und fleißig putzt sie ihm die Beerchen
zum Gruß, wenn er kommt mit der Ent'.

Hin er eilt und verschwendet kein Wörtchen,
geht fest auf sein Ziel los, ganz stracks,
wo ein prächtiges Vöglein am Örtchen
sagt ruhig nur: »Quacks!«

Wo das Hummerlein lugt und das Kräbbchen
sich schläfrig und schlurfig hinschleicht:
wo zu Haus der Delphin und das Quäppchen
bei steifen Besuchen nicht weicht:
wo das Lärvchen gesucht wird vom Ünkchen:
wo die Unk' wird gejagt von der Ent':
wo das Entchen gehetzt wird vom Hündchen –
so Weltenglück wend'!

Er hat es geladen mit Pulver und Blei:
sein Fußtritt ist lautlos im Dunst:
doch plötzlich hallt lauter und lauter ein Schrei,
und Brüllen und Brausen und Brunst.
Sie schwirren herum im Erwachen,
flattern nieder und in die Höh',
schrill' Schreie und lustiges Lachen,
wild Wimmern vor Weh!

Und es hallt nun von innen und außen:
sie bebten durch Bart ihm und Haar:
wie ein Brummkreisel hüllt ihn ein Brausen
mit Hohn, wie er nie hielt für wahr.
Sie kreischten: »Vergeltung für Wehchen!
Des Männekin Feindschaft erwidern!
Durchweicht ihn von Köpfchen bis Zehchen
mit Kinderliedern!

Er soll grübeln über ›Ringel, Rose!‹
Und das Schmalz, das im Kasten lag:
er soll schwärmen von Butter in der Dose,
und daß morgen man fasten mag:
sein Herz soll betrauern das Häschen auch,
das saß in der Grube und schlief.
Es hüpfte nicht mehr, weil's wohl krankte im Bauch,
doch schlief's ganz tief!

Das Singen der Sommernachts-Sause
das sticht ihn mit manch einem Biß,

und wenn es ihn schließlich zerzause,
grollt er voller Schwermut gewiß:
und es hüllt ihn wie neblige Schwaden,
mit Schlichtheiten schlafft es zum Schlummer,
wie ein Schmuckstück von hohen Karaten,
das Lied vom Hummer!

Wenn das Entchen dem Fatum verfallen,
wir hieven es hurtig nach Haus:
zum Bankett in den heimischen Hallen,
wo Schmalz soll noch schmücken den Schmaus:
in eigenen Märchen voll Feuer
kämpft er mit dem Schicksal, gewinnt:
doch fehlt ihm ein Freund, ein getreuer,
schlag noch mal geschwind!«

Und er schoß dann den leckeren Liebling!
und die Stimmen verstummten im Streit:
so auch schnurrte und schnarrte kein Piepling,
als er's Heim trug voll Heiterkeit:
nach bedächtigem Beißen der Beerchen,
die putzte sein Weibchen sehr fein,
er hastet noch einmal zum Wehrchen,
fängt Ent'rich ihr ein!

»Er ist jetzt fest eingeschlafen«, verkündete Sylvie und deckte ihn sorgsam mit einem Veilchenblatt als Decke zu: »Gute-Nacht!«

»Gute Nacht!« echote ich.

»Sie haben wohl Grund zum ›Gute Nacht‹-Sagen!« lachte Lady Muriel, wobei sie sich erhob und den Klavierdeckel zuklappte. »Wenn Sie die ganze Zeit über sch-sch-schlafen, während ich für Sie singe! Nun, worum ging es denn eigentlich?« verlangte sie gebieterisch Auskunft.

»War es was von einer Ente?« wagte ich zu vermuten. »Also, von irgendwelchen Vögeln?« korrigierte ich mich, da ich meine *erste* Vermutung gleich als falsch einstufte.

»Was von irgendwelchen Vögeln!« wiederholte Lady Muriel mit so viel Verachtung, wie ihr liebliches Gesicht nur auszudrücken vermochte. »Und damit meint er nun Shelleys Lerche? Während der Dichter doch ausdrücklich betont: *›Heil sei dir, du munt'rer Geist!* Vogel *bist du nicht!*‹«

Sie ging voraus ins Rauchzimmer, wo es sich die drei Herren der Schöpfung gegen alle gesellschaftlichen Gepflogenheiten und alle Regeln der Ritterlichkeit in niedrigen Schaukelstühlchen bequem machten und es der einzigen Dame überließen, graziös zwischen uns herumzuschweben und unsere Wünsche in Gestalt kühler Getränke, Zigaretten oder Feuer zu erfüllen. Jawohl, und nur ein *einziger* von den dreien war so ritterlich, über das übliche »danke schön« hinauszugehen und des Dichters hervorragende Beschreibung zu zitieren, die Geraints Bewegung belegt, als Enid ihm aufwartete

»Man beugt sich nieder, küßt den kleinen Daumen zart,
*der kreuzt den Teller, als sie setzt ihn ab«,**

und die Worte durch die Tat zu illustrieren – eine kühne Ungebührlichkeit, für die er, wie ich leider berichten muß, *nicht* gebührend zurechtgewiesen wurde.

Da keinem von uns ein Gesprächsthema einfiel und wir alle vier in jenem guten Einvernehmen miteinander standen (ich halte es für das einzige Einvernehmen, das eine Freundschaft, die zu Recht als *intim* bezeichnet wird, belegt), das keine Notwendigkeit sieht, sich um des bloßen *Sprechens* willen zur Unterhaltung zu zwingen, saßen wir einige Zeit im Schweigen vertieft.

Schließlich brach ich die Stille und fragte: »Gibt es schon neue Nachrichten vom Hafen über das Fieber?«

»Nicht seit heute morgen«, gab der Earl bekannt und wurde ungewöhnlich ernst. »Aber das war schon ziemlich besorgniserregend. Das Fieber verbreitet sich schnell: der Londoner Arzt hat es mit der Angst zu tun bekommen und den Ort verlassen, und der einzige noch greifbare ist gar kein gelernter Arzt: er ist Apotheker, Arzt, Dentist, und ich weiß nicht, welchen Beruf er sonst noch ausübt. Die Aussichten für die armen Fischer stehen schlecht – und noch schlechter für die Frauen und Kinder.«

»Wie viele sind es denn im ganzen?« erkundigte sich Arthur.

»Vor einer Woche lebten da unten noch einhundert«, erklärte der Earl: »doch seitdem sind zwanzig oder dreißig gestorben.«

»Und wer spendet ihnen geistlichen Trost?«

»Drei mutige Männer befinden sich da unten«, antwortete der Earl und seine Stimme zitterte vor Rührung, »tapfere Helden, die das Viktoriakreuz verdient hätten! Ich bin sicher, keiner von den dreien wird jemals den Ort verlassen, nur um seine eigene Haut

* AdÜ: Tennyson, Idylls of the King, Geraint and Enid.

zu retten. Da ist der Kurat: seine Frau ist bei ihm: Kinder haben sie keine. Dann ist da der römisch-katholische Priester. Außerdem ein methodistischer Prediger. Meist suchen sie ihre Gläubigen auf; aber man hat mir erzählt, daß die Sterbenden gern *alle* drei um sich haben. Wie niedrig sind die Barrieren, die Christen voneinander trennen, wenn es um das große Geheimnis des Lebens und die Wirklichkeit des Todes geht!«

»So muß es und so soll es sein –«, begann Arthur gerade, als die Hausglocke plötzlich und heftig läutete.

Wir hörten das hastige Öffnen der Haustür und Stimmengewirr von draußen: dann klopfte es an die Tür des Rauchzimmers, und ein wenig verstört erschien die alte Haushälterin.

»Zwei Leute wollen Dr. Forester sprechen, Mylord.«

Arthur ging sogleich hinaus, und wir vernahmen sein heiteres »Nun, meine Herren?«, doch die Antwort war kaum hörbar, ich konnte nur die Worte deutlich erlauschen »zehn seit dem Morgen und eben noch zwei –«

»Aber da ist doch noch ein Arzt?« hörten wir Arthur sagen: und eine tiefe Stimme, die wir zuvor nicht vernommen hatten, entgegnete: »Tot, Sir. Starb vor drei Stunden.«

Lady Muriel zitterte und barg ihr Gesicht in den Händen: doch in diesem Augenblick wurde die Haustür sacht geschlossen, und wir hörten nichts mehr.

Einige Minuten saßen wir ganz still da: dann verließ der Earl das Zimmer und kehrte bald zurück, um uns davon zu unterrichten, daß Arthur mit den beiden Fischern fortgegangen sei und ausrichten lasse, er werde in etwa einer Stunde zurück sein. Und wirklich, am Ende dieser Frist – während der Zeit wurde sehr wenig gesprochen, keiner von uns schien zur Unterhaltung aufgelegt – quietschte die Haustür abermals in rostigen Scharnieren, und vernehmlich klangen Schritte im Hausflur, in denen sich kaum Arthurs Tritte erkennen ließen, da sie so langsam und unsicher wirkten, als ertaste ein Blinder seinen Weg.

Er trat ein und blieb vor Lady Muriel stehen, wobei er seine Hand schwer auf den Tisch stützte mit einem sonderbaren Ausdruck in den Augen, als wandele er im Schlaf.

»Muriel – meine Liebe –«, er zögerte und seine Lippen bebten:

doch dann beherrschte er sich und fuhr fort. »Muriel – mein Liebling – sie – *brauchen* mich – unten am Hafen.«

»*Mußt* du gehen?« flehte Lady Muriel, erhob sich, legte ihm die Hände auf die Schulter und blickte in sein Gesicht empor, während ihre großen Augen in Tränen schwammen. »Mußt *du* gehen, Arthur? Das kann dein – Tod – sein!«

Ohne mit der Wimper zu zucken, begegnete er ihrem Blick. »Es ist *bestimmt* der Tod«, flüsterte er heiser, »aber – Liebling – man hat mich *gerufen*. Und selbst mein Leben –« Ihm versagte die Stimme, und er schwieg.

Eine Minute lang stand sie still da und richtete den Blick hilflos empor, als seien jetzt sogar Gebete sinnlos, wobei ihre Gesichtszüge vor großer innerer Pein zuckten und bebten. Dann schien ihr plötzlich etwas einzufallen, und ihr Gesicht lichtete sich in einem seltsam lieblichen Lächeln auf. »*Dein* Leben?« wiederholte sie. »*Du* hast kein Recht, es zu opfern!«

Arthur hatte sich unterdessen gefangen und antwortete fest. »Das ist wahr«, bestätigte er. »*Ich* habe kein Recht, es zu opfern. Es ist jetzt *dein*, meine – zukünftige Frau! Und du – willst *du* mir etwa diesen Gang verbieten? Willst du mich nicht ziehen lassen, mein ein und alles?«

Sie klammerte sich immer noch an ihn und lehnte den Kopf sanft an seine Brust. Das hatte sie in meiner Anwesenheit niemals zuvor getan, und mir wurde bewußt, wie tief bewegt sie sein mußte. »Ich *will* dich ziehen lassen«, erklärte sie ruhig und schlicht, »für Gott.«

»Und für Seine Armen«, flüsterte er.

»Und für Seine Armen«, fügte sie hinzu. »Wann muß es sein, mein Allerliebster?«

»Morgen früh«, erwiderte er. »Und bis dahin habe ich noch viel zu tun.«

Und dann erzählte er uns, was er in der Stunde seiner Abwesenheit unternommen hatte. Er war zum Pfarrhaus gegangen und hatte die Hochzeit für den nächsten Morgen um acht Uhr in der kleinen Kirche, die wir so gut kannten, bestellt (es gab kein rechtliches Hindernis, da er bereits vor einiger Zeit eine aufgebotfreie Genehmigung erhalten hatte). »Mein alter Freund hier«,

und er deutete auf mich, »wird bestimmt die Aufgabe des ›Brautführers‹ übernehmen: dein Vater wird als Brautvater zur Stelle sein: und – und – auf Brautjungfern mußt du wohl verzichten, mein Liebling?«

Sie nickte: sprach kein Wort.

»Und dann kann ich frohgemut gehen – um Gottes Werk zu verrichten – in dem Bewußtsein, mit dir *eins* – und mit dir im *Geist* vereint zu sein, wenn ich dir auch nicht körperlich nahe bin – und im Gebet sind wir aufs innigste verbunden! Unsere Gebete steigen zusammen empor –«

»Ja, ja!« schluchzte Lady Muriel. »Aber du darfst jetzt nicht länger bleiben, mein Liebling! Geh heim und ruh dich ein wenig aus. Du wirst morgen deine ganze Kraft brauchen –«

»Ja, ich gehe«, stimmte Arthur zu. »Wir sind morgen pünktlich hier. Gute Nacht, mein einziger Liebling!«

Ich folgte seinem Beispiel, und wir verließen gemeinsam das Haus. Während wir unserem Quartier zustrebten, seufzte Arthur zwei-, dreimal tief und schien etwas sagen zu wollen – aber er sprach kein einziges Wort, bis wir das Haus betreten, die Kerzen angesteckt und unsere Schlafzimmertüren erreicht hatten. Dann sagte Arthur: »Gute Nacht, alter Freund! Gott segne dich!«

»Gott segne dich!« wiederholte ich aus tiefster Seele.

Um acht Uhr morgens waren wir abermals am Herrenhaus und trafen Lady Muriel, den Earl und den alten Vikar an, die auf uns warteten. Es war eine seltsam melancholische und schweigende Gesellschaft, die zur kleinen Kirche hin und wieder zurück ging: und ich konnte mich des Gefühls nicht erwehren, daß es eher einem Begräbnis als einer Hochzeit glich: für Lady Muriel *war* es tatsächlich mehr Begräbnis als Hochzeit, so schwer lastete die Vorahnung auf ihr (wie sie uns später erzählte), daß ihr eben angetrauter Ehemann geradewegs in den Tod ging.

Dann gab es Frühstück: und viel zu bald hielt der Wagen vor der Tür, der Arthur erst zu seiner Unterkunft bringen sollte, um einige seiner Sachen mitzunehmen, und sich dann dem todgeweihten Weiler so weit zu nähern hatte, wie die Sicherheit zuließ. Ein oder zwei Fischer sollten ihn an der Straße abholen und seine Sachen die restliche Strecke tragen.

»Und du bist ganz sicher, daß du alles Notwendige hast?« fragte Lady Muriel.

»Ganz bestimmt alles, was ich als *Arzt* brauche. Und meine Ansprüche sind gering: ich werde nicht einmal meine Garderobe mitnehmen – in meiner Wohnung harrt meiner eine schlichte Fischerkleidung. Ich nehme nur meine Uhr und einige Bücher mit – halt – es *gibt* ein Buch, das ich gern noch mitnehmen möchte, ein Testament in Taschenausgabe – ich könnte es an den Betten der Kranken und Sterbenden brauchen «

»Nimm meines!« bot Lady Muriel an: und sie rannte treppauf, um es zu holen. »Es steht nur ›Muriel‹ drin«, erklärte sie, als sie es brachte: »soll ich eine Widmung –«

»Nein, meine einzige«, unterbrach Arthur und nahm es in Empfang. »Welche Widmung *wäre* besser als diese? Könnte eine andere Bezeichnung der Menschen es deutlicher als meinen persönlichen Besitz kennzeichnen? Bist *du* nicht die meine? Bist du nicht (ganz in seiner alten, munteren Art, wie Bruno sagen würde) ›*ganz allein die meine*‹?«

Er entbot dem Earl und mir ein langes und herzliches Adieu und verließ das Zimmer nur in Begleitung seiner Frau, die es tapfer ertrug und – wenigstens *äußerlich* – weniger ergriffen war als ihr alter Vater. Wir warteten ein oder zwei Minuten im Zimmer, bis Räderknirschen uns verriet, daß Arthur abgefahren war; und sogar dann warteten wir noch, bis die Schritte von Lady Muriel, die treppauf in ihr Zimmer ging, in der Ferne verklungen waren. Ihr Schritt, normalerweise so leicht und unbeschwert, klang nun schwerfällig und müde wie von jemandem, der sich mühsam unter einer Last verzweifelten Jammers dahinschleppt; und ich fühlte mich fast so elend und unglücklich wie sie. »Sind wir vier *jemals* dazu ausersehen, uns noch einmal diesseits des Grabes zu treffen?« fragte ich mich, als ich nach Hause ging. Und das Geläute einer fernen Glocke schien mir zu antworten: »Nie! Nie! Nie!«

XVIII. KAPITEL

Ein Zeitungsausschnitt

AUSZUG AUS DER »FEENWALDER CHRONIK«

»Unsere Leser werden mit schmerzlichem Interesse die Berichte verfolgt haben, die wir von Zeit zu Zeit im Laufe der letzten beiden Monate über die schreckliche Epidemie veröffentlicht haben, der die meisten Bewohner des kleinen Fischerdorfes in der Nähe der Ortschaft Elfenau zum Opfer gefallen sind. Die letzten Überlebenden – ihrer Zahl nach nur noch dreiundzwanzig von einer Bevölkerung, die noch vor knapp drei Monaten einhundertzwanzig überstieg – wurden letzten Mittwoch unter Aufsicht des Gesundheitsministeriums abtransportiert und wohlbehalten im Landeskrankenhaus eingeliefert: so daß der Ort inzwischen eine echte »Geisterstadt« ist, in der keine menschliche Stimme das Schweigen bricht.

Die Rettungsmannschaft bestand aus sechs kräftigen Burschen – Fischern aus der Nachbarschaft – unter der Leitung des ortsansässigen Krankenhausarztes, der zu dieser Aktion mit einem Krankenwagenkonvoi gekommen war. Die sechs Männer hatte man wegen ihrer Konstitution und ihrer robusten Gesundheit gewählt – und zwar aus einer Anzahl Freiwilliger, die sich zu diesem friedlichen »Himmelsfahrkommando« gemeldet hatten –, da die Expedition sogar jetzt noch, obgleich die Krankheit ihre größte Ansteckungsgefahr verloren hatte, nicht ungefährlich schien.

Jede Vorsichtsmaßnahme, die der Wissenschaft gegen diese Gefahr zur Verfügung stand – wurde ergriffen: und die Patienten wurden vorsichtig nacheinander auf Bahren den steilen Hügel hinaufgetragen und in die Krankenwagen gelegt, die mit jeweils einer Krankenschwester auf der ebenen Straße warteten. Die fünfzehn Meilen zum Krankenhaus legte man im Schrittempo zurück, da einige der Patienten zu kraftlos waren, die Erschütterungen zu ertragen, so daß die Fahrt den ganzen Nachmittag in Anspruch nahm.

Von den dreiundzwanzig Personen sind neun Männer, sechs Frauen und acht Kinder. Es war unmöglich, sie alle zu identifizieren, da einige Kinder

– bei denen keine Verwandten überlebt haben – noch Säuglinge sind: außerdem sind zwei Männer und eine Frau noch außerstande, vernünftig zu antworten, ihr Geisteszustand ist sehr bedenklich. Bei wohlhabenderen Leuten wären die Kleider zweifellos mit Monogrammen versehen; aber ein derartiges Erkennungszeichen fehlt hier.

Außer den armen Fischern und ihren Familien gibt es noch fünf Personen, die erwähnt zu werden verdienen: und es steht außer Frage, daß alle fünf zu den Toten gezählt werden müssen. Es ist uns eine traurige Pflicht, die Namen dieser aufrechten Märtyrer zu nennen – da bestimmt keiner würdiger ist, in das Ehrenregister englischer Helden eingetragen zu werden! Sie lauten, wie folgt:

Reverend James Burgess, M. A., und seine Frau Emma. Er war am Hafen Kurat, noch keine dreißig Jahre alt und erst seit zwei Jahren verheiratet. In ihrem Haus wurde ein Schriftstück mit ihrem Todesdatum gefunden.

Ebenso ehren wir den Namen des Dr. Arthur Forester, der nach dem Tod des Dorfarztes der drohenden Gefahr lieber mutig ins Auge blickte, als diese armen Leute in ihrer größten Not im Stich zu lassen. Man konnte keine Niederschrift seines Namens oder seines Todesdatums finden: aber der Körper konnte problemlos identifiziert werden, obgleich er in einfacher Fischertracht gekleidet war (die er bekanntlich vor seiner Mission angelegt hatte), da eine Ausgabe des Neuen Testamentes, ein Geschenk seiner Frau, nahe dem Herzen unter seinen gekreuzten Händen gefunden wurde. Man hielt es nicht für geraten, den Körper zu überführen und an einem anderen Ort zu begraben, weswegen er auf der Stelle einschließlich vier weiterer Leichen mit allen gebührenden Ehren dem Meer übergeben wurde. Seine Frau mit dem Mädchennamen Lady Muriel Orme war ihm erst am Morgen des Tages angetraut worden, an dem er seine aufopfernde Mission unternahm.

Als nächstes verzeichnen wir Reverend Walter Saunders, methodistischer Prediger. Sein Tod ereignete sich wahrscheinlich bereits vor zwei oder drei Wochen, da man die Worte »gestorben am 5. Oktober« an der Wand des Zimmers geschrieben fand, das er bekanntlich bewohnt hatte – das Haus war verschlossen und offenkundig seit längerem nicht mehr betreten worden.

Als letzten – obwohl den vier anderen an ruhmreicher Selbstverleugnung und Treue zur Pflicht in keiner Weise untergeordnet – wollen wir den Namen von Pater Francis nennen, einen jungen Jesuitenpriester, der nur wenige Monate an dem Ort gewirkt hat. Er war noch nicht lange tot, als die Rettungsmannschaft auf den Körper stieß, der zweifelsfrei durch die Kleidung und das Kruzifix identifiziert werden konnte; er hatte es, wie der Doktor sein Testament, eng an sein Herz gepreßt.

Zwei Männer und ein Kind sind inzwischen im Krankenhaus gestorben. Für alle anderen besteht Hoffnung: obgleich es zwei oder drei Fälle gibt, deren Lebenskraft in einer Weise erschöpft scheint, daß nur noch eine »letzte Hoffnung« besteht, eine endgültige Genesung überhaupt in Betracht zu ziehen.

XIX. KAPITEL

Ein Elben-Duett

Das Jahr – was für ein ereignisreiches Jahr war das für mich gewesen! – ging zu Ende, und die kurzen Wintertage spendeten kaum genug Licht, um die wohlvertrauten Gegenstände zu erkennen, die mit so vielen glücklichen Erinnerungen verbunden waren, als der Zug um die letzte Kurve bog und in den Bahnhof einlief, während der heisere Schrei »Elfenau! Elfenau!« vom Bahnsteig ertönte.

Es war traurig, in dem Gefühl zu dem Ort zurückzukehren, nie wieder das frohe Willkommenslächeln sehen zu dürfen, das mich noch vor wenigen Monaten hier begrüßt hatte. »Und wenn ich ihn trotz allem hier sehen sollte«, murmelte ich, als ich ganz allein dem Träger folgte, der mein Gepäck auf einem Karren transportierte, »und er *›drückte jäh mir meine Hand und fragt nach vielem von zu Haus‹*,* es sollt' mir gar nicht – nein, *›es sollt' mir gar nicht seltsam sein‹!*«**

Nachdem ich Weisung erteilt hatte, mein Gepäck in meine Unterkunft zu befördern, schlenderte ich allein weiter, um meinen lieben alten Freunden – denn das waren sie für mich, obgleich wir uns erst seit kaum einem halben Jahr kannten – dem Earl und seiner verwitweten Tochter einen Besuch abzustatten, ehe ich mich in mein Quartier begab.

Nach meiner Erinnerung führte der kürzteste Weg über den Friedhof. Ich drückte die kleine Eingangspforte auf, suchte langsam meinen Weg zwischen den feierlichen Gedenkstätten der ruhenden Toten und dachte dabei an die vielen, die im Laufe des letzten Jahres gegangen waren, um ›die Mehrheit zu treffen‹.

* AdÜ: Tennyson, In Memoriam A. H. H., xiv, Z. 11–12.

** AdÜ: Tennyson, In Memoriam A. H. H., xiv, Z. 20.

Nach wenigen Schritten erblickte ich das Gesuchte. Vor einem kleinen Marmorkreuz, um das sie gerade einen Blumenkranz wand, kniete Lady Muriel tief in Trauer, das Gesicht mit einem langen Trauerschleier verhüllt.

Das Kreuz stand auf einer ebenen Grasfläche, und noch ehe ich die schlichte Inschrift gelesen hatte, wurde mir bewußt, daß es einfach ein Gedenkkreuz für jemanden war, dessen sterbliche Überreste woanders ruhten: –

Im lieben Gedenken an
ARTHUR FORESTER, M. D.
dessen sterbliche Hülle begraben von der See:
dessen Geist zu Gott kehrte, der ihn gab.

»Niemand hat größere Liebe denn die,
daß er sein Leben läßt für seine Freunde.« *

Sie schlug den Schleier zurück, als sie mich näherkommen sah, und trat ruhig lächelnd und weit gefaßter auf mich zu, als ich erwartet hatte.

»Es ist ganz wie in alten Zeiten, Sie hier zu sehen!« bemerkte sie mit aufrichtiger Freude in der Stimme. »Waren Sie schon bei meinem Vater?«

»Nein«, erklärte ich, »ich war auf dem Weg zu ihm und kam hier vorbei, weil es der kürzeste Weg ist. Ich hoffe, es geht ihm gut und Ihnen ebenfalls?«

»Danke, uns beiden geht es ganz gut. Und Ihnen? Geht es Ihnen schon etwas besser?«

»Leider nein: aber ich bin dankbar, daß es mir nicht schlechter geht.«

»Wir wollen uns einen Augenblick hier hinsetzen und in Ruhe plaudern«, schlug sie vor. Die Ruhe – ja fast Gleichgültigkeit – mit der sie sich gab, überraschte mich. Ich konnte mir nicht vorstellen, wie sehr sie sich Gewalt antat.

»Man ist hier so ungestört«, fuhr sie fort. »Ich gehe hier jeden – jeden Tag hin.«

* AdÜ: Johannes, 15,13.

»Es ist sehr friedlich«, meinte ich.

»Sie haben meinen Brief erhalten?«

»Ja, aber ich habe mit der Antwort gezögert. Es läßt sich so schwer ausdrücken – auf dem *Papier* –«

»Ich weiß. Aber es war sehr freundlich von Ihnen. Sie waren bei uns, als wir zum letzten Mal –« Sie zögerte einen Augenblick und setzte hastiger fort. »Ich bin verschiedene Male unten am Hafen gewesen, aber keiner weiß, welches jener Wassergräber es ist. Man hat mir aber das Haus gezeigt, in dem er starb, das war ein Trost. Ich habe in eben dem Zimmer gestanden, wo – wo –« Sie mühte sich vergeblich weiterzusprechen. Die Schleusen hat ten sich schließlich geöffnet, und der Ausbruch des Grams war schrecklicher, als ich jemals zuvor einen erlebt habe. Ohne Rücksicht auf meine Anwesenheit warf sie sich, die Hände um das kleine Marmorkreuz schlingend, auf dem Rasen nieder und barg ihr Gesicht im Gras. »O mein Liebling, mein Liebling!« schluchzte sie. »Und Gott wollte, daß dein Leben so schön sei!«

Erstaunt hörte ich Lady Muriel genau die Worte wiederholen, die ich von dem allerliebsten Kind vernommen hatte, als es so bitterlich um den toten Hasen weinte. Hatte etwa ein geheimnisvoller Einfluß der lieblichen Elbe von dem menschlichen Geist Besitz ergriffen, der sie so sehr liebte, ehe sie nach Feenland zurückgekehrt war? Der Gedanke schien zu absurd, um wahr zu sein. Und dennoch, *es gibt mehr Ding' im Himmel und auf Erden, als eure Schulweisheit sich träumen läßt?**

»Gott *wollte,* daß es schön sei«, flüsterte ich, »und bestimmt *war* es schön? Gottes Plan scheitert nie!« Mehr wagte ich nicht zu sagen, sondern erhob mich und ließ sie allein. Am Eingangstor zum Haus des Earls wartete ich, lehnte mich an das Tor und beobachtete den Sonnenuntergang, wobei mir viele Erinnerungen durch den Kopf gingen – manche glücklich, manche düster –, bis Lady Muriel sich zu mir gesellte.

Nun war sie wieder ganz ruhig. »Treten Sie ein«, bat sie. »Mein Vater wird sich über Ihren Besuch freuen!«

Der alte Mann erhob sich lächelnd von seinem Stuhl und hieß mich willkommen; doch er verfügte über weit weniger Selbstbeherrschung als seine Tochter, und die Tränen rannen über sein Gesicht, als er meine Hände mit den seinen ergriff und leidenschaftlich drückte.

Mein Herz war zu voll, als daß ich sprechen konnte; und wir saßen alle ein oder zwei Minuten lang schweigend da. Dann läutete Lady Muriel die Glocke zum Tee. »Sie nehmen doch bestimmt den Fünf-Uhr-Tee?« fragte sie mit der lieblichen Heiterkeit, an die ich mich noch so gut erinnern konnte, »auch wenn es Ihnen *nicht* möglich ist, Ihren schlimmen Willen mit dem Gravitationsgesetz durchzusetzen und die Teetassen ein wenig schneller als den Tee im unendlichen Raum fallen zu lassen!«

Diese Bemerkung bestimmte den Ton unserer Konversation. In stillschweigender, gegenseitiger Übereinkunft mieden wir wäh-

* AdÜ: Shakespeare, Hamlet i, 5.

rend dieses ersten Zusammentreffens nach ihrem großen Kummer die schmerzlichen Themen, die unsere Gedanken erfüllten, und redeten unbeschwert wie Kinder, die niemals eine Sorge gequält hat.

»Haben Sie sich jemals die Frage gestellt«, begann Lady Muriel, *à propos* aus heiterem Himmel, »worin der *größte* Vorteil besteht, ein Mensch statt ein Hund zu sein?«

»Nein, bestimmt nicht«, mußte ich eingestehen, »aber meiner Meinung nach liegen in dieser Frage ebenso viele Vorteile auf der Seite des *Hundes*.«

»Zweifellos«, erwiderte sie mit diesem hübsch spöttischen Ernst, der ihr so gut stand, »aber von seiten des Menschen scheint mir der Hauptvorteil darin zu bestehen, daß er *Taschen besitzt!* Das wurde mir – *uns* sollte ich besser sagen; denn mein Vater und ich kamen gerade von einem Spaziergang zurück – erst gestern klar. Wir sind einem Hund begegnet, der einen Knochen nach Hause trug. Ich kann mir nicht vorstellen, was er damit wollte: es war bestimmt kein Fleisch dran –«

Ich hatte das seltsame Gefühl, all dies oder etwas Ähnliches früher schon einmal gehört zu haben: und ich erwartete schon als nächstes die Worte: »Vielleicht wollte er sich einen Wintermantel damit machen?« Aber in Wahrheit sagte sie: »Und mein Vater versuchte es durch einen schlechten Scherz via *knochito, ergo sum* zu rechtfertigen. Also legte der Hund den Knochen hin – aber *nicht* etwa, weil er von dem Wortspiel angewidert war, was ihn als Hund von Geschmack ausgewiesen hätte –, sondern einfach, um seine Kiefer zu entlasten, armer Kerl! Er hat mir *so* leid getan! Wollen Sie nicht auch meiner *Wohltätigen Stiftung für die Ausstattung von Hunden mit Taschen* beitreten? Wie würde es *Ihnen* gefallen, Ihren Spazierstock im Mund zu tragen?«

Ich ignorierte die schwierige Frage bezüglich der *Daseinsberechtigung* eines Spazierstockes und der Annahme, man besitze keine *Hände*, und erwähnte eine kurioses Beispiel von der Verstandeskraft eines Hundes, dessen Zeuge ich einmal gewesen war. Ein Herr befand sich mit einer Dame, einem Kind und einem großen Hund am Ende einer Mole, auf der ich spazierenging. Wahrscheinlich zum Vernügen des Kindes legte der Herr seinen

Schirm und den Parasol der Dame auf den Boden und ging zum anderen Ende der Mole, von wo aus er den Hund nach den zurückgelassenen Gegenständen schickte. Ich beobachtete es mit einiger Neugierde. Der Hund kam zu der Stelle zurückgelaufen, an der ich stand, doch beim Auflesen der Gegenstände, nach denen er geschickt war, sah er sich einer unerwarteten Schwierigkeit gegenüber. Wenn er den Schirm im Maul trug, waren seine Kiefer zu weit auseinander, als daß er den Parasol sicher packen konnte. Nach zwei oder drei Fehlschlägen hielt er mit seinen Versuchen inne und überlegte.

Dann legte er den Schirm hin und nahm als erstes den Parasol. Natürlich brauchte er sein Maul jetzt nicht annähernd so weit aufzureißen, und er konnte auch noch den Schirm problemlos fassen, und er sprang triumphierend davon. Es bestand kein Zweifel, daß er durch eine echte Kette logischer Gedanken zu diesem Schluß gekommen war.

»Ich stimme ganz und gar mit Ihnen überein«, pflichtete Lady Muriel bei, »aber verdammen orthodoxe Schriftsteller nicht die Ansicht, die Menschen auf das Niveau niedrigerer Lebewesen stellt? Ziehen sie nicht eine scharfe Grenze zwischen Verstand und Instinkt?«

»Das *war* einmal die orthodoxe Ansicht der vorigen Generation«, erklärte der Earl. »Die religiöse Wahrheit schien mit der Behauptung zu stehen oder zu fallen, der Mensch sei das einzige vernunftbegabte Wesen. Aber das gilt nicht mehr. Der Mensch kann noch *bestimmte* Monopole beanspruchen – zum Beispiel kann er die *Sprache* in einer Weise gebrauchen, daß er die Arbeit durch ›Arbeitsteilung‹ bewältigt. Aber der Glaube, wir besäßen in der *Vernunft* ein Monopol, ist längst überholt. Trotzdem bleibt die Katastrophe aus. Wie ein alter Dichter sagt: *›Gott ist, wo er war‹.*«*

»Die meisten Gläubigen würden *heutzutage* Bischof Butler beipflichten«, behauptete ich, »und keine Beweisführung ablehnen, selbst wenn die geradewegs zu der Schlußfolgerung führt, daß

* AdÜ: als Sprichwort bei John Heywood, A dialogue conteinyng the nomber in effect of all the prouerbs in the english tongue, 1546–1549.

Tiere eine Art *Seele* besitzen, die ihren physischen Tod überdauert.«

»Ich *würde das* gern glauben!« wünschte sich Lady Muriel. »Wenn auch nur um der armen Pferde willen. Ich habe mir schon manchmal vorgestellt, wenn mir etwas meinen Glauben an Gottes vollkommene Gerechtigkeit nehmen *könnte*, dann wären es die Leiden eines Pferdes – die es schuldlos und unverdient erduldet!«

»Es gehört zu einem großen Rätsel«, überlegt der Earl, »weshalb unschuldige Wesen *immer* leiden. Es ist *wirklich* eine schwere Glaubensprüfung –, aber meiner Meinung nach keine zerstörende.«

»Die Leiden der *Pferde*«, erklärte ich, »haben ihren vornehmlichen Ursprung in der Grausamkeit des *Menschen*. Deshalb ist *dies* nur eines von vielen Beispielen für eine Sünde, die Leiden bei anderen auslöst, die keine Sünder sind. Aber sehen Sie kein *größeres* Problem in den Leiden, die ein Tier einem anderen zufügt? Wenn zum Beispiel eine Katze mit einer Maus spielt. Sofern man keine *moralische* Verantwortung voraussetzt, ist das dann nicht ein größeres Mysterium, als wenn ein Mann ein Pferd bis zur Erschöpfung schindet?«

»Ich glaube, Sie haben *recht*«, stimmte Lady Muriel zu und blickte in stummem Appell ihren Vater an.

»Welches Recht haben wir für derartige Voraussetzungen?« erkundigte sich der Earl. »*Viele* unserer religiösen Probleme beruhen bloß auf Schlußfolgerungen falscher Voraussetzungen. Ich denke, die klügste Entgegnung ist in den meisten Fällen *›wir können doch nicht alles wissen‹*.«*

»Sie haben eben die ›Arbeitsteilung‹ erwähnt«, erinnerte ich. »In einem Bienenvolk gelangt sie doch bestimmt zur größten Perfektion?«

»So wunderbar – so ganz übermenschlich –«, schwärmte der Earl, »und so ganz unvereinbar mit der Intelligenz, die sie auf anderen Gebieten zeigen –, daß ich überhaupt keinen Zweifel hege, daß es im *reinen* Instinkt und *nicht*, wie einige meinen, in einem sehr weit entwickelten Vernunftsystem begründet ist. Bedenken

* AdÜ: Tennyson, In Memoriam A. H. H., liv, Z. 13.

Sie einmal, wie unbeholfen eine Biene ihren Weg aus dem offenen Fenster zu finden versucht! Sie bedient sich *nicht* vernünftiger Überlegung im Sinne des Wortes: sie stößt sich einfach herum! Ein Hühnchen, das sich so verhält, würden wir für *schwachsinnig* halten. Und trotzdem fordert man uns auf zu glauben, ihr intellektuelles Niveau stehe über dem von Sir Isaak Newton!«

»Dann sind Sie also der Meinung, das *reiner* Instinkt keinerlei *Vernunft* beinhaltet?«

»Im Gegenteil«, widersprach der Earl, »ich bin der Meinung, daß die Arbeit eines Bienenvolkes Vernunft *höchsten* Grades beinhaltet. Aber sie wird nicht von der *Biene* eingesetzt. *Gott* hat das alles geplant und nur das *Ergebnis* des durchdachten Vorgangs in die Verstandeskraft der Biene eingepflanzt.«

»Aber wie kommt es dann, daß ihre Verstandeskräfte zusammenwirken?« zweifelte ich.

»Wie kommen Sie zu der Annahme, daß sie Verstandeskräfte *besitzen?*«

»Einspruch, Einspruch!« rief Lady Muriel triumphierend ohne den geringsten schuldigen Respekt. »Hör mal, du hast doch selbst gerade eben erst gesagt: ›die Verstandeskraft der Biene‹!«

»Aber ich habe nicht von *›Verstandeskräften‹* gesprochen, mein Kind«, korrigierte der Earl sanft. »Mir scheint die wahrscheinlichste Lösung des Problems ›Biene‹, daß ein Bienenschwarm *nur einen Verstand besitzt.* Wir kennen viele Beispiele, bei denen der Verstand eine äußerst komplizierte Ansammlung von Gliedern und Organen belebt, *wenn sie miteinander verbunden sind.* Woher wollen wir aber wissen, daß eine physische Verbindung notwendig ist? Wäre bloße Nachbarschaft nicht ausreichend? Wenn dem so ist, dann ist ein Bienenschwarm einfach ein einziges Lebenwesen, dessen viele Glieder nicht ganz dicht zusammen sind!«

»Der Gedanke ist verwirrend«, stellte ich fest, »und man muß erst darüber schlafen, um ihn völlig zu begreifen. Vernunft und Instinkt befehlen mir beide, nach Hause zu gehen. Deshalb, gute Nacht!«

»Ich werde Sie ein kurzes Stück ›eskortieren‹«, bot Lady Muriel an. »Ich bin heute noch nicht spazierengegangen. Es wird mir gut tun, und ich muß Ihnen noch etwas sagen. Sollen wir durch den Wald gehen? Das ist schöner als über die Weiden, auch wenn es *schon* ein wenig dunkel wird.«

Wir tauchten in den Schatten verschlungener Äste, die eine fast vollkommen symmetrische Architektur formten, zu lieblichen Kreuzgratgewölben gruppiert waren oder, weiter als das Auge reichte, wie eine geisterhafte Kathedrale in endlose Seitenschiffe, Chorräume und Mittelschiffe mündeten, als habe hier der Traum eines mondsüchtigen Poeten Hand angelegt.

»In diesem Wald denke ich immer wieder an Elben!« hob sie nach einer Pause an (Schweigen schien nur natürlich in dieser schattigen Einsamkeit). »Darf ich Ihnen eine Frage stellen?« fügte sie zögernd hinzu. »Glauben Sie an Elben?«

Der momentane Impuls, ihr auf der Stelle von meinen Erfahrungen in eben diesem Walde zu erzählen, war derart stark, daß ich nur mit größter Mühe die Worte zügeln konnte, die mir auf der Zunge lagen. »Wenn Sie unter ›glauben‹ verstehen, ob ich ›ihre Existenz für *möglich* halte‹, so lautet meine Antwort: ›Ja‹. Für ihre *wirkliche* Existenz benötigt man natürlich *Beweise*.«

»Vor kurzem haben Sie gesagt«, fuhr sie fort, »daß Sie bei hinreichenden Beweisen *alles* annähmen, was *a priori* nicht unmöglich ist. Und Sie nannten, glaube ich, *Geister* als Beispiel für ein *nachweisbares* Phänomen. Wären Elben ein weiteres Beispiel?«

»Ja, ich glaube schon.« Und wieder fiel es mir schwer, den Wunsch zu unterdrücken, mehr zu sagen. Aber ich war mir einer gleichgestimmten Zuhörerin noch nicht sicher.

»Und haben Sie eine Theorie hinsichtlich der Frage, welche Position sie in der Schöpfung einnähmen? Sagen Sie mir doch, was Sie darüber denken! Besäßen sie zum Beispiel (vorausgesetzt, solche Wesen existierten), besäßen sie dann moralische Verantwortung? Ich meine« (und ihre leicht spaßhafte Stimme wurde plötzlich tiefernst) »können sie *sündigen*.«

»Sie können denken – vielleicht auf einem niedrigeren Niveau als Erwachsene –, und ich glaube, sie können der Mentalität eines Kindes nie entwachsen; und sie haben ganz bestimmt eine moralische Einstellung. Ein derartiges Wesen ohne *freien Willen* wäre absurd. Ich komme also zu dem Ergebnis, daß sie sündigen *können*.«

»Sie glauben an sie?« rief sie entzückt mit einer plötzlichen Bewegung, als wolle sie in die Hände klatschen. »Nun sagen Sie mir doch schon, haben Sie dafür einen Grund?«

Und ich bemühte mich immer noch, die Enthüllungen zurückzuhalten, deren Kommen ich mit Gewißheit spürte. »Ich glaube, es gibt überall *Leben* – nicht nur *körperliches,* nicht nur solches, das wir mit unseren Sinnen registrieren können –, sondern ebensogut körperloses und unsichtbares. Wir glauben an unser eigenes körperloses Wesen – sei es nun ›Seele‹ oder ›Geist‹ oder was auch immer. Warum sollte es *nicht* ähnliche Wesen um uns geben, die *nicht* an einen sichtbaren, *physischen* Körper gebunden sind? Schuf Gott nicht diesen fröhlichen Insektenschwarm, der im Sonnenstrahl für eine Wonnestunde tanzt, um die Summe unseres Frohsinns zu mehren? Und wo dürfen wir die Grenze ziehen und sagen: ›Er hat all dies geschaffen und sonst nichts‹?«

»Ja, ja!« stimmte sie so zu und beobachtete mich aus funkelnden Augen. »Aber das sind nur Gründe, sie nicht zu *leugnen.* Sie haben noch andere Gründe, nicht wahr?«

»Nun, ja«, bestätigte ich, denn ich fühlte, daß ich jetzt alles sagen konnte. »Keine Zeit und kein Ort wäre geeigneter, es zu erzählen. Ich habe sie *gesehen* – und es geschah in eben diesem Wald!«

Lady Muriel stellte keine weiteren Fragen. Mit gesenktem Kopf und fest gefalteten Händen schritt sie schweigend an meiner Seite. Erst als ich mit meiner Geschichte fortfuhr, holte sie dann und wann kurz Atem wie ein Kind, das vor Entzücken keucht. Und ich erzählte ihr, was ich noch nie zuvor einem Menschen anvertraut hatte, von meinem Doppelleben und auch (denn *meines* hätte als Tagtraum abgetan werden können) von dem Doppelleben der beiden lieben Kinder.

Und als ich von Brunos wildem Herumtoben berichtete, lachte sie froh; und als ich von Sylvies Anmut, ihrer völligen Selbstlosigkeit und ihrer treuen Liebe sprach, schöpfte sie tief Atem wie jemand, der endlich kostbare Neuigkeiten erfährt, nach denen sich das Herz schon lange gesehnt hat; und Freudentränen rannen über ihre Wangen.

»Ich habe oft das Verlangen, einem Engel zu begegnen«, wisperte sie so leise, daß ich die Worte kaum verstehen konnte. »Ich bin *so* froh, daß ich Sylvie gesehen habe! Mein Herz hängt an dem Kind, seit ich es das erste Mal gesehen habe –. Hören Sie!« sie unterbrach sich plötzlich. »Da singt Sylvie! Ich bin ganz sicher! Kennen Sie ihre Stimme nicht?«

»Ich habe *Bruno* schon mehrmals singen hören«, erklärte ich, »aber noch nie Sylvie.«

»Ich habe sie nur einmal gehört«, meinte Lady Muriel. »Und zwar an dem Tag, als Sie uns die geheimnisvollen Blumen mitgebracht haben. Die Kinder waren in den Garten gelaufen; und ich sah Eric kommen und ging ihm ans Fenster entgegen: und Sylvie sang unter den Bäumen gerade ein Lied, das ich noch niemals zuvor gehört hatte. Der Text lautete etwa ›ich glaub', es ist Liebe, ich spür', es ist Liebe‹. Ihre Stimme klang weit weg wie im Traum, aber sie war unbeschreiblich schön – so süß wie das erste Lächeln eines Kindes oder der erste Schimmer der weißen Klippen, wenn man nach schweren Jahren *heim*kommt – eine Stimme, die die ganze Seele mit Frieden und himmlischen Gedanken zu erfüllen schien –. Hören Sie!« rief sie und unterbrach sich aufgeregt. »Das *ist* ihre Stimme, und das ist das nämliche Lied!«

Ich konnte die Worte nicht unterscheiden, doch die Luft war von traumhafter Musik erfüllt, die immer voller und voller zu klingen schien, so als nähere sie sich uns. Wir blieben ganz still stehen, und nach einer weiteren Minute erschienen die beiden Kinder und kamen durch eine gewölbte Öffnung zwischen den Ästen direkt auf uns zu. Sie hatten die Arme umeinander geschlungen, und die untergehende Sonne warf einen goldenen Heiligenschein um ihre Häupter, wie man ihn von Ikonen kennt. Zwar blickten sie in unsere Richtung, doch bemerkten sie uns offensichtlich nicht, und ich erkannte bald, daß sich auch Lady Muriel diesmal in dem *mir* schon vertrauten Zustand befand, so daß wir beide »grißelten« und daß wir, obgleich wir die Kinder ganz deutlich sehen konnten, für *sie* völlig unsichtbar waren.

Mit ihrem Auftritt verstummte das Lied: doch zu meinem Entzücken schlug Bruno sogleich vor: »Laß es uns nochma singen, Sylvie! Es klingt *wirklich* sehr hübsch!« Und Sylvie erwiderte: »Also gut. *Du* fängst an.«

So begann Bruno mit seinem lieblich kindlichen Sopran, den ich so gut kannte:

»Sag, was ist der Zauber, wenn Nesthocker bangen,
der heim lockt den Vogel ins Nest?
Wenn weinende Kinder die Mutter verlangen,
die fest an ihr Herz sie dann preßt?
Welch bezaubernder Charme wiegt das Baby im Arm,
bis es gurrt wie die Taube so sanft?«

Und nun geschah das allerseltsamste von all den seltsamen Erlebnissen, die das wundervolle Jahr auszeichneten, dessen Geschichte ich gerade niederschreibe – das Erlebnis, Sylvies Singstimme zum ersten Mal zu hören. Ihr Part war recht kurz – nur wenige Worte, und sie sang sie schüchtern und ganz leise, kaum hörbar, aber die *Lieblichkeit* ihrer Stimme war einfach unbeschreiblich; ich hatte nie zuvor auf Erden einen solchen Klang vernommen.

»Ein Geheimnis ich weiß, laßt uns wispern es leis –
Das Geheimnis wird Liebe genannt!«

Für mich bestand die erste Wirkung ihrer Stimme in einem plötzlich stechenden Schmerz, der sich mir geradewegs durchs Herz zu bohren schien. (Ich hatte einen derartigen Schmerz bisher nur einmal in meinem Leben verspürt, und das geschah bei einem *Anblick,* der mir im Nu die Idee vollkommener Schönheit vergegenwärtigte –, es war auf einer Ausstellung in London, wo ich beim Drängeln durch eine Menschenmasse unvermutet einem Kind von wahrhaft unirdischer Schönheit Aug in Aug gegenüberstand.) Dann schoß ein heißer Tränenstrom in die Augen, und es war, als könne man aus reinem Entzücken die Seele wegweinen. Und schließlich befiel mich ein Gefühl von Furcht, das beinahe an Schrecken grenzte – etwa so ein Gefühl, wie Moses beschlichen haben muß, als er die Worte vernahm: *»Ziehe deine Schuhe von deinen Füßen, denn das Land, auf dem du stehst, ist heiliges*

*Land.«** Die Gestalten der Kinder wurden vage und schattenhaft wie ein flimmernder Meteor: während ihre Stimmen in vollkommener Harmonie zusammenklangen, als sie sangen:

»Ich glaub', es ist Liebe,
ich spür', es ist Liebe,
ich weiß ganz gewiß, es ist Liebe!«

Diesmal konnte ich sie wieder deutlich sehen. Bruno sang abermals solo: –

»Sag, welch eine Stimme, wenn Ärger verzehret,
die Wirbel des Sturmes bezwingt?
Die Seele nicht länger mehr quält und beschweret,
zur Freundschaft in Frieden sie bringt?
Welcher Klang uns verschönt unser Wesen – und tönt
um uns von oben und unten?«

Sylvie sang diesmal mutiger: die Worte schienen sie mitzureißen: –

»Ein Geheimnis: ihr nicht seht, wie es kommt, wie es geht:
das Geheimnis wird Liebe genannt!«

Und klar und kräftig tönte der Refrain: –

»Ich glaub', es ist Liebe,
ich spür', es ist Liebe,
ich weiß ganz gewiß, es ist Liebe!«

Abermals hörten wir allein Brunos sanftes Stimmchen: –

»Sag, wessen Verstand malt Hügel und Land
wie ein Bildnis dem Auge so fein?
Was sprenkelt die Auen, Geflimmer zu schauen,
daß Lämmchen froh hüpfen hinein?«

* AdÜ: 2. Mose 3,5.

Und wieder schwoll die silberhelle Stimme an, deren engelhafte Lieblichkeit ich kaum ertragen konnte: –

> *»Das Geheimnis macht halt, vor Herz, grausam und kalt,*
> *wird es auch von Engeln besungen,*
> *in Klängen, die klar, dem Lauscher gewahr –*
> *von Liebe uns künden die Zungen!«*

Und dann stimmte Bruno wieder ein mit

> *»Ich glaub', es ist Liebe,*
> *ich spür', es ist Liebe,*
> *ich weiß ganz gewiß, es ist Liebe!«*

»Das sinn hübsch!« rief der kleine Bursche aus, als die Kinder an uns vorübergingen – und zwar so dicht, daß wir uns ein wenig zurückzogen, um ihnen Platz zu machen, und scheinbar brauchten wir nur die Hand auszustrecken, um sie zu berühren: aber wir versuchten es erst gar nicht.

»Sie anzuhalten wäre zwecklos gewesen!« erklärte ich, als sie im Schatten verschwanden. »Sie konnten uns ja nicht einmal *sehen!«*

»Völlig zwecklos«, wiederholte Lady Muriel seufzend. »Ich würde sie gern im Leben wiedersehen! Aber irgendwie ahne ich, *das* kann nie mehr geschehen. Sie sind aus unserem Leben gegangen!« Sie seufzte noch einmal; und wir sprachen kein weiteres Wort, bis wir in der Nähe meiner Unterkunft auf die Hauptstraße kamen.

»Also, ich werde Sie hier verlassen«, sagte sie. »Ich muß zurück sein, bevor es dunkel ist: zuerst muß ich aber noch einen Freund in einer der Hütten besuchen. Gute Nacht, lieber Freund! Wir werden uns wiedersehen, bald – und oft!« fügte sie mit leidenschaftlicher Wärme hinzu. *»Nicht viele sind's, wir lieben sehr!«**

* AdÜ: Tennyson, To Reverent F. D. Maurice, 1854.

»Gute Nacht!« antwortete ich. »Tennyson hat es zu einem wertvolleren Freund gesagt, als ich es bin.«

»Tennyson wußte nicht, wovon er sprach!« entgegnete sie keß mit einem Hauch ihrer früheren kindlichen Fröhlichkeit, und wir schieden.

XX. KAPITEL

Spinnereien und Spinat

Die Begrüßung durch meine Wirtin war besonders herzlich: und obgleich sie mit großem Feingefühl jegliche direkte Anspielung auf meinen Freund mied, dessen Anwesenheit meinen Lebensweg so sehr erhellt hatte, spürte ich mit Bestimmtheit, daß ein gütiges Mitleid mit meiner Einsamkeit sie so besonders ängstlich darauf bedacht machte, alles ihr mögliche zu unternehmen, mir die Behaglichkeit und die Atmosphäre eines Heims zu gewähren.

Der einsame Abend schien lang und ermüdend zu werden: gleichwohl verweilte ich, beobachtete das erlöschende Feuer und veranlaßte Phantasia, aus glühenden Kohlebrocken Formen und Gesichter vergangener Tage zu gestalten. Mal schien sich Brunos schelmisches Lächeln zu bilden: mal waren es Sylvies rosige Wangen: und dann wieder des Professors lustig rundes Gesicht, das vor Freude strahlte. »Seid mir willkommen, meine Kleinen!« sagte er scheinbar. Und die rotglühende Kohle, die für einen Augenblick den lieben alten Professor verkörpert hatte, verglomm allmählich, und mit ihrem erlöschenden Schimmer schienen auch die Worte zu verhallen. Ich nahm das Schüreisen und belebte mit ein, zwei geschickten Stößen die schwächer werdende Glut, während Phantasia – bestimmt keine spröde Sängerin – mir einmal mehr die zauberhafte Weise sang, die ich so gern hörte.

»Seid willkommen, ihr Kleinen!« wiederholte die heitere Stimme. »Ich habe ihnen schon gesagt, daß ihr kommt. Eure Zimmer sind in Ordnung gebracht. Und der Kaiser und die Kaiserin – also, ich denke, sie sind zufriedener als sonst! Tatsächlich hat Ihre Hoheit gesagt: ›Ich hoffe, sie sind rechtzeitig zum Bankett da!‹ Das waren genau ihre Worte, ehrlich!«

»Nimmt Uggug am Bankett teil?« fragte Bruno. Und den beiden Kindern wurde angesichts der traurigen Aussichten unbehaglich zumute. »Aber natürlich nimmt er teil!« kicherte der Professor. »Es ist doch sein *Geburtstag*, habt ihr das vergessen? Und man wird auf seine Gesundheit trinken und all so was. Was wäre das Bankett ohne *ihn?*«

»Sehr viel netter«, stellte Bruno fest. Doch er sagte es ganz leise, und nur Sylvie hörte ihn.

Der Professor kicherte abermals. »Es wird ein lustiges Bankett, wenn *du* dabei bist, mein kleiner Mann! Ich bin *so* froh, dich wiederzusehen!«

»Wir waren leider sehr lang unterwegs«, bemerkte Bruno höflich.

»Nun, ja«, pflichtete der Professor bei. »Jetzt aber, wo ihr hier seid, seid ihr sehr kurz: das ist *ein* Trost.« Und er fuhr fort, die einzelnen Tagesordnungspunkte durchzugehen. »Die Vorlesung kommt als erstes«, zählte er auf. »Die Kaiserin *besteht darauf*. Sie meint, die Leute essen beim Bankett so viel, daß sie nachher zu müde sind, die Vorlesung zu hören – und vielleicht hat sie recht. Man wird nur eine kleine Erfrischung reichen, wenn die Leute eintreffen – als eine Art Überraschung für die Kaiserin. Die ganze Zeit über war sie – also, nicht *ganz* so klug wie früher – es schien uns daher ratsam, kleine Überraschungen für sie auszutüfteln. Danach kommt die Vorlesung –«

»Was? Die Vorlesung, an der du schon so lange gearbeitet hast?« erkundigte sich Sylvie.

»Ja – genau die«, gab der Professor ziemlich widerstrebend zu. »Ihre Vorbereitung hat viel Zeit gekostet. Ich muß mich noch auf so viel anderes konzentrieren. Ich bin zum Beispiel Hofarzt. Ich muß die königlichen Diener bei guter Gesundheit halten – da fällt mir ein!« rief er und läutete hastig die Glocke. »Heute ist Medizin-Tag! Wir geben nur einmal in der Woche Medizin aus. Wenn wir anfangen würden, sie jeden Tag auszugeben, wären die Flaschen *bald* leer!«

»Aber wenn jemand an einem anderen Tag krank würde?« deutete Sylvie an.

»Was, krank am falschen Tag!« empörte sich der Professor. »Oh, das kann niemals geschehen! Ein Diener, der am falschen

Tag erkrankte, würde *auf der Stelle* entlassen. Hier ist die Medizin für *heute*«, fuhr er fort und nahm eine große Kanne aus einem Regal. »Ich habe sie eigenhändig heute als erstes gemischt. Probier doch mal!« bot er an und reichte Bruno die Kanne hin. »Tunk deinen Finger hinein und probier!«

Bruno tat es und verzog das Gesicht derart qualvoll, daß Sylvie bestürzt ausrief: »Oh, Bruno, das durftest du doch nicht!«

»Sie schmeckt ganz besonders scheußlich!« schimpfte Bruno, als seine Gesichtszüge wieder ihre Normallage eingenommen hatten.

»Scheußlich?« verwunderte sich der Professor. »Aber *klar doch* schmeckt sie scheußlich! Was wäre Medizin, wenn sie nicht *scheußlich* schmeckte?«

»Schmackhaft«, reagierte Bruno prompt.

»Ich wollte gerade sagen –« stotterte der Professor ziemlich überrascht von Brunos Schlagfertigkeit, »– daß sie dann nicht wirksam wäre. Medizin *muß* nämlich scheußlich schmecken. Sei so gut und trag die Kanne in die Gesindestube hinunter«, sagte er zu dem Lakaien, der die Tür öffnete, »und bestell ihnen, das sei die Medizin für *heute*.«

»Wer soll sie trinken?« fragte der Lakai, während er die Kanne forttrug.

»Och, *das* habe ich noch nicht entschieden!« erwiderte der Professor lebhaft. »Ich komme nachher und lege es fest. Sag ihnen, sie sollen keinesfalls vorher beginnen! Es ist wirklich *wunderbar*«, behauptete er zu den Kindern gewandt, »welchen Erfolg ich mit dem Kurieren von Krankheiten gehabt habe! Hier sind einige meiner Memoranda.« Er nahm einen Papierstapel aus dem Regal, der zu zweien oder dreien zusammengeheftet war. »Seht euch bloß diese Sammlung an. *›Hilfskoch Nummer dreizehn erholte sich vom gemeinen Fieber – Febris Communis.‹* Und jetzt seht einmal, was daran geheftet ist. *›Verordnete Hilfskoch Nummer dreizehn eine doppelte Dosis Medizin.‹* Auf *so* etwas kann man stolz sein, wohl?«

»Aber was ist *zuerst* passiert?« erkundigte sich Sylvie ganz verwirrt.

Der Professor prüfte die Papiere sorgfältig. »Sie sind nicht *datiert*, wie ich gerade sehe«, gab er mit etwas bedrückter Miene zu:

»deshalb kann ich es euch leider nicht sagen. Doch *beides* ist passiert: *daran* besteht kein Zweifel. Die *Medizin* ist das Großartige, wißt ihr. Die *Krankheiten* sind weniger wichtig. Eine *Medizin* kann man viele Jahre lang behalten: aber keiner möchte jemals eine *Krankheit* behalten! Da fällt mir ein, kommt mit und seht euch einmal die Plattform an. Der Gärtner hat mich gebeten, sie zu begutachten. Wir müssen gehen, bevor es dunkel wird.«

»Wir kommen sehr gern mit!« entgegnete Sylvie. »Na los, Bruno, setz deinen Hut auf. Laß den lieben Professor nicht warten!«

»Kann meinen Hut nich finden!« beklagte sich der kleine Bursche. »Ich hab ihn rumgerollt. Un er hat sich von selbst weggerollt!«

»Vielleicht ist er *dahin* gerollt«, vermutete Sylvie und deutete in eine dunkle Nische, deren Luke halb offenstand: und Bruno rannte hinein, um nachzusehen. Nach einer Minute kam er wie-

der herausgeschlichen, blickte sehr ernst drein und verschloß sorgfältig die Luke hinter sich.

»Er iss nich da«, verkündete er mit so ungewöhnlicher Feierlichkeit, daß Sylvies Neugierde erregt wurde.

»Was ist denn drin, Bruno?«

»Da iss Spinnweben – un zwei Spinnen –«, zählte Bruno nachdenklich an seinen Fingern ab, »– un der Einband vonnem Bilderbuch – unne Schildkröte – unne Nußschale – un'n alter Mann.«

»Ein alter Mann!« staunte der Professor und trabte aufgeregt durchs Zimmer. »Aber das muß der Andere Professor sein, den wir vor so langer Zeit verloren haben!«

Er öffnete die Luke weit: und da war der Andere Professor, saß auf einem Stuhl mit einem Buch auf den Knien und war gerade dabei, eine Nuß von der Schale zu befreien, die er von einem Regal in seiner Reichweite genommen hatte. Er blickte sich nach uns um, sagte aber nichts, bis er die Nuß geknackt und gegessen hatte. Dann stellte er die alte Frage. »Ist die Vorlesung fertig?«

»Sie beginnt in einer Stunde«, erklärte der Professor und wich der Frage aus. »Zuerst müssen wir der Kaiserin noch eine Überraschung bereiten. Und dann kommt das Bankett –«

»Das Bankett!« schrie der Andere Professor, sprang auf und füllte das Zimmer mit einer Staubwolke. »Dann sollte ich besser gehen und mich ein wenig abbürsten. In was für einem Zustand ich bin!«

»Er sollte sich *wirklich* bürsten!« betonte der Professor mit bedenklicher Miene. »Hier ist dein Hut, kleiner Mann! Ich hatte ihn aus Versehen aufgesetzt. Ich hatte ganz vergessen, daß ich bereits *einen* aufhatte. Laßt uns die Plattform begutachten.«

»Un der nette alte Gärtner singt noch immer da!« freute sich Bruno, als wir in den Garten gingen. »Er hat wohl immer dasselbe Lied gesingt, seit wir weg sinn!«

»Aber natürlich hat er!« bestätigte der Professor. »Es liegt ihm nämlich nicht, aufzuhören.«

»*Wo* liegt es nich?« wollte Bruno wissen: doch der Professor hielt es für das beste, die Frage zu überhören. »Was machst du mit dem Igel?« schrie er den Gärtner an, der auf einem Bein stand und mit weicher Stimme sang, während er mit dem anderen Fuß einen Igel hin und her rollte.

»Ich wollt' wissen, wovon 'n Ijel lebt: deshalp halt' ich d'n Ijel hier – un guck, ob er Kartoffeln ißt –«

»Besser, man hält eine Kartoffel«, riet der Professor; »und sieht, ob die Igel sie essen!«

»Dat iss sicherlich der richtije Wech!« gab der Gärtner zu. »Seider jekomm, um nach der Blattform zu sehn?«

»Ja, ja!« freute sich der Professor. »Und die Kinder sind wieder da, siehst du!«

Der Gärtner grinste sie an. Dann führte er sie zum Pavillon; und während er ging, sang er: –

»Er guckt' nochmal und sah, es war
der Dreisatzkommentar:
›Nun ist sein ganzer Sinn‹, sprach er,
›mir wirklich sonnenklar!‹ «

»Du singst das Lied nun schon seit *Monaten*«, merkte der Professor an. »Ist es noch nicht zu Ende?«

»Es jipt nur noch enen Värs«, trauerte der Gärtner. Und während ihm die Tränen die Wangen hinunterströmten, sang er den letzten Vers: –

»Er dacht', er säh' ein Zeichen jetzt,
das ihn als Papst ausweise:
er guckt' nochmal und sah, es war
nur eine Eierspeise.
›Oh, welche Schmach‹, er bitter sprach,
›die Hoffnung schwindet leise!‹ «

Tränenerstickt eilte der Gärtner hastig einige Meter von der Gesellschaft weg, um seine Gefühle zu verbergen.

»Hat *er* die Eierspeise wirklich gesehen?« erkundigte sich Sylvie, als wir folgten.

»Oh, bestimmt!« behauptete der Professor. »Das Lied berichtet nämlich nur seine eigenen Erlebnisse.«

Tränen eines stets bereiten Mitleids glitzerten in Brunos Augen. »Mich tut es *sehr* leid, daß er kein Babst iss!« klagte er. »Tut es dich nich auch leid, Sylvie?«

»Na – ich weiß nicht recht«, zweifelte Sylvie. »Wäre er dann glücklicher?« fragte sie den Professor.

»Der *Papst* wäre bestimmt glücklicher«, meinte der Professor. »Ist die Plattform nicht *hübsch?*« fragte er, als wir den Pavillon betraten.

»Ich hap extra 'nen Balken drunterjestellt!« erklärte der Gärtner und tätschelte ihn dabei zärtlich. »Unt nun issses so fest, daß – daß selpst 'n v'rrückter Ellefant druff tanzen könnt'!«

»Ich danke dir sehr«, sagte der Professor herzlich. »Ich weiß zwar nicht, ob wir sie dafür brauchen – aber es ist gut zu wissen.« Er führte die Kinder auf die Plattform, um ihnen die Sitzordnung zu erklären. »Seht ihr, hier sind drei Plätze für den Kaiser, die Kaiserin und Prinz Uggug. Aber es müssen noch zwei Stühle hin!« stellte er fest und blickte zum Gärtner hinunter. »Einen für Lady Sylvie und einen für das kleine Wesen!«

»Darf ich bei der Vorlesung mithelfen?« bot sich Bruno an. »Ich kann ja einige Märchen lesen.«

»Nun, es ist eigentlich keine Märchen-Vorlesung«, korrigierte der Professor, während er einige kurios aussehende Maschinen auf der Tischtafel ausrichtete. »Wie auch immer, was kannst du? Bist du zum Beispiel schon einmal durch eine Tafel gestiegen?«

»Oft!« behauptete Bruno. »Nich *wahr,* Sylvie?«

Der Professor war überrascht, obgleich er es nicht zeigen wollte. »Das muß untersucht werden«, murmelte er vor sich hin und zückte sein Notizbuch. »Also zuerst einmal – was ist das für eine Tafel?«

»Sag's ihm!« wisperte Bruno Sylvie zu und umarmte sie.

»Sag's ihm doch selbst«, meinte Sylvie.

»Kannich«, behauptete Bruno. »Es iss so ein *knochiges* Wort.«

»Unsinn!« lachte Sylvie. »Du kannst es ganz gut sagen, wenn du nur willst. Nun los!«

»Muli –«, begann Bruno. »Das iss ein Teil davon.«

»*Was* meint er?« rief der Professor verwirrt.

»Er meint die Multiplikationstafel«, erklärte Sylvie.

Der Professor blickte verärgert drein und schloß sein Notizbuch wieder. »Oh, das ist eine *ganz* andere Sache«, urteilte er.

»Es gibt immer so viel andre Sachen«, beschwerte sich Bruno. »Nich *wahr,* Sylvie?«

Ein lauter Trompetenstoß unterbrach ihr Gespräch. »Hach, das Fest hat schon *begonnen!*« rief der Professor aus und eilte mit den Kindern in die Empfangshalle. »Ich habe gar nicht daran gedacht, daß es schon so spät ist!«

Ein kleiner Tisch mit Kuchen und Wein stand in einer Ecke der Halle; und hier trafen wir auf den Kaiser und die Kaiserin, die uns erwarteten. Im übrigen war die Halle von Möbeln geräumt, um Platz für die Gäste zu schaffen. Mich beeindruckte die große Veränderung sehr, die im Laufe weniger Monate in den Gesichtern des kaiserlichen Paares stattgefunden hatte. Des *Kaisers* normaler Gesichtsausdruck war jetzt ein geistesabwesendes Starren; wohingegen über das Gesicht der *Kaiserin* von Zeit zu Zeit ein sinnloses Lächeln glitt.

»Seid ihr also endlich da!« nörgelte der Kaiser mißgelaunt, als der Professor und die Kinder ihre Plätze einnahmen. Es war unverkennbar, daß er *sehr* verärgert war: und wir brauchten nicht lange, um die Ursache herauszufinden. Er fand die Vorbereitungen, die für die kaiserliche Einladung getroffen worden waren, ihrer Würde unangemessen. »Ein ordinärer Mahagonitisch!« grollte er und deutete verächtlich mit dem Daumen darauf. »Warum ist er nicht aus Gold, das möchte ich gern wissen?«

»Das hätte zu lang –«, begann der Professor, doch der Kaiser schnitt ihm das Wort ab.

»Dann der Kuchen! Gewöhnliche Pflaumen! Warum sind es keine – keine –« Er brach wieder ab. »Dann der Wein! Bloß alter Madeira! Warum ist es kein –? Dann dieser Stuhl! Das ist am allerschlimmsten. Warum ist es kein Thron? Die anderen Fehler *könnte* man noch entschuldigen, doch über diesen Stuhl komme ich nicht hinweg!«

»*Ich* komme nicht über den *Tisch* hinweg!« stimmte die Kaiserin ein und nahm an ihres Gatten Ärger eifrigen Anteil.

»Pah!« raunzte der Kaiser.

»Das ist sehr bedauerlich!« kommentierte der Professor mild,

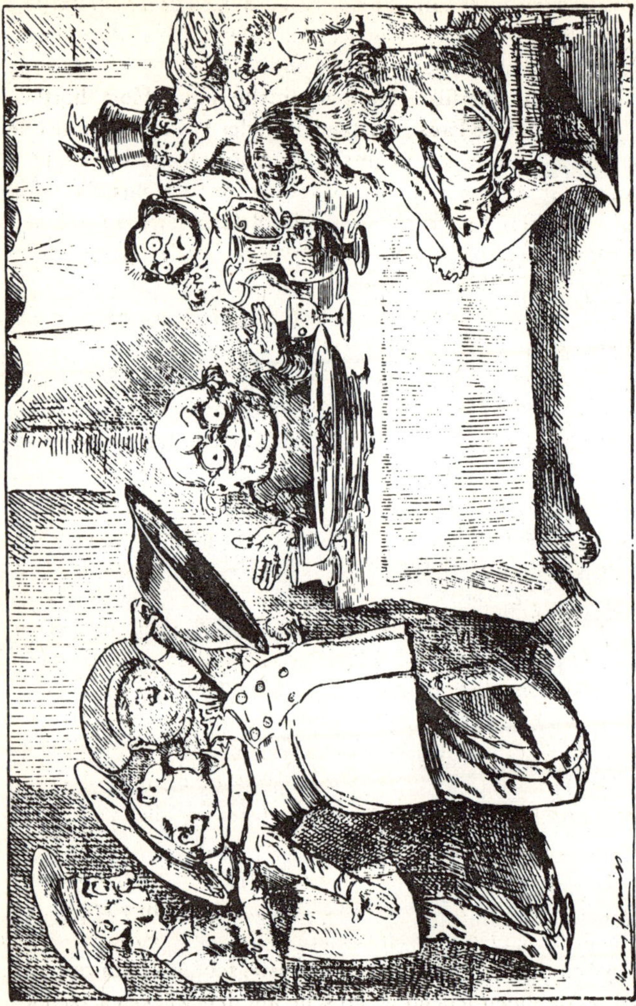

sobald er zu Wort kam. Er dachte kurz nach und bekräftigte die Bemerkung. »*Alles*«, betonte er und wandte sich an die ganze Gesellschaft, »ist äußerst bedauerlich!«

Durch die überfüllte Halle murmelte man: »Hört, hört!«

Eine peinliche Pause entstand: und der Professor wußte offensichtlich nicht, was er beginnen sollte. Die Kaiserin beugte sich vor und soufflierte ihm: »Ein paar Scherze, verstehen Sie, Professor – um den Leuten ein wenig die Befangenheit zu nehmen!«

»Wahr, wahr, Madam!« stimmte der Professor ergeben zu. »Dieser kleine Knabe – –«

»Treib *bitte* keine Scherze mit mir!« warf Bruno ein, und seine Augen füllten sich mit Tränen.

»Nicht, wenn es dir nicht gefällt«, begütigte der Professor. »Es war nur was mit einem Knappen: ein harmloses Wortspiel – aber es spielt keine Rolle.« Er wandte sich an die Menge und verkündete. »Lernt eure A's!« schrie er. »Eure B's! Eure C's! Und eure D's! *Dann* werdet ihr Es leicht haben!«

Die Versammlung brach in johlendes Gelächter aus, und laut raunte man in konfusem Gelächter. »*Was* hat er gesagt? Irgendwas über Aas wohl –«

Die Kaiserin zeigte ihr ausdrucksloses Lächeln und fächelte sich. Der arme Professor blickte sie schüchtern an: eindeutig war er wieder am Ende seiner Weisheit und hoffte auf einen neuerlichen Wink. Die Kaiserin flüsterte abermals.

»Etwas Spinat, Sie wissen doch, Professor, als Überraschung.«

Der Professor winkte den Küchenchef zu sich und flüsterte ihm etwas zu. Darauf verließ der Küchenchef mit allen anderen Köchen im Gefolge die Halle.

»Es ist schwer, die Leute in Stimmung zu bringen«, bemerkte der Professor zu Bruno. »Wenn wir sie einmal in Stimmung gebracht haben, ist alles in Ordnung, du wirst sehen.«

»Wenn de stimmreiche Leute willst«, schlug Bruno vor, »dann solltes'de ihnen lebendige Frösche auf den Rücken setzen.«

An dieser Stelle traten die Köche in einer Prozession wieder auf, und der Küchenchef kam als letzter und trug etwas, das die anderen durch das Schwenken von Fahnen zu verbergen suchten. »Nur Fahnen, Eure Kaiserliche Hoheit! Nichts als Fahnen!« wiederholte er immer wieder, während er es vor sie abstellte.

Dann senkten sich alle Fahnen auf einen Schlag, und der Küchenchef hob den Deckel einer riesigen Schüssel.

»Was ist das?« fragte die Kaiserin zaghaft und spähte durch ihre Stielbrille. »Hallo, das ist ja *Spinat!*«

»Ihre Kaiserliche Hoheit ist überrascht«, erklärte der Professor den Anwesenden: und einige klatschten in die Hände. Der Küchenchef verbeugte sich tief, und dabei fiel wie zufällig ein Löffel gerade noch in Reichweite der Kaiserin auf den Tisch, die aber woanders hinsah und so tat, als beachte sie es nicht.

»Ich *bin* überrascht!« betonte die Kaiserin Bruno gegenüber. »Du etwa nicht?«

»Kein bißchen«, bekannte Bruno. »Ich hab gehört –« Doch Sylvie legte ihm die Hand auf den Mund und sprach für ihn weiter. »Er ist wohl ziemlich müde. Er möchte gern, daß die Vorlesung beginnt.«

»Ich möcht gern, daß das *Essen* beginnt«, korrigierte Bruno sie.

Die Kaiserin griff geistesabwesend nach dem Löffel und versuchte, ihn auf dem Handrücken zu balancieren, und dabei fiel er in die Schüssel: und als sie ihn wieder herausholte, war er voller Spinat. »Wie kurios!« wunderte sie sich und steckte ihn in den Mund. »Es schmeckt *wirklich* nach Spinat! Und ich hielt es schon für eine Imitation – aber er ist da wirklich ganz echt!« Und sie nahm einen weiteren Löffel voll.

»Er wird nich mehr lang echt da sein«, kommentierte Bruno.

Doch die Kaiserin hatte mittlerweile genug Spinat genossen, und irgendwie – wie es genau geschah, weiß ich nicht – befanden wir uns alle in dem Pavillon, und der Professor begann mit seiner lange erwarteten Vorlesung.

XXI. KAPITEL

Die Vorlesung des Professors

»In der Wissenschaft – wie wohl in den meisten Fällen – ist es normalerweise am besten, *mit dem Anfang zu beginnen.* Natürlich gibt es auch Fälle, in denen man besser mit dem *Ende* anfängt. Wenn man zum Beispiel einen Hund grün anstreichen möchte, wäre es empfehlenswert, am *Schwanz* zu beginnen, da er an *diesem* Ende nicht beißen kann. Und deshalb –«

»Darf *ich* der helfen?« unterbrach Bruno.

»*Wobei* helfen?« stutzte der Professor und blickte kurz auf, hielt jedoch seinen Finger auf das Buch, aus dem er vorlas, um die Stelle nicht zu verlieren.

»'nen Hund grün anstreichen!« rief Bruno. »Du kannst an seinem *Maul* anfangen, un ich –«

»Nein, nein!« wehrte der Professor ab. »Wir sind noch nicht bei den *Experimenten.* Und deshalb«, er wandte sich wieder seinen Notizen zu, »werde ich Ihnen zuerst die Axiome der Wissenschaft nennen. Dann führe ich einige Spezimina vor. Danach erkläre ich ein oder zwei Prozesse. Und den Abschluß bilden einige Experimente. Ein *Axiom,* müssen Sie wissen, ist widerspruchslos zu akzeptieren. Wenn ich zum Beispiel sagen würde ›Wir sind alle da!‹, dann müßte man das widerspruchslos akzeptieren, und für den *Einstieg* in eine Konversation ist es eine nette Bemerkung. Folglich wäre es ein *Axiom.* Oder, weiter angenommen, ich würde sagen ›Wir alle sind nicht da!‹, das wäre –«

»– ein Geflunker!« warf Bruno ein.

»O *Bruno*!« warnte Sylvie flüsternd. »Es wäre natürlich ein *Axiom,* wenn der Professor es sagen würde!«

»– das wäre für höfliche Leute akzeptabel«, fuhr der Professor fort; »deshalb wäre es ein *weiteres* Axiom.«

»Das mag ja ein Achseldumm sein«, gab Bruno zu: »aber es wäre *gelogen!*«

»Unkenntnis der Axiome«, führte der Redner weiter aus, »ist im Leben ein großer Nachteil. Man verschwendet so viel Zeit damit, immer und immer wieder darauf hinweisen zu müssen. Nehmen Sie zum Beispiel das Axiom: ›*Nichts ist größer, als es ist*‹; das bedeutet, ›*Nichts kann sich selbst fassen.*‹ Wie oft hört man die Leute sagen ›Er konnte sich vor Erregung nicht fassen.‹ Nun, natürlich konnte er das nicht! Doch die *Erregung* hatte damit nichts zu tun!«

»Hersehen, sag ich, hört Ihr!« verlangte der Kaiser, der etwas unruhig geworden war. »Wieviel Axiome wollt Ihr noch vortragen? Wenn Ihr *so* weitermacht, kommen wir erst nächste Woche zu den *Experimenten!*«

»Oh, *viel* früher, ganz bestimmt!« versicherte der Professor und sah bestürzt auf. »Es sind nur noch« (er holte sich in seinen Notizen Rat) »nur noch *zwei* wirklich *notwendig.*«

»Lest sie runter und kommt endlich zu den *Spezimina*«, stöhnte der Kaiser.

»Das *erste* Axiom«, ratterte der Professor runter, »besteht in diesen Worten, ›*Was immer ist, ist.*‹ Und das zweite lautet so, ›*Was immer nicht ist, ist nicht.*‹ Wir kommen nun zu den *Spezimina.* Die erste Schale enthält Kristalle und anderes.« Er zog sie zu sich heran und blickte wieder in sein Notizbuch. »Einige der Etiketten sind – infolge ungenügender Haftfähigkeit –« Hier blieb er abermals stecken und prüfte die Seite sorgfältig durch seine Augengläser. »Den Rest kann ich nicht lesen«, mußte er schließlich eingestehen, »doch damit ist *gemeint,* daß sich die Etiketten abgelöst haben und die Sachen etwas durcheinandergeraten sind –«

»Laß *mir* se wieder ankleben!« bot Bruno hilfsbereit an und fing an, sie wie Briefmarken zu belecken und auf die *Kristalle* und die anderen Dinge zu tupfen. Doch der Professor zog die Schale hastig aus seiner Reichweite. »Sie *könnten* auf die *falschen* Spezimina geklebt werden, weißt du!« erklärte er.

»Du solltest keine *falschen* Spezereien in der Schale haben!« kritisierte Bruno keck. »*Stimmt* doch, Sylvie?«

Aber Sylvie schüttelte nur den Kopf.

Der Professor hörte nicht hin. Er hatte eine der Flaschen hochgenommen und studierte das Etikett durch seine Brille. »Unser erstes Spezimen –«, verkündete er und stellte die Flasche zu den übrigen Sachen, »ist – das heißt, man nennt es –« er nahm sie abermals auf und prüfte das Etikett wieder, als könne es sich seiner Meinung nach seit der letzten Inaugenscheinnahme geändert haben, »wird Aqua Pura genannt – reines Wasser – eine Flüssigkeit, die belebt –«

»Hipp! Hipp!« hob der Küchenchef enthusiastisch an.

»– aber *nicht* berauscht!« warf der Professor gerade noch rechtzeitig ein, um das drohende »Hurraah!« zu unterbinden.

»Unser zweites Spezimen«, fuhr er fort und öffnete vorsichtig ein kleines Einmachglas, »ist –«, er entfernte den Deckel, und im Nu schoß ein großer Käfer heraus und flog ärgerlich brummend geradewegs aus dem Pavillon, »– ist – oder ich sollte wohl richtiger sagen«, er blickte traurig in das leere Einmachglas, »es *war* – eine sonderbare Gattung eines blauen Käfers. Hat jemand zufällig die drei blauen Punkte unter beiden Flügeln bemerkt – als er vorüberflog?«

Keiner hatte sie bemerkt.

»Ach, hm!« seufzte der Professor. »Das ist schade. Wenn Sie dieses Phänomen *jetzt* nicht bemerkt haben, so ist es wohl sehr leicht zu übersehen! Das *nächste* Spezimen wird jedenfalls nicht wegfliegen. Es ist – kurz, oder vielleicht richtiger *ungekürzt* – ein *Elefant*. Sie werden beobachten –« Hier winkte er den Gärtner auf die Plattform und begann mit seiner Hilfe etwas zusammenzubauen, das wie eine riesige Hundehütte aussah, aus deren beiden Seiten kurze Röhren ragten.

»Aber *Elefanten* haben wir doch schon gesehen«, stöhnte der Kaiser.

»Ja, aber nicht durch ein *Megaloskop!*« ereiferte sich der Professor. »Sie wissen doch, daß man einen *Floh* ohne *Vergrößerungsglas* nicht richtig sehen kann – wir nennen es *Mikroskop*. Schön, nun kann man ebenso keinen *Elefanten* richtig ohne ein *Verkleinerungsglas* sehen. In jeder dieser kleinen Röhren befindet sich eines. Und *das* ist ein *Megaloskop!* Der Gärtner wird jetzt das nächste Spezimen hereinbringen. Bitte öffnen Sie da hinten *beide* Vorhänge und machen Sie für den Elefanten Platz!«

Es setzte ein allgemeiner Ansturm auf die Seiten des Pavillons ein, und aller Augen richteten sich auf die offene Seite in Erwartung des Gärtners, der in der Ferne sang: *»Er dacht', er säh 'nen Elefant, der spielte die Schalmei!«* Minutenlanges Schweigen folgte: und dann erklang die Stimme abermals. *»Er guckt' noch mal* – na komm schon rauf! *Er guckt' nochmal und sah, es war* – brrr zurück! *und sah, es war der Gattin Krakel* – macht Platz da! Er kommt!«

Und herein marschierte oder watschelte – es ist schwierig, sich für das richtige Wort zu entscheiden – ein Elefant auf den Hinterbeinen und spielte auf einer riesigen Schalmei, die er zwischen den Vorderbeinen hielt.

Hastig öffnete der Professor am Megaloskop eine große Tür, und das mächtige Tier setzte auf ein Zeichen des Gärtners die Schalmei ab und trottete gehorsam in die Maschine, deren Tür der Professor hurtig schloß. »Das Spezimen kann jetzt besichtigt werden!« verkündete er. »Es hat exakt die Größe einer Gemeinen Maus – *Mus Communis!*«

Man stürmte an die Röhren und beobachtete entzückt das

winzige Wesen, wie es fidel seinen Rüssel um des Professors ausgestreckten Finger rollte und schließlich auf seiner Handfläche Platz nahm, worauf er es behutsam herausnahm und wegtrug, um es der kaiserlichen Gesellschaft zu präsentieren.

»Iss es nicht *lieb?*« begeisterte sich Bruno. »Darf ich es bitte mal streicheln? Ich werd es auch nur *ganz* sanft berühren!«

Die Kaiserin inspizierte es gewichtig durch ihre Stielbrille. »Es ist sehr klein«, diagnostizierte sie mit tiefer Stimme. »Ich glaube sogar kleiner, als Elefanten normalerweise sind?«

Den Professor durchzuckte es mit freudiger Überraschung. »Ja, das *stimmt*«, murmelte er vor sich hin. Dann lauter, sich an die Zuhörer wendend: »Ihre Kaiserliche Hoheit hat eine ganz vernünftige Bemerkung gemacht!« Und die gewaltige Menschenmasse jubelte ausgelassen.

»Das nächste Spezimen«, kündigte der Professor an, nachdem er den Elefanten vorsichtig zwischen die Kristalle und die anderen Dinge in der Schale plaziert hatte, »ist ein *Floh*, den wir zur Beobachtung vergrößern wollen.« Er nahm ein Pillendöschen aus der Schale, trat an das Megaloskop und drehte alle Röhren um. »Das Spezimen ist bereit!« rief er und blickte durch eine der Röhren, während er die Pillendose vorsichtig durch ein kleines Loch an der Seite leerte. »Es hat jetzt die Gestalt des Gemeinen Pferdes – *Equus Communis!*«

Noch einmal setzte ein Ansturm auf die Röhren ein, und der Pavillon hallte von Entzückensschreien wider, durch die sich des Professors besorgte Stimme kaum Gehör verschaffen konnte. »Haltet die Tür des Mikroskops *geschlossen!*« ordnete er an. »Wenn das Tier in *dieser Gestalt* flieht, würde es –« Doch das Unheil war bereits geschehen. Die Tür war aufgestoßen worden, und im Nu war das Monster draußen und hatte die vor Schreck schreienden Zuschauer niedergetrampelt.

Aber die Geistesgegenwart verließ den Professor nicht. »Zieht die Vorhänge zurück!« schrie er. Man tat es. Das Monster spannte die Beine und verschwand mit einem gewaltigen Satz im Himmel.

»Wo ist es *denn?*« wunderte sich der Kaiser und rieb sich die Augen.

»Wahrscheinlich in der Nachbarprovinz«, meinte der Professor. »So ein Sprung reicht *mindestens* fünf Meilen weit! Als nächstes werde ich ein oder zwei Prozesse erklären. Aber wie ich sehe, ist da nicht genug Platz zum Arbeiten – das kleinere Wesen ist mir ziemlich im Weg –«

»Wer meint er?« wisperte Bruno Sylvie zu.

»Er meint *dich!*« wisperte Sylvie zurück. »Still!«

»Sei so nett und rück – angular – in *diese* Ecke«, wandte der Professor sich an Bruno.

Bruno rückte seinen Stuhl hastig in die gewiesene Richtung. »Bin ich argwöhnisch genug gerückt?« erkundigte er sich. Doch der Professor war schon wieder in seine Vorlesung vertieft, die er aus seinem Notizbuch ablas.

»Es erfolgt nun eine Erklärung des Prozesses von – von – ich muß leider feststellen, daß der Name verkleckst ist. Jedenfalls erläutert es eine Reihe von – von –«, hier prüfte er eine Weile die Seite und rätselte schließlich: »Scheinbar heißt es entweder ›Experimenten‹ oder ›Spezimina‹ –«

»Es soll *Experimente* heißen«, entschied der Kaiser. »Wir haben genug *Spezimina* gesehen.«

»Gewiß, gewiß!« pflichtete der Professor bei. »Wir machen jetzt einige Experimente.«

»Darf *ich* ma?« fragte Bruno eifrig.

»Du meine Güte, nein!« Der Professor zeigte eine bestürzte Miene. »Wer weiß, was geschehen würde, wenn *du* es tust!«

»Noch weiß niemand nich, was geschieht, wenn *du* es tust!« parierte Bruno.

»Für unser erstes Experiment brauchen wir eine Maschine. Sie hat zwei Knöpfe – nur *zwei* – Sie können nachzählen, wenn Sie wollen.«

Der Küchenchef trat vor, zählte sie und kehrte zufrieden an seinen Platz zurück.

»Nun *könnte* man beide Knöpfe drücken – doch so macht man es nicht. Oder man *könnte* die Maschine auf den Kopf stellen – doch so macht man es auch nicht!«

»Wie macht man es dann?« verlangte Bruno zu wissen, der sehr aufmerksam zuhörte.

Der Professor lächelte gütig. »Ach, ja!« und proklamierte, als spräche er eine Kapitelüberschrift. »SO MACHT MAN ES! Gestatte!« und im Nu hatte er Bruno auf den Tisch gehoben. »Ich gliedere mein Thema«, begann er, »in drei Teile –.«

»Ich will lieber runter!« wisperte Bruno Sylvie zu. »Es iss nich schön, zergliedert zu werden!«

»Er hat doch kein Messer, dummer Junge!« antwortete Sylvie leise. »Steh still! Du zerbrichst sonst noch alle Flaschen!«

»Im ersten Teil werden die Knöpfe festgehalten«, und er legte sie in Brunos Hände. »Im zweiten Teil –.« Hier drehte er die Kurbel, und mit einem lauten »Au!« ließ Bruno die beiden Knöpfe fallen und rieb sich die Ellbogen.

Der Professor kicherte entzückt. »Das hatte eine reizende Wirkung. Nicht *wahr*?« erkundigte er sich.

»Nein, gar keine *reizende* Wirkung!« entrüstete sich Bruno. »In Wahrheit war es ganz scheußlich. Es rasselte meine Ellbögen, un es schlug meinen Rücken, und es kringelte mein Haar, un es surrte zwischen meinen Knochen!«

»Das tat es bestimmt nicht!« widersprach Sylvie. »Das erfindest du nur!«

»Du hast keine Ahnung!« tadelte Bruno. »Du warst nich da un konntest es nich sehn. Keiner kann zwischen meine Knochen gehn. Da iss kein Platz.«

»Unser zweites Experiment«, verkündete der Professor, während Bruno immer noch nachdenklich die Ellbogen reibend an seinen Platz zurückkehrte, »ist die Herstellung eines nie-gesehenen-doch-sehr-bewunderten Phänomens, das schwarze Licht! Sie haben bestimmt schon weißes, rotes, grünes Licht und so weiter gesehen: doch bis zu dieser historischen Stunde haben noch keine Augen außer den meinen *schwarzes Licht* gesehen! Die Kiste hier«, er stellte sie behutsam auf den Tisch und umhüllte sie mit schwarzen Decken, »ist ganz voll davon. Ich habe es folgendermaßen hergestellt – ich habe eine brennende Kerze in einen dunklen Schrank gestellt und die Tür geschlossen. Selbstverständlich füllte sich der Schrank darauf mit *gelbem* Licht. Dann habe ich eine Flasche schwarze Tinte genommen und über die Kerze gegossen: und zu meiner Freude verwandelte sich jedes

Atom des gelben Lichtes in *schwarzes!* Das war wahrlich der stolzeste Augenblick in meinem Leben! Dann füllte ich es in eine Kiste. Und nun – möchte jemand von Ihnen vielleicht unter die Decken kriechen und es sehen?«

Tiefes Schweigen folgte diesem Angebot: doch schließlich meldete sich Bruno: »*Ich* will drunterkriechen, wenn's meine Ellbögen nich rasselt.«

In dem Punkt beruhigt, krabbelte Bruno unter die Decken und kam nach ein oder zwei Minuten sehr erhitzt, verstaubt und mit völlig verwilderten Haaren wieder herausgekrabbelt.

»Was hast du in der Kiste gesehen?« fragte Sylvie neugierig.

»Ich hab nix gesehn!« entgegnete Bruno traurig. »Es war zu duster!«

»Er hat das Aussehen exakt beschrieben!« freute sich der Professor. »Schwarzes Licht und Nichts gleichen sich auf den ersten Blick wie ein Ei dem andern, daß sein Unvermögen, beides voneinander zu unterscheiden, mich nicht im geringsten wundert! Wir kommen jetzt zum dritten Experiment.«

Der Professor stieg hinab und ging zu einer Stelle, wo ein Pfahl fest in den Boden gerammt worden war. An der einen Seite des Pfahls war eine Kette angehakt, an deren Ende sich ein eisernes Gewicht befand, und auf der anderen Seite ragte ein Stück Fischbein mit einem Ring am Ende hervor. »Das ist das *interessanteste* Experiment!« proklamierte Der Professor. »Leider benötigt es viel Zeit: aber das ist belanglos. Sehen Sie mal her. Wenn ich das Gewicht abhake und loslasse, fällt es auf den Boden. *Das* bestreitet doch niemand?«

Keiner bestritt es.

»Und genauso kann ich dies Stück Fischbein um den Pfahl biegen – so – und den Ring über diesen Haken legen – so – dann bleibt es gebogen: wenn ich es aber abhake, wird es wieder gerade. *Das* bestreitet doch niemand?«

Wieder bestritt es keiner.

»Schön, nehmen Sie nun einmal an, wir lassen es lange Zeit in dieser Position. Die Kraft des *Fischbeins* würde erlahmen, wissen Sie, und es bliebe gebogen, selbst wenn man es abhakte. Also, *warum* kann das nicht auch mit dem *Gewicht* passieren? Das *Fisch-*

bein gewöhnt sich so sehr daran, gebogen zu sein, daß es sich nicht mehr von selbst *begradigen* kann. Warum sollte sich das *Gewicht* nicht ebenso daran gewöhnen, hochgehalten zu werden, so daß es nicht mehr *fallen* kann? Das möchte *ich* gern wissen!«

»Das möchten wir gern wissen!« hallte die Menge wider.

»Wie lang müssen wir warten?« nörgelte der Kaiser.

Der Professor konsultierte seine Uhr. »Naja, *wahrscheinlich* würden tausend Jahre *erst einmal* reichen«, vermutete er. »Danach haken wir das Gewicht vorsichtig ab: und wenn es dann *immer* noch eine *leichte* Tendenz zu fallen zeigt (was möglicherweise der Fall sein wird), lassen wir es *weitere* tausend Jahre hängen.«

Hier offenbarte die Kaiserin einen jener Geistesblitze, mit denen sie ihre Umgebung dann und wann überraschte. »Inzwischen ist noch reichlich Zeit für weitere Experimente«, stellte sie fest.

»Das stimmt *tatsächlich!*« freute sich der Professor. »Wir wollen zur Plattform zurückkehren und das *vierte* Experiment in Angriff nehmen.«

»Zu diesem letzten Experiment brauche ich eine bestimmte Lauge oder Säure – was genau, habe ich vergessen. Sie werden gleich sehen, was geschieht, wenn ich sie mische, und zwar mit etwas –«, hier hob er eine Flasche hoch und betrachtete sie unschlüssig, »und zwar mit – mit etwas –«

An dieser Stelle unterbrach der Kaiser. »Wie *heißt* dieser Stoff?« fragte er.

»An den *Namen* kann ich mich nicht erinnern«, mußte der Professor zugeben, »und das Etikett ist abgelöst.« Er kippte es schnell in die andere Flasche, und mit einem gewaltigen Knall zersprangen beide Flaschen, alle Maschinen stürzten um, und der Pavillon füllte sich mit dickem, schwarzem Rauch. Vor Schreck sprang ich auf und – und fand mich einsam vor meinem Kamin wieder, wo der Feuerhaken, der zuletzt der Hand des Schläfers entfallen war, Kohlenzangen und Schaufel umgeworfen und den Kessel umgestürzt hatte, der die Luft mit Dampfwolken erfüllte. Mit einem müden Seufzer begab ich mich zu Bett.

XXII. KAPITEL

Das Bankett

*»Und kehrt am Abend Schwermut ein: am Morgen ist schon Jubel da.«** Der neue Tag traf mich in einer ganz anderen Stimmung an. Sogar die Erinnerungen an meinen verlorenen Freund und Gefährten waren heiter wie das milde Wetter, das um mich lachte. Ich wagte nicht, Lady Muriel oder ihren Vater so bald mit einem weiteren Besuch zu belästigen, sondern spazierte aufs Land hinaus und wandte mich erst wieder heimwärts, als die tiefliegenden Sonnenstrahlen mich mahnten, daß der Tag bald vorüber sei.

Auf meinem Heimweg kam ich an der Hütte vorbei, wo der alte Mann hauste, dessen Gesicht mich stets an den Tag meiner ersten Begegnung mit Lady Muriel erinnerte: und ich warf beim Vorbeigehen einen flüchtigen Blick hinein, da ich ein wenig neugierig war, ob er noch lebte.

Ja: der alte Mann lebte noch. Er saß draußen auf der Veranda und sah noch genauso aus wie damals, als ich ihn zum ersten Mal am Bahnhof von Feenwalde gesehen hatte – es schienen seither nur wenige Tage vergangen zu sein!

»Guten Abend!« wünschte ich und blieb stehen.

»Guden Obend, Herr!« antwortete er froh. »Wüll'n Se näherkom?«

Ich trat näher und nahm auf einer Bank Platz. »Ich bin froh, Sie bei guter Gesundheit zu sehen«, begann ich. »Ich erinnere mich, als ich das letzte Mal vorüberging, kam gerade zufällig Lady Muriel aus dem Haus. Kommt sie immer noch zu Ihnen auf Besuch?«

»Ja«, antwortete er bedächtig. »Se het mi nich vergeeten. Ick verleer eehr hübschet Gesicht nie för veele Dog ude Ogen. Nu, ick

* AdÜ: Psalm 30,6.

erinner mi an dat allererste Mol; se kummt, as wi uns am Bohnhoff dropen hem. Se het mi vertellt, dat se kummt, um Schodenersatz to leisten. Leves Kind! Denken Se nur! Um Schodenersatz to leisten.«

»Wofür wollte sie denn Schadenersatz leisten?« erkundigte ich mich. »Was könnte *sie* verbrochen haben, daß das nötig wäre?«

»Nu, dat wär so, seen Se! Wi twee tööften op dem Bohnhoff op de Zuch. Un ick ha mi op de Bank set. Und da sächt de Stationsvorsteher, ich sall opstähn – Platz moken för de fürneme Dame, verstohn Se?«

»Ich erinnere mich noch gut daran, erklärte ich. »Ich war an diesem Tag selbst dort.«

»*Wären Se?* Also, un se erbiddet mine Verzeihung dofför. Denken Se mol! *Mine* Verzeihung! Von eenen ollen Tunichgut as mi! Ach! Se wer sietdem oft hier. Nu, se wer erst gestern hier un seet grod do, wo Se nu sitten, un het levlicher un fründlicher utseen, as eh Engel! Un se sächt: ›Du hest nu dine Minnie nich mehr‹, sächt se, ›um för di to sorgen.‹ Minnie wär mine Enklin, Herr, de bi mi levt het. Se's storben för twee Monade – oder ok dree. Se wär ne hübsche Dern – un ok en gutes Kind. Hm, ober one se wär dat Leben einsam un öd!«

Er bedeckte das Gesicht mit den Händen: und ich wartete schweigend ein oder zwei Minuten, bis er seine Fassung wiedergewann.

»Do sächt se, ›Denk *ick* wär dine Minnie!‹ sächt se. ›Hät Minnie nich Tee fö di mokt?‹ sächt se. ›Jo‹, säch ick. Un se mokt Tee. ›Un mokt Minnie din Piep an?‹ sächt se. ›Jo‹, säch ick. Un se brennt mi de Piep an. ›Un het Minnie den Tee op de Veranda bröcht?‹ Un ick säch, ›Mine Leve‹, säch ick, ›ick, ick glöv, du bist sölms Minnie.‹ Un dann weent se en beeten. We twee weenten en beeten –«

Wieder verharrte ich eine Weile in Schweigen.

»Un as ick min Piep schmök, sit se do un schnackt mit mi – so leev un fründlich! Ick kann immer nur denken, dat Minnie wedderkommen is! Un as se opsteit, um tu gohn, säch ick, ›Wüll'n Se mi nich de Hand geben?‹ säch ick. Un se sächt, ›Nee‹, sächt se: ›ick *kann* di nich de Hand geben!‹ sächt se.«

»Das tut mir leid, daß sie *das* gesagt hat«, warf ich ein und dachte, es sei das einzige Beispiel von Standesdünkel bei Lady Muriel, von dem ich jemals gehört hatte.

»Du leeve Gott, dat wär keen *Stolz!*« betonte der alte Mann, als ob er meine Gedanken lese. »Se sächt, ›*Dine* Minnie hett di niemals de Hand geben‹, sächt se. ›Un *ick* bin nu dine Minnie‹, sächt se. Un dann lecht se eehre leven Arme wirklich um minen Hals – un küßt mi op de Back – de leve Gott do boben sall se sechnen!« Und hier versagte dem alten Mann gänzlich die Stimme, und er konnte nichts mehr sagen.

»Gott segne sie!« echote ich. »Und gute Nacht!« Ich drückte ihm die Hand und verließ ihn. »Lady Muriel«, sagte ich

leise zu mir, »Sie wissen sicherlich, wie man ›Schodenersatz leistet‹!«

Als ich wieder einsam an meinem Kamin saß, versuchte ich mir die Visionen der vergangenen Nacht zu vergegenwärtigen und beschwor das Gesicht des lieben alten Professors zwischen den lodernden Kohlen. »Die schwarze da – in schwacher Rotglut – stünde ihm gut zu Gesicht«, dachte ich. »Nach solch einer Katastrophe wäre es bestimmt ganz schwarz und er würde sagen: –

»Das Ergebnis *dieser* Verbindung war – wie Sie vielleicht bemerkt haben – eine *Explosion!* Soll ich das Experiment wiederholen?«

»Nein, nein! Bemühen Sie sich nicht!« schrie man einhellig. Und wir brachen alle hastig auf zum Bankettsaal, wo das Fest bereits seinen Anfang genommen hatte.

Unverzüglich wurden die Schüsseln herumgereicht, und jeder Gast sah schnell seinen Teller mit Köstlichkeiten gefüllt.

»Ich habe schon immer der Ansicht gehuldigt«, hob der Professor an, »daß es eine gute Sitte ist, etwas Nahrung zu sich zu nehmen – gelegentlich. Der große Vorteil eines Festmahls –«, er brach unvermittelt ab. »Sieh an, da ist ja der Andere Professor!« rief er. »Und es ist kein Platz mehr für ihn frei!«

Der Andere Professor kam herein, wobei er in einem großen Buch las, das er dicht vor die Augen hielt. Folglich konnte er nicht sehen, wo er hintrat, stolperte beim Durchqueren des Saales, sauste durch die Luft und fiel in der Mitte des Tisches heftig aufs Gesicht.

»*Wie* schade!« bedauerte der Professor gutmütig, als er ihm hochhalf.

»*Ich* wäre es nicht gewesen, wenn ich nicht gestolpert wäre«, bekannte der Andere Professor.

Der Professor zeigte großen Schrecken. »Fast *alles* wäre besser als *das!*« erregte er sich. »Er ist doch nichts«, wandte er sich an Bruno, »wenn man ein anderer ist, oder?«

Dem entgegnete Bruno ernst: »Ich hab nix auf meinem Teller.«

Hastig setzte der Professor seine Brille auf, um sich zunächst von der Richtigkeit des *Sachverhalts* zu überzeugen: dann wandte er sein fröhliches, rundes Gesicht dem traurigen Besitzer des leeren Tellers zu. »Was möchtest du denn haben, mein kleiner Mann?«

»Also«, überlegte Bruno ein wenig unschlüssig, »ich glaub, ich hätt gern was Plumpudding, bitte – un dann denk ich drüber nach.«

»O Bruno!« (Dies war ein Wispern von Sylvie.) »Es gehört sich doch nicht, um ein Gericht zu bitten, das noch nicht an der Reihe ist!«

Und Bruno wisperte zurück: »Aber ich könnt das Bitten drum vergessen, wenn es an der Reihe iss, weiß'de – ich bin manchmal wirklich vergeßlich«, fügte er hinzu, da er bemerkte, daß Sylvie noch etwas flüstern wollte.

Und *dieser* Behauptung wagte Sylvie nicht zu widersprechen.

Inzwischen hatte man zwischen die Kaiserin und Sylvie einen Stuhl für den Anderen Professor gestellt. Sylvie hatte in ihm einen ziemlich langweiligen Tischnachbarn: tatsächlich konnte sie sich nachher nicht erinnern, während des ganzen Banketts mehr als *eine* Bemerkung von ihm vernommen zu haben, und die lautete: »Was für eine Stütze doch so ein Lexikon ist!« (Später erzählte sie Bruno, sie habe sich zu sehr vor ihm gefürchtet, so daß sie nur »Ja, Sir!« entgegnen konnte; und damit sei ihre Konversation zu Ende gewesen. Worauf Bruno unmißverständlich seiner Meinung Ausdruck gab, *das* sei nicht wert, überhaupt eine »Konversation« genannt zu werden. »Du hättest ihm 'n Rätsel aufgeben sollen!« schlug er triumphierend vor. »Ich hab dem Professor nämlich drei Rätsel aufgegeben! Einmal das von dir heute morgen. ›Wie viele Pennies ham zwei Schillinge?‹ Un das nächste war ––« »O Bruno!« unterbrach Sylvie. »*Das* war kein Rätsel!« »Waren es *doch!*« behauptete Bruno wütend.)

Unterdessen hatte ein Diener Bruno *etwas* serviert, das ihm den Plumpudding aus dem Kopf schlug.

»Ein weiterer Vorteil eines Festmahls ist«, erklärte der Professor denen, die es hören wollten, »daß es einem dazu verhilft, Freunde *wiederzusehen*. Wenn man jemanden sehen will, lade man ihn zum Essen ein. Dieselbe Regel gilt auch für eine Maus.«

»Die Katze hier iss sehr freundlich zu Mausen«, stellte Bruno fest und beugte sich hinunter, um ein bemerkenswert fettes Exemplar dieser Gattung zu streicheln, das gerade in den Raum gewatschelt war und sich liebevoll an seinem Stuhlbein rieb. »Bitte, Sylvie, gieß etwas Milch auf deine Untertasse. Pussi iss sehr durstig!«

»Warum willst du *meine* Untertasse?« wollte Sylvie wissen. »Du hast doch selber eine!«

»Ja, ich weiß«, meinte Bruno: »aber ich brauch *meine*, um ihr noch *mehr* Milch zu geben.«

Sylvie war nicht überzeugt: gleichwohl schien es ihr unmöglich, ihrem Bruder jemals eine Bitte zu verweigern: so füllte sie denn die Untertasse schlicht mit Milch und händigte sie Bruno aus, der von seinem Stuhl aufstand, um sie der Katze zu bringen.

»Wegen der großen Menschenmenge ist es im Raum sehr heiß«, klagte der Professor gegenüber Sylvie. »Ich frage mich, warum man nicht einige Eisblöcke in den Kamin legt? Im Winter legt man Kohle auf, weißt du, und dann sitzt man drumherum und freut sich an der Wärme. Wie angenehm wäre es jetzt, Eisblöcke aufzulegen, sich drumherum zu setzen und sich über die Kälte zu freuen!«

So heiß es auch war, Sylvie zitterte etwas bei dem Gedanken. »*Draußen* ist es sehr kalt«, gab sie zu bedenken. »Heute sind mir fast die Füße erfroren.«

»Das ist des *Schusters* Schuld!« erwiderte der Professor gutgelaunt. »Wie oft habe ich ihm schon erklärt, er *solle* Stiefel mit eisernen Rahmen unter den Sohlen herstellen, die als Fackelhalter dienen! Aber er *denkt* einfach nicht daran. Niemand brauchte unter der Kälte zu leiden, wenn man diese Kleinigkeiten nur *beachten* würde. Ich selbst verwende im Winter stets heiße Tinte. Ganz wenige Menschen achten auf *so etwas*. Dabei ist es ganz simpel!«

»Ja, es ist überaus simpel«, bestätigte Sylvie höflich. »Hat die Katze schon genug?« Dies zu Bruno, der die nur halb leere Untertasse zurückgebracht hatte.

Aber Bruno überhörte die Frage. »Jemand kratzt an der Tür un will rein«, meinte er. Und er kletterte von seinem Stuhl, ging hin und spähte vorsichtig durch den Türspalt nach draußen.

»Wer wollte denn rein?« fragte Sylvie, als er an seinen Platz zurückgekehrt war.

»Da waren 'ne Maus«, erklärte Bruno. »Un sie hat reingespingst. Un sie hat die Katze gesieht. Un sie hat gesagt: ›Ich werd an 'nem anderen Tag kommen.‹ Un ich hab gesagt: ›Du brauchst keine Angst zu haben. Die Katze iss *sehr* freundlich zu Mausen.‹ Un sie hat gesagt: ›Aber ich *muß* unbedingt noch ein wichtiges Geschäft erledigen.‹ Un sie hat gesagt: ›Ich werd morgen wieder vorsprechen!‹ Un sie hat gesagt: ›Grüß mir recht herzlich die Katze.‹«

»Was ist das bloß für eine fette Katze!« staunte der Lordkanzler und lehnte sich über den Professor, um mit dessen kleinem Nachbarn zu sprechen. »Es ist wirklich ein Wunder!«

»Sie war schon so schrecklich fett, als se reinkamte«, meinte Bruno, »es wäre deshalb ein weit größeres Wunder, wenn se inner Minute ganz dünn würd.«

»Und das war wohl der Grund«, mutmaßte der Lordkanzler, »warum du ihr nicht die ganze Milche gegeben hast?«

»Nein«, widersprach Bruno. »Es gab einen besseren Grund. Ich hab die Untertasse weggenehmt, weil se so unzufrieden war.«

»*Mir* scheint sie ganz zufrieden«, stellte der Lordkanzler fest. »Wieso meintest du, sie sei unzufrieden?«

»Weil sie aus der Kehle knurrte.«

»O Bruno!« rief Sylvie. »Sieh mal, so zeigen Katzen ihre *Zufriedenheit!*«

Bruno blieb skeptisch. »Das iss keine gute Art«, protestierte er. »Du würd'st mich auch nich für zufrieden halten, wenn ich solche Geräusche in meiner Kehle machte!«

»Was für ein singulärer Junge!« flüsterte der Lordkanzler vor sich hin: doch Bruno hatte die Worte mitbekommen.

»Was bedeutet es, wenn man sagt ›ein *singulärer* Junge‹?« flüsterte er Sylvie zu.

»Das bedeutet, ein *einziger* Junge«, antwortete Sylvie leise. »Und *pluraler* bedeutet zwei oder drei.«

»Dann bin ich sehr froh, ein singulärer Junge zu *sein!*« betonte Bruno. »Es wär *schrecklich,* zwei oder drei Jungen zu sein! Vielleicht würden sie nich mit mir spielen wollen!«

»Warum *sollten* sie auch?« erkundigte sich der Andere Professor, der unvermutet aus seiner Träumerei erwacht war. »Sie könnten doch eingeschlafen sein.«

»Können se nich, solang ich wach bin«, versetzte Bruno schlau.

»Ach, das könnten sie bestimmt trotzdem!« protestierte der Andere Professor. »Jungens gehen nämlich nicht alle gleichzeitig schlafen. Deshalb sind diese Jungen – aber wovon ist eigentlich die Rede?«

»Er denkt *niemals* daran, zuerst danach zu fragen!« flüsterte der Professor den Kindern zu.

»Nun, von *meinem* Rest natürlich!« triumphierte Bruno. »Angenommen, ich wär zwei oder drei Jungen!«

Der Andere Professor seufzte und schien abermals in seine Träumerei versinken zu wollen; doch dann wurde er plötzlich lebhaft und wandte sich an den Professor. »*Jetzt* ist doch nichts mehr zu tun, oder?«

»Nun, das Dinner ist noch zu beenden«, zählte der Professor mit verblüfftem Lächeln auf, »und die Hitze zu ertragen. Und Sie freuen sich hoffentlich an dem Dinner – so wie es ist – und beachten nicht die Hitze – so wie sie nicht ist.«

Der Satz *klang* gut, aber irgendwie konnte ich ihn nicht ganz begreifen; und dem Anderen Professor schien es ähnlich zu gehen. »So wie *was* nicht ist?« erkundigte er sich gereizt.

»Sie ist nicht so groß, wie sie sein könnte«, erwiderte der Professor, indem er nach dem ersten Gedanken haschte, der ihm in den Sinn kam.

»Ah, jetzt verstehe ich, was Sie meinen!« bemerkte der Andere Professor wohlwollend. »Zwar ist es sehr schlecht ausgedrückt, aber *jetzt* verstehe ich es ganz und gar! Vor dreizehneinhalb Minuten«, fuhr er fort und blickte dabei erst auf Bruno, dann auf seine Uhr, »hast du gesagt, ›Diese Katze iss sehr freundlich zu Mausen.‹ Sie muß ein singuläres Tier sein!«

»Das *sinn* sie«, bestätigte Bruno, nachdem er die Katze sorgfältig untersucht und sich vergewissert hatte, aus wie vielen sie bestand.

»Aber woher willst du wissen, daß sie sehr freundlich zu Mausen – oder korrekter zu *Mäusen* ist?«

»Weil se mit den Mausen *spielt*«, erklärte Bruno; »um ihnen eine Freude zu machen, weiß'de.«

»Aber das weiß ich gerade eben nicht«, hielt der Andere Professor dem entgegen. »Ich glaube vielmehr, sie spielt mit ihnen, um sie zu *töten!*«

»Oh, das iss ganz bestimmt ein *Unfall!*« ereiferte sich Bruno, wodurch deutlich wurde, daß er die Katze mit eben diesem Widerspruch konfrontiert hatte. »Sie hat mir all das erklärt, während sie gerade die Milch trank. Sie hat gesagt: ›Ich bring den Mausen neue Spiele bei: die Mausen freut das immer so.‹ Sie hat gesagt: ›Manchmal passiert kleine Unfälle: manchmal tötet die Mausen sich.‹ Sie hat gesagt: ›Es tut mich immer *so* leid, wenn die Mausen sich tötet.‹ Sie hat gesagt –«

»Wenn es ihr *so* leid täte«, tadelte Sylvie ziemlich verächtlich, »würde sie die Mausen nicht *fressen,* nachdem sie sich getötet haben!«

Aber auch dieses Problem hatte man augenscheinlich in der ausgedehnten, ethischen Diskussion, die eben erst ihr Ende gefunden hatte, nicht aus den Augen verloren. »Sie hat gesagt –« (der Redner überging fortwährend seinen eigenen Anteil an der Unterhaltung, als sei der überflüssig, und gab uns bloß die Antwort der Katze wieder) »Sie hat gesagt: ›Tote Mausen beklagen sich *niemals,* wenn se gefressen werden.‹ Sie hat gesagt: ›Es hat keinen Sinn, gute Mausen zu verschwenden.‹ Sie hat gesagt: ›Vers-Wendung ohne – irgendwas.‹ Sie hat gesagt: ›Un später sagst du dann »Wie wünscht ich doch die Mausen her, dann äß ich noch woran!«‹ Sie hat gesagt –«

»Sie hatte gar keine *Zeit,* so viel zu sagen!« unterbrach Sylvie ungnädig.

»Du hast keine Ahnung, wie Katzen spricht!« tadelte Bruno verächtlich. »Katzen spricht *sehr* schnell!«

XXIII. KAPITEL

Die Geschichte vom Schwein

Mittlerweile schien der Hunger der meisten Gäste gestillt, und sogar *Bruno* sagte standhaft, als ihm der Professor das vierte Stück Plumpudding anbot, »Drei Pottionen iss doch genug für mich!«

Plötzlich sprang der Professor wie elektrisiert auf. »Ach je, jetzt hätte ich fast den wichtigsten Teil des Programms vergessen! Der Andere Professor soll doch noch eine Geschichte für Schweine – ich meine, eine Geschichte *vom* Schweine vortragen«, korrigierte er sich. »Sie hat am Anfang und am Ende einführende Verse.«

»Sie kann doch gar keine einführenden Verse am *Ende* haben?« zweifelte Sylvie.

»Warte ab, bis du es hörst«, verwies der Professor sie, »dann wirst du es sehen. Ich glaube sogar, sie hat außerdem noch welche in der *Mitte*.« Hier erhob er sich, und sogleich herrschte im Bankettsaal Stille: augenscheinlich erwartete man eine Rede.

»Meine Damen und Herren«, begann der Professor, »der Andere Professor ist so freundlich, ein Gedicht vorzutragen. Sein Titel lautet ›Die Geschichte vom Schwein‹. Er hat es noch niemals zuvor rezitiert!« (Allgemeiner Beifall unter den Gästen) »Er wird es niemals wieder rezitieren!« (Frenetischer Jubel und lauter Beifall im ganzen Saal; der Professor bestieg selbst in hitziger Hast den Tisch, um den Beifall zu dirigieren, wozu er in der einen Hand seine Brille und in der anderen einen Löffel schwenkte.)

Darauf erhob sich der Andere Professor und begann: –

Kleine Vögel futtern
stolz und voller Stil,
Moosschutz ihr Asyl:
Schutz, heißt es, vom Ober
prächtig in Zinnober –
gleich erzähl' ich viel.

Kleine Vögel füttern
Richtervolk mit Mus,
reich an sehr viel Schmus:
reich, heißt es, an Austern,
die herumklabaustern –
so wie ich, konfus.

Kleine Vögel bringen
Tigern Lächeln bei,
jeder Arglist frei:
Lächeln, heißt's, nicht grienen –
Mund ist Halbkreis ihnen,
Anstand dies verleih!

Kleine Vögel schlafen
zwischen Kegeln, wo
wer verliert ist froh:
wo, heißt es, sein Niesen
gar nichts kann vermiesen –
Ich erzähle so.

Nah einer Pumpe saß voll Schmerz
ein Schwein, allein und dick:
bei Tag und Nacht quält' es sein Herz –
es hätt' erweicht 'nen Stein von Erz,

wie es die Huf' hob himmelwärts,
zu hüpfen war sein Tick.

Es hörte ein Kamel den Wicht,
trug seinen Höcker schick.
»Ach ist es Gram, ist es die Gicht,
weshalb gehst du zur Ruhe nicht?«
Es zuckt dem Schwein wild im Gesicht:
»Ich möchte hüpfen quick!«

Doch das Kamel sinnierte bloß.
»Du dünkst mir viel zu dick.
Ich sah noch nie ein Schwein, so groß –
das wabbelte bei jedem Stoß –
dem noch beschieden war das Los,
zu hüpfen *mit Geschick!*

Siehst du den Baum, zwei Meilen weit,
es ist ein langes Stück:
nur zweimal täglich sei bereit,
eil hin mit viel Beharrlichkeit,
es kann ja sein – in ferner Zeit –
hast du mit Hüpfen Glück.«

Worauf sich das Kamel empfahl
und ließ das Schwein zurück.
Der Schmerz, der schüttelt es brutal!
Es schrie heraus in großer Qual.
Rang seine Huf', riß sich ganz kahl,
zu hüpfen war sein Tick.

Und plötzlich kam ein Frosch herbei –
prüft es mit Kennerblick:
ganz ungerührt sah er derlei
und sprach »Was soll denn das Geschrei?«
Und bitter sprach das Schwein: »Verzeih,
ich möchte hüpfen schick!«

Der Frosch war voller Fröhlichkeit
und gab sich ganz entzückt,

»Oh, Schwein, da weiß ich gut Bescheid,
und du wirst sehn, ganz ohne Leid
für wenig Lohn bist bald bereit,
daß dir das Hüpfen glückt!

Wirst du auch oft vom Fallen schwach
und brichst dir das Genick:
halt durch und bleibe bei der Sach',
spring erst mal über einen Bach,
zuletzt schaffst du vielleicht ein Dach,
dann hüpfst du mit Geschick!«

Vor Freude war das Schwein ganz geck:
»Oh, Frosch, du bist *mein Glück!*
Dein Wort wischt meinen Kummer weg –
nenn deinen Lohn, nimm ganz den Schreck:
bring Freude dem gebrochnen Reck',
damit er hüpfe schick!«

»Mein Lohn soll bloß ein Kotelett sein,
die Pumpe mein Geschick.
Präg dir die leichten Hupfer ein,
die mach ich mit dem Hinterbein!
Nun spann die Knie und streck sie fein,
das ist beim Hupf der Trick!«

Das Schwein sprang hoch und stürzt' mit Knack
ans unt're Pumpenstück:
es rollte leblos wie ein Sack
und lag dann da, ein ganzes Wrack,
und seine Knochen tönten »Klack!«
Der Hupf war ohne Glück.

Nach diesen Versen ging der Andere Professor zum Kamin hinüber und steckte den Kopf in den Rauchfang. Dabei verlor er das Gleichgewicht und stürzte kopfüber in den leeren Rost, wo er sich so verklemmte, daß es eine Weile dauerte, ehe man ihn wieder herausgezerrt hatte. Bruno fand unterdessen Gelegenheit für die Feststellung: »Wahrscheinlich wollte er sehn, wieviel Leute oben im Bauchfang hingen.«

Und Sylvie hatte verbessert: »*Rauchfang* – nicht Bauchfang.«

»Sie müssen sich das Gesicht schwarzgemacht haben!« meinte die Kaiserin besorgt. »Soll ich Seife holen lassen?«

»Nein, danke«, wehrte der Professor ab. »Schwarz ist eine respektabele Farbe. Außerdem wäre Seife ohne Wasser sinnlos –« Und indem er dem Publikum den Rücken zuwandte, fuhr er fort: –

Kleine Vögel schreiben
Bücher voller Geist,
lesen Köche meist:
lesen, heißt's, nicht braten –
das, für Literaten,
wäre doch zu dreist.

Kleine Vögel spielen
Dudelsack am Strand,
wo man liegt im Sand:
»Dank«, schreit man. »Oh, Schrecken!«
Laßt euch Geld zustecken!
Schont uns jetzt galant!«

Kleine Vögel baden
Krokodil in Krem',
welch ein Traum-Poem:
leider nicht von Dauer –
Krokodil wird sauer,
hält's für unbequem!

Als das Kamel im Dämmerschein
zur Pumpe kam zurück,
»Gebrochnes Herz! Gebrochnes Bein!
Es braucht doch«, sprach es da zum Schwein,
»ein Wesen feenhaft und fein,
zu hüpfen mit viel Glück!«

Das Schwein lag reglos und ganz still
mit Schmerzen im Genick:
nie wieder spann es solche Grill'
und klagte niemals mehr so schrill,
es sprach auch nimmermehr, »Ich will
jetzt hüpfen mit Geschick.«

Der Frosch, der sagte auch nichts mehr,
ganz traurig war sein Blick:
die Konsequenzen wogen schwer,
denn er ging aus jetzt völlig leer –

noch auf dem Pumpendach sitzt er
beklagt sein Mißgeschick!

»Das iss eine elende Geschichte!« beschwerte sich Bruno. »Sie beginnt elend und sie endet elenderer. Ich glaub, ich wein, Sylvie, bitte leih mir dein Taschentuch.«

»Ich hab es nicht bei mir«, wisperte Sylvie.

»Dann wein ich nich«, ermannte sich Bruno.

»Es kommen noch weitere einführende Verse«, erklärte der Andere Professor, »aber ich habe jetzt Hunger.« Er setzte sich, schnitt sich ein großes Stück Kuchen ab, legte es auf Brunos Teller und glotzte erstaunt auf seinen leeren.

»Woher hast du den Kuchen?« fragte Sylvie Bruno leise.

»Er hat ihn mich gegibt«, antwortete Bruno.

»Aber du sollst doch nicht darum bitten! Das *weißt* du doch!«

»Ich *hab* nicht drum gebittet«, verteidigte sich Bruno und nahm ein großes Stück in dem Mund: »Er hat ihn mich *gegibt.*«

Sylvie bedachte dies einen Augenblick: dann fand sie einen Ausweg. »Also, dann bitte ihn, *mir* auch etwas zu geben!«

»Freut dich der Kuchen?« erkundigte sich der Professor.

»Bedeutet das ›schmatsen‹?« wisperte Bruno Sylvie zu.

Sylvie nickte. »Das bedeutet ›schmatzen‹ und ›*gern* schmatzen‹.«

Bruno lächelte den Professor an. »Er freut mir *wirklich*«, stellte er fest.

Der Andere Professor schnappte das Wort auf. »Und ich hoffe, du freust dich *selbst* auch, kleiner Mann?« erkundigte er sich.

Brunos Schreckensblick erstaunte ihn sehr. »Nein, das tun ich *bestimmt* nich!« brach es aus ihm heraus.

Der Andere Professor war gründlich verwirrt. »Schön, schön!« begütigte er. »Versuch doch mal ein wenig Schlüsselblumenwein!« Und er füllte ein Glas und reichte es Bruno. »Trink das, mein Lieber, und du bist ein ganz anderer Mensch!«

»Wer soll ich denn sein?« wollte Bruno wissen und zögerte, es an die Lippen zu setzen.

»Stell nicht so viele Fragen!« schaltete sich Sylvie ein, um den armen alten Herrn vor weiterer Verwirrung zu bewahren. »Vielleicht können wir den Professor zu einer Geschichte überreden.«

Enthusiastisch stimmte Bruno dem Vorschlag zu. »*Bitte* ja!« bestürmte er ihn. »Was von Tigern – un Hummeln – un Rotkehlchen, weiß'de!«

»Warum muß eine Geschichte immer von *Lebewesen* handeln?« fragte der Professor. »Warum willst du nicht einmal etwas von Tatsachen und Ereignissen hören?«

»Oh, *bitte* erfind so eine Geschichte!« wünschte sich Bruno.

Der Professor begann sehr flüssig. »Einst unternahm eine Übereinstimmung einen Spaziergang mit einem kleinen Zufall, und sie begegneten einer Erklärung – einer *ganz* alten Erklärung – so alt, daß sie schon ganz gekrümmt war und eher wie ein Problem aussah –«, er brach plötzlich ab.

»*Bitte,* weiter!« verlangten beide Kinder.

Der Professor gestand aufrichtig ein: »Als Stegreifgeschichte ist die Gattung ein wenig kompliziert. Vielleicht erzählt erst Bruno eine.«

Bruno war nur allzu glücklich, auf diesen Vorschlag einzugehen. »Es war einmal ein Schwein, un ein Akkordeon, und zwei Einmachgläser mit Orangenmarmelade –.«

»Die *dramatis personæ*«, murmelte der Professor. »Schön, was dann?«

»Dann, als das Schwein auf dem Akkordeon spielte«, fuhr Bruno fort, »mochte eines der Gläser Orangenmarmelade die Mehl-Ode nich, un das andere Glas Orangenmarmelade mochte die Mehl-Ode, die Gläser Orangenmarmelade werden mir *bestimmt* ganz irr machen, Sylvie!« wisperte er besorgt.

»Ich trage jetzt die übrigen einführenden Verse vor«, verkündete der Andere Professor.

Kleine Vögel stopfen
Baronets mit Brot,
lehren schießen Schrot:
Schrot, heißt es, zermalme
eisgefror'ne Salme –
und das ohne Not.

Kleine Vögel stecken
Schuld in Schnappsack rein,
lobt der Hirsch zum Schein;
lobt, heißt es, dann schlagen –
Freunde wild zernagen,
das ist nicht sehr fein.

Kleine Vögel kosten
Dank und Diamant,
frieren penetrant:
Fröste, heißt's, durchdringen –
wenn die Glocken klingen,
Mär ihr Ende fand.

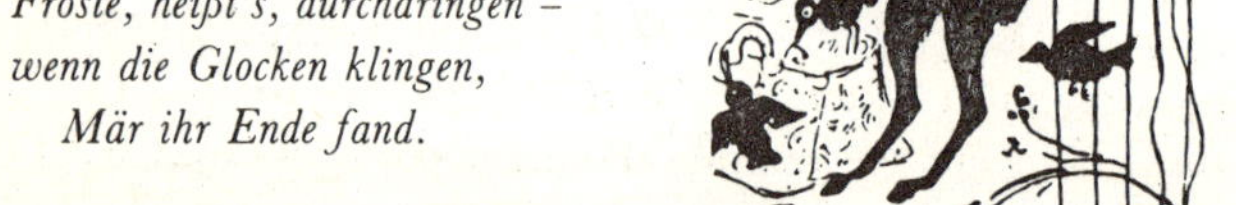

»Als nächstes«, bemerkte der Professor froh zum Lordkanzler, sobald der Applaus für die Rezitation der Geschichte vom Schwein verhallt war, »sollten wir auf das Wohl des Kaisers trinken, nicht wahr?«

»Zweifellos!« erwiderte der Lordkanzler sehr feierlich, und er erhob sich, um die Zeremonie zu leiten. »Füllt eure Gläser!« donnerte er. Alle taten dies sogleich. »Trinkt auf das Wohl des Kaisers!« Ein allgemeines Glucksen tönte durch den ganzen Saal. »Ein dreifaches Hoch auf den Kaiser!« Ein ganz jämmerliches Vivat folgte auf *diese* Ankündigung: und mit bewundernswerter Geistesgegenwart proklamierte der Lordkanzler sogleich: »Eine Rede vom Kaiser!«

Der Kaiser hatte mit seiner Rede schon vor diesen Worten eingesetzt. »Aber nicht gewillt, Kaiser zu sein – doch da ihr alle wünscht, daß ich Kaiser sein soll – ihr wißt, wie schlecht der letzte Gouverneur sein Amt geführt hat – ihr wart so begeistert – er hat euch unterdrückt – er hat euch zu hoch besteuert – ihr wißt, wer der beste Kandidat für die Kaiserherrschaft ist – mein Bruder hatte keinen Verstand –«

Wie lang die kuriose Rede noch gedauert hätte, läßt sich nicht sagen, denn gerade in diesem Moment erschütterte ein Hurrikan den Palast bis in die Grundfesten, sprengte die Fenster auf, löschte etliche Lampen und wirbelte Staubwolken in die Luft, wo sie seltsame Muster formten und Wörter zu bilden schienen.

Doch der Sturm flaute so jäh ab, wie er sich erhoben hatte – die Fensterflügel schwangen wieder in ihrer angestammte Lage: der Staub verschwand: alles war wie vor einer Minute – mit Ausnahme des Kaisers und der Kaiserin, die sich auf wunderbare Weise verändert hatten. Das leere Starren, das sinnlose Grinsen waren gewichen: alle konnten erkennen, daß diese beiden seltsamen Wesen wieder zur Vernunft gekommen waren.

Der Kaiser setzte seine Rede fort, als habe es keine Unterbrechung gegeben. »Und wir – meine Frau und ich – haben uns wie zwei durchtriebene Schufte verhalten. Wir verdienen keine bessere Bezeichnung. Als mein Bruder weggegangen ist, haben Sie den besten Gouverneur verloren, den Sie jemals hatten. Ich habe mein Bestes getan, ich erbärmlicher Heuchler, durch Betrug zu erreichen, daß Sie mich zum Kaiser wählen. Mich! Einen, der kaum genug Verstand besitzt, das Amt eines Schuhputzers auszuführen!«

Der Lordkanzler rang vor Verzweiflung die Hände. »Er ist verrückt geworden, gute Leute!« hob er an. Doch beide Redner verstummten jäh – und durch die Stille drang ein Klopfen an der Außentür.

»Was ist das?« schrie man einhellig. Menschen begannen herein und hinaus zu rennen. Die Erregung steigerte sich mit jedem Augenblick. Der Lordkanzler raste unter Mißachtung jeglicher Hofetikette mit Höchstgeschwindigkeit durch den Saal und kehrte nach einer Minute bleich und nach Atem ringend zurück.

XXIV. KAPITEL

Die Rückkehr des Bettlers

»Eure Kaiserliche Hoheit!« begann er. »Es ist schon wieder der alte Bettler! Soll ich die Hunde auf ihn hetzen?«

»Bring ihn her!« befahl der Kaiser.

Der Kanzler glaubte seinen Ohren nicht zu trauen. »*Hierher,* Eure Kaiserliche Hoheit? Habe ich recht verstanden –«

»Bring ihn her!« donnerte der Kaiser abermals. Der Kanzler

torkelte durch den Saal – und nach einer weiteren Minute teilte sich die Menge, und man sah den armen alten Bettler den Bankettsaal betreten.

Er sah wahrhaftig bemitleidenswert aus: die an ihm herumhängenden Lumpen waren völlig verdreckt: sein weißes Haar und der lange Bart waren unordentlich. Dennoch schritt er aufrecht mit majestätischem Gang, als sei er gewohnt zu befehlen: und – das Merkwürdigste – Sylvie und Bruno geleiteten ihn, hielten seine Hand fest und sahen ihn mit Blicken stummer Liebe an.

Die Menschen lauerten gespannt, wie der Kaiser den kühnen Eindringling empfangen würde. Würde er ihn die Stufen vom Thron hinabschleudern? Aber nein. Zum großen Erstaunen aller kniete der Kaiser nieder, als der Bettler nähertrat, und murmelte gesenkten Hauptes: »Vergib uns!«

»Vergib uns!« wiederholte die Kaiserin sanft und kniete an ihres Gatten Seite.

Der Verbannte lächelte. »Erhebt Euch!« bat er. »Ich vergebe euch!« Und die Menschen bemerkten verwundert, daß während dieser Worte eine Veränderung mit dem alten Bettler vorgegangen war. Was wie wertlose Lumpen und Dreckspritzer ausgesehen hatte, war jetzt königlicher Putz mit Gold bestickt und mit funkelnden Edelsteinen besetzt. Nun erkannten sie ihn alle und knieten vor dem älteren Bruder nieder, dem wahren Gouverneur.

»Mein Bruder, meine Schwester!« begann der Gouverneur mit klarer Stimme, die im ganzen riesigen Saal zu vernehmen war. »Ich bin nicht gekommen, um euch abzusetzen. Regiert weiterhin als Kaiser und regiert weise. Denn ich bin gewählter König von Feenland. Morgen kehre ich dorthin zurück und nehme nichts mit außer – außer –«, seine Stimme bebte, und mit unbeschreiblicher Zärtlichkeit im Blick legte er seine Hände schweigend auf die Häupter der beiden Kinder, die ihn umklammerten.

Doch im nächsten Augenblick beherrschte er sich und bedeutete dem Kaiser, seinen Platz am Tisch einzunehmen. Die Gäste setzten sich ebenfalls wieder – dem Elbenkönig machte man zwischen seinen beiden Kindern Platz – und der Lordkanzler erhob sich abermals, um den nächsten Toast vorzuschlagen.

»Der nächste Toast gilt – dem Helden des Tages – nanu, er ist ja gar nicht da!« Bestürzt brach er ab.

Ach du liebe Güte! Keiner hatte an Prinz Uggug gedacht!

»Man hat ihn auf das Bankett hingewiesen?« verlangte der Kaiser zu wissen.

»Ganz bestimmt!« versicherte der Kanzler. »*Das* war die Pflicht des Leibgardisten.«

»Der Leibgardist soll vortreten!« befahl der Kaiser ernst.

Der Leibgardist trat vor. »Ich war Seiner Kaiserlichen Fettheit zugeteilt«, lautete die Erklärung des zitternden Beamten. »Ich habe ihn auf die Vorlesung und das Bankett hingewiesen –«

»Und wie reagierte er?« forschte der Kaiser: denn der Unglücksvogel konnte vor Furcht kaum sprechen.

»Seine Kaiserliche Fettheit geruhte zu schmollen, Seine Kaiserliche Fettheit geruhte mir eine Ohrfeige zu geben. Seine Kaiserliche Fettheit geruhte zu bekunden: ›Ich kümmer mich nicht darum!‹. «

»›Kümmer-nicht‹ hat ein schlimmes Ende gefunden«, wisperte Sylvie Bruno zu. »Ich weiß es nicht genau, aber ich glaube, er wurde gehängt.«

Der Professor bekam dies zufällig mit. »*Das*«, bemerkte er freundlich, »geschah bloß infolge einer Verwechslung.«

Beide Kinder waren verwirrt.

»Gestattet mir, es zu erklären. ›Kümmer-nicht‹ und ›Kummer‹ waren Zwillingsbrüder. ›Kummer‹ hatte eine Katze getötet. Und irrtümlich fing man ›Kümmer-nicht‹ und hängte ihn statt dessen. Und so lebt ›Kummer‹ immer noch. Doch ohne seinen Bruder ist er ganz unglücklich. Deshalb sagt man auch: ›Hebe dich hinweg, krummer Kummer!‹«

»Vielen Dank!« sagte Sylvie herzlich. »Das ist ja sehr interessant. Na, das scheint *alles* zu erklären!«

»Also, bestimmt nicht *alles*«, gab der Professor bescheiden zu. »Es gibt da noch zwei oder drei Probleme in der Wissenschaft –«

»Welchen Eindruck machte Seine Kaiserliche Fettheit auf Sie?« erkundigte sich der Kaiser beim Leibgardisten.

»Nach meinem Eindruck war Seine Kaiserliche Fettheit sehr –«

»Sehr *was?*«
Alles lauschte atemlos auf das nächste Wort.
»Sehr REIZBAR!«
»Er soll *umgehend* erscheinen!« befahl der Kaiser. Und der

Hauptmann schoß davon. Der Elbenkönig schüttelte nur traurig den Kopf. »Sinnlos, sinnlos!« murmelte er vor sich hin. »Lieblos, lieblos!«

Bleich, zitternd und sprachlos kam der Hauptmann langsam zurück.

»Nun?« forschte der Kaiser. »Warum erscheint der Prinz nicht?«

»Das läßt sich leicht erraten«, behauptete der Professor. »Seine Kaiserliche Fettheit ist zweifellos etwas okkupiert.«

Bruno sah seinen alten Freund fragend an. »Was bedeutet das Wort?«

Aber der Professor überhörte die Frage. Er lauschte begierig auf die Antwort des Leibgardisten.

»Bitte, Eure Hoheit! Seine Kaiserliche Fettheit ist –« Er konnte kein Wort mehr hervorbringen.

Äußerst beunruhigt sprang die Kaiserin auf. »Wir wollen zu ihm gehen!« schlug sie vor. Und eine allgemeine Bewegung Richtung Tür setzte ein.

Im Nu war Bruno vom Stuhl gerutscht. »Dürfen wir auch gehn?« fragte er eifrig. Doch der König registrierte die Frage nicht, da der Professor mit ihm sprach. »*Bei Sachen sein,* Eure Majestät!« meinte er gerade. »Das wird er, zweifellos.«

»Dürfen wir zu ihm gehn?« wiederholte Bruno. Der König nickte zustimmend, und die Kinder eilten davon. Nach ein oder zwei Minuten kehrten sie langsam und nachdenklich zurück. »Nun?« erkundigte sich der König. »Was ist mit dem Prinzen?«

»Er iss – was hast du nochmal gesagt«, entgegnete Bruno und blickte den Professor an. »Was das schwierige Wort bedeutet.« Und er warf Sylvie einen hilfesuchenden Blick zu.

»Ein Stachelschwein«, ergänzte Sylvie.

»Nein, nein!« korrigierte der Professor sie. »*Bei Sachen sein,* meinst du.«

»Nein, es heißt *Stachelschwein*«, beharrte Sylvie. »Und nichts anderes. Willst du bitte mitkommen. Im Haus ist ein großes Theater.« (»Un de solltest dein Theaterglas besser mitnehmen!« fügte Bruno hinzu.)

Wir sprangen hastig auf und folgten den Kindern die Treppe

hinauf. Niemand nahm auch nur die mindeste Notiz von *mir*, doch das überraschte mich keineswegs, da mir schon seit langem klar war, daß ich für alle völlig unsichtbar war – selbst für Sylvie und Bruno.

Die ganze Galerie entlang bis zu des Prinzen Räumlichkeiten brandete eine aufgeregte Menschenmenge hin und her, und das Stimmenbabel war betäubend. Gegen seine Zimmertür stemmten sich drei starke Männer, die sie vergeblich zu schließen versuchten – denn von innen stieß sie irgendein riesiges Tier immer wieder halb auf, und ehe es den Männern gelang, sie abermals zuzudrücken, sahen wir soeben noch den Kopf einer wütenden wilden Bestie mit großen feurigen Augen und knirschenden Zähnen. Die Stimme setzt sich aus ganz verschiedenen Lauten zusammen – das Brüllen eines Löwen, das Wüten eines Stieres und dann und wann ein Schrei wie von einem überdimensionalen Papagei. »Nach der Stimme läßt es sich nicht klassifizieren!« rief der Professor ganz aufgeregt. »Was ist es?« schrie er den Männern an der Tür zu. Und im Chor antworteten sie ihm: »Ein Stachelschwein! Prinz Uggug hat sich in ein Stachelschwein verwandelt!«

»Ein neues Spezimen!« jubelte der Professor. »Laßt mich bitte hinein. Ich muß es auf der Stelle etikettieren.«

Doch die kräftigen Männer stießen ihn zurück. »Es etikettieren, sonst noch was? Wollen Sie vielleicht gefressen werden?« schrien sie ihn an.

»Kümmern Sie sich nicht um Spezimina, Professor!« befahl der Kaiser, der sich gerade einen Weg durch die Menge bahnte. »Sagen Sie uns lieber, wie man es gefangennehmen kann!«

»Ein großer Käfig!« entgegnete der Professor prompt. »Bringt einen großen Käfig«, wandte er sich an die Menge, »mit festem Stahlgitter und einem Fallgatter, damit man es wie eine Mausefalle bedienen kann! Hat jemand zufällig so etwas bei sich?«

Das klang nicht nach einem Gegenstand, den man unbedingt mit sich herumträgt; nichtsdestotrotz schafften sie ihn auf der Stelle heran: kurioserweise stand er zufällig in der Galerie.

»Stellt ihn der Tür gegenüber auf und zieht das Fallgatter hoch!« Dies war im Nu geschehen.

»Jetzt Decken!« rief der Professor. »Das ist ein höchst interessantes Experiment!«

Zufälligerweise lag ein Stapel Decke ganz in der Nähe: und der Professor hatte die Worte kaum ausgesprochen, als sie schon entfaltet waren und wie Vorhänge rundherum hochgehalten wurden. Der Professor arrangierte sie flink zu zwei Reihen, so daß sie einen dunklen Gang bildeten, der geradewegs von der Tür zur Öffnung des Käfigs führte.

»Reißt jetzt die Tür auf!« das erwies sich als überflüssig: die drei Männer brauchten nur zur Seite zu springen, und das schreckliche Monstrum riß die Tür selber auf und stürzte pfeifend wie eine Dampfmaschine in den Käfig.

»Runter mit dem Fallgatter!« Gesagt, getan: und alle atmeten erleichtert auf, als sie sahen, daß das Stachelschwein im Käfig gefangen war.

Der Professor rieb sich mit kindlicher Freude die Hände. »Das Experiment ist erfolgreich abgeschlossen!« verkündete er. »Jetzt braucht es nur noch dreimal täglich gefüttert zu werden, und zwar mit zerkleinerten Möhren und –«

»Kümmern Sie sich jetzt nicht um sein Fressen!« unterbrach der Kaiser. »Wir wollen zum Bankett zurückgehen. Bruder, übernimmst du die Führung?« Und der alte Herr führte in Begleitung seiner Kinder die Prozession treppab. »Das ist das Schicksal eines lieblosen Lebens!« erklärte er Bruno, als sie an ihre Plätze zurückgekehrt waren. Worauf Bruno zu bedenken gab: »Ich habe Sylvie immer ganz lieb, deshalb werd ich nie so dornig!«

»Stimmt, er *ist* dornig«, gab der Professor zu, der die letzten Worte mitbekommen hatte, »doch wir müssen bedenken, daß er auch als Stachelschwein immer noch königlichen Geblüts ist! Wenn das Fest vorbei ist, bringe ich Prinz Uggug ein kleines Geschenk – um ihn nämlich etwas zu beschäftigen: das Leben in einem Käfig ist nicht angenehm.«

»Was schenks'de ihm zum Geburtstag?« erkundigte sich Bruno.

»Eine kleine Untertasse mit zerkleinerten Möhren«, entgegnete der Professor. »Bei Geburtstagsgeschenken ist Sparsamkeit meine Devise! Ich glaube, ich spar im Jahr vierzig Pfund an Geschenken – oh, *was* für ein stechender Schmerz!«

»Was ist denn?« fragte Sylvie besorgt.

»Mein alter Feind!« stöhnte der Professor. »Lumbago – Rheumatismus – irgend so was. Ich ziehe mich wohl besser zurück und lege mich ein wenig hin.« Und er humpelte aus dem Saal, wobei die beiden Kinder mitleidig hinter ihm hersahen.

»Es wird ihm bald schon besser gehen!« meinte der Elbenkönig aufmunternd. »Bruder!« sich an den Kaiser wendend, »ich habe heute abend noch einiges mit dir zu besprechen. Die Kaiserin kann sich solange um die Kinder kümmern.« Und die beiden Brüder zogen Arm in Arm davon.

Die Kaiserin hatte in den Kindern eine ziemlich traurige Gesellschaft. Sie konnten nur vom »lieben Professor« sprechen und »wie schade, daß er so krank ist«, bis sie schließlich den willkommenen Vorschlag machte: »Wir wollen ihn besuchen!«

Sie reichte den beiden Kindern die Hände, die sie eifrig ergriffen: und wir gingen zum Arbeitszimmer des Professors, wo wir ihn in Decken gehüllt auf dem Sofa liegend antrafen, wie er in einem kleinen Notizbuch las. »Notizen zu Band drei!« murmelte er gerade, als er uns bemerkte. Und dort auf dem Tisch ganz in seiner Nähe lag das Buch, das er damals, als ich ihn das erste Mal sah, gesucht hatte.

»Wie fühlen Sie sich denn inzwischen, Professor?« fragte die Kaiserin und beugte sich über den Invaliden.

Der Professor sah sie an und lächelte leicht. »Eurer Kaiserlichen Hoheit so ergeben wie stets!« murmelte er. »Alles, was an mir nicht Lumbago ist, ist Loyalität!«

»Welch edle Gesinnung!« rief die Kaiserin mit Tränen in den Augen. »Selten hört man so etwas Schönes – nicht einmal am Valentinstag!«

»Wir müssen dich ans Meer bringen«, schlug Sylvie zärtlich vor. »Das wird dir guttun! Und das Meer ist so großartig!«

»Aber ein Berg iss mehr großartig!« widersprach Bruno.

»Was ist am Meer schon großartig?« zweifelte der Professor. »Sieh mal, du könntest es vollständig in einer Teetasse unterbringen!«

»*Etwas* davon«, korrigierte Sylvie ihn.

»Schön, aber man braucht bloß eine gewisse Zahl von Teetassen, um *alles* hineinzufüllen. Und wo bleibt dann die Größe? Und was einen Berg angeht – also, in einer gewissen Anzahl Jahren könnte man alles mit einem Schubkarren abtragen!«

»Sie wären nicht großartig – die Stücke im Schubkarren«, gab Sylvie aufrichtig zu.

»Aber wenn de es wieder zusammenbaust –«, begann Bruno.

»Wenn du älter bist«, erklärte der Professor, »dann wirst du begreifen, daß man Berge *nicht* so einfach auftürmen kann! Man lebt und man lernt, weißt du!«

»Aber dazu brauch es doch nich *denselben* Mann?« wünschte sich Bruno. »Reicht es nich, wenn *ich* lebe un *Sylvie* lernt?«

»Ich *kann* nicht lernen ohne zu leben!« empörte sich Sylvie.

»Aber ich *kann* leben ohne zu lernen!« parierte Bruno. »Du plagst mich nur!«

»Was ich gemeint habe, war –«, holte der Professor ganz verwirrt aus, »– war, daß du nicht *alles* weißt, weißt du.«

»Aber ich *weiß* alles, was ich weiß!« beharrte der kleine Bursche. »Ich weiß immer ganz viel. Nur nich das, was ich *nich* weiß. Un Sylvie weiß alles übrige.«

Der Professor seufzte und gab es auf. »Weißt du, was ein Buuhdschamm ist?«

»*Ich* weiß!« meldete sich Bruno. »Das iss 'n Mann, der 'nem Schiff vorsteht!«

»Er meint ›Bootsmann‹«, erklärte Sylvie wispernd.

»Man kann nicht vor einem Schiff stehen«, widersprach der Professor mild.

Bruno lachte frech. »*Kannst* de aber doch! Wenn's Wasser *ganz* flach iss.«

»Es war einmal ein Buuhdschamm –«, begann der Professor, verstummte jedoch jäh. »Ich habe den Rest der Fabel vergessen«, mußte er eingestehen. »Sie hatte sogar eine Moral. Aber ich fürchte, die habe ich auch vergessen.«

»*Ich* werd dich 'ne Fabel erzählen!« warf Bruno hastig ein. »Es war mal 'ne Heuschrecke, un 'ne Elster, un 'n Lokomotivführer. Un die Moral iss, daß man früh aufstehn soll –.«

»Das ist kein bißchen interessant!« kritisierte Sylvie verächtlich. »Du solltest die Moral nicht so bald erwähnen.«

»Wann hast du dir die Fabel ausgedacht?« fragte der Professor. »Letzte Woche?«

»Nein!« sagte Bruno. »Noch ein Stück bälder, rat noch mal!«

»Ich kann nicht raten«, meinte der Professor. »Wie lang ist es her?«

»Hach, sie iss noch gar nicht ausgedenkt!« triumphierte Bruno. »Aber ich hab eine hübsche ausgedenkt. Soll ich sie erzählen?«

»Wenn du sie *zu Ende* gedacht hast«, stimmte Sylvie zu. »Und die Moral soll sein, ›es noch einmal zu versuchen‹!«

»Nein«, widersprach Bruno fest entschlossen. »Die Moral sinn, ›es *nich* nochmal zu versuchen‹! Es war mal eine hübsche Porzellanfigur, die stand auf 'nem Kaminsims. Un sie stand, un sie stand. Un eines Tages fallte sie runter, un sie tute sich kein bißchen weh. Sie *wollte* es nun nochmal versuchen. Un als sie das nächste Mal runterfallte, tut sie sich ganz doll weh un brechte sich sehr viel Glasur ab.«

»Aber wie ist sie denn nach dem ersten Sturz wieder auf den Kaminsims gekommen?« erkundigte sich die Kaiserin. (Das war die erste sinnvolle Frage, die sie in ihrem ganzen Leben gestellt hatte.)

»*Ich* hab sie raufgestellt!« gestand Bruno.

»Dann fürchte ich, du weißt auch etwas über ihren Sturz«, kombinierte der Professor. »Vielleicht hast du sie gestoßen?«

Worauf Bruno ganz ernst gestand: »Hab sie nicht *viel* gestoßt – es waren eine *hübsche* Porzellanfigur«, fügte er hastig in der offensichtlichen Absicht hinzu, das Thema zu wechseln.

»Kommt, meine Kinder!« sagte der Elbenkönig, der gerade das Zimmer betreten hatte. »Wir wollen noch ein wenig miteinander reden, ehe ihr zu Bett geht.«

Und er führte sie weg, doch an der Tür ließen sie seine Hände fahren und rannten zurück, um dem Professor eine gute Nacht zu wünschen.

»Gute Nacht, Profeffer, gute Nacht!« Bruno gab dem alten Herrn feierlich die Hand, der ihn lächelnd ansah, während Sylvie

sich niederbeugte, um ihre süßen Lippen auf seine Stirn zu drükken.

»Gute Nacht, ihr Kleinen!« sagte der Professor. »Ihr könnt mich jetzt alleinlassen, ich will ruminieren. Alles an mir«, murmelte er schläfrig, als wir das Zimmer verließen, »alles an mir, was nicht *Bonhommie, ist Rumination!«*

»Was hat er gesagt, Bruno?« erkundigte sich Sylvie, sobald wir außer Hörweite waren.

»Ich *glaub,* er hat gesagt: ›Alles an mir, was nich Brummknie iss, iss Rheumatismus‹. Was in aller Welt soll das Pochen, Sylvie?«

Sylvie blieb stehen und lauschte ängstlich. Es klang, als trete jemand gegen eine Tür. »Ich *hoffe* nur, das Stachelschwein ist nicht ausgebrochen!« rief sie.

»Komm weiter!« drängelte Bruno hastig. »Das iss nämlich nix, auf das man warten muß!«

XXV. KAPITEL

Auferstehung

Das Tret- und Klopfgeräusch schwoll immer mehr an: und schließlich öffnete sich irgendwo in unserer Nähe eine Tür. »Haben Sie ›Herein!‹ gerufen, Sir?« fragte meine Hauswirtin zögernd.

»O ja, herein!« erwiderte ich. »Was gibt es?«

»Der Bäckersohn hat gerade eine Nachricht für Sie gebracht, Sir. Er hat gesagt, er sei am Herrenhaus vorbeigekommen, und man habe ihn gebeten, sie bei uns vorbeizubringen.«

Die Mitteilung enthielt nur fünf Worte. »Bitte kommen Sie sofort, Muriel.«

Wie im Schock schien mein Herz stillzustehen. »Der Earl ist krank!« sagte ich zu mir. »Vielleicht liegt er im Sterben!« Und hastig machte ich mich zum Ausgehen fertig.

»Hoffentlich war es keine schlechte Nachricht, Sir?« meinte meine Wirtin, als sie mich ausgehen sah. »Der Junge hat gesagt, jemand sei unerwartet angekommen –«

»Ich hoffe, das ist der Grund!« wünschte ich mir. Aber in meinem Herzen war mehr Furcht als Hoffnung: indessen war ich irgendwie beruhigt, als ich beim Betreten des Hauses Gepäck mit den Initialen »E. L.« am Eingang liegen sah.

»Es handelt sich also nur um Eric Lindon!« dachte ich halb erleichtert und halb verärgert. »Deshalb brauchte sie nun wahrhaftig nicht nach mir zu schicken!«

Lady Muriel begrüßte mich im Korridor. Ihre Augen schimmerten – doch eher vor freudiger Erregung als vor Gram. »Ich habe eine Überraschung für Sie!« flüsterte sie.

»Sie meinen wohl, daß Eric Lindon angekommen ist?« stellte ich fest und versuchte vergeblich, die unwillkürliche Verbitterung in meiner Stimme zu bemänteln. »*Das Gebackne vom Leichen-*

schmaus gab kalte Hochzeitsschüssel«*, mußte ich einfach für mich zitieren. Wie grausam und ungerechtfertigt ich sie verurteilte!

»Nein, nein!« bestritt sie eifrig. »Das heißt – Eric *ist* hier. Aber –«, ihre Stimme bebte, »aber da ist noch jemand!«

Weitere Fragen waren überflüssig. Gespannt folgte ich ihr ins Zimmer. Und da lag er auf dem Bett – bleich und abgespannt – ein bloßer Schatten seines früheren Ichs – mein alter Freund war vom Tode auferstanden!

»Arthur!« schrie ich. Mehr konnte ich nicht herausbringen.

»Ja, da bin ich wieder, alter Junge!« murmelte er und lächelte, als ich seine Hand ergriff. »*Er*«, und er deutete auf Eric, der etwas abseits stand, »hat mir das Leben gerettet – *Er* hat mich zurückgebracht. Nach Gott müssen wir *ihm* am meisten danken, Muriel, meine Frau!« Schweigend reichte ich Eric und dem Earl die Hand: und einmütig gingen wir in den dunkleren Teil des Raumes, wo wir reden konnten, ohne den Kranken zu stören, der schweigend und glücklich daniederlag, die Hand seiner Frau hielt und sie liebevoll ansah.

»Bis heute war er im Delirium«, erklärte Eric mit gedämpfer Stimme: »und auch heute hat er schon mehr als einmal phantasiert. Aber *ihr* Anblick hat ihm neues Leben geschenkt.« Und dann erzählte er mit scheinbar gleichgültiger Stimme – ich wußte ja, wie sehr er jegliches Zurschaustellen von Gefühlen haßte –, wie er darauf gedrungen habe, noch einmal in den von der Pest geschlagenen Ort zu gehen, um einen Mann herauszuschaffen, den der Arzt bereits aufgegeben hatte, der aber seiner Meinung nach noch zu retten *war*, wenn man ihn ins Hospital brächte: wie an der ausgezehrten Gestalt nichts an Arthur erinnert habe, und er ihn erst einen Monat später bei seinem Krankenbesuch erkannt habe: wie der Arzt ihm die Bekanntgabe seiner Entdekkung mit dem Hinweis, ein Schock durch die Überlastung des Gehirns könne tödlich sein, verboten habe: wie er dann im Hospital geblieben sei und den Kranken Tag und Nacht gepflegt habe – all dies erzählte er mit dem Gleichmut eines Menschen, der über die unbedeutenden Taten eines zufälligen Bekannten berichtet.

* AdÜ: Shakespeare, Hamlet i, 2.

»Und das war sein *Rivale!*« dachte ich. »Der Mann, der ihm das Herz der Frau genommen hat, die er liebte!«

»Die Sonne geht unter«, stellte Lady Muriel fest, erhob sich und trat ans offene Fenster. »Seht nur mal den Himmel im We-

sten! Was für hübsche, karminrote Farben. Morgen werden wir einen herrlichen Tag haben –« Wir waren ihr gefolgt, standen in kleiner Gruppe da und sprachen mit gedämpften Stimmen in der anbrechenden Dämmerung, als uns einige Worte des Kranken aufschreckten, der unverständliche Laute vor sich hinmurmelte.

»Er phantasiert wieder«, flüsterte Lady Muriel und kehrte an die Bettkante zurück. Wir traten ebenfalls ein wenig näher: doch nein, dies hatte nichts von der Zusammenhanglosigkeit des Deliriums. *»Wie soll ich dem Herrn all die Wohltaten lohnen«*, kam es von den zitternden Lippen, *»die er mir erwiesen hat? Ich will den Kelch der Rettung empfangen und den Namen – den Namen –«**, doch hier versagte das arme, schwache Gedächtnis, und die leise, fiebrige Stimme erstarb in Schweigen.

Seine Frau kniete an der Bettkante, zog seinen Arm zu sich hin und küßte die dünne, bleiche Hand zärtlich, die ganz schlaff in ihrem liebevollen Griff lag. Das schien mir eine gute Gelegenheit, mich davonzustehlen, ohne sie zu einer Abschiedsgeste zu nötigen: so nickte ich denn dem Earl und Eric zu und verließ leise das Zimmer. Eric folgte mir die Treppe hinunter und in die Nacht hinaus. »Bedeutet das Leben oder Tod?« fragte ich ihn, sobald wir uns weit genug entfernt hatten, um mit normaler Stimme zu sprechen.

»Es bedeutet *Leben!*« bekräftigte er. »*Darin* sind sich die Ärzte völlig einig. Nach ihrer Meinung braucht er jetzt nur noch Schlaf, völlige Ruhe und gute Pflege. Schlaf und Ruhe, das ist hier kein Problem: und was die Pflege angeht, nun, auch das halte ich für *möglich* –« (er versuchte mühsam, seiner zitternden Stimme einen scherzhaften Klang zu geben) »in seiner derzeitigen Bleibe wird er wahrscheinlich sogar ziemlich gut gepflegt!«

»Da bin ich ganz sicher!« meinte ich. »Meinen herzlichen Dank, daß Sie mit herausgekommen sind, um mir das zu sagen!« Und da ich dachte, er habe alles gesagt, was er sagen wollte, reichte ich ihm zum Abschied die Hand. Er griff sie herzlich und fügte hinzu, wobei er das Gesicht abgewandt hielt: »Da fällt mir ein, ich wollte Ihnen noch etwas sagen. Ich dachte, Sie wüßten

* AdÜ: Psalm 116, 12–13.

vielleicht gern, daß – daß ich nicht – nicht mehr der Meinung bin, der ich bei unserer letzten Begegnung war. Das heißt nicht – daß ich den christlichen Glauben annehmen kann – wenigstens noch nicht. Aber all dies geschah so merkwürdig. Und sie hatte gebetet, wissen Sie. Und ich hatte gebetet. Und – und –«, seine Stimme brach, und ich konnte gerade noch die letzten Worte mitbekommen, *»es gibt einen Gott, der Gebete erhört!* Ich weiß es jetzt ganz bestimmt.« Er drückte abermals meine Hand und verließ mich hastig. Niemals zuvor hatte ich ihn so tief bewegt gesehen.

So schritt ich mit einem Wirbel glücklicher Gedanken in der zunehmenden Dämmerung langsam heimwärts: alles, was ich so sehnlichst gewünscht hatte, schien sich nun erfüllt zu haben. Und obschon ich mir bittere Vorwürfe wegen des schändlichen Verdachtes machte, den ich für einen Augenblick gegenüber der treuen Lady Muriel gehegt hatte, fand ich Trost in dem Bewußtsein, daß es nur ein flüchtiger Gedanke gewesen war.

Nicht einmal Bruno hätte so schwungvollen Schrittes die Stufen erklimmen können, wie ich es im Dunkeln tastend tat, denn ich zündete am Eingang kein Licht an, da ich wußte, daß die Lampe in meinem Wohnzimmer noch brannte.

Aber es war nicht das Licht einer normalen *Lampe,* in das ich nun mit einem seltsamen fremdartigen Traumgefühl trat, ein feiner Zauber hatte sich hier breitgemacht. Licht, strahlender und goldener, als eine Lampe überhaupt zu spenden vermag, durchflutete den Raum, wobei es sich von draußen durch ein Fenster ergoß, das mir irgendwie noch niemals zuvor aufgefallen war, und es erhellte eine Gruppe von drei schattenhaften Gestalten, die immer deutlicher sichtbar wurden – ein würdiger alter Herr in königlicher Robe hatte es sich in einem Lehnstuhl bequem gemacht, und zwei Kinder, ein Mädchen und ein Junge, standen an seiner Seite.

»Hast du noch das Juwel, mein Kind?« forschte der alte Herr soeben.

»Aber *ja!*« bestätigte Sylvie voller Eifer. »Glaubst du etwa, ich könnte es jemals verlieren oder vergessen?« Mit diesen Worten löste sie das Band von ihrem Hals und legte das Juwel in die Hand ihres Vaters.

Bruno blickte es bewundernd an. »Wie lieblich es glänzt!« wunderte er sich. »Es iss wie ein kleiner roter Stern! Darf ich es mal halten?«

Sylvie nickte: und Bruno trug es ans Fenster und hielt es hoch gegen den Himmel, dessen tiefes Blau bereits mit Sternen übersät war. Bald kam er aufgeregt zurückgerannt. »Sylvie! Sieh doch!« rief er. »Ich kann durch un durch sehn, wenn ich es gegen den Himmel halte. Un es iss kein bißchen rot: es iss ein, oh, ganz liebliches Blau! Un die Worte sinn alle anders! Sieh mal hin!«

Mittlerweise war Sylvie auch ganz aufgeregt: und die beiden Kinder hielten das Juwel eifrig gegen das Licht und entzifferten die Schrift: »ALLE WERDEN SYLVIE LIEBEN.«

»Nanu, das iss ja das *andre* Juwel!« staunte Bruno. »Erinnerst du dich nich, Sylvie? Das iss das, das du nich genommen hast!«

Sylvie nahm es verwirrt und hielt es einmal hoch gegen das Licht und dann wieder runter. »*So* ist es blau«, sagte sie zaghaft zu sich, »und *so* ist es rot! Ach, ich habe gedacht, es gäbe zwei – Vater!« rief sie plötzlich und legte das Juwel wieder in seine Hand, »ich glaube wahrhaftig, es gab immer nur ein *einziges* Juwel!«

»Dann hast du es aus sich selbst gewählt«, grübelte Bruno. »Vater, *kann* Sylvie was aus sich selbst wählen?«

»Ja, mein ein und alles«, antwortete der alte Mann Sylvie und ließ Brunos verwirrende Frage unbeantwortet, »es *gab* nur ein Juwel – aber du hast genau das richtige gewählt.« Und er befestigte das Band wieder an ihrem Hals.

»SYLVIE WIRD ALLE LIEBEN – ALLE WERDEN SYLVIE LIEBEN«,

murmelte Bruno und stellte sich auf die Zehenspitzen, um den ›kleinen roten Stern‹ zu küssen. »Un sieht man es sich *an,* dann iss es rot un feurig wie die Sonne – un sieht man *durch,* dann iss es mild un blau wie der Himmel!«

»Gottes Himmel«, ergänzte Sylvie träumerisch.

»Gottes Himmel«, wiederholte der kleine Bursche, während sie verharrten, sich liebevoll umarmten und in die Nacht hinausblickten. »Aber, o Sylvie, was macht dem Himmel so *liebliches* Blau?«

Sylvies süße Lippen teilten sich zu einer Antwort, doch ihre Stimme war schwach und ganz weit weg. Die Vision entglitt meinem verlangenden Blick: aber im letzten verwirrenden Moment schien mir, daß nicht Sylvie, sondern ein Engel aus jenen treuen, braunen Augen blickte und daß nicht Sylvie, sondern die Stimme eines Engels wisperte

»Es ist Liebe.«

ENDE

Figurenverzeichnis

Erzähler, von Bruno »Mein Herr Mann« genannt
Arthur Forester, sein Freund
Earl von Ainslie
Lady Muriel Orme, seine Tochter
Eric Lindon, Cousin von Lady Muriel
Mein Herr, angeblich ein Deutscher
der aufgeblasene Mensch
die bebrillte Dame
der französische Count
die Klavierspielerin
der fette Mann mit rotem Gesicht
Frau Ernest-Atkinson-Mills
Reverend James Burgess, Kurat
Emma, seine Frau
Reverend Walter Saunders, methodistischer Geistlicher
Pater Francis, Jesuit
ein Arzt
die Haushälterin
die Hauswirtin
der Stationsvorsteher
Willi, ein Arbeiter
Poll, seine Frau
beider Kind
John Hunter, Bauer
seine Frau
Bessie, beider Kind
Matilda Jane, deren Puppe
ein Wagenfahrer
ein Radfahrer

ein alter Mann
Minnie, seine Enkelin
der Milchmann
eine Familie mit Dienstpersonal
ein kleiner Dieb
zwei Einwohnerinnen von Elfenau
ein Mops
einige Säufer
Diener, Lakaien, Fischer, Gepäckträger, Reisende

Personen in Anderland:

Gouverneur von Anderland, später König von Feenland
Sylvie, seine Tochter
Bruno, sein Sohn
Sub-Gouverneur Sibimet (»Sibby«), später Vize-Gouverneur und Kaiser von Anderland, Bruder des Gouverneurs
Mylady Tabikat (»Tabby«), seine Frau, später Kaiserin
Uggug, beider Sohn
Lordkanzler von Anderland
der Professor, Hofarzt und Lehrer von Uggug
der Andere Professor
Baron Doppelgeist, Gesandter von Feenland
der Bettler
der Gärtner
der Mann mit Fahne und Hut
der Musiklehrer
der Schneider
der Küchenchef
der Hofnarr
der Bär
Nero, Neufundländer, König von Hundeland
ein Dackel
ein Mastiff
eine Maus, die sich in einen Löwen verwandelt

ein Käfer
ein toter Hase
ein Elefant
ein Floh
eine Katze
eine Maus
ein Stachelschwein
Kellner, Lakaien, Bewohner von Anderland, Bulldoggen,
    Hofgesellschaft von Hundeland und Frösche
bei Brunos Picknick:
    Bruno
    ein Löwe
    eine Kuh
    ein Ofen
    ein Apfelbaum
    ein Lamm
    ein Schaf
    ein Fuchs
    drei kleine Füchse